한국
근대문학과

중국

|필자| (집필순)

김재용(金在湧, Kim Jaeyong) 원광대학교 국어국문학과 교수

이경재(李京在, Lee KyungJae) 숭실대학교 국어국문학과 교수

이해영(李海英, Li Haiying) 중국 해양대학교 한국어과 교수

최현식(崔賢植, Choi Hyunsik) 인하대학교 국어교육과 교수

김 철(金哲, Jin Zhe) 중국 산동대학교 위해 캠퍼스 한국학대학 교수

권혁률(权赫律, Quan He Lu) 중국 길림대학교 외국어학원 조선어학과 교수

최학송(崔鶴松, Cui Hesong) 중국 중앙민족대학교 조선언어문학학부 부교수

한홍화(韩红花, Han Honghua) 중국 청도이공대학교 한국어학과 강사

장문석(張紋碩, Jang, Moonseok) 서울대학교 통일평화연구원 HK연구원

김종욱(金鍾郁, Kim Jonguck) 서울대학교 국어국문학과 부교수

김장선(金长善, Jin Changshan) 중국 천진사범대학교 한국어학과 교수

고명철(高明徹, Ko Myeongcheol) 광운대학교 국어국문학과 교수

최 일(崔一, Cui Yi) 중국 연변대학교 조선언어문학학과 부교수

박려화(朴丽花, Piao Lihua) 중국 염성사범대학 한국어학과 강사

한국 근대문학과 중국

초판인쇄 2016년 6월 25일 **초판발행** 2016년 7월 1일

지은이 김재용·李海英 외 **펴낸이** 박성모 **펴낸곳** 소명출판 **출판등록** 제13-522호

주소 06643 서울시 서초구 서초중앙로6길 15, 1층

전화 02-585-7840 **팩스** 02-585-7848 **전자우편** somyungbooks@daum.net **홈페이지** www.somyong.co.kr

값 30,000원 ⓒ 김재용·李海英 외, 2016

ISBN 979-11-5905-094-7 93810

이 논문은 2014년 대한민국 교육부와 한국학중앙연구원(한국학진흥사업단)을 통해 해외한국학중핵대학육성사업의 지원을 받아 수행된 연구임.(AKS-2014-OLU-2250004)

[1] 일본 제국의 중국 침략

만주사변 이후 세계 여론이 중국을 침략하는 일본에 불리하게 돌아가자 이목을 돌리기 위하여 일본 제국은 상해를 침공한다. 일본의 중국 침략 서막이라고 할 수 있는 이 사건은 중국인들이 일본을 경계하게 되는 계기가 되었다. 이 사건 이후 중국인들과 조선인들은 공통의 운명을 걷고 있다는 자의식을 갖게 되면서 연대 활동을 펼쳤다.

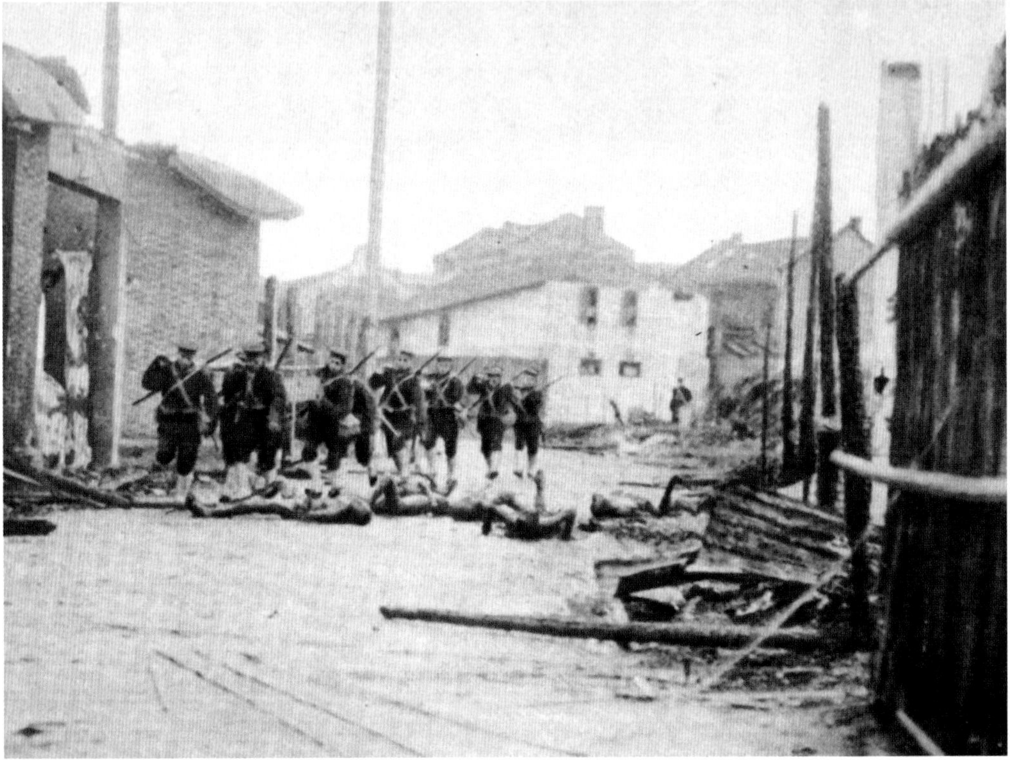

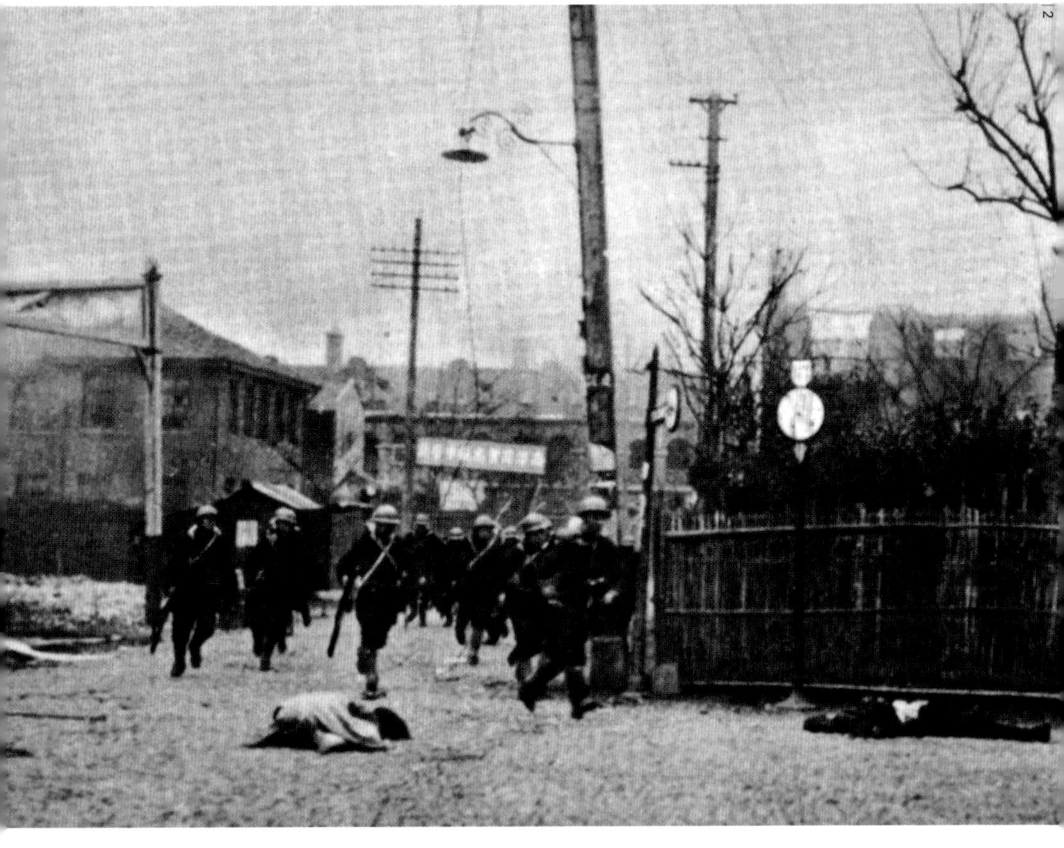

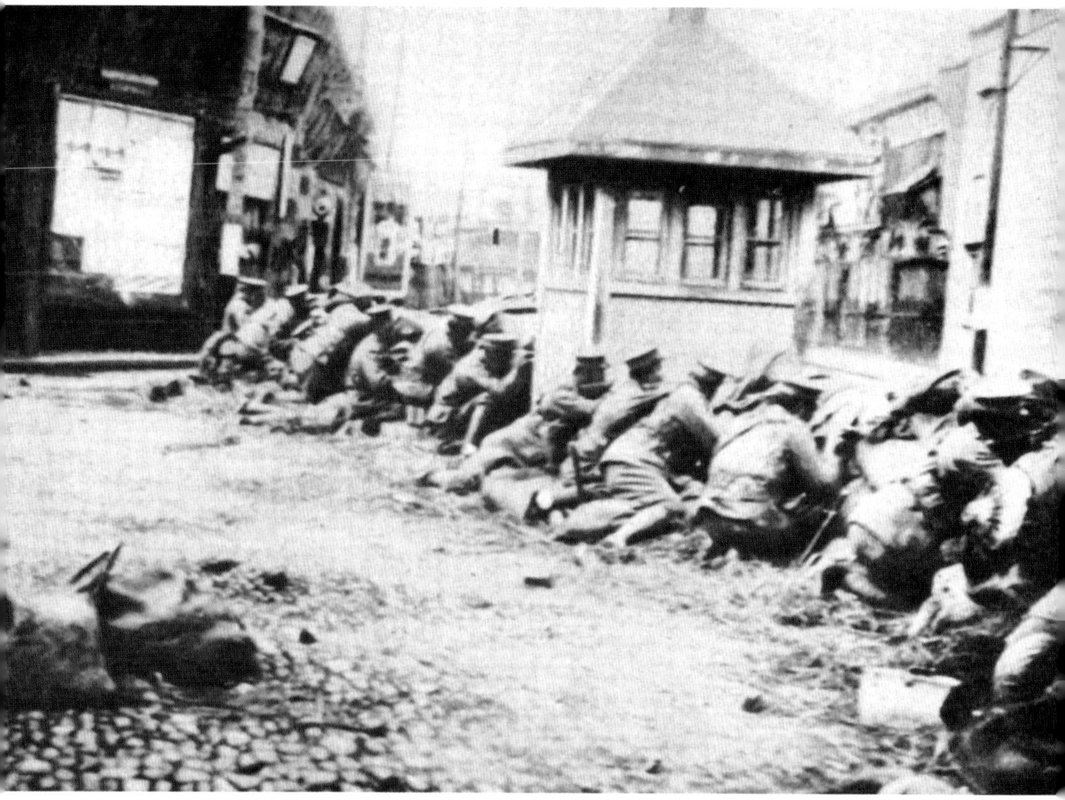

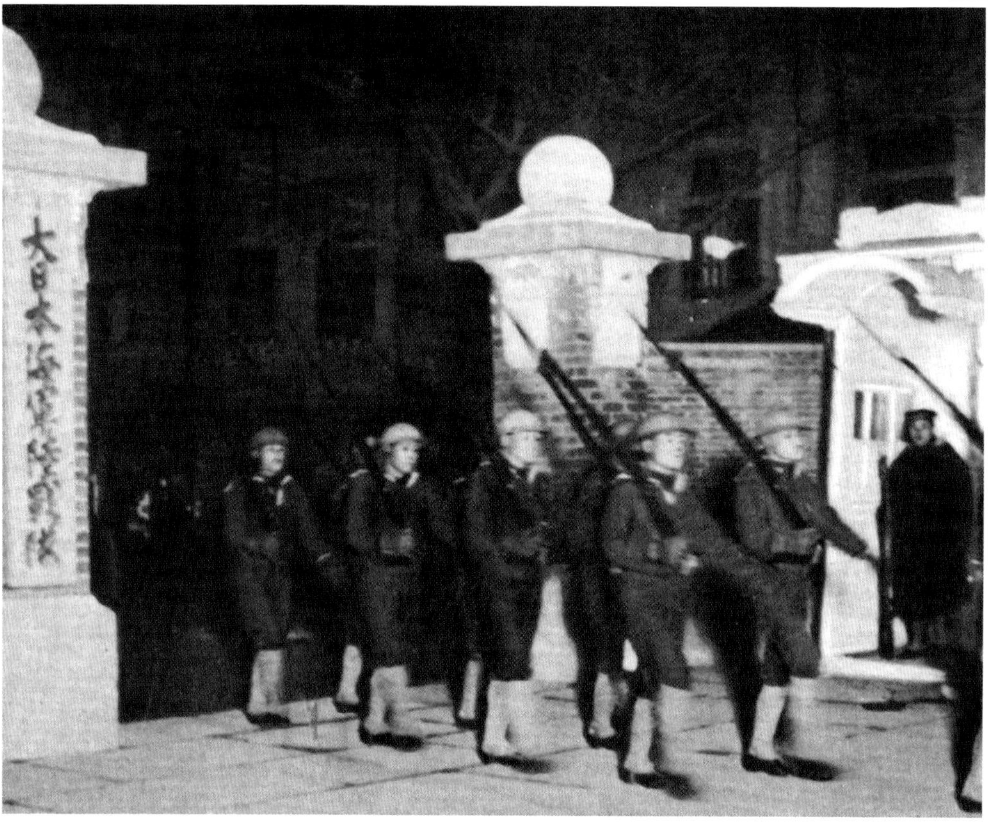
大日本海軍陸戰隊

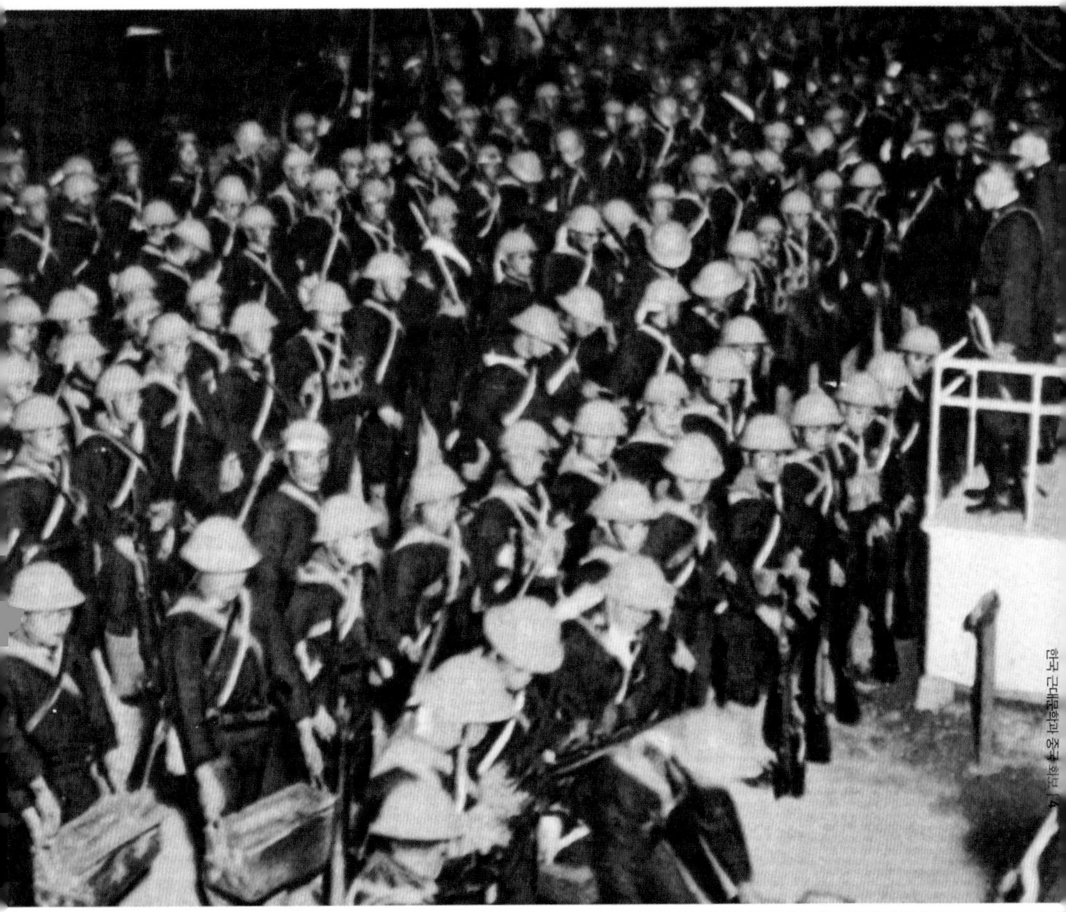

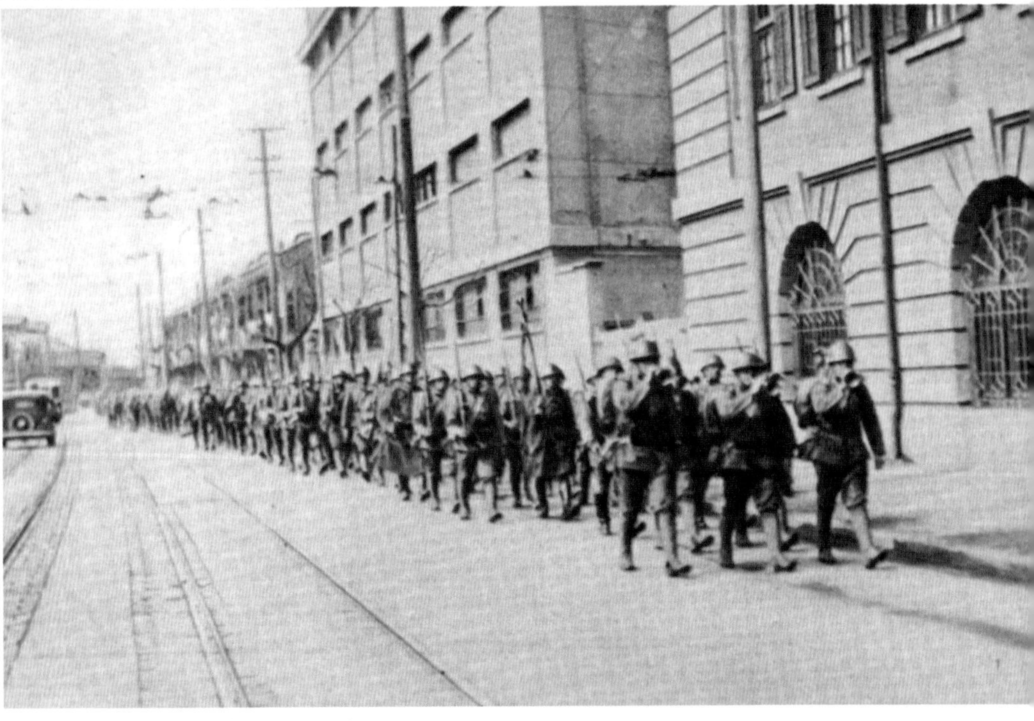

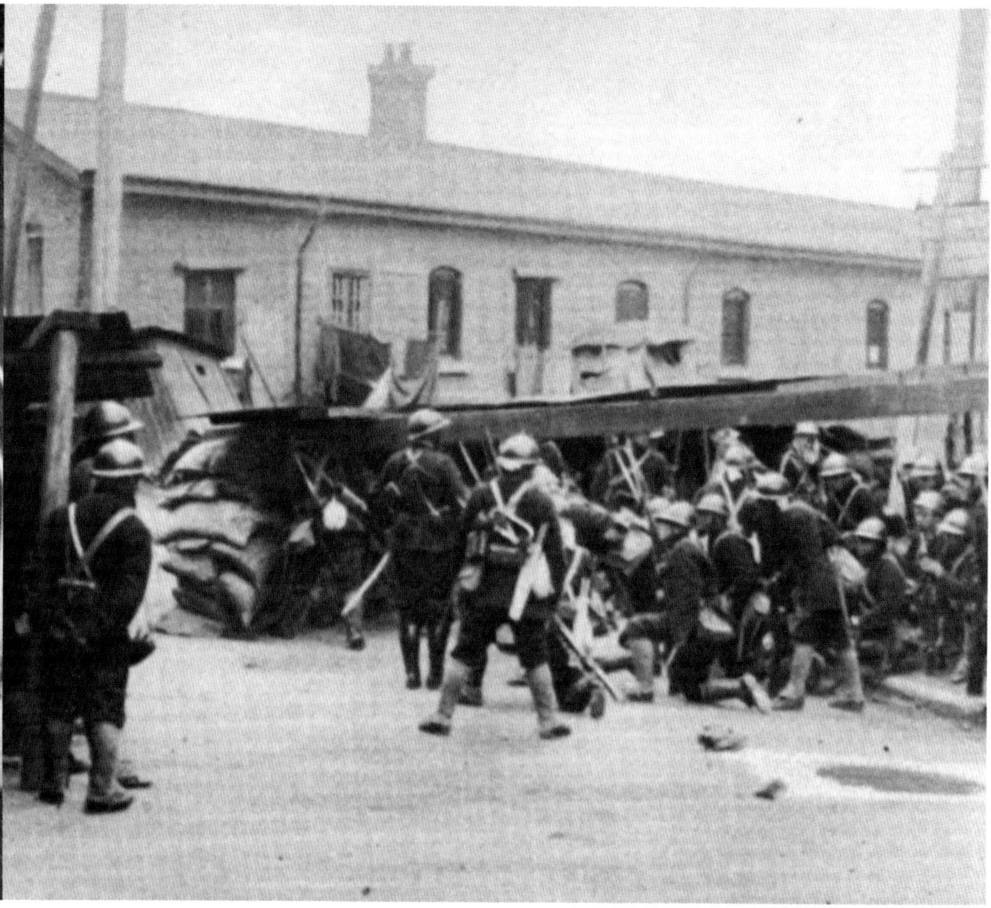

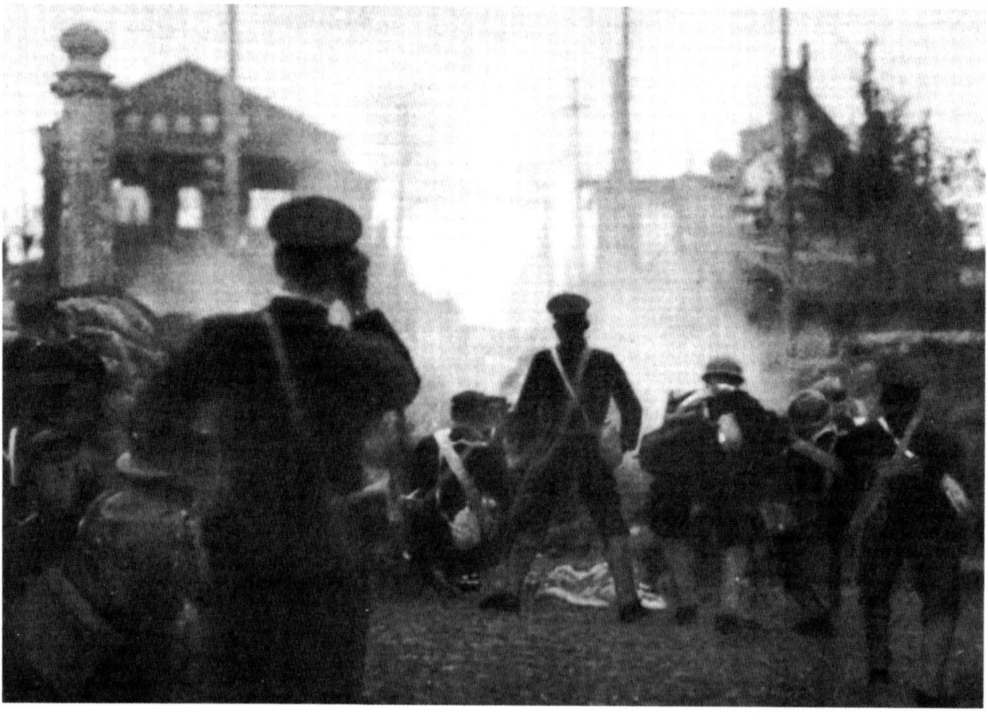

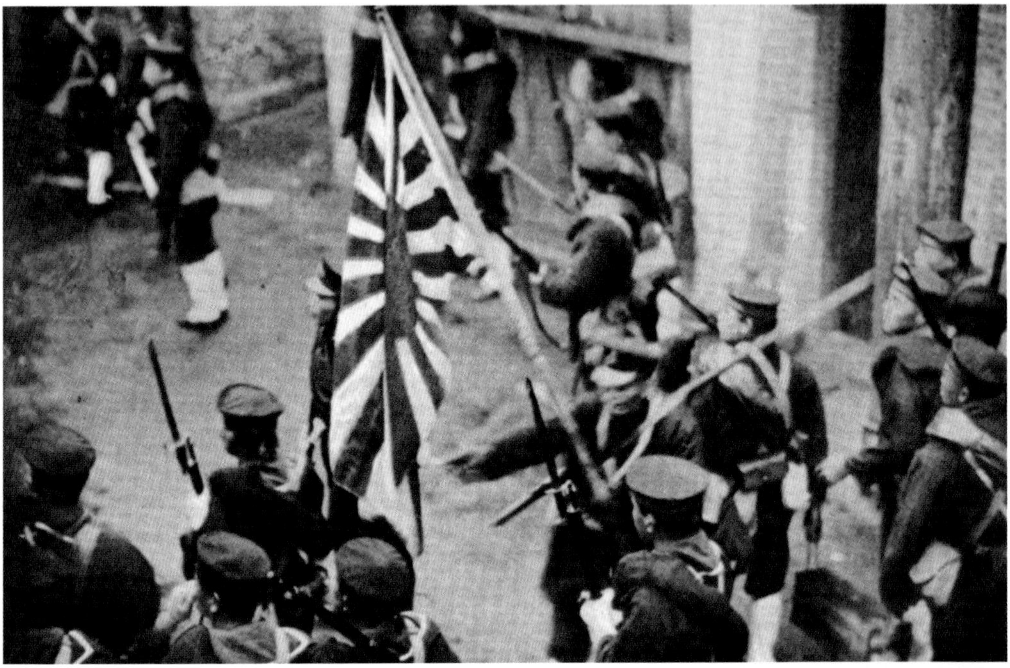

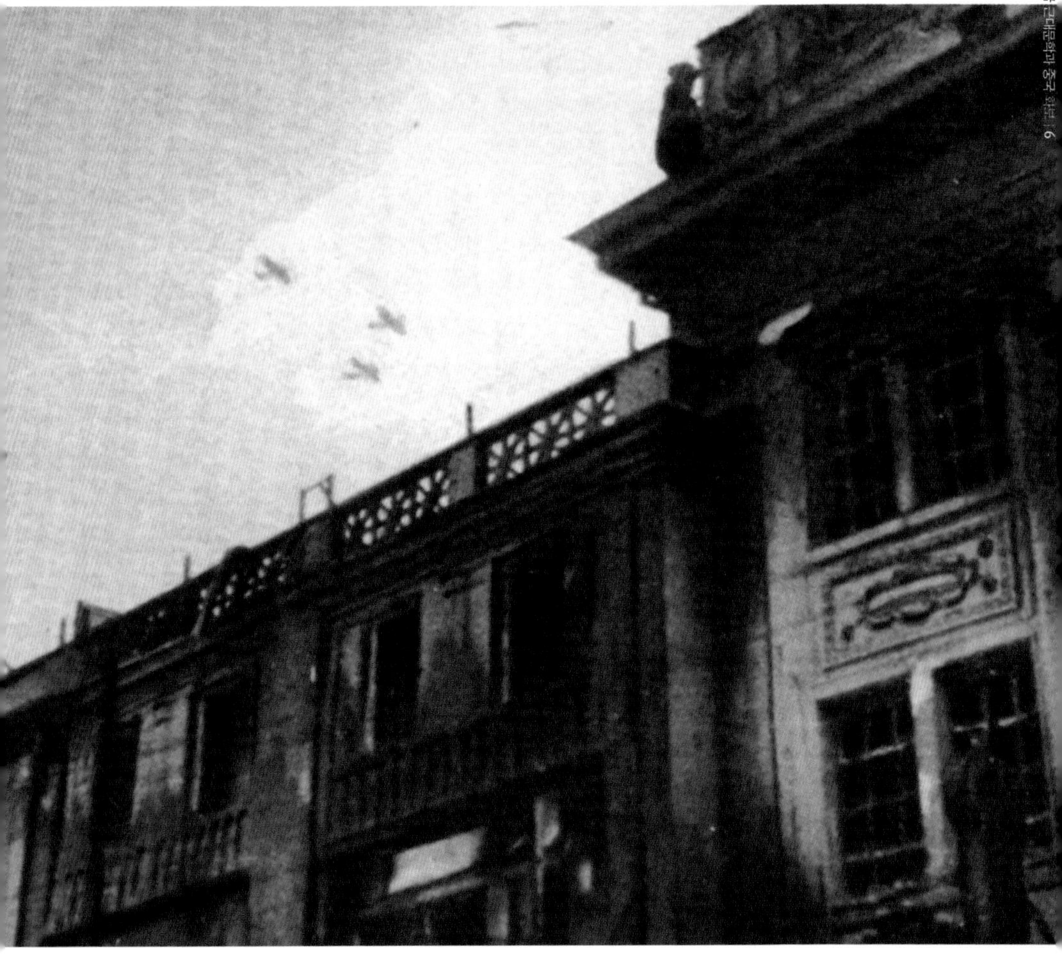

북경 근처의 노구교 사건을 빌미로 일본 제국은 중국을 본격적으로 침략하였다. 일본군은 중국의 주요 도시 북경, 천진, 상해, 남경을 점령하고 마침내 1938년 10월 무한 삼진을 함락시킴으로써 동아신질서를 외쳤다. 일본, 만주국 그리고 중화를 엮는 새로운 질서를 구호로 내세웠지만 중국인들의 거센 저항에 직면하였다. 특히 남경대학살은 한국의 군위안부와 오키나와의 강제집단사와 더불어 동아시아인들에게 씻기 어려운 상처를 주었다.

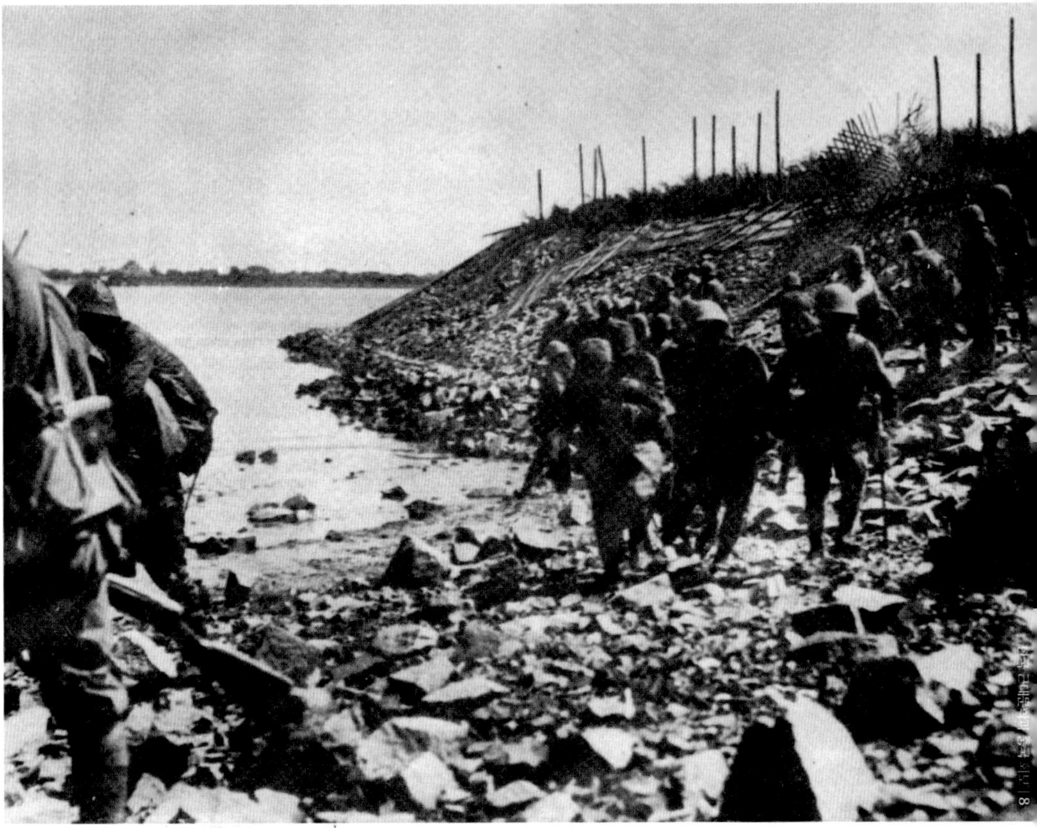

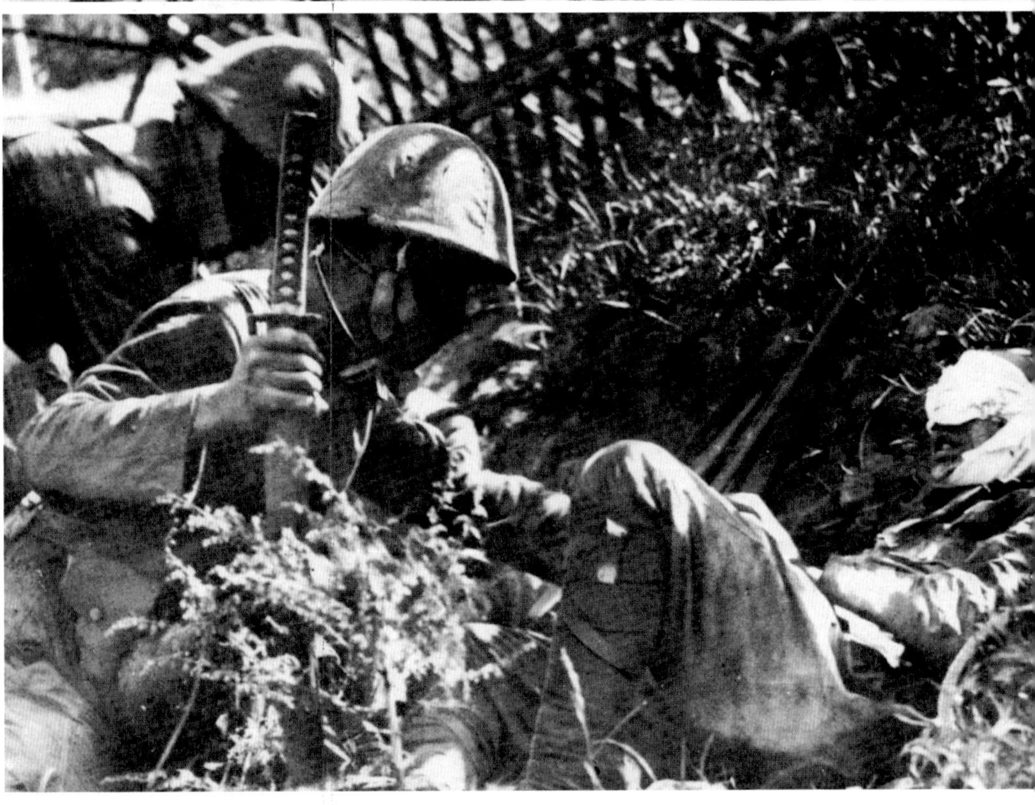

한국 근대문화와 중국 화보 | 10

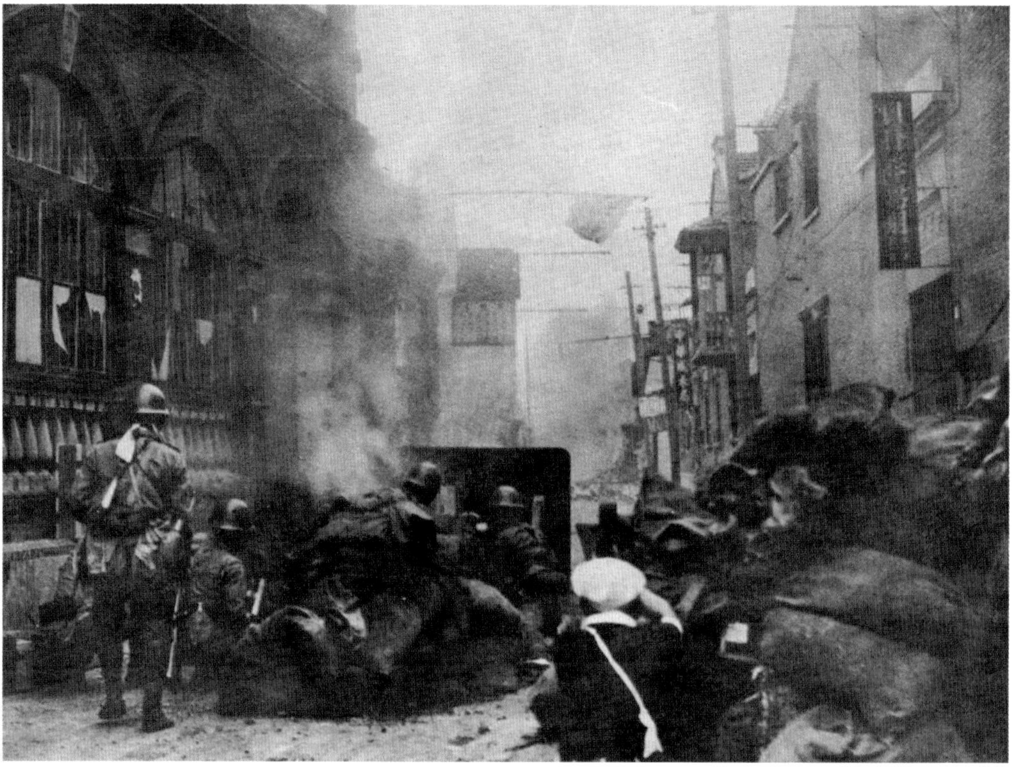

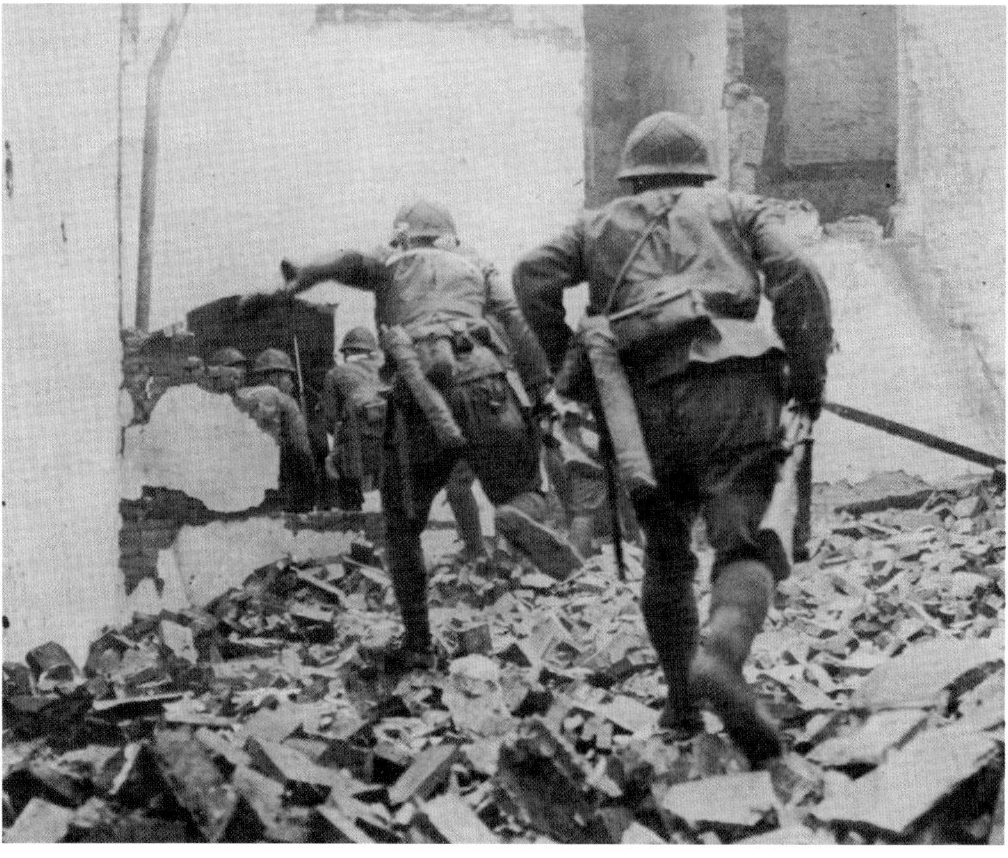

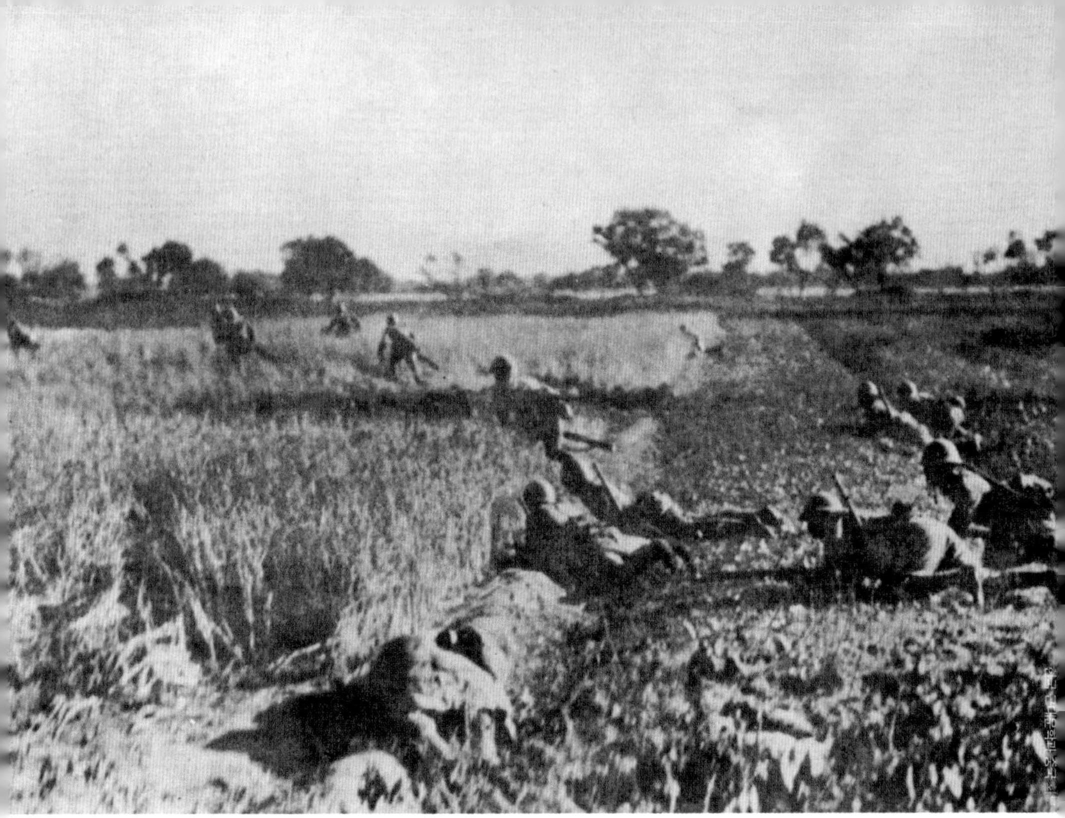

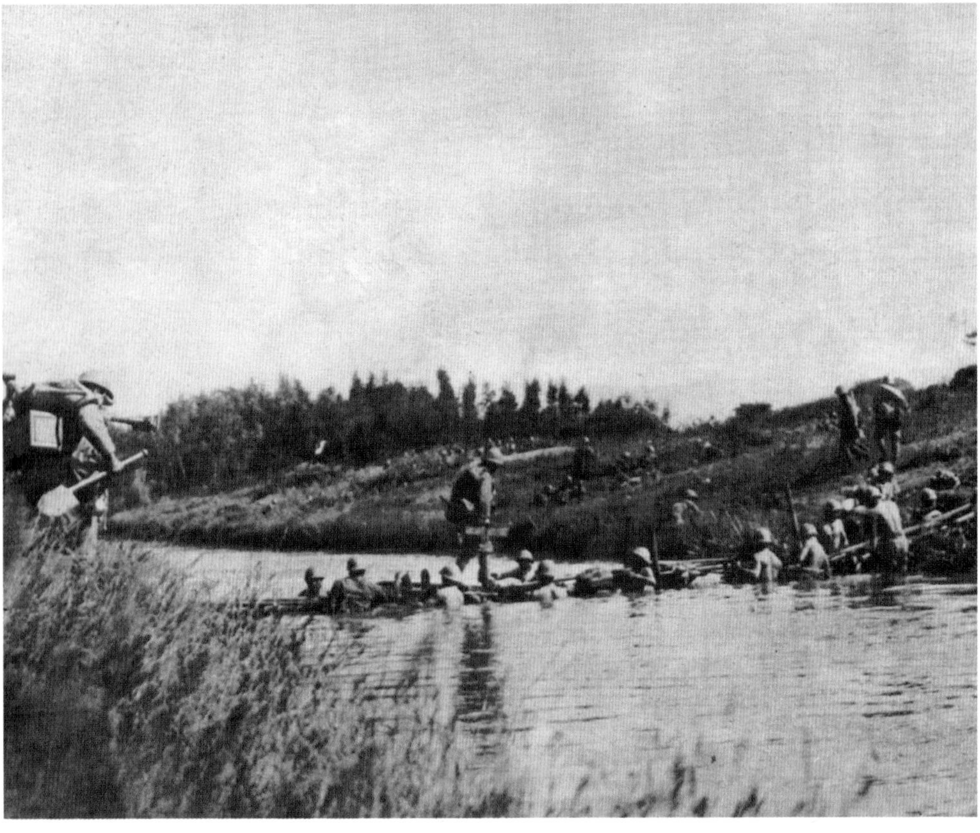

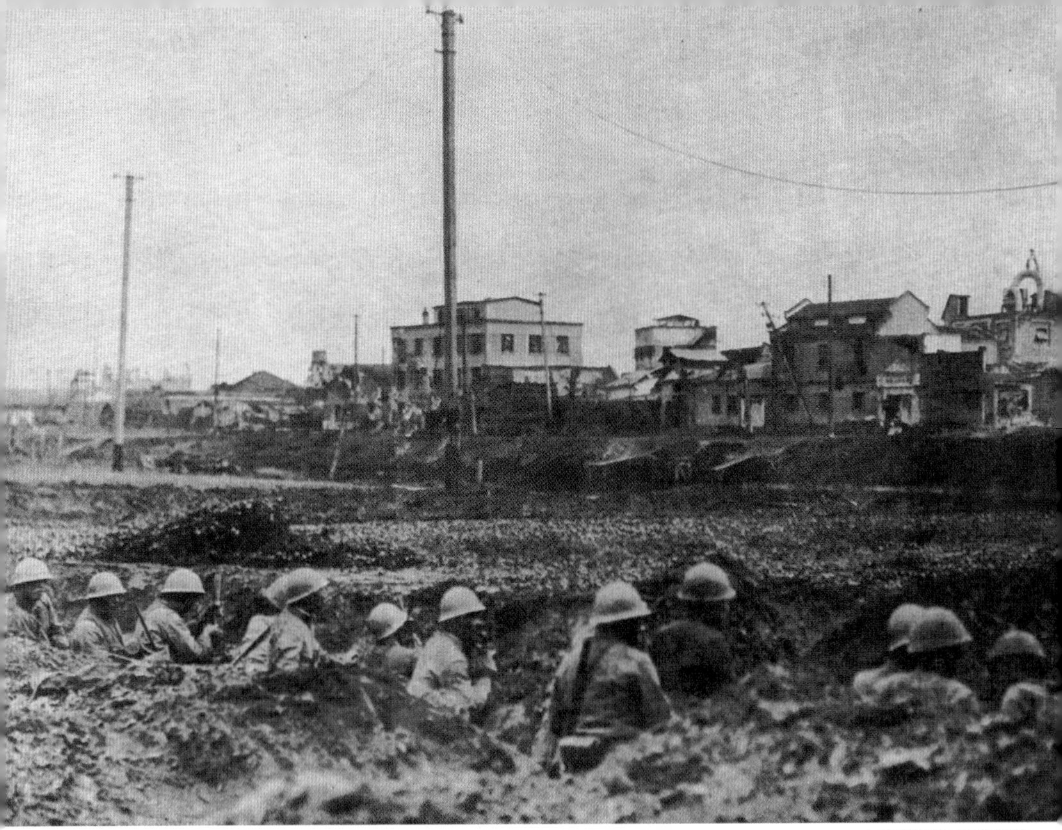

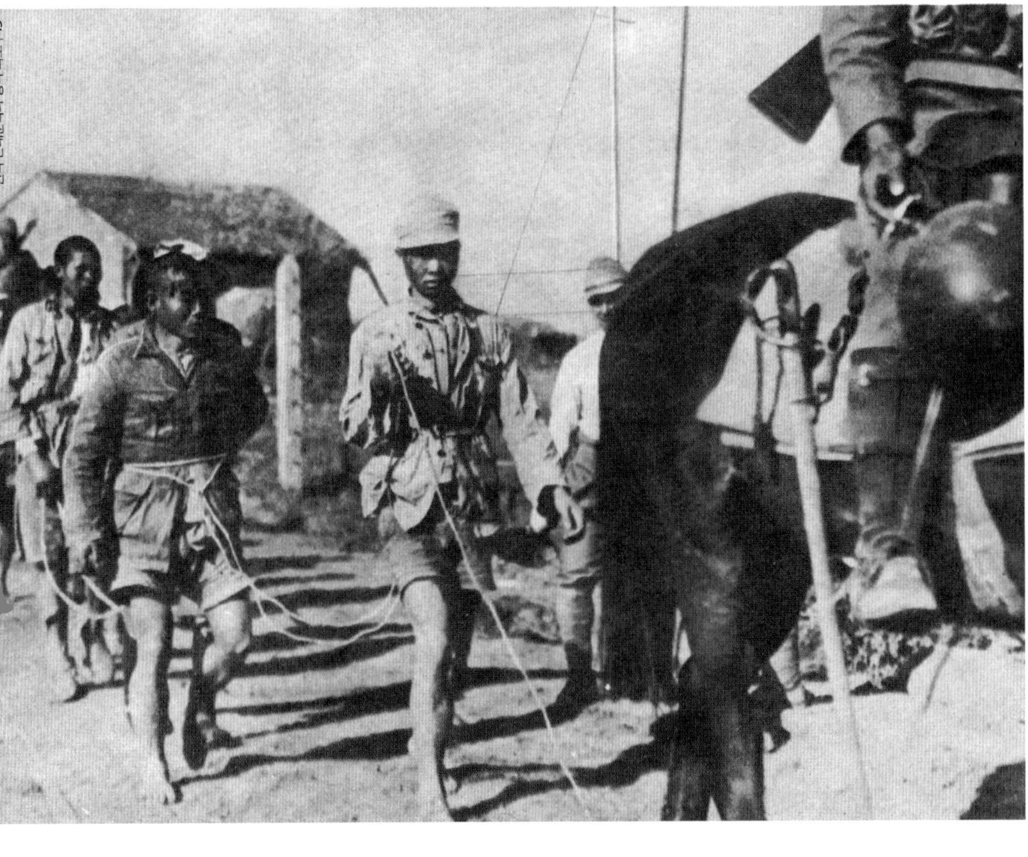

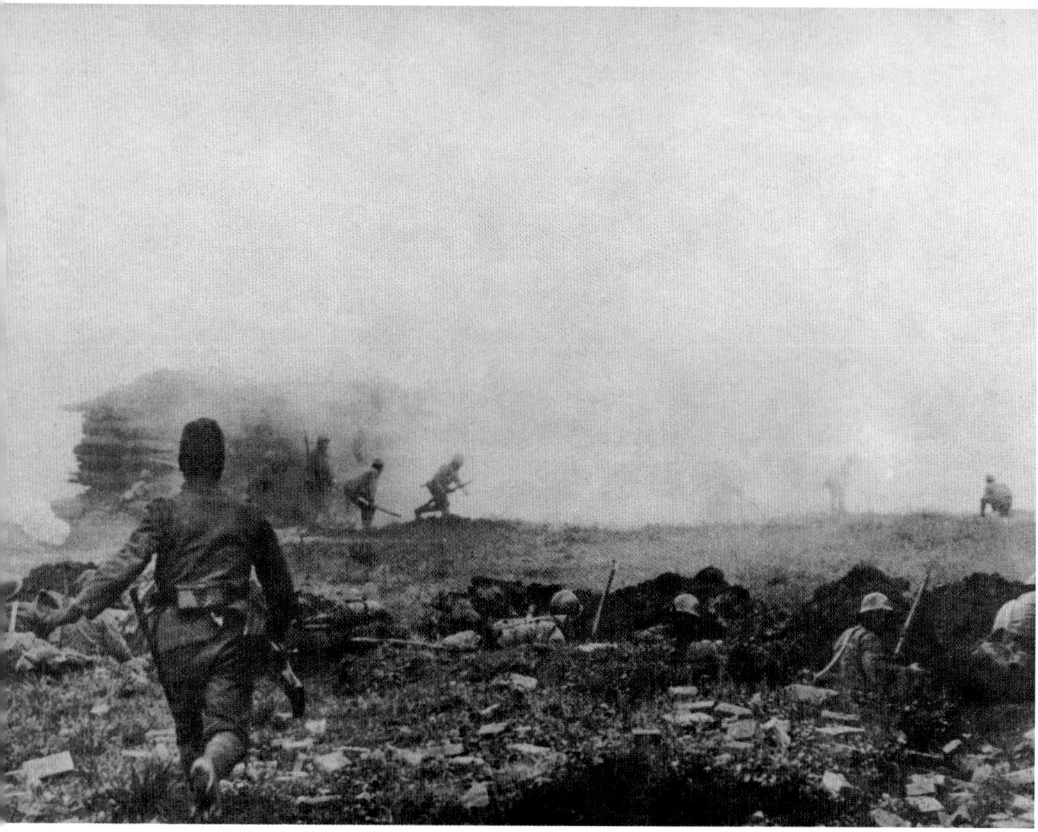

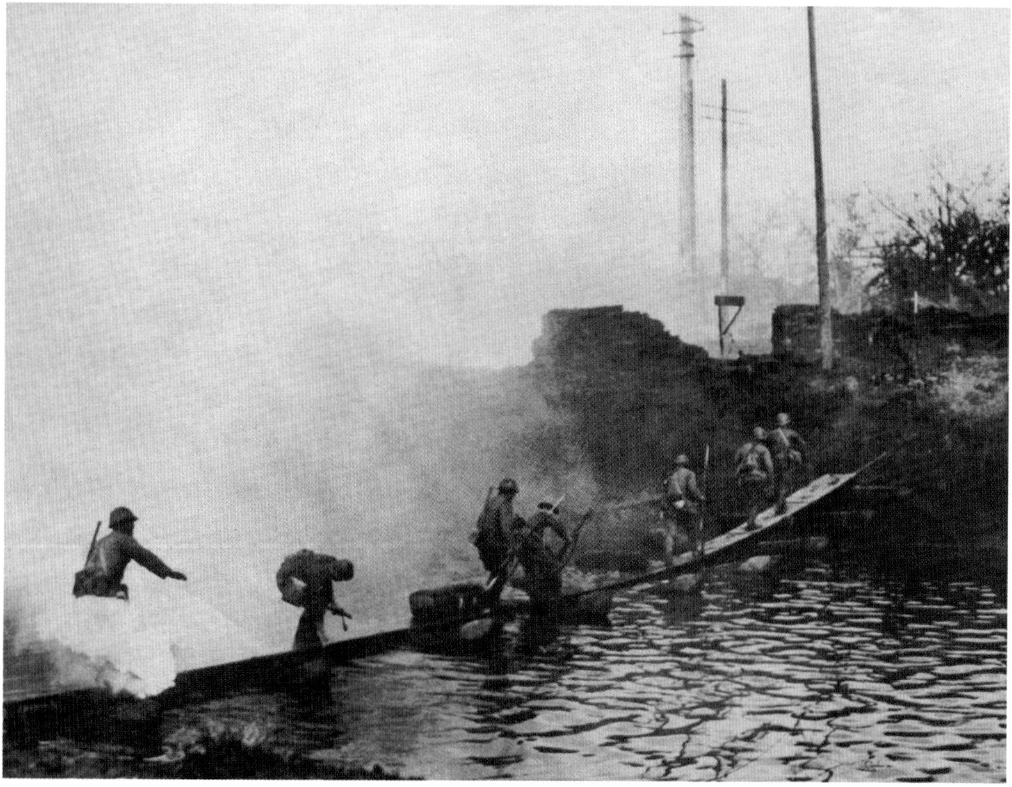

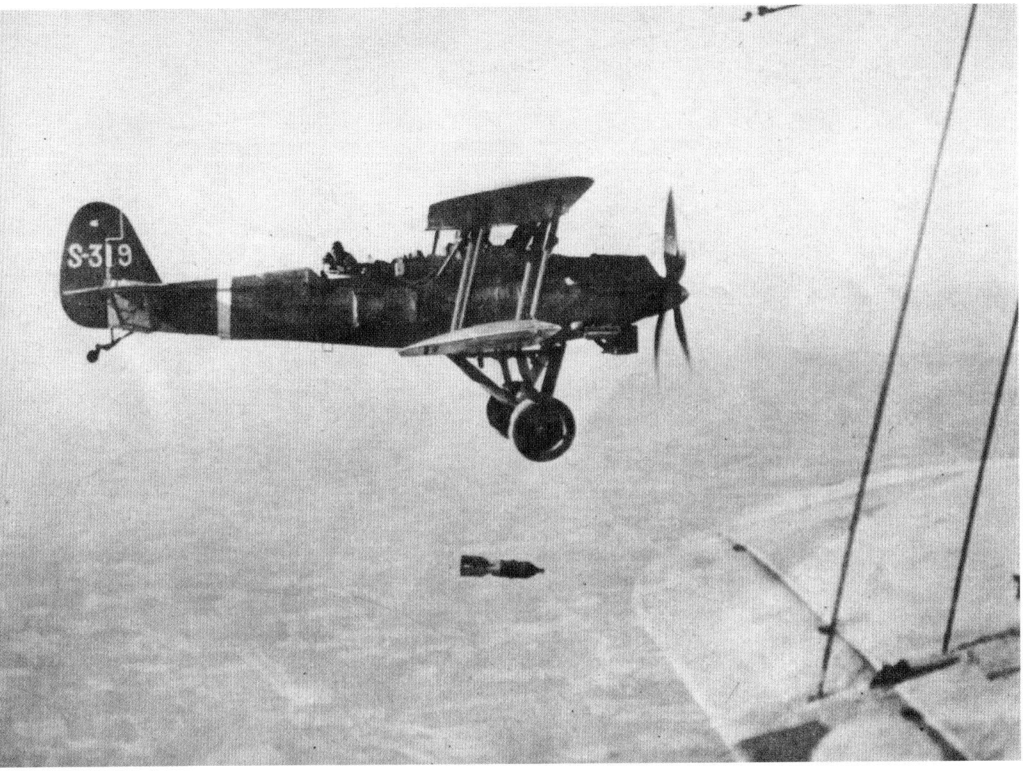
S-319

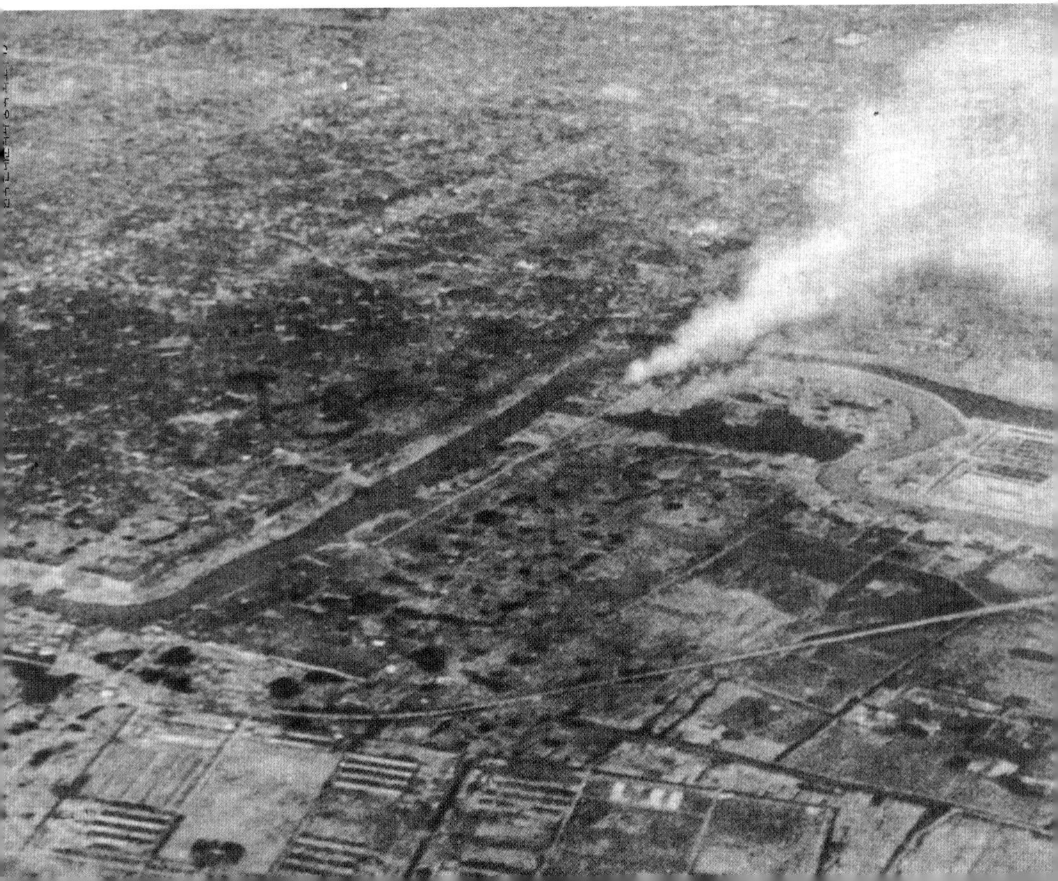

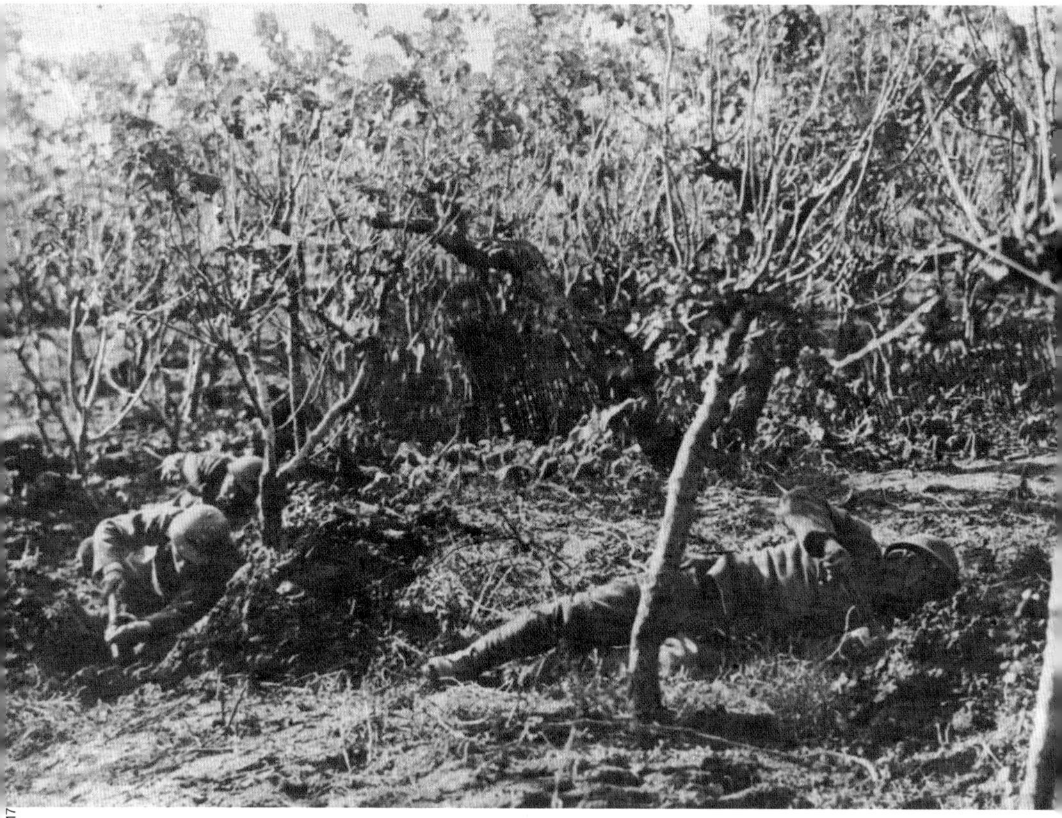

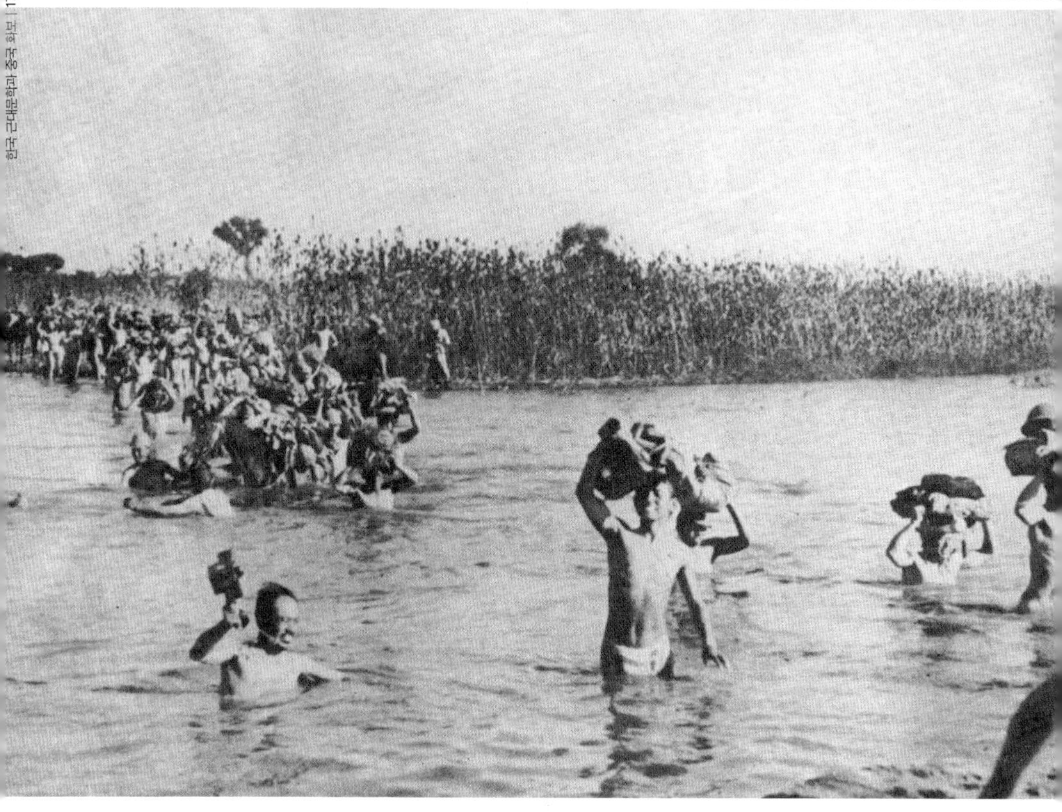

제1부 군대환상과 중국 위기 18

[2] 중국인들의 항일 운동

중일전쟁 이후 중국인들을 항일운동에 적극적으로 나섰다. 중국 공산당은 연안을 중심으로 항일을 내걸고 국민당과 연합전선을 형성하였다. 나중에는 태항산까지 진출하여 일본군과 전면전을 행했다. 중국 국민당은 중경을 중심으로 일본 제국과 싸웠다. 조선인들은 중국인과 함께 싸우기 위하여 연안, 중경, 태항산 등으로 가서 중국인들과 함께 일제에 맞서 싸웠다. 조선 내의 문학계는 무한 삼진 함락을 분수령으로 하여 일제에 협력하는 이들과 저항하는 이들로 양극화되었다.

國民參政會第四次大會

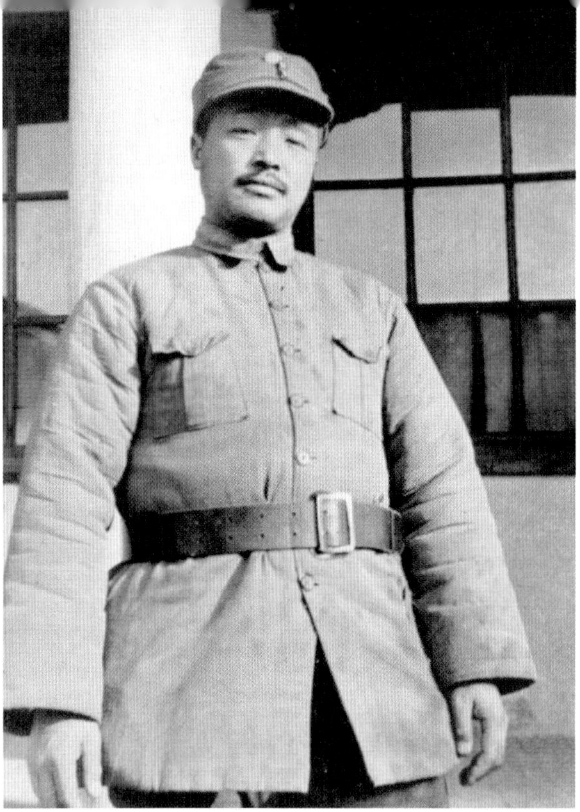

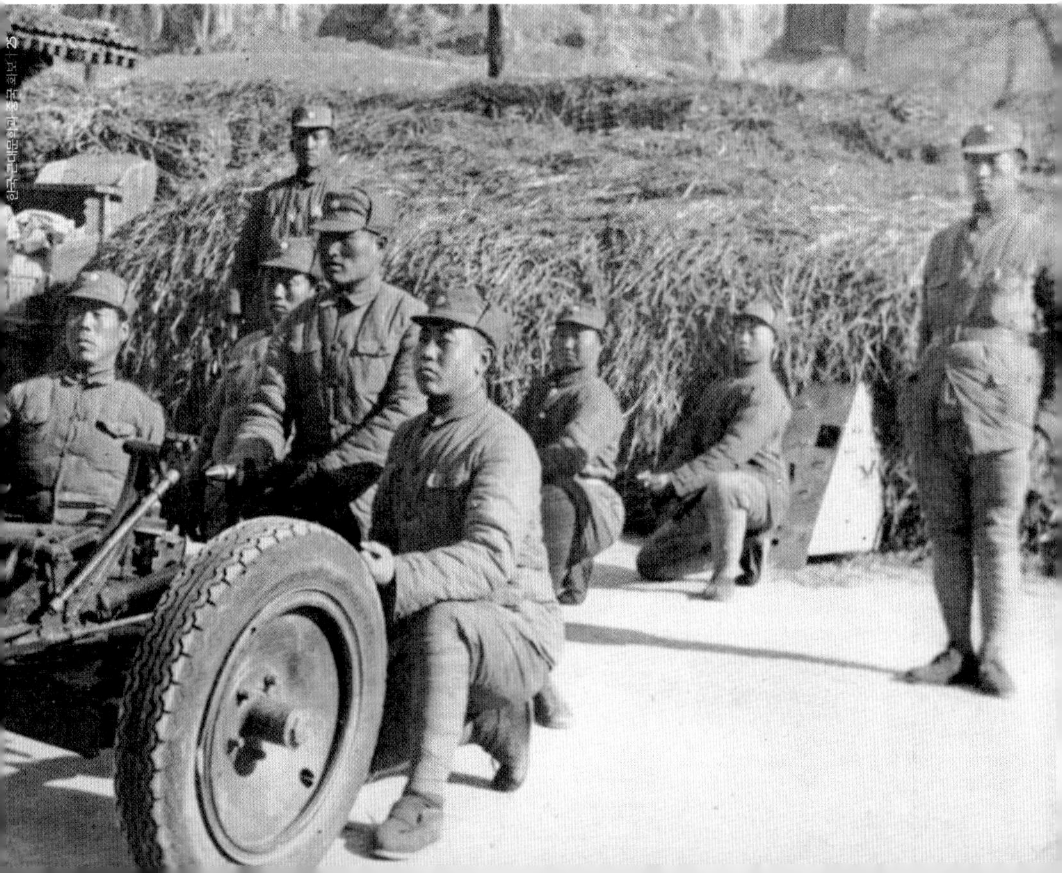

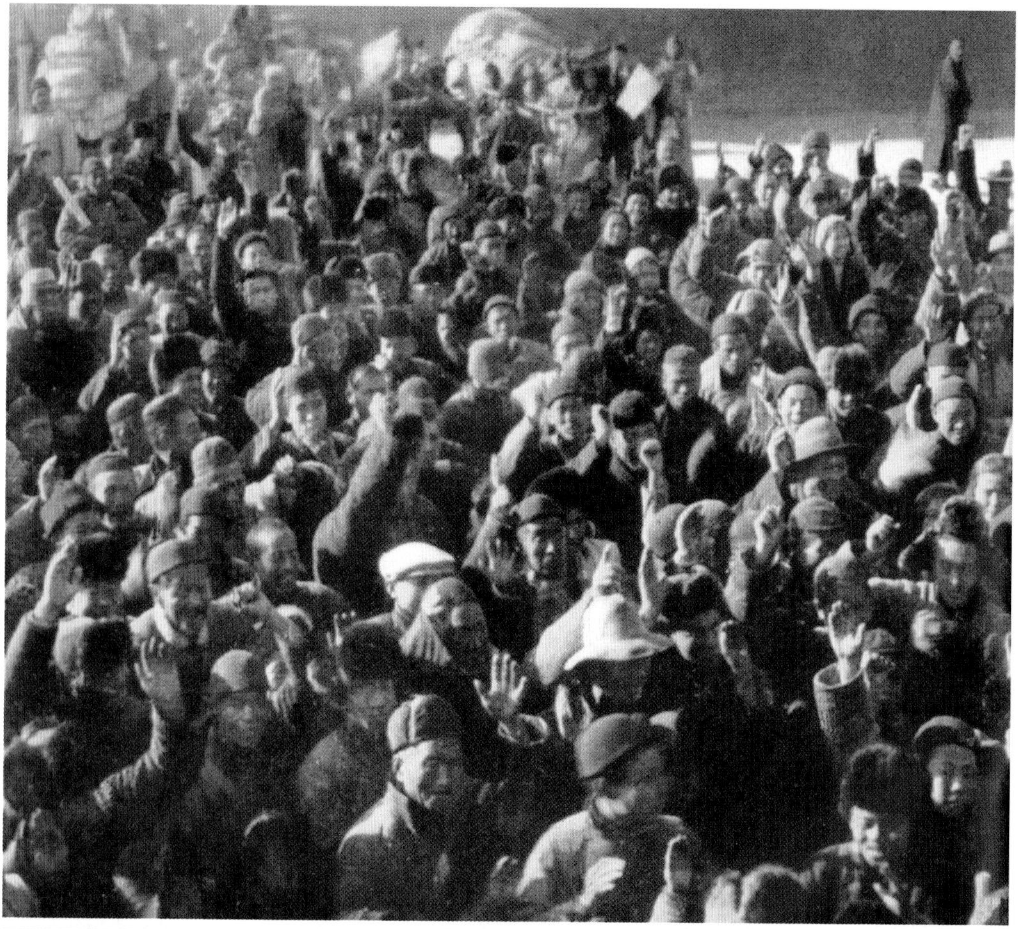

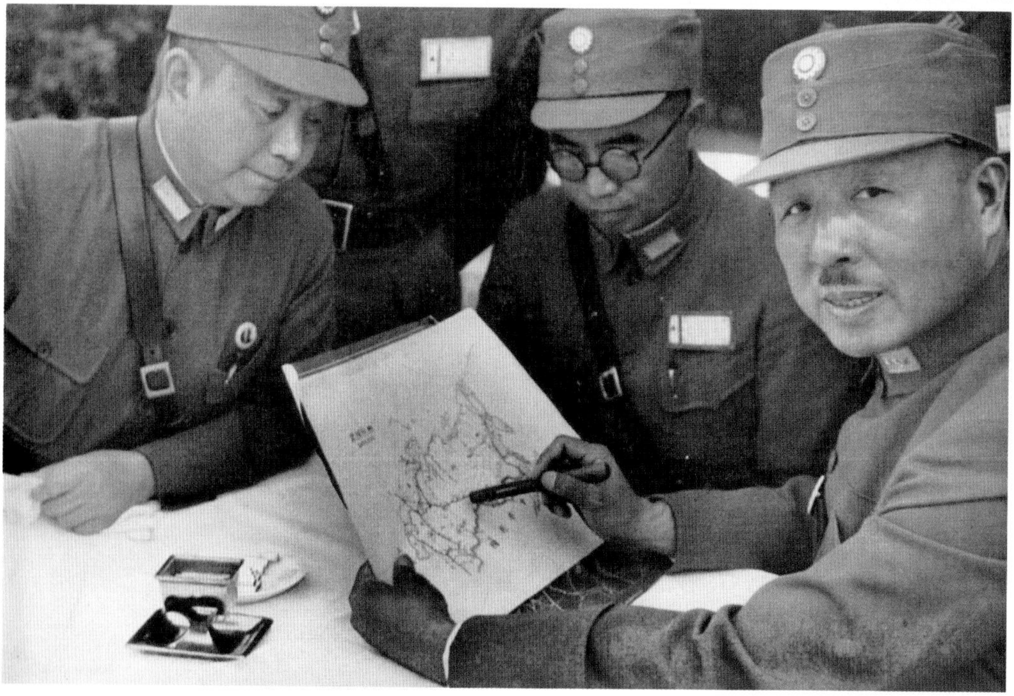

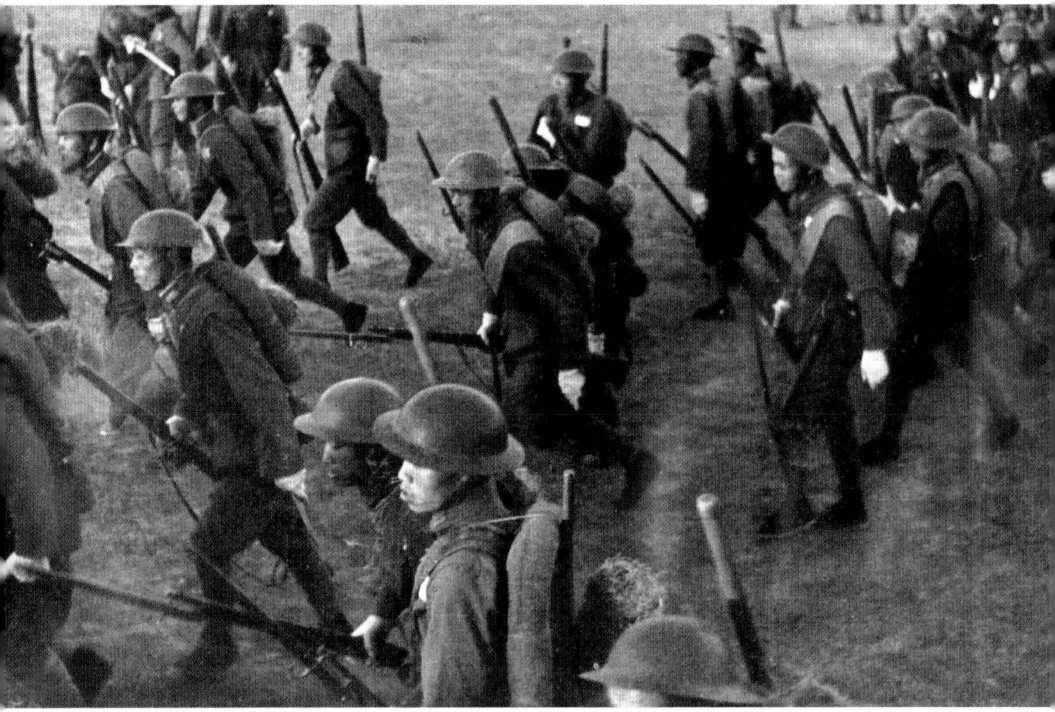

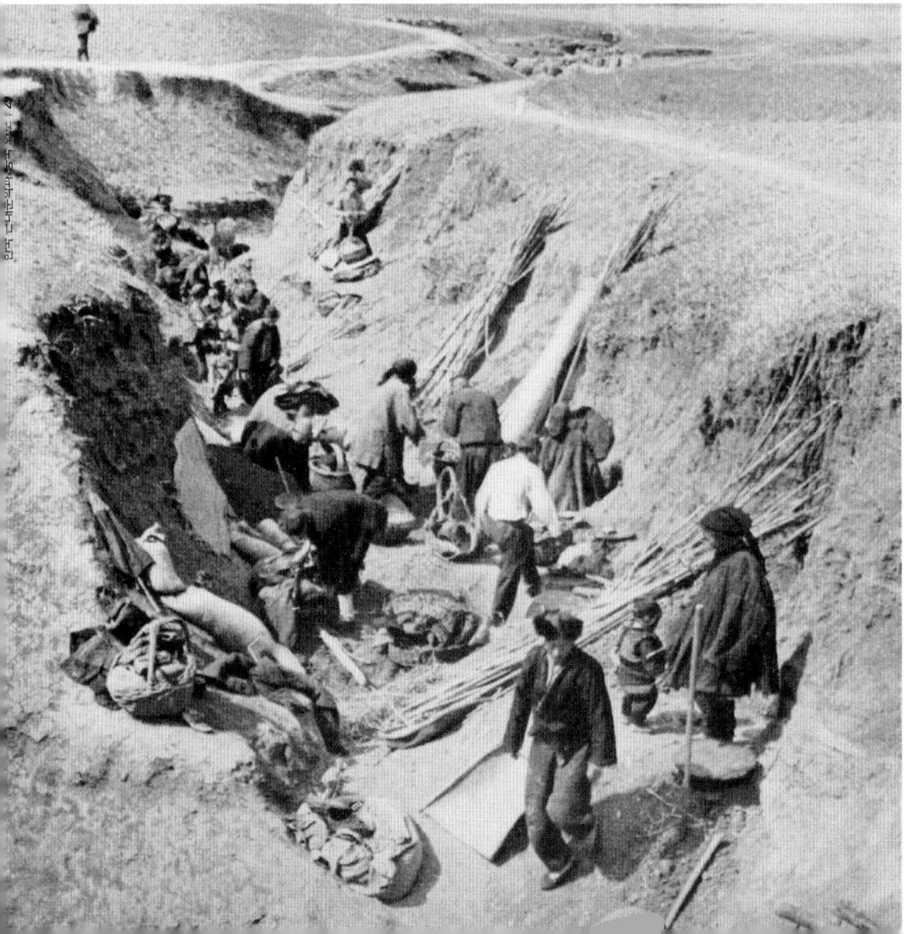

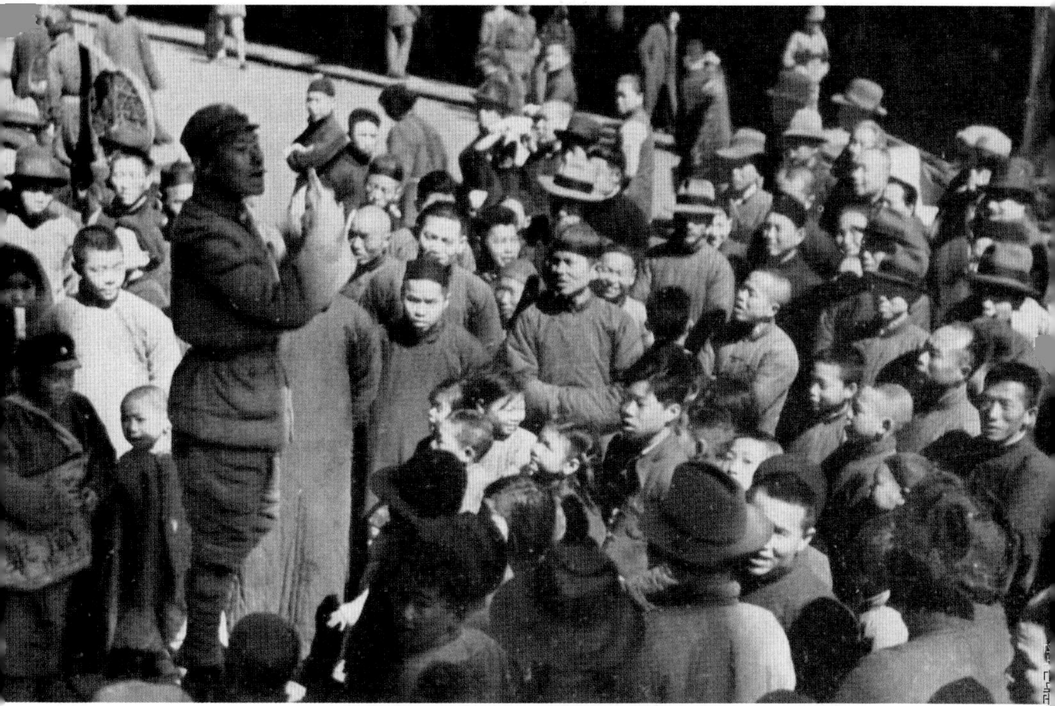

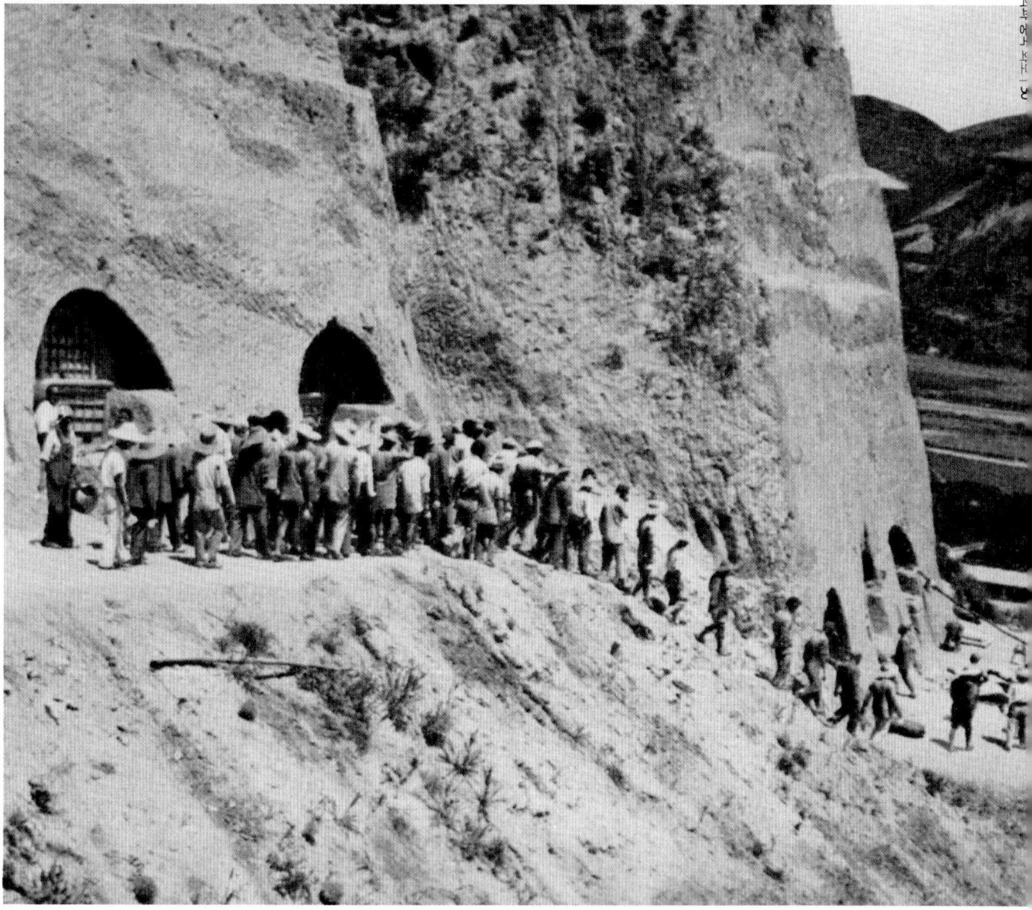

중국 관내의 주요 근대 도시 북경, 천진, 상해, 남경 등은 중일전쟁 이전과 이후 현저하게 달라졌다. 중일전쟁 이전의 이 근대 도시들은 서구의 근대와 아시아의 전통의 혼재 사이에서 다양한 미래를 모색하는 산실이었다. 중일전쟁 이후 일본이 이 도시들을 점령하면서 그 많은 가능성들이 지하화되었다가 해방 이후 분출하였다.

1

8

북경

塔槃るあに外城

大昌榮の慶賢車

市裏場手空地露天の手品師

全部要主內場市

市場入口自轉車預り所

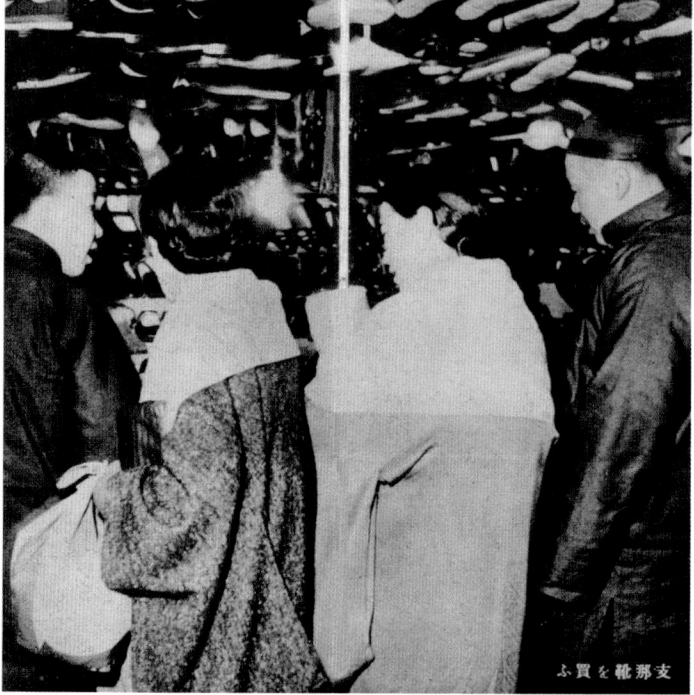

支那靴を買ふ

春風駘蕩蟠桃宮の遠望

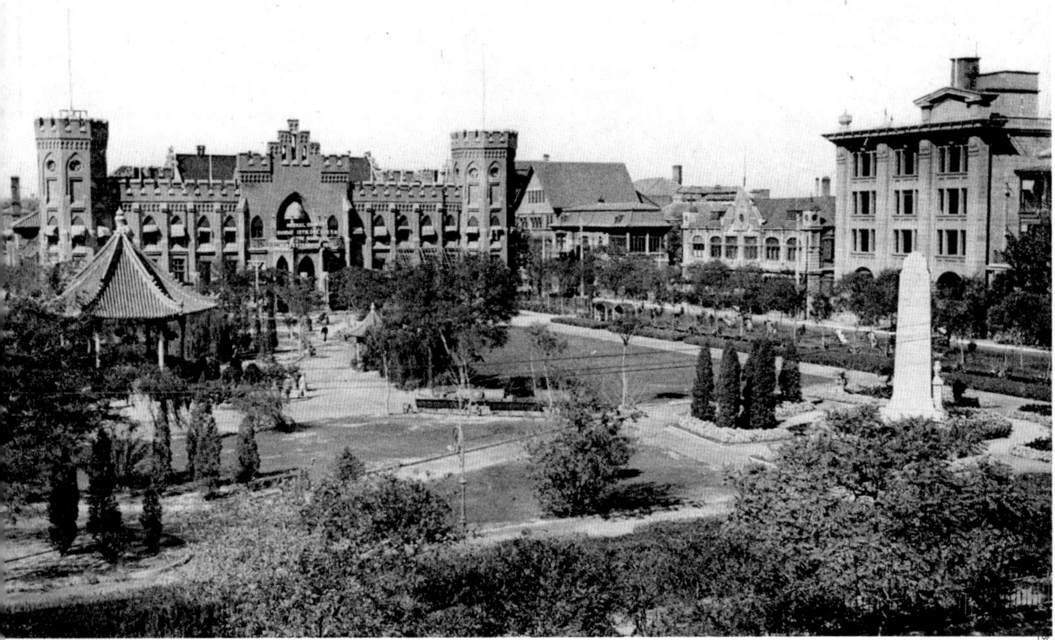

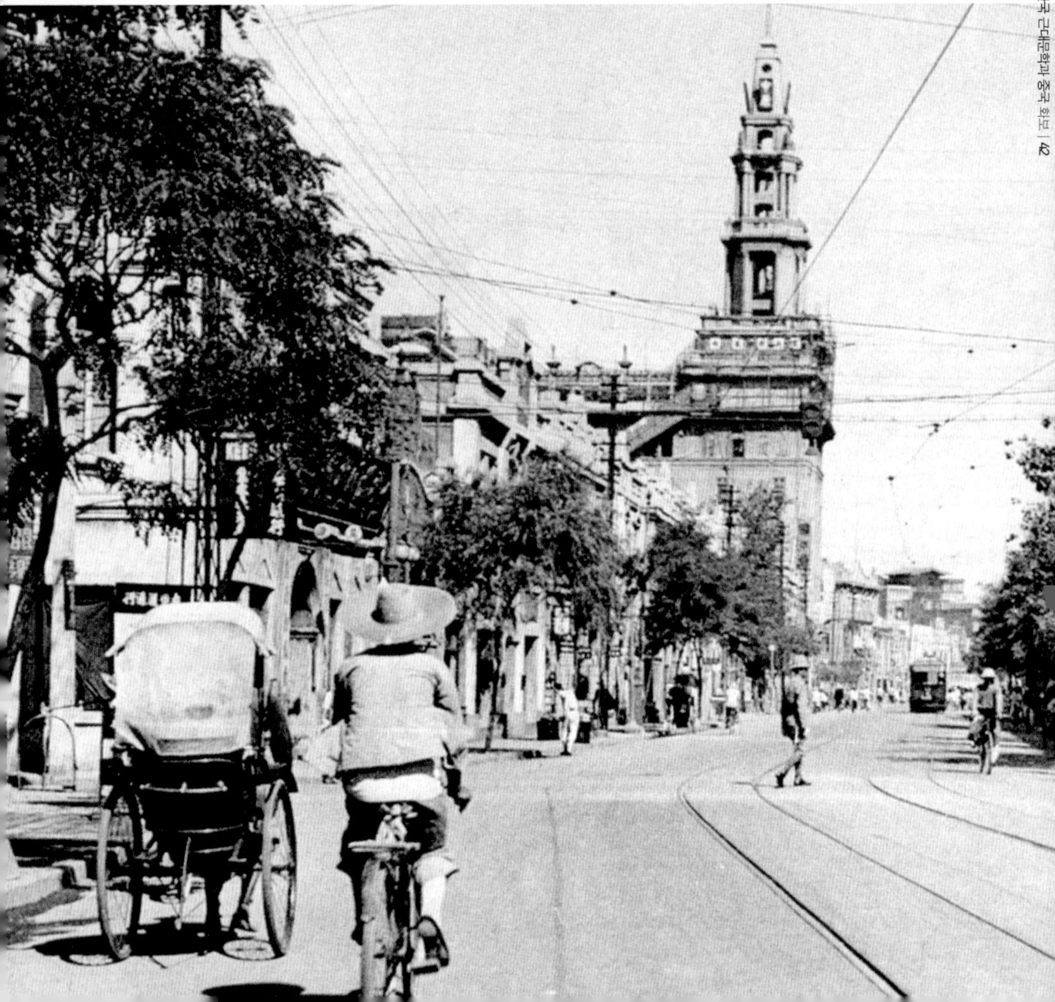

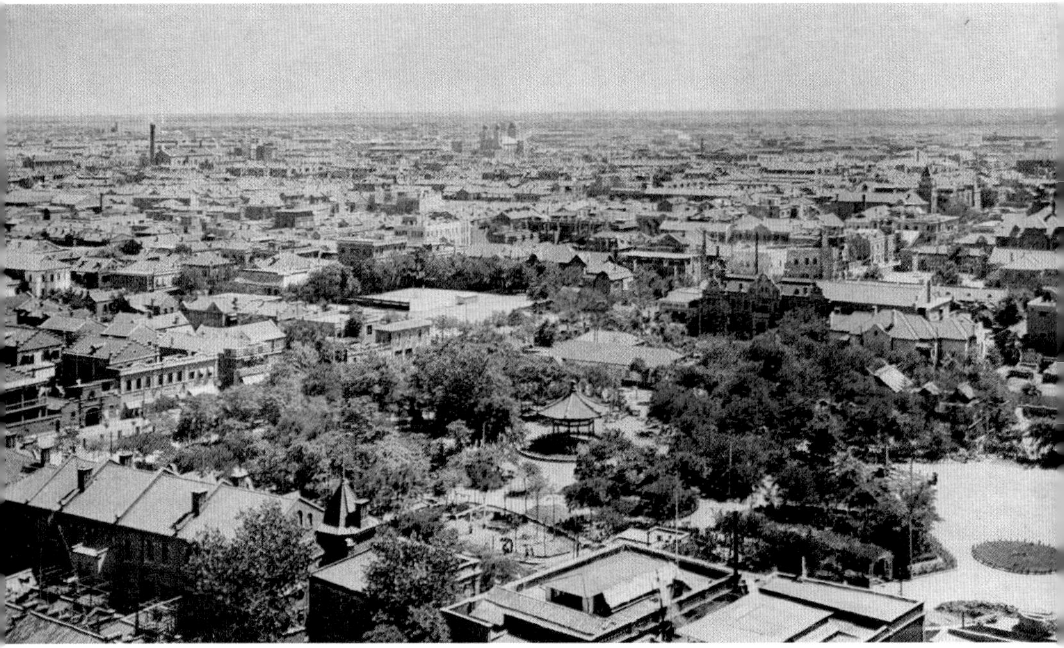

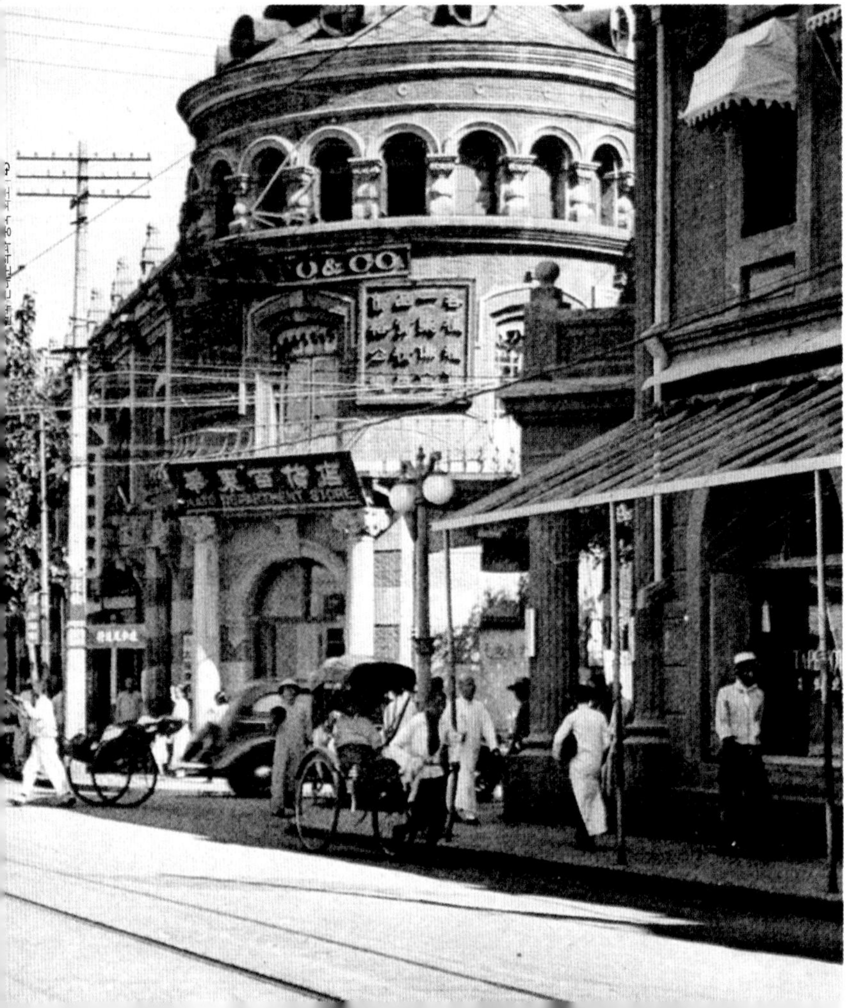
O&CO.

NANKING ROAD, SHANGHAI.
南 京 路 （上海名所）

THE MARKET OF
HONKEW, SHANGHAI.
（上海名所）
虹口市場

THE RAIL-LESS CAR ON THE TIBET ROAD, SHANGHAI.
（上海名所）西藏路を走る無軌道電車

THE VIEW OF PUBLIC GARDEN COMMANDING
FROM THE GARDEN BRIDGE, SHANGHAI.
ガーデンブリッヂよりパブリツク・ガーデンを望む　（上海名所）

HOOCHOW ROAD, SHANGHAI.
福州路　（上海名所）

RIVER AND SHANGHAI BAND, SHANGHAI.

黄浦江と上海（上海名所）

THE MONUMENT OF PEACE AND SHANGHAI BAND, SHANGHAI.

平和記念碑と上海バンド（上海名所）

THE ARBOUR CALLED KOSHINTEI, SHANGHAI.
(上海名所) 縣城內湖心亭

E JAPANESE
TELEGRAPH OFFICE AND
ITS NEIGHBOUR HOOD, SHANGHAI.
(上海名所) 日本
電信局附

THE JAPANESE GENERAL
CONSULATE, SHANGHAI.
上海名所ㇳ日本総領事舘

K, SHANGHAI.
（上海名所）

THE JAPANESE CLUB, SHANGHAI.
日本人倶樂部 （上海名所）

GARDEN BRIDGE, SHANGHAI.
ガーデンブリツヂ （上海名所）

THE POST OFFICE AND
OD FROM GARDEN BRIDGE, SHANGHAI.
よヂツリブンデーガ （所名海上）

HONGKEW RECREATION GROUND, SHANGHAI.
新公園 （上海名所）

THE EXTENSIVE VIEW OF BUBBING WELL
ROAD FROM THE RACE GROUND, SHANGHAI.
競馬塲より靜安寺路方面を望む （上海名所）

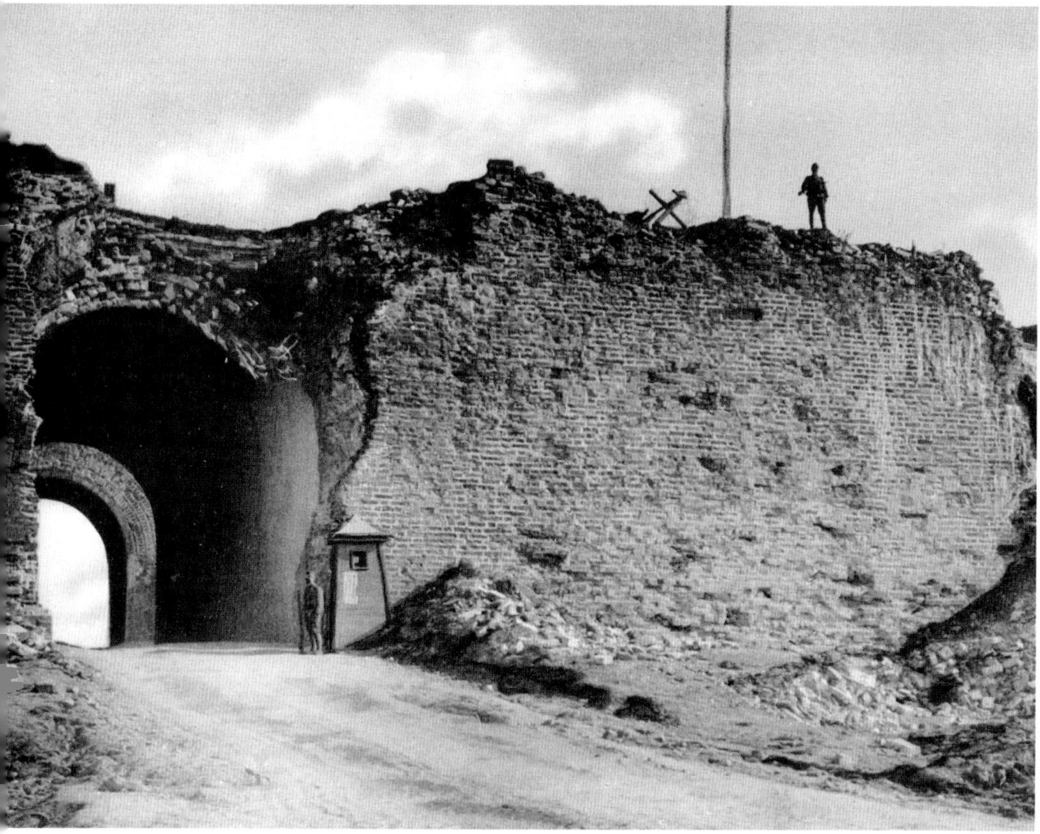

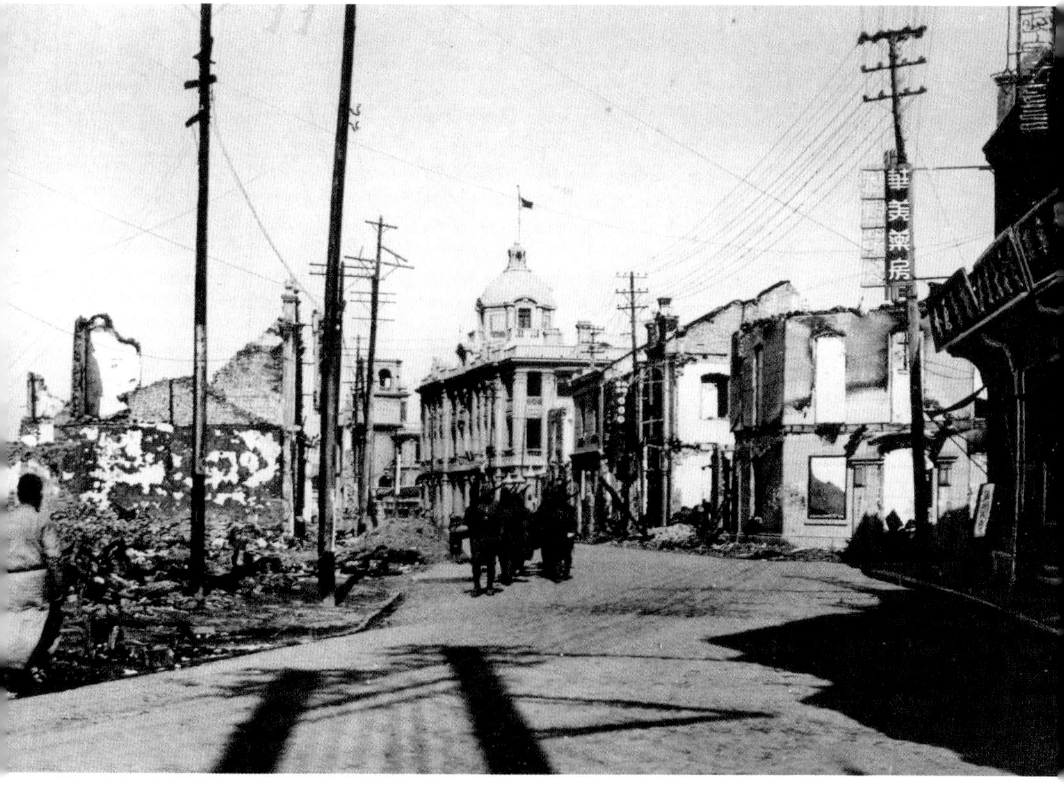
華美藥房

중국해양대학교
해외한국학중핵대학사업단
중국해양대학교
한국연구소 총서 09

Modern
Korean
Literature
and
China

한국
근대문학과
중국

김재용 · 李海英 외

소명출판

한국 근대문학을 한국이란 국민국가 내에 국한시켜 고립적으로 연구하는 것이 얼마나 무모한 일인가 하는 것이 갈수록 분명해지는 오늘날, 한국문학 연구자들이 일본을 비롯한 외국과의 관계를 논하는 것은 매우 긍정적이다. 한국 근대가 그러한 것처럼, 한국 근대문학 역시 구미의 근대와 이와 연동된 일본과의 연계 속에서 탄생했기 때문에 애써 국민국가 내로만 한정지우는 일이야말로 한국 근대문학을 제대로 보려고 하지 않는 일일 것이다. 그런 점에서 우선 주목해야 할 지역은 구미이다. 일본과 중국의 작가들 중에서는 직접 구미를 경험한 작가들이 적지 않게 있었던 것과는 달리, 한국 근대 작가들 중에서 구미의 경험이 있는 작가가 극히 드물었다는 사실을 고려하면 한국 근대문학과 구미를 접근하는 태도는 한층 중층적이어야 한다. 많은 작가들이 일본을 유학하면서 일본이란 렌즈를 통하여 구미를 보았기 때문에 거기에는 굴절이 불가피하게 따를 수밖에 없었다. 그 전유가 창조적인 것이든 혹은 표피적인 것이든 간에 그 과정을 세밀하게 따져보는 작업은 한국 근대문학 연구자들이 외면하기 어려운 과제다. 이와 더불어 생각할 수 있는 것이 일본의 근대와 근대문학이다. 많은 작가들이 일본에 유학하거나 체류했기 때문에 일본의 근대와 근대문학에 음으로 양으로 영향을 받을 수밖에 없었다. 그런 점에서 한국 근대문학과 일본은 거듭 탐구해야 할 영역이다. 일본근대와 근대문학에 대한 파악 없이 한국 근대문학을 접근하는 것이 얼마나 추상적일 수 있는가 하는 점은 한국 근대문학을 진지하게 고려하는 이들은 어렵지 않게 동의할 수 있을 것이다. 오늘날 한국 근대문학 연구자들이 일본을 이해하려고 노력하고 그 속에서 한국 근대문학을 궁구하는 것은 참으로 다행한 일이라 할 수 있다.

그런데 이런 일련의 과정에서 심각하게 누락시키고 있는 것은 중국이다. 한국 근대문학에서 중국이 갖는 비중은 일반적인 생각보다 한층 크다. 한국 근대문학 작가 중에서 만주나 만주국으로 건너갔거나 방문하고 이를 재현한 작가들이 매우 많다. 특히 일제 말 시기에 이르면 많은 작가들이 만주를 다룬 문학을 내놓았다. 한국 근대문학과 만주는 한국 근대문학 연구자들이 한국 근대문학을 해석하려고 할 때 꼭 통과해야 하는 지점이 된 지 오래다. 과거에는 한국 근대문학 연구에서 만주나 만주국은 계륵으로 간주되었지만 지금은 독자적인 영역으로 굳건하게 자리 잡았다. 그런데 한국 근대문학에서 중국은 비단 관외 지역인 동북에 국한되지 않고 관내 지역에까지 미친다. 이 책에서 다루고 있는 한국 근대 작가들이 보여주는 것처럼, 많은 작가들이 관내 지역에 체류하거나 방문하였음을 알 수 있다. 심지어는 일본과 깊은 관계를 가졌던 작가들조차도 중국과 내면적으로 연루되어 있음을 확인할 수 있다. 이태준의 중국 여행기가 보여주는 것처럼, 냉전시대에도 북한에 거주하던 한국의 작가들은 중국을 방문하고 글을 썼다. 이런 점을 고려할 때 한국 근대문학과 중국의 맞물림을 고구하는 것은 더 이상 미루기 어려운 절실한 과제이다.

한국 근대문학을 중국과 관련시켜 이해하는 작업은 필연코 동아시아 전체로 확산될 수밖에 없다. 이 책의 2부가 보여주는 것처럼, 한국

작가들의 중국행은 그 자체로 진행된 것도 있지만 대부분 일본 제국과의 길항 속에서 나온 것이다. 작가들이 만주와 관내로 갔던 것은 일본의 조선 지배를 피하기 위한 것이 대부분일 정도로 한국작가의 중국행은 일본 제국과의 긴장 속에서 이루어진 것이다. 그런 점에서 한국 근대문학에서 중국을 다룬다는 것은 필연적으로 동아시아 전체의 과거와 현재 그리고 미래를 묻는 일일 수밖에 없다. 한국 근대문학과 일본의 관계를 다룰 때는 확보하기 어려운 이런 시각이 한국 근대문학과 중국의 관련성을 따질 때에는 필연적으로 동반되는 것이다.

그동안 왜 한국 근대문학과 중국의 문제가 심도 있게 다루어지지 않았는가? 필자가 보기에 가장 큰 이유는 냉전의 여파라고 할 수 있다. 한일수교 이후 한국과 일본의 교류가 많아졌던 것과 다르게 중국과의 교류는, 오랜 냉전의 영향으로, 거의 없었다고 할 수 있다. 중국과의 수교가 이루어진 1990년대 이후 비로소 한국의 연구자들이 중국을 방문하게 되면서 이 방면의 관심이 싹트기 시작하였다. 한국인들이 중국을 방문하기 불가능하였던 1980년대 중반 오무라 마쓰오 교수가 중국 연변을 방문하여 윤동주의 묘를 확인했다는 사실은 한국과 중국 간의 오랜 냉전의 벽을 잘 말해준다. 한국의 연구자들이 중국을 방문하게 되는 것과 때를 맞춰 중국의 한국문학 연구자들도 한국을 방문하게 되었다. 양국의 한국문학 연구자들이 다양한 형식의 자리에서 한국 근대문학과 중국의 관계를 해명하는 것의 중요성을 확인하였지만 여전히 부분적이거나 일회적이어서 내세울만한 성과를 낳지는 못하였다. 양쪽의 연구자들이 처음부터 단행본 책을 염두에 두고 작업을 한 것은, 필자의 과문 탓인지 모르지만, 없었다. 그런 점에서 이번 책은 매우 중요한 연구사적 의미를 갖는다고 자부한다. 물론 여전히 갈 길은 멀다. 우선 이

책에서 꼭 다루어야 한다고 생각했던 작가들이 여러 사정으로 누락된 것이 가장 마음 아프다. 또한 한국 근대문학에서 중국이 갖는 의미를 좀 더 이론적으로 심화시키는 작업이 제대로 되지 않은 것도 빼놓을 수 없다. 동아시아 연쇄를 더욱 깊이 파고들지 못한 아쉬움도 존재한다. 이 책을 계기로 향후 이러한 작업이 본격적으로 행해진다면 필자들의 이러한 지적 노고와 모험이 결코 헛되지 않을 것이라고 믿는다.

이 낯선 기획에 기꺼이 동참한 필자들에게 진심으로 감사드린다.

제2부_한국 근대문학, 중국 그리고 동아시아

1부
한국 근대작가와 중국

김사량과 중국

김재용

1. 김사량과 동아시아

한국 근대문학에서 김사량만큼 동아시아적 상상력이 풍부한 작가를 찾기는 쉽지 않다. 김사량이 일본과 깊은 연관성이 있다는 것은 널리 알려져 있다. 김사량은 일찍이 유학을 했을 뿐만 아니라 일본 문단에 등단하여 일본어로도 글을 썼기 때문에 식민지 시기 여타의 작가에 비교가 되지 않을 정도로 일본과의 연계가 강하다. 하지만 이 대목도 생각만큼 자세하게 해명되지 않았다. 1973년에 일본에서 전집이 나왔고, 이후 일본 학계의 조명을 적지 않게 받았던 점을 고려하면 한국에서의 부진은 쉽게 이해되지 않는다. 냉전도 한 몫을 했겠지만 가장 큰 이유는 김사량의 일본어 창작이 아닌가 한다. 올해 김사량의 일본어 작품이 전부 한국어로 번역되어 수록된 한국어판 전집이 출간된 것은 향후 김사량의 일본적 연계를 한층 더 풍부하게 연구할 수 있는 기반이

될 것으로 보인다.

한국 근대문학사에서 김사량이 갖는 특성 중의 하나는 일본 못지않게 중국적 연계가 풍부하다는 점이다. 그동안 김사량에 대해 이루어진 연구가 주로 일본 제국과 조선의 관계에 치우쳤던 것과 대조로 김사량의 중국적 연계에 대해서는 연구가 많지 않다. 그나마 이루어진 연구도 주로 김사량의 단편소설 「향수」에 국한되어 있다. 하지만 김사량 문학에서 중국은 매우 큰 비중을 차지한다. 그가 동경제대 독문과를 졸업할 1939년 3월에 북경으로 건너가 재북경 조선인뿐만 아니라 주작인을 비롯한 중국 지식인도 만났다는 점은 이를 잘 말해준다. 일제가 패색이 짙어지면서 모든 자원을 동원하려고 하였던 최후기인 1944년 중반에 김사량은 다시 중국으로 건너가 한 달 이상을 상해에서 보낸다. 동아시아의 정황과 세계의 흐름을 읽고 귀국하였지만 이는 궁극적으로 1945년 5월의 탈출로 이어졌다. 거기에서 희곡 〈호접〉을 비롯한 여러 작품을 창작하면서 항일운동을 했다는 점을 감안할 때 김사량 문학에서 중국이 차지하는 비중은 일본 못지않게 크다는 것을 알 수 있다.

한국 근대 작가 중에서 일본적 원천과 더불어 중국적 원천을 함께 갖는 작가를 찾는 것은 거의 불가능하다. 일본적 연계가 강한 작가들은 중국적 원천이 취약하고, 중국적 연계가 강한 작가들은 일본적 원천이 약하기 때문이다. 그런 점에서 김사량의 동아시아적 원천과 상상력은 매우 특이한 경우라 할 수 있을 것이다. 김사량의 중국적 원천을 충분히 살피게 되면 김사량의 동아시아적 연계와 상상력의 전체적 면모가 구체적으로 드러날 것이다.

2. 1936년, 제도(帝都) 동경 — 조선의 김사량과 대만의 오곤황

　김사량의 중국 연관을 살피려고 할 때 흔히 주목하는 것은 1939년 봄 북경 여행이다. 동경제국대학 졸업을 앞두고 북경을 처음 여행하고 이를 조선어와 일본어로 된 두 가지의 판본의 여행기를 남겼기 때문에 이를 다루는 것은 너무나 자연스러운 일이다. 하지만 이보다 먼저 탐구해야 할 것은 1936년 김사량이 동경제국대학에 입학한 이후 동경에서 활동하던 무렵 대만 출신의 문인 오곤황(吳坤煌)과 만난 일이다. 제도 동경에서 식민지 조선 출신의 김사량과 식민지 대만 출신의 오곤황이 조우한 것은 이후 김사량의 중국 연계를 예고하는 것이기 때문이다.

　김사량은 오곤황에 대해서 두 번 언급한다.

　또 다른 해후는 북경에서 오곤황군을 만난 일이다. 오군이라면 아는 사람도 많을 줄 안다. 대만 출신의 시인으로 — 동경서도 문명을 날리고 있었다. 그는 현재 천진에서 살지만 북경을 가는 길이라는데, 차가 와서 우리는 일분 동안도 이야기하지 못한 것은 매우 섭섭하다.[1]

　혹 귀형은 대만 출신의 시인 오곤황을 알고 계십니까 뜻밖에 어느 경찰 안에서 만났는데 이목구비가 뚜렷한 사람으로 참 인상이 깊었습니다. 작년 북경에 갔다가 천진으로 돌아갈 때 천진 역의 플랫폼에서 우연히 만났습니다.[2]

1　김재용·곽형덕 편, 『김사량, 작품과 연구』 2, 역락, 2009, 164쪽.
2　김재용·곽형덕 편, 『김사량, 작품과 연구』 4, 역락, 2014, 408~409쪽.

처음 것은 1939년 북경을 방문한 직후 잡지『박문』에 발표한 산문「북경왕래」의 한 대목이다. 흥미로운 것은 이 부분이『문예수도』에 발표한 일본어판「에나멜 구두의 포로」에는 나오지 않는다는 점이다. 자신과 오곤황이 서로 알게 된 것이 일본 내에서 반제국주의적 국제주의 활동 와중이었기에 애써 숨기고 싶어서 언급하지 않았던 것이 아닌가 한다. 하지만 조선의 독자에게는 일본 제국의 식민지라는 같은 처지에 있는 대만 출신의 작가 오곤황을 알고 지냈다는 것을 강조할 필요성을 느꼈기 때문에 이렇게 두드러지게 내세우고 있는 것이다.

두 번째 것은 대만 작가 용영종에게 보낸 김사량의 답장의 한 대목이다. 대만에서 일본어로 창작을 하였고『문예수도』에 함께 작품을 발표하던 용영종은 같은 식민지 출신인 조선인 작가 김사량이 일본의 유명한 상 아쿠다가와 상 후보로 올랐다는 소식을 접한 후에 소감을 담은 편지를 김사량에게 보냈다. 이전에는 전혀 연락이 없었던 사이이지만 식민지 출신으로서 일본어로 창작한다는 비슷한 처지 때문에 공감의 편지를 보낸 것으로 보인다.「빛 속으로」가 부분적으로 일본인 취향에 기울어져 있다는 용영종의 지적에 대하여 공감을 하면서 언제가 이 작품을 고쳐볼 생각이 있다고 호응하였다. 이 편지에서 오곤황에 대해서 물어본 것이다.

김사량이 이렇게 큰 애정을 갖고 대한 오곤황을 이해하는 것은 김사량의 반제국주의적 국제주의를 파악하는 지름길이다. 오곤황(吳坤煌)은 1929년에 일본에 유학하여 재일 대만인 문학인의 중심이 되었다. 대만 출신의 소설가 장문환과 더불어 1933년 동경에서 결성된 대만예술연구회의 발기인이 되어 기관지『포르모사(フォルモサ)』를 발행하였다. 대만예술연구회는 1934년 대만에서 대만문예연맹이 결성되자 그 동경

지부가 되었는데 장문환과 함께 이를 조직하고 그 책임자가 된다. 좌파 극단인 축지소극장과 신협극단에 참가하여 일본문학인 무라야마 토모요시[村山知義] 등과 연대하였다.

김사량은 오곤황과 만난 적이 있다고 했는데 무슨 일로 만난 것일까? 이 관계를 해명함에 있어 매우 중요한 자료가 하나 있다. 오곤황이 일본 경찰에 검거된 것을 알리는『오사카아사히신문』대만판의 기사이다. 1937년 3월 12일자 기사에 의하면, 오곤황은 이미 검거된 김두용과 함께 연극무대를 이용하여 민족해방을 고취시켰으며 특히 대만 조선 중국의 연대을 추구하였다가 검거되었다는 것이다. 또한 1936년 6월에는 최승희를 대만으로 데려가 민족계몽을 했다는 것도 덧붙여 있다.[3] 오곤황이 김두용과 밀접한 관련을 맺고 활동했다는 점을 눈여겨 볼 필요가 있다. 오곤황은 1929년에 일본에 건너간 직후 프롤레타리아 국제주의에 충실하였다. 특히 코프 결성 이후에 그 산하의 조직이었던 대만 위원회에 일하면서 코프 조선위원회에서 일하던 김두용을 알게 된 것으로 보인다. 한때는 조선대만위원회라고 불리기도 하였다. 신문 기사에서 3·1연극에 오곤황이 관여했다고 나오는 것을 미루어 볼 때 코프 시절부터 서로 긴밀하게 연대하고 있음을 알 수 있다. 1934년 김두용이 옥중에서 풀려나 조선예술좌를 본격적으로 주도하면서 더욱 밀접하게 연대 활동을 펼친 것으로 보인다. 그리하여 1936년 6월에는 김두용 등의 도움으로 최승희를 대만으로 데리고 가서 피식민지인의 기상을 보여주는 일을 기획할 정도로 대만인으로서는 보기 드물게 조선에 대한 관심을 갖고 있던 인물이다. 그런데 김두용이 조선 예술좌 사

3　『大阪朝日新聞』, 1937.3.12.

건으로 1936년 7월에 검거된 직후 오곤황은 대만에서의 최승희 공연을 마치고 동경으로 돌아오자마자 검거되었다.

이런 점들을 고려하면 김사량이 어떻게 오곤황은 만났는가를 어렵지 않게 짐작할 수 있다. 김사량은 동경제국대학 독문과에 진학한 후 『제방』 동인으로 활동하였다. 사가고등학교에 다닐 무렵 중심인 동경을 선망하였다. 동경에 오면서 갑작스럽게 문화의 중심에 서는 경험을 하게 되면서 동경제국대학의 동료들과 동인활동을 펼쳤다. 『제방』 동인은 바로 그러한 노력의 산물이다. 하지만 이 동인들은 모두 일본인이다. 김사량으로서는 그들과 더불어 동인활동을 하면서도 채워지지 않는 것을 느꼈을 것이다. 재일조선인과 함께 활동하고 싶은 갈망이 결국 조선예술좌의 참가로 이어진 것으로 보인다. 1936년 4월 입학한 후에 김사량은 당시 동경의 재일 조선인들이 연극을 통하여 서로 만난다는 것을 들었기에, 이에 적극적으로 참가하였다. 조선예술좌는 김사량이 동경으로 진학하기 전부터 이미 재일조선인 사이에서 이름이 널리 알려져 있었다. 조선예술좌는 1935년 3월 3~4일 양일간 공연에서 620명의 관람객을 확보할 정도로 유명하였다. 이전에 코프 산하 단체의 역할을 하였던 3·1극단이 코프의 해체와 더불어 무너지자 고려 극단을 만들어 새롭게 재기하려고 하였다. 하지만 여러 가지 여건이 따라주지 않으면서 고려 극단은 1935년 1월 해체되었다. 이 공백을 메우려고 나온 것이 바로 조선예술좌였다. 조선예술좌는 1935년 11월 이기영의 〈서화〉와 한태천의 〈토성랑〉을 공연하여 700명의 관객을 끌어들이는 성공을 거두었다. 이 여세를 몰아 1936년 1월 1935년 2월에 만들어진 조선신연극연구회와 합동하여 명실상부하게 재일조선인 연극단체가 되었다. 일본인 연극연출가 무라야마 토모요시의 방조를 입은 이 통합은 재일 조선인 운동가들에게 새로운 출발이었다.[4] 1936년 7월 조선예술좌의 책임자였던 김두용이 검거되기 전까지 활발하게 동경 여러 지역을 다니면서 연극활동을 하였고 이를 통하여 재일조선인들을 규합하였다. 김사량이 조선예술좌에서 활동하였던 무렵 이미 오곤황은 이 단체와 긴밀하게 움직였기 때문에 자연스럽게 마주칠 수 있었던 것이다. 특히 김사량이 조선예술좌 사건으로 모토후지 경찰서에 수감되었을 때 오곤황도 같은 경찰서에 이미 들어와 있었기 때문에 가까이에서 만났던 것이다.

일본 좌파문인들을 매개로 해서 가까워진 김사량과 오곤황이었지만 식민지 조선과 대만의 출신이기 때문에 일본의 좌파 문인들과는 겹쳐지지 않는 부분도 있었다. 제국주의의 것이다. 이 두 사람이 함께 친했던 무라야마 토모요시와 같은 일본의 진보적 문학인들은 반파시즘과 반자본주의라는 측면에서는 이들과 함께 하지만 반제국주의라는 관점에서는 깊이 공감하기가 어려웠을 것이다. 아마도 김사량과 오곤황은 일본 좌파 문인들에서 느낄 수 없는 것을 함께 공유할 수 있었기 때문에 더욱 친해졌을 것이다. 일본의 좌파 문인들과는 다른 차원에서 이들이 추구한 것 중의 하나가 바로 중국에 대한 인식이다.

오곤황은 당시 일본에 거주하는 중국 문인 특히 좌련계 문학인들과 가까이 지냈다. 좌련은 1930년 3월 상해에서 노신 등이 주도하여 결성되었다. 1931년 봄 동경에 거주하던 중국인 문인들이 중심이 되어 좌련 동경지부를 결성하였다. 이들은 일본 내 진보적 문인들과 연계를 맺고

---

4 조선예술좌에 대해서는 핵심 당사자인 김두용의 두 글을 참고하였다. 김두용, 「일본 문단 극단의 동향」, 『동아일보』, 1936.2.28~3.8; 김두용, 「朝鮮藝術座の近況」, 『テアトロ』, 1936.5.

다양한 활동을 했지만 구성원들이 중국으로 돌아가는 바람에 1931년 9월에 해체되다시피 하였다. 1933년 중국 좌련의 조직부장 주양(周楊)의 지시로 일본에 들어온 임환평(林煥平)에 의해 1933년 12월 좌련 동경지부가 재조직되었다. 그리하여 1934년 8월부터 1936년 11월에 이르는 기간 동안 『동류(東流)』, 『시가(詩歌)』, 『잡문(雜文)』의 동인지를 발간하였다. 오곤황은 이 좌련의 중국문인들과 밀접하게 접촉을 하고 있었다. 대만의 연구자 류서금(柳書琴)에 의하면,[5] 오곤황은 좌련 동경 지부의 중국 문인들과 매우 가까이 지냈으며 이는 당시 함께 일하던 장문환과 비교할 때도 그러하다는 것이다. 이런 점을 고려할 때 김사량은 오곤황과의 친분뿐만 아니라, 그를 통하여 당시 중국의 문학계와 정세에 대해 매우 깊이 알고 있었음을 알 수 있다. 당시 중국 내에서는 두 개의 구호 논쟁이 터지면서 좌련은 해산되었고 문학계에도 항일에 맞추어 좌우 합작이 실현되었다. 좌련 동경 지부 역시 덩달아 해체되었다. 김사량은 이런 과정을 통하여 중국과 중국의 문단에 대해서 깊이 알게 되었을 것이다. 그런 점에서 1939년의 북경행은 결코 우연이 아니었다.

이 시기 김사량의 대만과 중국에 대한 관심은 제국주의 근대에 대한 자각과 이를 극복하려고 하는 초보적 지향을 담고 있다고 할 수 있다. 이전까지만 해도 재일 조선인 지식인들을 사로잡은 것은 프롤레타리아 국제주의였다. 이를 통하여 세계의 무산계급이 해방될 수 있다고 믿었기 때문에 식민지와 같은 문제에는 별로 관심을 두지 않았다. 하지만 이 무렵 국제 공산주의 운동은 이전의 방침을 자기비판 하면서 반파시즘과 반제국주의 문제에 관심을 기울였다. 평소 일본에서 활동하

---

5   柳書琴, 『荊棘之道』, 聯經, 2009.

면서 항상 이 문제에 관심을 두고 있던 오곤황은 이러한 국제적 흐름을
자기 식으로 전유하였고 이 점은 김사량도 마찬가지였다. 그런 점에서
김사량은 프롤레타리아 국제주의에서 벗어나 제국주의 근대를 비판하
는 쪽으로 나아가게 되었고 이 과정에서 중국에 각별하게 관심을 둔 것
으로 보인다.

3. 1939년, 마도(魔都) 북경 – 무한삼진 함락 이후의 동아시아

　김사량이 1939년 봄에 북경을 방문한 것이 중국과 동아시아에 대한
지속적인 관심의 연장선상에서 나온 것이라는 것은 해명되었지만, 왜
이 시기이냐에 대해서는 좀 더 세밀한 검토가 필요하다. 김사량이 북
경을 방문할 무렵은 일본이 중국의 주요 거점을 장악한 이후이다. 1937
년 7월 중일전쟁이 일어났을 무렵만 해도 전세가 어떻게 전개될지 장
담하기 어려웠다. 특히 김사량과 같이 반제국주의적 국제주의를 지향
하던 이들은 중일전쟁이 만약 중국의 승리와 일본의 패배로 끝난다면
조선의 독립이 열리는 것이기 때문에 더욱 예의주시했다. 그런데 1938
년 10월 무한삼진이 함락되면서 대부분의 중국 핵심 도시들이 일본의
지배하에 떨어지자 더 이상 그런 희망을 가지기 어려웠다. 당시의 많
은 친일 협력을 한 조선의 문학인들과 지식인들은 이 무한삼진의 함락
을 동아시아에서의 일본의 패권 장악으로 보고 일본의 아시아주의에
희망을 걸면서 급속하게 친일 협력으로 기울었다. 이광수나 장혁주는
이의 대표적인 인물이다. 김사량은 일본의 문단에서 일본어로 글을 쓰

면서 프롤레타리아 국제주의를 지향하던 장혁주가 그러한 길을 걷는 것을 보면서 시대의 심각성을 더욱 체감할 수 있었다. 김사량은 과연 중국이 일본 제국에 항복했는지 등을 자신의 눈으로 확인할 필요성을 느꼈을 것이다.

동경문단의 유일한 조선인 작가 모씨가 「조선지식계급에게 준다」는 글과 함께 대반동을 시작한 때도 나로서는 우리말로 쓰는 것보다 좀 더 자유스러히 쓸 수 있지 않을까 탄압이 덜할까 생각하고 일어로 썼다느니보다 조선의 진상 우리의 생활감정 이런 것을 '레알'하게 던지고 호소한다는 높은 기개와 정열 밑에서 붓을 들었던 것이오만은[6]

모씨는 장혁주를 가리키고 「조선지식계급에게 준다」는 1939년 2월 일본의 문예잡지 『문예』에 발표된 글을 말한다(이 글은 조선의 잡지 『삼천리』 1939년 4월호에 「조선의 지식층에게 호소한다」라는 제목으로 다시 전재되었다). 이 글에서 무한 삼진 함락 이후 절망한 장혁주는 본격적으로 친일 협력의 길을 걷기로 선포하였다. 그렇기 때문에 김사량은 자신의 눈으로 직접 중국의 현실을 보고자 했던 것이며 이것이 바로 하필 이 무렵에 그가 북경을 방문한 이유이다.

이 점을 아주 뚜렷하게 보여주는 것이 김사량의 주작인 방문이다. 김사량은 북경에 가기 전에 사람을 넣어 주작인을 만날 것을 준비했을 정도로 주작인에게 관심이 많았다. 김사량은 다음과 같이 쓰고 있다.

---

6 「문학자의 자기비판」, 『인민예술』, 1946.10.

하루는 북경대학에 갔는데, 미리 소개를 받은 전 문과대학 교수 주작인 씨를 만나려고 구내에 있는 북지문화협의회라는 곳에 들어갔다가 범군을 만난 것도 참으로 놀랄 만한 일이었다.[7]

김사량은 일본을 떠나면서 주작인을 만나려고 이미 주선을 했음을 알 수 있다. 이렇게 많은 준비를 하여서 만난 주작인에 대해서는 마치 지나가는 것처럼 언급하고 우연히 만난 동경제대의 동창생 범군을 만난 이야기만 하는 것이다. 왜 그랬을까? 김사량의 관심에서는 주작인이 매우 중요함에도 불구하고 언급할 수 없는 외부의 검열 사정이 있었던 것이 아닌가 짐작된다. 실제로 주작인과의 만남은 일본판 「에나멜구두의 포로エナメル靴の捕虜」에서는 보이지 않는다. 앞서 오곤황과의 만남도 한국어판에만 있고 일본어판에는 없는 것처럼, 주작인과의 만남도 한국어판에는 있지만 일본어판에는 없다. 이는 조선의 독자들에게는 중국인들과의 만남이 매우 중요하기 때문에 이를 표 나게 강조하는 반면, 일본어판에서는 자신이 중국인들과 접촉하는 것을 애써 숨기려고 했음을 알 수 있다.

당시 주작인은 공산당 지역인 연안으로 가지 않고 그냥 북경에 머물러 있었다. 훗날 이 문제로 인하여 주작인은 일본에 협력한 한간으로 몰려 비판을 받았던 것은 널리 알려져 있다. 그런데 주작인은 1942년부터 매년 열린 대동아문학자대회에 참여하지 않았다는 점도 흥미롭다. 당시 주작인의 제자들도 이 대회에 참여할 정도였는데 정작 주작인 자신은 참여하지 않았다. 2회 대회에서는 일본의 중국문학 연구자

---

7   김재용・곽형덕 편, 『김사량, 작품과 연구』 2, 역락, 2009, 164쪽.

들이 주작인을 반동이라고 공식 회의석상에서 말할 정도로 비판이 격하였다. 이 대회에 참석한 장혁주는 다른 일본 작가보다 더욱 강하게 비판하였다.[8] 그럼에도 불구하고 주작인은 이 대회에 참석하지 않았다. 남경에서 열린 3회 대회를 앞두고 고바야시 히데오를 비롯한 몇몇 일본의 문인들이 직접 북경을 방문하여 설득하려고 하였지만 주작인은 자신의 뜻을 굽히지 않았다. 아마도 주작인은 일본 점령 지구하인 북경에서도 자신이 해야 할 일이 있다고 믿고 있었던 것으로 보인다. 그렇지 않았다면 이 대동아문학자대회에 참석했을 것이다.

김사량이 주작인을 방문하여 어떤 이야기를 나누었는지에 대해서는 아직 알려진 것이 없다. 일제에 협력하지 않았던 김사량으로서는 주작인과 나눈 대화를 군이 당시 알릴 필요가 없었을 것이다. 오히려 김사량은 연안으로 가지 않고 일본의 영향권 하에 있는 북경에서도 굽히지 않고 견디는 주작인에게서 자신이 걷고자 하는 길을 확인했을 것이다. 실제로 김사량은 이 방문을 마친 이후 본격적으로 일본어로 글을 써서 조선의 참상을 알려야 한다고 결심하고 동인잡지 『문예수도』에 「빛 속으로」를 발표한다. 중일전쟁 이후 한동안 침묵하면서 동아시아의 정세를 탐색하던 김사량은 무한 삼진 함락 이후 장혁주 등이 친일협력을 하는 것을 보면서 본격적으로 창작을 하기로 마음을 먹었던 것이다. 이처럼 일본어를 통해서 글을 쓰는 것의 손해를 감수하면서도 자신의 뜻을 일본 독자들에게 알려야 한다고 하는 김사량의 태도는 이 시기 연안으로 가지 않고서 북경에서 활동하려고 하였던 주작인의 태도와 어딘가 닮은 점이 있다.

8　『문학보국』, 1943.9.10.

4. 1944년, 상해 – 일본의 패망과 새로운 동아시아

　김사량은 1944년 여름 한 달 넘게 상해에서 머물렀다. 1939년 북경 방문이 일주일 정도였던 것에 비해 꽤 긴 기간이다. 동경에서 북경으로 갔던 것과 달리 조선에서 상해로 건너갔다. 김사량은 왜 다시 중국으로 건너간 것인가? 이를 이해하기 위해서는 당시의 긴박했던 정황을 살필 필요가 있다.

　일본 제국은 1943년 중반 이후부터 '결전기'로 선포하고 대대적인 동원에 나섰다. 태평양전쟁 직후에는 일본군이 부분적으로 승리하는 듯 보였지만, 1942년 중반 이후부터 전세가 극히 나빠졌다. 회복할 수 있을 것이라고 믿었던 일본 제국의 기대와는 달리, 시간이 갈수록 전세는 점점 일본에게 불리하게 전개되었다. 1943년 중반부터는 일본 제국은 최후의 결사를 내세우면서 모든 동원 가능한 인력을 전쟁으로 흡수하기 시작하였다. 그 정점이 학병동원이었다. 그동안 다양한 형태로 일본 국민들과 식민지 민중들을 동원하였지만, 대학생들은 동원하지 않았다. 전쟁 이후를 대비하여야 하기 때문에 대학생들은 그냥 학교에 머물게 했던 것이다. 그러나 전세가 불리해지면서 여유가 없어지자 대학생들마저 동원하기 시작하였다. 1943년 10월에 선포하고 11월에 공시하고 1944년 1월에는 전쟁터로 몰고 나갔다.

　학병동원이 시작되자 조선 내의 문학인들은 더욱 양극화되었다. 친일 협력을 하였던 이들은 이 무렵부터 사력을 다하여 전쟁 동원 선전에 나섰다. 그 대표적인 이가 이광수였다. 이광수는 1938년 10월 무한 삼진 함락 직후부터 친일 협력에 나섰다. 11월에는 수양동우회 사람들을 자기 집에 모아 놓고 향후 일본에 협력한다는 결의식을 가질 정도로 본격적인 친일 협력을 하였다. 이후 이광수는 여러 형태로 친일 협력의 글을 발표하였는데 그 기본적인 논지는 조선인들이 일본인의 정신을 배워 일본인이 되어야 한다는 것이고 이를 통하여 더 이상 차별을 받지 않고 살아야 한다는 것이었다. 조선의 독립이 물 건너 간 마당에 저항 하는 것은 결국 조선인들의 희생만 가중시키다는 논리였다. 하지만 1943년 중반 이후 최후기에 이르면서 이광수는 이전과는 비교가 되지 않을 정도로 전쟁 동원에 더욱 적극적으로 나섰다. 친일 협력에 가담 하였던 이광수로는 이 전쟁에서 지면 자신의 모든 것이 무너지기 때문에 필사적으로 전쟁 동원에 나선 것이다. 이 점은 이 시기 이광수의 작품 발표의 궤적을 훑어보면 어렵지 않게 알 수 있다.

『心相觸Wれてこそ』,『綠旗』, 1940.3~7.

「加川校長」,『國民文學』, 1943.10.

「蠅」,『國民總力』, 1943.10.

「兵になれる」,『新太陽』, 1943.11.

「大東亞」,『綠旗』, 1943.12.

『四十年』,『국민문학』, 1944.1~3.

「元述の出征」,『新時代』, 1944.6.

「少女の告白」,『新太陽』, 1944.10.

위의 목록만 보아도 1943년 중반 이후 이광수가 얼마나 필사적으로 협력에 나섰는지를 알 수 있다. 이 점은 비단 이광수에 국한되지 않았 다. 최재서도 그동안 실질적인 창씨개명을 하지 않다가 1944년 1월 1 일 창씨개명을 하였다. 일제 말 최후기에 이르면 대부분의 친일 협력문학인들은 광적으로 동원에 나선다.

친일 협력 작가와는 달리 비협력의 저항 작가들은 이 시기에 이르면 일본의 패망이 가까이 오고 있음을 깨닫게 된다. 그동안 유예하던 인력마저 동원하고 있는 것을 보고 일본이 패망에 다가섰다는 것을 느끼기 시작하였다. 당시 많은 학병들이 이런 저런 구실로 군대에 가지 않고, 또 어쩔 수 없이 나간 학병들마저도 전선에서 이탈하여 일본군과 맞서 싸우던 조선군대나 중국군대로 탈출하는 것을 풍문 등으로 듣게 되면서 전쟁의 끝을 예감하게 되었다. 그동안 지속적으로 비협력의 저항운동을 펼쳤던 김사량 역시 이 시기에 이르면 일본의 패망을 어느 정도 점치게 된다. 1941년 말 예비검속으로 인하여 일본의 경찰서에 수감되었을 때 일본이 미국과 전쟁을 시작했다는 소식을 듣는 순간부터 미국의 생산력에 현저하게 못 미치는 일본이 이 전쟁에서 이길 수 없다는 것을 이미 예감하고 있던 터라 일본이 학병을 동원하는 것을 보면서 일본의 패망을 더욱 확신하게 되었던 것이다. 하지만 조선 내에서는 정보가 부족하기 때문에 좀 더 개방된 세상인 중국을 방문하고 거기서 새로운 동아시아의 모습을 보고 싶었던 것이다. 조국을 떠나 망명을 가는 것까지는 생각하지 않았다. 왜냐하면 김사량은 조국에 있을 수 있는 사람은 끝까지 조국에서 싸워야 한다고 생각하고 있었기 때문이다.

지난 해 도중하였을 때 7월 한 달 상해에서 지나는 동안에 중경측의 공작원이라고 칭하는 청년에게 호텔로 방문을 받은 일이 있었다. 그러나 상해라는 도시가 도시요 또 백귀암행의 시절이니만치 이 청년이 일경의 끄나풀이나 아닌가하는 의심이 들지 않는 바도 아니지만 그래도 내 딴에는 나대로의 조그마한 신념이 있었던 것이다. 그것은 조선의 독립이 조선을 떠나서 있을 수 없으며 조선 민족의 해방이 그 국토를 떠나서 있을 수 없으니만치 왕성한 해외의 혁명 역량에 호응할 역량이 국내에도 이룩되어야 할 것이다. 그러자면 국내에서 배겨나지 못하게 되어 망명하는 이는 별문제로 하고 나와 같이 국내에 발을 디디고 살 수 있는 사람이 일부러 망명한다는 것은 하나의 도피요 안일을 찾는 길이라고 생각하였다.[9]

이런 생각을 갖고 있던 김사량이었기에 상해로 가서 가장 공들여 하는 일은 학병들의 동태였다. 조선에서 상해로 갈 때 그가 먼저 한 일은 조카사위를 찾아보는 일이었다. 언젠가 자신이 중국으로 망명할 때가 오게 되면 함께 탈출하자고 약속한 바도 있던 조카사위가 근무하는 부대를 찾아갔다. 물론 앞서 말한 것처럼 김사량은 이 무렵만 해도 망명하려고 생각하지 않았기 때문에 단순히 정황만 보려고 했을 것이다. 당시의 정황을 김사량은 『노마만리』에서 이렇게 적고 있다.

지난해 여름 나는 상해까지 내려가는 길에 서주에서 하차하여 그를 찾은 적이 있었다. 기미년 만세 소동에 남편을 잃은 누님의 외딸사위가 바로 그였다. 서주에서 백여 리 떨어진 벌가에 조그마한 촌성(村城)이 7월 염천에 타오를 듯이 무더웠다. 이 감옥처럼 높은 석벽으로 둘러싸인 성중에서 A군은 나를 발견하자 껴안으며 어쩔 줄을 몰라하였다. 협구(夾溝)라는 철로 연선의 경비대로 성문을 굳게 닫아버리면 이 조그마한 촌성이 글자 그대로의 감옥이었다. 병영을 넘어야 하며 또 성문을 넘어야 하니 이중의 성벽으로 탈출할 가망이 전혀 없다고 군은 한탄하였다. 피해보려다 못해 못 피하고

9   김재용·곽형덕 편, 『김사량, 작품과 연구』 5, 역락, 2016, 448~449쪽.

끌려나오게 되었을 때 구은 화북에 가거든 용감히 기회를 포착하여 탈주를 결행할 테라고 벼르며 떠난 길이었으나 군에게는 이렇게 조건이 매우 불리하였었다. "얼마 안 되어 부대 편성이 달라지면서 저도 자리를 옮아 앉게 될 겝니다. 그때에 기회를 엿보아서 ……." 이렇게 말하였었다. "돌아오는 길에 한 번 더 들르겠네마는 정황을 잘 살피고서 하게!" "염려 없어요. 여기서는 성밖에 나갈 수가 없으니 말이지 ……." 감쪽같이 해야 하네!" 이렇게 이르고 떠났다. 성문 가에 장승처럼 서서 벌길을 정거장으로 향해 나가는 내 그림자를 멀리멀리 바래주며 손을 흔들던 군외 양자(樣姿)가 눈앞에 서물거린다. 그를 데리고 같이 떠나는 길이라면 얼마나 행복된 길일까? 나는 그의 용감성과 총명을 무척 사랑하였다.[10]

실제로 이 조카사위는 김사량을 만난 지 오래지 않아 병영을 탈출하였다. 상해에서 한 달 정도 머문 후에 귀국하던 길에 다시 조카가 근무하던 부대를 찾아가던 중 만난, 동경에서 같이 하숙한, 일본군 부관의 이야기를 통해 조카가 탈출했음을 알게 된다.

학병으로 끌려 나간 대학생들에 대한 김사량의 애정과 관심은 비단 조카사위에 끝나지 않았다. 학병으로 나간 조카사위를 만날 거라는 소문을 듣고 달려온 조카 친구의 부탁을 받았던 김사량은 그 사람의 남편이 머물고 있는 부대를 방문한다. 그 사람이 근무하던 부대의 조선인 학병 4명이 그 날 밤에 탈출하기로 이미 예정되어 있는 것을 모르고 방문하였기 때문에 정작 당사자인 조카 친구 남편은, 김사량이 사주했다는 것을 피하기 위해, 다른 3명이 탈출할 때 혼자만 부대에 남는다. 그

---

10 위의 책, 473~474쪽.

날 밤에 일본 헌병대가 김사량의 숙소를 급습하였고 헌병대에 붙잡혀 간 김사량은 부대의 부관이 자기와 더불어 동경에서 하숙을 한 대학 후배여서 쉽게 풀려 나올 수 있었다.

무슨 운명의 악희인지 J군 이하 네 명의 조선인 학도병이 탈주하기로 작정지었던 바로 그날 저녁 공교로이도 내가 찾아 들어간 것이 분명하다. J군을 형용 못할 감격과 당황 속에 휩쓸어넣게 된 것도 모름지기 무리가 아니었다. 조금이라도 내게 누책이 덜 미치게 하고자 다른 여러 동무들을 못 만나게 한 것도 미루어 수긍되는 일이었다. 뿐만 아니라 J군이 나를 위하여 혼자 남은 것이다. 실로 이 때문에 무서운 오해가 풀리게는 되었으나 동무들만을 떠나보내는 그의 심사는 어떠하였을까……. 기차가 들이닿아 차 속에 몸을 싣고 앉으니 하염없이 눈물이 흘러내렸다. 자꾸자꾸 눈물이 흘러내렸다. 필경 밤 열한시나 열두시에 탈출한 것으로 친대도 날이 밝도록 아직까지 붙들리지 않은 모양이니 이미 성공이나 다름없을 것이다. 다시 없는 좋은 기회를 나 때문에 놓친 것이 아니고 무엇이랴? 자기 일신의 운명을 걸어놓고 남을 위하여 희생하게 된 그의 심정이 가슴속에 사무치도록 눈물겨웠다.[11]

1945년 5월에 학병 위문 명분으로 중국으로 탈출하려고 했을 때 김사량은 다시 이 조카 친구 남편을 만났지만 자기가 머무는 곳이 탈출하기에는 불리해서 아직 하지 못하고 있다고 말하였다.[12] 이처럼 학병 동원은 김사량에게 있어서 새로운 기회로 부각되었다. 일제가 궁지에 몰려 있다

---

11 위의 책, 478쪽.
12 이 이야기는 해방 직후 『민성』 연재본에는 나오지만 『노마만리』에는 나오지 않는다.

는 표시였기 때문이다. 1944년 여름 상해 방문은 학병을 계기로 새롭게 전개되는 전황을, 조선보다 한결 개방된 상해에서, 탐색하는 일이었다.

5. 1945년 5월, 태항산 – 동아시아의 연대

국내에 남을 수 있는 사람은 남아서 싸워야 한다고 믿었던 김사량이 결국 1945년 5월 국내를 탈출하여 연안으로 망명을 갔다. 그 사이에 어떤 일들이 일어났기에 김사량의 심경에 변화가 왔을까? 해방 직후 좌담과 기행문에서 이 탈출 동기를 설명하는 대목들이 적지 않은데 크게 두 가지이다. 하나는 국내의 감시가 너무 심해서 도저히 견딜 수 없다고 하는 점이다. 여기에 대해서 김사량은 『노마만리』에서 다음과 같이 말하고 있다.

이런 인식을 다시금 새롭히면서 돌아와보니 때는 나날이 정세가 급박해지어 붓대를 꺾고 학교 일에나 묻혀 있을 수도 없게끔 되었다. 더욱이 비좁은 평양에 거주한다는 사실이 문단인으로 보아 미미한 존재이나마 그냥 방임하고자 하지 않았다. 게다가 중국에서 돌아온 뒤부터는 일경의 주목과 내사 감시가 일층 더 심해진 것이다. 학도병으로 내몰리어 서주 근방에 나갔던 조카가 나를 만나본 지 몇 날 안 되어 탈주한 사실이며 숙현(宿縣)에서의 헌병대 놀음, 그리고 상해에서의 일 개월, 이런 일 저런 일이 모두 놈들의 의심을 사기에 꼭 알맞았던 것이다. 하루는 중학 시절의 스트라이크를 팔아먹던 동창 녀석이 서울로부터 독립운동을 하자고 내려왔다. 알고 보니 경무국의 끄나풀이었다. 또 한 번은 명색 모를 사내가 공산주의인가 하자고-이것은 헌병대의 앞잡이였다. 이런 형편이니 시시각각으로 조여드는 신변의 위험을 느끼지 않을 수 없이 되었다. 출국의 결심이 여기서 다시 생기게 된 것이다. 이 불안한 환경으로부터 빠져나가 어떻게든지 중국 땅에 다시 건너서서 연안으로 새어 들어가 싸움의 길에 나서리라⋯⋯. 냉엄한 자아비판을 하자면 역시 무서운 현실에서 도망하자는 것이 최초의 동기였는지도 모른다.[13]

1944년 여름 상해를 방문하였을 때 겪은 학병과 관련된 일로 하여 귀국 후에 심한 감시와 내사를 받았다는 것은 충분히 짐작된다. 대학 후배가 헌병대의 부관이었기에 중국에서는 별 탈 없이 귀국할 수 있었지만 이 일로 조선에서는 엄중한 내사를 받았을 것이다. 그렇기에 무서운 현실로부터 도망하고자 했던 것이 탈출의 한 동기였을 것이다.

그런데 김사량은 해방 직후의 한 좌담에서 탈출의 다른 동기를 이야기하고 있어 매우 흥미롭다. 국내에서 혁명 역량과의 연계가 없기 때문에 해외로 나가서 그 싸움의 기록을 남기고 싶었다는 것이다.

작년 상해에 갔을 때 어느 호텔에서 중경 측의 공작원에 연락을 받았으나 그때는 국내에 있을 수 있는 사람은 반드시 국내에 있어야 된다는 신념이었습니다. 자기 국토를 떠나서 투쟁도 없으며 혁명도 없다는 견지에서 하나사실로 그 당시로 보면 죽지 않고 살아 있다는 것이 최대의 반항처럼 보일 만큼 숨 돌리기조차 어려운 정황이었으니만치 국내를 탈출하여 연안으

---

13 김재용·곽형덕 편, 『김사량, 작품과 연구』 5, 역락, 2016, 449~450쪽.

로 간다는 것은 엄밀한 의미로서는 하나의 도피가 아닐 수 없겠지요. 하나의 로맨티시즘이라고 할 수 있겠지요. 어쨌든 국내의 주체적 혁명 역량과의 연락을 못 이루었던 몸으로서는 해외의 혁명 역량에 대한 아름다운 꿈과 또 그 곳에 뛰어들어서라도 같이 싸우겠다는 정열과 그들이 간고히 싸우고 있는 사실을 기록화하여 국내 동포 앞에 알리겠다는 작가적 야심 이런 것이 나의 연안행의 동기였습니다.[14]

이것은 앞서 보았던 탈출의 동기 즉 국내의 내사가 너무나 심하여 더 이상 버틸 수 없어 탈출했다는 것과는 다소 다르다. 이런 것들을 고려하면 당시 김사량의 탈출은 여러 가지 요인이 복합적으로 작용한 것으로 보인다.

그런데 필자가 보기에 또 다른 이유가 존재하는 것 같다. 그것은 글쓰기의 위기였다. 국내에 있는 한, 자신의 뜻과 다르게, 일본 제국을 옹호하는 글을 쓸 수밖에 없다는 위기의식이다. 최후기가 되면서 일본 제국은 지식인들에게 막강한 압력을 행사하기 시작하였다. 특히 일본어로 창작하였던 경력이 있는 이들에게는 더욱 그러하였다. 이들에게는 일본어가 서툴러 글을 쓰기 힘들다는 등의 변명이 통하지 않았기 때문이다. 김사량처럼 그동안 우회적 글쓰기를 꾸준하게 해오던 이들은 더욱 곤란하였다. 그동안 글을 지속적으로 썼기 때문에 국가의 강요를 피하기 어려웠던 것이다. 이미 「해군행」이라는 글을 썼던 김사량은 『매일신보』의 장편 소설 연재를 통하여 이 난국을 피하려고 『바다의 노래』를 1943년 11월부터 연재하기 시작했다. 실제로 이 작품을 읽어보

---

14 「문학자의 자기비판」, 『인민예술』, 1946.10.

면 김사량이 상해를 방문하기 이전까지의 연재본에서는 별다른 굴절의 흔적이 보이지 않는다. 그런데 상해를 다녀온 이후에는 내용상의 변화가 보이기 시작하였다. 앞서 김사량의 회고에 나오는 것처럼, 상해에서의 여러 사건의 여파로 평양에서 심한 감시와 내사를 받았던 것으로 보인다. 자신의 이러한 것을 지우기 위해서 김사량은 친일 협력의 냄새가 나는 내용을 부분적으로 드러낼 수밖에 없었다. 연재가 끝날 무렵인 1944년 10월에 이르면 그 굴절이 심하게 된다. 국내에 남을 수 있는 사람은 끝까지 국내에 남아서 일을 해야 한다는 평소의 지론을 지키기에는 외부 현실의 억압이 너무나 강한 것이다. 특히 그가 상해를 방문했던 일은 이러한 것을 가중시키는 것에 틀림없다. 만약 상해를 방문하지 않았다거나 혹은 방문했다 하더라도 자신이 만난 학병들이 탈출하는 일이 벌어지지 않았다면 이러한 굴절을 행하지 않아도 글을 쓸 수 있었을 것이다. 하지만 상해에서 일본 헌병에게 혐의를 살만한 일을 했기 때문에 더 이상 과거처럼 지낼 수는 없었던 것이다. 일본 관헌의 주목을 받는 만큼 내용상의 굴절을 감수할 수밖에 없었을 것이다. 결국 스스로 이 상황을 견디기 어렵다고 판단하고 탈출을 꾀한 것이다.

결국 김사량은 태항산으로의 탈출에 성공한다. 그가 중경이 아닌 연안을 택한 것은 결코 우연이 아니다. 1930년대 중반부터 반제국주의적 국제주의를 자신의 지향으로 택하였기에 중경으로는 갈 수는 없었던 것이다. 1944년 상해에 있을 때 중경 측의 요인이 접촉하려고 했을 때 그가 보인 반응을 보면 어렵지 않게 짐작할 수 있다.

제일선에서 총이라도 싸우는 곳이면 또 모르려니와 몇천 리 산 넘어 물건너 대후방의 중경으로 들어간다는 것은 보다 더 비겁한 도피라고 생각하였던 것이다. 무엇보다 중경이란 곳에 매력이 없었던 것도 사실이다. 이야 말로 구도자의 성지가 아니요 반동의 거지인 아시아의 마드리드인 것이다. 국가와 민족의 신성한 이익을 배반하여 투항과 퇴각의 일로로 만리 오지에 도망해 들어가 내선의 흉계를 꾸미기에 영일이 없는 반동 정부의 수도. 이런 정부의 뒤를 창녀처럼 따라다니며 장개석의 테러단으로 유명한 남의사(藍衣社)와 CC단이 던져주는 푼전으로 목을 축여가는 행랑실이 임시징부 선생들의 독립운동 영업집에 찾아 들어가기에는 너무도 산판에 어두웠다. 일껏 배워야 장개석의 매국 흥정이며 독재간계(獨裁奸計)와 테러 행사일 터이니 가소로운 일이 아닐 수 없는 것이다.[15]

김사량이 중경이 아니라 연안을 선택한 것은 결코 우연이 아니고 평소 지론의 결과임이 분명하다. 이러한 김사량이었기에 태항산에 들어가서 쓴 작품도 이러한 지향에 맞닿아 있었다. 1930년대 후반 프롤레타리아 국제주의의 흐름에서 벗어나 반제국주의적 국제주의를 지향했던 그의 지향이 이어진 것이라고 할 수 있다. 그렇기 때문에 태항산에서 쓴 작품들 중에서 가장 문제작이라 할 수 있는 희곡 〈호접〉에서 다루는 사건이 호가장 전투인 것도 결코 우연이 아니다. 호가장 전투는 조선의용대와 중국 팔로군이 합동으로 싸운 전투이기에 그가 지향하던 반제국주의적 국제주의가 잘 드러날 수 있는 사건이었다. 계급적 연대를 봉쇄하는 내셔널리즘과 민족문제를 외면하는 프롤레타리아 국제주의와는 분명 다른 길이다.

15 김재용 · 곽형덕 편, 『김사량, 작품과 연구』 5, 역락, 2016, 449~450쪽.

6. 중국을 통한 반제국주의적 국제주의

　일제하 김사량의 문학 활동을 중국과의 연관성 위에서 살펴보면 그동안 일본과의 연관성에서 고찰할 수 없었던 새로운 면모를 파악하게 된다. 우선 지적할 수 있는 것은 일본 식민주의에 대한 저항적 태도가 한층 더 분명하게 드러난다는 점이다. 일본 제국주의에 대한 김사량의 태도는 매우 논쟁적이다. 한때 임종국이 김사량을 친일 작가로 분류할 만큼 혼란스러웠다. 요즈음에는 그렇게 주장하는 사람은 없지만, 여전히 일본 제국주의에 대한 김사량의 저항적 태도에 대해서 회의적인 이야기가 존재한다. 그런데 김사량의 중국 관련성을 고려하면 김사량의 일본 제국주의에 대한 저항 태도는 아주 분명하다. 일본 제국주의에 대한 비협력의 저항은, 검열로 인한 일부의 불명료함에도 불구하고, 확고한 것이다.

　김사량의 중국 관련성을 살피게 될 때 얻는 또 다른 성과는 그의 국제주의적 입장에 관한 것이다. 김사량은 결코 내셔널리스트가 아니었다. 김사량은 기본적으로 국민국가를 초월하는 국제주의적 입장을 견지하였다. 그런데 이 국제주의는 1920~30년대에 조선 및 동아시아에서 맹위를 떨치던 프롤레타리아 국제주의가 아니었다. 김사량은 일본 제국주의에 억압당하는 조선과 대만 그리고 중국을 관찰하면서 민족문제의 중요성을 자각하게 되었기에 민족문제를 억압하는 프롤레타리아 국제주의에서 벗어나 다른 형태의 국제주의를 지향하게 된 것이다. 바로 그것이 식민지 민중에 근거한 반제국주의적 국제주의이다. 이 반제국주의적 국제주의는 자본주의 근대가 공업화를 계기로 전 지구적으로 확산된 제국주의 근대를 시야에 넣고 이를 극복하려고 하는 움직임이

다. 김사량은 중국을 통하여 이 반제국주의저 국제주의의 문제의시을
한층 키워 나갈 수 있었다.

김사량의 「향수」에 나타난 세 가지 향수鄕愁

이경재

1. 서론

한국 근대 문인의 베이징 체험은 1920년대와 1930년대 후반에서 1940년대 전반의 두 시기로 나뉘어진다. 1920년대는 독립운동가나 유학생의 신분으로 1930년대 후반에서 1940년대 전반에는 관광이나 시찰이란 이름으로 베이징을 다녀가는 것이 일반적이었다.[1] 이러한 한국 근대 문인의 베이징 체험과 관련한 연구도 적지 않게 이루어졌다. 조성환은 북경이 한국 근대지식인들에게 가진 의미를 '탈피의 길, 비약의 길', '사랑의 도피처', '배움터', '차이나 드림, 기회의 땅', '영어(圄圇), 생의 마감, 죽음의 땅', '아나운동의 접합점, 보금자리', '연안을 향한 탈출구', '관극, 댄싱 공연 무대', '구미유학을 위한 경유지'로 정리하고 있다.[2]

---

1   최학송, 「한국 근대 문학과 베이징」, 『한국학연구』 31집, 2013.10, 305쪽.
2   조성환, 「북경의 기억, 그리고 서사된 북경」, 『중국학』 27집, 2006.12, 339~378쪽.

김사량에게 북경은 '연안을 향한 탈출구'와 '구미유학을 위한 경유지'라는 의미를 가진다. 전자는 실제로 실행되었고, 후자는 하나의 가능성으로만 존재하다가 이루어지지는 않았다.

이 글은 한국 근대 문인 중에서 누구보다 북경과 긴밀한 관련을 맺었던 김사량이 중일전쟁 직후의 북경을 배경으로 하여 창작한 「향수」를 살펴보고자 한다. 이 작품은 북경을 배경으로 한 식민지 시기 작품 중에서 뛰어난 역사적 리얼리티를 확보하고 있을 뿐만 아니라 일제 말기 한국문학이 보여준 정치의식의 가장 섬세한 고도를 확보하고 있다고 판단되기 때문이다. 그러한 정치의식은 다름 아닌 노스탤지어라는 고유한 정념을 통해 드러난다는 것이 이 글의 기본적인 입장이다.[3]

지금까지 「향수」에 대한 연구는 반영론의 입장에서 이루어진 것이 주류를 이루었다. 박남용과 임혜순은 김사량의 수필과 「향수」를 분석한 후, 북경이 "이주한 한인들의 비참한 생활상을 보여주는 도시였으며, 일본에 점령당한 후 점점 더 퇴락해 가고 있는 식민지 도시로서의 도시문화를 보여주고 있는 공간"[4]이라고 결론내린다. 임경순은 김사량의 「북경왕래」와 「에나멜 구두와 포로」에는 "중국(북경) 문화에 대한 비판의식"[5]이 보이며, 「향수」는 "일제에 의해 파탄의 길을 걷게 된 중국에

---

3 노스탤지어는 귀향을 의미하는 그리스어 '노스토스(nostos)'와 고통 혹은 열망을 의미하는 '알지아(algia)'를 결합한 단어로서 '집으로 돌아가고픈 고통스런 열망 혹은 질병'을 가리킨다. 스위스 의사였던 호퍼가 1688년 처음 사용했으며 이 시기에는 스위스 용병들이 고향을 지나치게 그리워하는 상태를 가리켰지만, 19세기와 20세기에 접어들면서 의학의 범위를 넘어서서 예술적 일상적 범위에까지 적용되는 보편적인 의미를 획득하였다(Wilson Janelle L., *Nostalgia*, Lewisburg : Bucknell University Press, 2005, pp.20~38).

4 박남용·임혜순, 「金史良 문학 속에 나타난 북경체험과 북경 기억」, 『중국연구』 45권, 2009.1, 78쪽.

5 임경순, 「김사량 문학에 나타난 중국 체험과 의식」, 『우리어문연구』 38집, 2010.9, 89쪽.

사는 동포들을 형상화"[6]하고 있다고 주장한다. 최학송은 「향수」는 "베이징에서 생활하는 옛 독립운동가들의 변화를 보여주는 동시에 이들의 내면에 숨겨진 '향수'도 그리고 있다"[7](325)고 간단하게 처리하고 있다. 김현생은 「향수」의 북경은 "우리 민족의 참담했던 삶이 현장을 생생하게 재현한 공간으로 당대 사회의 혼란과 모순을 표상하는 토포스"[8]라고 주장한다.

다음으로 「향수」에 나타난 김사량의 정치적 의식을 천착한 연구들이 있다. 오다 마코토는 「향수」의 조선인에게는 "천황(제)로의 귀의"와 "가족의 견인력"[9]이 존재하지 않으며, 이를 근거로 이 소설의 주요인물들이 "전향을 거부"[10]한다고 주장한다. 이와 달리 김철은 그동안의 김사량 연구가 지나치게 그를 "빛 속으로 나아간 영웅"으로만 규정했다고 비판하며, 「향수」에는 시국협력적 글쓰기가 "부인할 수 없을 만큼 드러난다"[11]고 지적하였다. 김재용은 「향수」 역시 「천마」나 「무궁일가」와 같이 일제 말 조선인 사회의 양극화를 보여준다는 전제 아래, 옥상렬, 윤장산, 가야 등은 "일본 제국의 신민으로 되어가는 조선인들의 모습"[12]을 제시하는 한편 이현은 고려청자를 사는 행위를 통해서 "일본 제국의 신민으로 되어가는 당시 북경의 조선인들과는 다른 길을 걷는"[13]

6　위의 글, 89쪽.
7　최학송, 「한국 근대 문학과 베이징」, 『한국학연구』 31집, 2013.10, 325쪽.
8　김현생, 「김사량의 문학세계에 나타난 토포스와 서사적 의미」, 『한국사상과 문화』 78집, 2015, 50쪽.
9　오다 마코토, 「어떤 부정하기 힘든 힘」, 김재용·곽형덕 편역, 『김사량, 작품과 연구』 1, 역락, 2008, 438쪽.
10　위의 글, 439쪽.
11　김철, 「두 개의 거울 - 민족 담론의 자화상 그리기」, 『상허학보』 17집, 2006.6, 157쪽.
12　김재용, 「일제 말 김사량 문학의 저항과 양극성」, 김재용·곽형덕 편역, 『김사량, 작품과 연구』 1, 역락, 2008, 423쪽.

다고 주장한다.

이 글에서 주목하고자 하는 「향수」에 나타난 향수의 성격에 주목한 연구로는 곽형덕과 이양숙의 논의를 들 수 있다. 곽형덕은 개작 과정에서 드러나는 '반도인'이 '조선인'으로 변모되는 등의 사실과 작품집 『고향』의 발문 등을 바탕으로 하여, 「향수」의 향수가 "과거의 민족적 전통과 문화유산에 대한 노스탤지어인 동시에, 현재 사라져가는 '과거'에 대한 회향병(懷鄕病) 모두를 의미하며, 1941년 위기 상황에 직면한 '고향'에 대한 심상 표현"[14]이라고 주장한다. 이양숙은 김사량의 「향수」에서 가야와 옥상렬이 고통스러워 하는 이유는 "강한 '향수'에 사로잡혀"(204) 있기 때문이라고 본다. 이들에게 "육체적 · 정신적 귀향이란 곧 전향의 완성을 의미"하며 그렇기에 "이들에게 향수는 끊임없는 유혹이지만 끝내 수용할 수 없는 어떤 것이며 영원한 고통의 상징"[15]이 된다는 것이다.[16]

지금까지 「향수」에 나타난 향수에 대한 연구는 지나치게 가야와 옥상렬의 향수에만 초점을 맞추어온 것과 향수가 지닌 고유한 심리적 메커니즘에 별다른 주목을 하지 않았다는 문제점이 있다. 그러나 「향수」를 온전히 해명하기 위해서는 작품의 주인공이자 고정 초점화자인 이

---

13 위의 글, 426쪽.
14 곽형덕, 「김사량작 「향수」에 있어서의 '동양'과 '세계'」, 『현대문학의 연구』 52집, 2014, 234쪽.
15 이양숙, 「일제 말 북경의 의미와 동아시아의 미래 — 김사량의 「향수」를 중심으로」, 『외국문학연구』 54집, 2014.5, 205쪽.
16 이외에도 「향수」에 나타난 만주 공간에 초점을 맞춘 연구도 존재한다. 김석희는 "「향수」의 만주공간은 정치적 영광만이 존재하는 곳이 아니라, 패배감과 상실감이 공존하는 곳"(김석희, 「식민지기의 공간과 표상 — 김사량의 「鄕愁」에 나타난 滿洲」, 『일본학보』 73집, 2007.11, 157쪽)이었다는 결론을 내리고 있다.

현이 느끼는 향수부터 먼저 해명되어야 한다. 또한 향수는 특정한 장면에서만 등장하는 것이 아니라 작품의 기본적인 주제의식과 밀접하게 관련된 이 작품의 중핵이라고 할 수 있다.[17] 이 글은 향수에 바탕해서 작품의 전반적인 서사를 검토하고자 하며, 이때의 향수는 '지금-이곳'에 대한 당혹감에서 비롯된 정념이라는 것[18]과 부재하는 빈자리[19]를

17 김사량은 작품집 『고향』의 발문에서 「향수」를 포함한 작품들의 주요인물들이 향수에 빠진 인물들이며, 「향수」에서 향수에 빠진 인물로는 가야와 더불어 이현도 포함된다는 점을 밝히고 있다.
"여기에 수록된 소설 속 인물들도, 한 둘 예외를 제외하면 거의가 나와 같이 고향을 연모하고, 그 따뜻한 품속에서 쉬는 것을 정말로 원한다. 그들의 시의(猜疑)의 빛에 넘치는 눈이나, 비참해져서 늘쩍지근한 심정이나, 그러면서도 멈추지 않고 희망을 뒤쫓는 애처로운 모습을 나는 물끄러미 지켜보고 있다. 그것을 서툰 필치로 필사적으로 쓰려고 했다. 「벌레(蟲)」 속의 지기미 노인이나 넝마주이 그림쟁이도, 또한 「향수(鄕愁)」 속 누님인 가야나 이현도, 「광명(光冥)」 속 고학생과 소녀들이라 해도, 그리고 「Q백작」의 반미치광이 주인공도, 그 외 다른 것도 내 혼(魂) 가운데 침음(沈吟)해 있는 친구의 목소리이며, 또한 동우자(同憂者)의 모습이라 하겠다. 설령 그들이 각기 뿔뿔이 멀리 고향에서 멀어져 일본 내지 혹은 북지(北支)에서 고난에 찬 생활을 한다고 하여도."(김재용·곽형덕 편역, 『김사량, 작품과 연구』 2, 역락, 2009, 273쪽)
18 노스탤지어는 근대 혹은 탈근대를 살아가는 인간에게 보편적으로 체험되는 감정의 한 가지로서 존재론적 부리 뽑힘 혹은 삶의 근본적 토대의 상실과 연관되어 있다. 집합적 미래의 전망과 그 미래의 전망이 제공하는 정체성이 위기에 빠졌을 때 행위자는 노스탤지어를 통해 과거 속에서 새로운 정체성의 자원을 길어온다. 즉 노스탤지어가 과거를 회고하도록 하는 것은 궁극적으로 현재의 위기이다(Davis, Fred, *Yearning for Yesterday, A Sociology of Nostalgia*, New York : Free Press, 1979, pp.34~35. 김홍중, 「골목길 풍경과 노스탤지어」, 『경제와사회』, 2008.3, 159쪽에서 재인용).
19 노스탤지어 현상의 본질은 현재 앞에서 느끼는 너무나 깊은 당혹감이라고 할 수 있다. 두 번째는 노스탤지어가 '다시 되돌아갈 수 없다는 극복 불가능한 상실에서 생기는 고통'이라는 점이다. 향수는 집 잃음이나 집 없음에서 오는 감정, 즉 대상이 부재하는 빈자리에 대해서 발생하는 '욕망을 위한 욕망'이라고 할 수 있다. 노스탤지어는 '영원하다'라고 불리는 그런 '접근할 수 없는 먼 곳', 부재의 텅 빈 구멍으로부터 흘러나온다. 노스탤지어가 극복하고자 하는 영원한 상실이 바로 노스탤지어가 노스탤지어일 수 있는 조건이다. 노스탤지어의 숙명적 실패는 바로 노스탤지어가 가장 온전한 형태의 노스탤지어로 성공하기 위한 유일한 조건이 된다(서동욱, 「노스탤지어-노스탤지어, 외국인의 정서」, 『일상의 모험』, 민음사, 2005, 324~336쪽). 김홍중도 이와 비슷한 의미로 향수를 파악하고 있다. "향수의 감정 속에서 고향, 집, 어머니와 같은 존재

채우는 이상화되고 낭만화 된 환상이라는 것을 기본 성격으로 한다.[20]

「향수」의 시간적 배경은 중일전쟁 직후인 1938년 5월로 되어 있다. 3·1운동 직전에는 베이징에 80여 명 정도의 조선인이 살았지만, 1920년대 중반에는 1,000여 명으로 증가했다. 만주사변 이후 한때 중국인들의 조선인에 대한 감정이 악화되어 북경에 거주하는 조선인의 숫자가 줄어들기도 하였지만 일제의 화북 침략과 더불어 조선인의 베이징 진출이 다시 늘기 시작하여 중일전쟁 직전인 1937년 6월 말에는 2,000여 명의 조선인들이, 「향수」의 배경이 된 무렵인 1938년 7월에는 6,900여 명의 조선인들이 베이징에 머물렀다.[21] 일제가 화북을 침략한 이후부터 북경한인사회의 구성은 1920년대와 비교하여 큰 변화가 발생한

론적 안전감의 원천이 오직 '잃어버린 것', '상실된 것', '다시 회복할 수 없는 것'으로 지각된다는 사실이다. 고향은 더 이상 실제의 세계에는 존재하지 않는다. 그것은 변했고 파괴되었다. 그리하여 고향은 이제 직접적으로 체험하거나 되돌아갈 수 없는, 상실되었기 때문에 오직 상상적으로 혹은 상징적으로밖에는 전유할 수 없는 어떤 실재(réel)의 차원을 획득한다. 노스탤지어는 '상실된' 것에 대한 아이러니한 그리움이다."(김홍중, 위의 글, 141쪽)

20 이 빈자리를 채우는 것은 이상화되고 낭만화 된 환영이다. 이 환영은, 빈 구멍을 채우기 위해 우리 자신이 만들어낸 것이라는 점이 우리에게 철저히 숨겨진 채로, 원래 그곳에 있었던 듯이 발견되어야 한다(서동욱, 앞의 책, 338쪽).

21 『재북지조선인개황』, 조선총독부 북경출장소, 1940년 6월. 손염홍, 『근대 북경의 한인사회와 민족운동』, 역사공간, 2010, 283쪽에서 재인용. 1937년 7월 29일 일제는 베이징을 점령했으며, 12월에는 왕커민(王克敏)이 화베이 지역에 중화민국임시정부라는 이름의 괴뢰 정부를 수립하였다. 화베이 지역은 중국의 북부 지방으로 베이징과 하북성, 산시성, 천진, 네이멍자치구 등으로 이루어져 있다. 조선에서는 친일적인 신문과 잡지를 통해 화베이 지역이 '낙토(樂土)'로 대대적으로 선전되는 한편 이민이 장려되는 상황이었다(같은 책, 276~280쪽). 김사량은 「에나멜 구두와 포로」(『文藝首都』, 1939.9)에서 같은 숙소에 머무는 M의 안내로 "이주 조선 동포의 생활을 꼼꼼하게 조사하면서 구중중한 뒷골목"(170)을 걷는다. 김사량이 발견한 것은 "눈뜨고 볼 수 있는 것이 아"(170)닌 생활풍경이다. 심지어 둘은 동경의 어느 대학까지 유학한 젊은이가 운영하는 아편밀매점까지 들어간다. 그 젊은 주인은 자신이 "방금 전 집세를 받으러 온 집주인을 일본어로 일갈(一喝)하자 헐레벌떡 하며 도망갔다"(170)고 큰소리치기도 한다.

다. 민족운동세력이나 유학생들이 완전히 떠나지 않았지만, 공개적으로 활동할 수는 없었던 것이다. 이로써 1920년대 활발했던 북경의 민족운동은 1930년대 들어 사실상 쇠퇴해 갔고, 대신 일제침략에 따라 새로 이주해 온 부일한인(附日韓人)들이 다수를 차지하였다. 중일전쟁 이후부터 의용군과 광복군을 비롯한 항일세력이 다시 북경에서 활동했던 1940년 전후까지 북경의 한인사회는 거의 부일한인으로 구성되었다.[22]

「향수」의 배경이 되던 시기의 북경 상황은 10여 년 간 북경 푸렌대학(輔仁大學)의 교수(1934~1943)를 지냈으며, 김사량이 1차 북경 방문 당시 만나기도 했던 소설가 주요섭이 쓴 「죽마지우(竹馬之友)」(『여성』, 1938. 6~7)에 잘 나타나 있다.[23] 이 작품은 중일전쟁 이후 확연하게 변화된 북경의 모습을 두 친구(K와 P)의 선명한 대비를 통해 효과적으로 드러내고 있다. C, K, P는 죽마지우로서 소학교를 함께 다녔으며 중학교 시절에는 가출하여 함께 국경을 넘은 사이이다. 작품의 화자인 C는 지금 북해공원의 벤치에서 죽마지우인 K를 만나고 있다. 그리고 1년 전에는 같은 장소에서 P를 만났었다. 돈만을 절대적인 가치로 숭배하는 K는 북경에 온 지 일주일 만에 물질적으로 성공한 사람을 여러 명 사귀는 수완을 발휘한다. K는 북경에 온 지 5년이 된 C에게 "이권운동"(100)을 해

---

22 위의 책, 235~288쪽.
23 이 작품은 중일전쟁 직후의 북경을 배경으로 하고 있다. 이것은 작품 중에 등장하는 "지금 웬만해서는 여행증명을 내기가 힘이 들어서오구는 싶어두 못오구 애를 태우는 사람이 우리 고장에만 해두 수백명두 더 되네 수백명!"(99)라는 K의 말을 통해 증명이 가능하다. 일제는 중일전쟁 이전에는 한인들의 이주를 격려하며 별다른 조건을 두지 않았지만 중일전쟁 이후 한인이주가 증가하자 통제에 나서기 시작했다. 1937년 9월 20일에는 처음으로 출발지 경찰서장의 신분증명서를 받는 것을 필수조건으로 규정하였다(「기동지구내에도 신분증명서가 필요」, 『동아일보』, 1937.9.20, 손염홍, 앞의 책, 279~280쪽에서 재인용).

서라도 큰 돈 벌기를 권유한다. K는 비둘기나 석양의 아름다움 따위에는 전혀 관심을 갖지 않고 오직 "돈, 돈, 돈, 돈, 돈"(98)만을 외쳐댈 뿐이다. 이에 반해 P는 북해공원의 아름다움을 "속속드리 느낄수 있"(99)는 사람이며, 서너 시간씩 한마디 말도 없이 "석양을 내다보고 앉았을 마음의 여유를 가진 사람"(99)으로 설명된다. 둘은 외모도 대조적이어서 K가 새 양복에 금시게줄을 하고 있다면, P는 꾀죄죄한 헌 양복의 모습을 하고 있다. 둘의 차이는 중국인을 대하는 자세에서도 확연한 차이를 지닌 것으로 나타나고 있다. K는 "중국 쿨리라면 개돼지 만큼도 안역이는"(99) 인물인데 반해 P는 인력거꾼을 동정하여 선행을 베푸는 모습을 보여주는 것이다. 지금 세상은 P보단 K의 가치가 성공하고 인정받는 세상이 되어 버렸다. 그것은 "인생의 성공을 재는 자막대로 오직 '돈' 하나만이 남은 오늘세상에서 우리세 죽마지우의 인생들을 재어볼때 P와 나는 실패요, 오직 K한사람만이 성공이었다"(101)라는 문장에서도 확인할 수 있다.[24]

　　김사량의 「향수」는 「죽마지우」에 잘 나타난 것처럼, 이상적인 가치의 추구가 불가능해진 일종의 암흑기라고 할 수 있는 중일전쟁 직후의 북경을 배경으로 하여 김사량만의 고유한 정치의식을 펼쳐 보이고 있는 작품이다. 「향수」에 나타난 향수의 특성을 보다 분명하게 드러내기 위해 이 글에서는 비슷한 시기 북경을 배경으로 하여 비슷한 유형의 주인공을 내세운 정비석의 「이 분위기」(『조광』, 1939. 1)도 함께 살펴보고자 한다.

24　비둘기(자연)와 공원(일상)을 사랑하는 C는 말할 것도 없이 K보다는 P를 긍정적으로 생각한다. 그것은 자신을 "K군이 생각하는것 처럼 그렇게 몹시 불행하다고는 생각"(100)하지 않으며, "저K군이 과연 P군보다 더잘란사람일가?"(99)라고 반문하는 것에서도 드러난다. 무엇보다 C는 과거 순수했던 기억을 소환함으로써, K군이 타락한 것으로 설명하고 있다.

2. '사상'과 '인간'을 의식케 하는 향수―가야와 옥상렬의 향수

주지하다시피 김사량의 「향수」는 처음 『문예춘추(文藝春秋)』(1941.7)에 발표되었다가 작품집 『고향』(甲鳥書林, 1942.2)에 개작되어 수록되었다.[25] 개작된 것 중에서 가장 많은 변모가 일어난 것은, 170면의 5행부터 17행까지의 부분이 새롭게 첨가된 것이다.[26] 이것은 작가가 이 부분을 소설의 전체적인 방향과 관련하여 중요하게 생각했다는 방증이라고 할 수 있다. 이 부분을 옮겨보면 다음과 같다.

누님은 나라에서도 쫓겨나고 주의 사상으로부터도 배반당하고, 사랑하는 외아들마저 떠나가 버렸다. 결국 유일하게 의지할 수 있는 남편에게도 버림을 받아 아름답던 몸과 마음도 마약중독으로 버린 채, 결국에는 아편 밀매까지 하고 있다는 이 무서운 사실을 생각하면, 그는 어찌해도 자신의 혼을 바쳐 통곡하지 않을 수 없었다. 무엇보다도 그는 누님과 매형이 지금까지는 어떤 사상적인 잘못을 했다고 하더라도 인간으로서는 하늘을 우러러 보아도 땅에 엎드려도 한 점 부끄러움이 없는 훌륭한 생활을 해왔을 것이라고 생각했고, 또 그것을 바라고 있었다. 인간적으로 먼저 구원 받는 몸이 될

---

25 「향수」의 개작양상에 대한 연구로는 곽형덕의 「김사량작 「향수」에 있어서의 '동양'과 '세계'」(『현대문학의 연구』 52집, 2014, 229~234쪽)와 이양숙의 논문 「일제 말 북경의 의미와 동아시아의 미래―김사량의 「향수」를 중심으로」(『외국문학연구』 54집, 2014.5, 205・192~193쪽)을 들 수 있다.

26 「향수」는 처음 『문예춘추』(1941.7)에 발표되었고, 이후 작품집 『고향』(甲鳥書林, 1942.4)에 수록되었다. 이 과정에서 부분적인 개작이 이루어졌다. 한국에는 잡지에 발표된 판본(이경훈 편역, 「향수」, 『한국 근대 일본어 소설선 1940~1944』, 역락, 2007)과 작품집에 수록된 판본(김재용・곽형덕 편역, 『김사량, 작품과 연구』 1, 역락, 2008)이 모두 번역되어 있다. 본고에서는 잡지본을 참고하되 작품집에 수록된 「향수」를 기본으로 하여 논의를 펼치고자 한다. 앞으로의 작품 인용 시 본문 중에 쪽수만 표시하기로 한다.

때 비로소 사상적으로도 주의적으로도 구원을 받을 수 있는 것이 아니겠는가. 그것을 생각하면 누님의 얼굴을 보는 것만으로도 절망 속에, 또 그것에서 벗어나려고 하는 육친의 애정에서 오는 번민으로 눈물이 먼저 쏟아져 나올 것 같아 어떻게도 할 수 없었다.(170)

위의 인용문에는 이현이 북경에 사는 누나와 옥상렬을 바라보는 하나의 기준이 제시되어 있다. 그것은 '사상(주의)'과 '인간'이라는 두 가지 개념의 미묘한 관계 속에서 성립하는 것이다. 옥상렬은 윤장산의 옛 부하로서 조선인 사이에 그 용맹이 알려진 행동대장이었다. 그러나 지금 그는 전향하여 특무기관에서 일하고 있다. 옥상렬은 스스로도 과거의 "옥상렬은 이미 죽어버렸다네"(165)라고 이야기한다. 만주사변이 일어나고 "일본 군대의 위세 높은 행진 나팔소리가 울려 퍼"(166)질 때부터 옥상렬의 생각은 달라지기 시작한 것이다. 그는 분명히 "전향"(167, 169)한 인물이며, 이것은 '사상'을 버렸다는 의미이기도 하다.

옥상렬은 단순하게 생존을 위해 체제에 영합한 인물이 아니라 뚜렷한 자의식에 따라 '전향'을 한 인물로 보아야 한다. 그것은 옥상렬이 이현을 처음 보았을 때부터, "지금도 끊이지 않고 자기문답(自己問答), 자기회의(自己懷疑), 자기제시(自己提示) 속에서 자신의 새로운 결의가 옳았음을 확신하고자 몸부리치고 있는 것"(167)에서도 확인할 수 있다. 옥상렬은 '사상'을 버린 이유가 다름 아닌 바로 '인간'을 포기하지 않기 위해서라는 점을 강조하고 있다. 옥상렬은 자신이 전향한 이유가 조선인은 물론이고 중국인과 일본인을 위해서라고 주장한다. 망명객에게는 지켜야 할 최소한의 "철통과 같은 규칙"(169)이 있는데, 그것은 아편을 해서도 안 되고 다른 나라 사람들에게 아편을 팔아서도 안 된다는 것이다. 옥상렬은 바로 이 규칙을 지키기 위해 자신이 "전향"(169)한 것이라고 주장하는 것이다.

옥상렬은 자신이 '사상'은 포기했을지언정 '인간'은 포기하지 않았다는 사실을 이현에게 인정받기 위해 애쓴다. 이현에게 "내가 어떤 사내인지 보여 줘도 되겠나?"(184)라고 물으며, 자신은 가야가 중국인들을 상대로 아편 밀매를 하는 것을 속속들이 알고 있지만, 자신이 그것을 "어디에도 밀고하지 않고 있"(185)다고 말한다. 이어서 옥상렬은 "지도자 윤 선생님의 부인까지 이러한 일을 하지 않으면 안 된다고 한다면, 나는 그 혁명운동에 피로 된 침을 뱉고 싶다네. 피로 된 침을……"(187)이라는 격한 발언까지 덧붙인다. 이 말 속에는 자신이 "아무리 힘들어도 아편을 해서는 안 된다. 또한 아편을 팔아서 지나인의 피를 빨아 들여서도 안 된다"(169)는 망명객의 "철통과 같은 규칙"(169)을 지켜냈다는 강한 자부심이 담겨 있다. 그러나 옥상렬은 과거의 동지들을 감시하는 일을 함으로써, 중국인과 일본인에게 아편 판매보다 더 큰 피해를 주고 있는 인간이기도 하다.[27] 그렇기에 '인간'을 지키기 위해 '사상'을 포기했다는 그의 주장(의도)과는 달리 그는 결과적으로 '사상'과 '인간'을 모두 포기한 인간(결과)으로 귀결되었다고 말할 수 있다.

---

27 김재용은 옥상렬의 이러한 모습을 날카롭게 파악하고 있다. "북경이 일본 제국의 수중으로 떨어진 상황에 절망한 나머지 독립의 꿈을 접고 일본 제국의 앞잡이인 특무일을 하게 된다. 아편 밀매업을 하면서 살아가는 이현의 누나를 보살피는 척하면서 조선인들의 일거수일투족을 감시한다. 밀매업 자체가 불법이기 때문에 당국에 고발할 수 있지만 이것은 일본의 식민주의 자체를 파괴하고 저항하는 운동과는 전혀 관계가 없는 것이기 때문에 옛정을 생각하여 눈감아주는 척 하면서 사실은 과거 운동자들이 주변을 감시하는 일을 더욱 용의주도하게 하는 인물이다."(김재용, 「일제 말 김사량 문학의 저항과 양극성」, 김재용·곽형덕 편역, 『김사량, 작품과 연구』 1, 역락, 2008, 423~424쪽)

가야는 결코 전향한 인물로 볼 수는 없다. 그녀는 아예 사상이라는 범주 자체가 무화된 삶을 살아가고 있기 때문이다. 그러나 옥상렬이 말한 '철통과 같은 규칙'에 비추어본다면, 그녀는 '인간'을 포기한 삶을 살고 있다고 할 수 있다. 그렇다면, 그녀는 '인간'을 포기하면서까지 '사상'을 지켜낸 것이라고 말할 수 있을까? 실제로 그녀는 옥상렬과는 달리 일제의 권력과는 무관한 삶을 살고 있다. 그것은 이현과 함께 북경 관광을 할 때에, 이현의 고교 시절과 대학생 때 친구였던 이토 소위를 만나는 장면에서 분명하게 드러난다. 가야는 이토 소위를 비롯한 서너 명의 일본군인들을 보자 안절부절 못한다. 이것은 아편 밀매자라는 신분 때문이기도 하지만, 가야가 일본의 힘과는 무관한 삶을 사는 존재라는 사실과 무관하지 않다. 가야는 결국 일본군으로부터 도망치고, 이현은 자신도 의식하지 못하면서 일본말로 애타게 누나를 부르며 달려가지만, 그럴수록 가야는 더욱 필사적으로 도망쳐 버린다.[28]

이러한 가야의 모습은 최명익의 「심문(心紋)」(『문장』, 1939.6)에 등장하는 전향자 현혁(玄赫)의 심리와 흡사하다.[29] 「심문」의 현혁은 한때 "젊

28　가야가 일본어에 대해 느끼는 엄청난 공포도 노스텔지어와 관련하여 이해할 수 있다. 고향이 상실된 현대세계에서 대부분의 실향인들이 고향으로 간주하는 것이 바로 그들의 모국어, 즉 말이기 때문이다(김광기, 「멜랑콜리, 노스텔지어, 그리고 고향」, 『사회와 이론』 23집, 2013.11, 173쪽). 데리다는 모든 절대적인 이방인들이 "말이, 그것도 모국어가 (그들에게 있어) 최후의 고향, 심지어는 최후의 안식처가 된다는 것을 흔히 인정한다"며 모국어(말, 언어)가 현대의 이방인들에게 유독 눈에 들어온 고향임을 주장하고 있다. 데리다는 한나 아렌트가 "언어를 제외하고는 더는 자기가 독일인이라는 것을 느끼지 못한다"고 답한 것도 상기시킨다(같은 글, 199쪽에서 재인용).

29　김윤식은 「심문」이 전향의 초극방식을 보여주고 있으며, 그것은 현혁의 "철저히 자굴해 보임으로써 전향자로서의 자책감을 보상하고자 하는 삶의 방식"(김윤식, 『한국근대문학사상사』, 한길사, 1984, 304쪽)으로 나타난다고 보았다. 김윤식이 말한 자굴해 보이는 방식은, 현혁의 "내 자신을 내가 철저히 모욕하는 것으로 받은 모욕감을 씻처볼 밖에 없읍니다"(44)와 같은 말에서 확인해 볼 수 있다.

은 투사로, 지도 이론분자로 혁혁한 적"(24)이 있던 인물이지만, 현재는 아편중독자로 전락하였다. 더군다나 현혁은 과거부터 그를 숭배하던 여옥(如玉)이 힘들게 벌어온 돈으로 아편을 먹고 있다. 현혁은 자신이 아편을 하는 이유가 "자포자기"(26)에서 비롯된 것이라고 말하는데, 이때의 자포자기는 다음의 인용문에서처럼 자신과 같은 처지에서 체제에 타협한 사람들과는 다른 선택의 의미가 있는 것으로 이야기된다.

신병이나 빈곤은 그리쉽게 마음대로 안되는 것이지만, 자포자기를 하고 않는것은 각자 그 사람에게 달렸다고 생각합니다. 나와 못지않은 역경에서도 칠전 팔기란 말 그대로 자기의 운명을 개척해 나가는 친구도 많았읍니다. 百八十도의 재주넘이를 해서라도 새길을찾은 옛동지도 있읍니다. 이 말은 결코 야유가 아닙니다.

그런데 나만은 자포자기를 하였읍니다.(26)

현혁이 '百八十도의 재주넘이를 해서라도 새길을 찾은 옛동지'들과 다른 선택으로 아편중독자가 된 것과 같은 맥락에서, 가야도 과거의 사상을 견지하는 차원에서 아편중독자(동시에 아편밀매자)가 된 것으로 이해할 수도 있는 것이다. 그러나 작가 김사량이 작품집에 수록하며 가장 많이 개작을 한 인용대목 중의 핵심구절인 '인간적으로 먼저 구원 받는 몸이 될 때 비로소 사상적으로도 주의적으로도 구원을 받을 수 있는 것'이라는 기준에 의거한다면, 중국인 걸식 노인에게까지 아편을 파는 가야의 삶은 '사상'과는 거리가 먼 것이라고 할 수 있다.

옥상렬이 '사상'을 버리고 '인간'을 취하려고 했지만 결국 두 가지를 모두 잃어버렸다면, 가야는 '인간'을 버리고 '사상'을 취하려고 했지만 결국에는 두 가지와 모두 거리가 멀어지고 만 것이다. 결과적으로 그들은 '인간'과 '사상' 모두를 버린 인간들로 전락하였다. 그러나 그들이 의식적으로는 '인간'과 '사상'이라는 두 가지 가치 중에서 자신이 우선시하는 하나의 가치를 지키기 위해서 최선을 다한 인간들이라는 점도 놓쳐서는 안 된다. 여기서 주목해 보아야 할 것은 가야와 옥상렬 모두 노스탤지어를 느낀다는 점이다. 이들은 모두 향수 속에서만 북경에서 얻지 못하는 삶의 안정감을 느낀다.[30]

가야는 이현과의 북경 관광에서 처음으로 인간적인 체취가 느껴지는 모습을 보여준다. 이현은 "누님이 옛날의 다정다감한 마음을 서서히 되찾고 있는 것 같"(172)다고 여기며, "그녀가 모처럼 부드러운 기분을 갖게"(172) 되었다고 여긴다. 천안문, 중산 공원, 남해 중해, 자금성을 아우르는 이 관광의 중심에는 "북해공원(北海公園) 원탑의 하얀 색"(171)이 중심에 놓여 있다. 조선 민족의 중요한 특징으로 인식되어 온 하얀색과 관련된 '하얀색의 원탑'은 이 북경 관광 부분에서 무려 세 번이나 반복해서 등장하는 것이다. 결국에는 가야의 제안으로 둘은 흰 탑 위에 올라가고, 그곳에서 "저 위에서 바라보면 마치 이 삼해가 조선의 지도와 아주 비슷하게 보인단다. 나는 가끔 저기에 올라가서 고향에 돌아온 듯한, 꿈과 같은 기분에 젖어든단다"(173)며 자신의 향수를 아낌없이 펼쳐 놓는다. 북경(중국)을 조선으로 치환했을 때, 가야는 비로소 '꿈과 같은 기분'을 느낄 수 있는 것이다. 그리고 가야가 느끼는 향수의 의미는 이현을 통해 다음과 같이 의미부여가 된다.

---

30 최명익의 「심문」에서도 현혁은 "아편연기 속에서 지난꿈을 전망하는것이 얼마나 황홀하고 행복스러운지 모른다고"(35) 느끼는 인물이다.

김사랑의 「향수」에 나타난 세 가지 향수(鄕愁)   49

역시 누님은 때때로 참을 수 없을 정도로 조국에 돌아가고 싶은 향수를 느끼고 있는 것인가. 그렇게 생각하자 현은 문득 놀라면서, 그렇다. 누님은 옛날의 아름다운 마음과 영혼의 고향으로 돌아가고 싶어하고 있는 것이로구나, 이것이 어쩌면 그녀가 무턱대고 절망하고만 있지 않고 나락 속에서 다시 자신의 몸과 마음을 구하려고 하는 모습일지도 모른다.(173)

작품 전체를 통하여 유일하게 가야가 안정감과 평화를 느끼는 것은 이처럼 고향을 떠올리는 순간뿐이다. 이것은 노스탤지어가 실재효과를 불러와 존재감을 확인시켜주고, 자신의 불확실한 주체성을 정박시킬 고정점을 확보해주는 것과 관련된다.[31]

옥상렬이 이현에게 하는 마지막 말 역시 향수에 대한 것이다. 그는 평안남도 강서에 살고 있는 아들 부부와 처에게 각각 구두 두 켤레와 돋보기 안경을 전달해달라고 부탁한다. 그리고서는 마치 최후 증언을 하는 죄인과 같은 비장한 모습으로 "실은 나에게도 정말로 강렬한 향수(鄕愁)가 있다네"(187)라고 고백하는 것이다.

흥미로운 점은 가야와 옥상렬 모두 귀향의 거부 혹은 불가능성을 인지하고 있다는 사실이다. 그들은 자신의 향수가 결코 실현될 수 없는 상상 속의 감정이라는 것까지 깨닫고 있다. 가야는 자신의 삶이 이현에게 알려진 것을 알고서는 "단지 고향에 돌아가서 어머니께 이 가야 부부와 손자 무수는 이미 북경에는 없었다고 말해 주렴"(189)이라고

---

31 노스탤지어는 상징적으로는 고향, 시간적으로는 과거, 존재론적으로는 실재에 대한 열망이지만, 오직 이 고향과 과거와 실재와 '상상적으로만' 만나는 한에서 실재를 체험한 듯한 효과를 유발하기 때문이다. 실재효과는 존재론적 불안을 종식시킨다(김홍중, 앞의 글, 163~164쪽).

말한다. 이것은 귀향을 포기한 마음에서만 가능한 발화라고 할 수 있다. 옥상렬 역시 이현에게 "얼마나 변했는지 고향에 한번 가보고 싶네. 그러나 그것이 평생 나에게는 불가능하다네"(188)라고 말한다. 가야나 옥상렬 모두 귀향을 거부하고 있는 것이다. 이것은 이들의 향수가 '부재하는 빈 구멍'에 대한 정념인 노스탤지어에 바탕한 것임을 증명한다고 볼 수 있다.

「향수」에서 가야와 옥상렬이 귀향하지 않는 것은 오히려 진짜 고향을 유지하는 방법일 수도 있다. 그들이 노스탤지어의 대상으로 삼는 조선은 북경과 다를 바 없는 '현재의 시공'이 아니라, 그들이 독립지사로서 자신들의 청춘을 보내던 '과거의 시공'인 것이다. 이들에게 향수는 귀향의 불가능성으로 인해 성립하는 것이며, 향수야말로 북경에서 살아가는 이들에게 최소한의 양심을 유지하게 해주는 힘이 된다. 향수는 실제 그들의 존재방식과는 다를지라도, 그들이 '사상'(가야)과 '인간'(옥상렬) 중의 한 가지 가치만이라도 견지하려는 의지의 근원적인 힘이 된다고 볼 수 있다. 본래 향수는 이상적인 과거에 존재했다고 상상되는 조화에 대한 그리움을 통하여 현재에 대한 비판과 부정의 의미를 함축하며, 동시에 미래에 대한 소망까지 보여주는 것이다.[32]

---

32 리타 펠스키는 "향수는 동시에 유토피아가 될 수 있다. 상상된 미래의 맞은편에는 곧 상상된 과거가 있다"는 Malcolm Chase와 Christopher Shaw의 말을 인용하면서, 향수적 욕망은 "타락하기 이전의 상황에 있었을 것으로 상상되는 조화를 이루어내지 못한다는 이유로 현대를 강력하게 비난할 수 있는 힘을 모을 수도 있다. 즉 과거에 대한 동경은 대안적 미래를 건설하려는 적극적인 시도를 낳기도 하며, 이때 향수는 단순히 보수적인 목적에 이용되는 것이 아니라 비판적인 목적에 기여하게 된다"(Rita Felski, 김영찬·심진경 역, 『근대성의 젠더』, 자음과모음, 2010, 117~118쪽)고 주장한다.

3. '문화'를 발견하게 만드는 향수 - 이현의 향수

　이현은 「향수」의 유일한 인물초점자로서 그가 느끼는 향수는 이 작품의 주제의식과 직접적으로 연결되어 있다. 이 작품은 이현이 북경행 직행열차를 타고 누나를 만나러 북경에 가는 것으로 시작된다. 이 여로의 동기는 "지나 고미술 시찰"(148)[33]과 3·1운동 이후 망명과 유랑의 길을 떠난 누님 부부를 만나러 가는 것 두 가지이다. 두 가지 목적은 모두 '지금-이곳'에 대한 당혹감에서 비롯된 정념이며 과거의 대상을 향해 있다는 점에서 향수에 해당한다. 전반부까지 두 개의 향수 중에서 보다 중요한 것은 누나와 관련된 "실로 이십여 년 전의 기억을 더듬으며 만나러 가는 것"(148)이다.[34] 이때 '이십여 년 전 기억'으로 이현이 떠올리는 것은 "어머니와 누님도 화살처럼 군중들 속으로 뛰어 들어갔"(148)던 3·1운동과 관련된 일이다. 3·1운동에 적극적으로 참여했기 때문에, 누나와 유명한 독립운동가인 매형 윤장산이 망명과 유랑의 길을 떠나게 된 것이다.

　현재 이현도 자신의 정체성과 진로에 대해 많은 고민을 하고 있는 상태이다. 요즘 들어 이현은 "조선의 과거 예술 유산"(152)에 대해 강한 애정과 연구열을 품고 있는데, 이것은 사상에 심취해 있었을 당시에는

33　'지나 고미술 시찰'은 "조선의 고려나 이조(李朝) 시대 도자기를 지나의 송(宋), 명(明) 시대의 것과 비교연구할 목적"(151)에서 비롯된 것이다. 따라서 '지나 고미술 시찰'의 진짜 이유는 "조선의 과거 예술 유산에 대해 강한 애정과 함께 연구를 해보고 싶은 욕심"(152) 때문이라고 볼 수 있다.

34　'조선의 과거 예술 유산'과 '누님 부부를 만나는 것' 중에서 후자가 더욱 중요한 북경행의 이유라는 것은 "지나 고미술 시찰 때문이라고 하는 것도 반드시 거짓이라고는 할 수 없었다. (…중략…) 이번에 누님 가족을 만나러 가는 길에 적어도 이삼 일 정도 북경을 둘러보고 오려고 내심 기대하고 있었다"(151)는 부분에서 확인할 수 있다.

"그렇게 절실한 것으로 생각되지"(152) 않았던 일이다. 더 이상 사상에 리비도를 쏟을 수 없는 상황에서 이현은 '조선의 과거 예술 유산'에 관심을 갖게 된 것이고, 이와 같은 맥락에서 '3·1운동과 관련된 누나 부부의 20년 전 기억을 더듬으며 만나러 가는' 이 여로 역시 시작되었다고 할 수 있다. 누나 부부를 찾아가는 것은 조선에서는 더 이상 기대할 수 없는 새로운 방향성을 찾으려는 시도에 해당한다.

그러나 일제 말기 일본어 소설로 쓰여진 소설답게 이 작품은 표면적으로는 그렇게 단순하지 않다. 그것은 이현의 내면이 시대와 타협하지 않는 새로운 방향성을 찾으려는 것과 함께 누나 부부를 구제하겠다는 체제 협력적인 의식도 함께 발화되는 이중적인 양상을 통해 확인할 수 있다. 이현이 북경을 향하는 심정을, "누님이 이미 황군의 손에 넘어간 북경 성내에 현재 살고 있다는 것, 그것이 그에게는 일종의 기이한 희망과 더불어 구제할 수 있다는 희열"(151)을 안겨주었다고 표현하는 것 등이 그 사례이다. 북경이 일본군의 손에 넘어갔다는 사실이 이현에게는 오히려 희망을 주고 있는 것이다. 이러한 이중성은 북경행 기차가 만주를 지날 때도 나타난다. 이현은 만주 벌판을 지배하던 고구려를 떠올리는 것과 동시에 조선인과 중국인이 건설적인 시기를 맞아 인간적으로도 생활적으로도 향상해 갈 것이라는 생각을 떠올리는 것이다. 후자의 마음은 "나는 또 한 사람의 완전한 일본국민으로서 북경으로 가고자 이 만주국을 횡단하고 있는"(154) 것이라거나 "훌륭한 군인으로 성장한 새로운 이토를 보고 눈부심을 느끼는 동시에 마음속으로 안도"(174)하는 표현 등과 나란히 놓여 있다. 이러한 표현은 시대 상황이 만들어낸 겉치레 표현에 가까우며, 이것은 오다 마코토가 지적했듯이 김사량의 본심과는 거리가 먼 "노예의 언어"[35]라고 보는 것이 적당하다.[36]

무엇보다 김사량은 이 작품을 식민지인 조선인 독자도 아니고, 만주국 독자도 아니며, 윤함구의 중국인 독자도 아닌 일본 본토의 일본인을 상대로 일본어로 쓴 것임을 잊어서는 안 된다. 이러한 제약 속에서 이 작품은 하나의 의장처럼 친일적 문장을 곳곳에 배치한 것으로 보는 것이 타당하다. 김사량이 결코 일제 식민주의에 일방적으로 동조하지 않았다는 것은 「향수」의 창작에도 큰 영향을 주었던 김사량의 1차 북경 방문 이후 쓰여진 산문들을 통해서도 확인할 수 있다.[37] 「북경왕래」(『博文』, 1939.8)와 「에나멜 구두와 포로」(『文藝首都』, 1939.9)는 북경 방문에 대한 일종의 기행문인데, 여기서 핵심적인 사건으로는 중국인으로부터 낡은 구두에 에나멜을 바른 구두를 고도방(cordovan) 구두로 속아서 산 일이 등장한다. 이 일화는 여타의 친일적인 작가들에게는 중국의 열등성과 그들에 대한 식민지 지배에 대한 정당한 근거로 작용하기 너무나 좋은 소재라고 할 수 있다.[38] 그럼에도 김사량은 이것을 "게릴

---

35 오다 마코토, 앞의 글, 437쪽. 이어서 오다 마코토는 체제협력적인 말과 관련하여 이현은 "그러한 것을 생각지도 않았다고 하는 것은 상당히 노골적으로 나오고 있"(437)다고 주장한다.

36 안우식도 1941년 8월호에 발표된 『신조』의 월평 등을 인용하면서, 「향수」가 '나약한 것'과 표리관계를 이루는 "애매함이라는 형태를 통하여 당시로서 가능한 최대한의 저항을 행했던 것"(안우식, 심원섭 역, 『김사량 평전』, 문학과지성사, 2000, 154쪽)이라고 평가한다.

37 김사량은 북경을 세 차례 방문한다. 김사량은 1939년 3월 동경제국대학 졸업식에도 참여하지 않고 일주일 정도 혼자 북경을 여행하였다. 두 번째는 대동공업전문학교 교사를 하던 1944년 6월 중순부터 8월까지 약 3개월 동안 중국에 머물렀다. 세 번째는 '재지조선출신학도병위문단'의 일원으로 북경을 찾은 후에 태항산으로 탈출한 1945년 5월이다(위의 책). 「향수」는 첫 번째 북경 방문 이후 쓰여졌다. 김사량은 북경 방문의 체험을 직접적으로 담고 있는 두 편의 산문을 발표하였으며, 이들 산문과 「향수」 사이에는 많은 유사성이 나타난다(곽형덕, 앞의 글, 216~223쪽).

38 식민지 시기 북경을 다녀온 지식인들이 남긴 글에는 몇 가지 공통점이 있다. 그들은 북경의 유적지와 유물에 대해서는 거대함과 위대함을 찬양하는 태도를 보이지만, 북경에 살고 있는 중국인들은 반개(半開) 내지는 야만의 형상으로 묘사하는 것이다(이

라전"(173)이라고 색다르게 의미 부여하고 있다. '게릴라전'이라는 말 속에는 중국인들의 불법적인 상행위가 횡행할 수밖에 없는 진짜 이유, 즉 일본의 침략이라는 사회 정치적 이유가 암시되고 있는 것이다. 이를 통해 중국인들의 행위에는 단순한 거짓을 넘어선 저항적 의미가 부여되고 있다.[39]

무엇보다 이현에게 누님은 현재의 문제를 해결해 줄 수 있는 향수의 대상이라는 점이 중요하다. 북경행 기차가 만주를 지나는 장면에 이어 이현은 "다시 누님 부부의 생활"(154)을 떠올리는데, 그것은 나라를 떠나기 전 "생활의 고통과는 도무지 거리가 먼, 대단히 행복한 생활"(154)로 회상된다. 누나는 여러 가지 계몽 활동에 적극적이었으며, 현이 여섯 살 적에 만났던 누나는 "정원에서 나비처럼 뛰놀고는 했"(154)던 것으로, 그 당시 삶은 하느님이 반드시 은총을 내려주실 "꽃이 한가득 필 무렵"(155)으로서 이상화되고 낭만화되어 있는 것이다. 이것은 윤장산의 제자였던 박준을 통해 누나 부부의 비참한 삶에 대한 이야기를 이미 들었다는 것을 생각한다면, 더욱 문제적이라고 할 수 있다. 이처럼 북경에서 이십여 년 만에 만날 누나는 이현이 현재 느끼는 무력함과 괴로움을 해결해 줄 존재, 즉 노스탤지어의 대상이다.[40]

그러나 이러한 북경행의 기대는 처참하게 무너져 내린다. 처음 만났을 때부터 지나복을 입은 누나는 살아 숨쉬던 젊은 시절의 모습과는 너

경재, 「한설야의 『열풍』 연구」, 『한국 프로문학 연구』, 지식과교양, 2012, 228~231쪽).

39 흥미롭게도 중국인을 향한 이러한 김사량의 태도는 한설야에게서도 발견된다. 한설야는 『열풍』에서 중국인들이 불결하고 무질서한 행동을 하는 이유가 다름 아닌 "악마놈들이 침범한 어느 지경"(한설야, 『열풍』, 조선작가동맹출판사, 1958, 63쪽)에서 비롯된 것이라고 설명한다.

40 사소한 것일 수도 있지만, 누나의 흔하지 않은 한국이름인 가야(伽倻)의 한자는 사라진 고대 왕국 가야(伽倻)의 한자와 같다.

무나 동떨어져 있었고, 또한 상상 속에서 그리던 모습과도 너무나 달랐던 것이다. 아편중독에 빠진 누나의 모습을 보고서는 아예 "이 사람은 진정 내 누님이 아니다. 망가진 누님의 껍데기일 뿐이다"(161)라고까지 여기게 되는 것이다.[41] 이현은 부하의 아내와 북경 성내를 도망다닌다는 매형 장산의 이야기를 들은 다음부터 너무나도 큰 충격으로 인해 "의식조차 몽롱해져"(164) 간다. 그 이후 옥상렬로부터 가야가 아편 밀매까지 하고 있다는 말을 듣고는 "고열이 화기처럼 올라오고 전신이 뜨거워져 의식마저 잃어버릴"(169) 지경에 이른다. 또한 이토 소위와의 만남을 통해 이현은 북경에서 어떠한 존재감도 없이 비체(abject)화 된 누나의 실체를 분명하게 확인한다. 누나를 통해 새로운 삶의 가능성을 모색하고자 했던 이현의 기대는 이제 완전히 사라진 것이다.

이 순간 서술자조차도 "갑자기 생각난 듯이"(176)라고 표현할 정도로, 별다른 현실적 맥락도 없이 이현은 인력거에 올라 경내의 노점에서 한 달에 이틀 정도 골동품 시장이 열린다는 융복사(隆福寺)에 가자고 외친다.[42] 이 갑작스러운 골동품 시장행은 향수라는 맥락에서 바라볼 때, 가장 이해하기 쉽다. 20년 전 누님의 모습을 찾아 온 북경에서 이현은 자신이 꿈꾸었던 것과는 완전히 다른 모습의 누나를 발견하며, 이를 통

---

41 이렇게 된 이유로는 무엇보다도 남편 윤장산과 아들 무수의 변모를 들 수 있다. 아들 무수는 "자신이 종군하면 만에 하나 나쁜 일이 생겼을 때라도, 그로 인해 우리 부부의 죄가 조금이라도 가벼워질 것"(163)이라며 일본군 통역으로 나갔고, 장산은 가야를 버리고 감옥에 가있는 부하인 박준의 아내와 함께 북경 성내를 도망 다니는 처지로 전락한 것이다. 무수의 모습은 김사량이 산문 「에나멜 구두와 포로」에서 만난 M군과 유사하다. M군은 지금까지 산서 전선에서 통역자로 활약하는 청년인데, 그의 아버지는 옛날 "XX운동으로 조선에서 망명해온 혁명가"(170)이며, 그는 노모를 부양해야 해서 난처해하는 입장이다.

42 결국 융복사에는 현재 서지 않는다는 인력거 차부의 조언에 따라 골동품 시장으로 유명한 유리창(琉璃廠)으로 향한다.

해 이현은 사상과 관련하여 더 이상 어떠한 것도 기대할 수 없다는 것을 뼈저리게 깨달은 것이다. 이 순간 이현은 '조선의 문화예술'에 대한 강렬한 향수에 압도당한 것이라고 볼 수 있다. 3장의 앞부분에서 밝힌 바와 같이 '조선의 문화예술'에 대한 향수 역시 이현이 처음 가지고 있던 중요한 향수였지만,[43] 누나에 대한 기대로 인해 그동안 표면에 드러나지 않았던 것이다. 그러나 누나(옥상렬도 포함)의 모습에서 어떠한 가능성도 발견할 수 없게 된 상황에서 이현은 '조선의 문화예술'에 대한 향수에 자신을 맡기게 된 것이라고 볼 수 있다.

흑회색으로 그을린 골동품 가게가 늘어선 거리를 "어떤 환영을 쫓는 듯한 발걸음"(177)으로 이현은 걸어간다. 이현은 진정으로 자기를 구원해 줄 '어떤 환영'이 필요한 것이다. 이제 북경에 사는 누나를 통해서까지 3·1운동과 관련된 과거와의 단절이 분명하게 확인된 상황에서 이현은 그 텅 빈 스크린을 일정한 환상으로 채워야만 하는 절박한 필요에 맞닥뜨린 것이다.[44] 그 특수한 공간에서 이현의 눈을 사로잡은 것은 송대나 명대 도자기 사이에 놓인 오직 고려청자, 이조백자, 그리고 훼손된 질그릇과 같은 '조선의 것들'이다. 그 조선의 도자기들은 자신들이

---

43 해당 부분을 인용하면 다음과 같다.
  "그것이 오늘날에 이르러 보니, 사상은 짧고 문화는 길다는 생각이 들었다. 역사는 지금까지와 마찬가지로 주어진 궤도를 달릴 것이다. 세계도 또한 마찬가지로 지금부터도 자신의 운명 하에 전개될 것이다. 그러한 가운데 영구히 화려한 광채를 발해 왔던 조선의 독자적인 문화예술, 이런 고귀한 것을 학문적으로 연구하고 그리고 어떤 형태로든 발전시켜 보호하지 않으면 안 된다. 그에게는 아무래도 그것이 자신의 사명처럼 혹은 의무처럼 생각되기 시작했던 것이다."(152)
44 이 장면은 환상이란 텅 빈 표면, 즉 욕망의 투사를 위한 일종의 스크린으로 기능하는 공간이며, 환상 공간이 갖는 생생한 내용들의 매혹적인 현존은 단지 이 텅 빈 공백을 메우는 것에 불과하다는 지젝의 논의를 떠올리게 한다(Slavoj zizek, 김소연·유재희 역, 『삐딱하게 보기』, 시각과언어, 1995, 27~32쪽).

하나의 '환상'이라는 것을 증명이라도 하겠다는 듯이, 하나같이 이현을 향해 조용하지만 절박하게 "혼의 신음소리"(177)를 내기 시작한다.

이현은 그 도자기들을 향해 "너희들은 역시 조선의 것이다. 고향 사람들의 안위와 애정을 희구하는 조선의 것이다."(178)라고 하여 선명하게 민족적인 정체성을 부여한다. 나아가 자신에게 충격을 주고 있는 비체화 된 누나 역시도 그 조선의 도자기들과 일체화함으로써 비로소 상징화하는 데에도 성공한다. 도자기에서 나는 비통한 울림 속에서 "도움을 청"(178)하는 "죽음과도 같은 누님의 신음소리"(178)를 듣게 되는 것이다. 이를 통해 누나의 구원 가능성이 비로소 개시된다고 볼 수 있다. 이현은 그 도자기를 사며, "극도의 흥분과 환희"(178)를 느끼고, 집에 돌아와서도 "병적이라고 말할 수 있을 정도로 흥분된 상태"(179)에서 한동안 벗어나지 못한다.

그러나 "고향 사람들의 안위와 애정을 희구"하는 존재로서의 '조선'은 실제 북경에는 존재하지 않는다. 그것은 숙소로 돌아와 잠을 자고 일어나서 듣게 되는 "커다란 소리의 조선어"(180)를 통해 곧바로 증명된다. 전선의 일본군을 따라다니며 시계 수선이나 매매를 하고 있는 조선인 사내는 "아무튼 황군이 공격한 후에 하루의 여유도 두지 않고 몰려가는"(180) 실제의 조선인을 보여준다. 이 남자의 이야기를 들으며 이현은 일본군 통역으로 전선에 나간 무수를 생각하고, 골동품점의 향수를 통해 애써 획득했던 새로운 가능성이 말 그대로 하나의 환상일 수도 있음을 깨닫게 된다.[45] 그것은 이현이 밤의 대책란 거리를 헤매다가 "돼지고

---

45 실제로 1940년 6월의 조사에 의하면 북경의 조선인들은 일본인과 직접 관련된 일에 많이 종사하였으며, 그 중에서도 일본군 종사원은 760명으로 많은 수를 차지하였다. 이 중에는 운전수나 군통역도 포함되었으며, 특히 중일전쟁 이전부터 북경에서 살아

기 국물을 마시고 있는 부랑민 모습의 남자"(183)을 보며, 혹시 "매형의 영락한 모습"(183)이 아닐까 하고 의심하는 대목에서도 확인할 수 있다.

그러나 조선의 도자기들은 적지 않은 힘을 지니고 있다. 어머니가 위독하다는 전보를 받고 조선으로 떠나며 "조선의 그릇들"(190)을 정리하는 순간에, 이현에게는 다시 한 번 "환청"(191)이 들려오는 것이다. 다시 떠오른 '환청'은 작품의 마지막까지 이현을 지배한다.

"우리들은 외롭고 약한 것들입니다. 지금까지 얼마나 억눌려서 숨이 막혔는지 모릅니다. 우리들은 역시 우아하고 순정이 가득하며 근심 많은 조선 사람들의 것입니다. 어떻게든 그러한 마음과 눈으로 따뜻하게 지켜줄 사람들이 있는 고향으로 돌아가고 싶습니다. 도와주세요. 데리고 가 주세요."

"그럼 그렇게 하고말고. 그렇게 하고말고. 데리고 가고말고. 너희들은 우리들의 것이다. 분명 우리들의 애정을 필요로 하고 있음에 틀림없어. 그렇고말고. 그렇고말고"라고 현은 왠지 다시 한 번 흘러나오는 눈물을 삼키면서 외쳤다.

"내게는 슬프게도 지금 누님과 매형을 데리고 돌아갈 힘이 없단다. 아 하지만 나는 너희들을 버리지 않을 것이야. 그래 지금부터 우선 너희들과 함께 돌아간다. 돌아가는 것이다!"(191)

이 도자기의 환청을 통해 '우아하고 순정이 가득하며 근심 많은 조선 사람들'이라는 민족정체성은 다시 한 번 구축된다. 이현은 '사상'이나 '인간'과는 구별되는 '문화'라는 가치를 통하여 조선인의 민족정체성

온 한인들은 중국인의 생활과는 밀접한 관계를 가지며 중국어에 능통하였기 때문에 일본군이나 헌병대의 통역으로 많이 기용되었다(손염홍, 앞의 책, 288~291쪽).

을 재구축하는데 성공했으며, 동시에 누님(매형)과 옥상렬이 실패한 것과는 달리 일제 말기 조선인 지식인의 새로운 삶의 가능성도 제시하고 있는 것이다.

처음 북경으로 향하던 이현에게는 '조선의 과거 예술 유산'과 '누나'가 노스탤지어의 대상이었다. 이 중에서도 보다 큰 중요성을 가지는 것은 '누나'에 대한 노스탤지어였으며, 이를 통해 이현은 새로운 삶의 방향성을 찾고자 했던 것이다. 북경에서 이현은 가야 누나와 매형의 부하였던 옥상렬을 만나게 된다. 그들은 모두 '사상'과 '인간'이라는 가치를 부여잡고 시대의 진창을 건너려 했지만, 당대의 시공 속에서는 '사상'도 '인간'도 더 이상 추구할 수 없게 된 것이다. 그들은 자신들의 의도와는 달리 두 가지 중에서 어떠한 가치도 보유하지 못한 존재들로 전락해 버린 것이다. 이러한 상황에서 이현은 도자기로 상징되는 '문화'라는 가치를 통해 새로운 삶의 방향성을 찾으려 한 것이라고 할 수 있다. 이러한 과정을 거치며 이현은 민족적 정체성을 새롭게 구축하는 것은 물론이고 누나의 구원 가능성도 발견하며, 나아가 정체성의 위기에서 벗어나 "훌륭한 동아의 한사람, 세계의 한 사람"(192)으로 자신을 정립하게 되는 것이다.

그렇다면 이현이 대안으로 제시한 '문화'라는 가치를 김사량의 입장으로까지 연결지어 볼 수 있을까? 이와 관련하여 김사량이 북경을 방문하여 "미리 소개를 받은 전 문과교수 주작인(周作人) 씨를 만나려고 구내에 있는 북지문화협의회(北支文化協議會)라는 곳에 들"[46]렀다는 기록은 주목할만하다. 이 당시 주작인은 대부분의 지식인들이 일제에 함

---

46 김사량, 「북경왕래」, 김재용・곽형덕 편역, 『김사량, 작품과 연구』 2, 역락, 2009, 164쪽.

락된 북경을 떠난 것과 달리 북경에 머무르며 고위 관료로 생활하였다. 이 당시 주작인은 어떠한 가치보다도 중국의 '문화'를 소중하게 생각했다고 한다. 복단대학의 진사화는 "주작인은 문화적 포용력이 정치와 정권을 넘어선다"[47]고 여겼다고 보았으며, 동병월도 주작인이 윤함 시기 관료로 있으면서도 "유가사상을 대표로 하는 중국봉건전통문화를 대동아문화의 '중심'으로 내세워 일본문화를 '동화'시키려는 꿈을 꾸고 있었는지도 모른다"[48]고 주장했다. 나아가 동병월은 주작인이 한간(漢奸)이 된 비극은 "'정부국가'에 대한 배반과 '문화국가'에 대한 고수가 서로 충돌한 비극"[49]이라고 설명한다. 동병월은 주작인이 현대 국민국가의 3대 요소인 영토, 주권, 국민 중에서 '국민'이라는 요소를 '문화'로 대체한 것이라고까지 주장하였다. 한마디로 주작인은 '국민'보다도 '문화'를 더욱 소중한 가치로 여겼다는 것이다.[50] 주작인의 문화적 가치에 대한 이러한 강조가 북경을 방문하여 주작인을 만나려 계획한 김사량의 사상과 유사성을 지닐 가능성도 고려해 볼 수 있을 것이다.

해방 이후 그 유명한 봉황각 좌담회에서 김사량은 이태준, 이원조, 한효 등으로부터 일본어 글쓰기를 한 것에 대한 신랄한 비판을 듣는다.[51] 이에 대해 김사량은 "文化人이란 最低의 抵抗線에서 二步後退 一

---

47 진사화, 「주작인에 관한 전기」, 『중국현대문학연구총간』 3호, 1991.
48 동병월, 「주작인의 부역과 문화관」, 『이십일세기』, 1992.10.
49 동병월, 「주작인의 '국가'와 '문화'」, 『중국현대문학연구총간』 3호, 2000.
50 진사화와 동병월의 논의는 장천의 「동아식민지 본토작가의 정치적 평가 문제」, 『중국해양대학교 해외한국학 사업단 제2회 국제학술회의 자료집』, 2016.4 참조.
51 이태준 : 朝鮮語抹殺政策에 協力해서 日本말로 作品活動을 轉向한다는것은 民族的으로 여간 重大한 反動이 아니었다고 봅니다. (…중략…) 이원조 : 나로서는 차라리 붓을 안들엇든것이 올았다고 봅니다. 그러타고해서 金史良氏를 攻擊하는것은 아닙니다. 한효 : 붓을 꺾고 아무것도 안쓴 作家는 그들에게 無言의 反抗을 한것이라고 생각합니다(「문학자의 자기비판」, 『인민예술』, 1946.10, 45쪽).

步前進하면서도 싸우는 것이 任務"(46)라는 논리로 대응해 나간다. 이 답변에서 김사량은 자신을 "文化를 사랑하고 직히는 文學者"(46), 즉 "文化人"으로 규정하고 있음을 확인할 수 있다. 이 대목은 이현이 '인간'도 '사상'도 아닌 '문화'를 통해 일제 말이라는 전망 폐색의 시대를 견뎌내고자 한 것과 무관하지 않아 보인다. 「향수」에서 그 '문화'는 조선의 도자기들로 구체화되고 있으며, 그 도자기는 북경에서 최저생활을 해나가는 누님과 매형과 같은 조선 동포들을 의미하는 것이기도 하였다. 그렇다면, "朝鮮의 眞狀 우리의 生活感情 이런것을 「레알」하게 던지고 呼訴한다는 높은 氣槪와 情熱 밑에서 붓을 들"(42)고 써내려간 일제 말기 김사량의 소설 창작은 그 자신이 생각한 '문화(도자기, 신음하는 동포들)'를 지키는 행위에 해당한다고 볼 수도 있을 것이다. 그것은 비록 '이보후퇴 일보전진'의 결과[52]를 낳을지라도, 자신의 전존재를 건 또 하나의 삶이었음은 분명하다.

4. 정비석의 「이 분위기」에 나타난 향수와의 비교

김사량의 「향수」에서 향수는 이현과 가야 / 옥상렬에게서 서로 상반된 양상으로 나타난다. 이현에게 향수는 최소한의 민족적 자기정체

---

[52] '이보후퇴 일보전진'의 모습은 「향수」의 결말부에서, 가야가 북경을 떠나는 이현에게 군이 "아편 소매를 해서 쿨리나 차부, 순경(巡警), 부랑민, 거식자 등의 피와 함께 착취한 것"(191)임에 분명한 돈으로 차표를 사주자 그것을 거절하지 못하고 받아들이는 장면 등에서 암시적으로 나타난다.

성을 유지하며 '문화'라는 가치를 발견케 하는 상상적 계기가 되고 있으며, 가야와 옥상렬에게는 자신들의 타락(転向)한 삶에 감춰진 씨앗과 같은 최소한의 양심을 의식케 하는 정념으로 작용하고 있었다.

「향수」에 나타난 향수의 의미를 보다 분명하게 이해하기 위해서는 비슷한 시기의 북경을 배경으로 하여 창작된 정비석의 「이 분위기」(『조광』, 1939.1)를 살펴볼 필요가 있다. 이러한 비교는 「이 분위기」역시 「향수」와 마찬가지로 북경을 배경으로 하고 있으며, 작품의 주요 인물들 역시 향수와 관련된 반응을 보여주고 있기 때문에 가능한 것이다. 「이 분위기」에서 주인공이라고 할 수 있는 김지준은 향수를 철저히 거부한다. 이것은 김지준이 별다른 고민 없이 중일전쟁과 일제를 맹목적으로 지지하는 것과 결코 무관하지 않다.

중일전쟁 발발 무렵을 배경으로 한 「이 분위기」의 조선인들 역시 「향수」의 조선인들처럼 피폐한 삶을 살고 있다. 북경시민의 삼분지 일가량은 아편중독자이고, 조선사람의 30%가량도 중독자이다. 또한 민회 장부에 등록된 거류민이 삼천 명 정도인데, 그 중의 97%가 실제로는 아편밀매업인 해륙물산위탁판매업을 하는 것으로 기록되어 있다.[53] 아편과 무관하더라도 조선인들의 삶은 하나같이 부정적이다. 고려여관 주인 조춘택 영감이나 민회(民會)의 민회장과 같은 조선인 유력자들의 관심은 오직 자신들의 이권뿐이다. 마지막에 옥채에게 버림받은 병립이 구걸하여 번 돈으로 아편을 하는 모습은 이 북경이라는 지옥도의 정

---

53 중일전쟁 직전 마약 유통을 하는 한인이 전체한인의 약 7~8할을 차지하였으며(손염홍, 앞의 책, 231~232쪽), 이토록 마약밀매에 많은 한인이 종사했던 이유는 치외법권을 이용하여 중국경찰의 검거를 피할 수 있다는 점과 일본 측의 방임이 결정적인 원인이었다(같은 책, 254쪽).

점이라고 할 수 있다.

지준의 시각을 통해 중일전쟁 직전의 북경은 한마디로 아무런 희망의 빛도 발견할 수 없는 암흑천지로 그려진다. 지준은 "결코 동포를 믿을배가 못되는것을 알았다. 서로싸우고 시기하고 말어먹고 하는것이 외국사람들보다 더 야착스러웠다"(369)며, 그들은 "고향을 잃어버린 종속없는 집씨들"(369)이라고 여긴다. 다음의 인용문에서 알 수 있듯이, 조선인이 집시라면, "북경시민"(374)들은 집시를 넘어 짐승에 가까운 모습으로까지 표상된다.

> 황진에 싸인채 누엿누엿 저므러가는 거리는 너무나 공막(空漠)하고도 회고적이었다. 더구나 지루한 한날을 찌는듯한 더위에 물커져보내든 추잡한 목숨들이 혹은 웃통을 벗은채 혹은 아랫뿌리를 내놓은채 가가앞에 즈른히들 나선꼴이란 확실히 진기한 동물의세계면 세계였지 인간사회라고는 도저히 볼수없었다. 게다가 호매상뗴(呼賣商輩)들의 객을부르는 알어듣지못할 괴상한억양의 고함소리는 그야말로 흡사 주린동물의 부르지즘이었다.(377)

김지준도 옥상렬이나 가야 그리고 이현 등과 흡사한 면이 있다. 지준은 북경에서 룸펜에 가까운 생활을 하고 있지만, 과거에는 "대학을 중도에 퇴학하고 사회운동에 오년동안 몸을 받쳤던일이있는"(367) 지식인인 것이다. 그러나 "소화 삼사년이후사회운동이 쇠멸기에 들어오자 그곳을나온 지준은 이내고향인 황해도"(367)로 돌아간다. 그곳에서 부모는 전과자인 아들을 사랑하지 않았고, 눈칫밥을 먹던 지준은 "저도 모르게 북경땅을 밟게 되었"(367)던 것이다. 북경에 온지 석달이 지났지만 지준은 여관 구석에서 룸펜 생활을 하고 있을 뿐이다.

「이 분위기」의 지준이 「향수」의 주인물들과 가장 크게 차이나는 지점은 그가 향수 자체를 비판적으로 보거나 아예 부인하고자 한다는 점이다. 민회의 현서기가 고향에 돌아가고 싶다고 하자, 김지준은 "고향 가믄 별수 있나요?"(374)라고 현에게 묻기도 하고, 현을 향해 "련민의 정"(374)을 느끼기도 한다. 이것은 지준이 자신을 향수에 젖은 현과는 구분하여 생각하는 모습에 해당한다고 볼 수 있다. 또한 이 작품에서는 아편 밀매업자이며 김지준을 사모하는 옥채가 "일종 향수병"(376)에 걸린 것으로 이야기되는데, 그녀는 지준에 의해 "좀버러지"(376)로 경멸받는다. 이 작품의 1장에서는 옥채를 초점자로 내세워 그녀가 얼마나 부도덕한 인물인지가 자세하게 그려져 있기도 하다.[54] 마지막으로 김지준은 술에 취해 북경 거리를 걷다가 "문득 고향의 초가을이 연상되어 수심가가 제풀에 울어나"(376)오는 모습에 놀라며, "향수에병든 현서기를 비웃든 제가 저모르게 수심가를 부르고있음을 문득 깨닫자 자조의웃음을 픽 웃고나서"(376) 반사적으로 수심가 대신 즉흥시조를 대신 읊조린다. 이러한 일련의 모습은 김지준이 향수와는 의식적으로 거리를 둔 인물이라는 것을 보여준다.

향수에 빠지는 대신 지준은 "타기만만한 이 분위기"(377)를 변화시킬 "경천동지(驚天動地)할 변괴"(377)와 "심판"(377)을 기다린다.[55] 그리고

---

54 그녀는 처음 팔십대의 노인에게 팔려가 첩살이를 하다가 병립에게 구원받아 북경까지 왔지만, 아편중독으로 폐인이 된 병립을 버린다.

55 다음 부분에서도 '심판'이라는 말은 반복해서 등장한다. "이 타성의 분위기가 언제야 소멸될것인가? 이땅은 마땅히 심판을 받어야할것만 같었다. 아니 그날이 이제 오래지않어 필연적으로 올것이다. 그날─ 억센힘이있어 이땅을 뒤흔드는 그날 지준은 어떤 역활을해야 할것인가?"(378)

그에게는 너무나 다행스럽게도 그 대사건이 발생하고 만다. 그것은 노구교에서 일본군과 중국군이 정면충돌을 했다는 신문사의 호외를 보게 된 것이다. 이에 지준은 "아! 드디여—"(378)라며, "도야지떼처럼 주둥이를 내저으며 동으로 서로 음직이고있는 저 무리들우에 새로운 운명이 지금 바야흐로 닥처오고 있는것이 아니냐? 지준은 인제 제게도 옥채에게도 새로운 운명이 엄습하여옴을 느끼었다"(378)며 중일전쟁을 적극적으로 환영하는 모습을 보여준다. 북경에 닥쳐온 신체제에 대한 지준의 적극적인 환영과 향수에 대한 부정은 결코 무관하지 않으며, 이러한 지준의 모습은 김사량의 「향수」에 등장하는 인물들이 간직한 향수의 독특한 정치적 의미를 더욱 뚜렷하게 부각시킨다고 볼 수 있다.

참고문헌

1. 기본 자료

김사량, 「향수」, 이경훈 편역, 『한국 근대 일본어 소설선 1940~1944』, 역락, 2007.

_____, 「향수」, 김재용·곽형덕 편역, 『김사량, 작품과 연구』 1, 역락, 2008.

_____, 「북경왕래」, 김재용·곽형덕 편역, 『김사량, 작품과 연구』 2, 역락, 2009.

_____, 「에나멜 구두와 포로」, 김재용·곽형덕 편역, 『김사량, 작품과 연구』 2, 역락, 2009.

_____, 「작품집 『고향』 발문」, 김재용·곽형덕 편역, 『김사량, 작품과 연구』 2, 역락, 2009.

_____ 등, 「문학자의 자기비판(좌담)」, 『인민예술』, 1946.10.

주요섭, 「竹馬之友」, 『여성』, 1938.6~7.

최명익, 「심문」, 『문장』, 1939.6.

한설야, 『열풍』, 조선작가동맹출판사, 1958.

2. 단행본 및 논문

곽형덕, 「김사량작 「향수」에 있어서의 '동양'과 '세계'」, 『현대문학의 연구』 52집, 2014.

김광기, 「멜랑콜리, 노스텔지어, 그리고 고향」, 『사회와 이론』 23집, 2013.11.

김석희, 「식민지기의 공간과 표상-김사량의 「鄕愁」에 나타난 滿洲」, 『일본학보』 73집, 2007.11.

김윤식, 『한국근대문학사상사』, 한길사, 1984.

김재용·곽형덕 편역, 「일제 말 김사량 문학의 저항과 양극성」, 『김사량, 작품과 연구』 1, 역락, 2008.

김철, 「두 개의 거울-민족 담론의 자화상 그리기」, 『상허학보』 17집, 2006.6.

김현생, 「김사량의 문학세계에 나타난 토포스와 서사적 의미」, 『한국사상과 문화』 78집, 2015.

김홍중, 「골목길 풍경과 노스텔지어」, 『경제와사회』, 2008.3.

박남용·임혜순, 「金史良 문학 속에 나타난 북경체험과 북경 기억」, 『중국연구』 45권, 2009.1.

서동욱, 「노스텔지어-노스텔지어, 외국인의 정서」, 『일상의 모험』, 민음사, 2005.

손염홍, 『근대 북경의 한인사회와 민족운동』, 역사공간, 2010.

안우식, 심원섭 역, 『김사량 평전』, 문학과지성사, 2000.

이경재, 「단재를 중심으로 본 한설야의 『열풍』」, 『현대문학의 연구』 38집, 2009.6.

_____, 「한설야의 『열풍』 연구」, 『한국 프로문학 연구』, 지식과교양, 2012.

이양숙, 「일제 말 북경의 의미와 동아시아의 미래-김사량의 「향수」를 중심으로」, 『외국문학 연구』 54집, 2014.5.

임경순, 「김사량 문학에 나타난 중국 체험과 의식」, 『우리어문연구』 38집, 2010.9.

조성환, 「북경의 기억, 그리고 서사된 북경」, 『중국학』 27집, 2006.12.

최학송, 「한국 근대 문학과 베이징」, 『한국학연구』 31집, 2013.10.

Felski, Rita, 김영찬・심진경 역, 『근대성의 젠더』, 자음과모음, 2010.

Zizek, Slavoj, 김소연・유재희 역, 『삐딱하게 보기』, 시각과언어, 1995.

오다 마코토, 「어떤 부정하기 힘든 힘」, 김재용・곽형덕 편역, 『김사량, 작품과 연구』 1, 역락, 2008.

張泉, 「동아식민지 본토작가의 정치적 평가 문제」, 『중국해양대학교 해외한국학 사업단 제2회 국제학술회의 자료집』, 2016.4.

Davis, Fred, *Yearning for Yesterday, A Sociology of Nostalgia*, New York : Free Press, 1979.

Wilson Janelle L., *Nostalgia*, Lewisburg : Bucknell University Press, 2005.

이태준과 『위대한 새중국』*

이 해 영

1. 『위대한 새중국』이 놓인 자리

　　이태준은 월북[1]과 함께 1946년 8월 11일, 평양 조소문화협회가 추진한 "제1차 방소 사절단" 일원으로 소련 방문길에 오른다. 그 뒤, 또 한

---

*　이 글은 2014년 대한민국 교육부와 한국학중앙연구원(한국학진흥사업단)을 통해 해외한국학중핵대학육성사업의 지원을 받아 수행된 연구임(AKS-2014-OLU-2250004).

1　이태준의 월북과 소련 방문 경위에 대해서는 그동안 많은 논란이 있어왔으나 현재 많은 연구자들의 세밀한 검토를 거쳐 대략 7, 8월경으로 보고 있으며 주위 친지들에게 철저히 비밀로 한 것으로 보고 있다. 특히 배개화의 경우는 이태준이 평양 조소문화협회에 의해 소련 방문단 일원으로 선정된 후, 소련 방문을 위해 8월 10일경 비밀리에 월북하고 8월 11일 소련 방문길에 오르며 소련에서 귀국 후, 그대로 북에 남은 것으로 보고 있다. 즉 이태준은 당초 소련 방문을 위해 북으로 갈 때만 해도 완전 월북을 결심한 것은 아니고 소련 기행 중, 마음에 변화가 생겨 소련에서 귀국 후, 북에 남기로 결정한 것으로 보고 있다. 이에 대한 증거로 그는 이태준이 소련 귀국 후인 1945년 11월 초, 남한의 조선문학가동맹 회원들에게 보낸, 평양에 남겠다는 뜻을 밝힌 공개 편지를 들고 있다. 「서울문학가동맹 여러 벗님에게」라는 제목 하에, "本意는 아니나 여러분에게까지 기이고 떠날때는 돌아와 만나는 즐거움과 일에 더 忠實함으로써 갚으려 했던노릇이 그만 여기서 거름을 멋게되였습니다"로 시작되는 이 편지는 조선문학가동맹기관지인 『문학』, 『자유신문』 등 다수의 언론에 보도되었다. 배개화, 「이태준, 해방기 중간파 문학자의 초상」, 『서정시학』 25(4), 2015. 11, 495 ~496쪽 참조.

차례의 소련 방문과 함께 한국 전쟁이 교착기에 들어서기 시작했던 1951년 9월 27일부터 40여 일간 중국 관례단의 일원으로 새 중국을 방문하며 중화인민공화국 건국 2주년 기념행사에 참석한다. 그리고 그는 각각 『소련기행』, 「혁명절의 모쓰크바」, 『위대한 새중국』이라는 세 편의 기행문을 남긴다.

『소련기행』은 식민지기간 동안 이념과는 거리가 먼 것으로 평가되었던 이태준이 해방공간에서 결행한 갑작스러운 월북만큼이나 당대 남한 사회에 큰 충격을 주었다. 이는 이태준의 『소련기행』에 대한 당대 남한 독자들의 폭발적인 관심[2]만 보아도 충분히 알 수 있다. 『소련기행』은 1988년 월북 작가 해금 이후, 발굴되어 알려졌으며, 그의 해방기 첫 작품인 「해방전후」와 함께 해방공간 내지 해방기, 이태준의 좌익으로의 사상적 변신과 월북 경위를 구명하기 위한 관건적이고 중요한 텍스트로 많은 연구가 이루어져왔다.[3] 이태준의 2차 소련 방문기인 「혁

---

2   1차 소련 방문단의 작품들로는 이기영과 이찬이 공동 저술한 『쏘련참관기』(평양 : 노동출판사, 1947)와 이찬의 『쏘련記』(평양 : 조선출판사, 1947), 그리고 이태준의 『소련기행』, 허민의 『소련참관기』가 있다. 이 중, 이태준의 소련기행문은 1947년 5월 1일 남한과 북한에서 동시에 출판될 정도로 대중적인 관심을 끌었다. 배개화, 「탈식민지 문학자의 소련여행과 새 국가 건설」, 『한국현대문학연구』 46, 2015.8, 157~158쪽 참조.

3   『소련기행』에 대한 연구 성과들은 다음과 같다. 박헌호, 「역사의 변주, 왜곡의 증거 -해방 이후의 이태준」, 『소련기행·농토·먼지-이태준문학전집』 4, 깊은샘, 2001; 권성우, 「이태준 기행문 연구」, 『상허학보』 14, 상허학회, 2005; 배개화, 「문학의 희생 - 북한에서의 이태준」, 『한국현대문학연구』 34, 한국현대문학회, 2011.8; 배개화, 「북한 문학자들의 소련기행과 전후 소련의 인식」, 『민족문학사연구』 50권 0호, 민족문학사학회·민족문학사연구소, 2012.12; 배개화, 「탈식민지 문학자의 소련기행과 새 국가 건설」, 『한국현대문학연구』 46, 한국현대문학회, 2015; 배개화, 「이태준, 최대다수의 행복을 꿈꾼 민주주의자-해방 이후 이태준의 사상과 문학」, 『상허학보』 43, 상허학회, 2015; 이행선, 「해방공간, 소련·북조선기행과 반공주의」, 『인문과학연구논총』 4-2, 명지대 인문과학연구소, 2013; 임유경, 「'오빠꾼'과 '조선사절단', 그리고 모스크바의 추억-해방기 소련기행의 문화정치학」, 『상허학보』 27, 상허학회, 2009; 유임하, 「월북 이후 이태준 문학의 장소감각」, 『돈암어문학』 제28집, 2015.12.

명절의 모쓰크바」[4]는 『소련기행』과의 연관 속에서 1차 소련기행과 본질적인 차이가 없으며 냉전의식이 고착되고 강화되었음[5]이 지적되었다. 이에 비해 이태준 생애의 마지막 작품[6]이자 한국 전쟁기에 씌어진 『위대한 새중국』은 당대 남한 사회에 별로 알려지지 않았다. 이는 전쟁의 와중이라는 긴박한 상황 때문이었던 것으로 미루어 짐작할 수 있다. 『위대한 새중국』은 2004년 김재용 교수에 의해 소개되었으며 2011년 역락에서 단행본으로 출간되었으나 『소련기행』에 대한 학계의 폭발적인 관심에 비해 그 연구가 매우 소략하게 이루어졌다.[7] 이는 『소련기행』이 비단 이태준 등 중간파 문인들의 사상적 전향과 월북의 경위를 보다 내밀한 차원에서 살펴볼 수 있는 중요한 단서가 될 뿐 아니라,

---

4 이태준의 2차 소련기행문이라고 할 수 있는 「혁명절의 모쓰크바」는 김재용 교수가 미 국립문서보관소에 있는 원본을 발견하여, 그 전반적인 내용을 「냉전의식에 굴절된 민족주의」(『시사월간 WTN』, 1998년 1월호)에 개략적으로 소개한 바 있다. 그로부터 3년 후 「혁명절의 모쓰크바」는 김재용 교수에 의해 『한국근대문학연구』 4호(2001. 10)와 5호(2002.4) 두 차례에 걸쳐서 그 전문이 게재되었다.

5 김재용, 「소설가 이태준의 '2차 소련방문기' - 냉전의식에 굴절된 민족주의」, 『시사월간WIN』, 중앙일보사, 1998.1; 권성우, 「이태준 기행문 연구」, 『상허학보』 14, 상허학회, 2005, 211~213쪽 참조.

6 김재용, 「한국전쟁기의 이태준 - 『위대한 새중국』을 중심으로」, 『상허학보』 13, 2004. 8, 148쪽.

7 『위대한 새중국』은 김재용에 의해 학계에 소개되었다. 김재용은 「한국전쟁기의 이태준 - 『위대한 새중국』을 중심으로」(『상허학보』 13, 2004.8)에서 기행문에 나타난 새로운 중국에 대한 이태준의 두 가지의 인식으로 중국이 아편 전쟁 이후 구미의 압제와 침탈에서 허덕이다가 드디어 해방되었다는 점과 중국 내부의 민주주의적 변화를 들고 있으며 전자의 인식 즉 구미의 압제에서 벗어나 새롭게 떠오르는 중국에 대한 작가의 태도를 중심으로 살펴보고 있다. 그는 이태준의 인식이 이전의 동양에서 세계 속의 아시아를 인식하는 데로 나아갔고 아시아 내부의 차이를 인정하는 민주적 아시아의 꿈을 제시하였다고 보았다. 이 연장선 위에서 권성우는 「이태준 기행문 연구」(위의 글)에서 『위대한 새중국』을 문학적 프로퍼갠더의 세계로 보았고 유임하는 「월북 이후 이태준 문학의 장소감각」(『돈암어문학』 제28집, 2015.12)에서 『위대한 새중국』에 나타난 것은 선취된 미래와 국제주의적 연대라고 보았다.

그것은 더 넓게는 북한의 건국준비와 관련하여 모델국가로 삼은 소련의 인민민주제도에 대한 인식, 해방기 미국과 함께 한반도에 강력한 영향력을 행사하고 있던 소련의 대 북한 정책, 북한의 건국준비상황 등과 연결되어있기 때문일 것이다. 사실 5년이라는 시간적 차이를 두고 씌어진 『위대한 새중국』은 『소련기행』과는 매우 다른 시각에서 씌어졌다. 『소련기행』에서 이태준은 제도의 우월성[8]을 보았다. 그러나 『위대한 새중국』에서 제도는 더 이상 그의 관심사가 아니었다. 중국이 국공내전으로 치닫고 있던 1946년 3월, 북한은 이미 토지개혁을 시작하여 20일 만에 신속하게 완결[9]하였으며 중국의 국공내전이 치열하게 그 막바지를 치닫고 있던 1948년 9월, 북한은 조선민주주의인민공화국을 건립하였으며 이는 새 중국의 건국보다 무려 1년을 앞섰다. 그러므로 "단지 과거 5개년 간 우리 북조선의 인민민주 사회질서 속에서 살아본 나의 새 생활의 경험은 새 인민민주 중국의 여러 가지 전변을 이해하는 데 많은 도움이 되었던 것은 사실이다"[10]라는 이태준의 말은 새삼 음미해 볼 필요가 있다. 새중국에서 일어나고 있는 토지개혁에 대해, 새로운 혼인법에 대해, 문예정책에 대해 이태준은 별다른 흥분과 격정이 없이 담담하게 소개하고 있을 뿐이다.

그러나 우리는 『위대한 새중국』이 한국전쟁이라는 급박한 상황 중

---

8 "쏘비에트는 전후실업자문제라는 것, 전후경제공황이라는 것, 이런 것을 전혀 모르고 있는 것이다. 이것은 우연도 아니요 기적도 아니다. 다만 「제도」의 승리인 것이다." 이태준, 「소련기행」, 『소련기행·농토·먼지-이태준문학전집』 4, 깊은샘, 2001, 177쪽.

9 정문상, 「냉전기 북한의 중국 인식」, 『우리어문연구』 40집, 2011.5, 181쪽. "그러나 1946년 3월에 불과 20일만에 토지개혁을 신속하게 완결했던 북한으로서는 중국에서 전개된 토지개혁 자체는 그리 특별히 흥미로운 사안은 아니었을지도 모른다."

10 이태준, 김재용 편, 『위대한 새중국』, 역락, 2011, 45쪽.

에 씌어졌으며, 직접 지원군을 파견하여 북한과 공동으로 전쟁을 수행하고 있는 지원군의 국가 중국에 대한 북한 문학가의 인식과, 전쟁 중 혈맹의 관계[11]로 부각되었던 조중관계를 바라보는 북한 문학가의 내면을 살펴볼 수 있는 소중한 텍스트임을 주목할 필요가 있다. 또한 당시 북한문학이 당 영도하의 문학이었음을 감안할 때 우리는 여기서 "항미원조"의[12] 와중에 함께 싸우는 형제의 국가 중국에 대한 북한 지도자들의 인식을 간접적으로 엿볼 수 있다. 더불어 "항미원조"에 대한 중국 각 계층 특히 노동자, 농민, 학생 등 광범위한 계층의 태도 ─ "뜨거운 열기"를 통해 "항미원조" 전쟁 시, 건국 2년밖에 안 된 "나어린" 중국의 지도자들이 어떤 논리로 인민들을 전쟁에 동원하고 있는지 즉 8년간의 항전과 4년간의 국공 내전이란 긴 전쟁을 겪은 중국이 또 다시 인민들을 "항미원조" 전쟁에 동원시킬 때 그 전쟁 동원 논리와 담론이 무엇이었는지를 살펴볼 수 있다.

또한 우리는 『위대한 새중국』이 이태준 생애의 마지막 저술[13]이며 그가 새중국을 방문한 시점이 전쟁이 교착상태에 빠졌고 정전 논의가

---

11 "아세아 및 태평양지역 평화대회에 참가하기 위해 1952년 9월 20일 북경을 방문한 한설야 또한 한국전쟁을 "평화를 지키기 위한 전쟁"으로 규정하고 중국의 '항미원조'를 "피의 원조"로 부르며 중국을 "평화의 동맹자"로 추켜세울 정도였다." 한설야, 「북경 평화대회의 인상」, 『문학예술』 5-12, 1952.12.30(정문상, 「냉전기 북한의 중국 인식」, 『우리어문연구』 40집, 2011.5, 175쪽에서 재인용).

12 "6·25전쟁은 여러 발화주체들에 의해 다양한 명칭으로 명명되었으며 그만큼 어느 한 측면으로 그 성격을 단정 짓기 어렵다. 이태준이 『위대한 새중국』에서 이 전쟁을 "항미원조"라는 중국 측의 입장에 중점을 두고 중국 측의 인식과 조중관계를 바라보고 있으므로 이 글 역시 "항미원조"를 중심으로 논의를 전개하였다. 본고의 성격 상, "6·25전쟁이라는 다층적인 맥락을 전면적으로 검토하기에는 무리가 따른다.

13 "이태준은 인생의 고비, 정치적 과도기, 문학적 고비마다 만주, 소련, 중국 등의 문제적 공간을 여행하였으며, 그에 따른 충실한 기행문을 남겼다." 권성우, 「이태준 기행문 연구」, 『상허학보』 14, 상허학회, 2005, 188쪽.

한창 진행 중인 시점이었음을 주목할 필요가 있다. 한국 전쟁 발발 3개월을 앞둔 1950년 3월, 「먼지」를 발표하여 중간파 인사인 주인공 '한뫼'의 죽음과 함께 동족상쟁의 전쟁 발발을 우려하고 경계하였고,[14] 또한 전쟁 발발 2일 뒤인 6월 27일 종군하여 여러 편의 종군기를 남겼던[15] 이태준은 이 무렵 과연 어떤 마음으로 동족상잔의 전쟁을 바라보고 있었을까? 당시 그의 세계인식은 어떠한가? 비록 얼마나 신빙성을 갖고 있는지는 모르나 그가 전쟁 중 남한 귀화 의사를 타진한적 있다[16]는 일화와, 중국 방문 시, 전쟁 피난으로 북경에 머무르며 정령의 도움으로 중앙문학연구소에서 문학공부를 하던 조선의용군출신 김학철을 만난 자리에서 전쟁 중, 북한 작가들의 생활의 어려움을 호소하며 자동차를 지원해줄 것을 부탁했다[17]는 일화는 『위대한 새중국』이 결코 단일한 맥락으로 수렴될 수 없는 다층적 맥락으로 구성되었음을 알려준다.

이 글은 이런 맥락에서 출발하여 기존의 연구 성과들을 수용하면서 이태준의 『위대한 새중국』에 나타난 북한 지도자들의 "항미원조"에 대한 인식, "항미원조" 중, 조중관계 및 소련, 조선, 중국 등 인민민주전선 진영 국가 간의 정치적 역학관계 그리고 중국의 "항미원조" 전쟁 동원

---

14 김재용, 「월북 이후 이태준의 문학활동과 「먼지」의 문제성」, 『민족문학사연구』 10권 0호, 1997, 339~344쪽 참조.

15 배개화, 「새로 발굴한 종군기를 통해 본 한국전쟁 초기 이태준」, 『민족문학사연구』 45권 0호, 민족문학사학회·민족문학사연구소, 2011, 339쪽.

16 "생각건대 6·25 후에 문제안 기자(이름이 정확하지 않음)가 전한 바로는 9·29수복 후 평양에 갔을 때 이태준이 초라한 모습으로 찾아와 월남 의사를 타진했다고 한다. 당시 문기자는 자신의 상사에게 이 사실을 알렸는데, 이태준이 귀환 시 총살형에 처해질 것이라는 말을 듣고 이 말을 전한 바, 이태준은 매우 낙담하여 돌아갔다는 것이다. 월북 후 이태준에 대한 소식은 아마 이것이 최후였던 것으로 기억된다." 조용만, 「차고 자존심 강한 소설가」, 『상허학보』 1, 상허학회, 1993.12, 415쪽.

17 김학철, 『최후의 분대장』, 문학과지성사, 1995, 346쪽.

논리 등에 대해 살펴볼 것이다. 그리고 이 모든 것들을 가로지르는 곳에 놓여있는 문제적 작가 이태준의 내면풍경[18]은 어떠한지를 살펴볼 것이다.[19]

2. 미제라는 공동의 원수와 중국혁명의 귀결로서의 "항미원조"

이태준이 『위대한 새중국』에서 가장 경이롭게 바라본 것이 바로 모택동과 중국공산당의 영도 하에 외세 침략을 물리치고 인민이 나라의 주인이 된 참신한 중국의 모습이다. 이러한 변화된 새중국의 모습을 이야기하면서 이태준이 빼놓지 않고 이야기하는 것은 외세의 침탈 특히 구미열강의 침탈에 놓여있던 구중국의 수난과 피폐했던 모습이다. 이태준이 바라본 양자강의 어제와 오늘은 그가 구중국에 대한 외세 침탈의 역사를 어떻게 인식하고 있는지 잘 보여주는 대목이다.

---

18 문학에 대한 당의 직접 영도 및 긴박한 전쟁의 와중이라는 당시 북한문학의 특징 상, 문학가의 창작 행위는 당에 의해 엄격하게 통제되고 있었을 것이며 그런 의미에서 이태준의 내면풍경 역시 당의 공식적인 입장과 복잡하게 뒤섞여있을 수밖에 없을 것이다. 그러므로 당의 공식적인 입장에서 교묘하게 벗어나는 혹은 구별되는 이태준 개인의 내면풍경을 살피려는 본고의 작업은 일정한 제한을 띨 수밖에 없을 것이다.
19 문학의 관점에서 바라보자면 『위대한 새중국』이 드러내는 스타일이나 기술방식 등 문학적 속성을 드러내야겠으나 본고가 긴박한 전쟁의 와중에 씌어진 북한문학자의 소중한 증언이라는 것에 논의 초점을 두고 있으므로 문학적 속성에 대한 논의는 다음으로 미루고자 한다.

세계에서 이 양자강보다 더 긴 강이 있기는 하다. 그러나 장강 연안이 인구가 조밀하여 황무지가 없어 물산이 막대하며 하구로부터 3천 톤짜리 기선은 7백 마일이나 되는 '한구'까지 올라가고 1천 톤짜리 기선은 1천 마일이나 되는 '중경'까지 깊이 올라가므로 강이면서도 좌우에 큰 항구들이 연이어 있는 일대 해안의 역할을 하기 때문에 양자강은 그 존재가치가 위대한 것이다. 이런 양자강은 거의 한 세기 동안을 차라리 없는 것만 못하게 미영 강탈자들의 군함이 대륙오지에까지 함포를 쏘아댈 수 있게 이용되었다. 인민해방군의 남하작전을 막아보려 미·영·불의 군함들은 이 장강에서 헤매며 최후 발악도 해보았다. 그러나 오늘 양자강은 한때 악몽을 황해 밖으로 쓸어버리고 영원한 중국인민의 복리의 장강으로 유유히 흐르고 있는 것이다.(『위대한 새중국』, 87쪽)[20]

이태준은 구중국에 대한 구미 열강의 침략이 한 세기 동안이나 지속되었으며 전근대로부터 시작된 그들의 침탈이 국공내전시기 인민해방군의 남하작전에 대한 저지로까지 이어졌음을 폭로하였다. 국공내전시기 미국을 중심으로 한 일련의 유럽 국가들이 장개석 군대를 후원하면서 중국의 내전에 간섭하고 중국인민의 해방을 막으려고 했던 사실을 회고함으로써 구미 열강은 중국인민에게도 오래전부터 원수였음을 강조하였다. 이러한 구중국에 대한 구미열강의 침탈과 그로 인한 중국인민의 수난과 고통은 북경, 상해, 항주, 남경, 천진 등 도시들을 방문할 때마다 어김없이 언급되었으며 이태준은 이를 통해 구미 열강의 제국주의적 야수성과 그들이 중국인민의 원수였음을 반복적으로

---

20 이하 작품 원문 인용은 인용문 뒤에 책제목과 인용 쪽수로만 표기한다.

강조하였다. 그런데 이러한 구미열강의 침략은 구중국 즉 해방 전에만 국한 된 것이 아니었다.

> 공장들에서 여러 모범 노동자들과 만났는데 그들의 미제에 대한 증오심은 특별하였다. 상해에는 4만여 명의 제국주의 국가 백인들이 살고 있었는데 그들의 교만한 인종차별과 그들이 남의 피땀으로 호의호식하는 꼴과 그들 조계경찰들에게 노동자들이 시위와 파업에서 받던 야만적 탄압은 생각만 해도 이가 갈린다고 하였다. 그런데 오늘 또다시 조선과 중국을 식민지화하려 조선에 침략하고 있는 것은 세계 모든 인민의 분노를 살 뿐 아니라 우리 상해 노동자들에게는 견딜 수 없는 격분과 복수심을 일으키는 것이라 하였다.(『위대한 새중국』, 106쪽)

해방 전, 구미 제국주의국가들의 백인식민주의자들이 가장 많이 살고 있었고 인종차별이 가장 심했던 상해의 공장 노동자들은 미제에 대한 증오심이 특별하였다. 그것은 해방 전에 노동자들의 시위와 파업에 대해 그들 식민주의자들이 조계경찰들을 동원하여 야만적으로 탄압했을 뿐 아니라 더욱 중요한 것은 그들이 "오늘 또다시 조선과 중국을 식민지화하려 조선에 침략하고 있"기 때문이다. 이는 세계 모든 인민의 분노를 사는 것이라고 하였다. 여기서 미제 즉 구미 제국주의자들은 비단 해방 전 중국인민의 원수였을 뿐만 아니라 오늘날 새중국을 건설하는 중국인민들의 원수이며 또한 더 중요한 것은 "또다시 조선과 중국을 식민지화하려"하는 조선인민과 중국인민의 공동의 원수라는 것이다. 여기까지 오면 우리는 이태준이 가는 곳마다 즉 중국의 여러 도시들을 방문할 때마다 해방된 새중국의 모습에 대비되는 구중국의 비참했던 과거를 회고하고 더불어 구미 열강의 침탈에 대해 멀게는 아편전쟁으로부터 가깝게는 국공내전 내지 "항미원조"가 진행 중인 오늘 현재에 이르기까지 공을 들여 반복적으로 강조하고 있는 이유를 알 수 있다. 이러한 회고를 통해 이태준이 말하고자 한 것은 바로 오늘날 조선을 침략하고 있는 미제국주의는 실은 중국의 오랜 원수이며 또한 현재에도 새중국을 위협하는 원수라는 것이다. 즉 미제국주의는 조선과 중국의 공동의 원수라는 것을 강조하는 셈인데 이는 자연스럽게 현재 중국이 진행하고 있는 "항미원조"는 조선을 지원하기 위한 것만이 아닌 자국을 보위하기 위한 중국 자신의 전쟁이기도 하다는 논리로 이어지고 있다. 실제로 이태준은 주덕, 곽말약과 같은 중국 지도자들의 발언에서부터 중국의 노동자, 농민 등 광범위한 군중들에 이르기까지 그들이 모두 "항미원조"를 조선에 대한 지원이라기보다는 자국을 위한 중국 자체의 전쟁이라고 인식하고 있음을 곳곳에서 보여주고 있다.

① "미제는 중국의 승리를 시기하며 자기들의 실패를 달게 받지 않고 대만을 침범했으며 조선정전 담판을 파탄시키려 하며 조선전쟁의 계속과 새 대전 준비에 날뛰고 있다."

"미제는 전 세계인민이 반대함에도 불구하고 자기 종속국가들을 위협하며 대일강화조약을 위조하며 공공연히 일본과 서부독일을 재무장시키고 있다. 전쟁 위기는 엄중하여 우리조국의 안전과 동양과 세계평화를 위협하고 있다. 이에 나는 그대들에게 명령한다. 그대들은 전투역량을 더욱 높여 국방건설에 일보 전진하여 조국해방위를 공고히 하라!"(『위대한 새중국』, 39쪽)

②작년 6월 25일 조선에 전쟁이 벌어지자 동 27일에 미제 무력이 침략전에 참가하면서 우리 대만을 점령하여 우리 영공에 침입하여 그전 일제의 침략노선을 그대로 밟는 것을 확인하자 중국인민은 조선을 원조하여 조국을 위하여 아세아의 안전과 평화를 위하여서는 대규모의 항미원조운동을 전개하지 않을 수 없었다고 말하였다.(『위대한 새중국』, 54쪽)

위의 인용문 ①은 중국인민해방군 총사령관 주덕 장군이 중화인민공화국 건국 2주년 경축행사에서 '선독'한 전국 무장부대와 민병단에 주는 명령서의 일부 대목이고 ②는 "중국인민보위 세계화평 반대미국 침략 위원회" 주석 곽말약 선생이 10월 3일 열네 나라 관례단원들에게 행한 연설의 일부 대목이다. ①과 ②가 공동으로 포함하고 있는 것은 미제의 조선 침략, 미제의 대만 침략과 점령, 미제의 일본 재무장 시도, 조국과 아시아의 안전과 평화를 위한 "항미원조"의 당위성과 정당성 등 네 가지 내용이다. 여기서 우리는 중국이 미국의 조선 전쟁 개입을 대만 문제와의 연장선에서 파악하고 있으며, 대만 문제에 대한 개입을 중국 영토의 침공으로 보고 있으며, 이를 그들 조국의 평화와 아세아 나아가 세계 평화를 위협하는 것으로 파악하고 있음을 볼 수 있다. 조선 문제를 대만 문제의 연장선으로 본 이러한 주덕과 곽말약의 발언을 통해 이태준은 "비록 인방(隣邦)이지만 남의 나라 전쟁에 국가의 운명을 걸고 개입을 단행할 때는 보다 절실한 근본적인 이유가 있을 수 있음"[21]을 암시하고 있다. 실제로 1950년 10월, 조선파병을 결정한 시점의 중국은 오랜 내전 끝에 사회주의 정권을 성립시킨 지 불과 1년밖에

---

21 이종석, 『북한-중국관계 1945~2000』, 중심, 2001, 160쪽.

되지 않은 상황이었다. 따라서 중국 지도부는 대만, 티베트 등 정치 군사적인 임무와 함께 긴 내란으로 피폐해진 국민경제를 회복시켜야 하는 어려운 과업을 안고 있었다. 따라서 중국에게 새로운 전쟁에의 참가는 상당한 무리수였다.[22] 그렇다면 이러한 어려운 환경을 감안하면서도 한국 전쟁에 개입하기로 한 그 보다 절실하고 근본적인 이유란 무엇인가? 그것은 바로 이태준이 날카롭게 파악하고 있듯이 국공내전에서 미해결 과제로 남은 대만 문제이며 중국과 미국과의 피할 수 없는 숙명적인 한판 대결이다. 여기에 대해 정치학계에서는 국공내전 시, 미국의 개입을 우려한 스탈린이 양자강 도강을 만류했으나 중공지도부는 강을 건넜고 그때부터 미중 간의 한판 대결은 피할 수 없는 것이었다고 보고 있다. 다만 내전 승리 후, 어디에서 대결할 것인가만 남아 있었으며 중국 지도부는 베트남·대만해협·조선 등 3군데를 가능성 있는 지역으로 보았다는 것이다. 여기서 지형 상 가장 유리하고 물자 지원이 용이하며 교통, 인력지원, 정치동원에 편리하고 소련의 간접지원이 가능한 지를 고려할 때 조선이 최적의 장소였다. 따라서 미국의 조선전쟁 개입으로 중국 역시 출병하지 않을 수 없었다는 것이다.[23] 바로 이러한 맥락에서 한국전쟁 즉 "항미원조"는 "중국혁명의 귀결"[24]이었다. 그런데 "항미원조"에 대한 중국 지도층의 이러한 생각은 노동자, 농민, 지식인, 학생 등 중국 각 계층 군중들에게 광범위하게 퍼져있었으며 이는 곧 "항미원조"에 대한 적극적인 지원과 전쟁수행을 위한 애국공약 체결 및 생산 증대로 이어졌다.

---

22 위의 책, 159쪽.
23 위의 책, 160~161쪽 참조.
24 와다 하루키, 『朝鮮戰爭』, 동경 : 岩波書店, 1995, 38쪽. 이종석, 앞의 책, 160쪽 재인용.

"장개석이가 화평회담을 거부하자 우리집은 장가구로 피난 갔었습니다. (…중략…) 나라 없이 집이 없다. 조선의 독립이 없이 우리나라의 독립이 있을 수 없다고 했습니다. 아들이 못다 싸우면 나도 싸우러 가겠습니다." (『위대한 새중국』, 63쪽)

　이놈들이 쥐구멍을 찾고 토지가 농사짓는 사람들에게 공평하게 부여되자 우리들은 이런 조국과 이런 질서를 보위하기에는 자원적으로 아들과 동생들을 군대에 보냈으며 일본놈들 하던 그 방법으로 조선을 거쳐 우리 중국에 침략하려는 미국놈들을 막기 위해서는 높은 영예와 의무감에서 조선지원군에 참가하고 후방에 있는 우리도 애국 공약으로서 증산에 궐기하였노라 하였다.(『위대한 새중국』, 74쪽)

　위의 인용문들은 이태준이 만난 중국 각 계층 군중들과 지원군 가족들의 "항미원조"에 대한 결의이다. 그런데 우리는 여기서 "항미원조"는 곧 중국 자체의 전쟁이기도 하다는 논리가 자기 개개인의 토지를 지키고 집을 지키는 행위와 연결되어있음을 볼 수 있다. 즉 "항미원조"가 중국의 전쟁이기도 하다는 중국 지도부의 생각은 인민들에게 전달될 때는 그들 개인의 토지를 지키고 개인의 집을 지키는 매우 구체적이고 현실적인 목표와 결합되어 있는 것이다. 여기서 우리는 중국 지도부가 중국인민지원군 파병 시, "항미원조보가위국(抗美援朝保家衛國)" 즉 "미국에 반대하고 조선을 지원하며 가정을 보호하고 나라를 지킨다"는 구호를 내세웠음을 상기할 수 있다. 자기의 "집"을 지키기 위해 "항미원조" 전쟁에 용약 참가하여야 하며 "나라 없이 집이 없다"는 것은, 오랜 전쟁 끝에 나라를 세운 중국의 지도층이 어려운 상황에서 전쟁에 지친

인민들을 조선 전쟁에 동원시키기 위한 전쟁 동원의 논리였다. 실제로 지원군 출병 여부를 놓고 중국 지도부는 출병론과 출병 신중론 내지 출병 불가론이 첨예하게 대립했으며 모택동의 설득 끝에 오랜 진통을 겪고 출병을 확정하였다. 출병 신중론 내지 출병 불가론이 내세우는 이유는 오랜 전쟁으로 인한 재정 곤란, 변경 및 연해의 미해방지역과 약 100만 명에 달하는 국민당 잔여 세력과 토비의 숙청 문제, 광대한 신해방구에서 아직 토지개혁이 진행되지 않았고 새로운 정권이 공고하지 못한 문제, 아군의 무기장비의 낙후와 제공권과 제해권의 미비, 장기간의 전쟁의 고통스러운 생활로 인해서 일부 간부와 전사들 사이에 평화를 갈구하고 전쟁을 피하는 정서가 퍼져있는 문제 등이었다.[25] 이중 일부 간부와 전사들의 염전 사상은 치명적인 것으로 중국 지도부는 반드시 설득력 있는 전쟁 동원 논리를 내세워야 했는데, 이런 맥락에서 나온 것이 바로 "항미원조"는 자기 개인의 토지와 "집"을 보호하기 위한 것이라는 논리이다. 이러한 전쟁 동원 논리와 이에 대한 선전이 얼마나 중요했는지는 이태준이 상해 문화궁에서 보았다고 하는 "연화"의 선전 방식 즉 그림을 통해 조선전쟁에 관한 주제와 조선 영웅들의 전기를 선전했다고 하는 일화이다.[26]

---

25 이종석, 위의 책, 141쪽 참조.
26 이태준, 김재용 편, 『위대한 새중국』, 역락, 2011, 94쪽.

3. 중국혁명에 대한 조선인 혁명가들의 기여와
그 보답으로서의 "항미원조"

중국 지도부와 각계 각층 인민들에게 널리 퍼져있는 "항미원조" 전쟁의 불가피성과 함께 이태준이 놀랍게 느낀 것은 조선인 혁명가들에 대한 중국의 고마움이다. 즉 중국 지도부와 광범위한 중국 인민들은 광주 봉기부터 북벌전쟁, 2만 5천리 장정, 항일전쟁, 국공내전 등 중국 혁명 전반에 거친 조선인 혁명가들의 공헌과 기여, 희생을 분명하게 기억하고 있으며 이에 대해 깊은 고마움과 감격을 느낀다. 이태준은 이런 고마움과 감격이 바로 중국 지도부와 인민들이 "항미원조"에 적극 참여하고 조선의 운명을 중국의 운명처럼 걱정하게 되는 원천이라고 보았다.

『위대한 새중국』에서, 중국 혁명 중의 조선인 혁명가들이 이태준의 시야에 들어온 것은 국경절 전야, 모택동 주석이 베푼 국경 축하 연회에서였다. 이태준은 국경 축하 연회에 참석한 중국인 대표들 가운데서 특히 혁명 노근거지 인민대표들에게 자주 시선이 끌린다고 하면서 1927년 토지혁명부터 항일전쟁, 인민해방전쟁시기까지에 이르는 기간 동안의 노근거지 대표들 대부분이 머리 흰 노인이라고 함으로써 장기간에 걸친 중국혁명의 간고함을 이야기하였다. 그 중 동북지방 혁명 근거지 대표로서 조선사람도 참석하였다고 함으로써 중국혁명에서 조선인이 반드시 외국인의 자격으로서만이 기여한 것이 아님을 암시하고 있다. 특히 연변지역 조선농민들이 중심이 되어 1930년 5·30폭동을 일으켰고 화룡, 왕청 등지에서 조선농민들이 중심이 된 농촌 쏘베트까지 세워졌음을 이야기 하면서 동북 특히 연변지역의 반제반봉건 투쟁에서는 조선 농민들이 주된 역할을 했고 중대한 기여를 했음을 암시하였다.

이태준은 주덕 장군께서 조선 관례단과 파란 관례단을 만난 자리에서 특별히 김일성 장군과 김두봉 선생의 안부를 물었고 "우리는 어찌하든 환란을 같이하는 형제"[27]라고 말했다고 하였다. 이를 통해 중국의 핵심 지도자들과 조선 지도자들 사이의 친밀한 관계와 혁명적 우의를 암시하였으며 중국 핵심 지도자들이 중국혁명에 대한 조선인 혁명가들의 공헌과 기여를 기억하고 있으며 고마움을 느끼고 있음을 보여주었다. 조선인 혁명가들에 대한 중국 핵심지도자들의 이러한 고마움과 감격은 '동북혁명열사기념관'에서 김일성 장군을 비롯한 조선인 혁명가들의 사적을 관람하면서 "우리 중화인민공화국의 찬란한 오성국기에는 조선 혁명 열사들의 붉은 피가 물들었다"[28]라고 하신 모주석의 말씀을 회상하는 것을 통해 극대화 된다.

이태준은 "중국인민들의 반제투쟁은 반일투쟁에 의의가 컸고 반일투쟁은 동북에서의 투쟁이 의의가 컸다. 그리고 반제투쟁에서 조중인민의 연결이 동북에서 시작되었다"[29]고 중국혁명에서 동북지역 인민들의 공헌을 부각시키고 있으며 조선인 혁명가들의 기여도 부각시키고 있다. 이태준은 방문지 할빈에 대한 편폭의 절대 대부분을 '동북혁명열사기념관' 참관기로 채움으로써 동북의 반일투쟁 중, 조선인 혁명가들의 희생과 공헌, 기여에 대해 강조하고 있다.

---

27 위의 책, 64쪽.
28 위의 책, 145쪽.
29 위의 책, 144쪽.

이 '동북열사기념관'에는 양정우, 주보중, 이조린 장군들의 투쟁사적과 함께 김일성 장군, 최현 장군, 김책 선생의 투쟁 사적도 많이 나와 있었다.

애초의 '반일회'와 '항일유격대'에는 많은 조선청년들이 가담되어 있었으며 김일성 장군의 유격대와 연결되어 있는 것은 물론이다. 1939년 동기작전 야영생활들에서 당시 제2방면 군단장이시던 김일성 장군께서 안길 최현 장군 등 열 분의 동지들과 함께 눈 덮인 밀림 속에서 찍은 안광 형형한 사진이 여기 걸려 있었다. 사진 밑에는 "김일성 동지께서 직접 영도하여 항전 14년의 영광스러운 임무를 수행하였다."라고 기록되어 있었다. 당시 항일연군 제3군 정치부 주임이시던 김책 선생의 유화 초상화도 걸려 있고 목단강에서 적에게 포위되어 강물에 몸을 던지는 여덟 명의 여성투사들의 장렬한 최후를 그린 대폭 유화가 걸려있는데 그 중의 한 여성은 '황숙정'이라는 조선여성이었다.(『위대한 새중국』, 145쪽)

이태준이 할빈의 동북혁명열사기념관에서 본 것은 중국의 양정우, 주보중, 이조린 등 유명한 항일명장들과 연대하여 함께 싸운 김일성 장군과 그 계열 최현, 김책 등의 투쟁 사적이다. 이태준은 동북에서의 조선인의 항일투쟁 전체를 김일성 장군의 유격대와 연결되어있는 것으로 보았으며 1939년 동기작전 야영생활에서 찍은 당시 제2방면 군단장이던 "김일성 장군의 안광 형형한 사진"과 "김일성 동지께서 직접 영도하여 항전 14년의 영광스러운 임무를 수행하였다"고 쓴 기록을 주목하였다. 여기서 우리는 이태준이 중국 혁명에서의 조선인 혁명가들의 기여와 공헌을 동북항일연군 중심으로 바라보고 있고 그 중심에 김일성 장군을 두고 있음을 알 수 있다. 그런데 중공의 입장에서 보면 동북 즉 만주는 동북항일연군이 오랫동안 영용하게 일제에 대항하여 게릴라

투쟁을 진행했으나 1937년 이후는 일제의 소탕으로 항일 세력이 전멸되다시피 되었고 항일의 중심과 정통은 연안이었다. 따라서 중공의 핵심 지도부와 직접적으로 연결된 것은 실은 김두봉, 박일우, 무정 등 연안파였다. 동북 즉 만주의 전략적 중요성이 부각되기 시작한 것은 국공내전부터였으며, 이 시기 동북의 조선인들의 기여가 매우 컸던 것 역시 사실이다. 그럼에도 이태준이 중국의 항일투쟁 중 유독 동북의 항일투쟁을 강조하고, 조선인들의 기여를 강조하고, 김일성 장군의 유격대를 강조한 것은 김일성의 형상을 부각하기 위한 서사적 전략의 측면도 있었음을 부인할 수 없다.

이러한 조선인 혁명가들의 중국항일투쟁에서의 영용한 투쟁과 기여에 대해 당시 함께 싸우던 중국 혁명가들의 평가가 있어서 매우 흥미롭다. 동북항일열사기념관에 진열된 당시 중국 혁명가 서택민 열사가 감방 문짝에 손톱으로 새겨 쓴 유언에 의하면 그는 중·조('한'이라 함은 '조선') 인민의 동맹은 동방을 자유 평등으로 해방시킬 위대한 역량으로 보았고 세계인민이 대동단결하여 제국주의 연합세력을 소멸시키는 날 전개될 인류의 행복을 눈앞에 보았다.[30] 중국의 항일 투쟁에서의 조선인들의 기여에 대해 당시 중국인 혁명가들이 그들을 동맹의 역량으로 보았고 동방을 해방시킬 위대한 역량으로 보았음을 알 수 있다.

그렇다면 중국혁명에 대한 조선인 혁명가들의 피어린 기여와 공헌에 대한 중국 측의 기억과 인정, 무한한 고마움의 결과는 무엇인가? 이 물음에 대해 이태준은 지원군 가족들의 감격어린 발화를 통해 대답하고 있다.

---

30 위의 책, 146쪽.

우리 중조 인민은 골육상련의 한집안 형제입니다. 우리는 장기간 같은 환란 속에 신음했으며 장기간 반제 투쟁에 같이 피를 흘렸습니다! 청컨대 조선에 간 우리 지원군들에게 전해주십시오. 어떤 일이 있던 우리 중조 인민을 다시 미국 악귀들의 손에 넣어서는 안 된다고 ……(『위대한 새중국』, 63쪽)

나는 우리 중국인민들과 함께 조선인민들이 항일투쟁에서 어떻게 싸웠다는 것을 잘 알고 있습니다! 조선 동무는 우리더러 고맙다는 말은 그만 두십시오. 지금 조선은 우리가 응당 가서 같이 싸울 공동의 전선입니다.(『위대한 새중국』, 147쪽)

남편과 아들, 딸들을 지원군에 내보낸 지원군 가족들은 이태준을 만난 자리에서 "조선 동무는 우리더러 고맙다는 말은 그만 두"라고 하며 "지금 조선은 우리가 응당 가서 같이 싸울 공동의 전선"이라고 격정에 찬 결의를 표한다. 중국 혁명에 대한 조선인 혁명가들의 기여와 공헌, 그에 대한 보답으로서의 "항미원조"라는 것이 바로 이태준의 대답이며 그가 내세우는 논리이다. 이는 이태준이 "항미원조" 중, 북한에 대한 중국의 지원을 중국혁명시기의 조선인의 원조에 대한 고마움의 보답으로서 보고 있으며 북한과 중국의 관계를 한쪽의 일방적 지원이 아닌 "상호지원"으로 보고 있음을 보여준다.

실제로 국공내전만 보더라도 북한의 지원은 중공이 당시 위기 국면에서 전략적 요충지인 만주를 확보할 수 있게 하는 중요한 힘이 되었고 이런 점에서 볼 때, 당시 북한-중국관계가 중국혁명의 성공에 미친 영향은 결코 과소평가될 수 없다.[31] 이와 관련하여 중국의 『인민일보』는 김일성의 중국 방문을 맞아 다음과 같이 표현한 바 있다. "중국인민은 북벌의 전화(戰火) 속에서, 장정(長征)의 길에서, 항일의 간고한 세월 속에서, 장개석 통치를 뒤엎는 승리의 진군에서 조선인민의 우수한 아들 딸들이 중국인민과 공동투쟁을 했으며, 자기 생명의 희생을 무릅쓰고 중국혁명과 중국인민의 해방사업을 원조한 것을 영원히 잊지 못할 것이다."[32] "항미원조"가 결속되고 중국인민지원군의 조선 복구건설 지원도 마무리되어 조선에서의 지원군의 완전 철수라는 1958년의 시점에서 이루어진 김일성의 방문을 맞아 발표한 중공의 대표 기관지 『인민일보』의 이 사설은 중국이 얼마나 중국혁명에 대한 조선인의 기여와 국공내전에서의 조선의 지원을 중요하게 생각하고 있는지를 보여주고 있다. 이는 국가 간의 냉철한 정치적 역학관계를 감안하더라도 중국 역시 상당한 부분에서 "항미원조"를 보답이라는 논리로 받아들이고 있음을 보여준다. 이런 맥락에서 북한의 지도층 역시 한국 전쟁 중, "북한이 패퇴할 때 그들이 중국의 지원을 어느 정도 '당연하게' 받아들일 수 있는 정신적 명분"[33]이게 되었던 것이다.

31 이종석, 앞의 책, 120쪽.
32 「歡迎金日成首相爲首的朝鮮政府代表團」, 『人民日報』, 1958. 11. 22. 위의 책, 121쪽 재인용.
33 이종석, 위의 책, 121쪽.

4. 소련을 정점으로 한 인민민주전선과 공동 정의의 전쟁으로서의 "항미원조"

이태준이 중국에서 본 것은 "항미원조"에 대한 중국인민의 열기만이 아니다. 이태준은 중국 국경 경축 행사에 참석하러 온 소련을 비롯한 인민민주전선 국가 관례단 단표들을 만났으며, 이들은 한마음으로 전쟁 중에 있는 조선의 운명을 걱정하였고 "항미원조"를 지지하였다.

> 북경반점 안은 일종 세계평화대회를 연상시키였다. 우리가 조선대표인 것을 알고 승강기 속에서 흔연히 악수를 청하는 서양부인이 있었다. 이미 조선에 다녀온 월남 인민대표들도 만났다. 얼굴 흰 구라파대표들, 얼굴 검은 인민대표들, 멀리 파키스탄과 인도네시아 가까이 비르마와 몽고 그리고 쏘련, 파란, 웽그리아, 체코, 루마니아, 불가리아, 민주 독일, 그 외 영국평화옹호위원회에서도 와 있었다.
> 서로 말은 통치 못하나 평화민주를 위한 한 마음의 애끓는 전우애는 얼굴마다 넘쳐흘렀다. (…중략…) 특히 이들이 우리 조선대표단에게 주는 악수는 한꺼번에 조선 인민 전체의 손을 잡듯 힘차고 뜨거웠다. 그들은 우리에게 김일성 장군의 안부를 물었다.(『위대한 새중국』, 33쪽)

이태준은 피부색이 서로 다른 아세아, 아프리카, 구라파 각 국의 대표들이 함께 모인 북경반점 안을 일종의 세계평화대회를 연상시킨다고 함으로써 중국의 국경 경축행사가 단순한 경축 행사로서의 의미만이 아닌 인민민주전선 블록 결성을 촉진하기 위한 대회임을 암시한다. 또한 이들이 조선대표단에 각별히 관심을 주고 김일성 장군의 안부를 묻는 것을 통해 그들이 조선의 지지자임을 확인하고 있다.

이태준은 각국 관례단 대표들과 함께 중국 측이 조직한 몇 차례의 행사에 참가하여 주인 측인 중국의 발언으로부터 참가한 각국 대표들의 발언을 자세히 경청하고 있는데 이 모든 행사의 주제는 "항미원조"이며 미제의 침략을 물리치고 세계평화를 수호하는 것이다. 이를 통해 이태준은 "항미원조"는 비단 중국 뿐 아니라 소련을 정점으로 한 모든 인민민주전선 국가들이 성원하고 지지하는 세계평화를 위한 정의의 전쟁임을 강조하였다.

그 일례로 각국 관례단 대표들은 10월 3일 곽말약이 주석으로 있는 "중국인민보위 세계화평 반대미국침략 위원회"라는 간판을 가진 항미원조와 평화운동을 주관하는 기관에 초대되었는데, 여기서 중국인민들의 평화옹호사업과 항미원조운동에 대한 곽말약 주석의 소개에 이어 각국 대표들이 차례로 "항미원조"를 중심으로 발언한다. 미제의 잔인무도성에 대한 폭로, 스탈린과 소련의 세계평화옹호사업에서의 지도적 위치, 세계 냉전 사태에 대한 인도의 대응, 전쟁 중에 있는 조선 대표의 발언, 민주 독일과 비르마와 인도네시아 대표들의 자국 평화 옹호투쟁 정형에 대한 소개 등 대회는 항미원조와 세계평화를 위한 일종의 궐기대회를 방불케 한다. 곽말약 주석은 이를 두고 "오늘 이 회합은 훌륭한 아세아평화대회였으며 소 세계평화대회였다고 결론을 내리면서 세계인민은 대단결하여 평화 전취에 적극 노력하자"[34]고 하였다. 그런데 우리는 여기서 잠간 중공군이 파죽지세로 38선을 향해 진격하던 1950년 12월 초 인도를 비롯한 아시아・아프리카 13개국이 한국전쟁

---

34 이태준, 김재용 편, 『위대한 새중국』, 역락, 2011, 60쪽.

을 평화적으로 해결하기 위해서 38선에서의 전투중지와 평화회담 개최를 제안하는 건의서를 준비했던 사실을 상기해볼 수 있다. 이에 대해 주은래는 미국이 먼저 38선을 넘었음을 주지시키며 미군이 한반도에서 철수하지 않는 한 38선을 넘겠다는 뜻을 분명히 했다.[35] 그로부터 불과 1년이 채 안된 시점에서 중국에 모인 인도를 비롯한 각국 관례단 대표들의 발언은 미제의 침략을 규탄하고 "항미원조"의 정당성과 정의성, 소련을 중심으로 한 인민민주전선의 결성 등을 이야기하고 있는 것이다. 이를 통해 한국전쟁의 와중에 미, 소를 중심으로 급속하게 고착화되어가고 있던 냉전구도를 확인할 수 있으며 냉전의식이 강화되고 있음을 보아낼 수 있다.

북경반점에서 열린 아세아 작가들만의 좌담회 또한 매우 흥미롭다. 이 좌담회 역시 각 국 대표들의 발언으로 진행되었다. 조선선전대에 다녀온 중국 측 시인 전간은 한 조선 소녀가 적탄에 맞아 최후로 눈을 감으면서 "스탈린 만세! 모택동 만세! 김일성 만세!"라고 부르는 것을 보았다고 하였는데 이를 통해 소련을 정점으로 하는 인민민주전선 블록의 결성을 매우 형상적으로 보여준다. 특히 아세아인이 아니면서도 아세아 작가들만의 좌담회에 참석한 칠레 작가 네루다는 새 조선문학 이야기에 깊은 관심을 가지고 들었고 자기는 발언하지 않았다. 제2차세계대전 당시에 벌써 미국이 앞으로 파쇼의 길을 걸을 것을 예견하였다는 네루다는 좌담회 다음날 중국어판 자기 시집 한 권에 이태준의 이름을 한문으로 그림 그리듯 써서 보내주었다. 이 네루다가 제2차 세계평화옹호대회에서 영예로운 평화상을 탄 시인의 하나라는 점, 그가 새 조

35 이종석, 앞의 책, 171쪽.

선문학에 관심을 갖고 이태준에게 시집을 선물했다는 것은 조선 전쟁이 세계 평화애호자들로부터 정의의 전쟁으로 인정받고 있음을 보여준다.

남경의 "항미원조" 1주년 기념대회에서 몽고도 체코도 불가리아도 저마끔 "항미원조"에 대해 발언하려고 하는 것 역시 이러한 맥락에서 받아들일 수 있다. 결국 조선이 개전하자 제일 먼저 의료단을 보내였고 그 의료단이 현재까지 계속 활동하는 웽그리아 대표단이 발언하게 되었는데 그 청년대표의 발언 역시 미국을 세계의 공동의 적으로 규정하고 있다.

> 세계인민의 공동의 적인 미제 무력을 상대하여 제일선에서 싸우는 영웅적 조선인민들에게 총을 잡고 같이 싸움으로써 원조하는 중국인민들에게 모든 인민 민주 국가 대표단을 대표하여 감사를 드린다고 하였고 자기들은 중국의 항미원조 운동에서 많은 것을 배워 조선인민을 돕는 운동을 더욱 강화하리라 하였다.(『위대한 새중국』, 131쪽)

웽그리아 대표의 이 발언에 의하면 영웅적 조선인민들은 전 세계인민들을 대신하여 그들의 공동의 적인 미제 무력과 제일선에서 싸우는 것이다. 그러므로 조선인민의 미제와의 싸움과 중국이 진행하는 "항미원조"는 전 세계의 평화를 위한 것이므로 모든 인민 민주 국가는 이에 감사하여야 하며 조선에 대한 지원을 강화해야 한다는 것이다.

5. 주체성을 고집한 민족주의자 이태준과 그의 내면 풍경

　이태준의 『위대한 새중국』은 중공군과 인민군에 의한 서울의 재점 령 직후인 1951년 3월 11일 결성된 조선문학예술총동맹의 창작가이드 라인을 기본적으로 따르고 있다. 이 창작가이드라인으로는 인민군대 의 영웅성과 완강성 묘사, 영웅적 인민의 형상 묘사, 적에 대한 증오심 고취, 전쟁에 대한 신심을 강화하고, 직접 조선 전선에 자기의 지원부 대를 파견하여 조선 인민과 공동의 적을 격멸하고 있는 중국과 조선 인 민에게 형제적 원조와 성원을 주고 있는 인민 민주주의 제 국가들과의 친선 단결을 묘사하는 것이 제시되었다.[36] 특히 조선전쟁에 대한 중국 의 지원과 인민 민주주의 국가들과의 친선 단결이라는 측면에 한한 『위 대한 새중국』은 위의 창작가이드라인을 충실히 따르고 있다고 볼 수 있 다. 그런데 이태준은 『위대한 새중국』에서 중국과의 관계를 이야기하 면서 "항미원조"가 실은 중국이 자국을 보위하기 위한 스스로의 전쟁 이며, 그 이전에 있었던 중국혁명을 위한 조선인 혁명가들의 희생과 기 여에 대한 중국 측의 보답의 결과라고 말하고 있다. 또한 조선 전쟁은 조선 혼자만의 전쟁이 아니라 소련을 정점으로 하는 인민민주전선 국 가들의 공동의, 정의의 전쟁이라고 말하고 있다. 이는 이태준이 내밀 한 차원에서 은밀하게 조선문학예술총동맹의 가이드라인을 벗어나고 있음을 보여준다. 그렇다면 왜서 이러한 괴리가 나타나게 된 것인가?

　여기서 우리는 잠간 이태준이 중국방문에 몇 개월 앞서 1951년 5월

36　김일성, 「우리문학예술이 몇 가지 문제에 대하여」, 『김일성저작집』 6, 평양 : 조선로 동당출판사, 1980, 289~296쪽. 배개화, 「문학의 희생 - 북한에서의 이태준」, 『한국현 대문학연구』 34, 2011.8, 269쪽 재인용.

발표한 단편소설 「고귀한 사람들」을 주목할 필요가 있다. 중국인민지원군과 조선인민군의 친선과 우의를 주제로 한 이 소설 역시 표면상으로는 기본적으로 위의 창작가이드라인을 충실하게 따르고 있다. 그런데 이 소설도 좀 더 세심히 살펴보면 문예총의 창작가이드라인에서 상당히 벗어나있음을 알 수 있다. 이 소설의 주인공은 김옥실이라는 조선인민군 간호장이다. 그런데 "그의 가슴에 우리 공화국 군공메달보다 앞서 전중국해방기념장부터 달려있었듯이"[37] 김옥실은 조선인민군 간호장이기전에 중국인민해방군 위생원으로 중국 남하전역에 먼저 참가하였던 것이다. 즉 김옥실은 조선인민군 간호원이 되기 전에 중국 남하작전에 참가할 정도로 중국혁명을 위해 투신했던 조선인 혁명가였던 것이다. 양자강까지 나간 최전방에서 김옥실은 당시 중국의 담가대원이었던 진평수를 만나게 되는데 그 진평수가 중국인민지원군으로 조선전선에 참전하였다가 부상을 입고 김옥실이 간호장으로 있는 조선인민군 병원에 입원하게 된 것이다. 그런데 이 진평수가 중국인민해방군에 참가하고 조선전쟁에까지 지원군으로 참가하게 된 경과가 참으로 흥미롭다.

참말이지 성스럽도록, 훌륭한 여자라오! 내 인제 만나면 꼭 동지헌테 소개하리라. 성스럽구 말구! 나는 그때 조선사람인 그 누님 때문에 우리 중국인민해방군을 또 당을 비로서 리해하게 됐단 말이요! 그 어쨌다구 남의 나라 사내사람을 똥 오줌을 받아내며, 어쨌다구 이틀 사흘씩 밤을 패가며 간병을 하며, 어쨌다구 남의 숨지는 꼴을 보며, 남의 궂은 송장들을 제 육친의

---

37 이태준, 「고귀한 사람들」, 『고향길』, 재일본 조선인 교육자동맹 문화부, 1952. 11, 150쪽.

시체처럼 꺼리낌없이 다루며 (…중략…) 대체 그런 애정, 그런 헌신성이 어디서 나오는 걸까? 나는 그걸 생각하지 않을 수 없었던거요! 나는 거기서 깨달았소! 사람은 얼마든지 고귀하게 살 수 있다는 걸 (…중략…) 나는 거기서 우리 시대가 이런 시대라는 걸 알게 됐단 말이요! 우리 싸움, 우리 피가 우리 중국이나 당신네 조선만을 위한 것이 아닌, 더 크고 더 거룩한 것인 걸 그 누님을 안 발련으로 깨달았단 말이요!³⁸

중조인민간의 우의와 친선, 나아가 고상한 국제주의를 이야기하고 있는 진평수의 이 발화는 실은 중국혁명에 대한 조선인 혁명가 김옥실의 열정적인 헌신을 이야기하고 있으며 더 중요한 것은 진평수가 중국인민해방군과 중국공산당을 이해하게 된 것 역시 조선인 혁명가 김옥실의 국제주의와 중국혁명에 대한 헌신으로부터임을 강조하고 있다. 그리고 김옥실은 미군의 폭격을 받은 병원에서 기타 부상병들과 진평수를 구하다가 희생된다. 결국 이 소설 역시 『위대한 새중국』과 마찬가지로 "직접 조선 전선에 자기의 지원부대를 파견하여 조선 인민과 공동의 적을 격멸하고 있는 중국"과의 친선 단결 및 고상한 국제주의를 주제로 하고 있으나 "항미원조"가 중국혁명에 대한 조선인 혁명가들의 기여와 공헌에 대한 보답으로 이루어진 것이라는 논리적 구조를 보여주고 있다. 『위대한 새중국』이 중국 지도부와 중국 인민들의 발화를 빌어 기행문 곳곳에서 중국혁명에 대한 조선인 혁명가들의 기여와 공헌을 파편적으로 보여주었다면 「고귀한 사람들」은 중국의 국공내전 중, 가장 치열했던 전역인 남하 전역에 참가한 조선인 여 혁명가 김옥실을

---

38 위의 글, 158쪽.

주인공으로 보다 집중적으로 중국혁명에 기여했던 조선인 혁명가들의 형상을 부각시키고 있다. 그런데 이 「고귀한 사람들」은 1953년에 한효에 의해 "조·중 인민간의 고상한 국제적 친선 단결을 고의적으로 중상할 목적"[39]으로 썼다고 비판을 받게 된다.

이 시점에서 우리는 한국전쟁 중, 혈맹의 관계, 피로써 맺어진 우의 등으로 표상되고 있던 중조간의 관계 특히 미군과 유엔군, 한국군을 물리치기 위해 양군의 작전지휘권까지 통합하며 병견작전을 벌였던 중국인민지원군과 조선인민군 사이의 현실적 관계를 살펴볼 필요가 있다. 전쟁 중의 국가와 국가 간의 연합작전이란 아무리 한 나라가 다른 한 강한 국가의 지원을 받더라도 그리고 동맹의 관계에 의해 전투를 수행하더라도 필경 국가 간 주권의 문제와 직결되므로 개인 간의 협력만큼 그렇게 편하고 수월한 것은 아니었다. 북한과 중국 역시 예외일 수 없었는데, 중국인민지원군의 참전 후 양국 간에는 바로 이러한 주권과 직결된 갈등과 모순들이 속속 드러났으며 이의 해결을 위해 중국인민지원군 총사령관 팽덕회는 물론 모택동, 주은래와 김일성, 박헌영 간의 잦은 조율과 협상이 진행되었다. 전쟁이 한창 진행되고 있는 위급한 상황에도 양국은 북한의 주권 문제와 직결되는 작전 지휘권의 통합, 철로의 관리권 등 문제를 협의하기 위해 김일성과 박헌영이 북경에 가거나 주은래와 고강이 조선에 가는 등 긴장한 조율과 협의를 벌여나갔으며 이 와중에 서로에 대한 불만이 없을 수가 없었다. 특히 중국인민지원군과 조선인민군의 작전 지휘권 통합과 조선 철로의 관리권 문제

---

39 한효, 「자연주의를 반대하는 투쟁에 있어서의 조선 문학 3」, 『문학예술』 제6권 제3호, 1953. 3, 148~149쪽; 배개화, 「당, 수령, 그리고 애국주의─이태준의 경우」, 『한국현대문학연구』 37, 2012. 8, 200쪽 재인용.

는 모종 의미에서 주권국인 북한의 주권을 손상시키는 일이므로 아무리 전쟁 중의 위급한 상황이라 하더라도 이 문제는 조선 지도자들에게는 내심 민족적 자존심이 손상 받는 일이었다. 양국이 결정적으로 분기를 보인 것은 1951년 1월 3차 전역에서 중국인민지원군이 1월 4일 서울을 재점령한 후, 북한의 기대와는 달리 지속적인 추격과 남진을 포기한 채, 1월 8일 추격정지 명령을 내린 일이다. 속전속결을 원했던 김일성과 박헌영은 지원군의 남진을 강하게 요구했고 북한주재 소련 대사역시 팽덕회의 결정에 반대해서 "누가 전투에서 이기고도 적을 추격하지 않는가. 이런 작전을 지시하는 사령관은 도대체 누구인가"라고 비난하며 부산까지 밀고 내려갈 것을 주장했다.[40] 그러나 팽덕회의 주장으로 남진은 보류되었고 4차전역이 벌어졌으며 결국 중국인민지원군과 조선인민군은 서울을 포기하였다. 남진 문제를 둘러싼 분기의 와중에 중국인민지원군에 대한 북한 지도부의 불만은 매우 고조되었다. 또한 1951년 6월 23부터 미국과 중국 사이에 정전에 관한 담판 등 협의가 진행되고 있을 때, 북한 지도부는 중국 측이 조선 대표들의 의견을 즉시, 충분히 반영하지 않는 것에 대해 강한 불만을 가지고 있었다.[41] 여기에 대해 북한 주재 소련 대사가 1951년 9월 10일 모스크바에 보낸 기밀보고서에서 "최근 수개월간, 중국인에 대한 조선인의 태도는 눈에 띄게 냉담해졌다. 조선인은 소련에 의지하고자 하는 방침을 더욱 확고히 했다"[42]고 한 보고는 백퍼센트의 객관성은 아니더라도 모종 측면에서 전쟁의 와중에 북한과 중국의 팽팽한 갈등과 모순, 충돌 등을 어느

---

40 이종석, 앞의 책, 173쪽.
41 沈志華, 「試論朝鮮戰爭期間的中朝同盟關係」, 『歷史教育問題』 2012年 第1期, 13쪽.
42 위의 글, 같은 쪽.

정도 잘 보여주고 있다.

　이태준의 「고귀한 사람들」은 양국 간의 남진을 둘러싼 갈등이 고조되고 남진 포기에 대한 북한 지도부의 불만이 고조되던 1951년 5월에 씌어졌다. 그러므로 중국혁명에 대한 조선인 혁명가의 절대적인 헌신과 기여를 강조하고 그에 대한 보답으로서 "항미원조"에 참전한 지원군 전사 및 그를 구하기 위해 최종 희생되는 조선인 혁명가라는 설정은 결코 우연이 아닐 것이다. 그 연장선에서 정전담판에서의 의견 분기로 중국에 대한 조선 지도부의 불만이 고조되고 있던 1951년 9월을 지나 9월 말부터 중국을 방문하고 12월에 씌어진 『위대한 새중국』에서 표출된 "항미원조"에 대한 이태준의 논리와 인식 역시 결코 우연이 아닐 것이다. 바로 여기에서 우리는 이태준이 철저한 민족주의자의 입장에서, 조선의 주체성이란 입장에서 "항미원조" 중의 중조 간의 연합 문제와 중국의 지원을 바라보고 있음을 알 수 있다. 비록 중국의 도움을 받아 전쟁을 치루고 있으나 조국의 주체성, 독자성은 지켜져야 한다는 그 도저한 고집의 근저에 이태준의 내면풍경이 놓여있으며 그것은 바로 약소국가의 한 지식인이 갖고 있던 민족적 자의식이었다. 따라서 『위대한 새중국』에서 이태준이 "송자(宋磁)에서 물을 길은 고려자기는 세계 도자계의 여왕처럼 떠받들린다. 중국 판본 인쇄술을 모방하여 발전시킨 조선의 금속활자의 창안은 오늘 세계문명의 보고를 풍부히 하고 있다"[43]고 하면서 고대 중국과 조선의 관계를 아름다운 관계라고 한 것은 그러한 조선의 독자성과 주체성을 보존할 것을 강조하고 중국에의 일방적이고 수동적인 편향을 경계하기 위한 것이었음을 알 수 있다.

43　이태준, 김재용 편, 『위대한 새중국』, 역락, 2011, 50쪽.

이태준은 『위대한 새중국』의 결말을 "싸우는 조국강토에 들어서는 길"로 신문에서 읽은 김일성의 「10월혁명과 조선인민의 민족해방 투쟁」이란 논문 중, "조중 인민의 역사적 공동투쟁"에 대해 언급한 부분을 옮기는 것으로 마무리하고 있다. 김일성은 이 논문에서 "항미원조"에 대해 "조선전쟁에서의 중국 인민지원병의 참가는 민주진영 국가 간의 긴밀한 친선과 호상 협조에 대한 새로운 모범적 형태로 된다. 이것은 동등권과 호상 존중의 진정한 원칙 위에서 강한 자가 약한 자에게 주는 선량한 원조이다"[44]로 파악하고 있다. 이는 전쟁에서 패퇴의 국면을 만회하고자 작전 지휘권을 중국에 넘기고 정전 담판에 대한 주도권마저 중국에 넘기지 않으면 안 되었던, 그리고 전쟁에서의 모든 결정권을 소련과 중국에 넘기지 않으면 안 되었던 김일성과 북한 지도부가 전쟁 중, 중조 관계를 해석하는 논리이며 인민들을 향한 전쟁 동원 논리이다. 그런데 이 논문을 읽고 『위대한 새중국』을 쓴 이태준은 "약한 자"도 "강한 자"를 도울 수 있으며 "항미원조"는 바로 "약한 자"인 조선의 도움에 대한 "강한 자" 중국의 보답이라고 하였다. 애석하게도 이태준은 주체성을 고집한 민족주의자였고 인민민주주의를 주장한 민족주의자였으나 김일성주의자가 되지 못하였다. 이것은 그의 숙청의 한 원인이기도 했다.

---

44 위의 책, 151쪽.

6. 결론

이태준은 한국 전쟁이 교착기로 접어들고 미중 간에 정전회담이 진행되고 있던 1951년 9월 말부터 중국 건국 2주년 기념 행사 관례단의 일행으로 40여 일간 중국을 방문하고『위대한 새중국』을 남겼다. 그런데 이태준이 이 40여 일간 본 것은 위대한 새중국의 번영하는 모습과 함께 "항미원조"에 대한 뜨거운 열기이며 이런 점에서 새중국은 위대하다고 보았다. 이태준은 "항미원조"를, 중국이 자국을 보위하기 위한 스스로의 혁명 즉 중국혁명의 귀결로 보았고, 중국혁명에 대한 조선인 혁명가들의 기여에 대한 보답으로 보았으며 소련을 정점으로 하는 인민민주전선 국가들의 공동 정의의 전쟁으로 보았다. 이는 1951년 당시 조선문학예술총동맹의 창작가이드라인을 기본적으로 충실히 따르고 있지만, 거기에서 은밀하게 벗어나 있다. 특히 중국 방문 4개월 전인 1951년 5월에 발표한 단편소설「고귀한 사람들」에서는 이런 경향이 더욱 두드러지게 나타나고 있다. 이는 당시 한국전쟁 중, 북한과 북한을 도와 "항미원조"를 수행하고 있는 중국 간의 현실적인 국가 관계에 대한 이태준의 날카로운 인식과 연결된다. 실제로 양국은 "항미원조"라는 성스러운 이름 아래 혈맹의 관계로 표상되고 있었으나 실제의 전쟁 중에서는 작전지휘권의 통합문제, 철로권 관리문제, 남진 문제 등을 놓고 심각하게 갈등하고 있었다. 이 중 작전지휘권의 통합문제와 철로권 관리문제는 주권국가로서 북한의 주권과 직결되는 문제로 이는 북한 지도부의 민족적 자존심에 큰 손상을 주었다. 이런 맥락에서 나온 "항미원조"에 대한 위와 같은 파악은 이태준이 철저한 민족주의자의 입장에서, 조선의 주체성이란 입장에서 "항미원조" 중의 중조 간의 연합 문제와 중국의 지원을 바라보고 있었음을 알 수 있다. 비록 중국의 도움을 받아 전쟁을 치루고 있으나 조국의 주체성, 독자성은 지켜져야 한다는 그 도저한 고집의 근저에 이태준의 내면풍경이 놓여있으며 그것은 바로 약소국가의 한 지식인이 갖고 있던 민족적 자의식이었다.

참고문헌

1. 기본 자료

이태준, 「고귀한 사람들」, 『고향길』, 재일본 조선인 교육자동맹 문화부, 1952.11.

_____, 「혁명절의 모쓰크바 상」, 『한국근대문학연구』 4호, 2001.10.

_____, 「혁명절의 모쓰크바 하」, 『한국근대문학연구』 5호, 2002.4.

_____, 김재용 편, 『위대한 새중국』, 역락, 2011.

_____, 『소련기행』, 『소련기행・농토・먼지-이태준문학전집』 4, 깊은샘, 2001.

2. 단행본 및 논문

권성우, 「이태준 기행문 연구」, 『상허학보』 14, 상허학회, 2005.

김재용, 「월북 이후 이태준의 문학활동과 「먼지」의 문제성」, 『민족문학사연구』 10권 0호, 1997.

_____, 「소설가 이태준의 '2차 소련방문기'-냉전의식에 굴절된 민족주의」, 『시사월간WIN』, 중앙일보사, 1998.1

_____, 「한국전쟁기의 이태준-『위대한 새중국』을 중심으로」, 『상허학보』 13, 상허학회, 2004.8.

김학철, 『최후의 분대장』, 문학과지성사, 1995.

박헌호, 「역사의 변주, 왜곡의 증거-해방 이후의 이태준」, 『소련기행・농토・먼지-이태준문학전집』 4, 깊은샘, 2001.

배개화, 「이태준-해방기 중간파 문학자의 초상」, 『한국현대문학연구』 32, 한국현대문학회, 2010.

_____, 「문학의 희생-북한에서의 이태준」, 『한국현대문학연구』 34, 한국현대문학회, 2011.8.

_____, 「새로 발굴한 종군기를 통해 본 한국전쟁 초기 이태준」, 『민족문학사연구』 45권 0호, 민족문학사학회・민족문학사연구소, 2011.

_____, 「당, 수령, 그리고 애국주의-이태준의 경우」, 『한국현대문학연구』 37, 2012.8.

_____, 「북한 문학자들의 소련기행과 전후 소련의 인식」, 『민족문학사연구』 50권 0호, 민족문학사학회・민족문학사연구소, 2012.12.

_____, 「이태준, 최대 다수의 행복을 꿈꾼 민주주의자-해방 이후 이태준의 사상과 문학」, 『상허학보』 43, 상허학회, 2015.

_____, 「탈식민지 문학자의 소련기행과 새 국가 건설」, 『한국현대문학연구』 46, 한국현대문학회, 2015.

유임하, 「월북 이후 이태준 문학의 장소감각」, 『돈암어문학』 제28집, 2015.12.

이종석, 『북한-중국관계 1945~2000』, 중심, 2001.

이행선, 「해방공간, 소련·북조선기행과 반공주의」, 『인문과학연구논총』 4-2, 명지대 인문과학
연구소, 2013.

임유경, 「'오빠꾼'과 '조선사절단', 그리고 모스크바의 추억-해방기 소련기행의 문화정치학」, 『상
허학보』 27, 상허학회, 2009.

정문상, 「냉전기 북한의 중국 인식」, 『우리어문연구』 40집, 2011.5.

조용만, 「차고 자존심 강한 소설가」, 『상허학보』 1, 상허학회, 1993.12.

沈志華, 「試論朝鮮戰爭期間的中朝同盟關係」, 『歷史教育問題』 2012年第1期.

이육사·예외상태·시

최현식

1. 이육사, '벌거벗은 생명'의 상황과 위치

이육사 시 읽기는 예나 지금이나 어려운 상황을 적잖이 동반한다는 느낌이다. 일제에 대한 저항, 유교적 사상과 이념에 비교적 충실한 삶, 그런 내외적 정신의 반영으로서의 시, '초인'의 열망으로 대변되는 미래 의지 등. 이런 유(類)의 잘 구성된 읽기의 문법이 육사 시와의 보다 깊고 넓은 소통을 제약한다는 느낌은 나만의 것일까? 어쩌면 이 글도 경계가 분명한 저 해석의 울타리를 뛰어넘어 대체로 동의될만한 새로운 읽기로 나아가지 못할지도 모른다. 일제와 식민지, 사상적 투쟁과 미적 저항이라는 코드를 괄호 친 채 시를 읽는다면 이육사 시학이 발화한 애초의 본질과 목적을 슬며시 모른 채 하는 것이나 마찬가지기 때문이다.

그렇다면 예의 피할 수 없는 해석의 전제조건을 포용하면서도 그의 시편 곳곳에 숨겨진 국면을 새로 드러낼 수 있는 방법은 전혀 없는 것일까? 이 글의 응답은 이육사의 삶과 시를 '예외상태'에 처한 호모 사케르(Homo Sacer), 곧 '벌거벗은 생명'의 장(場)에 위치시켜 읽고 싶다는 것이다. 그 장에서 이육사 특유의 미학, 그러니까 삶과 시의 염결한 일체성과 내밀한 대화성에 대한 보다 전진된 이해와 표현이 가능할 듯싶다는 생각 때문이다.

'예외상태'[1]란 무엇인가? 포괄적으로 설명한다면 보통 "문민적 영역속에 군사적 전시 권한이 확장되는 것이고, 다른 한편으로는 헌법(혹은 개인의 자유를 보호하는 헌법적 규범)의 효력이 정지되"어, 결국은 "모든 범주의 시민들을 육체적으로(정신적으로 - 인용자) 말살시킬 수 있는 (합)법적 내전을 수립한 체제"로 정의된다. '예외상태'의 모델로는 파시즘과 나치즘과 같은 전체주의, 유대인 말살의 아우슈비츠 수용소, 이슬람 테러범 구속과 징벌의 관타나모 수용소 따위가 흔히 거론된다. 이들 폭압적 체제와 제도, 시설 들은 권력과 법에 저촉되는 '잉여인간'들의 감금과 제거에 그친 것이 아니라, 인종주의와 성차별주의, 정치·경제·문화·종교·군사 제반 영역의 갈등을 산산조각 내어 그것들을 피지배자 전체의 신체 속으로 산포시켰다는 점에서 대단히 폭력적이고 가공할 만한 지배 장치에 해당한다.

이렇게 물어보는 것은 어떨까? 이 정신과 신체 말살의 '예외상태'는 일제의 식민지 조선에 대한 통치 상황과도 얼마간 연관되지 않을까?

---

1   이 글 곳곳에서 쓰이는 '예외상태', '벌거벗은 생명', '호모 사케르' 등의 개념과 이해는 조르조 아감벤, 김항 역, 『예외상태』, 새물결, 2009 및 조르조 아감벤, 박진우 역, 『호모 사케르―주권 권력과 벌거벗은 생명』, 새물결, 2008을 두루 참조한 것임을 미리 밝혀둔다.

'법적 내전'을 지휘하고 통제하는 주권자의 권력과 위상, 그러니까 "나, 주권자는 법의 외부에 위치하면서 법의 외부란 없다"라는 절대성은 누군가의 모습에 방불하지 않은가? 일제의 '현인신(現人神)' 천황, 그는 식민지 조선을 협력과 저항의 상극적인(때로는 두 상황을 앞뒤로 통과하는) '벌거벗은 생명'의 '붉은 땅(赤土)'으로 낙인찍는 한편 그들을 법의 내외부에서 감시·처벌하는 절대적 주권자가 아닐 수 없다. 과연 일제하의 조선은 '식민 상황'이 지시하듯이 '예외상태'가 상례화된 역사와 현재 상실의 소외 공간이자, 억압과 배제, 감시와 처벌이 일상의 전통으로 강제될 위기에 처한 소멸의 공간에 가까웠다.

'호모 사케르',[2] 곧 '벌거벗은 생명'은 '예외상태'에 긴박된 소수자와 약자를 표상한다. 이들은 전체주의와 같은 폭력적 권력에 포획·구금된 자들로서 '살해는 가능하되 희생물로는 바칠 수 없는 생명'라는 의미를 지닌다. 앞서 말했듯이 '예외상태'를 일상화한 나치즘에 의해 살해당한 유대인들은 근대 이후의 '벌거벗은 생명'을 대표한다. 이들은, 펠릭스 누스바움의 〈유대인의 증명서를 들고 있는 자화상〉에 암시된 것처럼 몸에 지닌 혈통서 때문에 잠시의 삶과 영원한 죽음을 향해 동시에 던져져야 했던 저주받은 존재들이었다.[3]

---

2   어원에 따르면 '사케르(sacer)'는 건드렸을 경우 자신이나 남을 오염시키는 그런 사람 혹은 사물을 뜻한다. 이 때문에 '사케르'는 희생물로 바쳐지는 것은 허용되지 않지만 그를 죽이더라도 살인죄로 처벌받지는 않는다. 이처럼 애초에는 속세의 영역에서 배제된 자로서 신성(神性)과는 아무런 연관도 없었지만, 주권자 관련의 역사적 상황에 따라 '신성한 자' 또는 '저주받은 자'를 뜻하게 되었다고 한다. 이를 고려하면 식민지 조선(인)의 경우 천황 주권의 일제에게는 체제 협력자는 새로 취득된 '신성한 자'로, 체제 저항자는 영원히 추방될 '저주받은 자'로 분류될 것이다. '조선'이라는 민족 주권을 상정하면 정반대의 도식이 산출될 것이다.

3   이 자화상에는 자신의 유대인등록증을 내보이며 불안과 공포에 떨고 있는 누스바움의 창백한 얼굴이 아프게 묘사되고 있는데, 등록증 왼쪽에는 고용 노동을 금한다는

이런 소외와 죽음의 경험은 천황의 주권 아래 일제의 신민(臣民)으로 강제 편입된 식민지 조선인들의 파탄난 현실과 비참한 삶에서도 흔히 발견된다. 나라를 잃은, 즉 타인들의 왕권에 의해 '벌거벗겨진 조선의 생명'들은 일제의 법적 · 정치적 질서로부터 치밀하게 배제당하는 동시에 포섭됨으로써 불량한 신체와 불온한 영혼의 혐의를 간신히 비껴가거나 숨길 수 있었다.[4] 우리 관심사에 맞춰, 식민지 조선의 문인 가운데 '예외상태'에 처한 대표적인 '벌거벗은 생명'을 꼽으라면 이원록(李源祿), 곧 이육사를 빼놓을 수 없다. 그를 식민 권력에 의해 신체와 정신을 억압당한 대표적 '사케르'로 예시할 수 있는 조건은 비교적 충분하다.

첫째, 수번 二 · 六 · 四를 필명 李陸史로 전유한 것에서 보듯이 이원록은 항일과 반제투쟁으로 말미암아 40세를 일기로 차디찬 북경감옥에서 숨지기까지 무려 15여 회 이상의 연행과 구금, 투옥을 반복했다. 그가 현재까지도 투철한 역사의식과 민족의식의 소유자로, 또 불굴의 투혼을 지닌 지절(志節)시인 등으로 신성화되는 영광을 지속하는 소이연이다.[5] 하지만 그 신화적 여정은 저항의 투혼과 절개의 의지로만 빛

나치의 명령이 적혀 있다. 상황의 전개와 변화에 의해 그 등록증은 삶에서 죽음으로 얼마든지 표변하는 주권 권력의 최초문 혹은 명령서나 마치가지였다. 이 그림에 대해서는 서경식, 김해신 역, 『디아스포라 기행—추방당한 자의 시선』, 돌베개, 2006, 174~179쪽 참조.

4　일제 초기의 '내선융합'에서 일제 말기의 '내선일체'로의 길에 대한 적극적인 모색과 참여, 결국 죽음으로 내몰릴 지원병제와 징병령의 전면적 수용은 '벌거벗은 생명'의 비극적 처지를 그럭저럭 벗어날 수 있는 '배제'에서 '포섭'으로의 잘 조작된 기회였다. 하지만 '조선'을 벗는 순간 그들은 '조선'의 해방이 이뤄지는 즉시 또 다른 의미의 '살해는 가능하되 희생물로 바칠 수 없는(경원시 되는—인용자) 생명'으로 던져질 것이었다. 이른바 '친일파'로 명명되는 체제 협력자를 향한 거센 비판과 거절은 역상(逆像)의 사케르가 겪을 수밖에 없는 소외와 배제의 국면을 대표한다.

5　이런 평가는 김흥규에 의해 정리된 것을 참조한 것인데, 그러나 그는 이육사 연구의

나지 않았다. 그 이면에는 '살해되어도 좋지만 희생물로 가치화되어서는 안 된다'는 일제(천황)의 감시와 처벌에 노출된 '벌거벗은 생명'의 외로움과 두려움이 항시 너울거렸다. 요컨대 억압과 죽음, 바꿔 말해 임시적 삶(포섭)과 지속적 살해 위협(배제)에 압도된 '괴론' 삶의 연속이 그 투쟁적 생애의 숨겨진 국면이자 피할 수 없던 실제라는 것이다.

둘째, 이육사가 첫 시 「말」(『조선일보』)을 발표한 때는 1930년 초두였는데, 그는 같은 해 11월 대구격문사건에 연계되어 6개월의 옥고를 치렀다. 우리는 이 대목에서 육사의 글쓰기가 일제의 간교한 검열과 삭제의 그물에서 한시도 자유롭지 못했음을 자연스럽게 알아차리게 된다. 일제는 사상 위반과 풍속 괴란을 통제하는 출판법을 바탕으로 식민지 조선의 인쇄·출판물을 그들의 이해관계에 적합한 내용과 형식으로 철저하게 장악해 갔다. 예컨대, 한편으로는 출판법의 간행조건을 고수하면서도 다른 한편으로는 신문 상의 '정치와 시사' 기사 게재나 잡지의 연속간행에 관련된 문제를 사안에 따라 묵인하는 '생존'(포섭)과 '순치'(배제)의 교환 전략이 그렇다.[6]

이런 상황에서 이육사 역시 예외일 수 없었으며, 더군다나 그는 불온한 사상과 이념을 산포하는 불령선인(不逞鮮人)의 낙인을 벌써 여러 차례 받은 뒤였다. 이런 상황에 비춰보면, 이육사의 경우 신체의 사케르 상황과 글쓰기의 사케르 상황이 별다른 어긋남 없이 겹친다는 판단이 보다 자연스러워진다. 여기서 우리는 뜻밖의 소득을 얻게 되는데,

<hr>

출발을 '신성화 내지 우상화의 압력'에 대한 비판적 성찰과 그에 바탕한 자율성 확보에서 찾고 있다. 김흥규, 「육사의 시와 세계인식」, 『문학과 역사적 인간』, 창작과비평사, 1980, 75쪽.

6   한기형, 「식민지 검열장의 성격과 근대 텍스트」, 검열연구회, 『식민지 검열, 제도·텍스트·실천』, 소명출판, 2011, 278~279쪽 참조.

그것은 육사 시의 약점 '생활현실의 묘사에는 미숙하되 관념적·상징적인 고매한 정신의 현현에는 능란하다'는 제한적 평가[7]의 근원과 까닭에 관한 것이다. 보안법과 출판법의 엄중한 통제를 뚫고 최대한의 '허용된 불온'을 호명하고 표현하기.[8] 이를 위해서는 수사법의 미학을 폭넓고 깊이 있게 활용하여 은밀하게 숨겨진 메시지를 전달하는 수밖에 없다. 육사 시 해석의 곤혹과 관련되는 것들, 이를테면 "강철로 된 무지개"니 "광야"니 "청포도"니 하는 자연사물에의 비유와 상징이 수사법에 기댄 '허용된 불온'을 대표할 것이다. 이것은 육사가 유년기부터 듣고 읽고 배워온 '재도지문(載道之文)' 중심의 유학자 글쓰기를 시의 적절하게 변용한 형식이라는 점에서 전통의 충실한 계승이자 면밀한 갱신으로 보아 무방하다.

다시 한 번 강조해 두자. 투옥의 반복과 검열의 일상화는 육사가 일제의 폭압적인 법률에만 포획된 처지였음을 뜻하지 않는다. 그 상황이 더욱 확장·심화된 형식, 그러니까 육사의 생명이 천황의 권력에 의해 완전히 종속되고 버려지는 포섭(굴욕적 존속)과 배제(살해)의 양면적 추방령에 던져졌다는 것이 보다 정확할 것이다. 육사는 그러나 훗날의 '지절(志節)시인' 같은 존숭의 칭호가 환기하듯이 수동적·타율적인 '벌거벗은 생명'과 함부로 타협하지도 그것에 안주하지도 않았다.

가만히 따져보면 굴욕적 존속과 살해 가능성의 병행은 '벌거벗은 생명'의 의지와 실천에 따라 그 의미가 전도될 수 있음을 뜻한다. 포섭으

---

7   김종철의 "육사에 있어서 시는 그것으로 삶의 진상을 밝혀 보려는 발전적인 노력이라기보다는 기황에 확고하게 지닌 자기 자신의 이념을 확인하는 수단이었다고 할 수 있다"는 냉철한 평가 역시 같은 종류의 발언에 속한다. 김종철, 「육사시의 의의와 한계」, 『시와 역사적 상상력』, 문학과지성사, 1978, 80쪽.

8   한만수, 『허용된 불온─식민지시기 검열과 한국문학』, 소명출판, 2015.

로 보다 기운다면 주권 권력에 대한 예속의 상황이 강조되며, 배제로 보다 기운다면 주권 권력에 소용없거나 반하는 상황이 강조된다. 후자를 만약 저항과 투쟁에 관련시킨다면, '벌거벗은 생명'은 개인적·집단적 자유의 담지자로 스스로를 밀고 가는 (주권자에 반하는 사케르들에게는) 신성한 존재로 거듭나게 되는 것이다. 이 지점에서 육사의 거듭된 투옥과 일상적 감시에의 노출은 사케르로서 그의 생명이 잠재적 신성의 방향을 견지하기 시작했음을, 또 시와 평론 등의 각종 글쓰기는 합법적 테두리에서 '허용된 불온'을 파고듦과 동시에 그것을 대중에게 용이하게 전달하기 위한 미학적 기호 및 투쟁 활동의 일환이었음을 뜻한다는 가설이 자연스러워진다.

가령 다음과 같은 다짐과 고백을 보라. "내 길을 사랑하는 마음, 그것은 내 자신에 희생을 요구하는 노력이오. 이래서 나는 내 기백을 키우고 길러서 금강심(金剛心)에서 나오는 내 시를 쓸지언정 유언은 쓰지 않겠소. 그래서 쓰지 못하면 죽어 화석이 되어 내가 묻힌 척토를 향기롭게 못한다곤들 누가 말하리오". 육사는 뒤이어 "나에게는 행동의 연속만이 있을 따름이오. 행동은 말이 아니고 나에게는 시를 생각한다는 것도 행동이 되는 까닭이오"라고 고백하고 있다.[9] 이 지점에서 우리는 식민지의 '벌거벗은 생명' 육사에 대한 천황의 추방령이 오히려 식민 현실의 조선과 시의 해방을 도모하는 천황 추방령으로 되돌려지고 있음을 분명하게 확인한다. 이곳이 육사의 시를 '벌거벗긴' 신체와 언어의 진정한 생명 선언이자 그를 향한 의지의 고백으로 읽으려는 이 글의 출발점일 수밖에 없음이 이로써 보다 분명해졌다.

---

9   이육사, 「계절의 오행(五行)」(『조선일보』, 1938.12.24~28), 김용직 외편, 『이육사전집』, 깊은샘, 2004, 162쪽.

2. '한 개의 별'을 노래하는 방랑자의 '노정'

육사의 산문 가운데 한 달여 전에 "호패에 붉은 줄을 그은" 친우 R의 유고인 10년 전 일기를 소개한 「문외한의 수첩」[10]이 있다. 가장 인상 깊은 대목은 "남들이 모두 문 안에서 보는 세상을 나는 문 밖에서 보겠소. 남들은 깊이 보는 세상을 나는 널리 보면 또 그만한 자긍이 있을 것 같소. (…중략…) 이 동리를 떠나 아무도 발을 대지 않은 대설원을 가겠소. 전인미답(前人未踏)의 원시경을 가는 느낌이오"라는 고백이다. 내게는 이 말이 'R'의 목소리를 빌린 육사의 선언이자 희망으로 들려온다. 화자의 겹침과 교환을 자연스런 서정시의 문법을 빌린 것으로 짐작한다면 얼마든지 가능한 발화술이기 때문이다. 게다가 육사 나이 서른넷즈음 작성된 일기임을 감안하면, 신세계의 개척과 모험을 더 이상 늦출수 없는 청년의 과감하고 절실한 호기가 더욱 크게 느껴진다.

그러나 '문 안'에서 세상을 보는 타인과 달리 '문 밖'에서 세상을 보겠다는 '문외한'의 시각과 태도는 육사의 삶과 식민지 현실을 생각하면 천황 주권에 의해 '벌거벗은 생명'으로 감시되고 처벌받기를 자처하는 뜻밖의 선택일 수 있다. 허나 일기 작성과 공개 사이의 10여 년의 시차는 식민지 '벌거벗은 삶'의 생명의지를 새로운 차원으로 밀어 올리는 존재의 전환 및 단련과 깊이 연관된다는 점에서 '문 밖'의 시좌는 예측 가능한 사태라 할 수 있다. 1920년대~1930년대는 문화통치에서 군국주의로의 전환이 환기하듯이 식민지적 '예외상태'에서 '벌거벗은 생명'의 '살해' 가능성은 비약적으로 높아진 반면 '희생자'로의 가치화는 거

---

10   이육사, 「문외한의 수첩」(『조선일보』, 1937.8.3~6), 위의 책, 139~146쪽.

의 기대할 수 없는 상황으로 급변하던 시기였다. 이를 감안하면 「문외한의 수첩」은 "전인미답의 원시경"에 대한 모험심을 빌려 천황 주권에 대한 저항과 식민지 조선의 해방을 도모하는 개인적·집단적 자유의지의 선언문으로, 나아가 조선 민중을 향해 발화되는 '불온한 허용'의 전략적 글쓰기로 읽히기에 충분하다.

그런 점에서 「문외한의 수첩」에 몇 개월 앞서 발화된 "아롱진 서름 밖에 잃을것도 없는 날은 이따에" 처한 세계 곳곳의 사케르들과 함께 "임자없는 한개의 별을 가질 노래를 부르자"라는 선언은 매우 징후적이다.[11] 왜냐하면 군국주의가 매일매일 겨누는 살해의 위협을 저항과 희생, 개척과 파종을 통한 신성(新星)의 발견, 아니 "새로운 지구"의 건설로 초극하자는 해방 의지가 견결하고 울울하기 때문이다.

> 한개의 별 한개의 地球 단단히다저진 그따우에
> 모든 生産의 씨를 우리의손으로 휘뿌려보자
> 嬰栗처럼 찬란한 열매를 거두는 餐宴엔
> 禮儀에 끄림없는 半醉의 노래라도 불너보자
>
> 렴리한 사람들을 다스리는神이란항상거룩합시니
> 새별을 차저가는 移民들의그틈엔 안끼여갈테니
> 새로운 地球에단 罪없는노래를 眞珠처럼 홋치자
>
> ―「한개의 별을 노래하자」(『풍림』, 1936.12) 부분

---

11 이 글의 육사 시편은 김용직 외편, 『이육사전집』(깊은샘, 2004)에서 인용하며, 시의 제목은 본문에 직접 표기하여 인용 서지를 대신한다.

"생산의 씨를 우리의손으로 휘뿌려" "한개의 별 한개의 지구"를 건설하는 일은 사케르들의 잃어진 주권과 자유를 되찾았을 때 비로소 시작되는 일이니 '아직 아닌' 욕망의 세계일 따름이다. 그러므로 이 시의 초점은 "렴리한 사람들을 다스리는 神"과 "새별을 차저가는 移民"들의 대립과 분열에 먼저 맞춰져야 한다. 거룩한 신(절대 주권)에게 도외시되는 '이민자', 곧 실향자는 신의 "법으로부터 버림받은 것"이며, 만약 그가 어떤 형태로는 귀향하려면 추방령을 내렸던 신의 법률 안으로 다소곳이 혹은 거짓으로라도 포섭될 때야 가능하다.

하지만 지배자의 폭력과 억압에 대한 어떠한 성찰과 극복도 없는 귀환은 "죄없는 노래"가 더 이상 불가능한 '잠재된 피살자'로 스스로를 몰아넣는 매우 위험한 선택이다. 그러므로 식민지의 '벌거벗은 생명'은 스스로가 고향 상실의 수인(囚人)이며, 또 그와 반대로 "한개의별을 노래"함으로써 "십이성좌 모든 별을 노래하"(「한개의 별을 노래하자」)는 상상의 자유인임을 항상 자각하고 있을 때야 보다 완미한 '희생자'로의 가능성에 겨우 다가선다.

①
저 十二星座의 반짝이는 별들에게도
鐘ㅅ소리 저문 森林속 그윽한 修女들에게도
쎄멘트 장판우 그 많은 囚人들에게도
의지가지없는 그들의 心臟이 얼마나 떨고 있는가

— 「黃昏」(『신조선』, 1935.12) 부분

②
목숨이란 마치 깨여진 배쪼각

여기저기 흩어져 마을이 구죽죽한 漁村보담 어설프고
삶의 틔끌만 오래묵은 布帆처럼 달아매였다

(…중략…)

새벽 밀물에 밀려온 거미이냐
다 삭아빠즌 소라 껍질에 나는 붙어 왔다
머ー ㄴ 港口의 路程에 흘러간 生活을 드려다보며

— 「路程記」(『자오선』, 1937.12) 부분

「황혼」의 핵심은 신의 딸 '수녀'와 절대 주권 아래의 '수인', 시인과
그들이 꿈꾸는 "한개의 별"과 "십이성좌"의 별들이 "의지가지없는" '심
장'의 소유자라는 사실이다. 이것은 '신성'과 '자유', 우주의 빛을 향한
저들의 행보와 모험이 안전과 성취를 보장하는 절대자의 법률이나 보
호막으로부터 벗어나거나 추방되어 있음을 뜻한다. 실제로 육사 시편
의 시적 자아는 고향 바깥의 유랑민으로, 또는 그곳에서 강제 격리된
수인으로 제시되는 경우가 적잖다. 이런 자아의 불우와 고통은 '금지와
처벌'의 상황(법률)을 위반했기 때문에 발생함은 물론인데, 그 핵심에
식민지 조선의 해방운동이 자리하고 있음은 주지의 사실이다.

언뜻 보기에 「노정기」는 유랑자(nomad)로 떠도는 일탈과 위반의 '벌
거벗은 생명'이 겪는 고통과 불안한 미래를 쓸쓸하게 고백하는 시편처
럼 읽힌다. "목숨이란 마치 깨여진 배쪼각"이니 "항상 흐렸한밤 암초를
벗어나면 태풍과 싸워가고"니 "산호도는 구경도 못하는 / 그곳은 남십
자성이 비쳐주도 않았다"느니와 같은 고백은 시적 자아가 현실과 미래,

이상과 영원 모두에서 소외되어 있음을 가감 없이 보여준다. 마치 '동가식서가숙'하는 듯한 형태의 '노정'은 흔들리는 삶을 향한 냉철한 반성도, "새로운 지구" 건설을 위한 주도면밀한 기획도, "죄없는 노래"를 향한 열정도 기어코 제약하거나 심지어 파괴하기 십상이라는 점에서 자칫 자아 패배의 도정으로 전락할 우려가 있다.

하지만 자아는 그것을 간신히 비껴가며 빛나는 '별'과 순결한 '노래'를 여전히 희망할 수 있는데, 그 까닭은 "다 삭아빠즌 소라 껍질"에의 의지와 "머ー ㄴ 항구의 노정에 흘러간 생활"에의 기억과 천착[12]을 잠시도 놓치지 않았기 때문이다. 그러니 육사는 이처럼 그를 둘러싼 만인의 '별'과 '노래'와 조만간 스러질 '약자'와 궁핍한 '생활'을 희원하고 기억함으로써 겨우, 아니 마침내는 그것들로 자신의 육체와 정신을 충족시키고 보존하는 '희생'과 '자율'의 '벌거벗은 생명'으로 거듭나기에 이르렀다고 말하면 어떨까.

3. 실향 혹은 탈향, 그리고 '살해'의 회피

천황 파시즘의 공공연한 감시와 추방은 육사 시편을 불가피한 방랑의 '노정'으로, 나아가 '고향상실'의 설움과 아픔에 곧잘 휩싸이도록 한

---

12 이를테면 일제의 천황 파시즘이 절정을 향해 치닫던 시기 발표된 「독백」(『인문평론』, 1941.1)을 보라. 그는 고난의 연대와 자아의 상황("雲母처럼 희고 찬 얼굴 / 그냥 주검에 물든줄 아냐")을 오디세우스를 참조한 '항해'의 이미지, 곧 "달아래 서서" "파도나 바람을 귀밑에 듣"고 "으릇한 思念을 媤㬳에 흘리"며 "박쥐같은 날개"를 폄으로써 "아주 흐린날 그림자 속에 / 떠서는 날잖는 사복"이 되겠다는 다짐을 통해 견디는 한편 초극하는 것이다.

다. 이 감정의 울돌목은 적절한 조절과 통제가 뒤따르지 않는다면 세계 상실과 삶의 소외감을 더욱 심화시킨다는 점에서 자아 스스로 '예외 상태'를 더욱 조장하는 위험 인자가 아닐 수 없다. 그러므로 육사에게는 스스로 더욱 무력한 '벌거벗은 생명'으로 투척되지 않기 위해서는 '고향상실'에 대처하는 방법과 대안 마련이 필수적이었다. '고향상실'의 보편적 특질과 성격을 잠시 짚어본 뒤, 특히 육사의 해방운동의 종요로운 거점이었던 '중국' 체험을 중심으로 일제 발 '살해'의 위협을 회피하는 시인의 행보를 추적하는 작업은 그래서 더더욱 빠질 수 없다.

천재지변이나 끔찍한 전쟁을 제외하면 근대 이전 고향상실은 꽤나 예외적인 사태였다. '귀거래(歸去來)'가 뜻하듯이, 특히 동양에서는 봉공(奉公)의 처음과 끝인 출향과 귀향은 선비라면 어김없이 지켜야할 도리의 하나였다. 그러나 근대 이후 산업사회의 출현과 노동계급의 성장, 도시화의 급속한 전진은 '이촌향도(移村向都)'를 궁핍한 지역(민)의 삶 또는 성공의 문법으로 오도(誤導), 착근시켰다. 악화가 양화를 구축(驅逐)하는 자본의 편향적 축적 및 지역사회의 붕괴는 제국주의 대 식민지의 구도로 재편될 때 더더욱 폭력적이며 추악한 민낯을 드러냈다. 예컨대 채만식의 『탁류』에 보이는 정주사의 몰락과 초봉의 타락은 일제의 "법으로부터 버림받은" 식민지의 난민이 처한 가련한 운명, 곧 헤어날 수 없는 '추방령'의 심연을 침통하게 암시한다.

육사의 해방 투쟁과 시적 참여가 본격화된 1930년대 이후 식민지 조선은 적어도 세 가지 형식의 '고향'을 시인들에게 부과한 것으로 이해된다. 첫째, 실제 고향, 바꿔 말해 일차적이며 지지(地誌)적인 향토의 상실, 둘째, 그 개념이 국가나 민족의 함의로 확대될 때 발생하는 민족의 상실, 곧 이차적이며 대유적인 국토(로서의 고향) 상실, 셋째, 개인적 ·

집단적 실향의 비애를 위로하는 한편 삶의 대응력과 생존력을 높이는 인류 보편의 본원적 고향, 곧 이상향에의 상상과 의지를 활성시킨다.[13] 과연 그렇다, 이념과 시어의 경향은 달랐지만 1930년대 후반의 정지용과 백석과 서정주와 윤동주, 임화와 이용악과 오장환의 시는 예의 세 가지 '고향' 서사에 예외 없이 밀착되어 있지 않은가?

육사에게는 둘째, 셋째 항목의 '고향'의 서사가 두드러지는 듯하다. 정녕 그런가? 아니다, 그렇지 않다. 유학의 나라 조선의 붕괴와 식민지 근대화의 강제는 그의 직계 조상 이황의 시조 「도산십이곡」이 상징하는 바의 유가적 자연과 공동체, 그것을 예송(禮訟)하는 『시경』 삼백편의 상실을 의미했다. 이육사의 잦은 중국행과 더불어 실향과 망향의 감각에 대한 단련, 나아가 미래의 되찾아진 고향("새로운 지구") 도모는 그런 점에서 필연적이었다. 특히 고향 감각의 지속적 표출과 미래적 고향의 일관된 상상은 해방된 국토 / 향토의 새로운 도래와 더불어 "자기의 근원에로의 복귀이고 자기 동일성에로의 환원"[14]을 꿈꾸는 행위라는 점에서 보편적 의미의 시적 동일성으로 귀환하는 여정이기도 하다.

①
구겨진 하늘은 무근 애기책을편 듯
돌담울이 古城가티 둘러싼山기슬
빡쥐 나래밑에 黃昏이 무쳐오면
草家 집집마다 호롱불이켜지고
故鄕을 그린 墨畵한폭 좀이쳐.

　　　　　　　　　　　　—「초가」(『비판』, 1938.4) 부분

13 이명찬,『1930년대 한국시의 근대성』, 소명출판, 2000, 14~15쪽.
14 전광식,『고향』, 문학과지성사, 1999, 158쪽.

②

바람 불고 눈보래 치잖으면 못살이라

매운 술을 마셔 돌아가는 그림자 발자최소리

숨막힐 마음속에 어데 강물이 흐르느뇨

달은 강을 따르고 나는 차듸찬 강맘에 드리느라

수만호 빛이래야할 내 고향이언만

노랑나비도 오잖는 무덤우에 이끼만 푸르러라

—「子夜曲」(『문장』, 1941.4) 부분

'잃어진 고향'에의 향수와 그 수심(愁心)이 더욱 심화되는 자아의 내면이 가감 없이 드러난 시편들이다. 두 시편은 향토 '안동'에의 회억을 넘어 중국 체류와 그 생활 경험을 토대로 쓰인 것으로 이해되어 무방할 듯싶다.[15] 특히 「초가」에는 부제 "유폐된 지역에서"가 첨부되어 있는데, 거기서 육사의 군사투쟁과 관련된 '조선군관학교' 입소의 경험 등이 자연스럽게 떠오른다. 또한 육사는 당시 동아시아 현실과 세계상의 정확한 이해, 일본 제도와 변별되는 문학 수업을 위해 '북경중국대학'에 적을 두기도 했다. 그러나 육사의 중국 경험에서 보다 핵심적인 것은 '조선군관학교'에서의 수학이다. '대구격문사건' 등은 투쟁의 선동에

---

15 이렇게 추정하는 근거는 다음과 같다. 「자야곡」의 경우 2연 일부가 "연기는 돛대처럼 나려 항구에 들고 / 옛날의 들창마다 눈동자엔 짜운 소금이 저려"로 되어 있다. 이것은 그 이미지와 정서가 「노정기」의 "밤마다 내꿈은 西海를 航海하는 쨍크(중국배 — 인용자)오 같애 / 소금에 절고 湖水에 부프러 올랐다"와 매우 유사하다. 「초가」는 부제의 '幽廢된 지역'이 그러하거니와 "밖에서 성애끼는 한겨울 밤은 / 洞里의 密告者인 江물조차 얼붙는다"라는 혹한의 표현은 그가 머물렀던 만주 대륙의 겨울을 연상시키기에 충분하다.

그치겠으나, '군사학교' 입학과 졸업은 일제에 대한 무장투쟁을 의미했다. 실제로 육사를 향한 일제의 집요한 감시와 예비검속, 뒤이은 구속과 투옥은 '조선군관학교'를 졸업한 1934년 이후 거의 연례행사가 되었다. 이 시점을 '살해는 가능하되 희생물로는 바쳐질 수 없는 생명', 즉 '사케르'로의 낙인과 감시가 육사에게 본격화된 때로 상정할 수 있는 이유다.

그러나 천황 파시즘에 의한 '예외상태'는 조선에 국한되지 않았는데, 「초가」에 보이듯이 일제의 촘촘한 감시망은 반(半)식민지 중국에서도 여지없이 작동되었다. 물론 대학에 적을 두었을 적 운신의 폭이 그런대로 넓었을 것이다. 당대 중국의 국공내전에 관련된 냉철한 상황 파악, 중국 내륙에서의 문학운동에 대한 심도 깊은 이해는 그런 상황에 설득력을 더한다. 하지만 육사의 검속과 구금 당시의 상황을 담은 「신문조서」와 「소행조서」를 살펴보면[16] 군사활동과 대학생활을 포함한 중국 내에서의 활동이 거의 빠짐없이 기록되고 있다.

이런 상황을 고려하면, ①의 "돌담울이 古城가티 둘러싼山기슬"은 겉으로는 안전과 보안 유지를 위해 은폐된 거처를 뜻하지만, 동시에 사케르의 상황에 처한 자아의 유폐된 내면을 표징하기도 한다. ②의 "숨막힐 마음속"과 "나는 차듸찬 강맘에 드리느라" 역시 '구금'과 '살해' 가능성의 지평에 내던져진 육사의 고독과 불안을 구체화하는 실감의 정서임은 물론이다. 그것을 종합한 감각이 아마도 ②의 '고향상실'감, 곧 "수만호 빛"과 "노랑나비"조차 모두 빼앗긴 "이끼만 푸르"른 "무덤"으로 역사현실과 자아의 처지를 이해하는 모습일 것이다. 이런 '타나토스'(상

16 김희곤, 『이육사 평전』, 푸른역사, 2010, 99쪽.

실과 죽음) 의식의 전면화는 세계로부터 추방된 자의 비극적 운명을, 또 자아동일성의 분열과 파편화를 뜻한다. 이 지점은 따라서 시인 스스로를 '살해'의 영역으로 몰아넣는 생애 최대의 위기이자 패배의 순간에 해당한다.

'타나토스'의 전면화, 역설적이게도 이것은 육사의 열렬한 시 쓰기와 문예미학 학습의 절실성과 그를 통한 생명의지의 강화와 도약을 유인하는 '에로스'의 솟구침이었다는 점에서 새로운 가치화와 의미의 기입을 요구한다. 잘 알려진 대로 육사는 시 쓰기에 앞서 의열단과 군사학교로 대표되는 천황 파시즘에 항거로 먼저 나아갔으며, 그것의 간접적 언어화로서 일련의 정치·사회 평론을 연달아 발표하였다. 이런 염결한 정신의 발휘로 인해 육사의 시는 정치적 신념과 실천이 올곧게 반영된 애국과 지절(志節)의 언어로 의심의 여지없이 추인되기에 이른다고나 할까.

그러나 유의할 사항은 육사의 정신과 시가 정치와 이념 일방의 사유와 상상만으로 성숙하지도 완성되지도 않았다는 사실이다. 육사의 시와 정치, 혁명의 상상과 미적 저항은 시간이 흐를수록 그것들끼리 서로 영향을 끼치며 서로를 충족시키는 진화의 과정을 밟아갔다고 말하는 편이 진실에 보다 부합할 것이다. 이에 대한 가장 뚜렷한 증례가 앞서도 인용했던 "행동은 말이 아니고 나에게는 시를 생각한다는 것도 행동"이라는 선언일 것이다.

육사에게 '시로서의 행동, 행동으로서의 시'에 대한 의지와 모범을 몸소 보여준 사례라면 유가적 전통 아래의 선비정신이 먼저 떠오를지도 모른다. 하지만 육사가 고루한 군자 정신과 생활현실에 어긋나는 유학의 어떤 허례허식에 상당히 비판적이었다는 사실은 이를테면 "군

자란 말 속에 얼마나한 무책임과 무관심이 반죽이 되어 있는 것을 알고는 있는 것이오"[17]라는 비판적 성찰에 잘 드러난다.

이는 올곧은 선비정신 말고도 육사의 해방 운동과 저항 미학의 상호 발전을 이끈 외부적 요인이 따로 존재했음을 암시한다. 그 요인의 앞자리에는 단연 「아큐정전(阿Q正傳)」의 루쉰[魯迅]이 위치할 것이다. 육사가 누군가의 말처럼 '병든 곳을 내보여서 치료의 필요성을 일깨우는' 문학의 범례와 효과를 가장 적확하고 풍부하게 실현한, 그럼으로써 중국 인민의 계몽과 혁명에의 참여를 북돋웠던 루쉰을 직접 만난 때는 20대의 막바지였던 1932년 6월 상하이에서였다. 루쉰의 영향이 강력했음은 1935년 이후 육사의 집필 활동이 정치·사회 평론 활동에서 시 쓰기로 점차 이동해 갔다는 것, 1936년 루쉰의 서거를 맞아 그를 애도하는 「노신(魯迅)추도문」을 초하고 그의 소설 「고향」[18]을 번역·소개했으며, 1939년 루쉰의 「병후일기(病後日記)」를 인용하는 방식으로 상처 입은 육체와 생활을 반성하는 「횡액(橫厄)」(『문장』, 1939.10)을 발표했다는 사실들에서 비교적 명확히 드러난다.

육사는 루쉰의 작가이자 지식인이자 운동가로서의 '모랄'을 "옛것을 분명히 알고 새로운 것에 간도(看到)하고 과거를 요해(了解)하야 장래를 추단하는 데서만 우리들의 문학적 발전은 희망이 있다"라는 대목에서 찾았다. 이를 향한 리얼리즘 충동은 "참된 현실과 생명을 같이하고 혹

---

17 이육사, 「계절의 오행(五行)」, 김용직 외편, 앞의 책, 161쪽.
18 주인공 '나'의 고향에 대한 관찰을 통해 신해혁명을 전후하여 파산을 면치 못하던 중국 농촌사회를 사실에 즉해 묘사하는 한편 봉건권력의 끊임없는 박해와 유린으로 인해 육체적·정신적 피폐에 빠져드는 농민들의 비극적 삶을 형상화한 작품이다. 우리에게는 마지막 구절 "나는 생각했다. 희망이란 것은 있다고도 할 수 없고, 없다고도 할 수 없다. 그것은 마치 땅 위의 길이나 마찬가지다. 원래 땅 위에는 길이란 게 없었다. 걸어가는 사람들이 많아지면 그게 곧 길이 되는 것이다"로 잘 알려진 작품이다.

은 보다 깊이 현실의 맥박을 감수"[19]할 때야 비로소 가능하다는 충고 역시 루쉰은 빼놓지 않고 있다. 이를 '예외상태'에 처한 식민지의 '벌거 벗은 생명'에 투영시킨다면, 천황 주권의 식민 현실에 대한 객관적 이 해와 더불어, 사케르의 생명의식을 진작하기 위한 '귀향'의 추구, 그러 니까 '본원적 고향'의 발견과 흔적 추구, 그곳을 향한 지혜의 길을 찾고 제시하는 행동과 연관될 것이다. 특히 후자는 그와 연관된 "참된 현실 과 생명", 바꿔 말해 오래고 활달한 에로스의 지평을 역사적 진실로 호 명하고 미래적 삶으로 약속하기 위해 빼놓을 수 없는 해방과 자유의 조 건 가운데 하나겠다. 이 지점에 섰을 때야 '벌거벗은 생명'은 주권적 폭 력에 의한 신체적 양가성, 곧 면책 살해의 위협과 희생으로부터의 배제 라는 이중적 소외를 넘어설 수 있는 가능성을 엿보게 될 것이었다.

푸른 하늘에 닿을 듯이
세월에 불타고 우뚝 남아서서
차라리 봄도 꽃피진 말아라

낡은 거미집 휘두르고
끝없는 꿈길에 혼자 설내이는
마음은 아예 뉘우침 아니라

검은 그림자 쓸쓸하면
마침내 湖水속 깊이 거꾸러져

---

19 이육사, 「노신(魯迅) 추도문」(『조선일보』, 1936.10.23~25・27 4회 연재), 김용직 외편, 앞의 책, 218~219쪽.

참아 바람도 흔들진 못해라

　　　　　　　　　　— 「교목」(『인문평론』, 1940.7) 전문

　'교목'은 "줄기가 곧고 굵으며 높이 자란 나무"를 뜻한다. '높고 곧은'
성질은 '지절(志節)'의 형상과 통하며, 주어진 현실('봄'과 '뉘우침'과 '바람)
의 거절과 초극은 "참된 현실과 생명"에의 의지와 열정에 통한다. 물론
현실의 부조리와 모순은 객관적 상관체로서 자연물에 상징화되어 있
는 까닭에 추상적이고 관념적이다. 그런 만큼 객관적인 현실 성찰과 개
선의 구체성을 담지하지 못한다는 한계와 비판은 거의 필연적이다.

　하지만 항상적 감시와 처벌에 노출된 식민지의 '벌거벗은 생명'은 천
황 발 '면책 살해'의 가능성을 회피하면서 집단적 해방과 개인적 자유
의 가능성을 밟아나갈 수밖에 없는 상황임을 어쩔 것인가? '지절'의 기
질을 자유롭게 발산하면서 심미적 저항에 기초한 '불온한 허용'을 전략
적으로 실천하는 방법, 여기에 「교목」의 비유와 상징의 원리가 숨어 있
을 것이다. 또한 「교목」의 상황은 훼손과 오염 이전의 자연과 우주를
뜻할 수 있다는 점에서 인류 보편의 '본원적 고향'에 대한 그리움과 회
복의 열정에 비견될 수 있다. 두 가지 해석에 동의한다면, 「교목」은 신
화세계에서의 추방과 현재의 타락한 역사현실, 그리고 "낡은 거미집"
에 휘둘린 두 세계를 초월한 "끝없는 꿈길"(미래)에 대한 겹쳐 읽기를 통
해 패배와 살해 위기의 '벌거벗은 생명'이 자신의 진정한 윤리와 책무
를 각인하고 다짐하는 시편으로 읽힐 수 있겠다.

　「교목」에 대비되는 아수라장의 현실을 짚어내라면 단연 「아편」(『비
판』, 1938.11)의 현실일 것이다. "燔祭의 두레ㅅ불"과 "紅疫이 만발하는
거리"와 "노아의 洪水 넘쳐나는" 거리의 남만(南蠻).[20] 이 비탄과 절멸의

지옥도는 "玉돌보다 찬 넋"으로 "위태한 섬우에 빛난 별하나"("고 알몸동아리 香氣")를 "봄마다 바람 실은 돛대로 오"는 '너'에 의해 간신히 저지되거나 구제될 수 있다. '아편'이라 적었듯이 그 '생명의 본향'("새로운 지구")은 "무지개같이 恍惚한 삶의 榮光"이 충만한 신성과 에로스의 장(場)이다. "죄와 겯드려도 삶즉한 누리"와 같은 참된 장소로 숭고화되는 이유인 것이다. 이런 '아직 아닌' 세계야말로 '예외상태'와 '면책 살해'에서 해방되어 자유롭기를 희원하는 만인의 진정한 고향이 아닐 것인가?

그런데 앞서 '지옥도'라 적었지만, 특히 '번제'와 '노아의 홍수'는 신에의 '희생양 혹은 신의 처벌을 통한 속죄와 구원, 새로운 세계의 도래를 뜻하는 상징물이 아니던가? 따라서 "바람 실은 돛대"로서의 '너'는 현실 저편의 순결한 구원자가 아니다. 오히려 그 번제와 홍수의 역사(役事)로부터 추방되어 있다가 '참된 현실과 생명'을 통해 다시 "죄와 겯드려도 삶즉한 누리"로 귀환하는 성화(聖化)된 신체의 '벌거벗은 생명'에 가깝다. 육사에게 '아편'은 죽음과 타락이 아니라 구원과 숭고로 문득 가치화되는 까닭이 여기 있다고나 할까.

---

20 '남만'의 비극을 공간상의 대척점에 위치시킨다면 "매운 季節의 채쭉에 갈겨 / 마츰내 北方으로 휩쓸려오다" "하늘도 그만 지쳐 끝난 高原 / 서리빨 칼날진 그 우에서다"를 1연과 2연으로 품은 「절정」일 것이다. 이런 방식의 은폐된 상호텍스트성을 감안하면 '절정'은 고통과 위기의 그것이기도 하지만 거기서 솟구칠 생명과 자유의 그것이기도 하다. 여기 어디쯤 "겨울은 강철로 된 무지갠가 보다"에 대한 해석의 실마리가 숨어있을 지도 모른다.

4. 귀환하는 '벌거벗은 생명', 도래하는 '초인'의 시

육사 시는 대체로 자아 혼자의 내면고백과 다짐의 목소리가 우세하다. 이는 서정시 특유의 자연과 사물, 타자와의 상호 소통 및 수렴에의 집중과 표현, 바꿔 말해 아날로지(analogy, 類推)의 문법이 도드라지지 않음을 뜻한다. 그 고독한 목소리는 그러나 자연과 타자에 대한 무관심이나 자아 중심의 표현 욕구로 서둘러 해석·평가될 까닭이 별달리 없어 보인다. 흔히 시도되는 지절과 저항의 표상이라는 해석을 잠시 내려둔다면 오히려 다음과 같은 해석이 보다 타당할 듯싶다. 최후에는 '면책 살해'로 귀속될 감시와 처벌의 일상이 육사로 하여금 자아에의 분명한 집중을 통해 여타 '벌거벗은 생명'들의 고통과 위기 역시 함께 표현하는 '주체 : 발산, 타자 : 은폐'의 발화술을 강제했다는 시적 진실이 그것이다.

이를 감안하면 육사의 타자지향 시편들은 여러모로 주목될 만하다. 왜냐하면 주체 맞은편의 타자는, 적대적 대상을 제외한다면, 첫째, 자아의 정서와 욕망이 투사되는 동일성의 대상이거나, 둘째, 주체를 넘어서는, 그래서 주체를 성찰과 기대의 지평으로 이끄는 이상적 존재일 가능성이 크기 때문이다. 육사의 타자지향 시편을 이 기준에 따라 분류·배열한다면, 「소년에게」(『시학』, 1940.1)와 「나의 뮤─즈」(『육사시집』, 1946)가 첫째 유형에, 잠시 뒤 구체적으로 살펴볼 「청포도」와 「광야」가 둘째 유형에 귀속될 것이다.

이런 방식의 구분은 '벌거벗은 생명'으로서 육사의 상황을 성찰하고 초극하는 양태의 차이점을 엿볼 수 있게 한다는 점에서 유용하고 효과적이다. 먼저 「소년에게」과 「나의 뮤─즈」의 타자지향의 본질과 성격은 어떤 형태를 취하고 있을까?

「소년에게」의 핵심은 "너는 駿馬 달리며 / 竹刀 져 곧은 기운을 / 목숨같이 사랑했거늘" "거리를 쫓아 단여도 / 분수있는 風景속에 동상답게 서봐도 좋다"[21]에 있다. 말을 달리고 죽도를 휘두르고 분수 옆에 서서 풍경을 구성하는 '소년'은 현실에의 고통보다 희망으로 단련되는 그들 세대의 이미지를 대변한다. 따라서 비록 시의 맨 끝에 "가락은 흔들리고 / 별들 춥다 얼어붙고 / 너조차 미친들 어떠랴"라는 구절이 등장하지만, '소년'의 낭만성과 명랑성은 시인 자신이 꿈꾼 바의 자아상으로 읽어 모자랄 것 없다.

'소년'의 건강성에 비춰본다면, "나의 뮤―즈"는 '소년' 시절의 꿈이 좌절된 상태의 청·장년상(像)에 보다 가깝다. '뮤―즈'는 "北海岸 매운 바람 속에 자라 / 大鯤을 타고 단였단 것이 一生의 자랑"이었건만, 현재는 "한 번도 기야 싶은 날이 없어 / 사뭇 밤만을 왕자처럼 누"리는 추락과 패배의 국면에 처해 있기 때문이다. 이런 모습은 '면책 살해'를 회피하고 '희생자'로의 가치화를 적극 도모하는 존재의 변화 및 도약과는 거리가 멀다는 점에서 소극적인 자아 보존의 사케르를 벗어나지 못한다.

이상 지향의 '소년'과 현실 타협의 '뮤―즈'는 평범한 소시민이라면 성장과 성숙의 과정에서 부딪치기 마련인 보편적인 자아상이다. 더군다나 '뮤―즈'를 동류의 사케르로, 아니 원래의 뜻대로 심미적 이상을 좇는 예술적 자아로 간주한다면, 맞설 방법 없는 현실의 모순과 폭력, 부조리는 강력한 저항 이전에 슬며시 회피하고 싶어지는 게 인지상정일지도 모른다. 이런 회피의 정서를 "그만 그는 별 階段을 성큼성큼 올

---

21 뒷부분은 이렇다 : "西風 빰을 스치고 / 하늘 한가 구름 뜨는곳 / 희고 푸른 지음 노래하며 // 그래 가락은 흔.

러가고 / 나는 초ㅅ불도 꺼져 百合꽃 밭에 옷깃이 젖도록 잤소"(「나의 뮤
ㅡ즈」)와 같은 심미적 지평에의 투신에서 읽는다면 지나친 과장일 것인
가. 더구나 체제에 반하지 않는 '벌거벗은 생명'들의 예술세계의 구가
(謳歌)는, 천황 파시즘의 입장이라면 그들에 대한 무법의 '살해' 및 '희생
자'로의 가치화를 함께 피할 수 있는 매우 효율적인 현상이다.

이런 이유들로 다음과 같은 판단이 가능해진다면 어떨까. 만약 육
사를 '소년'의 꿈과 '뮤ㅡ즈'의 회피를 잠시라도 살았던 '벌거벗은 생명'
으로 상상하여 큰 불경(不敬)이 아니라면, 어린 '소년'과 성년의 '뮤ㅡ즈'
는 육사의 경험과 내면을 솔직하게 드러내는 잘 구상된 퍼소나로 간주
되어도 괜찮겠다. 그러나 굳이 당부하자면, 이 견해를 육사의 올곧은
정신과 견결한 시편의 한계를 드러내기 위한 의도적 비판으로 서둘러
규정할 필요는 없다. 오히려 현실의 퍼소나 '소년'과 '뮤ㅡ즈'가 있어,
육사의 타자지향은 「청포도」의 '손님'과 「광야」의 '초인'으로 더욱 신성
화되는 것이다. 더군다나 '손님'과 '초인'은 현실-내-한계에 묶인 '벌거
벗은 생명'을 자아 성찰과 비판의 장으로 이끎으로써 마침내는 자아 도
약의 성취를 가능케 한다.

이상의 장면은 '벌거벗은 생명'의 긍정적인 자아 구성과 실현에 관
련된 역전의 서사를 가능케 하는 결정적 국면이다. 왜냐하면 '손님'과
'초인'은 '벌거벗은 생명'이 '뮤ㅡ즈'의 현실을 지나 '소년'의 꿈으로 귀환
하고 도래하는, 그럼으로써 '면책 살해'에서 벗어나 "모든 生産의 씨를
우리의 손으로 휘뿌"(「한개의 별을 노래하자」)리는 전경인(全耕人)으로, 또
는 불우한 현실의 장막을 넘어 "새로운 지구"로 '벌거벗은 생명'들을 이
끄는 선지자(희생자)로 거듭나게 하는 조력자들이기 때문이다. 이때 '손
님'과 '초인'의 시간 축과 이동 좌표는 대극적 위치, 곧 '과거에서의 귀

환과 '미래에서의 도래'로 상정될 수 있어 더욱 흥미롭다. 그럴 경우 '나'와 '나'의 퍼소나들인 '소년'과 '뮤-즈'는 절대적 타자들 '손님'과 '초인'을 통해 존재의 구원과 꿈의 실현을 동시에 얻게 되는 이상적인 도안(圖案)이 그려진달까?

> 이 마을 전설이 주절이주절이 열리고
> 먼데 하늘이 꿈 꾸며 알알이 들어와 박혀
>
> 하늘 밑 푸른 바다가 가슴을 열고
> 흰 돛 단 배가 곱게 밀려서 오면
>
> 내가 바라는 손님은 고달픈 몸으로
> 靑袍를 입고 찾아 온다고 했으니
>
> 내 그를 맞아 이 포도를 따 먹으면
> 두 손은 함뿍 적셔도 좋으련

—「靑葡萄」(『문장』, 1939.8) 부분

「청포도」에서는 "전설이 주절이주절이 열린" '마을'과 "푸른 바다"에 "곱게 밀려서 오"는 "흰 돛 단 배"가 주목된다. 이것들은 천황 파시즘의 '추방령' 탓에 고향을 잃고 정체성을 훼손당한 채 여기저기를 헤매도는 '나', 곧 '벌거벗은 생명'의 비참과 슬픔으로 울울한 「노정기」와 「자야곡」 상의 '거친 세상' 및 '깨진 배'와 어김없이 대조된다. 이에 반하는 「청포도」의 참된 장소감은,[22] '마을의 전설'과 '먼데 하늘'과 '푸른 바다', 그리고 '청포' 입은 고달픈 몸의 손님, 이들 모두를 연결하는 동사 "들어와 박혀", "밀려서 오면", "찾아 온다"에서 보듯이, 서사시적 과거[23]로 표상되는 '본원적 고향'에서 발원된 것으로 느껴진다. '하늘'과 '바다'와 '손님'은 각각 다른 모습이지만 다같이 '푸른' 빛으로 이뤄진 존재들이라는 점에서 '자율 = 일체'의 족속들이라 할 만하다.

이를 종합하면 '청포도'는 단순히 여름 한 철의 과일이 아니라 '하늘'과 '바다'와 '내 고장'[24]이 통합된 이상적인 결실(結實)이 아닐 수 없다. 요컨대 '소년'의 꿈을 향한 '벌거벗은 생명'('나')의 간절한 기원은 '청포도'를 그것의 오랜 파종자이자 최초의 주인이었던 '손님', 아니 내 정신과 육체의 먼 기원과 함께 따 먹음으로써, 곧 동일화됨으로써 현실화의 가능성이 주어지는 것이다. 그런 점에서 「청포도」 끝 연의 식탁 위 '은쟁반'과 '하이얀 모시 수건'은 내 손을 닦을 도구로 그치기는커녕 '청포' 입은 '손님'의 몫, 다시 말해 그와 동일화되기 위한 시적 자아의 '순백의 내면'에 상응하는 객관적 상관물이라 할 만하다.

---

22 '참된 장소감'은 "이 장소가 바로 당신이 속한 곳"인 동시에 "깊고 완전한 동일시"를 가능케 하는 장소에서 주어지는 감각, 바꿔 말해 특정 장소가 고유한 의미로 가득 찰 때 생기는 '실존적 내부성'을 뜻한다. 과연 「청포도」의 시공간과 '손님', 그리고 '나'는 완전한 통합체, 그러니까 "장소·사람·시간·향위가 분리될 수 없는 하나의 통일체를 이"루고 있는 '참된 장소'에 가깝다. '참된 장소감'과 '실존적 내부성'에 대해서는 에드워드 렐프, 김덕현 외역, 『장소와 장소상실』, 논형, 2005, 107~129쪽 참조.

23 서사시적 과거는, 바흐찐의 말을 빌린다면, "정말로 좋은 모든 것들(즉 '제일'의 것들)은 오직 과거에서만 일어난다. 서사시적인 절대과거는 또한 전(全) 후대에서 일어나는 모든 좋은 것들의 유일한 근원이며 시초"가 되는 절대 과거를 뜻한다. 미하일 바흐찐, 전승희 외역, 『장편소설과 민중언어』, 창작과비평사, 1988, 32쪽.

24 「청포도」의 '손님'은 경험 밖의 시공간에서 찾아오는 이방인보다는 "내 고장 칠월"="청포도"="이 마을 전설"의 연관성이 환기하듯이 '향토'의 서사시적 과거에서 제한된 현실로 귀환하는 완미한 내방인(內方人)으로 파악하는 편이 보다 유효할 듯하다.

끊임없는 光陰을

부즈런한 季節이 피어선 지고

큰 江물이 비로소 길을 열었다

지금 눈 나리고

梅花香氣 홀로 아득하니

내 여기 가난한 노래의 씨를 뿌려라

다시 千古의 뒤에

白馬타고 오는 超人이 있어

이 광야에서 목놓아 부르게 하리라

— 「曠野」(『육사시집』, 1946) 부분

"까마득한 날에 하늘이 처음 열"릴 적 형성된 '광야'는 과거와 현재 귀속의 영토(향토)일 따름이다. 그렇다면 '광야'를 상상된 미래의 '진정한 장소'로까지 가치화하는 것은 어떤 존재들일까? '광야'를 '전설의 마을'에 비견한다면, 역시 거듭 등장하는 '나'와 '손님'의 변신인 '초인'으로 상정하여 마땅하다. 그러나 「청포도」와 「광야」는 시간의 비전이 상반된다고 할 수 있는데, 그 까닭은 '나'와 '초인'이 속한 시간지평과 양자의 행동에 의해 주어진다. '나'는 단순히 기다림에 그치지 않고 '초인'의 도래를 미리 준비하기 위해 "내 여기 가난한 노래의 씨를 뿌"린다. 이것은 "다시 千古의 뒤에 / 白馬타고 오는 超人"이 "이 曠野에서 목놓아 부르게 하"기 위한 미학적 실천의 일종이다.

이때 더 중요한 것은 '초인'이 단순히 현실 저편의 영웅이나 절대자가 아니라 제한된 현실의 '나'와 굳건히 결속된 '지금 여기' 및 '아직 아닌' 세계의 동시적 존재라는 사실이다. 「청포도」에서 서사시적 과거와 현실이 '청포도'를 매개로 한 '나'의 기다림을 통해 연결되듯이, 「광야」에서는 현실과 이상적 미래가 '나'의 "가난한 노래의 씨"와 그것이 만개한 노래를 "목놓아 부르"는 초인의 향유에 의해서 자연스럽게 결속된다. 이처럼 「청포도」와 「광야」의 시공간과 주체, 그리고 타인을 겹쳐 읽을 경우, 과거−현재−미래가 하나로 통합되는 시간 비전이 현실화되며, 또한 '벌거벗은 생명' '나'의 희망과 미학이 먼 과거의 '손님'과 먼 미래의 '초인'에 의해 실현된다는 것이 보다 분명해진다.

이런 상황은 두 시편에 현상된 과거−현재−미래가 상호 비가역적인 '직선적 시간'이 아니라 상호 가역적인 '원환적 시간'이기 때문에 발현 가능한 것이다. 육사는 그것을 「광야」의 "다시 千古의 뒤에 백마타고 오는 초인이 있어"에서 분명하게 자각, 적시하고 있다. 만약 '초인'을 단순히 파탄난 현재를 구원하는 영웅 정도로 단순화한다면 "천고(먼 과거−인용자)의 뒤"는 '지금 여기'로 멈출 수밖에 없다. 그러나 '천고의 뒤'는 끊임없이 차연(差延)됨으로써 현재와 미래로 귀환하며 또한 미래와 현재에서 제 자신으로 곧 먼 과거로 막힘없이 도래한다. 이것의 인간적 사태가 '손님'과 '나'와 '초인'이 서로 만나고 소통하는 모습일 것이다.

하지만 여기에는 보다 완미한 존재 '손님'과 '초인'과 구별되는 불완전한 '나'가 전제되어 있다. 물론 「청포도」와 「광야」의 '나'는 '면책 살해'의 가능성에 막무가내로 던져진 소극적인 '벌거벗은 생명'이 아니다. 차라리 "지금 눈 나리고 梅花香氣 홀로 아득하니 / 내 여기 가난한 노래의 씨를 뿌려라"에서 보듯이, 각성된 실천자이자 예술가 형상의 '벌거벗은 생명'이라 해야 보다 타당하다. 육당은 지혜롭게도 그 이상적 모본을 '손님'과 '초인'으로 구체화함으로써 자아정체성의 강화와 심미적 이성의 심화에 성공했던 것이다. 이것은 물론 그들 거주의 '전설의 마을'과 '광야'와 같은 절대 과거와 미래, 곧 상상된 공간이 '살해의 위협'에서 벗어나 그곳 "내부에 있다는 느낌", 그리고 "개인으로서 그리고 공동체의 일원으로서 나의 장소에 속해 있다는"[25] 느낌을 주는 '참된 장소'로 가치화되는 심리적·미학적 토대이기도 하다.

5. 뒤늦게 발간된 『육사시집』(1946)의 가치와 의미

육사는 「청포도」와 「광야」의 각성된 영혼과 언어에도 불구하고 끝내 말 그대로의 '호모 사케르'의 비극적 운명에서 벗어나지 못했다. 천황 파시즘의 '대동아공영론' 주창, 그 일면으로서 '태평양전쟁'의 발발, 그와 결부된 '총력전'의 전개와 '내선일체'의 격한 구호는 이육사를 먼 이방의 북경감옥(1942)에 가두어 끝내 옥사(1944)케 하는 '면책 살해'를 현실화했다. 식민 지배의 와중이니만큼 당연히 그는 크게는 조선 민중, 작게는 동료 문인들에 의해 민족해방과 시적 자유를 동시에 꿈꾸다 목숨을 빼앗긴 숭고한 '희생자'로 가치화될 일말의 기회마저 저지당했다.

육사가 '희생자'로 공식 복권된 것, 바꿔 말해 집단적·개인적 해방을 향한 자유의지와 저항정신으로 출중한 생명 주체로 앙양된 것은 해방 정국에서 『육사시집』(서울출판사, 1946)이 발행된 이후부터였다. 『육

---

25 에드워드 렐프, 앞의 책, 150쪽 참조.

사시집』은 아우 이원조의 발문, 친우 신석초, 동료문인 김광균, 오장환, 이용악의 서문, 「황혼」과 「청포도」, 「노정기」를 포함한 20편의 시로 구성되었다. 육사의 '노래'가 식민지 현대시를 대표함과 동시에 해방 후 국민 모두가 읽어야할 가치 있는 '정전(canon)'으로 부상하게 된 까닭으로는 민족해방과 자아갱신을 위해 지속적으로 감행된 실존적이며 미적인 투기(投企) 행위를 먼저 들어야할 것이다. 이는 유고 시집 『육사시집』이 한국전쟁 발발 시까지 월북을 완료한 '조선문학가동맹'의 이원조, 오장환, 이용악의 손에서 발간되었음에도 불구하고[26] 거의 변치 않는 대중적 호소력을 발휘한 결정적 요인의 하나일 것이다. 요컨대 육사의 생애와 정신, 그리고 시 쓰기는 해방 이래 한국의 지속적 목표로 제시된 '일제 잔재의 청산'과 '민족정신의 계승', '건전한 민족문화의 건설'을 핵심으로 하는 '새로운 국민국가 만들기'를 계몽하고 독려하는 데 놓칠 수 없던 정신적·미학적 재보였던 것이다.

그러나 육사 시는 단순히 보수적 민족주의와 깊이 관련된 남한의 국민국가 건설의 관점에서만 시적 모본으로서의 유효성과 영향력이 발휘된다는 식으로 이해해서는 안 된다. 육사 시의 새로운 가치와 의미는 역시 '벌거벗은 생명'의 힘겨운 고통과 그것을 초극하는 뜨거운 생명의지의 차원에서 조명될 필요가 있다.

가령 이런 예시는 어떨까? 육사의 시편은 '면책 살해'에 해당하는 옥사(獄死), 곧 희생자＝순교자의 이미지에 의해 그 맥락과 성가가 조성

---

26 결국 『육사시집』은 유치환의 서문과 이동영의 발문을 싣고 표지 등을 전면 교체하는 방식으로 1956년 4월 범조사에서 다시 간행되었다. 남한의 문단 권력인 한국문인협회, 곧 '문협정통파'의 유치환을 중심으로 『육사시집』이 다시 발간됨으로써 거기에 박혀 있던 '조선문학가동맹'의 흔적이 말끔히 숨겨지고 지워지기에 이른 것이다.

되고 확장된 측면이 다분하다. 하지만 이보다 훨씬 중요한 것은 육사의 분신이자 영원한 생명인 『육사시집』이 천황 파시즘 아래의 폭력과 고통, 그것 너머의 희망을 증거하고 기억하는 미적 신체로 살아남았다는 것이다.[27] 그럼으로써 모리스 블랑쇼의 말처럼 '인간은 끝없이 파괴될 수 있지만 끝내 파괴될 수 없는 존재'[28]임을 무섭도록 호소하고 증언하기에 이른 것이다. 그렇게 살아남은 '벌거벗은 생명' 육사의 윤리적이며 미학적인 '온몸'을 아래의 「꽃」에서 함께 읽어보는 것은 어떨까?

동방은 하늘도 다 끝나고
비 한방울 나리잖는 그때에도
오히려 꽃은 빨갛게 피지 않는가
내 목숨을 꾸며 쉬임 없는 날이여

北쪽 쓴도라에도 찬 새벽은
눈속 깊이 꽃 맹아리가 옴자거려
제비떼 까맣게 날라오길 기다리나니
마침내 저바리지 못할 約束이여

한 바다복판 용솟음 치는 곳

---

27 아감벤에 따르면 아우슈비츠에서 살아남은 자들은 순교(희생자)의 이미지 못지않게 수용소의 끔찍한 삶과 고통스런 죽음을 기억하는 자로 이해되는 것이 중요하다. 왜냐하면 아우슈비츠는 '나'와 '너', '우리'의 부끄러움과 윤리적 갱생, 새로운 삶을 위해서라도 "기억하지 않을 수 없는 것"이기 때문이다. 보다 자세한 내용은 조르조 아감벤, 정문영 역, 『아우슈비츠의 남은 자들』, 새물결, 2012, 37쪽 참조.
28 여기서는 위의 책, 201쪽에서 재인용함.

바람결 따라 타오르는 꽃城에는

나비처럼 醉하는 回想의 무리들아

오늘 내 여기서 너를 불러 보노라

— 「꽃」(『육사시집』, 1946) 전문

    참혹한 자연과 현실을 뚫고 피어나는 '꽃'은 육사 자신의 소유나 향유의 대상과는 거리가 멀다. 그것은 오로지 "나비처럼 (꽃에 – 인용자) 취하는 회상의 무리들" 곧 살아남은 자들을 위한 것이다. 따라서 "내 목숨을 꾸"미고 '약속을 "저바리지 못"하고 "오늘 내 여기서 너를" 부르는 행위는 '깨진 배'를 자처함으로써 '너'들의 목숨을 구원하는 '희생양'에의 투기와 등가관계를 형성한다. '희생양'은 타자의 죽음을 현재로 귀속시킴으로써 살아남은 자들의 생명과 안전을 보장하는 미래의 형식이다. 결국 희생양으로서의 '나'는 죽임을 회피하기보다 죽음을 자청함으로써 미래의 삶과 생명으로 귀환하는 것이며 또 죽음을 삶으로 안은 미래의 그것들 역시 우리들의 현재와 '나'의 과거로 도래하는 것이다.

    이처럼 육사의 사후 뒤늦게 발간된 『육사시집』은 범속한 진리에 눈뜬 '벌거벗은 생명'의 귀향과 도래의 변증법을 쉼 없이 삶으로써 시인 자신과 나·너·우리를 "바람결 타오르는 꽃성"에 영원히 거주케 하며 또 즐겁게 귀소시키는 것이다. 여기에 뒤늦게 찾아와 "너(우리 – 인용자)를 불러 보"는 『육사시집』의 진정한 가치와 의미가 존재한다. 그렇다면 그의 대화 문법 "오늘 내 여기서 너를 불러 보노라"를 우리의 것으로 다시 전유하는 것이야말로 육사를 향한 우리의 인간다운 예의 가운데 하나일 것이다.

김광주의 중국 체험과 중국 현대문학 번역 소개

김철

1. 들어가는 말

김광주(金光洲, 1910~1973)[1]는 한국 현대문학사에서 잘 알려지지 않은 비주류에 속하는 작가이다. 때문에 기존의 한국 현대문학사에서는 김 광주에 대한 정보들을 찾아보기가 쉽지 않다. 이런 푸대접을 받던 김 광주는 90년대부터 새롭게 학계의 주목을 받기 시작했다. 그 원인은 그 가 60년대 한국에서 중국의 무협(武俠)소설 번역의 붐을 일으킨 점[2]을 인정받은 것과 관련이 없지는 않지만, 이보다는 그의 풍부하면서도 신 비한 중국 경력과 중국 현대문학 번역 및 소개, 그리고 그의 중국 배경

---

[1] 김광주(金光洲)의 아명은 준배(俊培)이고 필명은 '평(萍)'이다. 고향은 한국 경기도 수 원군 수원면 신풍동이다. 부평초 '萍'으로 이름 한 필명은 그의 중국 행적들과 연관시 켜 볼 때, 분명히 어떤 의도된 뜻이 담겨있는 것 같다.

[2] 박남용·박은혜, 「金光洲의 中國 체험과 中國 신문학의 소개, 번역과 수용」, 『中國硏 究』47권, 2009, 141쪽 참고.

의 작품들 때문이 아니었겠나 싶다.

우선 작가 김광주에 대해 많은 관심을 보인 것은 중국 학계이다. 그 원인은 김광주가 장기간 중국에서 생활하면서 창작활동을 했던 것과 관련이 있다. 중국에서 제일 처음으로 김광주를 연구 소개한 학자는 베이징대학의 박충록(朴忠祿, 1928~현재) 교수다. 그는 일찍 1999년에 연변문학예술연구소에서 출간한『문학과 예술』잡지에「김광주의 해방 전 소설세계」라는 문장을 통해 김광주의 중국 배경의 소설을 소개한 바가 있다.[3] 그 뒤로 연변대학 조선언어문학학부(국어국문학과)에서 중국 조선족문학연구에 종사하는 학자, 교수들이 김광주의 중국 경력에 주목하면서 중국 상하이를 중심으로 활동했던 김광주의 창작활동과 작품을 중국조선족문학사에 포함시켜야 한다는 견해를 제기하고 그의 문학을 중국조선족문학으로 다루고자 하였다. 이러한 움직임 속에서 김광주는 다시 한 번 학계의 관심을 받게 되었다. 그러다가 2000년 후부터는 중·한 현대번역문학사 연구자들에 의해 그의 중국 현대문학 관련 번역과 평론에 대한 연구가 서서히 이루어지기 시작했다. 실제 이후에 이루어진 연구들은 대부분 김광주와 중국 현대문학의 관련 및 중국 현대문학 번역 소개를 중심으로 이루어졌다.

다음으로 한국의 중국문학 연구자들도 김광주에 대해 관심을 갖기 시작했다. 물론 한국 내 일부 현대문학사들에서 간혹 김광주의 창작을 언급하는 경우는 있으나,[4] 그냥 짚고 넘어가는 정도였다. 본격적인 연

3　박충록,「김광주의 해방 전 소설세계」,『문학과 예술』3호, 1999.5~6, 격월간 113호, 64~68쪽.

4　조남현,『한국 현대소설사』1·2, 문학과지성사, 2012. 이 소설사에서 처음으로 2류 작가 김광주를 본격으로 다루었다. 그 전의 일부 소설사, 또는 문학사들에서는 아주 간단하게 언급하고 있다.

구가 이루어진 것은 역시 2000년 후의 일들이다. 대체로 상하이 체험과 그의 창작과 관련한 연구, 그리고 김광주의 중국 현대문학 변역 소개에 대한 연구가 주를 이루었다. 그 대표적 연구로는 최병우의 「김광주의 상해 체험과 그 문학적 형상화 연구」(2008)와 서은주의 「1930년대 문학에 나타난 '모던 상하이'의 표상」(2008), 박남용·박은혜의 「김광주의 중국 체험과 중국 신문학의 소개, 번역과 수용」(2009), 진선영의 「김광주 초기 소설의 디아스포라 글쓰기 연구」(2013) 등을 들 수 있겠다.

총괄적으로 볼 때, 현재까지 국내외에서 이루어진 김광주 문학과 중국 현대문학 관련 연구는 적지 않으며 성과도 적지 않다.[5] 그렇지만 그의 중국 현대문학 번역 소개와 중국에서의 문필활동양상 등에 대한 연구는 아직도 진일보 고구해야 할 과제들이 있다. 이러한 연구를 위한 기초적 작업으로 이 글은 상기한 국내외 연구 성과들을 바탕으로 주로 김광주의 중국 현대문학에 대한 이해와 그 번역양상에 대해 재조명함으로써 중한 현대문학 번역 교류사에서 김광주가 차지하는 위치를 재확인해 보고자 한다.

---

5 이미 이루어진 연구 성과들로는 박충록의 「김광주의 해방 전 소설세계」(1999), 김철의 「김광주와 중국문학」(2005)과 「김광주 전기 소설 연구」(2006), 「중국현대 문예매체에 발표된 김광주의 문예 비평에 대한 소고」(2015.6), 최병우의 「김광주의 상해 체험과 그 문학적 형상화 연구」(2008), 김동윤의 「김광주의 1950년대 신문소설 연구」(2008), 서은주의 「1930년대 문학에 나타난 '모던 상하이'의 표상-김광주의 문학적 글쓰기를 중심으로」(2008), 박남용·박은혜의 「김광주의 중국 체험과 중국 신문학의 소개, 번역과 수용」(2009) 등이 있다.

2. 김광주의 중국 체험과 중국문학 인식

김광주의 중국 체험은 주로 상하이를 중심으로 이루어졌고 문필활동도 상하이에서 이루어졌기 때문에 우선 김광주의 상하이 시절을 중심으로 한 중국 행적을 살펴본 다음에 그의 중국 현대문학 인식에 대해 논의해 보고자 한다.

1) 김광주의 중국 행적

김광주의 중국 행적에 대해서는 지금까지 정확하게 밝혀진 바는 없다. 물론 간단한 기록은 있지만 주로 그의 상하이 시절에 대한 기록이고 기타 지역에서 생활했던 상황은 별로 알려진 것이 없다. 특히 1938년 2월에 상하이를 떠난 이후부터 광복을 맞아 귀국한 1945년 11월까지의 행적은 분명치가 않다. 그런데다가 이마저 대부분이 김광주 자신의 회상기를 참고로 했기 때문에 신빙성에 문제가 있을 뿐만 아니라 일부 정확하지 못한 부분들도 있다. 김광주의 행적에 이런 석연치 않은 부분들이 적지 않기 때문에 진일보의 연구와 정리가 필요하다. 필자는 이 점에 주목하면서 최근에 여러 도경을 통해 관련 정보들을 수집하여 새롭게 김광주의 중국 행적을 다시 정리해 보았다. 이러한 자료는 향후 김광주와 그의 문학을 이해하고 중국에서의 문필활동을 파악하는 데 일정한 도움이 될 수 있으리라 생각한다.

김광주는 선후로 근 14년이란 세월을 중국에서 보냈다. 그가 처음으로 중국 땅을 밟은 것은 1929년 3월경인 것으로 추정된다.[6] 20살 약관의 나이에 중국으로 들어왔으며 당시 중국 지린(吉林)에서 포리병원 (浦利醫院)을 경영하는 맏형 김동주(金東洲, 일제의 탄압을 피해 중국에 망명한 것으로 알려져 있음)의 집에 머물러있었다. 그러다가 3~4개월 뒤에는 곧 바로 형과 중국인 형수의 주선으로 상하이로 떠나게 된다. 그 당시 다이렌(大連)에서 배로 상하이에 갔던 것으로 전해진다.[7] 김광주의 상하이 인연은 이렇게 시작되었던 것이다.

그때 김광주가 처음으로 상하이에 가서 들어간 대학이 바로 상하이 난양의과대학(南洋醫科大學, 중국어로 '南洋醫學院')이다. 시간적으로는 1929년 8월경인 것으로 추정된다. 형님의 친구인 상하이 퉁지대학(同濟大學, 의학과)의 유진동(劉振東)의 도움으로 어렵사리 입학하게 된 것이다. 그렇지만 원래부터 의학공부에 별로 흥미를 느끼지 못했던 김광주는 전공 공부보다는 되레 문학에 관심을 갖고 거기에 몰입하게 된다. 그리하여 스스로 고백한 바와 같이 과외시간에 공원 같은 곳에 가서 책을 읽은 것은 물론 심지어는 수업 시간에도 몰래 중국의 유명작가들인 루쉰(魯迅)이나 궈머뤄(郭沫若), 톈한(田漢), 위따뿌우(郁達夫), 쟈양광츠(蔣光慈) 등과 같은 작가들의 작품을 읽기도 했었다. 드디어 김광주는 학교생활 1년 만에 중퇴하고 만다. 그 시간은 1930년 가을이었던 것으로 추정된다.[8] 당시 형님 김동주는 동생이 공부에 전념하지 않고 딴 짓을 하고 다

---

6   김광주가 중국에 들어온 시간은 그의 「上海時節回想記」(『世代』, 1965.12)와 「나의 文學徒回顧」(『白民』 五卷 2號, 1949.3, 58쪽), 「上海를 떠나며—流浪의 港口에서」(『동아일보』, 1938.2.18~23) 등을 참고로 했다.

7   「上海時節回想記(上)」, 『世代』, 1965.12, 244~245쪽 참고.

8   「南國片信」, 『조선일보』, 1933.10.24 참고. "霞飛路의 鄕愁 : H兄! 三年만에 또다시 霞飛路의 繁華한 밤거리를 거러보앗습니다. 故鄕을 떠난지 채 한달이 못되건만 타오르는 듯燦爛한「네온」의불이(미)트로 누렷케 물드는 街路樹의입새들바라보니 朝鮮의가을이 생각나며까(짜)닭업시 故鄕이그립습니다." 이는 약 3년 전의 기억이므로 30여 년

닌다는 소식을 듣고 경제적인 지원도 끊어버린다. 이 때문에 김광주는 한때 셋방 값을 낼 수 없어 친구네 집에 얹혀 산 적도 있었다.[9] 그래도 혹시나 해서 형님과 형수가 직접 상하이까지 찾아와서 달래보았으나 이미 굳힌 김광주의 마음을 돌려세울 수가 없었다. 그 뒤로 김광주는 곧바로 전부터 관심이 있었던 문학에 심취한다. 바로 이 시기에 김광주는 김명수[10]라는 친구와 같이 처음으로 프린트 동인지(同人誌) 『습작 (習作)』을 발간하게 되는데, 이는 김광주가 문학의 길에서 작가로 성장할 수 있었던 밑거름이 되었으리라 생각된다.

그가 학교를 그만둔 데는 자신이 의학에 관심이 없었던 것이 중요한 원인이었겠지만 이외에도 여러 면의 영향을 받았던 것과도 관련이 있었다고 본다. 이를 테면 '남화한인청년동맹'에 가입한 사실도 바로 그 중의 한 가지 요인이 되었다고 본다. 김광주는 상하이지역 아나키스트들의 단체인 남화한인청년연맹 맹원들과 밀접히 교류했던 것과도 일정한 관련이 있었던 것으로 알려져 있다.[11] 사실 당시 열혈 청년이었던 김광주는 대학에 다니는 동안, 문학공부에도 관심이 있었을 뿐만 아니라 나라주권을 찾기 위한 독립운동에도 적지 않은 관심을 갖게 된다. 상하이 시절 김광주는 선후하여 한국의 저명한 독립운동가인 도산 안창호(安昌浩)와 백범 김구(金九), 그리고 한글학자 김두봉(金枓奉) 등과 교분을 맺게 되는데 이들의 영향으로 당시 상하이에서 한인사회를 주도했

뒤에 쓴 회상기이나 수필보다는 신빙성이 높다고 본다.

9 수필 「그 시절 상해의 봄」, 『新東亞』, 1934.4.

10 김명수(金明水)는 광동(廣東)의 중산대학(中山大學) 영문과를 나온 졸업생으로서 일찍 1930년 『동아일보』 신춘문예에 「두 電車 인스팩터」라는 단편소설이 당선된 경력을 가진 문학도였다.

11 「上海時節回想記(상, 하)」, 『世代』, 1965.12~1966.1 참고.

던 한인반일단체인 '홍사단(興士團)'과 '남화(南華)(남화한인청년연맹(南華韓人靑年聯盟))'에 참가하여 여러 모로 활약했던 것으로 알려져 있다.[12]

1930년 가을경에 남양의대를 중퇴하고 난 뒤의 김광주의 행적에 대해서는 아직까지 자세히 밝혀진 것이 없다. 그러나 각종 자료들을 종합해 보면 일부 선색을 찾아볼 수는 있다. 이 시기 김광주는 상하이 남양의과대를 그만둔 후, 얼마 뒤에 다시 위만주(僞滿洲) 지린에 가서 한동안 지냈던 것으로 추정된다. 그 시간은 1930년 말부터 1931년 7월 사이로 보인다. 이것을 증명해 줄 수 있는 증거로는 1931년 8월 한국의 『조선일보』에 발표한 「중국푸로문예-운동의과거와현재(中國푸로文藝-運動의過去와現在)」라는 글이다. 이 문장은 그해 8월 4일부터 8월 7일까지 네 번에 나뉘어 게재되었는데 마침 글의 맨 끝에 김광주가 본 문장의 탈고 날짜와 장소를 '1931년 6월 15일, 길림에서'라고 밝혀놓은 것이 있다. 이것으로 보아 남양의대를 중퇴한 뒤, 1931년에 다시 형님 김동주가 살고 있는 지린으로 갔던 것 같다. 아마 김광주는 대학을 그만두고 난 뒤의 여러 가지 번민 때문에 지친 마음을 달래고자 잠깐 지린에 갔을 것으로 짐작한다. 그리고 1931년, 약 반년 간 지린에서 보내다가 바로 한국에 들어간 것으로 추정된다. 그렇다면 언제 한국에 들어갔느냐 하는 것이 또 하나의 의문으로 남는다.

여기에 또 하나의 뒷받침하는 자료가 있는데 그것이 바로 한국의 문학평론가 정규웅이 2009년 11월 7일 『중앙일보(SUNDAY)』(제139호)에 발표한 「문단 뒤안길-1970년대(39) 김훈의 '아버지 김광주'」라는 문장이다. 이 글에서 정규웅 기자는 김광주는 "어려서는 의사를 지망했던

---

12 최병우, 「김광주의 상해 체험과 그 문학적 형상화 연구」, 『한중인문학연구』 제25집, 2008, 103쪽 참고.

듯 중국으로 건너가 상하이 남양의대에 입학하였지만 중도에 그만두고 귀국해 1932년에 문단에 데뷔했다"고 말한 바 있다. 물론 이와 같은 견해의 원천적 소재는 김광주의 아들인 작가 김훈으로부터 온 것이 분명하다. 그리고 이런 사실은 김훈 작가가 김광주가 세상을 떠나기 전에 이미 얻어들었던 얘기였을 수도 있고 또 기타 루트를 통해 얻어들었을 수도 있는 이야기라고 본다. 때문에 어느 정도 신빙성이 있는지에 대해서는 앞으로 더 지켜봐야 할 것 같다. 그 진실의 여부를 막론하고 여기서 주목되는 것은 바로 한국에 들어간 시간이다. 분명히 "귀국해 1932년에 문단에 데뷔했다"고 쓰고 있는 것으로 보아 김광주는 1932년 전에 한국에 들어갔던 것이 사실(시간적인 정확성 여부를 떠나)인 듯하다. 이것을 정설로 받아들인다고 가정할 때, 그가 지린에서 한국으로 들어간 시간은 1932년 전이라고 볼 수 있다. 다행히도 이 사실을 뒷받침해주는 하나의 근거가 있다. 그것이 바로 김광주가 1933년 10월 24일 『조선일보』에 실은 수필 「남국편신(南國片信)」이다.[13] 여기에는 다음과 같은 기록이 있다.

---

[13] 「南國片信」, 『조선일보』, 1933.10.24 참고. "霞飛路의 鄕愁 : H 兄! 三年만에 또다시 霞飛路의 繁華한 밤거리를 거러보앗습니다. 故鄕을 떠난지 채 한달이 못되건만 타오르는 듯燦爛한 네온의불이(미)트로 누렷케 물드는 街路樹입새를 바라보니 朝鮮의가을이 생각나며까(싸)닭업시 故鄕이그립습니다." 필자는 보건대 수필 「南國片信」(1933.10)의 기록은 김광주가 해방 후에 쓴 여타의 회상기 같은 글들보다 더 신빙성이 있다고 본다. 때문에 이 수필은 매우 중요한 사료적 가치가 있다. 주관적인 기록(기억)에만 의거하여 사실의 여부를 판단한 것은 좀 신빙성이 떨어진다. 왜냐하면 김광주의 '회상기'나 자서전적 수필들에는 이러저런 정확하지 못한 기록들이 있기 때문이다. 다 아는 도리지만 기억이라는 것은 시간이 10년, 20년이 지나가면 희미해지게 마련이다. 그리고 기억력도 한계가 있는 것이다. 마찬가지로 작가 김광주가 아무리 머리가 총명하다 해도 그렇게 많은 일들을 다 자세하고 분명하게 기억할 수 없었기 때문에 이런저런 틀린 기록이 나온 것은 정상적인 현상이라고 보아두는 게 맞다.

三年만에 또다시 霞飛路의 繁華한 밤거리를 거러보앗습니다. 故鄕을 떠난지 채 한달이 못되건만 타오르는듯爛한 네온의불이(미)트로 누렷케 물드는 街路樹입새를바라보니 朝鮮의가을이 생각나며까(싸)닭업시 故鄕이 그립습니다.

이 기록에서 우리는 다음과 같은 정보들을 더 추출할 수 있다. 우선 우리는 김광주가 자기 스스로 "3년 만에 다시 하비로(霞飛路)의 번화한 밤거리를 걸어보았다"고 말하고 있는 것으로 보아 김광주는 분명 상하이를 떠났다가 다시 돌아왔다는 점을 확인할 수 있다. 다음, 본 문장이 발표된 시점이 1933년 10월 24일이고, 또 글 중에 '고향을 떠난 지 채 한달이 못되었다'고 기술한 점을 미루어 보아 그가 다시 상하이로 돌아온 시점은 바로 1933년 9월 말 아니면 10월 초일 것이라는 점이다. 이 시간은 거의 확실한 것 같다. 젊은 나이에 기록한 내용이기 때문에 김광주가 나이가 들어 20여 년 후에 정리한 회상기 내용들보다 그 정확도가 분명 높다고 판단된다. 이 정보는 분명 신빙성이 있다.

그렇다면 그 기간 그가 상하이를 떠나 어디로 갔을까? 상기한 분석들을 정리하면 이 김광주의 이 시기행적의 윤곽이 점차 뚜렷해진다. 즉 김광주가 두 번째로 상하이에 들어온 1933년 10월 초를 기점으로 한다 할 때, 앞으로 3년 정도의 시간을 거슬러 올라가면 그 시간이 대개 1930년이 된다. 말하자면 김광주는 분명히 1930년 말 전에는 상하이를 떠난 셈이 된다. 또 공교롭게도 이 시점은 이미 앞에서 김광주가 남양의대를 중퇴한 시간(1930년 가을로 추정)과 거의 맞물릴 뿐만 아니라 그가 상하이를 떠나 지린으로 간 시간(약 1930년 말, 또는 이듬해인 1931년 초로 추정함)과도 거의 맞아떨어진다.

또 그렇다면 그때 김광주는 위만주 지린에서 얼마 동안 머물렀을까? 이 시간도 앞에서 언급했던 자료들을 종합적으로 분석해 보면 대개 계산이 나온다. 우선 1931년 8월 『조선일보』의 「중국푸로문예 - 운동의 과거와현재」에서 밝힌 시간과 장소로 볼 때, 김광주가 위만주 지린에 머물렀던 시간은 1930년대 말부터 아니면 1931년 초부터 1931년 7월까지로 추정된다. 이 시간을 기준으로 계산해 보면 김광주가 한국에 나가 체류한 기간은 1931년 8월부터 1933년 10월까지 약 2년 남짓한 시간이라고 본다.

1933년 10월 김광주가 다시 상하이에 온 다음의 생활도 그리 순탄치 않았던 것 같다. 우선 가장 큰 문제는 생활고였다. 생활의 어려움 때문에 여러 모로 애를 썼던 흔적이 보인다. 이 시기에 김광주가 중국어를 열심히 공부한 것도 아마 이러한 처지를 개변하고자 한 의도가 있었기 때문이었을 것이다. 마침 주변에 루쑹야(陸松亞)나 쉬꿍메이(徐公美) 같은 중국 친구들이 있어서 중국어 문장을 신문 잡지에 발표할 수 있는 기회를 갖게 된다. 이 시기에 김광주는 상하이의 일간지들인 『민보(民報)』, 『신보(晨報)』, 『대미만보(大美晚報)』 등에 기고하면서 무척이나 애를 썼던 것으로 전해진다.[14] 이렇게 1934년부터 김광주는 주로 중국어 원고료에 의해 점차 안정적으로 생계를 유지하면서 생활하게 되었다. 아울러 이 시기에 김광주는 '보헤미안극사'에 들어가서 활약하기도 한다. 이 시기 김광주가 보헤미안 멤버로 활약했으며 중국 문인들과도 교류가 있었다. 현재 이 사실을 증명해 주는 자료들이 새롭게 발굴되어 있어 그 사실이 더 한층 신빙성을 갖게 된다.[15] 또 이 시기에는 김광주는 지

---

14 「上海時節回想記(상)」, 『世代』, 1965 참고.
15 魯思, 『影評憶舊』, 上海永祥圖書館, 1945, 137~138쪽 참고. '影譚'은 민보의 영화부간으

린의 형님 댁에 있다가 그를 찾아 상해에까지 온 어머니(시녀가 딸려 있었음)와 함께 생활한다. 그런데 이 시기에 마침 김광주는 중국인 여인 왕쒜뻔(王學芬, 寧波 태생)과 사귀게 되고 이것이 화근이 되어 어머니와 갈등이 생기기도 했었다. 그런데다가 여자 쪽 부모님들까지 한사코 반대하자 결국엔 한때 애정 도피 행각까지 벌인 적도 있다. 물론 일본인 스파이들이 끈질긴 감시와 위협 때문에 상하이를 떠났다고 자신의 '회상기'에서 적고 있지만 이것이 전부는 아니었던 것 같다. 하여튼 김광주는 이러한 원인으로 해서 왕쒜뻔과 함께 부랴부랴 상하이를 떠나 20여 일간 따퉁[大通], 루싼[廬山] 등지를 떠돌다가 결국엔 여비가 다 떨어지고 여러 가지 어려운 사정이 있어 다시 상하이로 돌아오게 된다. 이 시기 김광주는 동지들과의 관계가 거의 끊긴 상태에서 생활했던 것으로 보인다. 총괄적으로 이 시기의 김광주는 중국어로 문필활동을 많이 했던 것으로 추정되나 아직 많은 사실들이 밝혀지지 않고 있다. 이는 앞으로 진일보 연구되어야 할 부분이다.

그러나 1937년 '7·7'사변(노구교사변(蘆溝橋事變))이 일어나면서 이러한 세월도 오래 가지 못하였다. 1938년 2월에 김광주는 드디어 상하이를 떠난다. 그의 「상해(上海)를 떠나며-유랑의 항구에서(流浪의 港口에서)」라는 글에 따르면 1938년 2월에 상하이를 떠난 것으로 되어있다. 여기에는 그때 상하이에서 함께 생활했던 노모를 모시고 떠났는데 상

로서 1934년 5월 4일부터 발간하였는데 그 주편이 루쒼魯迅이었다. 루쒼魯迅의 진술에 따르면 이시기(1934년도)에 김광주는 '影譚副刊'을 도와 소련의 유명한 영화감독 普多夫金의 『電影劇本論』과 기타 영화논문을 번역해준 적이 있다고 한다. 당시에 김광주는 "조선이보혜미안극사"의 사원신분이었다. 김광주를 소개한 사람은 중국인 천리팅(陳鯉庭, 1910~2013)이다. 천리팅은 상해에서 태어났으며 현대 중국 영화감독, 예술이론가이다. 일찍 천리팅은 천스빠이[陳思白]이라는 이름과 치린[麒麟], C·C·T 등 필명을 쓰기도 했다.

하이에서 배로 텐진[天津]으로 가서 다시 인편에 노모를 한국으로 전송 (기차편)한 다음 바로 화뻬이[華北], 화난[華南] 등 지방으로 떠난 것으로 기록되어 있다. 대체로 상하이에서 텐진까지 옮겨 왔다가 베이징에 갔던 것까지는 확실하나 그 뒤의 행적은 묘연하였다. 도대체 어디에서 어떻게 생활했는지는 알 수 없으나 아들인 김훈 작가의 진술에 따르면 무수히 힘든 방랑생활을 했다고 한다.

그러던 김광주가 2년 뒤인 1940년에 위만주 지린에 나타났는데 지린에 와서도 문필활동을 계속했던 것으로 알려져 있다. 최근 필자가 입수한 자료에 따르면 김광주는 1940년 당시 신경(新京, 지금의 장춘)에서 발행되었던 조선말신문 『만선일보(滿鮮日報)』에 문장 / 시를 발표했던 것으로 전해지고 있다.[16] 문단에 모습을 드러낸 시간이 1940년대라면 김광주가 위만주 지린에서 생활한 시간은 분명 5년은 실히 될 것 같다. 아들인 김훈 작가가 진술한 데 따르면 1943년에 지린에서 한국 여인(김훈의 어머니이자 김광주의 부인)을 만나 결혼했다고 한다. 그리고 이듬해에 김훈의 큰 누님이 만주 지린에서 태어났다고 진술했다.[17] 이러한 증언은 김광주가 상하이를 탈출하여 텐진, 베이징을 경유하여 결국에 위만주 지린에 왔었다는 사실을 확실하게 설명해 줄 뿐만 아니라 그가 지린에서 보낸 시간이 짧은 시간이 아니었음을 보여준다. 그럼 근 5년 동안 김광주는 위만주 지린에서 도대체 무엇을 하면서 어떻게 살아왔는지가 의문이다. 문필활동을 했다면 아마도 적지 않은 글들이 남아있지 않을까 생각한다. 다만 그전과 같이 활발하게 움직이지 않은 것만은 사실

---

16 吉林市民族事務委員會 編, 『吉林市朝鮮族誌(1907~1988)』, 1999, 285쪽 참고.
17 김광주의 아들 김훈의 진술에 근거한 것이다. 필자가 지난 2015년 12월 22일 작가 김훈과의 인터뷰에서 얻은 정보로, 파주에서 인터뷰한 것이다.

인 것 같다. 혹시 필명으로 문필활동을 했을 가능성도 배제할 수 없다. 그 시기 위만주에서 생활했던 작가들과도 틀림없이 교류가 있을 것 같은데 아직까지 그들의 문장이나 기록에서 그 흔적을 찾아볼 수가 없다. 또 그렇지 않으면 위만주의 특별한 상황 때문에 어느 편벽한 곳에서 두문불출하고 살지나 않았는지 하는 등 의문들이 계속하여 나오기 때문에 앞으로 지속적인 연구가 요청된다.

김광주는 1945년 광복을 맞아 한국으로 들어갔다고 한다. 이 역시 김훈 작가가 제공한 정보이다. 작가 김훈은 아버지 김광주가 한국에 들어간 시간을 1945년 11월로 추정했는데 이 시간도 좀 더 고증해 볼 필요가 있을 것 같다. 한국에 들어간 코스도 동북 지린에서 압록강을 건너 서울 쪽으로 갔던 것으로 보인다. 그 수필들에서 압록강을 건너서 남쪽으로 내려가는 것에 대한 기록들이 보이는데 특히 소련군이 북조선에 진출했을 당시의 여러 가지 비인간적인 만행들을 언급한 것을 보아 당시 조선 땅에서 흔히 일어났던 무시무시했던 일들을 직접 겪어봤지 않았나 하는 추측도 감히 해 볼 수도 있다.[18] 이렇게 김광주는 1945년 11월 어느 날인가에 파란 많은 중국생활에 마침내 마침표를 찍게 된다.

이상 김광주의 중국 행적을 다시 추적 정리해 보았다. 기본적인 윤곽은 좀 보이지만 아직도 확실치 않은 부분들이 남아있어 지속적인 연구와 보완이 필요하다. 앞으로의 과제로 삼겠다.

---

18   김광주, 「虛空으로—돌아오지않는벗에게」, 『春雨頌』, 人文閣, 1958, 128~129쪽 참고.

2) 중국 현대문학에 대한 인식 및 수용 태도

초기 김광주가 중국에 처음 들어왔을 때는 소설 창작[19]보다는 중국 현대문단 상황이나 프로문학에 대해 깊은 관심을 나타냈던 것으로 보인다. 때문에 이 시기에 한국 각종 간행물에 실린 중국 현대문단 상황에 대한 평론이나 소개문장이 적지 않다.

(1) 중국 현대문학 일반에 대한 인식

김광주는 상당한 열정을 중국 현대문단 상황에 대한 평론과 소개, 그리고 번역 소개에 쏟아 부었다. 우리는 그의 중국 현대문학에 대한 이론 번역 소개와 평론 등을 통해서 그의 중국 현대문학 일반에 대한 인식과 태도를 엿볼 수 있다. 김광주의 중국 현대문학 소개 및 평론문장들을 크게 두 시기로 나누어볼 수 있다. 첫 번째 시기는 1929년 가을 상하이에 간 그해부터 국내로 귀국하기까지이고 두 번째 시기는 귀국한 후부터 1950년까지이다. 여기서는 일단 먼저 귀국하기 전까지 중국 현대문학을 번역, 소개한 상황에 대해 자세히 살펴보고 그 다음에 둘째 시기, 즉 귀국 후의 중국문단에 대한 인식에 대해 살펴보도록 한다.

우선, 첫 번째 시기부터 보기로 한다. 총괄적으로 볼 때, 이 시기 김광주의 중국 현대문학 인식은 상대적으로 피상적인 특징을 보인다. 젊은 문학도로서 이국의 일시적인 문학현상에 대한 맹목적인 추종과 표면적인 인식이 자리하고 있는 흔적을 보인다. 당시 중국 좌익(프로)문학에 대한 관심이 바로 이점을 말해준다. 김광주가 처음으로 발표한

---

19 김광주는 1932년에 처녀작 단편「상해와 그 여자」를『新東亞』10월호에 발표하면서 조선 문단에 등장하였다.

중국 현대문학 관련 문장으로는 번역문장 「중국신문예운동개론(中國新文藝運動槪論)」이다. 이 문장은 1931년 5월 21일『조선일보』에 발표했는데 원 작자는 중국의 극작가이며 영화인인 화한(華漢)이다. 화한의 본명은 어우양번이(歐陽本義, 1902~1993)[20]이고 화한은 그의 필명 중 하나이다. 어우양번이는 중국 좌익 작가의 한 사람이다. 실제 '화한(華漢)'이라는 필명 외에도 어우양번이가 자주 썼던 필명으로 '양한썽[陽翰笙]'이라는 필명이 있다. 양한썽은 한국 사람들에게 그리 낯선 작가가 아니다. 왜냐하면 일찍이 한국의 '3·1'운동 전후시기를 배경으로 한 한국독립투사 가족의 비극적 이야기를 다룬 연극 〈근화지가(槿花之歌)〉(1945)를 창작한 작가로서 한국의 독립운동가인 김광규와 박철애 등과도 인연이 깊었던 작가이기 때문이다.[21]

　「중국신문예운동개론」은 1930년 4월에 중국의 신주국광(神州國光) 출판사에서 출판한『문예강좌(文藝講座)』(제1책)에 수록된 문장이었다.

20　양한썽[陽漢笙]은 중국 현대작가, 극작가이며 중국좌익작가연맹의 중요한 멤버 중의 한사람이다. 원명는 歐陽本義이고 字가 溪修, 필명은 華漢 또는 陽漢笙이다. 1902년 11월 2일에 四川省 高縣 羅場에서 태어났으며 민족은 한족이다. 중화인민공화국 정부 수립 후에는 國務院文敎위원회 위원 겸 부비서장, 中國文聯 부비서장, 중국서예가협회명예이사 등 직무를 맡은바 있다. 그가 남긴 작품들로는 1933년 촬영한 영화극본 〈鐵板紅淚錄〉을 비롯하여 대표작「中國海的怒潮」,「逃亡」,「生之哀歌」,「生死同心」 등이 있다.

21　陽漢笙,「槿花之歌'題記」,『陽漢笙劇作集』(五幕話劇), 中國戲劇出版社, 1982, 366~368 쪽을 참고.「槿花之歌」는 1944년 8월 20일에 重慶에서 탈고되었고 1945년(中華民國34年) 2월에 黃河書局에서 출판되었다. 陽漢笙은 상기한 '題記'에서 李君(원명은 未詳, 실제 작품의 모델임), 朴哲愛 여사, 金光奎 선생 등 조선에서 중국에 건너온 獨立志士들을 만나 뵈었던 경위에 대해 적고 있다. 특히 조선 지사들의 상황을 이해하려는 목적으로 김광규(金光奎) 선생을 20여 차례나 만났던 것으로 기록하고 있다. 김광규는 중국에서 독립운동에 종사했던 독립운동가이다.『동아일보』1927년(소화2년) 6월 3일 제2면에 실린 기사「統義府金光奎保釋中潛跡-병고처가지고봉텬으로가 事件公判은 無期延期」를 참고. 박철애는 부산 태상으로서 의열단 단장 약산 김원봉 선생의 부인이자 한국의 대표적인 여성 독립운동가이다.

이 책의 편집은 펑나이초우(馮乃超)[22]였다. 이 글의 원래 제목은 「중국신문예운동(中國新文藝運動)」이었으나 김광주가 번역하여 발표하면서 제목을 약간 수정한 것으로 보인다. 위 문장은 20년대 중국 현대문단 작가들에 대한 비평문장으로서 주로 당시 중국 현대문단의 낭만주의문학과 자연주의문학운동에 대해 평론하고 있다. 특히 양한썽(陽翰笙)은 이 글에서 위따부우(郁達夫)의 소설에 대해 아주 부정적으로 평가하고 있다. 직설적으로 '퇴폐적'이고 '병태적'인 소설이라고 혹평하면서 위따부우(郁達夫)의 소설 창작을 일괄적으로 부정해 버렸다. 물론 이 글의 일부 견해들에 미숙한 점들이 없지는 않으나 당시 조선현대문단에 일정한 영향을 미쳤을 것으로 본다. 현재 「중국신문예운동개론」 번역본의 일부는 유실되었는지 찾아 볼 수가 없다.

위 번역문장의 발표를 계기로 기타 번역문장들이 연이어 발표되는데 이 문장 뒤에 발표된 글이 바로 평론 「중국(中國) 프로문예(文藝) 운동(運動)의 과거(過去)와 현재(現在)」이다. 이 문장은 1931년 8월 4일부터 8일까지 『조선일보』에 게재되었다. 또 1932년 4월 3일부터 17일까지 『중앙일보』에 「문예(文藝)와 선전(宣傳)─중국문단이론 소개(中國文壇理論 紹介)의 일보(一步)로」라는 문장을 발표한다. 1935년 2월 5일부터 8일까지 『동아일보』에 「중국문단(中國文壇)의 현세 일별(現勢 一瞥) 1~4」이라는 글을 발표, 이어 또 같은 신문에 「중국문단(中國文壇)의 최근동향(最近動向)」을 1935년 2월 20일부터 26일까지 발표하기도 했다.

「중국문단의 현세 일별」은 1934년의 중국 현대문단 상황에 대해 소개 차원에서 쓴 간단히 문장이다. 주로 1934년 한 해에 발행된 중요한

---

22 편집자 馮乃超(1901~1983), 1901년에 일본 요코하마에서 출생하였다. 중국의 유명한 혁명 활동가, 교육가, 현대시인 및 작가이며 문예비평가, 번역가이다.

문학 출판물들에 대한 고찰을 통해 당시 문학작품들에 나타난 민족주의문예운동 상황, 문예비평계 상황, 수필과 소설 창작, 그리고 외국문학 번역 등에 대한 상황들을 소개하고 있다. 그러면서 맨 나중엔 김광주는 당시 국민당정부의 집정 하에서 어용문인들이 득세한 반면에 진정한 문학, 낭만주의문학은 침체에 빠졌는바, 그 원인은 모두 당국의 고압적인 정치와 압박정치에 있다고 지적하기도 했다.

이외 또 번역문장 「중국여류작가론(中國女流作家論)」을 1934년 2월 24일부터 28일까지 같은 신문 『동아일보』에 발표한다. 김광주는 이 글을 한국어로 번역하여 네 번에 나누어 『동아일보』에 연재하였다. 이 문장은 중국의 유명한 현대문학 평론가 허위버[賀玉波][23]가 1932년에 쓴 글이다. 이 글은 '현대서국(現代書局)'에서 초판 발행한 것으로서 원저서 제목은 「중국현대여작가(中國現代女作家)」이다. 이 글에서 허위버는 주로 당시 중국 현대문단에서 이름 있던, 이를 테면 쎄빙신[謝冰心], 띵링[丁玲], 루인[盧隱], 뤼치[綠漪], 뺑위앤쥔[馮沅君], 천잉[沉櫻], 링쑤화[凌淑華], 천쒜조우[陳學昭], 빠이워이[白薇], 천헝저[陳衡哲] 등 10명 여류작가들의 경력 및 그들의 창작 품격에 대해 비교적 자세히 소개하고 있다. 이 글은 중국 현대 여성작가들의 문학을 한국에 알리는데 큰 기여를 한 번역 문장이라고 본다. 1년 뒤인 1935년 2월에는 상하이의 리이따(李達. ?~1942)[24]라는 역자도 이와 비슷하게 「현대중국문단(現代中國文壇)의 십대 여류작가론(十大女流作家論)(1~4)」라는 제목으로 『조선일보』에 10명의

---

23 賀玉波(1896~1982)는 원명이 賀家春이고 필명은 白露, 또는 蘭城이며 湖南津市 사람이다. 30년대 중국 상해 현대문단의 유명한 번역가이며 작가, 비평가, 학자이다.

24 李達(1907~1942)은 20, 30년대 상해임시정부 요인 중의 한 사람이다. 상하이, 충칭 등지에서 독립활동을 하던 중, 1942년에 병으로 충칭에서 세상을 떠났다. 묘지는 충칭[重慶] 교외의 허상쎈[和尚山]공동묘지에 있다.

중국문단 여류작가들을 소개한 바 있다.

이외에도 평론 「화북문단의 전망(華北文壇의 展望)」이 있다. 이 문장은 1943년 7월 15일부터 19일까지 『매일신보』에 연재한 글이다. 이 시기는 일제군국주의 운명이 날이 갈수록 암울해지던 시기임과 아울러 조선에서 일제식민통치가 한층 강화되어 가던 시기이기도 했다. 일제의 강압적인 조선어말살정책으로 말미암아 조선의 언론들은 심각하게 유린당했다. 이러한 정세 하에서 당시 한국 사람들은 모국어를 마음대로 사용할 수 없었고 더구나 모국어로 된 글을 자유롭게 발표할 수 없는 처지가 되었다. 이런 원인 때문인지 이 글에는 일부 표현이 모호한 부분들도 있다. 그러나 당시 상황을 감안할 때, 이러한 사소한 것들은 별로 문제 삼을 것도 없다. 이러한 상황에서 이와 같은 번역문이 게재된 것만도 매우 다행스러운 일이라고 생각한다. 이 글은 주로 베이징[北京]문단을 중심으로 한 화뻬이[華北] 문단상황에 대해 분석, 소개하였다. 즉 '화북작가협회(華北作家協會)' 설립경위와 성격, 그 창작활동상황에 대해 분석, 소개하고 있다. 이외에도 북경출판사업계에서 출판한 서적의 기본상황에 대해서도 소개하였는데 다 조선현대문단이 중국 현대문단의 여류작가들에 대해 이해할 수 있는 좋은 글이다. 김광주는 비록 타향인 중국 땅에서 여러 모로 어렵게 생활하는 처지였지만 그런 개인적인 어려움도 마다하고 드높은 열정으로 꾸준히 중국 현대문학에 대한 새로운 정보들을 끊임없이 국내에 전파하였던 것이다. 이러한 노력들은 반드시 정당한 평가를 받아야 한다.

〈표〉1930~1950년 김광주가 발표한 중국 관련 비평 및 번역문장

순번	평론 및 번역문장	신문, 잡지명	게재일자
1	「中國프로文藝 運動의 過去와 現在」	『朝鮮日報』	1931.8.4~6.
2	「中國劇壇一瞥--上海演劇界를 中心으로」(상, 중, 하)	『朝鮮日報』	1933.12.8~10.
3	「中國劇團의 動向과 學生劇運動의 躍進」	『東亞日報』	1933.12.11.
4	「中國文壇의 最近動向」	『東亞日報』	1935.2.20~26.
5	「中國文壇의 現勢 一瞥」	『東亞日報』	1935.2.5~8.
6	「現代中國受難期의 劇作家--田漢과 그의 戲曲을 論함」	『東亞日報』	1935.11.17~23.
7	「華北文壇의 展望」	『每日新報』	1943.7.15~19.
8	「魯迅과 그의 作品」	『白民』	1948.1.
9	「中國新文藝運動槪論」, 華漢 著, 金光洲 譯	『朝鮮日報』	1931.8.4~8.
10	「中國戲劇運動의 進路」, 鄭伯奇 著, 金光洲 譯.	『中央日報』	1931.12.
11	「現代: 中國戲劇과 劇作家」, 馬彦祥 著, 金光洲 譯.	『朝鮮日報』	1932.3.16~24.
12	「中國女流作家論」, 賀玉波 著, 金光洲 譯	『東亞日報』	1934.2.24~28.

다음은 두 번째 시기이다. 주로 귀국 후의 시기를 말하는데 이 시기 김광주의 중국 현대문학에 대한 관심과 열정은 여전하였다. 전시기와 마찬가지로 왕성한 정력으로 중국 현대문학에 대해 소개하고 비평하였으며 선후하여 「노신과 그의 작품(魯迅과 그의 作品)」 등 문장들을 발표하기도 한다. 「노신과 그의 작품」은 1948년 1월 『백민(白民)』에 발표한 글로서 당시 중국 현대문학 연구자 정래동의 「중국단편소설가—노신과 그의 작품(中國短篇小說家－魯迅과 그의 作品)」(1931)[25]이란 글과 별로 차이가 없는 평범한 문장에 불과하다.

실제 귀국한 후의 김광주는 중국 현대문학 평론이나 소개보다는 중국 현대희곡 번역을 비롯한 중국 현대문학 번역에 대해 각별한 관심을 나타냈다. 따라서 문단상황 소개나 작가소개 같은 것들이 현저히 줄어

---

25 丁來東, 「中國短篇小說家－魯迅과 그의 作品」, 『朝鮮日報』, 1931.1.4~30.

든 반면, 문학작품에 대한 번역이 뚜렷이 늘어났는데 주를 이룬 것이 단편소설과 현대희곡에 대한 번역 소개다. 특히 해방 공간 기에는 중국의 현대극들을 많이 번역 소개함으로써 국내 현대극의 발전에 일조하기도 한다. 남북전쟁이 발발한 1950년대에는 일부 중국 현대문학작품들을 번역하기도 했었지만 양적으로는 많지 않았다. 1960년대에 와서 김광주는 초반에 쎄빙잉[謝氷瑩]의 장편소설 몇 편을 두루 번역하기도 했으나 이것을 마감으로 1960년대 중반부터는 점차 중국의 무협지소설 번역에 몰입하게 된다.

(2) 프로문학에 대한 관심과 태도

김광주가 중국의 프로문학, 즉 좌익작가들의 문학에 관심을 보였느냐 하는 것에 대해서는 몇몇 연구자들이 이미 논의한 적이 있다. 김광주가 중국의 프로문학에 보인 것은 대개 30년대 초반부터이다. 이 시기 「중국 프로문예 운동의 과거와 현재」와 같은 평론문장도 썼고 중국의 양한썽[陽漢笙] 등과 같은 좌익작가들의 문장도 번역, 소개하면서 각별한 관심을 나타내기도 했다. 여기서 주목되는 것은 1931년 8월 4일호 『조선일보』에 발표한 평론 「중국 프로문예 운동의 과거와 현재」이다. 이 글은 주로 당시에 발행되었던 중국의 월간 『현대문학평론(現代文學評論)』 1931년 4월 창간호에 실린 중국 현대문단 평론가들의 문장을 참고로 하고 있다. 이 글의 머리말에서 김광주는 "간단한 소개(紹介)를 본위(本位)로 객관적 입장에서 본문을 초(草)하야 참고(參考)에 供(供)하랴한다"고 자신이 이글을 집필한 총체적인 입장을 밝힌 바 있다. 그러나 총괄적으로 보아 중국 프로문학의 현황과 성취에 대해 아주 긍정적인 태도를 보이고 있으며 동시에 중국의 노신(魯迅)[26]이나 성방오(成仿

픔), 쟈양광츠[蔣光慈] 등의 창작에 대해서도 높이 평가하였음 알 수 있다. 그런데 역시 주목되는 것은 이 글이 발표된 시기가 바로 조선문단에서 프로문학이 한창 두각을 나타내던 시기였다는 점이다. 이와 같이 조선의 '카프'(프롤레타리아문학)문학이 전성기를 맞이하던 시기에 중국의 프로문단상황을 조선문단에 소상히 소개한 것은 무언가 목적이 있었던 것으로 추정한다. 물론 이것만으로 김광주가 프로문학에 동조했다고 찍어 말할 수는 없다. 그리고 현재까지 소설가 김광주가 그 시기 조선의 '카프문학'에 대해 그 어떤 공식적인 견해나 평론 같은 것을 발표했다는 증거를 아직 발견하지 못했다. 그러나 그의 중국 현대문단 및 프로문학에 대한 객관적인 소개를 통해 단편적으로나마 그 시기 김광주의 문학적 경향에 대해 일면식 할 수 있겠다. 일찍 「중국 프로문예 운동의 과거와 현재」란 글의 서론부분에서 김광주는 다음과 같이 말한 바 있다.

중국의 프로문예운동은 과거 3년이란 짧지 않은 역사를 가졌으나 현재에 이르러는 工作이 완전히 停頓되었다하여도 과언이 아니다. 이는 객관적 환경의 高壓이 중요한 원인이라 할 수 있으나 이론의 철저치 못함도 원인 중의 하나라고 할 수 있다. 그러나 이 운동은 중국 '5·4'백화문학운동 이후의 중요한 현상이며 중국문단 상에 끼친바 영향도 적지 않았고 일반 청년 군중에게 준 역할도 상당한 역량을 가졌었음은 부인할 수 없는 사실이다. 이에 필자는 간단한 소개를 本爲로 객관적 입장에서 본문을 草하여 參考에 供하려 한다.[27]

---

26 김광주, 「魯迅과 그의 作品」(『白民』, 1948.1)에서는 노신을 '위대한 작가'로 평가하고 있다.

이렇게 서두를 떼고 아래에 중국 프로문학이 발생하게 된 계기와 발전 과정을 전기, 황금기, 정체기 등으로 나누어 소개했다. 즉 '좌익작가연맹' 설립과 그 50여 명의 대표적 인물, 그리고 그 창립의 목적, 프로문예작품, 곽말약(郭沫若)과 장광자(蔣光慈)의 몇 편의 소설에 대한 평가 등등을 소개하면서 귀머뤄의 『나의 유년』(『아적동년(我的童年)』)이나 장광자의 『려사의 애원(麗莎의 哀怨)』(『려사적애원(麗莎的哀怨)』) 등은 그다지 큰 효과를 얻은 작품이 아니라는 평을 덧붙이기도 했다. 특히 "장광자(蔣光慈)의 '려사의 애원(麗莎의 哀怨)'은 작품의 제목과 같이 러시아귀족계급의 대표적 여성 리싸(麗莎)의 몰락과정을 묘사하여 러시아귀족계급의 몰락과 따라서 신흥계급의 흥기를 암시하려 하였으나 너무나 선전(宣傳)적이며 구호(口號)적인데서 건전(健全)한 문예 작품으로서의 가치를 찾을 수 없는 작품이다"라고 장광자의 소설 창작에 대해 일면 그 가치를 인정하면서도, 또 한편 그 한계점을 지적하기도 했다. 이와 같은 평가들은 중국의 프로문학의 동향에 대한 김광주의 관심을 잘 보여준 증거라고 할 수 있다. 말하자면 이는 김광주의 프로문학 작가나 작품에 대해서 객관적이고 냉정한 견해를 보이려는 노력의 소산으로 대체로 프로문학을 지지하고 긍정하는 경향을 보여주고자 하는 일면목이라 하겠다. 이에 반해 민족문학에 대해 확실한 태도를 보여주기 않았기 때문에 어떤 경향인지는 단언하기 어렵다.

작가의식의 이 같은 성향은 김광주가 노신이나 장광자 등 작가들에 대한 깊은 존경과 관심을 보여주고 또 그들의 작품을 적극 조선 문단에 번역, 소개한데서도 충분히 검증되고 있다. 이러한 성향을 보충적으로

---

27 金光洲, 「中國푸로文藝(1) – 運動의 過去와 現在」, 『조선일보』, 1931.8.4. 이 대목은 독자들이 보는데 편리하게 하기 위해 원문을 현대표기로 고친 것임을 밝혀둔다.

보여주는 문장이 바로 1932년에 발표한 「문예와 선전－중국문예이론 소개의 일부로(文藝와 宣傳－中國文藝理論紹介의 一部로)」[28]란 글인데 당시 문예이론에 대한 중국문단의 논쟁상황을 비교적 소상하게 소개하고 있다. 이 글도 주로 문예와 선전(홍보)의 관계를 둘러싼 무산계급(프롤레타리아)문예 내지 문학의 본질에 대한 작가 모순(矛盾)의 입장과 태도, 이해 등에 대해 논의한 글이다. 김광주는 이 글에서 중국 현대문단에서 '계급문학'을 둘러싸고 벌어진 작가들 간의 논쟁에 대해 비교적 객관적으로 분석, 평가하고 있다. 특히 적지 않은 작가들이 모순에 대해 공격한 상황에 대해 한 번의 말실수를 흠집으로 삼아 이미 쌓은 공적을 무사하고 무작정 불공정한 비판을 해서는 안 된다고 지적하였다. 이 역시 프로문학에 대한 김광주의 관심과 긍정적인 태도를 엿볼 수 있는 자료들이라 생각한다.

그리고 1934년 『동아일보』에 발표한 「중국문단의 현세 일별(中國文壇의 現勢 一瞥)(1～4)」을 보면, 이 시기 문학과 계급의 관계에 대한 김광주의 이해나 인식이 전시기보다 한층 성숙되었음을 알 수 있다. 이 글은1934년의 중국 현대문단의 논단, 창작계(創作界), 출판계 등에 대한 소개를 중심으로 하고 있는데 여기 소개에 앞서 김광주는 서문에서 다음과 같이 말했다.

중국문단에서 첫째로 말해야 할 것은 민족주의 문예운동이다. 물론 이 역시 34년도에 대두한 새로운 문예운동도 아니요, 일찍이 1930년 봄 이후로 31년에 이르기까지 좌익작가의 총살을 비롯하여 '蔣'의 독재정치가 전

28　『중앙일보』, 1932.4.4～7.

고미증유의 문화탄압의 폭풍우를 일으킨 직후 '現代文學', '文藝月刊', '前鋒月刊', '長風' 등의 각 雜誌를 앞잡이로 삼고 계급문학운동의 뒤를 이어 일어난 것이다. 우리는 선입견 내지 당파적 견해 아래에서 한 민족의 고유하고 특유한 문화의 건설운동을 경시할 수는 없다. 그러나 이 중국문단의 민족주의적 경향이란 이러한 민족의 참된 예술의 건설을 토대삼은 것이라기보다는 '新生活運動', '孔子祭의 復活' 등과 함께 국민당의 문화정책에 起因하여 발생된 國粹主義의 노골화를 증명해주고 있는데 불과한 것이라 할 수 있다. (…중략…) 누구든지 1928년으로부터 1930년에 이르기까지의 선전과 구호에 몰두하는 중국공산주의문학운동의 전성시기를 생각하면서 現今의 민족주의문예운동을 본다면 정치와 문학에 대한 관계를 다시 한 번 생각하지 아니치 못할 것이다. 적어도 '문학은 인류의 역사를 떠나서 존재할 수 없으며 동시에 어느 한 정치적 당파의 선전공구가 될 수 없다'는 것을, (…중략…) 이외에 이러한 혼란된 상태 아래서나마 일부에서는 참된 현실주의의 경향으로 '발자크'가 소개되면서 있다는 것을 지적하고

이 글들을 통해서 알 수 있는바, 소설가 김광주는 당시 중국문단의 민족주의 문예운동이 국민당의 문화정책의 통제로 말미암아 국수주의로 성격이 변화되었음을 지적하면서 민족주의 문학을 주장한다할지라도 진정한 의미에서의 문학이 되어야지 어느 정치적 당파의 선전도구가 되어서는 안 된다는 입장을 보여주고 있다. 하여간 이글에서는 민족문학과 문학전반에 대한 김광주의 태도가 좀 더 명랑해진 듯한 느낌을 준다. 이외에 현실주의 문학에 대해서도 일정한 관심을 보이기도 했지만 더 이상 자료가 없기 때문에 여기서 이 정도로 일축한다.

이상에서 우리는 중국 현대문단에 대한 작가 김광주의 관심, 특히

중국 프로문학에 대한 관심과 평가, 그리고 그것을 통해 보여준 문학적 성향에 대해 개략적이나마 살펴보았다. 요컨대, 김광주의 중국 현대문학 관련 문장이나 평론에 대한 번역, 소개는 대부분 톈한[田漢], 쩡버치[鄭伯奇], 화한[華漢], 허위버[賀玉波] 등과 같은 중국 좌익계열 작가들이나 평론가들의 글이다. 이러한 사실을 통해 우리는 상해시절 김광주는 중국의 좌익작가들의 동향과 그들의 작품에 대해 각별한 관심을 갖고 있었음을 알 수 있다. 실제 그는 상해시절부터 중국의 좌익문인들에 주목했었으며 그들의 창작뿐만 아니라 수시로 그런 문인들에 대한 호감을 나타냈다. 이러한 원인 때문에 김광주의 이 시기의 소설 창작은 한국학계로부터 민족주의적인 성향을 적지 않게 나타냈다는 지적을 받기도 했었다. 그러나 필자의 소견으로는 민족주의적 성향보다는 다분히 좌익적인 성향을 가졌던 것으로 본다. 그리고 일면 리얼리즘적인 경향도 보이긴 했으나 그렇게 분명했던 것은 아닌 것 같다. 하여간 이러한 경향은 귀국한 후, 일정한 시간 동안 작가의 창작에 지속적인 영향을 미쳤던 것으로 본다.

(3) 중국희곡(中國戲曲)에 대한 인식과 수용 태도

김광주는 일찍 상하이 시절 '보헤미안'[29]극사(1933년~1934년경)에 일부 참여한 바 있었고 연극에 대해 깊은 관심을 갖고 있었던 것으로 전해진다. 특히 김광주는 당시 상하이에서 활동했던 일부 중국인 연극인들과 교분을 갖게 된다. 그런 관계로 김광주는 중국의 현대극(신극)과 그 발전에 점차 관심을 갖게 되었고 그것이 나중에 계속 연장되어 귀국 후의

---

29 '보헤미안'이란 사회 관습에 거리낌 없이 방랑하면서 자유분방한 생활을 하거나 그러한 성향을 가진 사람을 일컫는 말이다.

중국 신극 번역 소개로 이어졌던 것이다. 그는 장기간 중국에서 생활하면서 중국 현대문학은 물론 현대희곡(연극)에 대해서 깊은 이해를 갖게 되었다. 특히 중국의 유명한 극작가 초우위[曹禺], 텐한[田漢]을 비롯한 극작가들의 동향을 주의 깊게 살피는 한편 그 작품들을 두루 섭렵하기도 하고 그 작가 및 작품들과 관련한 소개와 평론도 쓰기도 했고 또 그 관련 극작품들을 한국에 적지 않게 번역, 소개하였다. 이점에서는 보면 김광주는 한국 현대연극의 새 국면을 개척하는데 중요한 기여를 한 인물이라고 말해도 과언은 아니다.

김광주는 선후하여 2편의 중국 현대연극과 관련한 문장을 번역하고 3편의 평론문장을 발표한 바 있다. 일찍 1931년 12월 14일부터 20일까지 『중앙일보』에 중국의 극작가 정백기(鄭伯奇, 1895~1979)[30]의 문장 「중국희극운동의 진로(中國戲劇運動의 進路)」(중국희극운동적진로(中國戲劇運動的進路))를 번역, 소개한 바 있다. 그리고 일 년 뒤인 1932년 3월 16일부터 22일까지 『조선일보』에 중국의 희곡작가이며 이론가인 마옌썅(馬彦祥, 1907~1988)[31]의 문장 「현대중국희곡여극작가(現代中國戲曲與劇作家)」를 번역, 소개하였다. 「현대-중국희극과 극작가(現代-中國戲劇과 劇作家)」는 주로 중국 현대극의 시작을 알렸던 천따뻬이[陳大悲]로부터 시작하여 슝버시[熊佛西]와 어우양위첸[歐陽予倩], 텐한, 그리고 후춘빙[胡春氷], 웬무즈[袁牧之] 등 7명의 극작가들과 그들의 대표적 극작품에 대해 비평한 글이다. 이 글에서 마옌썅은 천따뻬이의 '애미의 희극(愛美의 戲劇)'에

---

30 鄭伯奇(1895~1979)는 중국의 영화극작가이자 소설가이며 문예이론가이자 좌익문학운동의 개척자의 한 사람이기도 하다.
31 馬彦祥(1907~1988)은 원명이 壽慶, 學名이 承履, 자가 彦祥이다. 중국의 근현대시발전에 중요한 기여를 한 예술가이며 희극이론가이다. 1953년 10월에 북한을 방문하고 순회공연을 한적 있다.

대한 주장과 관련 극작품에 대해 분석, 비판하면서도 중국희극발전을 위해 이바지한 그의 공적은 인정해야 한다고 지적하였다. 하여간 이러한 문장들은 전부 중국 20년대 현대극창작과 공연에 대한 최신 상황들이었기 때문에 조선의 연극계에서 중국의 현대극의 발전 동향을 이해하고 파악할 수 있는 중요한 정보들이었던 것이다. 김광주의 중국 현대희곡에 대한 번역 소개는 조선의 현대연극의 발전은 물론 조선의 연극사를 풍부히 하는데도 일정한 기여를 했다.

이외에도 김광주는 1933년 12월 8에 3회에 걸쳐 『조선일보』에 「중국극단일별－상해연극계를 중심으로(中國劇壇一瞥－上海演劇界를 中心으로)(상·중·하)」라는 제목의 평론문장을 발표한다. 그리고 같은 해인 1933년 12월 5일부터 11일까지 『동아일보』에 「중국극단의 동향과 학생극운동의 약진(中國劇團의 動向과 學生劇運動의 躍進)」이라는 글을 발표한다. 이는 상하이를 중심으로 흥기한 학생연극의 상황을 소개하고 평가한 글이다. 그 뒤로 또 2년 뒤인 1935년 11월 16일에는 『동아일보』에 「현대중국수난기의 극작가－전한 및 그의 희곡을 논함(現代中國受難期의 劇作家－田漢 및 그의 戲曲을 논함)」이라는 평론문장을 발표함으로써 중국 현대희극의 발전에 지대한 관심과 열정을 보여주었다.

요컨대 김광주는 중국의 현대희곡의 발전에 대해 주목했었으며 특히 그 당시 중국 현대희극의 리얼리즘의 경향에 대해 긍정적인 태도를 갖고 있었던 것이다. 당시 초우위나 톈한과 같은 극작가들은 중국의 민중들 속에 신입하여 소재를 발굴하고 그들의 현실생활을 객관적으로 반영하였던 것이다. 이러한 우수한 극작품들이 조선에 전해지고 당시 식민지치하에 생활하는 조선국민들에게는 커다란 고무가 되었을 것이며 동시에 조선연극계에도 많은 계시를 주었을 것으로 본다. 이는 작가이자 번역자인 김광주의 공로라고 할 수 있다.

광복을 맞아 귀국한 김광주는 꽤 많은 정력을 할애하여 중국 현대 연극을 번역, 소개하는데 쏟아부었다. 그의 열정과 노력으로 적지 않은 중국 현대연극 작품들이 조선에 소개되어 조선의 관객들과 만나게 되었다. 그가 한국에 번역 소개한 극작품들로는 초우위(曹禺, 1910~1996, 성씨는 萬, 원명은 家寶, 실제 초우위는 그의 필명임)의 〈뇌우(雷雨)〉(1946년 譯), 〈일출(日出)〉(1946년 譯), 〈원야(原野)〉(1947년 譯), 〈태변(蛻変)〉(1950년 譯)과 톈한의 작품 〈호상비극(湖上悲劇)〉(1936 譯)이 있다. 뿐만 아니라 이중에 적지 않은 작품들은 김광주 자신의 노력으로 직접 무대에까지 올려놓았다. 현대화극 〈뇌우〉는 초우위의 처녀작이자 출세작이다. 이 작품은 중국 현대화극사에서 극히 중요한 의미를 갖는 작품으로서 전문가들로부터 중국 현대화극이 진정으로 성숙되었음을 보여준 대표적 작품이라는 평가를 받았다.[32]

초우위는 중국 현대극사에서 궈머뤄[郭沫若], 톈한[田漢], 홍썬[洪深] 등의 뒤를 이어 혜성과 같이 나타난 극작가이다.[33] 흥미로운 것은 궈머뤄, 톈한, 초우위 등은 모두 좌익계열에 속하는 연극가들이라는 점이다. 초우위는 1934년 후부터는 좌익희곡운동의 영향 하에 성장한 좌익적 성향이 농후했던 작가이다.

총괄적으로 김광주가 관심을 갖고 번역한 위 번역문장들의 원문 저자들은 대부분 좌익계열의 문인, 평론가들이었다는 점을 주목할 필요가 있다. 이러한 현상은 그의 프로문학(좌익문학)에 대한 태도에서도 엿볼 수 있다.

---

32 魏建・房福賢 主編,『中國現當代作家作品研究』, 山東人民出版社, 2001, 92쪽 참고.
33 「魯迅과 曹禺-放浪의 回憶에서(상・중・하)」,『國都新聞』, 1950. 2. 1~4.

3. 중국 현대문학에 대한 번역 소개 양상

이미 앞에서도 잠깐 언급했다시피 김광주는 한국에서 중국 현대문학의 전파에서 중요한 역할은 한 작가이자 번역자이다. 근 6년이란 세월동안 당시로서는 이미 북경을 제치고 중국의 경제, 문화의 중심으로 부상했던 상하이(실제 문학의 중심이기도 했음)에서 문필활동을 활발하게 진행했던 김광주는 그 과정에 중국 현대문학에 대해 많은 이해를 갖게 되었다. 사실 남양의대(南洋醫大)에 들어가서부터 전공공부는 뒷전으로 하고 문학에 심취되어 중국의 루쉰[魯迅], 궈머뤄[郭沫若] 등 작가, 시인들의 작품을 닥치는 대로 읽었던 것이다. 그가 조선에 번역, 소개한 소설과 희곡들은 그 중국 현대문학에 대한 관심과 애착, 그리고 그 이해와 태도를 충분히 보여주고 있다. 아 구체적으로 당시 김광주가 번역, 소개한 현대문학 작품(대만이나 대륙의 무협지 같은 작품들은 배제함)들을 살펴보고자 한다.

1) 중국 현대소설에 대한 번역 소개

김광주가 제일 처음으로 한국에 번역 소개한 중국문학 작품으로는 1932년 8월에 『제일선(第一線)』이란 잡지에 게재한 루쉰의 단편 소설 「재주루상(在酒樓上)」이다. 이 작품은 루쉰이 1924년 5월 10일 『소설월보(小說月報)』 제15권 5호에 발표한 작품이다.

작품 중의 '나'는 고향의 한 술집에서 우연하게 옛날 동창이자 같은 학교에서 교사노릇을 한 적이 있는 뤼워이푸[呂緯甫]라는 친구를 만나게 된다. 오랜만에 만났는지라 너무 반가워 '나'는 그와 함께 술을 마시기로 한다. 술을 마시면서 '나'는 그의 비참하고 황당한 인생이야기를 듣게 된다. 작가는 객관적인 묘사를 통해 그의 몸에서 생긴 변화와 현실상황에 대한 감수를 표현하고 있다. 뤼웨이푸는 원래 착실하고 일 잘하며 사유가 민첩한 젊은이였으며 성황묘에 가서 신의 소상(塑像)을 뽑아버리면서 중국의 개혁에 대해 담론했던 친구였다. 그러나 지금 눈 앞의 그는 운신도 제대로 못하고 정신적으로 너무 퇴폐해 버린 사람이다. 이런 친구의 모습을 보는 '나'의 마음은 무겁기 그지없다. 그러나 그가 나아가야 길은 어딘지 작가자신도 매우 혼란스럽고 딱히 어떤 대안이 없다. 소설의 결말은 황혼에 대한 묘사로 끝난다, 그 어둡고 침침한 황혼의 경치는 부패한 세력의 힘을 상징한다. 소설에는 온통 슬픔과 회구의 분위기가 넘쳐흐르고 있어 당시 노신의 느꼈던 '방황'과 '고민'의 심정을 잘 대변해 주고 있다. 이 작품은 중국 현대문학사에서 당시 지식인의 운명을 가장 잘 표현한 작품으로 평가를 받고 있다.

그리고 또 1933년 1월에 『조선일보』에 루쉰의 단편소설 「행복적가정(幸福的家庭)」(1924)을 번역하여 「행복된 가정(幸福된 家庭)」이란 제목으로 게재한다. 실제 「행복된 가정」은 루쉰의 대표작품들인 「아Q정전(阿Q正傳)」이나 「광인일기(狂人日記)」, 「재주루상(在酒樓上)」처럼 널리 알려진 작품은 아니다. 그냥 역자 김광주가 번역문 앞 서문에서 말한 바와 같이 "십여 편을 취집(取集)한 단편소설집의 표제작품(表題作品)으로 삼을 만치 그 수많은 작품들에서 빼어놓을 수 없는 귀여운 작품"[34]일 뿐이다. 아마 단편소설로서 역자가 말한바와 같이 인생현실의 비꼼에 가

---

34 魯迅, 金光洲 譯, 「幸福된 家庭」, 『조선일보』, 1933.1.29.

까운 유머미가 있는 작품이라서 번역했을 것이다. 작품의 주인공은 구사회(舊社會) 지식인이다. 그는 원고료로 가정생활을 영위하기 위해 독자들의 구미에 맞는 문장을 쓰려고 하나 마땅한 대안이 없다. 고민 끝에 지식인의 상상 속의 행복한 가정의 모델과 생활방식을 쓰려고 한다. 그리하여 주인공은 민주사상을 가진 금슬이 좋은 부부가 낭만적이고 행복한 결혼생활을 하는 이야기를 허구해 낸다. 그러나 아이러니하게도 그 허구한 이야기와는 달리 역시 그 시대 지식인임에도 불구하고 주인공 자신은 현실적으로 하루 세 끼의 밥을 걱정해야 하고 늘 의식주로 고민해야 하는 곤궁한 생활하고 있다. 루쉰은 이 소설을 통해 낡은 사회에서 지식인의 이상과 현실 사이에는 거대한 차이가 있으며 민주사상을 가진 신청년들이 비록 이상과 포부로 충만 되어 있지만 현실생활에서는 실현할 수 없는바 다만 허구에 희망을 기탁할 수밖에 없음을 보여주고 있다. 이 작품은 '8·15'광복 이후, 1946년에 출간된 『노신단편집(魯迅短篇集)』에 수록되어 있다.

이외 김광주는 1936년에 『신가정(新家庭)』 2월호에 중국 현대문단의 신진 여류작가 천잉(沈櫻, 1907~1988)[35]의 작품 「구우(舊雨)」를 번역, 소개하기도 했다. 천잉[沈櫻]은 원명이 천잉[陳瑛]이다. 천잉[沈櫻]은 그의 필

---

[35] 천잉[沈櫻]의 원명은 천잉[陳瑛]이고 필명으로는 천잉[沈櫻], 쇼우링[小玲], 천인[陳因] 등이 있다. 1907년 4월 산동성 위이현[濰縣]에서 태어났으며 1920년대 말부터 30년대 초에 문단에 진출한 여류작가이다. 노신선생과 주작인이 번역한 일본 작품에 심취되어 나중에 자기 이름자 중의 영[瑛]자를 중국어발음과 같은 사쿠라 앵(櫻)자로 바꾸었다는 일화도 있다. 1925년에 상해대학 중어중문학과 입학, 2년 뒤에는 복단대학으로 전학했다가 다시 1934년에 일본에 건너가서 일본문학을 전공하고 1935년에 귀국한다. 중국 현대문단의 저명한 시인이자 번역가인 량중따이[梁宗岱]와 결혼하나 성격적인 원인으로 이혼하고 두 딸을 데리고 대만으로 가서 거주, 어느 중학교에서 교편을 잡는다. 1967년에 퇴임하고 미국에 가서 거주하면서 만년을 보내다가 1988년 4월에 병으로 세상을 떠났다.

명이다. 그의 작품들은 대부분 개인 가족생활과 도시 속의 애정혼인이야기를 다루고 있다. 주로 연애, 결혼을 경험하고 있는 젊은 지식여성들의 감정세계를 섬세하게 그려내고 있다. 천잉은 앞장에서 언급했던 극작가 마앤씨앙(馬彦祥)의 첫 번째 부인이기도 하다.

김광주는 1946년에 일찍 번역가 이용규(李容珪, 상해 생활 경력이 있음, 상해시절부터 김광주와 가깝게 지냈던 사이였음)와 합작하여 『노신단편소설집(魯迅短篇小說集)』(서울출판사)을 번역, 출판하였다. 이 단편집에는 루쉰의 「행복적가정」, 「고향」, 「공을기(孔乙己)」, 「아Q정전」, 「광인일기」 등을 비롯한 10편의 단편소설들이 수록되어있다. 이 단편소설은 앞선 시기 20년대에 번역자 양백화(梁白華)에 의해 출간된 『중국단편소설집』에 이어 거의 17년 뒤에 새롭게 출간된 두 번째 중국문학 단편소설집이라는데 그 의미가 있다.

이외 김광주는 1947년에 중국 현대문학 작가 우밍쓰(無名氏, 원명 卜乃夫)와 이범석의 합작품인 『한국의 분노 : 청산리혈전실기(韓國의 憤怒 : 靑山里血戰實記)』(원제목 : 『韓國의 憤怒 : 靑山里喋血實記』, 서울 光昌閣)를 번역, 출간하였다. 이 소설은 중국인 작가 우밍쓰가 당시 중국에서 항일독립 투사로 활약하면서 광복군참모장까지 맡았던 한국인 이범석(李範奭) 장군을 모델로 하여 창작한 작품이다. 이 작품은 출간되었을 때 당시 한국 국내 독자들 사이에서 광범위한 반향을 불러일으켰다.

그리고 중국의 유명한 초기 좌익계열 작가인 지양꽝츠(蔣光慈, 1901~1931, 또 다른 이름으로는 '蔣光赤'가 있음)의 「압록강상(鴨綠江上)」이 있다. 이 작품은 1926년에 창작한 작품이다. 지양꽝츠는 일찍 러시아에 유학 갔다 온 작가로서 혁명문학 초기에 가장 정열에 넘친 개척자의 한 사람이기도 하다. 그가 창작한 이 작품은 중한 양국 젊은이들이 혁명에 투신하는데 매우 큰 영향을 미친 작품이기도 하다. 작품에서는 김광주는 한국청년 이맹한(李孟漢)과 운고(云姑)의 영웅형상을 묘사하고 있는데 이는 항일이데올로기를 바탕으로 일부러 한국인의 형상을 부각시키려한 의도와 관련이 있다. 작품에 나오는 이맹한의 부모와 운고의 부모는 다가 조선조말의 애국적 관리들이었으며 두 집안은 교분이 두터운 사이였다. 일제가 조선을 침략하기 직전에 두 가족의 노인들은 점점 험악해 지는 일본의 야만적인 침략에 견디기 힘들어 시골로 은퇴한다. 얼마 후, 이맹한의 아버지가 일제에게 반역죄로 체포되어 살해되자 어머니는 스스로 목숨을 끊고 만다. 그리고 이맹한은 일본헌병들한테 잡혀갔다가 얼마 후에 나왔으나 갈 곳이 없게 된다. 그래서 이맹한은 출국을 결심한다. 그때 이맹한이 찾아간 곳은 러시아 원동지역이었다. 거기서 그는 홍군에 가입하고 다시 러시아(전 소련)에 가서 어떤 학원에 가서 공부한다. 이맹한은 조국의 해방을 위해 열심히 공부하면서 노력한다. 연인인 운고도 당시 국내에서 반일독립운동에 적극 참여하였는데 그 뒤에 체포되어 장렬하게 희생된다. 이 소식을 들은 이맹한은 혁명에 대한 의지가 한층 군세어지고 항일에 대한 결심도 한층 더 커진다. 그런데 유감스럽게도 이 번역은『문예월간(文藝月刊)』1932년 12월 제1권 2호에 나가기로 게재광고까지 나온 상황에서 무슨 영문인지 결국 잡지에 실리지 못한다.[36] 필자가 판단하건대 일제의 삼엄한 검열제도 때문이었다고 본다. 실제 이 작품은 내용적으로 수천수만의 중한 열혈청년들에게 항일사상을 고취하고 그들로 하여금 민족의 해방과 나

---

[36] 잡지『문예월간(文藝月刊)』목차의 맨 나중에 "소설 鴨綠江上(中國 蔣光慈 作, 金光洲 譯)은 부득이한 사정으로 게재치 못하게 되었습니다"라는 공시문이 나와 있고 소설을 싣지 않았다. 아마 당시 일제치하 상황과 관련이 있었던 것 같다.

라 독립을 쟁취하기 위한 길에 나서도록 격려하는데 중요한 영향을 미칠 수 있는 작품이었다.

이외에도 쎄빙잉[謝冰瑩]의 「여병자전(女兵自傳)」(1936)과 「이혼(離婚)」(1948), 「홍두(紅豆)」(1954) 등 3편의 장편도 번역하여 한국에 소개하였다.[37] 쎄빙잉(1906~2000, 원명은 쎄밍깡[謝鳴崗], 자는 뻥보위[鳳寶])은 1921년부터 작품을 발표하기 시작하였다. 당시 쎄완잉[謝婉瑩], 수쒜리인[蘇雪林], 뻥웬쥐인[馮沅君] 등 '5·4'운동 시기에 궐기한 여류작가들이다. 이 네 명의 여류작가 중에 쎄빙잉의 인생이 가장 곡절이 많았고 또 당시 중국의 운명과 밀착되어 있었으며 그의 창작도 가장 웅장하고 장려했다. 그는 중국근대사에서 첫 여병사신분의 작가이기도 했다. 쎄빙잉이 일생동안 창작한 소설, 수필, 서신 등 저서들이 80여 종에 달하며 400여 부의 2,000만 자에 달하는 원고를 써낸 것으로 전해진다. 이 중에『여병자전(女兵自傳)』은 가장 인기가 있었던 작품으로써 선후로 영어, 프랑스어, 일본어, 한국어 등 10여 개 나라의 언어로 번역되어 소개되었다. 장편『여병자전(女兵自傳)』은 1936년에 량우(良友)출판사에서 출판되었다. 원래 제목은『일개여병적자전(一个女兵的自傳)』이었는데 후에『여병자전(女兵自傳)』으로 고쳤다. 그 문체는 수필체이다. 이외에도 중편소설 「이혼(離婚)」은 쎄빙잉이 타이완에 간 후, 1948년에 발표한 작품이다. 그리고 장편소설『홍두(紅豆)』는 1954년에 역시 타이완 태만홍교출판사(台灣虹橋出版社)에서 출판된 작품이다.

김광주는 1964년에 쎄빙잉의 작품을 번역, 소개하였다. 상기 작품들의 번역본은 한국의 서울 을유문화사에서 출판하였다. 여기서 주목되

---

37 謝氷瑩 외, 김광주 역,『여병자전 / 홍두 / 이혼(女兵自傳 / 紅豆 / 離婚)』,『세계문학전집』19, 을유문화사, 1964.

는 것은 『여병자전(女兵自傳)』[38]이다. 이 작품은 쎄빙잉의 대표작의 하나로서 세 가지 분명한 특징이 있다. 첫째는 선명한 시대감이 있다. 둘째는 생생한 여병사의 형상을 그려냈다. 셋째는 진실하고 감동적인 예술적 매력이 있다. 위 작품은 이와 같은 특징을 갖고 있었기 때문에 당시 독자들 속에서 인기가 매우 높았다. 여주인공은 '나'는 군에 나가 엽정(葉廷)장군의 휘하에 들어가 북벌전쟁에 참가하였으며 그 과정에 여병으로서 겪었던 여러 가지 곡절적인 이야기들을 묘사한 작품이다. 작품에서 표현된 원색적인 묘사, 진실한 전투이야기와 군인 생활들의 모습과 주인공의 진실한 내심세계 등은 매우 감동적이다.

중편소설 「이혼」은 일기체소설로서 주인공 만인(曼茵)은 군관의 부인으로 남편이 전쟁에 나가고 전쟁난리 속에서 세 아들 딸을 키웠으나 딸은 요절하고 남편의 사생아까지 생기는 등 곡절 많은 생활을 그린 작품이다. 만인 사랑의 환멸을 느끼고 남편과 이혼하고 새로운 삶을 찾아가게 된다. 그러나 그 길은 결코 쉬운 길이 아니었다. 여러 가지 풍파와 곡절 속에서 만인은 그래도 굳세게 살아간다. 이 작품에서 만인은 자기주장과 사상이 있는 여성, 남권에 용감히 도전하는 '5·4'시기 신여성으로 부각되어 있다.

총괄적으로 이 두 작품의 번역, 소개는 당시 냉정시기 새로운 전환기를 맞이한 한국 현대문단에 신선한 바람을 불어넣었을 뿐만 아니라 그 문학발전에도 유익한 계발을 주었을 것으로 본다. 이면에서 볼 때, 김광주의 번역은 역시 매우 의미 있는 작업이었다고 생각한다. 이상

---

38 영어, 일본어, 독일어, 프랑스어, 에스파냐어, 포르투갈어, 이탈리아어, 한국어 등 10여 종의 언어로 번역되었으며 선후로 25차나 재판되었다. 李夫澤의 논문 「論謝氷瑩的 '女兵自傳」(『湖南社會科學』 第1期, 2003)을 참고.

현대소설 작품에 대한 김광주의 번역에 대해선 여기까지 살펴보기로 한다.

2) 김광주의 중국 현대희곡 번역 소개

김광주의 중국 현대연극 작품번역, 소개는 30년대부터 시작되었으나 중간에 긴 공백기를 남긴 채, 주로 귀국 후에야 본격적으로 이루어진다. 실제 김광주는 이미 중국에서 유학하던 시절부터 곽말약(郭沫若)·전한(田漢)·조우(曹禺)와 같은 유명 극작가들과 그들의 작품에 대해 미리 이해하고 있었던 것이다. 그런데다가 '보헤미안극사' 경력까지 있었던 터라 늘 중국의 극작가들에 대해 관심을 갖고 있었다. 그가 중국서점에서 초우위[曹禺]의 극작품 〈뇌우(雷雨)〉을 구입하게 된 것도 우연이면서도 또 우연이 아닌 필연이었을지도 모른다. 하여튼 김광주는 그 중에서 당시 중국 현대 좌익문단에서 신진으로 떠오른 초우위에 대해서 각별한 관심을 갖고 있었다.

김광주가 제일 처음으로 번역, 소개한 중국의 현대희곡 작품으로는 당시 중국 현대연극계에서 가장 유명했던 텐한(田漢, 1898~1968)[39]의 희곡 〈호상의 비극(湖上의 悲劇)〉(원제목은 '호상적비극(湖上的悲劇)'임)이다. 이

---

[39] 텐한田漢은 중국 현대좌익연극작가이며 중국화극운동의 중요한 개척자의 한 사람이다. 최초의 좌익 '연극연맹'(左翼戱劇家聯盟) 하의 대도극사(大道劇社, 1931년 상하이에서 설립) 골간으로 중국연극계에서 활약하였다. 그는 연극운동에 적극적으로 참가하는 한 편 많은 우수한 작품들을 창작하였다. 대표적 극작품들로는 〈江村小景〉, 〈소주야화(蘇州夜話)〉, 〈호상의 비극(湖上的悲劇)〉, 〈南歸〉, 〈洪水〉, 〈명배우의 죽음(名優之死)〉 등이 있다.

희곡은 1936년 7월에 『조선문단』 제24호에 번역, 발표되었다. 물론 이미 20년대에 양백화가 중국의 궈머뤄[郭沫若]와 어우양위첸[歐陽予倩]의 역사극(신극)에 심취되어 대량 번역, 소개한 바 있었고 이것을 시작으로 그 후 30년 초반에까지도 기타 극작가들의 극작품들이 번역, 소개되기도 했었다. 이 중에 텐한[田漢]의 작품도 있었다. 김광주는 상해의 어려운 여건 속에서 문필활동은 하면서 바쁜 와중에도 시간을 내어 텐한의 극작품을 번역해 국내에 소개했던 것이다. 김광주가 텐한을 처음으로 소개한 문장은 『동아일보』(1935.11.17)에 발표한 「현대중국수난기의 극작가 전한과 그의 희곡을 논함(現代中國受難期의 劇作家 田漢과 그의 戲曲을 論함)」이다.[40] 〈호상의 비극〉은 텐한이 1932년에 창작한 극작품으로서 김광주에 의해 처음으로 조선에 소개되었다. 애정비극을 다룬 이 작품은 서정적인 색채가 매우 짙다. 처음에 사용한 작품제목은 '유미의 잔몽(唯美的殘夢)'과 '청춘의 감상(青春的感傷)'이다. 나중에 〈호상적비극〉으로 고쳤다. 작품은 양가집 여자인 빠이워이[白薇]와 보통 시인 멍메이[夢梅] 사이의 애정을 다루었는데 빠이워이는 가난한 시인 양멍메이[楊夢梅]와의 사랑을 이루기 위해서 서슴없이 강에 몸을 던져 죽는다. 나중에 어떤 착한 사람에 의해 구원되고 그 뒤 호수가의 한 거처에서 은거하면서 3년 동안이나 애타게 사랑하는 임을 기다리다가 드디어 연인인 몽매의 소식을 접하게 된다. 원래 빠이워이는 멍메이와 만나 전생의 인연을 이어가려고 생각했었다. 그러는 중에 빠이워이는 멍메이가 자기가 이미 죽은 줄로 알고 그것을 소재로 애정비극을 그린 소설을 창작하고 있다는 사실을 듣게 되고 자기의 출현이 그의 소설 창작에 영향을

---

40 윗글은 『동아일보』, 1935.11.17. 여기서는 (二)로서 나왔는데 연재로 되어있음을 알 수 있다. '－上海(상해)에서 金(김)光(광)洲(주)'라고 저자를 밝히고 있다.

줄까봐 걱정하다가 끝내는 자살을 선택하고 만다. 이렇게 작품은 두 주인공이 생시에는 같이 못살고 꿈에 만나보고 또다시 현실에서 만났으나 결국은 여자가 자살하는 것으로 끝난다. 작품은 애정을 위해서 부모님들의 강박적인 요구에도 대담하게 맞서서 자기 행복을 추구하는 독특한 개성의 소유자인 빠이워이의 형상을 그리고 있다. 작품의 구성이 기괴한 느낌을 주지만 작가가 지향한 '내 자신의 육체와 생명으로 정신 생명의 완미를 실현하련다'는 애정이념을 보여주고 있어 매우 감동적이다. 총괄적으로 〈호상의 비극〉은 비극을 그린 작품이지만 당시 현실에 대한 불만과 아름다운 미래에 추구를 보여주고 있어 현실적 의의가 큰 작품이었다.

뭐니 뭐니 해도 김광주가 가장 많은 관심을 가졌던 중국 극작가는 초우위[曹禺]였던 것 같다. 때문에 해방을 맞아 조국에 돌아온 후부터는 주로 초우위의 작품을 번역, 소개하는데 주력한다. 물론 여기에는 어떤 우연한 요소도 있겠지만 그렇지 않은 부분도 있다. 왜냐하면 일찍 김광주는 1934년 12월 중국어로 「'뇌우'아평('雷雨'我評)」이란 평론을 발표한 적이 있기 때문이다. 그러므로 〈뇌우〉에 대해서 결코 낯설지가 않았다. 김광주가 번역한 초우위의 첫 극작품으로는 1946년에 번역한 〈뇌우〉이다. 앞에서 이미 언급했다시피 초우위가 연극에서 이름을 날리게 한 출세작이다. 같은 해에 〈일출(日出)〉을 번역, 소개한다. 그 뒤로 1947년에는 〈원야(原野)〉를, 1950년에는 〈태변(蛻変)〉을 연이어 번역, 소개하였다. 이 중에서 〈뇌우〉와 〈일출〉, 〈원야〉는 다 비극을 다룬 작품들이다.

〈뇌우〉가 주(朱)씨 가족과 노씨(魯氏) 가족 성원들 간의 복잡한 모순을 그린 가족비극 작품이라면 〈일출〉은 30년대 초반 자본주의의 영향을 받은 중국의 도시들의 상황과 그 속에서 일출 전야에 온갖 부패 세력들이 암흑 속에 활동하는 사회적 비극을 그린 작품이다. 〈원야〉는 당시 시골농민들과 토호들 간의 모순 갈등을 그린 작품으로서 비록 인물 형상들의 진실성이나 사실성이 떨어진 부족점이 있지만 일정한 진보성을 보여주었다는 점에서는 긍정해 줄만한 작품이다. 이외 〈태변〉은 작가가 민족해방에 대한 기대와 나라에 대한 각별한 열애의 감정으로 전쟁 중에서도 사회적인 진보를 찬양한 작품으로 역시 의미가 있다.

상기한 극작품들은 다 김광주의 번역과 그의 직접적인 노력으로 한국에서 연극으로 공연되기도 했었다. 이들 중에서 김광주가 가장 인상이 깊었고 애정을 가졌던 작품이 바로 〈뇌우〉이다. 이 작품을 서점에서 우연하게 구입하고 국내까지 갖고 온 과정, 그리고 그 번역, 연극으로 연출하게 된 과정에 대해선 그의 수필 「노신과 조우(魯迅과 曹禺)－방랑의 회억(放浪의 回憶)에서－상·중·하」(『國都新聞』, 1950.2.1~4)에서 비교적 자세히 소개하고 있다. 이글에서 김광주는 초우위를 '혜성(彗星) 같이 중국문단(中國文壇)에 나타난 극작가(劇作家)'로서 중국 현대극작가 중에 자기에게 깊은 인상을 준 작가이며 그의 처녀작 〈뇌우〉는 전체 중국문단에 놀라운 폭탄을 던진 것 같은 그런 작품이라고 높이 평가하였다.

그리고 더 흥미로운 것은 이상의 극작품들이 대부분 한국에서 연극으로 공연되었다는 점이다. 우선 가장 인기가 있었던 작품이 〈뇌우(雷雨)〉다. 1946년 7월에 '낙랑극회(樂浪劇會)'에서 〈뇌우〉를 공연했었다. 당시 이서향이 연출을 맡은 〈뇌우〉의 서울공연은 폭발적인 인기를 얻었던 것으로 보인다. 그 뒤로 1947년 2월에는 중앙극장에서 〈뇌우〉가 공연되기도 했으며 또 그 뒤로는 '극단신협(劇團新協)'의 연극인들에 의해 각각 1950년 6월, 1951년 8월, 1954년 6월 등 세 차례 공연했던 것으로 전해진다. 일찍 당시 평론가 안종화(安鍾和)는 〈뇌우〉의 제5번째 공연을 보고 1946년 7월 『민주일보(民主日報)』에 평론을 발표한 바 있다.

> 나는 중국현대극을 만날 기회가 없었기 때문에 중국의 현대극을 모른다. 그러나 한 가지 부끄러운 것은 내 본인이 기회가 없어서 〈雷雨〉의 원저나 번역서를 못 봤다는 것이다. 이번에 〈雷雨〉(상) 연출을 보고나서 나는 우리에 비해 중국의 극작품이 확실히 높은 수준에 도달했음을 깊이 느끼게 되었다. (…중략…) 오늘의 한국 연극으로 말하면 〈雷雨〉는 청량제와 같다.

이는 한국평론계의 〈뇌우〉에 대한 비교적 객관적인 평가이다. 아울러 이를 통해 중국의 연극작품이 한국에서 얼마나 높은 인기를 얻었는가를 충분히 느낄 수 있다. 당시 〈뇌우〉는 한국에서 사실주의의 훌륭한 전범으로 평가받았으며 1946년 4월에 선문사에서 출판까지 하였다.[41]

이밖에 초우위의 〈원야〉도 1947년 1월에 번역되어 무대에 올랐다. 당시 서울 수도극장에서 공연되었는데 연출은 안영일(安英一)이 맡았다. 당시 1947년 2월 24일 『월간 예술통신(月刊 藝術通信)』에 「일명도주범-'원야(一名逃走犯-'原野)」라는 제목이 게재되었다. 그 뒤 〈일출〉도 공연되었는데 당시 포스터의 제목은 「태양(太陽)이 그리워」(연출 이진순(李眞淳))였다. 이 연극은 김광주의 주도(대표격임) 하에 1947년 10월에 신지극사에서 공연되었다. 첫 공연은 그런대로 별탈이 없이 잘되었지만 두 번째 공연에는 주연들이 술에 거나하게 취해서 무대에 나오지 못한 바람에 막도 올리지 못하고 말았다. 그 때문에 인건비는 고사하고

---

41 서연호(徐淵昊), 『한국 근대희곡사』, 계명사, 1994, 389쪽 참고.

빚만 잔뜩 지고 나 앉은 적이 있다고 한다. 김광주의 경력에서 우리는 예술에 대한 깊은 애착을 보아낼 수 있다.

〈태변〉은 1950년 2월에 번역해 무대에 올렸다. 『경향신문』 1950년 2월 1일에 실린 보고기사를 보면 조우의 〈태변〉은 〈매미는껍질을벗다〉라는 제목으로 번역되어 공연되었는데 당시 유일한 신극단체였던 여인소극장에서 공연(제6회)으로 초우위의 〈태변〉을 공연하였다. 공연은 2월 3일부터 7일까지 5일 간 진행되었다. 장소는 서울시공관이었고 관중들의 반응도 뜨거웠던 것으로 전해진다.[42] 이로써 초우위의 작품의 인기를 알 수 있다.

또 이 시기에 비록 김광주의 번역은 아니지만 역시 초우위의 극작품인 〈북경사람(北京人)〉도 이미 1949년에 한국에 소개되었다.

상기한 초우위의 작품들이 한국연극계와 관객들에게 광범위하게 알려지고 또 무대에까지 올려 높은 평가를 받은데 원작품의 작품성과 당시 한국관객들의 '기대시야'와 맞물린 것과도 관련이 있겠지만 다른 한 측면에서는 그것을 보물단지인 양 한국에까지 소중히 갖고 와서 각고의 노력으로 번역, 소개하고 무대에까지 올라갈 수 있도록 애쓴 역자 김광주의 노력과도 갈라놓을 수 없다.

중국의 현대문학 전문가인 치앤리췬(錢理群)은 일찍 초우위의 상기한 작품들은 모두 "입센과 오닐, 체호프 등 내면화된 연극대사들의 영향과 창작을 통해 이루어진 성과들이다. 그 가장 큰 특징은 인물내심의 발전과 변화에 관심을 갖고 섬세하게 파악하고 생동하게 그려낸 것이다. 우리는 이러한 작품들에서 현대인들의 산 영혼들의 발전 역사,

---

42 『경향신문』, 1950.2.1 참고.

그리고 그들의 몸에서 표현된 이상, 현실, 재능, 의지, 문화, 그리고 개인의 충돌을 보아낼 수 있다"[43]라고 평가한 바 있다. 이러한 평가와 같이 초우위는 시종 인간의 심령, 심리, 내심의 은폐된 곳, 그리고 그 비밀과 작은 내심세계의 감정들에 대한 묘사를 그 창작의 목표로 삼았던 것이다. 이러한 특징을 지닌 작품들이기 때문에 금방 해방을 맞아 삶의 희망으로 부풀어 있던 조선민족에게 그리고 준엄한 현실도전에 직면한 한민족문단과 한국연극계에 신성한 분위기를 몰아온 역할을 하였다고 볼 수 있다.

이외에도 김광주는 당시 중국에 널리 알려진 연극 〈군대풍(裙帶風)〉(1947, 작가서옥간행(作家書屋刊行))을 한국어로 번역, 소개한 바도 있다. 이 연극은 중국 현대극작가 홍머[洪謨]와 판제눙(潘子濃, 1909~1993)이 합작하여 쓴 극본으로서 1946년에 칭도우대학(靑島大學, 현재 산동대학교의 전신) 학생들이 무대에 올리면서 크게 인기를 얻은 적도 있다. 1947년에는 이미 영화로 각색되어 방영되었었다. 〈군대풍〉은 조금 풍자희극적인 성격이 있으며 자매간에 부당한 경쟁을 묘사한 작품이다. 이 연극은 1949년 3월에 한국의 정치대학연극부에서 공연되었다.[44] 당시 김광주가 번역한 제목은 〈여성은 위대한가?〉이다. 현재 영화 극본으로도 나와 있는데 중국 영화감독 리핑첸[李萍倩][45]이 1947년에 만든 것이다.

남북 전쟁이 끝난 후, 김광주는 계속해서 중국의 현대연극에 관심을 갖고 번역 사업에 종사하였다. 1955년에는 중국의 극작가 우뤄(吳若,

43 錢理群, 溫儒敏, 吳福輝, 『中國現代文學三十年』, 北京大學出版社, 2003, 412~413쪽 참고.
44 서연호(徐淵昊), 『한국 근대희곡사』, 계명사, 1994, 389쪽 참고.
45 리핑치엔(李萍倩, 1902~1984), 중국 현대 유명한 영화감독으로서 원명은 李椿壽이다. 안후이성[安徽省] 퉁청[桐城]사람이다. 상하이 후장대학[滬江大學]을 나왔다.

1915~?, 1949년에 타이완에 간 작가임)[46]의 작품 〈인수지간(人獸之間)〉을 번역하여 무대에 올려놓았다. 이 연극은 이해 7월 신협[47]에서 전 4막 5장으로 공연했는데 연출은 김동원이 맡았다.[48] 1950년 타이완에서 대인기를 누렸던 '반공(反共)' 작품으로서 한국 외에 일찍 일본, 필리핀 등에서 공연되기도 했었다. 이 작품은 당시 대륙에 대한 타이완의 정치적인 입장을 대변한 작품이기 때문에 대륙에서는 별로 언급하지 않는 작품이다. 이 글에서는 다만 중국연극 작품임을 소개한 차원에서만 언급하고 그 외의 사항은 더 이상 전개하지 않기로 한다.

총괄적으로 김광주는 중국 현대연극, 특히는 초우위와 톈한 등 좌익(프로)극작가들의 작품에 지대한 관심을 가졌었고 그토록 어려웠던 나날에도 많은 심혈을 기울려 그들의 극작품들을 한국에 번역, 소개했을 뿐만 아니라 자신이 직접 나서서 무대에 올려 관중들과 대면할 수

---

46 우뤄(吳若, 1915~?)는 본명이 우무펑[吳慕風]이다. 국립정치대학 정치학부를 졸업했다. 항일전쟁시기에는 '레이위화극단[雷雨話劇團]'을 만들어 화중지역에서 순회공연을 하기도 했으며 주로 〈盧溝橋之夜〉, 〈漢奸之家〉 등을 공연하였다. 우한[武漢]이 일본군에 함락된 후, 우뤄는 청뒤[成都]에서 문화사업에 종사하였는데 기자, 편집, 신문사 사장, 교수 등 신분으로 활약하였다. 아울러 화시, 치루 등 대학교학생들을 조직하여 '四川青年劇社'을 만들고 『青年先鋒』 월간 잡지를 창간하여 항일전쟁을 홍보하기도 하였다.
1949년에 타이완으로 가서 아시아화문작가협회부회장, 중국문예협회 및 중국 편극학회상무이사를 담당하였다. 첫 작품이 바로 1950년에 공연한 〈인간지간(人獸之間)〉이다. 이 연극은 당시에 폭발적인 인기를 얻었고 일본, 한국, 필리핀 등 나라에서 순회, 공연되었다. 이 후에도 〈旗正飄飄〉, 〈山地春秋〉, 〈金錢與愛情〉, 〈離亂世家〉 등 수많은 작품들을 창작하였다.
47 여기서 '신협'은 '劇團新協'을 말한다. 1947년 5월에 남한에서 발족된 연극단체이다. 동랑 유치진이 주도하에 이해랑(李海浪), 김동원(金東園) 등 젊은 연극인들이 단합하여 만들어진 것으로 전해지고 있으나 그 설립연대에 대해서는 여전히 논쟁이 있다. 특히 일본에서 1938년 '劇團新協' 일본어판이 발견되면서 논쟁이 생겼는데 향후 더 지켜봐야 할 문제이다.
48 서연호(徐淵昊), 『한국 근대희곡사』, 계명사, 1994, 389쪽 참고.

있도록 노력했던 것이다. 이러한 노력은 한국의 현대연극 발전과 중·한 현대연극의 교류발전에 작지 않은 기여를 했던 것은 두말할 것도 없다. 이 공적에 대해서 우리는 반드시 정당한 평가를 해주어야 한다. 이미 보았다시피 당시 〈뇌우〉를 대표한 중국의 현대극들은 일제치하에서 벗어난 한국국민들의 사상적 교육과 격려가 되었을 뿐만 아니라 좋은 정신적 식량이 되었으며 한국 현대연극의 발전에도 좋은 본보기를 보여주었다.

김광주는 30, 40년대 한국의 중요한 중국 현대문학 수용자, 전파자의 한 사람이다. 근 15년에 달하는 중국현지 생활과 중국 현대문학에 대한 애정과 열정을 바탕으로 열악한 이국생활 여건 속에서도 꾸준히 중국의 현대문학을 조선에 소개하고 문학작품들을 번역, 소개했던 것이다. 그의 중국문학 번역 소개는 비교적 뚜렷한 경향성을 띤 것으로 나타나는데 우선 수용자, 번역자, 전파자로서 작가 김광주의 중국문학에 대한 이해와 태도에서 나타난다. 김광주는 중국의 현대문학에 대해 전체적으로 긍정적인 견해를 갖고 있다. 여러 평론문장들에서 중국신문학의 발전에 대해 비교적 긍정적으로 평가했었다. 중국 현대문단의 동향에 대해 비교적 정확한 이해를 갖고 있음을 알 수 있다.

둘째, 소개, 번역한 작가, 작품에는 비교적 선명한 경향성이 있다. 특히 프로(좌익)문학 작가들과 그들의 작품에 대해 지대한 관심을 가졌음을 알 수 있다. 번역한 작품들도 대부분 중국의 좌익(프로)작가들의 작품이 대부이다. 루쉰의 작품, 톈한의 작품, 초우위의 작품들을 주로 번역, 소개했고 또 중국의 좌익평론가 양한썽[陽翰笙], 허위버[賀玉波], 쩡버치[鄭伯奇] 등의 저서와 문장, 또는 작품들을 번역하여 소개하는 등에서 이러한 경향이 잘 나타난다. 의심할 바 없이 김광주의 중국 현대문학

번역, 소개는 당시 한국 현대문학의 발전과 현대연극의 발전에 모두 마멸할 수 없는 기여를 했던 것이다.

4. 나오면서

1920년대 초반을 전후하여 한국문학이 개화기문학에서 현대에로의 전환을 이루고 다시 새로운 발전을 모색하는 단계에서 중한현대문학 교류가 지속적으로 이루어졌다는 사실을 우리는 망각해서는 안 된다. 특히 일본을 통한 서구문화, 문학의 유입만을 고집하며 그것만을 인정하던 세월에도 김광주, 양백화, 정내동, 윤영춘 등을 비롯한 번역자, 작가, 학자들이 있었기에 중한 현대문학은 서로를 바라볼 수 있는 기회를 갖게 되었던 것이다. 이것은 참으로 다행스러운 일이 아닐 수 없다. 우리는 이러한 중한 현대문학의 만남을 위해 온갖 심혈과 열정을 쏟아왔던 번역자들이 쌓은 업적은 중한문학번역교류사의 소중한 문학적 유산임을 잊어서는 안 된다.

번역자 김광주는 약관의 나이에 중국으로 유학을 왔었고 중국에서 오랜 기간 생활하면서 일찍부터 중국 현대문학에 대해 비교적 깊이 있는 이해를 가졌다. 그는 번역자, 수용자, 전파자로서 적극적인 자세로 이웃나라 중국의 신문학에 접근했고 또 그것을 성근한 태도로 수용했을 뿐만 아니라 많은 중국의 현대문학 작품들과 현대희곡 작품들을 한국에 번역, 소개함으로써 중한 현대문학 교류와 추진, 그리고 한국 현대연극의 발전에 모두 마멸할 수 없는 기여를 하였다. 때문에 중·한 현대문학 교류사에서 김광주가 각고의 노력으로 쌓은 이러한 업적은 반드시 정당한 평가를 받아야 한다.

그리고 현재까지 논의대상이 되고 있는 김광주의 중국 현대문학에 대한 태도와 그 문학관의 경향성도 객관적인 평가가 이루어져야 한다. 이 글에서 논의했다시피 당시 중국 현대문단의 총체적 동향에 대한 김광주의 평가는 비교적 객관적이었고 그 경향성도 비교적 뚜렷한 것이 사실이다. 이 중에 가장 주목되는 것이 바로 중국좌익(프로)문단과 그 문학에 대한 태도이다. 김광주는 초기에 중국의 좌익문학에 대해서 각별한 관심을 나타냈던 것으로 보인다. 이는 그의 중국문학작품 및 평론에 대한 선택에서 잘 드러나 있다. 김광주가 번역, 소개한 중국문학 작품들이 대부분 루쉰, 귀머뤄, 톈한, 초우위, 장광자, 사빙잉 등과 같은 좌익작가들의 작품이었던 점을 보면 그는 분명히 좌익적인 성향이 있던 것으로 본다. 그리고 번역 소개한 평론도 주로 양한썽, 허위버, 쩡버치 등 좌익계열 비평가들의 비평문장들이었던 점으로 미루어 보아 역시 좌익성향이 있었다고 말할 수도 있다.

요컨대 학계로부터 김광주의 초기 중국배경의 작품들이 일부 민족주의적 성향이나 리얼리즘 성향을 지니고 있다고 지적받은 것도 바로 이와 같은 좌익문학 선호경향과 밀접한 관계가 있었다고 생각한다.

현재까지 김광주와 그의 문학에 대한 연구는 적지 않은 성과를 이룩하였다. 그렇지만 아직도 진일보 심도 있게 연구해야 할 문제들도 남아있다. 이를테면 그의 중국경력과 더불어 중국문인들과의 교류 양상, 중국에서의 문필활동 등이다. 이에 대해서는 향후의 연구과제로 삼고 지속적인 연구를 진행하고자 한다.

참고문헌

1. 기본 자료

『朝鮮日報』,『朝鮮文壇』,『新東亞』,『白民』,『東亞日報』,『民聲』,『國都新聞』,『文藝月刊』,『京鄉新聞』,『世代』 등

2. 단행본 및 논문

권철,『중국조선족문학사』, 연변대학출판사, 2000.

김동리・유주현・이호철・홍기삼,『한국단편소설문학전집』, 眞文出版社. 1982.

김철,「중국현대 문예매체에 발표된 김광주의 문예 비평에 대한 소고」,『한중인문학연구』제47집,
       2015.6.

박남용・박은혜,「김광주의 중국 체험과 중국 신문학의 소개, 번역과 수용」,『中國研究』47권,
       2009.

박충록,「김광주의 해방전 소설세계」,『문학과 예술』3호, 1999.5~6, 격월간 113호.

서연호(徐淵昊),『한국 근대희곡사』, 계명사, 1994.

서은주,「1930년대 문학에 나타난 '모던 상하이'의 표상－金光洲의 문학적 글쓰기를 중심으로」,
       『한국문학이론과 비평』제40집, 한국문학이론과 비평학회, 2008.

尹永川,『한국의 流民詩』, 실천문학사, 1987.

鄭漢淑,『현대한국문학사』, 고려대 출판부, 1985.

조남철 편,『중국내조선인소설선집－해방전편』, 平民社, 1998.

조성면,「고독한 경계인의 대중적 글쓰기－김광주의 삶과 문학」, 2015(미발표).

진선영,「김광주 초기소설의 디아스포라 글쓰기 연구」,『현대문학이론연구』55권, 2013.

최병우,「김광주의 상해 체험과 그 문학적 형상화 연구」,『한중인문학연구』제25집, 2008.12

李夫澤,「論謝冰瑩的'女兵自傳'」,『湖南社會科學』제1기, 2003.

吳中傑,『中國現代文藝思潮史』, 復旦大學出版社, 1996年.

王文英,『上海現代文學史』, 上海人民出版社, 1999年.

魏建, 房福賢 主編,『中國現當代作家作品研究』, 山東人民出版社, 2001.

錢理群, 溫儒敏, 吳福輝著,『中國現代文學三十年』, 北京大學出版社, 2003年.

趙靈巖,『韓國代表作家傳(1)－金光洲傳』, 廣文社, 1953.

馮光廉・劉增人 編,『中國新文學發展史』, 人民文學出版社, 1991年.

춘원과 중국, 그리고 한중 현대문학

권혁률

1. 비교문학 시야속의 한중 현대문학

임화의 이식론이 비판의 과녁이 되고 한국문학 전통에 근거한 자체의 특질을 발굴하는 움직임이 발발, 활발해졌던 것은 지난 세기 70년대였다. 그리하여 한국문학 연구계에는 이로부터 내재적 발전론의 지향이 팽배되어 종전의 "「금오신화」 하면 「전등신화」를 떠올리고, 「홍길동전」 하면 「수호전」을 떠올리는" 부류의 그릇된 시각을 바꾸어 한국문학 발전의 근거를 자체의 전통적인 유산에서 찾기에 주력하는 연구 풍토가 마련되기 시작했다. 하지만 기원 284년 신라시기에 중국의 『산해경』이 한반도에 전해졌다는 기록[1]으로 볼 때, 한글이 제정, 반포되기 전까지 한국의 문화영역, 특히 문학이 한자문화권의 강한 자장 속에 처

---

1   閔寬東, 『中國古典小說在韓國之傳播』, 學林出版社, 1998, 5쪽 참조.

해있었던 것은 분명한 사실이다. 그러한 문화적 풍토아래 1700여 년이란 장시기에 걸친 문학영역의 상호 교류사를 염두에 두어야 하기 때문에 한국의 고전문학은 중국문학과의 상관 영향관계 속에서 고찰해야 할 절대성을 갖게 되었다.

그러나 근대문학 시기에 들어서면서부터 한중 문학영역의 종래의 영향관계에는 점차 금이 가기 시작했다. 1905년의 노일전쟁, 1894년의 중일전쟁 등 동북아 판도를 새롭게 확정 짓는 중대한 전사를 겪으면서 중화제국은 서서히 붕괴의 조짐과 함께 실질적인 쇠퇴를 보였다. 따라서 소중화(小中華)로 칭하던 한반도는 점차 대중화(大中華)의 자장을 벗어나기 시작했고 한국으로 유입되는 문화의 주된 외래원천이었던 중국이 점차 서구 내지 일본으로 바뀌게 되었다. 일언일폐지하면 바로 19세기 말엽부터 근대 100년간의 한국문학과 중국문학의 상관관계가 비교적 영성한 상황에 놓일 수밖에 없었다는 것이다.[2] 더구나 1950년의 6·25는 본래 영성한 상태였던 한중 문학을 거의 단절된 상황으로 몰아갔던 바, 한중 현대문학은 고전문학의 연구처럼 영향성을 전제한 비교문학적 연구방법이 개입되기 어려운 상이한 독립체계의 연구대상이 되었다.

그럼에도 불구하고 한중 현대문학은 비교문학적 시야에서 고찰할 필요성을 지닌다. 장시간 동안 한자문화권과 유교문화권내에서 형성된 문화전통이 각자의 신문학체계의 확립에 어떤 자양분을 제공한 것일까? 서세동점의 흐름 속에서 내적 조건이 결여된 채로 물리적인 압박 때문에 문호를 개방한 동양국가로서 공유했던 유사한 그 시대적 배

---

2   全光庸,『百年來韓中文學交流考』,『比較文學』第5輯, 韓國比較文學會, 1980, 5쪽.

경은 또 두 신문학의 형성에 어떠한 영향을 끼쳤을까? 이러한 일련의 문제들은 독자적 체계를 갖춘 두 개의 현대문학의 연구에서도 중요한 의미를 갖게 될 것이다.

전술한 바와 같이 한중 현대문학의 비교연구에서는 영향성을 전제한 비교문학적 연구방법의 적용 여지가 없다. 따라서 비교문학적 다른 한 연구방법, 즉 실제로 어떠한 영향이나 사실적 교류관계를 보이지 않지만 해당 연구대상이 드러내고 있는 유사성에 주목하여 그 보편성을 추구하는 과정에서 각자의 특징을 밝히고자 하는 "영향 없는 유사성"의 연구가 은을 내게 되었다.

"영향 없는 유사성"의 문제는 방띠겜(Van Tieghem)이 처음 제출하여 그 가능성을 시사했다. 그는 1938년 저서 『비교문학(比較文學, La Littérature comparée)』에서 발신자와 수신자를 설정하고 단순히 두 가지 문학현상의 관계에 주목하는 비교연구 방법의 미흡함을 지적하면서 주제, 형식, 전승 등 요소를 망라한 세계성적인 특징(subject)에 관한 연구를 지향하면서 여러 문학현상이 공동으로 드러내고 있는 일반적 사실, 공유하는 부속물 또는 현상을 연구대상으로 삼는 연구실천을 통칭 "문학의 일반적 역사(histoir générale de la literature)"로 정하고 간칭 "일반문학 (littérature générale)"[3]이라고 했다. 방띠겜보다 영향성을 전제한 비교연구방법에 대한 비판의 강도를 더 높였던 르네 웰렉(René Wellek)은 오스틴 워렌(Austin Warren)과의 공저서 『문학의 이론(Theory of Literature and Methodology of Literay Study)』에서 서구문학의 통일성을 강조해야 할 뿐만 아니라 아울러 동방의 영향도 고려해야 하며, "한 총체로서의 문학을 생각하는 것과 언

---

3   P. 방티겜, 김종원 역, 『비교문학』, 예림기획, 1999, 177쪽.

어상의 구별을 무시하고 문학의 성장과 발달의 발자취를 더듬어가는 것"으로써, "종합된 것으로서의 문학사, 초국민적 규모에 선 문학사"를 써야 할 것을 강조했다.[4] 방 띠껨이 일반문학을 국민문학을 구축하는 데 있어서의 필수적인 보충자료와 당연한 연장으로 간주하고 참조할 것을 주장했다면, 르네 웰렉은 국민성의 파악에 중점을 두고 일반문학의 형성과정에서 각 민족의 독특한 공헌에 주목해야할 것을 주장했다.[5]

요컨대, 한중 현대문학의 비교문학연구에서는 "영향 없는 유사성"에 입각한 일반문학의 평행연구 방법 적용이 가능성을 보인다. 본고 전개의 편의에 따라 한중 현대문학의 비교를 논의하기 전에 먼저 한국 현대문학의 발발을 알린 춘원의 경우를 살피기로 한다. 구체적으로 먼저 춘원의 중국 행각을 살피고, 다음 중국의 현대문학의 발발을 알린 루쉰과의 상관관계를 살핌으로써 한중 현대문학 관계의 일단을 살피는 것을 순서로 한다.

2. 춘원과 중국

1) 춘원의 중국 행각 일별

(1) 제1차 중국행(1913.11~1914.8) – 목적불명의 방랑과 우연의 빈발

"공부는 더 해서 무엇 하느냐, 나는 벌써 최고의 지식에 달한 것이

---

4   르네 웰렉・오스틴 워렌, 金秉喆 역, 『文學의 理論』, 을유문화사, 2000, 73~74쪽 참조.
5   방티껨 저서와 르네 웰렉・오스틴 워렌 공저서 참조.

아니냐"[6] 하는 오기의 소년으로서 1910년 오산학교에 취임했던 춘원은 오랫동안 낭만적인 열혈청년의 티를 벗지 못했다. 세상에 나밖에 없노라는 마음속에 누구를 용납할 수 있는 공간이 없었을 것이고, 따라서 교회, 동료와의 관계도 열악해질 수밖에 없었을 것이다. 춘원이 세계 무전여행을 선택하고 분연히 중국으로 출발할 당시 기혼상태였고 아무런 경제적 뒷받침도 없었던 점 또한 당시 자신의 책임감마저 감지하지 못할 정도의 미숙한 심리상태를 보여주고 있다. 따라서 목적과 목적지가 불명한 이 여행의 길은 개구쟁이의 기분 나름에 따른 장난적인 선택의 결과였다. 춘원 자신의 말대로 그것은 "젊은 꿈이요, 젊은 혈기"[7]가 낳은 모험적인 행위였다. 그러함에도 불구하고 이번 여행은 결과적으로는 춘원의 삶에 많은 무게 있는 것들을 마련하는 계기가 되었다.

이번 여행길에서의 우연한 만남 및 그로부터 기인된 몇 가지 일들은 춘원의 삶뿐만 아니라 창작에까지도 깊은 흔적을 남기게 된다. 그 하나는 위당 정인보와의 우연한 만남이다. 국경도시 안동에 이르렀을 때 춘원은 다른 도시다운 곳으로 이동할 노자조차 없었던 난지에 처했다. 이때 만난 것이 위당이었다. 북방의 겨울의 혹독한 추위에 아무런 상식도 없고 노자까지 떨어지게 될 춘원에게 돈을 주면서 상해로 권유했다는 점에서 위당은 춘원의 목숨을 구해준 은인이나 다름없었으며, 상해 행을 권유한 이유가 거기에 홍명희, 문잎평, 조소앙, 신채호 등이 있기 때문이었다는 점에서 위당은 춘원 인생의 일대 전환을 가져올 계기를 마련해 준 은사나 다름없었다. 위당과의 극적이고도 우연한 만남

---

6 「그의 自叙傳」, 『李光洙全集』 6, 三中堂, 1971, 341쪽(이하 『이광수전집』의 경우 출판사 정보는 생략).
7 위의 글.

으로 애초엔 무목적이었던 춘원의 여행은 점차 생색을 갖추어가기 시작했다. 춘원은 훗날의 기록에서 자신의 이 여행에 애초부터 큰 목적이 있는 듯이 보이고 있다. 그는 "거기서 쇠망한 민족들의 정경도 보고도 그들이 어떤 모양으로 독립을 도모하는가 보고 싶었다. 그 속에서 내가 나갈 길이 찾아질 것 같았음이다"[8]라고 했는데, 물론 그것을 액면 그대로 사실이라고 받아들일 수는 없는 것이다. 그것은 자신의 행위에 '고상한 명분'을 붙이기를 즐기는 춘원 특유의 습성에서 기인된 것일 테지만 객관적으로 그 자신의 삶과 성장에 유익한 경험이었던 것만은 틀림없었다. 적어도 춘원은 상해에서 오기만만했던 자신을 어느 정도 객관적으로 반성해보는 기회를 갖게 되었다. 현대적인 상해의 모습에 "분주한 세상이로소이다", "과연 상해는 화려하더이다", "상해 시가는 과연 찬란하여이다", "상해는 세계의 축도라고 볼만하나이다" 등 개탄을 연발하던 춘원은 "뚜렷한 재능도 기술도 없는 방랑객 같은 한국인들이 가질 수 있는 직업은 최현대 도시 상하이에는 없었던"[9] 현실을 엿보게 되었다. 환언한다면 당시 방랑생활이나 다름없는 나날을 보내고 있는 홍명희, 문일평 등과 상해에서 보내던 시절 자신보다 먼저 와 있던 옛 친구들의 삶에서 현대문명의 시대를 살아갈 데 대한 사고가 있을 법도 했다는 것이다. 다음 우연한 기우로 춘원은 샌프란시스코『신한민보』의 주필 직을 얻게 된다. 물론 부임 차로 무목적의 여행이 목적 뚜렷한 취직 행로로 극적 전환이 되었지만 경비의 조달문제 때문에 그는 치타에서『정교보』의 주필로 이번 여행길의 종점에 달한다. 무목적의 여행이 우연의 기우로 점차 목적 뚜렷한 의미 있는 여행길로 이어지

---

8 「나의 告白」,『李光洙全集』7, 238쪽.
9 김윤식,『이광수와 그의 시대』1, 솔, 1999, 418쪽.

면서 춘원은 낭만적인 모험심으로만 가득했던 일개 서생의 과거를 반성하고, 보다 풍부한 경력과 넓은 시야를 확보한 성숙된 모습을 갖출 수 있는 기회를 얻었던 것이다.

(2) 제2차 중국 행(1918.10~11월 말) ― 북경의 애정도피

1918년 폐병간호를 계기로 춘원과 허영숙의 사랑은 급속히 무르익어갔고 드디어 허영숙의 졸업과 함께 춘원은 백혜순과의 합의이혼에까지 이르게 된다. 이때 두 사람의 사상에 준엄한 시련이 걸렸다. 한편 춘원은 금방 3학년에 진급한 처지로 1년 후에야 졸업할 수 있는 상황이었고, 허영숙의 집에는 구혼자들이 진을 치고 있었던 것이다. 그리고 설상가상으로 허영숙의 모친이 그들의 혼인에 반대하고 나선 것은 그야말로 짙고도 무거운 그림자였다. 춘원은 1918년 7월 허영숙의 졸업 후 귀국을 앞둔 허영숙에게 편지를 띄우기 시작하여 10월 전후에까지 무려 16통의 편지를 발송하여 허영숙에 대한 뜨거운 사랑을 토로했는데 그 중의 한 통은 허영숙의 어머니에게 보내는 것이었다.[10] 심지어 어떤 편지는 거의 매 시간마다의 심경을 적은 내용으로 되어 있기도 했다. 그는 편지에서 "고국에 계신 어머님께 잘 말씀드려서 1년만 더 여기 연구실에 계시게 할 수 없겠읍니까?" 하고 간구하기도, "학교를 그만두고 영을 따라 고국으로 가든지"하는 애절한 심경을 적기도 하고 정주의 부인과의 이혼상황을 보고하기도 하며, 허영숙의 답장에서 어머니의 반대의견과 3년 후에 결혼을 고려해보겠다는 허영숙의 의사를 듣고는 "어쨌든 나는 3년이란 약속은 절대로 할 수 없습니다. 내년의 6월

---

10 『李光洙全集』 10에 수록된 관련 서간도 전부가 아니었던 것으로, 내용 또한 완전한 것이 아닌 것들이 있다.

까지가 참을 수 있는 최상의 기한"[11]이라고 하면서 구혼자들을 믿을 수 없다고 허영숙에게 경계심을 심어주기도 했다. 이러한 가운데 급기야는 "그러므로 이번 중국행은 내게 있어서는 마지막 판가름이외다", "나는 어떻게 해서든 멀지 않아 두 사람의 생활을 시작할 수 있도록 하겠습니다. 만일 안 되면 중국으로 가서 세관의 관리나 신문사 기자나 학교의 교사나 되겠습니다"라는 조급한 마음을 토로하고 있다. 그리고는 다음 해 6, 7월에 자기 계획대로 결혼이 불가할 경우에는 하루라도 빨리 중국으로 가버리겠습니다"[12]라고 부르짖는다. 이러한 편지 내왕 이후 춘원은 드디어 소원성취의 길로 허영숙과 베이징 행을 떠났던 것이다. 이렇게 애정도피로 감행된 중국 행각, 즉 베이징 행은 춘원에게 결코 대서특필할 거리가 된 것은 아니었을 것이다. 여하튼 베이징 애정도피 행각은 약 3개월에 걸쳤고 1918년 11월 11일 1차대전의 휴전조약의 체결 소식과 윌슨의 민족자결의 원칙 때문에 감격한 춘원은 독립운동을 목적하고 귀국했다.[13]

(3) 제3차 중국 행(1919.2~1921.3) — 열혈지사의 재기와 좌절

애정도피 행각의 종지부를 찍고 서울로 돌아온 춘원은 드디어 개인적 사랑의 도가니에서 벗어난 몸이었다. 민족의 독립운동을 기약한 그는 이내 일본 도쿄로 가서 일약 유학생의 지도층에 진입했다. 1919년 춘원은 「2・8독립선언서」를 기초한 후 청년 독립단의 대표로 홍보의 임무를 맡고 동경을 떠나 상해로 갔다. 당시에 춘원이 상해 행 대표로

---

11 「사랑하는 영숙에게」, 『李光洙全集』 9, 291쪽.
12 위의 책, 294~295쪽.
13 「나의 告白」, 『李光洙全集』 7, 251쪽 참조.

선정된 이유는 그가 상해에 다녀온 경험이 있다는 것 외에 그의 악화되어 가는 건강에 대한 동료들의 배려도 깃들어 있었다.

선언서 기초는 물론이려니와, 일본 정부 및 국회에 보내는 독립 청원서, 외국 사신에게 보내는 진정서를 작성하고 그것을 다시 영문으로 변역하는 등 불과 한 달 동안의 격로(激勞)는 춘원에게 제이차 객혈을 초래했다. 그때의 주동 인물들은 한결같이 춘원의 건강을 염려하였다.[14]

같은 유학생이었지만 춘원은 이미 명성을 떨친 문인으로서 "닭 무리 속의 학"이었다. 상해에 온 춘원은 필사적으로 민족독립 운동에 전력했다. 신한청년당의 이사로, 임정의 기관지 『독립신문』사 사장으로, 임정사료편찬위원회 주임으로, 대한적십자회 상의원, 대한교육회 편집, 흥사단 원동지부 발기위원 등의 일에 혼신의 심혈을 쏟아 붓고 있던 춘원이었다.[15] 몸을 돌보지 않는 춘원은 재차 각혈을 하게 된다. 민족의 독립에 건강의 악화를 감내하고 있는 춘원의 이러한 사연은 1921년 1월 일본의 오사카(大阪)의 『조일신문(朝日新聞)』에까지 실렸다. 이는 상해에서 전개되고 있는 민족독립운동에서의 춘원의 위치를 말해주고 있는 한편 그가 이미 일제에게 찍힌 요시찰 인물임도 보여준다.

그러나 이러한 상황에 변화가 일게 되었다. 그것은 민족 운동이 분열된 것을 우려한 도산 안창호가 각지의 원로들을 상해에 모이게 하는 것을 독립운동의 절대 조건으로 간주하면서 시작되었다.

당시 춘원의 심경을 살펴보기로 하자.

---

14   郭鶴松・朴啓周, 『春園 李光洙』, 三中堂, 1962, 254쪽.
15   위의 책, 557쪽.

나는 스스로 나의 무력함을 알았다. 첫째로, 나는 정치와 외교에 문외한이었고, 둘째로, 나는 경력으로 보거나 내 공부로 보거나 우리나라에 관한 지식이 부족하였고, 셋째로 내 어학이라는 것이 내 일본말이나 한다고 할까, 영어나 불어나 독어나 노어나 모두 노루 꼬리만한 것이었다. 그러고 끝으로 내 건강은 동경에서도 좋지 못하던 것이 상해 생활 이년에 더욱 쇠약하였다.[16]

담담한 이야기인 것 같은 위의 인용은 춘원 인생에서 보기 드문 자성(自省)적인 발언이다. 원로들에게 양보한 도산도 뒤로 물러서 있었고, 춘원은 내각의 성원도 아닌 기관지의 사장일 뿐이었다. 실의(失意)와 콤플렉스의 압력을 함께 느꼈을 것으로 추측되는 춘원에게 건강까지 비상이 걸렸다.

이러한 상황의 극복은 우선 먼저 춘원 자신에 의해 그 계기가 마련된다. 그의 "제 행위에 무엇이든지 고상한 의의를 붙이고야 마는 버릇"[17]이 그러한 내적 계기의 마련에 있어 은을 낸 것이다. 또한 "민족의 독립은 독립을 운동함으로 될 것이 아니요, 민족이 독립의 실력을 갖춤으로만 이뤄진다는 것"[18]으로 보았던 도산의 이론도 춘원이 명분을 세우는데 효과적으로 인용되었다.

이렇게 깨닫고 보니 나는 동포들이 많이 사는 속으로 들어 갈 수 밖에 없었다. 나는 제 주권이 있는 나라의 혁명 운동은 국외에서 하는 것이 편하고,

---

16 「나의 告白」, 『李光洙全集』 7, 262쪽.
17 金鵬九, 「新文學初期의 啓蒙思想과 近代的 自我」, 東國大 編, 『李光洙研究』 上, 太學社, 1984, 140쪽.
18 위의 책, 248쪽.

제 주권이 없이 남의 식민지가 된 나라의 독립 운동은 국내에서 하여야 한다는 결론을 얻었다.[19]

약속을 한 듯이 나타난 허영숙의 출현은 춘원이 좌절을 극복하는 외적계기로 된다. 거액의 자금과 일본인이 발행한 여행권, 허영숙의 상해 출현은 이 두 가지만으로 이미 춘원 주변 사람들의 경이와 의심을 자아내기에 충분한 것이었다. 2,000원이란 자금의 출처는 쉽게 수긍이 간다고 하더라도[20] 여행권 문제는 납득이 가는 해명이 되지 않고 있다. 이 문제의 해석에 대한 양극단의 추정은 춘원의 평가에도 직접 영향을 미치고 있다.

허영숙이 상해에 오게 된 것은 전술한 일본 오사카의 『조일신문(朝日新聞)』에 실린 춘원의 건강에 관한 기사 때문이었다. 그는 자금을 장만하여 소박한 꿈을 지니고 있었다. 그런데 거기까지 가는 허가권은 일본 경찰이 관장하고 있었다. 허씨는 스승인 요시끼(吉村)를 통해 화북 의료시찰단에 가입했고, 또 당시 종로 결찰서 고등계장 미와(三輪和三郎)로부터 여행권을 발급받았다. 문제는 "미와는 간악한 일본 경찰관으로서 한인 명성이 전술한 바와 같이 널리 알려져 있는 당시 춘원에게 푹 빠져 있는 애인 허영숙이 일경(日警)의 감시로부터 자유롭지 못하였을 것은 불 보듯 뻔한 일이다. 정치에 관심 없는 과학자인 스승 요시끼조차 허영숙이 이번 행차에 애인을 찾아 탈출하려는 것을 짐작하고 있을 진데 교활한 직업경찰 미와가 그것을 간파 못할 리 없고, 또 쉽게 이 두 애

---

19 「나의告白」, 『李光洙全集』 7, 264쪽.
20 郭鶴松·朴啓周, 앞의 책, 286쪽. 허영숙이 자기 명의로 되어 있는 전답 삼백석지기의 산출을 팔아 마련한 것이라고 한다.

인의 상봉을 만들어주려는 선심을 쓴 것은 더욱 아닐 것이다. 이러한 맥락에서 우리는 허영숙이 통행증을 얻는 것을 전제로 미와의 어떤 조건에 응낙을 했을 것이라는 추측을 하여 볼 수 있다.

당시 일반 여성인 허영숙에게 나라와 민족보다는 불이 이는 샛노란 눈을 가진 매력적인 춘원[21]이 더 중요하였을 것은 전혀 새삼스러운 일이 아니다. 춘원이 일개 폐결핵 환자임에도 서슴지 않고, 치료비까지 대며 사랑을 쏟았던 허영숙이었고, 춘원을 따라 북경까지 사랑의 도피에 나섰던 허영숙이었다. 춘원도 급시우(及時雨)처럼 나타난 허영숙이 결코 싫지는 않았을 것이다. 그러니 허영숙에게 대한 임정 당국의 비우호적인 태도에 얼마간 불쾌했을 수도 있다. 자신이 직면한 좌절의 고비와 악화된 건강 때문에 '민족을 위하는 것'이라는 거창한 이유를 달고 귀국할 준비를 하던 춘원이었다. 거기에 때맞춘 허영숙의 내방은 붙는 불에 키질이었다. 도산의 반대가 춘원을 얼마간 주춤하게 하였을 것이라고 한다면 허영숙의 내방은 춘원의 최종 귀국을 결심하는데 결정적인 작용을 한 것이라고 할 수 있다. 허영숙은 춘원에게 그만큼 중요한 존재이었기 때문이다. 도산이 춘원에게 정신적인 버팀대이었다면 허영숙은 "몸과 마음을 인도해 준 은인"이다. 그러니 당시 춘원의 건강과 상처 입은 마음을 달래는 데는 허영숙 이상 내놓을 사람이 없었다. 춘원은 보다 현실적인 선택으로, 가족과 나라를 떠나지 않고 음식 거처가 모두 지극히 비위생적이 아닌 환경에서도 민족을 위해 일할 수 있는 길을 찾았던 것이다. 바로 1921년 3월경의 여러 모로 석연치 않은 미스터리의 귀국이었다.

---

21   위의 책, 262쪽.

2) 춘원과 중국 현대문학과의 관련 실상

(1) 3차례 중국행각의 실상

제1차 중국행은 아직 순진하고 미숙한 청년으로서의 한낱 장난에 지나지 않는 행위였다. 하지만 이번 여행에서 겪었던 사람과 일들을 볼 때 춘원이 보다 더 큰 시야를 확보함으로써 자신의 앞날에 대한 새로운 구상 또는 인생의 어느 단계에서 큰 은을 내렸을 것이라는 추정도 충분히 가능하다. 한편 춘원 개인에게는 운명적이지만 외계에는 우연의 빈발로 보이는 기우 또는 급전환의 계기는 춘원의 창작에까지 깊은 영향을 끼칠 정도였다.

제2차 중국행은 말 그대로 젊은 열혈청년의 실의한 나머지 선택한 부득이한 경우였다. 자유연애로 이루어진 사랑이 진정 인정을 받아야 할 허영숙 모친의 반대에 임해 있어 위기일발의 상황에 그렇다 할 경제력도, 직업도 확보된 바 없이, 다른 사람의 도움아래 유학생활을 하고 있는 일개 학생의 신분인 춘원이었다. 하지만 첫 혼인에 합의의혼까지 서슴지 않고 추구하던 자유연애의 황홀함은 춘원의 순전한 개인적인 사생활 범주의 일이다. 서간에서 드러나는 허영숙에 대한 춘원의 열렬한 사랑은 감수성 깊은 그에게 있을 법한 물불을 가리지 않는 애정도피 행각을 초래하고야 말았다. 물론 초라했던 그 시절이 훗날 거목이 된 춘원에게는 탐탁지 않은 기억으로서의 콤플렉스였을 것이다.

제3차 중국행은 춘원의 일생에서 한차례의 중요하고도 비장한 출발이다. 소년 시절 동학도로서 현상체포령이 내려져 있는 상태에서 인천으로의 탈출이 첫 비장한 출발이었다면 「2・8독립선언서」를 기초하고 그것의 해외홍보 임무를 맡고 나선 이번 중국 행 역시 민족사업을 위한 또 한 차례의 비장한 출발이었다. 즉 일생에서 자각적이고 주체적인 민족운동의 실천이었고, 그 시작 또한 민족운동의 조직자라는 높은 층위에서 출발했다. 그러니까 지사로서, 민족운동의 지도자로서의 재기의 출발이었다.

요컨대, 세 차례의 중국행은 중국문학과는 전연 관계를 맺지 못하는 행각으로서 "문학"을 여기로 간주했던 춘원의 생각에 걸맞은 일들에 대한 집념을 보이기만 했다. 따라서 춘원은 아나키스트로 활약하면서도 루쉰을 만나고『광인일기』를 번역했던 류수인이나, 항일지사였지만 문학에 대한 관심을 끊지 않았던 이육사 등과는 다른 일면을 보였던 것이다.

(2) 춘원의 루쉰 읽기

춘원과 루쉰의 생애를 살펴보면 상호간에 직접 또는 간접적 교류의 기회가 있은 듯도 하다. 거의 비슷한 시기의 일본 유학과 중국 상해에 거주했던 전기적 사실은 거기에 일말의 개연성을 부여한다. 하지만 실제로 일본 유학시절 그들 사이에는 아무런 그렇다 할 상관관계가 성립되지 않았음은 지금 거의 확실시된 바이다. 그 구경을 캐어본다면 춘원과 루쉰은 당시 두 나라 수백을 넘기는 유학생 가운데 평범한 일원이었기에 타국의 유학생에게까지 알려질 정도의 명성을 갖추지 못했던 점이 결정적인 이유가 된다. 춘원이 「무정」을 발표하여 문명을 날리면서 한국 유학생계에 두각을 드러냈던 것은 1917년경이었는데, 루쉰은 이미 1909년에 귀국했었다. 또 춘원은 1919년 2월부터 1921년 말까지 상해 대한민국 임시정부에서 활약했고, 루쉰이 상해에 정착하기는 그로부터 퍽이나 지난 1927년경이었다. 따라서 전기적 사실을 근거로 볼 때 그들 사이에 직접적인 인적교류가 이루어지지 않았음이 판명된다.

그렇다면 다른 형식으로 된 교류여부를 확인해보아야 할 터인데 그 것은 상대 작품의 구독여부에 초점이 맞추어질 것이다. 루쉰이 전혀 한 국어를 몰랐고[22] 춘원의 작품이 당시 중국에 번역, 소개되지 않았다는 이유 때문에 이 작업에서는 춘원의 루쉰 작품에 대한 접촉여부가 주목 된다. 그 결과 아래와 같은 기록이 발견되었다.

> 朴先達의 一生은 魯迅의 阿鬼와 비슷한 점이 있어서 ……[23]
>
> 魯迅의 〈阿Q〉나 〈孔乙己〉는 魯迅의 小說家 才分의 表現으로는 榮光일 지 모르나 그 꽃을 피게 한 흙인 中國을 爲하여서는 羞恥요, 侮辱이다. 今日 의 中國에는 아킬레스가 없고 阿Q만이 있는 것이다. 關羽・張飛는 阿Q와 孔乙己로 退化해버린 것이다.[24]
>
> 쓰려거든 〈阿Q正傳〉처럼 쓰시오. (…중략…) 나는 아큐우 같은 그런 바 보라오.[25]

이러한 내용은 춘원이 루쉰의 작품을 접촉했다는 사실을 확인해준 다. 심지어 춘원이 루쉰의 대표작인 『아Q정전』에 어느 정도 공명을 가 졌다는 판단도 가능케 한다. 때문에 그들 사이에 영향관계가 전혀 없 었다고 판단하기는 경솔한 면도 없지 않다. 그렇다고 하여 상호 텍스 트관계에 대한 면밀한 검토를 결여한 채 영향관계가 성립된다는 결론

22　楊昭全, 「魯迅与朝鮮」, 『魯迅硏究』第10輯, 中國社會科學出版社, 1987, 363쪽 참조.
23　『李光洙全集』8, 256쪽.
24　「戰爭期의 作家的 態度」, 『李光洙全集』10, 491쪽.
25　金素云, 「푸른 하늘 銀河水」(1952), 『金素云隨筆選集』1, 亞成出版社, 1978, 226쪽.

을 내리기는 또 너무 성급하다. 이는 단지 '가능성'의 문제로 남는다. 이 '가능성'에 대한 보다 섬세하고 정치한 확인 작업이 필요하다. 그러니까 위의 내용을 춘원과 루쉰 사이에 전면적인 영향관계를 상정하는 근거로 삼을 수는 없다는 것이다.

3. 춘원과 중국 현대문학의 상관관계 고찰의 의미

춘원의 중국행을 살피면서 중국문학과 어떤 상관관계가 있었을까 하는 점을 문제로 삼았다. 춘원의 중국 방문에서 중국문학과의 관계 발굴이란 1차 목적은 실현될 수 없음이 발견되었다. 따라서 중국문학사에서 신문학의 선구자로 정평이 있는 루쉰과의 관계를 살피기로 했다. 말하자면 춘원과 중국 현대문학 상관관계 고찰의 초점을 춘원과 루쉰에게 맞추었다. 춘원과 루쉰의 일생은 그 자체로서 한국과 중국의 현대문학뿐만 아니라 나아가서 두 나라의 현대 초기를 이해하는 중요한 표본으로 간주되기 때문이다. 그들의 전기적 사실에는 당시 "서세동점"이라는 세계사적 흐름 속에서 한국과 중국이 새로운 세계질서에로 편입하기 위해 겪었던 진통의 개인사적 표현이라는 성격이 보이고 있다. 따라서 그들의 문학 역시 각각 두 나라의 현대문학의 출발점으로서 "영향성 없는 유사성"의 한 전형이 된다. 그들에게 나타나고 있는 동질성과 이질성을 해명하는 작업은 두 나라의 현대문학, 특히 그 초창기의 내재적 본질을 구명하는 데 일정한 참조적 준거를 제공하게 될 것이다. 그리고 근대적 조약체계라는 새로운 세계질서에 편입되면서 두 나라

의 문학이 "영향관계"로부터 "독립적인 체계"로 이행한 문학사적 사실
에 대한 확인에도 일정한 의미를 가지게 될 것이 기대된다.

중국 체험과 주요섭 문학*

최학송

1. 서론

해방 전, 조선의 많은 문인들은 독립운동이나 학업 또는 생계 때문에 중국에서 생활하였으며 그 과정에 적지 않은 문학작품을 남겼다. 이들은 만주를 중심으로 중국 각지에 분포되었으나 지금까지의 연구는 만주에서 생활하며 창작활동을 진행한 작가들에 집중되어 있다.

해방 전 관내[1]에서 생활하며 창작활동을 진행한 조선 문인도 적지 않다. 예하면 주요한, 김광주, 최독견, 피천득과 같은 문인들은 상해를 무대로 활약하고 작품을 창작하였으며 김사량, 한설야, 신채호, 이육사와 같은 문인들은 북경을 무대로 생활하고 작품을 창작하였다. 이처

---

*   본고는 저자가 이왕에 발표한 주요섭 관련 논문들 중에서 중국과 관련되는 부분을 다시 모아 정리한 것이다.
1   산해관(山海關) 이남 지역을 가리킨다.

럼 관내에서 활약한 작가의 대표적 인물로 주요섭을 들 수 있다.

　주요섭(朱耀燮, 1902~1972)은 상해와 북경에서 16년간 생활하면서 창작활동을 진행한 대표적인 재중조선인 문인이다. 그리고 주요섭의 대표작도 모두 중국에서 생활한 시기에 창작되었으며 이런 작품들은 또 그의 중국 생활과 밀접히 연관되어 있다.

　이에 이 글은 중국에서 창작하였거나 중국 생활을 다룬 다양한 장르의 작품에 대한 새로운 발굴과 분석을 통하여 주요섭의 중국 생활을 재구성한 기초상에서 중국에서 창작한 작품들을 좀 더 자세히 분석해 보고자 한다. 이는 주요섭 문학의 진모를 밝히는데 도움이 될 뿐만 아니라 재중조선인문학 연구의 활성화에도 토대가 될 것이다.

2. 주요섭의 상해 행적과 의식세계

　주요섭이 처음 중국에 온 것은 1921년이다. 1919년 3·1운동 당시 '흑화당(黑花黨)'이란 비밀결사를 조직하여 '무궁화소년회'란 등사판 지하신문을 발행한 죄로 평양 유년(幼年)감옥에서 10개월을 보낼 때, 주요섭은 처음으로 상해에 갈 생각을 하게 되었다. 감옥에서 "차입 들어오는 밥을 통하여" 상해에 임시정부가 설립되었으며 형 주요한(周耀翰, 1900~1979)이 상해에 갔다는 소식을 접한 주요섭은 "재판(裁判)할때까지 기다릴것도 없이 그날이 오지나 않을까"는 기대를 하게 되며 감옥에서 나오게 되면 바로 상해로 가기로 결심하였다. 그러나 지루한 감옥생활은 계속되었으며 그 과정에 막연히 상해로 가고자 하던 생각이 차츰 상해로 유학을 가려는 결심으로 굳어졌다. 그리고 이를 위하여 청어(淸語)[2] 자습서를 반입하여 부지런히 공부하였다. 1919년 11월에 출옥한 주요섭은 바로 상해로 가고자 하였으나 "비상경계(非常警戒)가 몹시 심(甚)한" 관계로 우선 동경에 가서 한동안 세이쇼쿠영어학교(正則英語學校, 1920.10~1921.3)를 다니다 1921년 3월 동경에서 중국인으로 변성명(變姓名)하여 상해에 들어갔다.[3]

상해에 도착한 주요섭은 본래 직접 호강대학(滬江大學) 부속중학교에 입학하려 하였으나 기숙사가 부족하여 같은 재단이 운영하는 소주 안성중학교(蘇州晏成中學校)를 잠깐 다니고(1921.4~6) 다시 호강대학 부속중학교에 입학하였다.[4] 1923년 중학을 마친 주요섭은 호강대학에 진학했다. 현 상해이공대학(上海理工大學) 전신인 호강대학은 1906년 미국 침례교에서 설립한 학교이다. 설립 초기에는 상해미션학원(上海浸會學院)으로 불렸으며 양수포(楊樹浦)의 황포강(黃浦江) 변에 위치해있었다. 1915년 교명(校名)을 호강대학으로 바꾸었으며 1921년부터 남녀공학으로 바뀌었다.

주요섭 재학 당시, 호강대학에는 조선인 학생이 최고로 16명(그 중 2명은 여학생)에 달한 때도 있었으나 대부분의 경우 10명 내외였다. 조선인 학생 수가 이처럼 적었으나 종래로 조선인이라고 하여 차별 대우를 받은 적은 없었다. 과외활동이나 자치회 임원 선거와 같은 경우에도 중국인들과 똑같은 대우를 받았다.[5] 이는 당시 주요섭이 창작한 많은 작

---

2 중국어 즉 한어(漢語)를 가리킨다.
3 주요섭, 「안성중학시절」, 『학등』, 1934.4, 25~26쪽.
4 주요섭, 「中國·中國人·民族性」, 『자유』, 1971.10, 109쪽.
5 주요섭, 「내가 배운 滬江大學」, 『학등』, 1934.4, 215~216쪽.

품들이 중국인을 주인공으로 설정하고 그들에게 애정과 관심을 보인 것과 무관하지 않을 것이다. 상해에서 주요섭은 상당히 균형 잡힌 시각으로 객관적으로 중국을 바라보고 있었다. 상해에서 창작한 한 수필에 보면 주요섭은 조선인은 현재 중국인에 대해 많은 오해를 갖고 있다고 하면서 중국의 어린이, 선생님 등을 예로 들어 조금도 조선과 차이가 없음을 지적한다.[6]

호강대학 시절 주요섭의 전공은 '영문학'이라는 설과 '교육학'이라는 설이 공존한다. 주요섭이 훗날 미국에 유학하였으며 또 북경 보인대학(輔仁大學) 서양언어문학학과에서 교수 생활을 하였기에 '영문학'을 전공하였을 것이라는 설이 존재하나 사실 주요섭은 호강대학에서 '교육학'을 공부하였다. 주요섭이 졸업한 1927년, 호강대학에는 413명의 학생이 재학하고 있었으며 이해 53명이 졸업을 하였다.[7] 이 중 교육학과에서 10명의 학생이 졸업하였는데 이 졸업생 명단에서 주요섭의 이름을 확인할 수 있다.[8] 교육학을 전공하였기에 이 시기 주요섭은 「결혼생

---

6 주요섭, 「살이 포둥포둥진 중국어린이」, 『어린이』, 1926.1.
7 上海理工大學志編纂委員會, 『上海理工大學志』, 中國 : 高等敎育出版社, 2006, 10頁.
8 1927届 : (政治) : 邱培豪 朱啓勖 朱舜琴 方錫粤 龔治 廙昭 徐世俊 王顯訥 兪培均(社會) : 鮑毓璋 陳敬豪 張鳳楨(倪徽燠夫人) 郭興熊 畾文杰 秦善林 王橘芬 王宏業 吳啓溫 叶蓮芳 馮志(敎育) : 陳熙麟 朱耀燮(朱耀翰的弟弟, 韓國人)周咏梅 蔣迪燦 洪如圭 駱之駿 徐劍緣 申瑩澈 屠桂林 王素貞(理科) : 朱曾徵 谷延犹 李廉聲 劉澤永 蔡其壽 蔡輝甫 馬恩德 喬文壽(工業化學) : 范維 朱毅(商業管理) : 陳德棻 陳德興 朱洁華 黃保廉 凌憲揚 錢德福 戚德存 王湘林(未詳) : 鮑之淦 狄齊鑫 孫瑞麟 嚴万里 尹哲雄
    상기 명단은 "涸過秋浦河(http://blog.sina.com.cn/w2471)"라는 이름의 중국 인터넷 홈페이지에서 확인할 수 있다. 이 홈페이지에서는 많은 호강대학 관련 자료를 찾아볼 수 있다. 각주 7에서 인용한 『上海理工大學志』에 명기된 1927년 졸업생 수와 이 홈페이지에 있는 졸업생 수가 일치한 것으로 보아 이 자료는 신빙성이 있다고 본다.
    이어령이 정리한 주요섭 전기를 보면 주요섭은 호강대학 시절 동창생 신영철(申永澈), 동급생 헨리링[林憲揚] 등과 가까이 보냈다고 한다. 특히 헨리링과는 기숙사의 2인용 방에서 졸업 때까지 3년간 같이 기거했다고 한다(이어령, 「주요섭」, 『한국작가

활은 이렇게 할 것」,「소학생도의 위생교육」,「공민강화」 등 적지 않은 교육이나 계몽(啓蒙)과 관련되는 평론, 논문을 발표하였다.

호강대학에서의 주요섭은 정열적인 학생이었다. 당시 글로리아 스완슨[9]에 심취된 주요섭은 "특대생이었고 영자신문 주간이요, 대학 토론회 때 학년 대표"로서 "모든 학생의 흠모의 대상"이었다.[10]

주요섭은 호강대학에서 뿐만 아니라 상해 조선인 사회에서도 활발히 활약하였다. 당시 주요섭은 상해한인유학생회(上海韓人留學生會), 상해한인청년회(上海韓人靑年會) 등 단체에 가입하였으며 화동한국유학생회(華東韓國留學生會)에서는 서무위원(庶務委員)을 맡기도 하였다.[11]

상해 시기 주요섭의 사회활동에서 특히 주목할 바는 흥사단 원동지부(興士團遠東支部)에도 참여한 것이다. 1921년 상해에 도착하여 바로 흥사단에 가입한 주요섭은 흥사단 144호 단원이었으며 호강대학 학생 위주로 구성된 흥사단 원동지부 제18반 반장이었다.[12] 당시 주요섭의 "앨범 첫 페이지에는 도산[13] 선생의 사진이 있었고 그 밑에는 나의 존경하는 선생님이라고 쓰여 있었다."[14]

전기연구』(하), 동화출판공사, 1980, 144~145쪽 참조).

신영철과 헨리링의 이름도 위의 1927학번 졸업생 명단에서 확인할 수 있다. 두 사람 모두 한자가 한 글자씩 차이가 난다. 그러나 차이가 나는 글자가 중국어 발음은 대략 일치한 점으로 보아 동일한 사람이라 볼 수 있겠다.

9 Gloria Swanson(1897~1983)은 미국 여배우로서 무성 영화시대의 코미디언이며 유성 영화시대에는 극적인 여주인공으로 등장하였다. 할리우드 화려함의 상징이기도 하다.

10 피천득,「여심」,『인연』, 샘터, 1996, 192쪽.

11 「화동유학생회 내용을 쇄신 긔관잡지도 발간」,『동아일보』, 1924.9.28.

12 주요섭의 흥사단 가입은 그에 앞서 이미 상해에서 흥사단에 가입한 형 주요한(1919년 5월에 상해에 갔으며 1920년 2월에 입단했다. 104호 단원)과 관계되는 것 같다. 흥사단 가입뿐만 아니라 주요섭의 전반 인생은 주요한으로부터 많은 영향을 받았다.

13 도산(島山)은 안창호의 호이다.

14 피천득,「여심」,『인연』, 샘터, 1996, 192쪽.

주요섭은 흥사단 원동대회에 정기적으로 참가하였으며 이 대회에서 개최한 강연회에서 '습관'(1922), '마르크스와 우리'(1924), '민족개조는 가능한가'(1925), '민족주의와 사회주의'(1925) 등 제목으로 강연을 하기도 하였다.[15] 강연문의 내용은 확인할 수 없지만 제목으로 보아 민족주의 단체 흥사단의 주의와 주장을 다룬 것으로 추정된다.

상해 시기 주요섭의 의식세계를 추적함에 있어 빠뜨릴 수 없는 것이 모태신앙인 기독교를 부정하고 사회주의를 받아들임이다. 주요섭은 1902년 평양 신양리(新陽里)에서 장로교 목사인 아버지 주공삼(朱孔三)과 어머니 양진심(梁鎭心) 사이에서 태어났다. 이로 미루어보아 '요섭'이라는 이름도 구약성서에 나오는 '요셉(Joseph)'과 관련이 없지 않을 것이다. 이처럼 주요섭은 기독교를 모태신앙으로 갖고 있지만 상해에 와서는 기독교를 부정한다. 주요섭이 상해에서 창작한 「천당」, 「인력거꾼」 등 작품은 강렬한 반기독교적 경향을 보이고 있다. 기독교를 부정하면서 받아들인 것이 사회주의이다.

당시 주요섭은 민족주의 단체 흥사단에서 활약했지만 그의 사상적 경향은 사회주의에 더욱 기울어져 있었다. 흥사단 내부에서 주요섭을 비롯한 일파(一派)는 '실력양성론'에 반기를 들고 사회주의로 이행하여 직접적 혁명운동을 할 것을 주장하였다.[16] 상해 시기 주요섭에게 깊은 인상을 남긴 '상해 5·30사건'과 '북벌군의 상해 진주사건'을 회억하여 쓴 글들에서도 주요섭이 사회주의에 공감하였음을 보아낼 수 있다. '5·30사건' 당시 주요섭은 호강대학 학생들과 함께 상해 노동자들로 하여금 총동맹파업을 일으키도록 선동하였으며 '북벌군의 상해 진주사건'

---

15 한국독립운동사 정보시스템(http://search.i815.or.kr/Main/Main.jsp)의 '원문정보' 참조.
16 김윤식, 『이광수와 그의 시대』 3, 한길사, 1986, 840쪽 참조.

당시에는 장제스(蔣介石, 1887~1975)가 공산당을 탄압할 때 호강대학에 있는 공산당원들의 피신을 도왔다. 그리고 이때 자신이 갖고 있던 근 50권의 좌경사상서적을 불살라버렸다.[17]

1927년 6월 주요섭은 상해에서 중국 여권을 갖고 미국으로 떠났다. 여권을 내기 위하여 1927년 봄 주요섭은 중국 시민으로 입적하여 '귀화증'을 탔다. 이 '귀화증'은 1943년 봄 중국 베이핑[北平] 주재 일본 영사관 경찰서 특고계 형사에게 압수당했다.[18]

3. 상해 시기의 문학

주요섭이 상해에서 발표한 첫 작품은 「추운 밤」(『개벽』, 1921.4)이다. 상해 도착 초기 "당지 신문보도에 힌트를 얻어 창작"[19]한 이 소설은 어머니의 병환이 아버지의 음주벽(飮酒癖) 때문이라 생각한 병서가 술독을 깨뜨리고 돌아와 어린 동생과 함께 죽는 우울한 이야기를 다루고 있다. 열세 살 소년 병서는 어머니의 병환의 근원은 아버지에 있으며 아버지의 음주벽의 근원은 술에 있다고 생각하고 술과 그 술을 마시는 사람들을 부정, 비판한다. 병서를 주인공으로 이런 이야기를 전개해 나가면서 주요섭은 작품 속에 또 현실의 부조리에 대한 어머니의 시각을

---

17 주요섭, 「상해관전기」, 『삼천리』, 1932.3; 주요섭, 「1925년 5 · 30」, 『신동아』, 1934.5;
    주요섭, 「내가 배운 호강대학」, 『사조』, 1958.11.
18 주요섭, 「다시 타향에서 들여다본 조국」, 『신동아』, 1964.10, 64쪽.
19 주요섭, 「재미 있는 이야깃군」, 『문학』, 1966.11, 198쪽.

투입시킨다. 어머니는 여러 차례나 "결코 너의 아버지를 원망치 마라"고 병서에게 부탁하며 "나를 이 지경에 이르게 한 것은 누구인가" 하는 의문을 제기한다. 작품은 비록 이 의문에 대한 답변은 제시하지 못하고 있지만 이러한 의문 제기만으로도 현실에 대한 부정과 민중의 삶에 대한 주요섭의 관심을 보여주기에는 충분하다. 이 점에서 「추운 밤」은 친구의 여동생에 대한 짝사랑을 다룬 처녀작 「이미 떠난 어린 벗」과 분명히 다른 경향의 작품이다. 주요섭이 상해에서 발표한 대부분의 작품이 이 길을 걷고 있다.

주요섭이 상해에서 창작한 두 번째 소설은 「인력거꾼」(『개벽』, 1925.4)이다. 주요섭의 대표작으로 불리는 「인력거꾼」은 "호강대학 2학년 재학 때 사회학 교수의 지도로 인력거꾼의 합숙소 현지 조사연구에 나갔다가 너무나 심한 충격"[20]을 받고 쓴 소설이다. 작품이 아찡이의 극히 비위생적인 거주 지역에 대한 생생한 묘사로부터 시작되는 것은 이와 무관하지 않다. 주요섭은 인력거의 대여에서부터 부동한 신분의 손님을 실어 나르는 과정에 대한 자세한 묘사를 통하여 상해 인력거꾼의 일상을 핍진하게 보여준다.

작품의 전반부가 이처럼 아찡의 일상을 통하여 상해 하층민의 생활 모습을 그려내는데 중점을 두었다면 후반부는 아찡이로 대표되는 하층민의 내면세계를 부각시킨다. 이 내면세계는 기독교라는 매개를 통하여 더욱 분명해진다. 병원에서 아찡이는 기다리는 의사는 만나지 못하고 대신 선교사를 만나 기독교를 접하게 된다. 그러나 예수를 믿으면 현실세계에서 힘든 삶을 사는 하층민이나 권세와 향락을 누린 상층

---

20   위의 글, 같은 쪽.

민이나 죽은 후 모두 천당에 간다는 기독교의 교리는 아찡이가 생각하는 '공평의 원칙'과 어긋난다. 때문에 아찡이는 기독교가 제시하는 미래의 큰 행복을 부정하며 오늘의 현실 속에서 좀 더 나은 삶을 살았으면 좋겠다는 소박한 염원을 갖게 되나 이것마저 실현하지 못하고 생을 마감한다. 아찡이가 죽은 이튿날 동거자인 뚱뚱보가 또 다시 인력거를 끌며 그도 몇 년 후에는 아찡이와 같은 운명에 처할 것이라는 서술을 통하여 주요섭은 아찡이의 죽음이 단순한 개인적 죽음이 아닌 최하층 민중의 공통한 운명임을 시사한다.

주요섭의 민중의 삶에 대한 천착은 단지 이들의 지난한 삶을 보여주는데서 멈춘 것이 아니다. 주요섭은 여기서 한발 더 나아가 민중의 내면에 숨겨진 인간다운 삶에 대한 동경도 그렸다. 상해 시기 주요섭의 또 다른 대표작인 「살인」(『개벽』, 1925.6)이 바로 이런 작품이다. 「인력거꾼」이 생계를 위해서는 육체를 혹사하지 않을 수 없는 인력거꾼을 주인공으로 삼았다면 「살인」은 생계를 위해서는 육체를 팔지 않을 수 없는 창녀를 주인공으로 한다. 일부 논자들은 주인공 우뽀의 고향이 '호남(湖南)'으로 나오니 「살인」은 조선 전라도 여성이 상해에 팔려가 창녀 생활을 하는 것을 그렸다고 본다. 그러나 소설 속의 우뽀는 중국인으로서 중국 호남성(湖南省) 사람으로 보는 것이 더욱 정확하다. 우뽀라는 이름도 그렇지만 우뽀가 고향에서 "수십명먼동리갓가운동리처녀들과함께백리나되는길을거러나와생전처음으로보는긔차를타고上海까지와"다는 데서 이 점은 더욱 분명해진다. 당시 조선의 여성들이 중국에 팔려와 창녀가 되는 경우가 없지 않았겠지만 몇 십 명씩 전라도로부터 상해까지 그것도 기차를 타고 오는 경우는 거의 없었을 것이다. 주요섭이 이 시기 자신이 창작하는 대부분 소설의 주인공을 중국인으로

설정하고 있음도 이에 무게를 더해준다.[21]

「살인」의 주인공 우뽀는 극심한 기근에 쫓긴 부모에 의하여 양귀자(洋鬼子)[22]에게 팔려 정조를 잃으며 끝내는 상해에 와 창녀가 된다. 3년간 묵묵히 창녀 노릇을 해오던 우뽀는 어느 날부터인가 매일 자신의 집 앞을 지나다니는 한 청년을 발견하고 이 청년을 짝사랑하게 되며 또 이 사랑은 우뽀의 자의식을 자극하여 자신의 신분과 행위를 반성하게 한다. 주인할미가 우뽀에게 강제로 손님을 받게 하는 것을 계기로 우뽀는 여태껏 자신을 억압하고 착취해온 사람은 주인할미라는 것을 깨닫게 되며 급기야 주인할미를 칼로 찔러 죽이고 유곽에서 뛰쳐나온다.

주요섭은 '사랑'이라는 매개를 빌어 우뽀의 내면에 숨겨져 있던 인간다운 삶에 대한 추구를 그려냈다. 이는 주요섭이 더는 민중을 하나의 '관찰의 대상', '동정의 대상'으로만 보는 것이 아니라 민중을 '가능성의 대상'으로 보고 있음을 보여준다. 민중을 이처럼 자의식의 획득과 반항의 가능성을 가진 대상으로 볼 수 있은 것은 당시 주요섭이 받아들인 사회주의 이론과도 무관하지 않을 것이다.

상해 시기, 주요섭이 민중의 삶을 소재로 하여 강한 사회성을 지닌 작품 창작에 주력한 것은 사실이나 일부 예외도 있다. 상해에서 창작한 유일한 중편소설인 「첫사랑 값」(『조선문단』, 1925.9~11 · 1927.2~3)이 바로 그렇다.

「첫사랑 값」은 형식이나 내용면에서 처녀작 「이미 떠난 어린 벗」과

---

21 상해에서 주요섭은 도합 7편의 소설을 창작하였다. 그 중 「추운 밤」, 「천당」, 「개밥」은 그 배경을 조선으로 보아도 괜찮겠으나 나머지 네 편의 작품 즉 「인력거꾼」, 「살인」, 「첫사랑 값」, 「영원히 사는 사람」은 배경이 중국이며 주인공도 중국인이다.
22 동양(東洋) 사람이 서양(西洋) 사람을 가리켜 부르던 말이다.

많은 유사성을 갖는다. '사랑'이라는 동일한 주제를 다루면서 「이미 떠난 어린 벗」이 편지를 속이야기로 하는 액자소설의 형태를 취했다면 「첫사랑 값」은 일기를 속이야기로 갖고 있는 액자소설의 형태를 취하고 있다. 「첫사랑 값」에서 일기의 주인공인 유경이는 중국 상해에 유학 중인 조선인 학생이다. N이라는 중국인 여학생을 사모하는 유경이는 N과의 연애 여부를 두고 격렬한 심리적 갈등을 계속하다 평양으로 돌아와 유치원 교사 K와 약혼하지만 시종 N을 잊지 못한다. 예고된 마지막 회가 실리지 않아 유경이가 자살하게 된 구체적인 원인과 그간의 경과를 알 수 없으나 유경이가 유품으로 남긴 일기책을 읽고 있는 액자 밖의 서술자 김만수의 시선에 의하여 유경이가 거대한 고민과 번뇌 속에서 죽어갔음이 나타난다.

조선인 유학생 유경이는 중국인 여학생 N과 연애를 할 수 없는 이유를 그와 결혼할 수 없기 때문이라고 한다. 유경이는 연애는 결혼을 목적으로 하지 않으면 안 되며 결혼 또한 연애를 전제로 하지 않으면 안 되는 것으로 생각한다. 동시에 유경이는 자신이 N과 결혼 할 수 없는 이유를 '국가', '민족', '경제' 등에서 찾는다. 유경이는 "현금의 조선은 비상한 시기에 처하여" 있기에 조선의 청년들도 비상한 일을 하지 않으면 안 된다고 말한다. 유경이는 자신이 해야 할 일은 조선이나 서북간도로 가서 조선인 어린이들을 가르치는 일이라고 본다. 그리고 중국인 며느리가 조선인 시부모와 살아갈 수 있을지를 고민하며 자신처럼 박봉(薄俸)을 받을 사람은 N과 같은 귀족적인 여자와 결혼할 권리가 없다고 생각한다. 근 일 년 간의 일기로 이루어진 소설은 조금은 지루할 정도로 상기 이유를 반복적으로 설명하면서 연애를 지연시키며 주인공은 또 이 때문에 깊은 고민과 번뇌에 빠진다.

「첫사랑 값」에 나타난 이런 유경이의 연애관, 결혼관은 곧 주요섭의 연애관, 결혼관이기도 하다. 엘렌 케이의 연애관, 결혼관을 받아들인 주요섭은 「첫사랑 값」을 발표하기 일 년여 전에 이미 「결혼생활(結婚生活)은 이러케 할 것」(『신여성』, 1924.5), 「결혼생활에 요(要)하는 삼대조건(三大條件)」(『신여성』, 1924.5) 등 평론을 통하여 자신의 연애관과 결혼관을 피력하는데 이것이 「첫사랑 값」에 그대로 드러나고 있다.

4. 보인대학 교수 주요섭의 북경 생활

1927년 6월 미국 유학길에 오르며 중국을 떠났던 주요섭은 1934년 다시 중국에 돌아온다. 이때 행선지는 상해가 아닌 북경이었다. 북경에 오기 전, 주요섭은 서울에서 『신동아』 주간을 맡고 있었다. 『신동아』 발간은 원고 부족과 총독부 검열 때문에 많은 어려움을 겪었다. 특히 일제의 원고 검열로 고생이 많았는바 원고가 검열에 넘어가면 한 달씩 걸려야 돌아왔다. 주요섭에게는 이것이 "자유천지 미국에서 돌아온 직후여서 더했겠지만 부자유스럽기가 감옥 같았"으며 잡지 발간을 "그만두라는 이야기"와 같았다.[23] 극심한 검열과 매일매일 계속되는 다망한 업무 때문에 주요섭은 정신이 극도로 긴장되어 이런 상태가 계속되면 신경과민이 올 것만 같았다.[24] 물론 주요섭이 『신동아』 주간을 사임하

---

23 주요섭, 「총독부 원고 검열에 골치, 중요기사 영역해 권말에 첨부를—다시 햇볕 본 신동아」, 『동아일보』, 1964.8.22.
24 주요섭, 「상해 '특급'과 북평」, 『동아일보』, 1934.11.11.

고 북경에 온 이유가 단순히 검열과 다망한 업무 때문만은 아니었다. 1919년 평양에서 지하신문을 발간하다 10개월의 옥고를 치른 주요섭은 1930년대에도 이 때문에 일제의 감시를 받았으며 또 그 감시를 피하기 위하여 북경으로 자리를 옮기지 않을 수 없었다.[25]

주요섭이 서울을 떠난 것은 1934년 9월 6일이었다. 당시 노산 이은상(李殷相, 1903~1982)이 그를 중국 심양(沈陽)까지 바래주었다.[26] 이로부터 22일이 지난 1934년 9월 28일, 『동아일보』는 「보인대학 교수에 주요섭 씨 취임(輔仁大學教授에朱燿燮氏就任)」이라는 기사를 통하여 일전에 사정에 의하여 동아일보사를 사임한 주요섭이 지금 북경 보인대학교(輔仁大學校) 교수로 피임되어 재직 중이며 담당과목은 '교육학'과 '서양문학'이라 밝힌다.

천주교 대학인 보인대학교는 로마교황청에서 아시아에 직접 설립한 유일한 대학교로서 '애국(愛國)'과 '애교(愛敎)'를 건교 이념으로 삼았다. 1925년 3월, 교황청에서 교장으로 임명하여 파견한 미국 오하이오 시튼(OhioSeton)대학교 교수 오투얼(O'Toole)박사가 북경 성북리광교서가10호(城北李廣橋西街10號)[27] 도패륵부(濤貝勒府)의 낡은 건물을 16만원에 사들여 교사로 정하면서 본격적으로 건교 사업이 시작되었다. 1927년 6월, 학교 명칭을 보인대학교로 명명하였으며 9월에 입학식을 거행하여 155명의 학생을 받았다. 개교 초기, 보인대학교에는 중국언어문학학과, 서양언어문학학과, 사학과, 철학과 등 4개의 학과가 있었다.

---

25 김세원, 「독립운동가 김조길 선생 딸, 재미 김자혜 할머니 ─ 김자혜 인터뷰」, 『동아일보』, 1995. 8. 17.
26 주요섭, 「심양성을 지나서」, 『신동아』, 1935. 2.
27 오늘날의 유음가 27호(柳蔭街27號).

중국의 전통문화를 계승, 발양하는 동시에 서양의 선진적인 과학사상을 받아들이는 것을 학교의 특색으로 견지해온 보인대학교는 1952년 북경사범대학교에 합병되었다. 오늘날의 북경사범대학교 성인교육대학(繼續敎育學院)이 그 후신이다.

주요섭은 보인대학교 서양언어문학학과에 재직하였다. 1927년에 설립된 서양언어문학학과는 보인대학교에서 역사가 제일 길며 졸업생을 가장 많이 배출한 학과이다. 선후로 117명의 교사가 이곳에서 강의를 하였다. 주요섭이 재직한 1934년부터 1943년 사이, 서양언어문학학과의 학과장은 영천리(英天里)라는 반일적 사상을 가진 사람이었다. 1933년에 학과장을 맡은 영천리는 학과의 발전을 위하여 다양한 개혁을 진행하였는데 그 중에서 대표적인 것이 우수한 교사의 영입이었다. 당시 학교에서는 경비를 절약하기 위하여 전임교사를 선발하는 대신 교외(校外)의 선교사들에게 강의를 맡기는 경우가 많았다. 이런 방식으로는 강의 질을 담보할 수 없다고 생각한 영천리는 우수한 전임교사 영입에 힘썼다. 영천리가 학과장을 맡은 이듬해(1934년) 미국에서 석사학위를 받은 주요섭이 보인대학교 교수로 취직한 것은 영천리의 이런 개혁과 무관하지 않을 것이다.

주요섭이 보인대학교에 재직한 당시, 서양언어문학학과에서 개설한 학과목은 크게 교육부에서 규정한 필수과목, 본교 문과대에서 규정한 필수과목, 서양언어, 서양문학 등 네 부분으로 나누어 볼 수 있다. 주요섭은 이중에서 '서양문학'을 가르쳤다. 『북경 보인대학교 역사(北京輔仁大學校史)』에 실린 서양언어문학학과 '교사 담당과목'을 보면 당시 조교(助敎) 신분인 주요섭은 '영국문학'을 1, 2, 3, 4학년 학생들에게 가르치고 있다. '교사 담당과목'에서는 『동아일보』에서 말한 '교육학'을 찾아 볼 수 없으나 당시 서양언어문학학과 '개설과목'에 선택과목으로 '교육개론', '중등교육' 등 과목이 개설되어 있는 것으로 보아 주요섭이 '영국문학'을 가르치는 동시에 '교육학' 관련 강의도 한 것으로 추정된다.[28] 훗날의 기록을 보면 주요섭은 보인대학교에서 한 주에 12시간 정도의 강의를 하였다.[29]

당시 서양언어문학학과에 재직한 30여 명 교수들 중에서 조선인 교수는 주요섭을 포함하여 2명밖에 없었으나 종래로 다른 중국인 교수들로부터 소외당한 적이 없었으며 중국인 학생들도 주요섭을 스승으로 깍듯이 모셨다고 한다.[30]

주요섭은 북경을 배경으로 도합 9편의 작품을 썼다. 이런 글들은 주요섭의 북경 생활을 추적하는데 좋은 자료를 제공해준다. 북경이 주요섭에게 준 첫 인상은 '도시'이기에 앞서 하나의 '궁(宮)' 또는 '공원'이었다.[31] 주요섭은 그 원인을 "북평(北平)은 원래가 도회(都會)로 발달(發達)된곳이 아니고 천자(天子)의 한 정원(庭園)으로 발달(發達)된곳"[32]이기 때문이라고 한다. 이런 북경을 주요섭은 "아름답고 평화(平和)스럽고 안윽하고 고전적(古典的)이고 고귀(高貴)하고 사랑스런곳"[33]이라고 조선의 독자들에게 소개한다.

당시 '양고기', '오리고기', '거지', '먼지'가 북경의 명물로 불렸으나 주요섭은 자신에게 권리가 주어진다면 '돈회계', '자전거', '인력거', '이

---

28 徐乃乾 主編, 『北京輔仁大學校史(1925~1952)』, 中國社會出版社, 2005 참조 정리.
   상기 책을 보면 주요섭이 교육대학에서 강의하였다는 기록은 없다.
29 주요섭, 「나의 문학편력기」, 『신태양』, 1959.6, 270쪽.
30 주요섭, 「중국, 중국인, 민족성」, 『자유』, 1971.10, 109쪽.
31 주요섭, 「북평잡신」, 『동아일보』, 1934.11.13.
32 주요섭, 「북평잡감」, 『백민』, 1937.6, 32쪽.
33 위의 글, 33쪽.

발관', '사진관', '나무', '거리의 동물', '동안시장(東安市場)'을 북경의 명물로 보충하고 싶다고 한다. 북경에서의 '돈회계'의 어려움과 거리에 넘쳐나는 '자전거', '인력거', '이발관', '사진관', '나무', '동물' 그리고 '동안시장'의 번화함은 주요섭에게 깊은 인상을 주었던 것이다. 북경의 구경거리로 주요섭은 '고궁', '도서관', '동안시장', '천단', '향산'을 추천한다.[34] 그리고 비록 경제적으로는 풍요롭지 못할지라도 새나 병아리를 기르거나 호궁(胡弓)을 타며 즐겁게 살아가는 중국 서민들의 삶의 방식에 공감한다. 주요섭은 이것을 "돈이 많아야 취미생활(趣味生活)이 되는 줄로 생각하는 조선인(朝鮮人)들에게 보여주고싶다"[35]고 한다.

이처럼 북경과 중국인들에게 모두 호감을 가진 주요섭에게 보인대학교 교수라는 직업은 또 물질적, 시간적 여유를 가져다주었다. 때문에 주요섭은 "지구(地球)의 약삼분지일(約三分之一)쯤은 편답해본 경험(經驗)이 있거니와 이 북평(北平)에서처럼 몸과 정신과 마음의 평화(平和)를 누려본 경험이 일즉없었다"[36]고 한다. 그러나 주요섭의 북경 생활이 평탄하기만 한 것은 아니었다. 주요섭은 북경에서도 계속하여 일제의 주목과 감시를 받았다. 1938년, 주요섭은 북경 주재 일본 영사관에 불려가 조사를 받았다. 이때의 조사 기록서를 보면 주요섭은 당시 '북경동성미시가청년회기숙사(北京東城米市街靑年會寄宿舍)'에 거주하였으며 일제는 주요섭을 '좌익사상포지자(左翼思想抱持者)(민사포(民思抱))'로 분류하고 "민족주의를 품고 있는 자로서 중국에 있는 조선인과 연락하여 불법행위를 할 우려가 있어 주의중임"이라 적고 있다.[37] 이러한 주목이

---

34 주요섭, 「북평잡신」, 『동아일보』, 1934.11.11~21.
35 주요섭, 「중국인들의 생활을 존경한다」, 『조선문학』, 1937.6 참조.
36 주요섭, 「북평잡감」, 『백민』, 1937.6, 33쪽.

계속 되어 오던 1943년, 주요섭은 "일본의 대륙 치략에 협조하지 않는다는 이유로 추방 명령을 받아 귀국"[38]하게 되었다.

5. 북경 시기의 문학

주요섭의 서울 생활에는 늘 일제의 감시와 원고 검열이 동반되었다. 언론이 자유로운 미국에서 돌아온 주요섭에게 이것은 그 무엇보다 견디기 힘든 일이었다. 이런 생활이 계속되면서 차츰 자신의 문학 창작에 회의를 느낀 주요섭은 북경으로 오면서 다시는 창작에 손을 대지 않기로 결심했다.[39] 그러나 북경에서의 안정적이면서도 여유로운 생활은 또다시 그의 창작 의욕을 자극하였다. 원고청탁에 의하여 북경을 소개하는 글을 쓰는 것으로 작품 활동을 재개한 주요섭은 북경에서 그의 문학 생애의 전성기를 맞게 된다. 훗날 주요섭의 대표작으로 불리는 「사랑손님과 어머니」와 「아네모네의 마담」은 모두 이 시기에 창작된 작품이다.

「사랑손님과 어머니」(『조광』, 1935.11)는 여섯 살 난 어린 소녀 옥희의 시선으로 어머니와 사랑손님 사이의 사랑을 그리고 있다. 친구의 아내를 사랑하나 도덕적 이유 때문에 그 사랑이 불발로 그치고 만다는 점에서 「사랑손님과 어머니」는 강경애의 「번뇌」(1935.6~7)와 일치하다. 그

---

37 奧平康弘 편, 『昭和思想統制史資料』, 고려서림, 1991, 222쪽.
38 이태동 편, 「주요섭 평전」, 『조선대표명작총서 13 – 주요섭』, 벽호, 1992, 366쪽.
39 주요섭, 「나의 문학편력기」, 『신태양』, 1959.6 참조.

러나 「사랑손님과 어머니」는 아이의 시선으로 어른의 사랑을 관찰한다는 독특한 시점을 사용함으로써 의외의 미학적 효과를 거둔다. 작품에서 옥희는 관찰자인 동시에 매개자이기도 하다. 어머니와 사랑손님은 모두 옥희를 이용하여 상대방을 이해하며 또 서로의 마음을 전달한다. 달걀, 꽃, 편지와 같은 사랑의 징표들은 모두 옥희를 통하여 오간다. 「사랑손님과 어머니」는 또 여러 가지 소품을 효과적으로 활용하고 있다. 특히 풍금은 어머니의 심경 변화를 잘 보여준다. 아버지가 돌아가신 후 한 번도 타지 않았던 풍금을 사랑손님이 온 후 다시 꺼내 타다가 사랑손님이 가게 되니 또다시 간직해 둔다. 여기서 풍금은 어머니의 사랑을 의미한다.

「아네모네의 마담」(『조광』, 1936.1)은 다방 마담 영숙이의 짝사랑을 그리고 있다. 영숙이는 매일 다방에 찾아오는 한 학생을 사모하게 된다. 그 학생의 눈길을 끌기 위하여 영숙이는 학생이 좋아하는 '미완성 교향곡'을 자주 틀어주기도 하고 또 당시의 조선 여성으로서는 보기 드문 귀걸이를 끼기도 한다. 그러나 학생이 카운터 쪽을 바라본 것은 영숙이를 보기 위한 것이 아니라 그의 뒤에 있는 '모나리자' 그림을 보기 위한 것이었다. 자신의 사랑이 오해에서 비롯된 짝사랑이었음을 알게 된 영숙이는 귀걸이를 떼어내고 다시 평범한 일상으로 돌아온다. 「아네모네의 마담」에도 「사랑손님과 어머니」와 마찬가지로 주변의 도덕적 시선에 대한 의식 때문에 겪게 되는 사랑의 좌절이 있다. 학생과 교수 부인의 사랑이 바로 그렇다.

「사랑손님과 어머니」와 「아네모네의 마담」은 비록 남녀 간의 사랑이라는 평범한 소재를 다루었지만 독특한 시각, 구성 및 생동한 묘사로 인하여 주요섭의 대표작으로 인정된다. 시각이나 구성과 같은 작품 형식에 대한 중시와 사랑이라는 소재에 대한 관심은 등단작 「이미 떠난 어린 벗」(1920)으로부터 보이며 이는 20년대 중반의 「첫사랑 값」 등 작품을 통하여 30년대의 「사랑손님과 어머니」와 「아네모네의 마담」으로 명맥을 이어오고 있다.

「사랑손님과 어머니」와 「아네모네의 마담」은 이 시기 주요섭 문학의 최고수준을 대표하는 작품임은 틀림없으나 문학 전체를 대표하는 것은 아니다. 상해 시절에 비하면 많이 약화된 형태이지만 주요섭은 북경에서도 시대와 사회에 대한 관심을 보이며 이를 작품화 하였다. 양적인 면에서는 이 부류의 작품이 훨씬 많다.

북경에서 창작한 작품의 절반 정도가 중국을 배경으로 중국에 거주하고 있는 조선인을 다루거나 조선을 배경으로 하되 재중조선인과 관련되는 작품임에 주목해볼 필요가 있다. 주요섭은 북경에 거주하면서 재중조선인의 삶을 국내에 전하는 동시에 외부의 시각에서 국내의 변화를 보여준다.

「북소리 두둥둥」(『조선문단』, 1936.3)은 북간도 독립운동가 유족의 이야기를 다룬다. 인선이 아버지는 인선이가 태어나던 날 새벽 총출동을 알리는 북소리를 듣고 '한사람 있구없는 데 승부가 달렸'다며 총을 메고 나갔다가 전사한다. 어머니를 따라 조선에서 생활하였으나 인선이는 십여 살 되던 때부터 가끔 자신을 부르는 북소리가 들린다는 환각에 빠지더니 스무 번째 생일날 저녁에는 아버지와 같은 '한사람'이 되겠다며 어디론가 정처 없이 떠난다. 이야기가 조금 비현실적인 감은 있으나 1930년대 중반이라는 사회적 조건하에서 20년 전과 같은 생각과 각오로 투쟁을 이어가려는 사람이 있음을 보여준다는 점은 긍정할 바이다. 이야기의 서술자인 '나'가 자기의 아들도 지금은 멋모르고 북을 두

드리나 앞으로 인선이와 같은 길을 선택할지도 모른다고 하는 것은 인선이와 같은 '한사람'이 앞으로도 계속 나타날 것임을 보여준다.

「봉천역 식당」(『사해공론』, 1937.1)은 해외 출입이 잦아 봉천역을 자주 거치던 화자 '나'가 역내 식당에서 9년 동안에 4차례나 목격한 한 조선여성의 급격한 변신과 몰락에 경악한다는 이야기이다. 당시 조선에서 육로를 통하여 중국 관내로 가는 경우 대부분 신의주(新義州) → 안동(安東) → 봉천(奉天)의 코스를 밟으며 봉천에서 다시 관내의 각지로 이동한다는 점과 주요섭이 「봉천역 식당」을 쓰기까지 이미 중국 상해와 북경에서 십여 년 생활한 점을 염두에 두면 이 작품은 주요섭이 다년간 봉천역을 다니면서 보아온 재중조선인의 삶을 한 여성의 몸에 집약시켜 서술한 것이라 볼 수 있다. 때문에 '나'는 이 여성을 보면서 "해외로 떠도는 조선여성의 한타입의 표본을 눈앞에 앉히고 보고잇는것 같이 생각"된다.[40]

「의학박사」(『동아일보』, 1938.5.17~25)는 장기간 외국생활을 하다 귀국한 '나'의 눈을 통하여 의학박사 채동일의 변화를 보여준다. 20년 전에는 환자에 대한 사랑과 관심을 지니고 문제의 원인을 주관으로부터 찾던 채동일이 오늘날에는 원인을 설비의 부족 등 외부적 환경에서 찾으며 환자에 대해 불만을 토로하는 대비를 통하여 기술은 숙련되었지만 도덕적으로 타락한 모습을 그린다. 그리고 이런 채동일의 변화를 비판하는 '나'에 대하여 여동생이 작가인 '나'가 창작에 대한 열의도 채동일이 환자에 대한 태도의 변화에 못지않게 변했음을 지적하는 것을 통하여 이 시기 전반 한인 사회에 만연된 도덕적 타락과 해이를 꼬집는다.

---

40 주요섭, 「봉천역식당」, 『사해공론』, 1937.1, 68쪽.

이상 작품의 특점은 일정한 시간적 차이를 두고 나타난 두 개의 조선인 사회 모습이다. 이때 조선인 사회는 조선 국내와 재중조선인 사회를 모두 망라한다. 이는 주요섭이 북경에서 생활하면서 창작한 것과 무관하지 않다. 아버지의 뒤를 이어 아들 인선이가 '한사람'이 되기 위하여 나선다는 「북소리 두둥둥」처럼 시간이 흐를지라도 변치 않는 모습으로 나타나는 경우도 있지만 대부분의 경우 변화된 모습을 보여준다. 이때의 변화는 긍정적인 방면으로의 변화가 아니라 부정적인 방면으로의 변화이다. 변화의 결과는 도덕적으로 타락하거나 물질적으로 몰락한 모습이다.

6. 결론

중국 체험을 갖고 있는 조선 근대 문인 중에서 주요섭은 가장 오랜 시간 중국에 거주하면서 창작활동을 진행한 작가 중의 한사람이며 그 문학적 성취도 주목할 만하다.

1921년 3월 상해에 온 주요섭은 1927년 미국으로 떠나기까지 6년의 시간을 상해에서 생활하였다. 상해에서 호강대학을 다닌 주요섭은 대학교의 여러 활동에 적극 참가하여 두각을 나타냈으며 상해 조선인 사회에서도 활발히 활약하였다. 특히 주목을 요하는 것은 당시 주요섭은 흥사단에 가입하였을 뿐만 아니라 사회주의를 받아들이면서 모태신앙인 기독교를 부정하고 있음이다. 동시에 주요섭은 문학 창작에서도 풍성한 성취를 거두었는바 상해에서 소설, 시, 희곡, 평론 등 여러 장르에 거쳐 28편의 작품을 창작하였다.

주요섭이 상해에서 창작한 대부분의 소설은 하층 민중의 지난한 삶을 사실적으로 보여주는 동시에 민중이 갖고 있는 인간다운 삶에 대한 추구까지 그려내고 있다. 상해에서 창작한 첫 작품 「추운 밤」으로부터 시작된 이런 민중의 삶에 대한 관심과 주목은 「인력거꾼」, 「살인」 등 작품으로 이어진다. 상기 작품을 통하여 주요섭은 민중을 더는 단순한 '동정의 대상'으로만이 아닌 '가능성의 대상', '긍정의 대상'으로 보고 있다.

민중의 삶을 소재로 하여 강한 사회성을 지닌 작품 창작에 주력함과 동시에 주요섭은 처녀작에서 보여준 '사랑'이라는 주제와 창작기교에 대한 탐구도 멈추지 않았다. 상해에서 창작한 유일한 중편소설인 「첫사랑 값」이 바로 그런 작품이다.

1934년부터 1943년까지의 근 10년간 주요섭은 북경에서 생활하였다. 북경에서 보인대학교 서양언어문학학과에 재직한 주요섭은 '서양문학'을 주로 가르치는 동시에 '교육학' 관련 강의도 진행하였다. 북경에서 주요섭은 상대적으로 안정적이면서도 여유로운 삶을 살았다. 북경이 주요섭에게 준 첫 인상은 '도시'이기에 앞서 하나의 '궁(宮)'이었으며 '공원'이었다. 그리고 비록 경제적으로는 풍요롭지 못할지라도 간단한 취미생활을 즐겨가는 중국 서민들의 삶에 주요섭은 공감과 존경을 나타냈다.

주요섭은 북경에서 문학 생애의 전성기를 맞았다. 근 10년간, 주요섭은 소설, 시, 수필, 평론 등 여러 장르에 거쳐 30편의 작품을 창작하였다. 그의 대표작으로 불리는 「사랑손님과 어머니」와 「아네모네의 마담」은 모두 이 시기에 창작된 작품이다. 두 작품은 '진정한 사랑'을 저애하는 인습과 기성 윤리에 대한 비판을 통하여 주요섭의 '사랑지상주의'를 보여주는 동시에 또 형식의 다양화와 적절한 소품의 사용을 통하여 예술성을 강화하였다.

「사랑손님과 어머니」와 「아네모네의 마담」은 북경 시기 주요섭 문학의 최고 수준을 나타내는 작품임은 틀림없으나 문학 전체를 대표하는 것은 아니다. 1920년대에 비하면 많이 약화된 형태이지만 주요섭은 북경에서도 시대와 사회에 대한 관심을 보였다. 「북소리 두둥둥」, 「봉천역 식당」, 「의학박사」 등 작품이 여기에 속한다. 이런 작품의 특점은 일정한 시간적 차이를 두고 나타난 두개의 조선인 사회 모습이다. 아들이 아버지의 뒤를 이어 투쟁에 나서는 「북소리 두둥둥」처럼 시간이 흐를지라도 변치 않는 모습을 보여주는 작품도 있지만 대부분의 경우 변화된 모습을 나타낸다. 이때의 변화는 긍정적인 방향으로의 변화가 아니라 부정적인 방향으로의 변화이다. 변화의 결과는 물질적으로 몰락하거나 도덕적으로 타락한다. 이는 현실에 대한 주요섭의 부정과 실망을 반영한다.

참고문헌

1. 기본 자료

『동아일보』, 『조선일보』, 『매일신보』, 『신동아』, 『신가정』 등 신문, 잡지.

한국역사종합시스템(http://www.koreanhistory.or.kr).

한국독립운동사 정보시스템(http://search.i815.or.kr/Main/Main.jsp).

국가전자도서관(http://www.dlibrary.go.kr).

2. 단행본 및 논문

김영화, 「사회와 인간―주요섭론」, 『월간문학』, 1979.10.

김용성, 『한국 현대문학사탐방』, 현암사, 1984.

김윤식, 『한국 근대문예비평사연구』, 일지사, 2006.

손과지, 『상하이한인사회사』, 한울, 2001.

이어령, 『한국작가전기연구』(하), 동화출판공사, 1980.

이주미, 『주요섭 소설 연구』, 고려대 석사논문, 2003.

이주일, 「주요섭론」, 『한국 현대작가연구』, 국학자료원, 2002.9.

이태동, 「주요섭 평전」, 『주요섭 미완성』, 벽호, 1992.

임윤정, 『주요섭 소설에 대한 연구』, 연세대 석사논문, 1990.

장춘식, 『해방전 조선족이민소설연구』, 중국 : 민족출판사, 2004.

한설야의 중국인 인식을 통해 본
중국 심상지리* 소설『대륙』과 중국기행문을 중심으로

한홍화

1. 머리말

한설야의 중국 체험이 식민지 조선의 여느 문인들에 비해 독특한 점은 무엇보다도 그의 중국 체험의 다양성에 있다고 해야 할 것이다. 만주만 5, 6번[1] 다녀왔고, 북경에 두 번 다녀 온 적이 있는 그는 유학생, 이주자, 기자, 여행자 등 각이한 신분으로 중국을 다양하게 체험하였기 때문이다.

1919년 20살 되던 해, 한설야는 형을 따라 북경 익지 영어 학교에 입학함으로써 유학생활을 경험하였고, 1925년 봄 부친이 타계하자 가족을 이끌고 무순으로 이주하여 2년간[2]의 이민자 생활을 체험하였다.

---

* 이 글은 2014년 대한민국 교육부와 한국학중앙연구원(한국학진흥사업단)을 통해 해외한국학중핵대학육성사업의 지원을 받아 수행된 연구임(AKS-2014-OLU-2250004).

1 한설야,「大陸－作者の言葉」,『국민신보』, 1939. 5. 28.

2 한설야가 무순으로 이주해간 시기에 관해서는 1925년(김윤식,「이중어글쓰기의 제4
형식」,『20세기 한국작가론』, 서울대 출판부, 2004, 76쪽)이라는 견해와 1926년(문학

1929년에는 재만동포의 실정을 조사하기 위해 장백현 지사(知事) 책윤전(翟潤田) 씨를 방문한 적이 있었고, 1930년 "간도5·30폭동"이 일어날 무렵 용정에 머물고 있었으며, 1933년 10월 '팔도구 폭동' 사건을 취재하기 위해 조선일보사 기자로 간도에 급파되기도 했다. 그리고 1939년 6월, 여행자의 신분으로 북경의 명승지를 돌아보고 중국 예단(藝壇)의 대가들을 방문하기도 하였다. 해방 후 1946년 9월 김일성 전기를 집필하기 위해 중국동북지역의 항일무장투쟁 전적지를 답사한 경험까지 포함하면 한설야에게 있어서 중국 체험이 갖는 의미는 결코 작지 않다.

한설야가 중국(인) 관련 수필이나 평론에서 드러내고 있는 남다른 자부심도 그의 이러한 풍부한 중국 체험이 가져다 준 자신감에서 온 것이라 할 수 있다. 예컨대 '지금까지 만주와 관련된 수많은 문헌, 수필, 기행문은 대개 철도연선에 국한되어 있어 만주의 일부분에 지나지 않는다[3]라고 평가를 하는 것이나, 일본 작가 우에다 히로시(上田廣)의 소설 「地燃ゆ」이 '중국인을 왜소화시켜 제 성미에 맞게 자기의 것으로 창작한다[4]고 비판하는 것, 그리고 미국 여류작가 펄 벅(Pearl Sydenstricker Buck)의 소설 『대지』에 묘사되는 '지나인이 대부분 진실성을 결한 즉 거짓말로서 꾸며진 것'이며, 중국 작가 임어당(林語堂)의 소설 「북경의 날」은 '지나인을 그리되 절반만을 클로즈업했다[5]고 지적하는 것 등등은 모두 그의 중국(인)에 대한 인식에 있어 드높은 자신감과 자부심의 직접적인

과사상연구회, 『한설야 문학의 재인식』, 소명출판, 2000, "작가연보"; 서경석 편, 『과도기』, 문학과지성사, 2011, "작가연보")이라는 견해가 존재한다. 이 글에서는 한설야의 「나의 이력서 - 고난기」에서 밝힌 정보를 참고하였다.

3   한설야, 「大陸 - 作者の言葉」, 『국민신보』, 1939. 5. 28.
4   한설야, 「천단」, 『인문평론』, 1940. 10.
5   한설야, 「신지나문학의 인상」, 『매일신보』, 1940. 7. 9~11.

표현이 아닐 수 없다.

이 글은 이처럼 중국인에 대한 자부심을 서슴없이 표출하고 있는 한설야에게 과연 중국인은 어떻게 파악되고 있는가라는 원론적인 문제제기에서 출발하고자 한다. 이는 한 조선작가의 눈에 비친 외국인으로서 중국인의 형상에 대한 단순한 고찰이 아니다. 이 물음 속에는 당시 '만주사변'과 '만주국' 건국 이후 유난히 민감했던 '중국(중화민국)'과 '만주국'의 지정학적 관계에 대한 인식, '만주국'과 지배이데올로기에 대한 작가의 반응과 태도, 국가와 민족의식 등등의 복잡한 문제들이 한데 얽혀져 있기 때문이다. 본고는 상술한 문제들에 대한 한설야의 인식과 대응을 그의 소설 『대륙』과 중국기행문에 나타난 중국인 인식을 통해 살펴보고자 한다. 특히 한설야가 지나인(한족)과 만주인(만주족) 두 민족을 당시 시대적 분위기 속에서 어떻게 구분 짓고 통합하며 또 정체성을 부여하는가에 주목함으로써 중국 판도에 대한 한설야의 심상지리적 인식을 고찰하는 것을 목적으로 한다.

그동안 한설야의 중국(인) 인식 관련 연구는 주로 '만주'에 집중되어 왔다.[6] 그 대표적인 예로, 등단 초기에 발표된 한설야의 '만주' 소재 소설을 대상으로 작가의 계급과 민족 인식을 고찰한 연구,[7] 일본어로 씌어진 장편소설 『대륙』을 중심으로 식민주의에 대한 비판과 저항, 탈식민의 가능성을 읽어내거나,[8] '비적' 또는 '타자'에 대한 형상 분석을 통

---

6 한설야의 북경체험에 주목하여 작품과의 내적 관계를 밝혀내고 있는 연구로 서경석, 「한설야의 『열풍』과 북경 체험의 의미」(『국어국문학』 131, 국어국문학회, 2002, 499~524쪽)가 있다.

7 유수정, 「두 개의 「합숙소의 밤」과 '만주'」, 『만주연구』 9, 만주학회, 2009, 141~182쪽.

8 김재용, 「새로 발견된 한설야의 소설 『대륙』과 만주 인식」, 『역사비평』 63, 역사문제연구소, 2003, 249~264쪽; 김성경, 「인종적 타자의식의 그늘」, 『민족문학사연구』 24, 민족문학사학회, 2004, 126~158쪽; 고명철, 「동아시아 반식민주의 저항으로서 일제

해 그 이면에 숨겨진 식민주의 이데올로기와 국가 파시즘적 권력의 작동방식을 분석한 연구,[9] 또 카프계열의 작가군 안에서 카프 사상과 만주 인식과의 상관관계를 분석해낸 연구[10] 등을 들 수 있다. 기존의 연구들은 한설야의 만주 인식을 파악하는데 있어서 다양한 시각과 방법론들을 제공해주고 있다는 점에서 그 성과와 의의가 충분히 인정된다. 그런데 문제는 논의 범위가 '만주' 지역에만 한정되어 있어, 당시 중국(중화민국)과 '만주국'의 영토적 경계와 이 두 '국가'의 공동 구성원으로서 한족과 만주족 사이의 관계, 그리고 이들 정체성에 대한 작가적 인식을 포착하기 어렵다는 점이다. 이는 작가의 '만주국' 안의 체험뿐만 아니라 '만주국' 밖 체험까지 논의의 범주에 끌어들여 전면적으로 고찰했을 때 비로소 선명해질 수 있다.

2. '만주국'의 중국인 ─ 문화적 차이와 민족의 분리

1931년 만주사변을 계기로 중국 동북 지역이 일본군에 점령당하게 되면서 중국 판도는 새로운 국면을 맞게 된다. 1932년 3월, '만주국'을

말의 만주서사」, 『한국문학논총』 49, 한국문학회, 2008, 83~109쪽; 서영인, 「만주서사와 (탈)식민의 타자들」, 『어문학』 108, 한국어문학회, 2010, 329~355쪽.

9   손유경, 「만주개척서사에 나타난 애도의 정치학」, 『현대소설연구』 42, 한국현대소설학회, 2009, 191~227쪽; 정은경, 「만주서사와 비적」, 『현대소설연구』 55, 한국현대소설학회, 2014, 53~84쪽.

10 장성규, 「일제 말기 카프 작가들의 만주 형상화 연구」, 『한국현대문학연구』 21, 한국현대문학회, 2007, 175~196쪽; 와타나베 나오키, 「식민지 조선의 프롤레타리아 농민문학과 '만주'」, 『한국문학연구』 33, 동국대 한국문학연구소, 2007, 7~51쪽.

세운 일본은 이를 승인하지 않는 국제적 여론에도 불구하고 국제연맹으로부터의 탈퇴를 선언하면서까지 '만주국'의 독립을 견고히 주장하였고, 1933년 초, 중국 국민당정부와 '당고정전협정(塘沽停戰協定)'[11]을 맺게 되면서 '만주국'의 존재를 확고히 해나간다. 중국 국민당정부는 이 타협정책을 통해 장성선(長城線)을 경계로 열하성(熱河省) 및 하북성(河北省)의 관외(關外) 부분까지를[12] '만주국'의 영역으로 인정한 셈이다.

그러나 무력으로 중국 영토를 분할하여 그 일부를 획득해낸 일본은 한편 크게 우려하는 점이 있었으니, 그것은 바로 만주 인구의 절대다수를 차지하는 '지나인' 즉 한족들의 민족 단합에 의한 저항시위였다. 그도 그럴 것이 "만주 인구 삼천만 중 한족이 이천륙칠백 만을 점한다"[13]는 1932년의 한 기사 통계에 따르면, 만주 총 인구의 90%가 한족이며, 게다가 이들 대부분은 하북, 산동 지역에서 건너온[14] 이주민 또는 그 후손으로, 중국 관내의 한족과 직접적인 혈통 관계를 맺고 있었기 때문이다. '만주국'은 "중화민국의 영토로부터 분리, 독립한 것"이며, 그것은 "결코 중화민국 국민의 일부가 독립되어 이루어진 것이 아니"라 "재만 일본인과 그 외 민족에 기초하여 건설된 3천만 인구의 신흥국가"[15]

---

11 1933년 2월 24일 일본은 열하성을 점령한 데 이어 산해관(山海關)마저 점령하여 하북성을 향해 진군하기 시작하였다. 1933년 5월 초순 북방과 동방으로부터 하북성 안으로 침공하여 5월 22~23일에는 북경에서 30~50킬로미터 거리까지 육박하자 중국 쪽은 5월 25일 일본군에게 정전을 요청하였는데 이것이 5월 31일 관동군 대표 오카무라[岡村寧次] 소장과 중국군 대표 웅빈(熊斌) 사이에 당고에서 성립된 이른바 '당고정전협정(塘沽停戰協定)'이다. '당고정전협정'은 중국 쪽에서 '만주국'이라는 존재를 사실상 승인하게 되었음을 의미하는 것이기도 했다(최문형, 『일본의 만주 침략과 태평양전쟁으로 가는 길』, 지식산업사, 2014, 119~201쪽 참조).

12 위의 책, 201쪽.

13 김장환, 「만주와 열국관계」, 『동아일보』, 1932.1.2.

14 한석정·노기식, 『만주, 동아시아 융합의 공간』, 소명출판, 2008, 6쪽.

15 「滿洲國は所謂支那人の 滿洲國にあらず」, 『대만몽』, 1934.3.28.

임을 거듭 강조하는 한 일본인의 평론은 '만주국'의 한족과 중국 본토 간의 연대의식에 대한 일본인의 불안감을 잘 보여준다. 일본인에게 있어서는 '만주국' 내 한족의 민족 통합을 가능한 약화시키고, 한족의 중국 본토와의 연대성을 끊어버리는 것이 '국가'의 존립에 긴요한 문제로 부상되었던 것이다.

이에 일본은 구 국민당의 우표, 예식, 삼민주의와 반외세 사상을 담고 있는 교과서를 폐기처분하는 등 중국의 민족주의와 관련되는 일체의 것을 금지하거나,[16] 만주족으로만 구성된 경비대를 결성하여 한족 병사를 감시하는[17] 등 다른 민족을 이용하여 한족을 억누르는 민족분할통치를 실시하였다. '만주국'을 구성하는 일, 한, 만, 선, 몽 다섯 민족 중에서 한족은 지위가 가장 낮은 민족으로 취급되었으며,[18] '만주국' 정부의 감시와 배제, 차별의 대상이 되었던 것이다. 지나인 범죄자에 대한 '만주국'의 특수한 처벌방식에 대해 "지나인은 도대체 어떤 사람들을 가리키며 '만주국인'(의 지나인)과 (중화민국의) 지나인의 차이는 무엇인가"[19]라는 의혹을 제기하고 있는 한 기사는 '만주국'의 한족에 대한 차별 정책을 여실히 보여주는 좋은 예시가 된다.

결국 '만주국'이 내세운 '오족협화' 건국이념 속에는 다른 민족을 이용하여 다수 민족인 한족을 견제함으로써 '만주국'의 식민 지배를 강화

---

16 한석정, 『만주국 건국의 재해석』, 동아대 출판부, 2007, 168쪽 참조.

17 石岩, 「僞滿時期日本對東北少數民族的民族政策」, 『滿洲硏究』 第1期, 2012, 91쪽.

18 高承龍, 「僞滿洲國民族政策硏究」, 東北師範大學博士論文, 2011, 104쪽.

19 「滿洲人は支那人のか」, 『만주일일신문』, 1936.4.19. 이 기사에서 '만주인'은 '만주에 거주하고 있는 사람' 즉 '만주국인'의 의미로 사용되고 있다. 이 기사에서는 지금까지 만주의 지나인 범죄자에 대한 일본의 차별적인 태형처분을 예로 들어, 1932년 3월 이래 만주의 지나인은 이미 '만주국인'으로 되었는데, 그들을 (중화민국의) '지나인'으로 취급하고 있는 문제를 언급하고 있다.

하고자 하는 일제의 민족분할 통치의 의도가 깔려 있었던 것이다.[20] '만주국'은 한족으로 하여금 과거와 역사를 삭제하고 '만주국'의 새로운 국민으로 재탄생할 것을 강요하면서도, '만주국' 안에서는 견제와 부정 의 방식으로 한족의 존재를 약화시키고자 하였다.

'만주국'은 한족에 대해 고도의 진압과 고립정책을 실시한 반면 만 주족, 특히 만주족의 상층귀족과 친일분자에 대하여서는 특별대우를 해 줌으로써 이용정책을 펼쳤다.[21] '만주족'의 민족적 정체성도 상대 적으로 부각되었다. 한족의 중화민국에 대항하여 일본은 의도적으로 만주족의 '만주'를 차용, 변형시켜 '만주국'이라는 명칭을 붙였으며,[22] 청조복벽의 꿈을 품고 있는 만주족 귀족들과 군벌세력들을 흡수, 중용 하고[23] 1934년에는 청조의 퇴위황제 푸이를 황제의 자리에 즉위시킴 으로써 만주족의 호소력을 얻고자 하였다. 일본은 또 '한족'으로 동화 되어 구별하기 어려운 '만주족'을 '한족'과 다르게 구별 짓기 위해 애를 썼다. 이러한 노력은 일본에서 온 언어학자가 흑룡강 벽촌에서 만주어 의 모어 화자(native speaker)를 찾으려 한 점이나, 초기 '만주국'의 국어는 중국어(즉 지나어, 한어)였지만 '만주어'라고 불렀다는 점[24]을 통해서 알 수 있다.

한족과 만주족에 대한 '만주국'의 이러한 분리, 차별 정책을 그대로

---

20 이명종, 「근대 한국인의 만주인식 연구」, 한양대 박사논문, 2014, 208쪽.
21 解學詩, 『僞滿洲國史新編』, 人民出版社, 2015, 256쪽.
22 박형신, 「청말 시기 만주 지역 연구」, 『한국기독교와 역사』 43, 한국기독교역사연구소, 2015, 147쪽.
23 高承龍, 앞의 글, 26쪽; 郭豔, 「親善背後的猙獰」, 『青海民族研究』 第1期, 2014, 100쪽 참조.
24 나카미 다사오, 「역사 속의 '만주'상」, 박선영 역, 『만주란 무엇이었는가』, 소명출판, 2013, 31쪽.

보여주고 있는 소설이 바로 한설야의 장편소설『대륙』이다. 그동안 『대륙』이 학계에서 주목을 받고 있었던 중요한 이유 중 하나가 이 작품이 '재만조선인'의 삶에 초점을 둔 여타의 '만주서사'와는 달리, '만주인'을 서사의 중심에 놓고 이야기를 구성해 나가고 있다는 특이한 점 때문이라고 한다면, 이 작품이 주목되어야 하는 또 다른 이유는 바로『대륙』이 만주인과 지나인 두 민족의 '차이'를 구분하여 드러내고 두 민족에 대한 '만주국'의 정책과 일본인의 태도를 고스란히 보여주고 있다는 점에 있다.

물론『대륙』에서 '지나인'이 차지하는 비중은 그리 많지 않다. 또한 '만주인'처럼 구체적인 인물로 형상화되어 있지도 않다. 조집오, 조마려, 왕쾌퇴 등 고유한 인격을 갖춘 '만주인'에 비해, '지나인'은 '장가(張家)네', '신가(申家)네'와 같이 단체의 이름으로 호명되거나, 보이지 않는 추상적인 대상 존재로 언급되며, 이들은 '만주인'과 아무런 직접적인 연결도 맺지 않고 있다. 하지만 작품 속에서 '지나인' 또는 한족적인 것은 언제나 일본인 화자에 의해 만주족의 비교 대상으로 취급되면서 만주족과 분리된다는 점에 유의할 필요가 있다.

"그 투피스 참 잘 어울려요. 색도 무늬도 …… 정말 맘에 들어요. 호호호."
하야시는 말없이 오야마를 보고 웃었다. 마려에게 새 옷을 사준 사람이 오야마라는 것을 하야시는 알고 있었던 것이다.
"잘 어울리지요?"
마려는 하야시의 악의 없는 웃음을 보았는지 시치미를 떼었다.
"지나, 아니 만주복도 나쁘지 않아요."
(…중략…)

"나도 만주복 입어볼까?"

마스코는 그렇게 말하며 하야시에게 동의를 구하는 듯한 눈빛을 보이고 똑바로 오빠를 바라보았다.[25]

『대륙』에서는 흥미롭게도 복장에 대한 언급이 자주 나온다. 만주에서의 개척 사업을 꿈꾸는 두 일본 청년 하야시와 오야마가 만주인 마려를 길에서 처음 봤을 때 지나옷 차림을 하고 있는 그녀를 중국 남방 여인으로 착각하고 농을 걸며, 마려는 오야마와 함께 영화구경을 나가면서 입고 있었던 지나복을 만주복으로 바꿔입으려 했다. 그리고 오야마가 아버지를 납치한 마적의 두목 왕쾌퇴를 만나러 갈 때 일부러 만주복을 맞춰 입기도 하며, 오야마 부자(父子)가 마적에게 납치되었다는 소식을 들은 마려가 신경 오리엔탈 클럽을 떠날 때 '기모노', '양복', '만주복'을 놓고 고민을 하던 끝에 양복을 선택해 입고 "만일의 경우를 대비해"(129쪽) 만주복을 챙겨 넣는다. 이때 복장은 단순히 몸을 가리기 위한 기본적 기능으로서의 의복이나, 미를 창출하기 위한 유행 패션이 아니라, 한 민족의 정체성이나 권력을 대표하는 상징적 의미를 지니는 것이다.

위의 인용문 역시 마찬가지이다. 오야마는 마려가 자신이 사준 새 옷(투피스)을 입고서 잘 어울리는지를 묻자, 생뚱맞게 만주복도 나쁘지 않다고 대답한다. 마려의 질문과는 다소 동떨어진 오야마의 대답은 그 어느 쪽도 잘 어울리는 마려의 미모에 대한 찬미일 수도 있겠으나, 이보다는 만주인을 사랑하게 된 일본인으로서 오야마는 자신이 타민족

---

25   한설야, 「대륙」, 김재용 편, 『식민주의와 비협력의 저항』, 역락, 2003, 47쪽. 이하의 인용문은 쪽수만 표기하기로 한다.

을 존중한다는 것을, 말하자면 '만주족'에 대한 인정[26]의 진심을 마려에게 전달하고자 했던 것임을 감지할 수 있다. 그런데 문제는 만주족의 민족적 정체성에 대한 인정은 한족과의 철저한 차이와 구별 속에서 더욱 부각되고 있다는 점이다. "지나, 아니 만주복도 나쁘지 않아요."라는 오야마의 말에서 '지나'는 '만주족'과 비교되면서 부정되는데, 이것이 오야마의 단순한 말실수에서 나온 것이 아니라는 것을 아래의 인용문을 통해 확인할 수 있다.

①

그녀는 입사한 지 얼마되지 않았고 유일한 외국인이어서 조심하고 있었다. 사장은 그걸 알기라도 하는 것처럼 그녀에게 마음을 써주었다.

"지나, 아니 만주어는 배우면 배울수록 어렵군."

사장은 만주어 책을 펼치고 옆의 의자를 가리키며 말했다.

"이쪽으로."

"고맙습니다."

"발음도 어려운데 사성까지 있어서 말야."

②

"만주어가 너무 어려워서 말야. 순관화(純官話)는 발음이 굉장히 어려워."

---

26 오야마의 대답은 역설적으로 오야마의 무의식적 우월감을 암시해주는 것으로 볼 수 있다. 오야마는 만주인을 평등하게 대하려 하고, 고토 사장과 자신의 아버지, 옛 약혼녀 유키코가 마려가 만주인이라는 이유로 멸시하는 태도에 대해서도 비판적인 입장을 취하지만, 마려와 교제하는 과정에 일본인으로서 무의식적인 우월감을 드러내기도 한다(여기에 관해서는 졸고, 「일제 말기 소설에 나타난 만주인식 연구」, 아주대 박사논문, 2014 참고).

사장은 궐련에 불을 붙이고 수다스럽게 말했다. 청족이 한족을 정복하고 한족의 말을 하기 시작하면서 그 말은 복잡하고 어려운 부분이 없어져서 비교적 간단했다. 그것이 북경의 관화이다. 그러나 만주는 중앙에서 멀리 떨어져 있는 관계로 고래의 복잡한 음이 그대로 남아있는 것이다.(50쪽)

위의 두 인용문은 만몽모직회사의 고토 사장이 만주어와 지나어의 차이를 지적하고 있는 대목이다. 사실상 청나라의 명나라 정복 후, 만주에 거주하던 만주족들의 중국본토에로의 대량적인 이주와[27] 18세기 중반부터 한족들의 만주로의 이주가 이루어지기 시작하면서 만주족은 한족에 동화되기 시작하였다. 실제적으로 18세기 초부터 북경에서는 이미 이중 언어가 사용되기 시작하였는데 황제에게 보고되는 문서들이 만주어로 번역되는 외에 민간에서는 만주족이든 한족이든 모두 백화(한어)를 구사하고 있었으며[28] 청나라 말기부터 만주족과 한족 사이의 구분이 무너져[29] 20세기 초에 이르게 되면 지나어가 곧 만주어로 인식[30] 될 정도로 만주어와 지나어의 구분이 거의 사라지게 된다.

만주 지역 상황 역시 다르지 않다. 1938년에 출판된 만주어 교재

---

27 명나라의 정복 후, 만주에 거주하던 만주족들이 대량으로 중국본토로 이주하는 바람에 정작 그들의 본거지 만주에서는 인구의 공동화 현상이 일어났다. 조정은 이 문제에 대한 대응으로 19세기 초에 이르기까지 여러 차례 만주인들의 귀환정책을 시도하였지만 성공하지 못하였다(박형신, 앞의 글, 140쪽).

28 金昌業, 『燕行日記』 권1, 山川風俗總錄(배우성, 「조선후기 지식인의 한어 인식과 만주어」, 『조선시대사학보』 43, 조선시대사학회, 2007, 155쪽에서 재인용).

29 이영옥, 「만주인의 흔적 찾아내기」, 『이화사학연구』 42, 이화사학연구소, 2011, 237쪽.

30 「만주어」, 『동아일보』, 1924.12.21. "어느때 만주인 하나를 만나서 만주어의 내용조직을 물은즉 그 대답이 우리가 지금 담화하는 중국어가 곳 만주어이니 중국어 외에 별달리 만주어란 것이 업다 한다. (…중략…) 만주인으로서 자기의 언어와 자기의 문자를 이처럼 등한히 보앗스니 외국인이야 더욱이 말을 할 여부가 업다."

『(속수(速修))만주어자통(滿洲語自通)』의 서언[31]에도 명시되어 있듯이 당시 '만주국'에서 통용되는 만주어는 '북경관화(北京官話)'와 '산동방언(山東方言)'을 가리키는 것으로 그것은 곧 중국어(즉 지나어, 한어)였다. "발음도 어려운데 사성까지 있다"라고 한 고토 사장의 말에서도 알 수 있는 바, 그가 배우고 있는 것은 '사성'이 존재하지 않는 순 만주족 언어가 아니라 바로 지나어였던 것이다. 고토 사장은 '만주는 중앙에서 멀리 떨어져 있다'는 이유를 들어 만주를 중국 본토와 분리시키고, '만주국'에서 통용되고 있는 지나어를 만주어라고 표현함으로써 만주족의 정체성을 의도적으로 강조하고 있다.

오야마와 고토 사장의 입으로 말하여지는 '지나, 아니 만주'라는 식의 발언은 만주족의 민족 정체성에 대한 일본인의 실질적인 인정이 아니라, 그것은 한족에 대한 일본인의 경계심과 견제 의식, 말하자면 한족에 대한 '만주국'의 분리·이간 정책을 체화한 일본인의 내면의식의 표출이라 할 수 있다. 일본인의 이와 같은 의식은 지나인과 조선인 사이를 이간질 하고 있는 또 다른 일본인 하야시의 발화에서도 똑같이 발견된다.

---

31 문세영, 『(速修)滿洲語自通』, 以文堂, 1938, 서언. "만주어로 말씀하자면 그 계통이 두 가지가 있는대 하나는 북경관화이오 다른 하나는 산동방언의 계통인고로 실제만주에서 사용하는 말은 이상 두 가지의 계통이 정연하게 구별되어 있습니다. 그리고 북경관화는 현재 일부계급에서만 사용하지마는 산동방언의 계통은 널리 만주전체를 통하야 사용하는 것입니다. 그런대 지금까지 이에 관한 출판된 서적을 보면 대부분이 북경관화 곧 한어를 표준으로 한 것이므로 그 발음이 만주에서 널리 사용하는 것과 다른 점이 적지 않습니다. 그런고로 한어만 배워가지고는 실제만주인과 직접 의사의 소통이 되지 못하는 점이 있고 설사 이쪽에서는 북경관화로 의사를 전할 수가 있을지라도 저쪽에서 하는 말은 알아듣지 못하는 불편이 적지 않습니다. 저자는 이에 느낀 바가 있어서 만주방면으로 출진하고저 하시는 유지의 직접 도움이 될가하야 특히 이 책을 편찬한 것입니다."

지나가는 아직 불타고 있었다. 포로들의 손으로 지나가와 조선가의 경계에는 넓은 공간이 생겼다. 불에 탄 조선가에 다시 불길이 번지는 것을 막기 위한 것이었다.

조선가는 한밤중까지 울음소리가 그치지 않았다. 울 정도의 여유가 생기면 다시 울었다. 누군가가 위로하면 그때까지 더 큰 소리로 울었다.

(…중략…)

"울지 마라. 울지마. 지나가 물건들은 전부 당신들 것이 되는거야. 집도 새로 세워 주지. 먹을 것도 주지. 걱정 없다. 자 먹어, 먹어."

하야시 일행은 밤새도록 돌아다니며 위문을 했다. (38~39쪽)

『대륙』에서 '지나인'은 "만주국 반대를 주장"(57쪽)하며, '마적'과 결탁하여 '만주국'의 질서를 어지럽히고 조선인의 재물을 약탈하는 부정적인 존재로 그려진다. 위의 대목은 하야시를 위시로 한 일행이 마적과 지나인들의 습격을 받은 삼도구 조선인 부락을 돌아다니며 조선인들을 위로하는 장면에 대한 묘사인데, 보다시피 '지나가의 물건들 전부 조선인들의 것이 될' 것이니 걱정하지 말라는 위문의 내용이다. 이는 조선인들의 빼앗긴 물건을 되찾아 주겠다는 정도의 단순한 의미가 아니라 조선인의 편에 서서 그들을 위해 지나가를 탈취하여 복수해주겠다는 조선인들과의 약속으로 읽혀진다. '어디까지나 공존공영'(22쪽)을 부르짖던 하야시는 민족 간 충돌과 모순을 완화시키고 화해를 시도하는 대신, 오히려 조선인들에게 지나인에 대한 적개심을 심어줌으로써 두 민족 사이를 이간질하고 두 민족의 경계를 더욱 강화하고 있다. 그의 '공존공영' 이념 속에 지나인은 들어 있지 않는 것이다.

요컨대 오야마, 고토 사장, 하야시를 비롯한 세 일본인의 발언은 '만주국'의 한족에 대한 진압과 배척 정책을 염두에 둔 의도적인 발화이며, 그것은 다른 한편으로 '만주국' 인구의 절대다수를 차지하는 한족에 비해, 겨우 1%[32] 밖에 안 되는 재만 일본인이 갖는 불안 심리의 무의식적인 발로인 것으로도 볼 수 있다. 그리고 작가는 이들 세 일본인의 입을 빌어 당시 중국과 '만주국', 지나인과 일본인 사이의 긴장 관계를 여실히 보여주고 있는 것이다.

이처럼 『대륙』이 만주인과 지나인을 구분하여 보여줌으로써 두 민족에 대한 일본인의 시선을 반영하고 있다면, 작가의 북경 여행 체험을 바탕으로 씌어진 기행문들은 만주인과 지나인 두 민족에 대한 작가의 인식과 태도를 명징하게 보여준다.

3. '대륙'의 중국인 — '성격'의 공통성과 민족의 통합

한설야는 『대륙』을 탈고한지 1년도 채 안 된 1940년 여름, 북경을 여행하고, 이를 바탕으로 「북지기행」(『동아일보』, 1940.6.18~26), 「연경예단방문기」(『매일신보』, 1940.7.17~23), 「연경의 여름」(『조광』, 1940.8), 「북경통신 — 만수산기행」(『문장』, 1940.9), 「천단」(『인문평론』, 1940.11), 「작포 장백영씨(勺圃 張伯英氏)의 인상」(『박문』, 1941.1) 등 글들을 남긴다. 만주인과 지나인의 차이를 보여주고 있는 『대륙』과 달리, 위의 글들에서는 두 민족의 성격의 공통성에 근거해 동질성을 부각시키고 있다. 즉 소

---

32 石岩, 앞의 글, 91쪽.

설 『대륙』에서 만주인과 지나인이 민족복장과 언어적 차이에 의해 철저히 구별되면서 만주족의 뚜렷한 민족적 정체성이 드러나고 있는 반면, 위의 글들에서 만주인과 지나인은 같은 성격을 공유한 '중국인'으로서의 정체성을 지니는 것으로 나타난다.

①

滿支人은 性質이 慢慢的하기로 有名한데 이런 자리에 오면 어쩨 그리 황겁해들 해 하는지 알 수 없소. 남에게 뒤질가봐 이리 뒤고 저리뒤는데 또 어찌 떠버리는지 精神이 떙하오. 대체로 滿支人은 車中에서 몹시 지껄이는 편이오. 아마 汽車 타는 것이 무슨 慶事를 만난것 같은 모양이지오. [33]

②

中國人은 '慢慢的'이라 해서 느린 것의 代表로 치지만 어떤 境遇에는 이 사람들처럼 다급하고 재바르고 싹싹하고 귓기를 빠른 것은 없소. 汽車나 汽船을 탈 때의 황망해 하는 것과 와자지껄 떠벌이는 것은 나쁜 習性이라 하겠으나 이도 오래도록 內亂 속에서 살아왔고 또 權勢와 질서가 없는 가운데서 사람의 다만 살기 爲하여서 꾸며진 慈心에서 나온 것이라고 생각할 수 있지 않을는지요. 그러나 내가 지금 말하고 싶은 것은 그보다 길을 걸으면서 본 中國人의 버릇이오. 이들은 그렇게 뜨건만 뒤에서 人力車나 사람의 急한 소리가 나면 잽싸게 앞을 避해주오. '慢慢的'이라는 사람들이지만 누구보다도 민첩해 보여 뒤로 오던 사람의 氣分이 매우 感謝해지는 때가 있소. 假令 사거리 같은 雜踏한 가운데 서서 보아도 그렇게 벅작궁 고아내

---

33   한설야, 「북지기행」, 『동아일보』, 1940.6.19.

건만 事故가 없는 것은 이러한 日常化한 性格 때문이 아닐는지요. 대체로 文明人이니 무어니 하고 쪼를 빼고 턱을 높이는 人間 따위는 거만한 탓인지 公衆이니 公道니 하는 그들의 아름다운 文字와는 딴판으로 길을 비키기를 꺼려하고 뜨고 오만하오. 해서 萬一 이들 所謂 文明人이라는 치들만 모아서 이 北京의 雜踏한 네거리에 휘몰아넣는다고 하면 每日같이 交通事故가 續發할 것이오. 피투성이의 慘劇과 爭鬪가 演出될 것이오.[34]

인용문 ①은 작가가 북경행 열차 안에서 관찰한 '만지인(滿支人)'의 인상에 대해 적은 것이다. 기차를 놓칠세라 서로 밀고 닥치며 왁자지껄하는 그들의 모습과, 기차 안 통로에 즐비하게 늘어놓은 짐짝들을 본 작가에게 만주인과 지나인은 '느림', '성급함', '소란스러움'의 성격을 지닌 것으로 파악된다. 여기서 만주인과 지나인의 성격은 차이성보다는 동일성이 강조되고 있는데, 이러한 성격은 인용문 ②에서 '중국인'의 성격이라고 표현함으로써 두 민족의 '중국인'으로서의 정체성이 확연하게 드러나고 있음을 확인할 수 있다. 다시 말해 두 민족의 민족적 정체성의 차이는 '중국인'이라는 국가 정체성에 의해 봉합되고 있는 것이다.

한설야에게 있어 만주족인가 한족인가 하는 문제는 그다지 중요하지 않다. 그가 기행문에서 명, 청 두 시대를 걸쳐 완공, 이용된 자금성, 천단, 만수산을 소개할 때, 만주족이 세운 청조를 한족의 명조, 민국 시대와 더불어 자연스럽게 중국의 역사에 편입시켜 서술하고 있는 것에서도 알 수 있듯이 그에게 있어 만주족과 한족은 중국 역사의 공동 창조자이며, "강희·건륭 시대에 비로소 동화된 한·청"[35] 두 민족을 차

---

34 한설야, 「천단」, 『인문평론』, 1940.10.
35 위의 글.

별화하고 구분 짓는 것은 별로 의미가 없는 것이다. 작가가 보다 중요하게 생각한 것은 두 민족 정체성의 차이가 아니라, '중국인'으로서 만주족이나 한족이 지니고 있는 공통적인 성격과 습성이며, 이는 "井底蛙같은 사람들"[36] 즉 "소심한 성격",[37] "개가운 버릇"[38]을 소유한 '우리들'이 본받아야 할 점이라는 데에 있다.

사실상 만주사변 이전에도 그랬거니와 중국인에 대한 작가의 시선은 줄곧 호의적이었다. 그는 만주사변 이전에는 만주 장백현 지사(知事)와의 만남에서 "단지 자기네 위신만을 위한 임시적 변통(臨時的 便通)이 아닌"[39] 중국인의 친절미에 깊은 인상을 받았다고 피력한 바 있으며, 그로부터 십년 뒤, 북경행 열차 안에서 차(茶)를 건네는 옆자리에 앉은 지나인에게서,[40] 천단의 역사에 대해 친절한 안내 해설을 해준 노수직(老守直)에게서,[41] 궁중의 비장품 『흠정일하구문고(欽定日下舊聞考)』라는 서책을 빌려주어 만수산에 대한 인식에 큰 도움을 주었던 청조 황실 출신인 부유(溥儒)에게서,[42] 그리고 이국인인 자신을 지극히 친절하게 접대해준 중국 예단(藝壇)의 최고 권위자 제백석(齊白石), 소겸중(蕭謙中),[43] 장백영(張伯英)에게서[44] 직접 경험하고 느낀 중국인의 친절한 접대와 인정풍속에 대해 자주 언급하고 있다.

만주인, 지나인을 막론하고 중국인의 이러한 친절성과 예의, 타인

---

36 한설야, 「북지기행」, 『동아일보』, 1940. 6. 18.
37 한설야, 「연경의 여름」, 『조광』, 1940. 8.
38 한설야, 「천단」, 『인문평론』, 1940. 10.
39 한설야, 「국경정조」, 최삼룡·허경진 편, 『만주기행문』, 보고사, 2010, 81쪽.
40 한설야, 「북지기행」, 『동아일보』, 1940. 6. 21.
41 한설야, 「천단」, 『인문평론』, 1940. 10.
42 한설야, 「만수산기행」, 『문장』, 1940. 9.
43 한설야, 「연경예단방문기」, 『매일신보』, 1940. 7. 17~20.
44 한설야, 「勺圃 張伯英氏의 인상」, 『박문』, 1941. 1.

에 대한 호의적인 태도에서 한설야는 깊은 감명을 받았으며, 따라서 한설야가 중국인을 바라보는 시선은 다소 긍정적이었다. 위의 인용문 ②에서도 나타나 있듯이, 중국인의 '성급함'의 성격은 작가에게 '나쁜 습성'으로만 인식되는 것이 아니라, 오랫동안 겪어온 중국 내란의 역사적 산물로 이해되는 한편, 그러한 '다급함'과 '민첩성'은 '소위 문명인들'의 '오만함', '거만함'의 성격과 선명한 대조를 이루면서 이들이 본받아야 할 점으로 인식된다. 즉 "좁고 안전한 데서만 자라난 우리"[45]의 "독선적이고 옹졸한"[46] 성격과는 달리, "비상히 싹싹하고 민감하고 다급한 성격"[47]을 지닌 중국인은 "우리들"의 거울과도 같은 존재로 인식되고 있는 것이다.

滿支를 알려면 이 냄새와 먼지를 꺼려서는 안되오. 또 滿支人들을 보면 상당히 富裕하고 깨끗한 사람도 이들 下層民들에 對하야 우리들처럼 이마를 찡기는 일은 없소. 그들은 苦力이라도 역시 自己네와 相距가 멀지 않은 鄰人으로 接하고 섞이고 하오. 도대체 이 大陸人들은 우리들처럼 人間과 人間關係를 甚한 差別 우에 놓고 보지 않소.[48]

만주인과 지나인의 또 하나의 공통성으로 지목되고 있는 것은 인간관계에 대한 그들의 태도이다. '부유하고 깨끗한 사람'이 '더러운 하층민'을 대하는 이들의 태도는 악취와 먼지에 '이마를 찡기는 우리들'과는

45   한설야, 「연경의 여름」, 『조광』, 1940.8.
46   한설야, 「북지기행」, 『동아일보』, 1940.6.18.
47   한설야, 「천단」, 『인문평론』, 1940.10.
48   한설야, 「북지기행」, 『동아일보』, 1940.6.19.

전혀 달리 오히려 친근하다. 작가는 인간관계에 있어 거리와 차별을 두지 않는 '만지인'의 대인관계에 반해, '인간과 인간관계를 심한 차별 위에 놓고 보는 우리들'의 의식과 태도를 간접적으로 비판한다. 여기서 "만지인"을 '대륙인'으로 표현하고 있는 점을 보건대, 한설야의 기행문에서 중국인의 비교대상으로 자주 언급되는 "우리들"이란, 작가 자신을 포함한 조선인들뿐만 아니라, "섬나라 근성"(『대륙』, 51쪽)에서 벗어나 대륙을 바탕으로 성격개조를 이루어야 할(『대륙』, 160쪽) 일본인들까지도 아우르고 있음을 알 수 있다.

그리고 '만지인'의 이러한 성격과 태도는 중국인의 특성이자 곧 '대륙인'의 특성이기도 한 것으로 서술되고 있다. 그런데 문제는 이들의 이런 대륙적인 성격과 기질에 대해 한설야는 소설 『대륙』에서 '만주국'의 만주인을 통해 이미 드러낸 바 있다는 것이다.

"인간에게는 감정이라는 것이 있다. 그 어떤 것이 내 딸을 괴롭혀서라든지 모욕을 해서가 아니다. 그런 심리가 어느 개인에게 작용하는 것이라면 그래도 아직은 괜찮다. 하지만 그것은 단지 너나 이 아버지에게 향해진 성질의 것이 아닌 것이다.

"개개인이 감정 면에서 어긋나거나 의견이 서로 맞지 않는 것은 이국사람이라서가 아니다. 같은 나라 사람이라도 아니 육친간이라고 해도 있는 일이다. 부모에게 등을 돌리거나 자식과 의절하는 것도 그 이유가 보다 높은 곳에 있다고 한다면 나는 당장이라도 인정을 한다. 동시에 개인간의 사정을 버리고 이국사람이나 전혀 모르는 사람과 손을 잡고 간다. 그런 마음을 물론 나는 바라고 있는 것이다. 나는 어디까지나 그런 주의다. 지금의 우리에게는 더욱 더 무조건적으로 그러한 것이 요구되고 있다. 그러나 그들이 그런 편협한 마음을 가지고 우리들을 대할 때는 이후의 본보기가 되기 위해서라도 자진해서 강하게 살아갈 길을 헤쳐나가지 않으면 안 될 것이다. 일부러 그들에게 울면서 호소할 필요는 없다. 옳은 길로 나아가면 언젠가 반드시 올바른 동지와 만나게 될 것이다. 덕은 반드시 이긴다."(『대륙』, 130쪽)

만주인이라는 이유로 일본인의 민족적 차별과 멸시를 받고 돌아온 딸 마려에게 건네는 조집오의 위의 말에서는 인간을 대하는 만주인의 태도가 명확하게 드러나고 있다. 인간과 인간 사이의 모순이 개인 성격의 차이에서 비롯된 것이라면 문제가 되지 않지만, 그 이유가 개인적 측면을 벗어나서 국가나 민족적 성질을 띠는 것이라면 그것은 인정할 수 없다는 것이 조집오의 견해이다. 인간을 대하는 올바른 길은 '편협한 마음'이 아니라 '덕'으로 대하는 것이며, '덕'에 의해 올바른 동지를 만날 수 있게 된다는 것이다. 조집오가 결국에는 마적에게 납치된 오야마 부친을 구출하고, 호의를 베풀어 만찬회까지 열어 "덕"을 행할 수 있었던 것은 민족의 시각에서 그들을 일본인으로 본 것이 아니라 한 '개인'으로 여겼던 까닭에서이다.

마려 역시 마찬가지이다. 마려는 일본인(유키코)으로부터 민족적 모욕과 멸시를 받지만, 그것을 "덕"으로 감싸 안으려고 하는 그녀의 포용심과, 위험을 무릅쓰고 일본인(오야마 부자)을 구출해낸 '희생적이고 착한 마음씨'는 유키코를 감화시켜 새로운 인간으로 태어날 수 있게 한 계기로 작용한다.[49]

49　졸고, 앞의 글, 140쪽.

이처럼 『대륙』에서 만주인은 일본인이 자기응시와 자기반성을 할 수 있는 "존귀한 거울"(『대륙』, 156쪽)의 역할을 맡고 있으며, 대륙은 "일본인의 성격개조를 할 수 있는 새로운 무대나 도장"(『대륙』, 160쪽)으로 그려지고 있는 것이다. 그런 점에서 '만주국'의 만주인이나 '우리들'이 본받아야 할 중국 관내의 '만지인'은 한설야에게는 모두 '대륙인'으로서 성격상 상통한다. 즉 영토적인 분리에 의해 '만주국인'이라는 국가 정체성을 새롭게 부여받았으나, 그들의 '중국적'인 성격과 습성은 변함없는 것으로 작가는 인식하고 있었던 것으로 보인다. 다시 말해 작가의 의식 속에 '만주국'의 '만지인'은 '만주국'의 영토적 분리와 독립에도 불구하고 '중국인'이라는 정체성에는 실질상 변함없으며, 중국 본토와 긴밀히 연결되어 있어 그것의 인위적 단절은 불가능하다는 것이 한설야의 중국(인) 인식이다.

'만주국' 여러 민족, 특히 만주족과 한족 간의 반목과 대립을 조장하여 '중국인'이라는 국가 정체성을 망각시키고자 했던 당시 '만주국'의 정치 분위기 속에서, 작가는 말할 수 없었던 '만지인'의 중국적 성격을 '만주국' 밖에서 말함으로써 만주족과 한족 사이, '만주국'의 '만지인'과 중국 본토 간의 끊을 수 없는 연대성을 보여줄 수 있었던 것이다. 작가의 이러한 중국(인) 인식 속에서 '만주국'과 중국 두 '국가'의 물리적 국경은 무시되고 '만주국'의 독립은 부인된 셈이다. 따라서 "한설야의 기행문과 작품의 관계는 모순적"[50]이지 않다. "중화민족과 역사를 인정하되, 일제의 괴뢰국인 만주국의 여러 시도도 역시 인정하는 선상"[51]에 한설야의 중국 인식이 놓여 있었던 것이 아니라, 중화민국과 '만주국'

---

50 서경석, 「만주국 기행문학 연구」, 『어문학』 86, 한국어문학회, 2004, 356쪽.
51 위의 글, 같은 쪽.

의 '만지인'을 같은 성격의 '대륙인'으로 통합하여 이해하고 있었다는 점에서 그의 작품과 기행문은 같은 선상에 놓여 있기 때문이다.

소설『대륙』의 결말에서 일본인 오야마와 만주인 마려의 결합이 이루어질 수 있었던 것도 '만주국' '민족협화' 이념의 시도에 대한 작가의 인정이 아니라, 만주인 조집오의 주장처럼 민족을 전제하지 않은 개인과 개인의 순수한 결합에 대한 인정으로서, 일본의 민족중심주의에 대한 작가의 비판적 태도의 표현이라 할 수 있겠다. 다시 말해 오야마와 마려의 결합은 '만주국'이어서 가능했다기보다는, 상술한 바와 같이 일본인의 성격을 개조시킬 수 있는 만주인 즉 '대륙(인)'의 힘이 작용하였기에 가능했던 것이다. 오야마와 마려의 사랑에 있어 커다란 걸림돌이 었던 고토 사장, 오야마 겐지, 유키코 등 인물들의 역할이 조집오와 마려에 의한 오야마 부자 구출 사건을 계기로, 선명하게 약화되거나 바뀌어졌다는 데서 그 근거를 찾을 수 있다. 조카 유키코와 오야마의 결혼을 적극적으로 추진시키던 고토 사장은 이 사건 이후 더는 등장하지 않으며, 고토 집안과의 지속적인 사업관계의 유지를 위해 아들과 마려 사이를 떼어놓으려고 무척이나 애썼던 오야마 겐지는 조집오와 마려의 도움으로 마적에게서 석방되던 그날 밤, 조집오가 마련한 만찬회 접대를 받으면서 일언반구도 못하고 함구한다. 그리고 마려에 대한 경멸과 질투로 마려와 오야마 사이를 이간질하던 오야마의 일본인 약혼녀 유키코는 오야마 구출 사건을 계기로 완전한 성격 개조를 이루는데, 두 사람 사이에서 물러나 결혼을 축하해주기까지 하는 반전이 일어난다. 오야마와 마려의 결합이 이루어질 수 있었던 원인이 여기에 있으며, 이를 가능케 한 것이 바로 조집오, 마려로 대표되는 '대륙(인)'의 힘이라 할 수 있는 것이다. 이 '대륙(인)'의 힘이란 바로 대륙의 중국인들이 공통적으로 지니고 있는 '중국적', '대륙적' 성격이며 곧 중국인의 정체성인 것이다.

4. 맺음말

이 글은 그동안 한설야의 중국 관련 연구가 작가의 만주체험과 만주소재 작품에만 집중되어 온 한계를 극복하고, 그의 만주 소재 소설 『대륙』과 북경여행을 바탕으로 씌어진 기행문을 중심으로 작가의 중국인에 대한 인식을 살펴보았다. 특히 만주족과 한족 두 민족의 관계에 대한 작가적 인식을 통해 중국 판도에 대한 한설야의 심상지리를 고찰하는 데에 목적을 두었다.

소설 『대륙』에서 한족은 일본인에 의해 만주족의 비교 대상으로 취급되면서 만주족과 분리되는데, 문화, 언어적 차이 속에서 '한족적'인 것은 부정되고 만주족의 민족적 정체성은 부각되어 나타난다. 일본인의 이러한 언행은 만주족의 민족 정체성에 대한 실질적인 인정이 아니라, 그것은 한족에 대한 일본인의 경계와 견제 의식을 보여주는 것이며, 즉 당시 한족에 대한 '만주국'의 분리·이간 정책을 체화한 일본인의 내면의식을 보여주는 것이다. 작가는 『대륙』을 통해 한족과 만주족에 대한 일본인의 태도와 '만주국'의 민족정책을 그대로 보여주고 있다.

실제적으로 한설야에게 있어서 한족과 만주족은 같은 성격을 공유한 '중국인'으로 인식되는데, 이는 그의 중국기행문에 잘 드러나 있다. 여기서 한족과 만주족은 성격적 공통성에 근거해 동질성이 부각되면서 '중국인'의 정체성으로 나타나고 있는데, 이때 두 민족 정체성의 차이는 국가 정체성으로 봉합되고 있는 것이다. '중화민국' 안에서 '중국인'으로 통합된 '만지인'은 또한 '만주국' 만주인과 대륙적 성격과 기질을 공유했다는 의미에서 다시 '대륙인'으로 통합된다. 결국 작가는 '만주국' 안(『대륙』)에서 말할 수 없었던 '만지인'의 중국적 또는 대륙적 성격을 '만주국' 밖(중국기행문)에서 말함으로써 만주족과 한족 사이, '만주국'의 '만지인'과 중국 본토 간의 끊을 수 없는 연대성을 보여주려고 했던 것이며, '만주국'과 중화민국은 물리적 국경과는 상관없이 '하나'의 통일체로 작가에게 인식되고 있었던 것이다.

참고문헌

1. 기본 자료

김장환, 「만주와 열국관계」, 『동아일보』, 1932.1.2.

한설야, 「국경정조」, 최삼룡・허경진 편, 『만주기행문』, 보고사, 2010.

_____, 「大陸-作者の言葉」, 『국민신보』, 1939.5.28.

_____, 「勻圃 張伯英氏의 인상」, 『박문』, 1941.1.

_____, 「인조폭포」, 『조선지광』, 1928.2.

_____, 「나의 이력서-고난기」, 『조광』, 1938.10.

_____, 「보복」, 『조광』, 1939.5.

_____, 「만수산기행」, 『문장』, 1940.9.

_____, 「북지기행」, 『동아일보』, 1940.6.18~7.5.

_____, 「신지나문학의 인상」, 『매일신보』, 1940.7.9~11.

_____, 「연경예단방문기」, 『매일신보』, 1940.7.17~23.

_____, 「연경의 여름」, 『조광』, 1940.8.

_____, 「천단」, 『인문평론』, 1940.10.

「만주어」, 『동아일보』, 1924.12.21.

「滿洲國は所謂支那人の 滿洲國にあらず」, 『대만몽』, 1934.3.28.

「滿洲人は支那人のか」, 『만주일일신문』, 1936.4.19.

2. 단행본 및 논문

고명철, 「동아시아 반식민주의 저항으로서 일제 말의 만주서사」, 『한국문학논총』 49, 한국문학회, 2008.

김성경, 「인종적 타자의식의 그늘」, 『민족문학사연구』 24, 민족문학사학회, 2004.

김윤식, 『20세기 한국작가론』, 서울대 출판부, 2004.

김재용, 「새로 발견된 한설야의 소설 『대륙』과 만주 인식」, 『역사비평』 63, 역사문제연구소, 2003.

김재용 편, 『식민주의와 비협력의 저항』, 역락, 2003.

나카미 다사오, 「역사 속의 '만주' 상」, 박선영 역, 『만주란 무엇이었는가』, 소명출판, 2013.

문세영, 『(速修)滿洲語自通』, 以文堂, 1938.

문학과사상연구회, 『한설야 문학의 재인식』, 소명출판, 2000.

박형신, 「청말 시기 만주 지역 연구」, 『한국기독교와 역사』 43, 한국기독교역사연구소, 2015.

배우성, 「조선후기 지식인의 한어 인식과 만주어」, 『조선시대사학보』 43, 조선시대사학회, 2007.

서경석, 「한설야의 『열풍』과 북경 체험의 의미」, 『국어국문학』 131, 국어국문학회, 2002.

_____, 「만주국 기행문학 연구」, 『어문학』 86, 한국어문학회, 2004.

서경석 편, 『과도기』, 문학과지성사, 2011.

서영인, 「만주서사와 (탈)식민의 타자들」, 『어문학』 108, 한국어문학회, 2010.

손유경, 「만주개척서사에 나타난 애도의 정치학」, 『현대소설연구』 42, 한국현대소설학회.

와타나베 나오키, 「식민지 조선의 프롤레타리아 농민문학과 '만주'」, 『한국문학연구』 33, 동국대 한국문학연구소, 2007.

유수정, 「두 개의 「합숙소의 밤」과 '만주'」, 『만주연구』 9, 만주학회, 2009.

이명종, 「근대 한국인의 만주인식 연구」, 한양대 박사논문, 2014.

이영옥, 「만주인의 흔적 찾아내기」, 『이화사학연구』 42, 이화사학연구소, 2011.

장성규, 「일제 말기 카프 작가들의 만주 형상화 연구」, 『한국현대문학연구』 21, 한국현대문학회, 2007.

정은경, 「만주서사와 비적」, 『현대소설연구』 55, 한국현대소설학회, 2014.

최문형, 『일본의 만주 침략과 태평양전쟁으로 가는 길』, 지식산업사, 2014.

한석정, 『만주국 건국의 재해석』, 동아대 출판부, 2007.

_____ · 노기식, 『만주, 동아시아 융합의 공간』, 소명출판, 2008.

高承龍, 「僞滿洲國民族政策硏究」, 東北師範大學博士論文, 2011.

郭豔, 「'親善'背後的猙獰」, 『靑海民族硏究』 第1期, 2014.

石岩, 「僞滿時期日本對東北少數民族的民族政策」, 『滿洲硏究』 第1期, 2012.

解學詩, 『僞滿洲國史新編』, 人民出版社, 2015.

김태준과 연안행*

장문석

1. 서론

　　필자는 1944년 11월 경성(京城)을 출발, 45년 4월 5일 연안(延安) 도착, 8월 15일 일제(日帝) 패퇴 후, 9월 4일 연안을 출발, 11월 하순 경성에 도착. 이것은 연안여행의 기억을 더듬어 쓴 것이다.(①:187)[1]

　　1946년 7월 15일 조선문학가동맹의 기관지 『문학』창간호가 발간되었다. 창간호 『문학』의 끄트머리에는 '특별연재'라는 형식으로 김태준

---

* 　이 글은 『인문논총』제73권 제2호(서울대 인문학연구원, 2016, 319~360쪽)에 게재되었다.

1 　김태준, 「연안행(1)」, 『문학』1, 1946.7, 187쪽. 「연안행」은 『문학』1호(1946.7), 『문학』2호(1946.11), 『문학』3호(1947.4)에 연재되었으며, 미완이었다. 이 글에서 김태준의 「연안행」을 인용할 경우, 괄호 안에 연재회수와 쪽수를 표기하겠다. 의미 전달의 어려움이 없는 한 한자는 한글로 고쳤고 숫자는 아라비아숫자를 사용하였으며, 띄어쓰기를 했다. 또한 고유명사 표기에서는 인명은 각 나라의 발음을 살렸으며, 지명과 서명은 한국식 한자어 발음을 따랐다.

의 「연안행」 첫 연재분이 실렸고, 그 첫 머리에서 김태준은 1944년 11월에서 1945년 11월까지 1년 남짓한 '연안행'의 여정을 위와 같이 간략히 소개하였다. 하지만 처음의 소개와는 달리, 그는 자신의 일정을 온전히 활자화(活字化)할 수 없었다. 「연안행」 2회분이 실린 『문학』 2호는 1946년 11월 25일에 간행이 되었고, 3회분이 실린 『문학』 3호는 1947년 4월 15일에 간행이 되었다. 그리고 「연안행」의 3회분이 연재되는 동안 저자인 김태준 뿐 아니라, 해방공간의 주체들은 급박한 정세의 변화 속에서 수차 '목숨을 건 도약(salto mortale)'을 수행해야 했다.

1회분이 연재된 직후인 1946년 8월 초 조선공산당, 신민당, 인민당의 합당 제안과 수락이 있었지만, 합당을 둘러싼 갈등은 그 이후 오히려 심해졌다. 결국 그해 11월 남조선노동당이 창당되었지만, 신민당의 백남운은 정계 은퇴를 선언하였다. 그전에 이미 10월 초 박헌영은 월북한 상태였으며, 10월 항쟁은 고조되고 있었다. 미군정은 10월 항쟁으로 신분이 노출된 남로당 간부 박승원, 이원조, 임화, 박치우, 문용식 등과 함께 김태준을 지명수배하였고, 결국 이들은 1947년 1월 새로 설치된 해주연락소와 38선 이남을 오가며 활동할 수밖에 없었다.[2] 백남운이 여운형과 함께 근로인민당 창당에 착수하며 정치적 실천을 재개한 것 역시 그 즈음이었다.[3] 1947년 7월 14일 『문학』 공위재개 특별기념호가 발간되지만, 여기에 「연안행」 4회분은 실리지 못하였다. 같은 해 8월 15일을 얼마 앞둔 때, 김태준은 허헌, 이인동, 김오성 등과 함께 미군정에 의해 체포 및 수감되었다.[4]

---

2   임경석, 『이정 박헌영 일대기』, 역사비평사, 2003, 393쪽.
3   박병엽 구술, 유영구·정창현 편, 『김일성과 박헌영 그리고 여운형』, 선인, 2010, 262쪽.
4   『현대일보』, 1947.8.15; 김용직, 『김태준 평전』, 일지사, 2007, 367쪽 재인용.

3번의 연재로 그쳤기 때문에 김태준의 「연안행」은 그 자신이 연안에 도착하던 상황까지를 포함하지 못하였고, 1944년 11월 27일로부터 1945년 1월 23일까지 2개월 정도의 여정을 쓰는 데 그치게 된다. 『문학』 3호의 권두 광고는 아문각(雅文閣)에서 『연안행』을 출간할 것을 알리며, 이후 『문학』 공위재개기념특집호(1947.7)의 권말에도 그 책의 광고가 실린다.[5]

김 태 준 저

연안행

46판 225엽(頁)
임시 정가 200원(圓)
7월 하순 발행

저자 김태준 씨는 일제 밑에서 굴욕적인 생활을 피해 멀리 중국해방지구인 연안(延安)까지 다녀왔다. 그동안에 겪은 체험과 견문은 원래 탁월한 세계관을 가졌고 박학한 씨(氏)에게 중국인민들이 나가는 길을 똑바로 보게 하였다! 그뿐 아니라 이 책은 첨부터 끝까지 한숨에 읽도록 많은 사건이 널려 있고 아슬아슬히 마치 소설을 읽는 것 같이 흥미진진하기도 하다!

구체적인 판형과 면수와 판매 금액까지 나온 것으로 보아, 연재를 전후하여 김태준이 「연안행」의 원고를 탈고하였을 가능성은 상당히 높다. 광고가 이 책을 소개하는 지점은 세 가지이다. ① 그가 조선 반도를 탈출하여 연안에 다녀왔다는 점, ② 그곳에서 박학(博學)한 김태준이

5　『문학』 3호에는 '아문각(雅文閣)'에서 '근간발매예고'라는 표제 하에 임화의 『문학론』, 안회남의 신작 장편소설 『조국에 바치는 날』, 김남천 소설집 『삼일운동』, 현덕 소설집 『남생이』, 홍구 소설집 『유성』 등과 함께 광고되었다. 『문학』 공위재개기념특집호에는 아문각에서 '조선문학가동맹출판물소식'이라는 광고를 게재하였다. 여기에는 소설부위원회(小說部委員會)가 편집한 『조선소설집』, 시부위원회(詩部委員會)가 편집한 『조선시집』, 농민문학위원회(農民文學委員會)가 편집한 농민소설집 『토지』 등과 함께 광고되었다. 광고에 『조선시집』은 이미 '발매중'이고, 『조선소설집』은 '7월 중순 발행', 『토지』와 『연안행』은 '7월 하순 발행'으로 나온다. 『연안행』을 제외하고는 발매되었다.

중국인민의 행보를 보았다는 점, ③ 마치 소설을 읽듯 서술이 아슬아슬하다는 점. 물론 단행본 『연안행』이 발간되지 않았기 때문에 ①의 구체적인 내용은 확인할 수 없지만, 현재 연재된 부분만으로도 광고에서 말한 ②와 ③에 대해서는 확인할 수 있다. 광고에서처럼 「연안행」은 '일제' 말의 상황에 대한 기록이지만, 동시에 해방공간 김태준의 정치적 실천 및 문화적 기획과 밀접한 관련을 가진 것이기도 하였다. 광고와 달리 『연안행』이 실제 간행되지 못했다는 사실이 이러한 성격을 역설적으로 보여준다.

　이 글은 광고에 나타난 ②와 ③, 그리고 「연안행」이 가지는 해방공간에서의 당대성을 염두에 두고 미완의 「연안행」을 다시 읽고자 한다. 「연안행」에서 김태준의 이동은 국민국가라는 경계를 넘어선 동아시아의 언어, 앎과의 만남과의 만남을 열어주었고, 문학이라는 근대지식의 근본적 조건에 대한 재고를 요청하였다. 이미 「연안행」에 나타난 김태준의 노정에 대한 재구가 이루어졌고,[6] 에세이로서 「연안행」이 가지는 문예 미학적 성취에 대한 성과가 제출되었지만,[7] 「연안행」을 재론하는 것은 이 때문이다. 이 글은 「연안행」과 해방공간 김태준의 정치적 실천을 겹쳐 읽고, 또한 「연안행」에 기록된 그의 이동에 주목하여 당대 조선문학가동맹의 민족문학 개념에 내재하고 있는 동아시아라는 계기를 발견하며, '연안행'에서 김태준이 수행한 문학의 위치에 대한 재고가 가지는 의미를 탐색하고자 한다.

6　김용직, 앞의 책, 308~367쪽.
7　이해영, 『청년 김학철과 그의 시대』, 역락, 2006. 이해영은 「연안행」의 연안체험 형상화는 '인민전선부 성원으로서의 이지적 의식세계'에 근거하고 있으며, 논리화의 양식적 특징을 가짐을 밝혔다.

2. 인민전선과 민주주의 – 해방 전후 정치적 실천의 연속성

김태준은 1945년 8월 15일을 팔로군의 전선이 아닌 후방에서 맞은 것으로 전해진다. 9월 4일 연안을 출발한 김태준과 박진홍은 섬서성(陝西省)과 산서성(山西省)을 지나고 하북성(河北省)과 '만주'를 도보로 횡단하였다. 한반도에 들어온 그들은 소련 지배하의 평양에 들른 후, 11월 하순 경성에 도착하였다. 도착 이전에 이미 그는 조선인민공화국의 중앙인민위원 겸 문교부 대리와, 재건된 조선공산당의 서기국원으로 선임된 상태였다. 경성에 도착한 후 그는 경성대학에 복귀하는 한편, 중일전쟁기 경성콤그룹 활동의 연속성 위에서 박헌영과 함께 정치적 실천을 수행하였다. 그는 조선문학건설본부와 조선프롤레타리아 예술동맹을 중재하여 두 조직이 하나의 조직으로 통합되는 데 관여하였으며, 모스크바 삼상회의에서 결정한 신탁통치가 막 알려진 무렵인 그 해 말 박헌영을 수행하여 평양에 다녀오기도 하였다.[8]

1946년 1월 김태준은 「조선 민족문화 건설의 노선」의 집필에 깊이 관여하면서, 앞으로 건설해야할 문화는 계급문화가 아니라 민주주의 민족문화임을 강조하였다.[9] 종로 기독교 청년회관에서 '제1회 조선전국문학자대회'가 개최된 것은 그로부터 한 달 정도가 지난 1946년 2월 8~9일 오전 11시였다. 그 자리에서 김태준은 「문화유산의 정당한 계

---

8 김윤식, 『해방공간 한국 작가의 민족문학 글쓰기』, 서울대 출판부, 2006, 117~121쪽; 김용직, 앞의 책, 377~398쪽; 박병엽 구술, 앞의 책, 28~37쪽. 1945년 12월 28일부터 1947년 1월 1일까지였던 평양행에서 박헌영은 김일성과 신탁통치에 대한 의견을 교환하였다.

9 김재용, 「김태준과 민족문학론」, 염무웅 외, 『해방 전후, 우리 문학의 길찾기』, 민음사, 2005, 88~91쪽; 신승엽, 「김태준과 임화」, 『크리티카』 2, 사피엔스21, 2007, 141~143쪽.

승 방법」을 주제로 보고하였다. 그리고 조선전국문학자대회는 조선문학가동맹을 승인하였으며, 김태준은 조선문학가동맹 중앙집행위원회의 평론부 위원장에 선임된다.[10] 조선전국문학자대회는 "조선문학의 기본임무와[sic—가] 민족문학의 수립에 있"음을 확정하고, 일제 제국주의적 문화지배의 잔재와 봉건주의적 유물의 청산을 당면과제로 지적하였다. 그들은 민족문학 건설을 위하여는 민주주의적 국가건설이 선행해야하며, 민주주의적 국가 건설을 위하여 조선이 세계민주주의 전선의 일익(一翼)을 감당해야한다고 역설하였다. 그런 맥락에서 후진국의 국수주의적 경향은 이미 "민주주의연합국에 의하여 타도된 세계「팟시즘」이 재생할 온상"임을 지적하면서 그것과 구별되는 민주주의 국가의 건설을 요청하였다.[11]

임화 역시 제1회 조선문학자대회에서 「조선 민족문학 건설의 기본과제에 관한 일반 보고」를 하면서, 태평양전쟁 직전 조선의 문학자들 사이에 조선어, 예술성, 합리성을 전제한 "공동전선"이 존재하였음을 환기하였다. 그리고 그 전선은 제국주의와 파시즘에 맞선 것이었으며 "조선의 문학자들이 신문학 이래 처음으로 공동노선에서 협동했다는 사실"을 특기하였다.[12] 이러한 공동전선의 역사적 실체를 찾자면, 카프 문학자들과 구인회 문학자들이 서로 근접하여 공동의 문화적 실천을 보여주었던 중일전쟁기의 문단 재편을 떠올릴 수 있다. 이들의 실천은 파시즘에 맞선 좌우 지식인들의 연대였다는 점에서 서구의 반파시즘

---

10 서기국, 「조선문학가동맹운동사업개황보고」, 『문학』, 1946.7, 153쪽.
11 제1회조선전국문학자대회, 「제1회전국문학자대회 결정서」, 『문학』, 1946.7, 86~87쪽.
12 임화, 「조선 민족문학 건설의 기본과제에 관한 일반보고」(『건설기의 조선문학』, 백양당, 1946), 임화문학예술전집 편찬위원회 편, 『임화문학예술전집 5—비평 2』, 소명출판, 2009, 423쪽.

인민전선을 떠올리게 하지만, 전향을 전제로 하고 전시기의 제한된 담론공간 안에서만 발화가 가능했으며 국민전선의 일각을 이루는 한에서 '허용'되었다는 점에서 굴절된 '공동전선'을 형성하였다. 카프 출신의 사회주의 문학자들, 구인회 출신의 모더니스트들, 그리고 경성제국대학 및 조선어학회를 중심으로 한 조선(어문)학 연구자들은 『조선일보』, 『인문평론』, 『문장』 등의 미디어의 지면을 공유하면서 근대성의 기율을 지키고자 하였다.[13] 식민지 아카데미즘에서 출발한 고전 연구자 김태준과 1930년대 초반까지 조선 연구에 비판적인 입장을 취했던 임화가 문화접변(acculturation)의 시각에서 조선문학사 및 조선문화사의 해석틀을 제안하고, 그러한 인식에 근거하여 출판사 학예사(學藝社)를 경영하고 조선문학의 정체성을 물질화하여 옹호하는 '조선문고'를 기획한 것은 그러한 맥락에서였다.[14] 그리고 파시즘에 대항하여 조선어, 예술성, 합리성, 문화, 지성, 전통, 진보 등 근대성의 가치를 옹호한 중일전쟁기의 문학자들은 해방공간에서 조선문학가동맹을 결성하였다.[15]

하지만 임화가 "세계 '파시즘'의 발광에 끊일 줄 모르는 침략정책"과 태평양전쟁으로 인해 그러한 공동 전선이 지속되지 못하였다고 회고한 것처럼, 중일전쟁기 조선문학자 공동의 실천은 1940년 8월 『조선일보』 및 『동아일보』의 폐간에서 가시화된 공론장의 폐쇄와 더불어 점차 그 움직임의 폭이 좁아진다. 식민지 아카데미의 연구자와 식민지 미디

---

13 洪宗郁, 『戰時期朝鮮の轉向者たち』, 有志舍, 2011, 233~236쪽.

14 김태준, 「문학의 조선적 전통(下)」, 『조선문학』, 1937.7; 임화, 「복고현상의 재흥(三)」, 『동아일보』, 1937.7.

15 물론 중일전쟁기와 해방공간의 문학사적 단속성은 문학자의 네트워크와 재등장만으로 이해할 수는 없으며, 미학적 기획과 실천이라는 측면에서 논증되어야할 과제이다. 주목할 만한 최근의 시론적 성과로는 손유경, 『슬픈 사회주의자』, 소명출판, 2016, 34~40 · 177~239쪽 참조.

어의 비평가로 활동하던 김태준이 경성콤그룹의 조직원으로 지하활동을 시작한 것은 그 즈음인 1940년 5월경이었으며, 1940년 8월 그는 박헌영을 만나게 된다. 이후 9월에서 11월까지 월 1회 정도 박헌영은 김태준의 방에서 숙식하며 기관지 『코뮤니스트』를 편집하였다. 그리고 1940년 10월 김태준은 신명균의 요청으로 그가 박헌영을 대면하도록 주선하기도 하였다.[16] 하지만 이후 김태준은 1941년 1월 9일 이관술, 김삼룡, 이현상 등과 전후하여 검거되었으며, 그가 병보석으로 석방된 것은 태평양전쟁이 한창인 1943년이었다. 「연안행」의 초두에서 그 역시 태평양전쟁을 독일과 일본이라는 "파시스트"들과 "세계에 최강의 두 민주주의 국가 소련과 미국"을 중심으로 한 반파시즘 전선 사이의 전쟁으로 규정하였다.

김태준은 자신이 석방되었을 무렵 조선의 지식인들의 움직임을 두 부류로 기록하였다. 한편에는 파시즘 세력인 일본의 전쟁에 적극적으로 협력하는 이들이 있었으며, 또 다른 편에는 "탁류를 향하야 조선의 인민을 위해서 싸우려고 하는 일군"이 있었다. 이러한 이분법의 구도는 태평양전쟁기의 역사적 현실이기도 하였으나, 김태준이 해방공간 당대의 정치적 지형과 연대를 염두에 두고 재현한 것이기도 하였다.

16　경성종로경찰서, 「피의자 심문조서 김태준(1), (3)」, 1941.12.14~26; 경성지방법원, 「경성지방법원 김태준 관계 피고인 신문조서」, 1942.9.16; 김용직, 앞의 책, 297·369 ~371쪽 재인용. 이애숙은 박헌영과 신명균의 회견을 두고, "신명균은 조선어학회와 같은 민족문화단체 혹은 민족주의자 그룹을 대표해서 경성콤그룹의 지도자인 박헌영과 회견하고 반제 반파시즘 공동투쟁 방안을 논의했을 것으로 추정된다. 이와 같이 경성콤그룹과 민족주의자 그룹이 당면한 공동 목표 아래 정치적 협정을 맺고 공동전선(행동통일로부터 시작하는)을 취하는 것은 상층 통일전선이 될 것이다"라고 그 의미를 적극적으로 해석하였다. 이애숙, 「일제 말기 반파시즘 인민전선론」, 『한국사연구』 126, 한국사연구회, 2004, 228쪽.

김태준은 당시 대일협력에 적극적이었던 지식인들을 두고, "오늘날 한민당, 혹은 이승만씨에게 옛날 왜놈에게 섬기는 수법으로 가장 충실하게 일하고 있는 장모 같은 놈도 서슬이 풀으게 왜놈의 전쟁을 위하야 진력하고 있었고 여남은 모리배 박흥식 김성수의 무리야 책할 것이 있으랴!"라고 비판하였다.[17] 그는 1945~1946년 당시 이승만과 한민당을 지지하는 이들의 움직임을 태평양전쟁기 대일 협력자들의 실천과 겹쳐 읽고 있었다. 1945년 10월 29일 박헌영과 이승만의 회담에서 이들은 '친일파'의 숙청 문제로 이견을 확인하였고, 이후 이승만과 조선공산당과의 관계가 점점 악화되었던 상황이 이러한 비판의 배경이었을 것이다.[18]

또한 김태준은 그 반대편에서 "몇 개의 운동자 그룹이 횡적연계를 갖고 싸우고 있었"던 것을 적고는, 자신도 '일경(日警)'의 감시를 피해 지하에서 움직였던 활동가들과 접속하였음을 밝혔다. 이때 그는 이관술이나 이현상 등 경성콤그룹 멤버, 함흥 및 원산을 중심으로 한 적색태로동지(赤色太勞同志), 이승엽이나 김일수 등 공산주의협의회 등의 활동을 기록했을 뿐, 아니라 여운형, 김일성, 무정 등과의 '횡적 연계'에 대해서도 기록하였다. 그는 "K동 呂선생은 현준혁, 최K, 이K, 李T, 김T 등

---

17 인용문에 나오는 '장모'는 장택상일 가능성이 높다. 그는 1945년 10월 미군정 하 경찰청에 채용되었으며, 대일협력의 경력이 있는 경찰관들을 대거 채용하였다. 또한 1946년 5월 정판사 위조지폐사건을 지휘하였다. 다만 1940년 이후 그가 창씨개명을 거절하고 고향에 칩거했다는 사실은 김태준의 진술과 위배된다. 김태준이 언급한 '장모'가 장택상이라면, 해방공간의 입장을 강하게 투사한 것이 된다. 후에 유진오는 김성수의 대일협력을 다소 방어적이며 우호적으로 이해하려 하였지만, 김태준은 해방공간에서 김성수가 한민당을 창당한 것을 감안하며 그를 강력하게 비판하였다. 유진오, 『양호기』, 고려대 출판부, 1977, 90~110쪽.
18 임경석, 앞의 책, 228~229·253쪽.

을 찾고 조선해방연맹이거나 조선인민위원회를 만들자고 제의한 일이 있다"는 사실을 증언하였으며, 또한 자신이 여운형 계열의 조직에서 발행하였던 기관지에 징용, 징병, 공출, 배급에 저항하는 '선언문'을 기고했음을 적었다. 1946년 당시 북에 있었던 김일성과 무정은 해외에서의 투쟁이라는 맥락에서 「연안행」에 등장하였다.

> 군사문제토론회는 나에게 중국공산당의 수도 「연안」에 가서 김일성, 무정 동지들과 함께 국내에 대한 군사대책을 세워보라고 하였다. 남만(南滿)과 서북선(西北鮮)에는 산악지대가 많으니 이것을 이동근거지로 하고 북선(北鮮) 농민의 각성되어 있는 유리한 조건을 이용하야 유격전을 전개하면 할 수 있으리라는 것, 조선인민의 이익을 위해서 자기를 희생하고 충실히 싸울 수 있는 인민의 입장에 있는 전투적, 진보적인 정예분자들의 정당한 지도 밑에 민중이 결집된 힘을 갖고 적 일제(日帝)를 격퇴식이지 않으면 않된다는 것, 조선민족의 완전해방은 오직 우리 민족 자신의 손으로 해결하지 않으면 안 된다는 신조에서 그렇게 결정한 것이다. 나는 고국을 떠나서 연안 가기로 결의하였다.(①: 188)

실제로 1940년 이후 김일성은 소련으로 피신하였기 때문에, 당시 김태준에게 알려진 정보는 잘못된 것이었다. 하지만 중요한 것은 그가 연안을 무정과 김일성이 있는 곳으로 인식하고, 그곳을 토대로 '만주'와 서북 조선을 근거지로, 유격전을 기획하고 실천할 수 있는 곳으로 상상했다는 점에 있을 것이다. 그는 '최고지도자' 박헌영 역시 연안에 있을 수 있다고 생각한 것으로 적었다.

지하로 숨어단니는 수많은 동무들이 이구동성으로 불으고 찾는 것은 박동무였다. 누구보담 이론이 우수하고 직실(直實)하고 완전히 자기희생적이고 투쟁 연대(年代)가 가장 길고 조선해방운동의 풍부한 경험을 집대성한 분은 박동무였기 때문에 조선민족의 해방운동을 생각하고 있는 사람으로서 박동무를 최고지도자로 모시는대는 이외가 없는 것이었다. (…중략…) 지하운동 지방에서 우차(牛車)를 끌고 단니는 동지, 심산(深山)에 가서 화전민이 된 동지, 공장에 가서 직공된 동지, 보(褓)짐장사로 가장한 동지들이 서로 조직적 연락을 갖고 조선의 근로대중을 위하야 민족해방을 위하야 싸우고 있었는대 이들의 최고지도자인 박헌영 동무의 거처가 아득하기 때문에 서로 찾고 있었다. 해삼위(海蔘威)로 갔으리라고 전하는 이도 있고 혹은 연안으로 갔으리라 전하는 이도 있었는대 박헌영 동무가 815 이전의 18지옥에 빠진 조선의 인민과 민족을 등지고 해외로 도망할 분도 아니였고, 그 후에 알고 보니 전라도 광주 어느 벽돌 공장에서 김성삼(金成三)이라고 변명(變名)하고 벽돌을 굽고 있으면서 일제와 싸우고 있었다. 나도 행여나 연안에 박헌영 동지가 가지 않었을가고 생각해보았다.(①: 189~190)

김태준은 태평양전쟁기 지하에서 반파시즘 투쟁을 하던 '동지'들도 박헌영을 찾고 있었음을 증언하는 동시에, '선'이 닿지 않던 박헌영이 자신들의 추측과 달리 '조선의 인민과 민족을 등지고 해외로 도망'하지 않았으며 지하에서 투쟁하고 있었음을 대비적으로 선명하게 보여주었다. 이를 통해 김태준은 자신이 연안에 갔던 이유를 신원하는 동시에, 박헌영이 끝까지 조선을 버리지 않은 실천가이자 '최고지도자'였음을 강하게 재현하였다.[19]

「연안행」에서 재현한 1943~1944년 태평양전쟁 당시의 반파시즘 전선은 1946년 당대의 정치적 지형과 밀접한 연관을 가지고 있었다. 가령 김태준은 해방 직후 여운형에 대해 그다지 후한 평가를 하지 않았다는 증언이 있으며,[20] 당시 박헌영과 여운형의 관계도 매끄럽지는 못하였다.[21] 또한 여운형의 건국동맹은 경성콤그룹, 공산주의자 협의회, '자유와 독립 그룹'과 같은 공산주의자의 조직이 아니라, 일체의 반일역량의 규합을 의도하는 통일전선적 조직에 가까웠다.[22] 그러나 박헌영과 여운형이 1946년 2월에 결성된 민주주의 민족전선의 공동의장이었던 점을 감안하여 김태준은 여운형이 활동하였던 '건국동맹'의 존재를 기술하고,[23] 자신 또한 그들과 전시기부터 접속이 있었음을 밝혔다.

---

19 박헌영을 '최고지도자'로 이해하는 것은 경성콤그룹 출신에 조선공산당에 소속된 김태준으로는 당연한 것이기도 하다. 한편, 이구영은 연안에서 돌아온 직후, 김태준이 마오쩌둥과 박헌영을 높이 평가하였음을 적고 있다. "이처럼 앞서의 말(여운형과 김일성을 낮게 평가한 것—인용자)을 취소하자, 누군가가 앞으로 누구를 중심으로 일을 하는 것이 옳겠는가를 물었다. 이에 대해 그(김태준—인용자)는 마오쩌둥에 대한 선전을 많이 하면서 다음과 같이 말을 맺었다. '우리나라에서는 아무래도 박헌영 선생밖에는 없지요.'" 이구영, 『역사는 남북을 묻지 않는다』, 개마고원, 2001, 134쪽.

20 1945년 12월 초 연안에서 돌아온 김태준은 자신의 환영 자리에서 "여운형, 김일성은 대단한 사람이 아닌데 사람들이 이렇다 저렇다 하고 신문에서도 떠들어대 그렇게 된 것이라고 말을 하려고 했던 것이다. 이렇게 말하고는 그는 다른 말을 했다. 그는 처음부터 자신의 이야기는 절대로 적지 말라고 하고는 말을 시작했는데, 말이 끝날 무렵 그는 양해를 구하면서 앞서의 발언을 취소했다. '여러분, 내가 아까 한 이야기는 취소합니다. 왜냐하면 여운형 씨로 말하면 현 시국에 없어서는 안 될 중요한 인물인데 아까 내가 망령되이 농담 겸 했지만 절대 그런 것이 아닙니다. 또 김일성 장군으로 말하면 소련에서 이북으로 나와 지금 대단한 활약을 하고 있는데 내가 경솔하게 말했으니 전부 없었던 걸로 해주십시오.'" 위의 책, 133~134쪽.

21 민주주의 민족전선의 결성과 그 안에서 박헌영과 여운형의 갈등에 관해서는, 서중석, 『한국현대민족운동연구』, 역사비평사, 1991, 345~354쪽.

22 임경석, 「국내 공산주의운동의 전개과정과 그 전술(1937~45년)」, 한국역사연구회 1930년대 연구반, 『일제하 사회주의운동사』, 한길사, 1991, 226쪽.

23 김태준의 글에 나오는 '조선해방연맹'은 '건국동맹'의 오기로 볼 수 있다. 조선어학회 회원이자 교사였던 이만규는 1930년대 중반 이후 여운형이 '소극적 투쟁과 적극적 준

또한 탈출에 성공한 후인 「연안행」 3회에서는 '만주' 출신의 팔로군이 김일성을 잘 안다고 대답하면서 "만주서 조선동지들과 유격전하든 이야기주머니"를 풀어놓는 장면을 삽입하기도 하였다(③ : 99). 그는 최고 지도자로서 박헌영을 둔 채, 여운형, 김일성, 무정 등 해방공간 당대에 공동의 전선을 기획할 수 있는 이들을 「연안행」의 해방 이전 정세 서술에 적극적으로 반영하였다. 이러한 서술은 전시기와 해방공간을 공히 '파시즘'과 '민주주의'의 투쟁으로 이해한 김태준의 정세인식과도 관련이 있었다. 박헌영과 김태준을 비롯한 경성콤그룹 출신의 실천가들은 태평양전쟁을 '파시즘'과 '민주주의'의 투쟁으로 이해하였을 뿐 아니라, 당대의 정세 또한 '파시즘'과 '민주주의'의 전선으로 파악하고 있었다. 1946년 5월에서 8월까지는 제2차 세계대전 종전 1주년을 기념하여 많은 행사가 있었다.[24] 전시기의 '공동전선'은 국민전선의 일각을 이루는 한에서 '허용'된 인민전선이자, 식민지라는 조건으로 인해 운동과 사상이 결합하지 못한 것이었다.[25] 식민지의 전선이 굴절된 '공동전선'이었

비'를 하였음을 증언하면서, 그러한 실천의 정점에 '민족전선'으로서 "비밀결사 건국동맹"을 위치시켰다(이만규, 『여운형선생투쟁사』, 민주문화사, 1946, 168~169쪽). 1944년 8월 10일에 결성된 건국동맹이 "전시치하인데도 1년이라는 짧은 시간에 조직면으로도 활동면으로도 뚜렷한 족적을 남겼고, 무엇보다도 건국준비위원회의 모체가 되었다"는 점에서도 볼 수 있듯(서중석, 앞의 책, 110쪽), 해방 직전 전시체제기 활동의 복원은 해방공간 당대의 정치적 실천과 밀접한 연관이 있었다. 이만규 또한 1944년 건국동맹의 조직원으로부터 이후 1947년 근로인민당 상임위원에 이르기까지 여운형과 정치적 행보를 같이 한 인물이었다.

24 1946년 초 박헌영은 제2차 세계대전 중에 있었던 '크리미아 선언' 1주기(1946.2.14)를 기념하기도 하였고, 5월에는 독일 항복 1주기를 기해 반파쇼 투쟁의 중요성을 강조하였다(1946.5.8~10). 8월에는 조공 중앙위는 소일개전 1주년을 기념하였고(1946.8.9), 제2차대전 연합국의 지도이념으로서 스탈린 루즈벨트 노선의 중요성을 말하였다(1946.8.15~18). 임경석, 앞의 책, 286・331・361~362쪽.

25 洪宗郁, 앞의 책, 234~235쪽.

다면, 해방공간에서의 전선은 운동과 사상의 결합이 가능한 조건 속에서 기투된 것이었다. 1944년의 탈출을 기록한 「연안행」은 해방전후의 연속성을 강하게 의식하며, 좌절하고 실패하였던 전시기의 실천과 기억을 통해 "과거 속에서 희망의 불꽃을 점화(setting alight the sparks of hope in the past)"하고자 한 글쓰기였다.[26]

3. 조선어문(학)의 인봉(印封)과 동아시아 언어라는 실천
─ 해방 전후 언어 경험의 불연속성

'조선어', '합리성', '예술성'을 옹호하기 위해 식민지 조선의 사회주의 지식인들과 민족주의 지식인들이 연합하였던 굴절된 '공동전선'으로 기능하였던 『인문평론』이 위기에 처하는 것은 1940년을 넘어서면서였다. 이 위기는 구체적으로 『조선일보』와 『동아일보』 등 민간신문으로 대표되는 담론공간의 폐쇄와 조선(어)학이라는 지식의 위기로 나타났다. 다산 정약용 서거 100년인 1935년을 기점으로 1930년대 중후반 좌우의 지식인이 하나의 장에서 동의와 비판을 주고받으며 그 성과를 담론과 물질 양 측면에서 축적하였던 조선 연구가 위축된 것도 이 시기였다.[27] 또한 중일전쟁기 전쟁 특수와 광산 자본의 유입으로 인해

---

26 Walter Benjamin, "On the Concept of History"(1940), https://www.marxists.org/reference/archive/benjamin/1940/history.htm(검색일 : 2016.4.29)

27 1930년대 중반 백남운에게 '조선연구'는 민족통일전선으로서의 의미를 가지고 있었다. 홍종욱, 「'식민지 아카데미즘'의 그늘, 지식인의 전향」, 『사이間SAI』 11, 국제한국문학문화학회, 2011, 99~102쪽.

팽창했던 출판 시장 역시 급속히 축소되었다.

　이러한 정황을 상징적으로 보여주는 존재는 1930년대 중반 김태준과 함께 '중앙인서관'에서 『조선문학전집』을 편집하고 간행하였던 조선어학자 신명균이었다. 두 신문이 폐간된 이후, 박헌영과의 만남을 뒤로 하고, 신명균이 스스로 목숨을 거둔 것은 1940년 11월 20일이었다. 그리고 한설야가 그를 애도한 소설 「두견」을 발표한 지면은 『인문평론』의 폐간호인 이듬해 4월호였다.[28] 『문장』 역시 같은 달에 폐간되었고, 그해 11월 『국민문학(國民文學)』이 창간되었다. 그리고 1942년 10월 조선어학회 사건이 일어나고, 3 · 1운동 민족대표 33인과 같은 수의 조선어학회 회원이 검거되었다.

　해방공간에서 임화는 이 시기의 '국민문학'을 평가하면서 "일본 제국주의의 노예로 만드는 운동의 일익으로서의 국민문학"이라고 비판하였으며, 태평양전쟁기에는 "문학 위에도 철추(鐵鎚)가 내려 조선어 사용의 금지, 내용의 일본화에 의해서만 조선인의 문학생활은 가능하게 되었다"라고 회고하였다.[29] 이에 호응하듯, 1946년 2월 제1회 조선전국문학자대회에서 문학자들이 결의하여 '동맹지도기관'에 일임한 사항 중 하나도 "국어의 재건과 정당한 발전"이었다.[30] 김태준은 자신이 경험하였던 태평양전쟁기 '국민문화'의 상황과 조건에 대해 다음과 같이 적었다.

28　신명균, 한설야, 엄흥섭이 중심이 된 중앙인서관을 매개로 한 '인민전선'의 실체와 실천에 관해서는 보다 많은 논의가 필요하다. 김윤진, 「해방기 엄흥섭의 언어의식과 공동체의 구상」, 『민족문학사연구』 60, 민족문학사학회, 2016, 1장 참조.

29　임화, 「조선 민족문학 건설의 기본과제에 관한 일반보고」, (『건설기의 조선문학』, 백양당, 1946), 임화문학예술전집 편찬위원회 편, 『임화문학예술전집 5 - 비평 2』, 소명출판, 424쪽.

30　제1회조선전국문학자대회, 「제1회전국문학자대회 결정서」, 『문학』, 1946.7, 87쪽.

조선을 군사기지로 하고 대륙 침략에 쓰는 무기를 대부분 여기서 만들고 80만의 이민단(移民團) 즉 재향군인단(在鄕軍人團)을 가져오고 몇 개의 사단(師團)을 두고 갖은 압박과 약탈을 하였다. 특히 문화적 압박은 언어 도단이었다. 조선어의 조선사, 조선성명, 조선 의식(儀式) 습속의 사용까지 금지하고 조선 「신」(神)의 신앙까지 금지하고 모든 것을 순전히 일본색으로 강요하였다. (…중략…) 언어는 왜어 소위 국어보급운동(國語普及運動)이요 역사는 일선동조론(日鮮同祖論)이요 정치는 징용징병이요 경제는 공출과 배급이요 왜노(倭奴)의 태평양전쟁에 박자(拍子)를 치며 날뛰며 성원(聲援)하는 주출백귀(晝出百鬼)의 창피스럽고 괴로운 시간이었다.(① : 187~188)

김태준 또한 일본 제국주의의 통제와 동원이 극심하였음을 지적하는 첫 사례로 '조선어'의 금지와 '국어보급운동'을 들었다. 김태준과 임화를 비롯하여, 해방 직후 민족문학론을 주장한 조선문학가동맹의 문학자들은 태평양전쟁기를 조선어가 금지 당한 시기로 재현하였다. 이러한 서술은 언어와 민족의 친연성에 근거한 어문민족주의의 인식으로 읽히기도 하지만, 조선어와 조선학을 매개로 좌우의 문학자들이 일종의 '통일전선'을 형성하였던 1930년대 조선 연구에 대한 기억을 간직한 것이기도 하였다.

문학연구니 역사연구니 언어연구니 하는 것은 우리 정부가 수립된 후의 일이니 당분간 이 방면의 서적은 상자에 넣어서 봉해두자. 보는 책은 경제학 ABC, 인터내쇼날, 전기(戰旗), 레닌선집 등이였다. 나는 좀 더 튼튼한 세계관을 수립하려고 모색하였다. 외계에는 공출, 배급, 징용, 징병에 떨며

울고 있는 수 천만 형제자매의 아우성소리 조음(爍音)이 이타(耳朶)를 치는데, 어느 겨를에 조선문학이니 조선역사니 찾고 있을 수가 있을 것인가고 하였다.(① : 189)

　김태준이 조선어, 조선문학, 조선역사 연구를 중단한 것이 두 가지 계기와 관련되었음은 눈여겨볼 필요가 있다. 총독부의 조선어에 대한 억압도 주요한 이유였겠지만, 김태준은 조선어문학(연구)과 조선사(연구)가 당대 고통을 받는 '형제자매의 아우성소리'와 거리를 둔 한 편, 그들을 소외시켰음도 아울러 반성하고 있다. 이후 '연안행'에서 김태준의 실천은 이 두 가지 반성에 기반하고 있다.

　김윤식은 조선어를 '국어'로 인식한다면 조선어학회가 국어를 관장하는 국가의 대행 기구였기 때문에, 문학사적 의미에서 '일제강점기'를 1942년 10월에서 1945년 8월 15일까지로 이해할 가능성을 제안하였다. 조선어학회 사건 이후 조선문학에 억압과 함께 열린 가능성 중 하나는 이중어 글쓰기(bilingual writing)였다. 이중어 글쓰기는 국민국가의 문학, 곧 조선문학도 일본문학도 아닌, '문학 자체'로 나아갈 계기를 내포하고 있었다.[31] 조선어 및 조선학과 관련된 서적을 서랍 속에 넣은 김태준에게 역시, 이전과 전혀 다른 언어의 공간이 열리게 되었다.

　연안을 향한 여정에 따라 김태준과 박진홍이 마주하는 언어의 조건과 환경은 여러 차례 변화하였다. 특히 두 사람이 수행한 조선 '탈출'의 궤적은 서로 다른 위상과 조건 속에 있던 동아시아의 다양한 언어를 횡단하는 과정이기도 하였다. 첫 단계는 석방 후 조선에 머무르던 시기

31　김윤식, 『일제 말기 한국 작가의 이중어 글쓰기론』, 서울대 출판부, 2003, 66쪽.

로, 이때 그는 식민권력이 조선어를 금지한 당대적 맥락 속에서 조선어로 된 서적과 그 독서를 유보하는 대신, 일본어로 번역 출간된 사회주의 서적을 읽었다. 앞서 언급된 『공산주의ABC』, 『레닌전집』 등이 그것이었다.[32] 1930년대 중반 사회주의 지향의 조선연구자들이 대부분 일본어 사회주의 서적으로부터 독서를 시작하여 조선문화 및 조선역사 서적으로 그 방향을 옮겨간 것을 염두에 둔다면,[33] 1943년 김태준은 그 역방향의 독서를 수행하고 있었다. 이것은 전통과 조선학이라는 축을 매개로 국민전선 안에서 인민전선을 기획하였던 문학자가 다시금, 국제주의적인 범위로 그 인식과 실천의 범위가 확장된 것으로 이해할 수 있다. 이때 그의 언어는 국민국가의 범위를 넘어선 장소에 존재하게 된다.

두 번째로 조선을 탈출하여 중국에 도달한 김태준과 박진홍은 팔로군 지역에 들어가기까지 "일본인 점령구"를 지나게 된다. 이들은 일본인 군인 및 관료와 중국의 인민들을 만나게 된다. 김태준과 박진홍은 일본어는 능숙하게 구사할 수 있었지만, 중국어는 여러 점에서 서툴렀다. 결국 그들은 일본 옷으로 입고 일본군을 "유창한 왜어로 구렁이 담 넘어가듯 속여넘겼"으며(②:186), 서툰 중국어로는 부분 부분 진실을

32　일본에서 『共産主義ABC』가 처음 번역된 것은 1925년이었다. エヌ・ブハリン, エー・プレオブラシェンスキー, 司法大臣官房秘書課 譯, 『共産主義ABC』, 司法大臣官房秘書課, 1925. 이후 1930년에 다시 간행되었다. ブハーリン, プレオプラヂエンスキー, 田尻靜一 譯, 『共産主義のABC』, 政治研究社, 1930. 일본에서 『레닌전집』이 번역된 것은 1929~1930년 白揚社에서였다. 'レーニン全集'이라는 표제 하에 간행되었지만, 전질 완간 여부는 확인하지 못하였다.

33　김태준은 예외였다. 그는 조선연구에서 시작하였으며, 궈모뤄를 경유하여 사회주의로 인식론적 전환을 수행하였다. 이용범, 「김태준과 궈모뤄」, 『민족문학사연구』 56, 민족문학사학회, 2014.

말하였다. 이러한 언어 사용은 김태준의 어학실력에 관한 통념과 반대이다.[34] 그의 어학 실력에 변동이 있다기 보다는, 권력자와 통제자, 그리고 군인의 언어인 일본어에는 '거짓'의 역할을 부여하고, 압박받는 민중이자 연대 가능한 인민의 언어인 중국어에는 '참'의 역할을 부여한 김태준의 의도 때문이라 할 수 있다.

세 번째로 팔로군 지역에 도달한 두 사람은 자신의 신분을 증명해야 했는데, 이때 김태준이 자신의 뜻을 제시하고 소통하였던 방법은 말이라는 음성 언어가 아니라 글이라는 서기 언어였다. 이것은 김태준 스스로도 "언언개절(言言凱切)한 우국개세(憂國慨世)의 문자(文子)"라고 고평하였던 『열하일기』에서 박지원이 "포의(布衣) 왕민호(王民皥)들과 담론(談論)"하던 방식인 필담(筆談)이었다.[35] 그는 중국 지역에서 자신이 "언어가 능숙치 못하고 지방풍습이 서로 달"은 상황 앞에서 "만년필로 조그만 조희조각에 편지를 썼"다(②: 191). 그가 "노(老) 동지에게 서투른 글로써 뵙기를 청"하자, 중국의 노인은 "국제적 우의(友宜)"로 그들을 환대하였으며, 환대 속에서 본격적인 '심사'는 한문으로 진행되었다.

> 정치공작원 장종쉐이[張中水]는 나에게 몇 가지 시문(試問)을 하였다.
> 「1 귀국인민의 생활정형
> 2 귀하가 귀국에 있을 때 무엇하였나

---

34 1920년대 말에서 1930년대 초반 김태준의 어학실력에 관해서는, 일본어는 능숙하지 못하였고 대신 중국어가 능했다는 것이 통설이다. 이용범, 「김태준 초기이력의 재구성과 '조선학'의 새로운 맥락들」, 『민족문학사연구』 59, 민족문학사학회, 2015, 350쪽. 김태준은 1920년대 말 두 번의 북경행 경험이 있으며, 그때 웨이젠꿍[魏建功], 장샤오위앤[江召原], 저우쭤런[周作人] 등과 대화를 나누기 때문이다.

35 김태준, 『증보 조선소설사』, 학예사, 1939, 168~169쪽.

3 웨 여기 오게 되였나

4 압록강, 산해관, 넘어올 때 또는 당현(唐縣) 이가장(李家莊) 찾어오든 경로는 여하(如何).

5 이번 전쟁의 성격은? 중국이 이길가 일본이 이길가?」

나는 자세하게 한문(漢文)으로써 길다란 논문을 썼다. 전쟁은 제2차대전 — 민주주의국가와 반민주팟쇼 국가와의 전쟁 — 인 것이고, 마오쩌둥[毛澤東] 동지의 「논항일전(論抗日戰)」에서와 같이 세 개 단계를 지나서 중국이 이긴다고 단정하였다.

「조선동무들도 「논항일전」을 읽는가.」

「조선서도 몇 해 전에 잡지 개조(改造)에 그 논문이 역재(譯載)된 것을 보았다.」

장종쉐이의 심문태도는 내가 그를 심문하는지 그가 나를 심문하는지 몰을 만큼 순종하고 친절하고 평민적이다. 거만한 관찰적 태도는 티끌만큼도 발견할 수 없었다.(② : 192~193)

1926년 경성제국대학 예과에 입학한 김태준은 예과 조선인 학생모임인 '문우회'의 회지로 일본어로 된 글은 실리지 않는 『문우(文友)』와, 예과 학우회 문예부의 회지로 조선어로 된 글은 실리지 않는 『청량(淸涼)』에 한시와 한문 산문을 기고하였다. 또한 그는 예과 철학 강사 다카다 신지[高田眞治]가 도쿄제대 조교수로 임명되어 서양유학을 떠나게 되자, 그와 화운시(和韻詩)를 주고 받기도 하였다.[36] 그리고 1944년 김태준은 팔로군 앞에서 한문으로 2차 대전에 관한 자신의 의견을 논술하고

---

36 이용범, 「김태준 초기이력의 재구성과 '조선학'의 새로운 맥락들」, 『민족문학사연구』 59, 민족문학사학회, 2015, 346~369쪽.

있었다. 제2차 세계대전을 민주주의 국가와 파시즘 국가 사이의 전쟁으로 파악한 것은, 일찍이 1941년 6월 전 세계 공산주의자의 당면 과제를 각국 인민들이 국제통일전선을 조직하여 파쇼에 반대하여 싸워 모든 민족의 자유와 독립을 지키는 것으로 규정한 마오쩌둥의 지시문,[37] 그리고 그보다 앞서 1940년 중국혁명의 역사적 발전과정을 두 개의 행보로 나누고, 첫째 행보를 민주주의혁명으로 그 다음 행보를 사회주의혁명으로 이해한 신민주주의론과 공명하는 것이었다.[38]

또한 김태준은 1938년 5월에 발표된 「논지구전(論持久戰)」의 세 단계 즉, '제1단계 : 적의 전략적 공격, 우리의 전략적 방어의 시기 → 제2단계 : 적의 전략적 수비, 우리의 반격 준비의 시기 → 제3단계 : 우리의 전략적 반격, 적의 전략적 퇴각의 시기'에 근거하여,[39] 1944년 당시 '전쟁'의 정세를 전망하였다. 흥미로운 점은 그가 마오쩌둥의 「논지구전」을 접한 경로가 제국 일본의 잡지 『개조(改造)』를 경유해서였다는 사실이다.

1937년에 발발한 중일전쟁기에 논의된 동아협동체론은 전시의 노동운동 · 농민운동을 기반으로 한 사회주의 세력의 지지 위에서, 저항하는 중국에 대응하며 일본 제국주의의 자기비판과 사회주의적인 동아시아 형성을 지향한 '전시변혁'의 가능성을 열었다. 동아협동체론은 사회를 재조직함으로써 식민지 / 제국주의의 분쟁을 극복하고, 동아시

---

37 모택동, 「반파쇼국제통일전선에 대해」(1941.6.23), 김승일 역, 『모택동 선집』 3, 범우사, 2007, 31쪽.
38 모택동, 「신민주주의론」(1940.1), 김승일 역, 『모택동 선집』 2, 범우사, 2002, 375쪽.
39 모택동, 「지구전을 논함」(1938.5), 김승일 역, 『모택동 선집』 2, 범우사, 2002, 151쪽. 당대 「논지구전」의 맥락에 대해서는 김계일 편역, 『중국민족해방운동과 통일전선의 역사』 2, 사계절, 1987, 30~36쪽.

아 전 지역에서 사회 연대를 실현하고자 하는 기획이었는데, 민족해방과 사회해방을 실현하고 다민족이 자주·협동하는 '사회적' 광역권 이념으로서 의사혁명적 성격이 있었다. 따라서 전체주의와 친근성을 지니며 국가사회주의적인 '협동체' 국가의 연합을 주창한 세력으로부터 맑스주의적인 제국주의 비판과 친근성을 지닌 좌파 세력에 이르기까지 다양한 주체들이 동아협동체론에 주목하였다. 이때 동아협동체론은 『중앙공론(中央公論)』과 『개조』를 주요한 발표지면으로 삼았는데, 이들 잡지는 일본의 의견만을 제시하는 것이 아니라, 중국의 시각도 제시하도록 섬세하게 편집하였다.[40]

쇼와연구회[昭和硏究會]의 구성원 로야마 마사미치[蠟山政道]의 논설로 제국주의정책을 수정·변혁하여 식민지의 개발·발전을 도모할 것을 주장하며 동아협동체론의 도화선이 된 「동아협동체의 이론(東亞協同體の理論)」(1938.11)은 『개조』에 실렸는데, 이 논설을 전후하여 에드가 스노우의 「중국공산단영수 마오쩌둥회견기─중국공산당의 대일정책(中國共産黨領袖 毛澤東會見記─中國共産黨の對日政策)」(1937.7), 마오쩌둥의 「지구전을 논하다(持久戰を論ず)」(1938.10), 「항일유격전론(抗日遊擊戰論)」(1938.11) 등도 같은 지면에 게재되었다.[41] 1938년 5월 마오쩌둥이 전시기 중국 해방구에서 중국어로 발표한 문건은 같은 해 10월 제국 일본의 수도에서 일본어로 번역이 되어 간행되었으며, 비슷한 시기 김태준은

---

40 요네타니 마사후미, 조은미 역, 『아시아 / 일본』, 그린비, 2010, 164~181쪽; 橫渠書院, 「『論持久戰』在日本的傳播和巨大影向」, (2015), http://www.coowx.com/p/gfezfd.html(검색일 : 2016.4.29)에 실린 요네타니 마사후미[米谷匡史]의 발언 참조.

41 小林英三郎 他 編, 『雜誌 『改造』の四十年』, 光和堂, 1977, 473·495~496쪽. 「지구전을 논하다(持久戰を論ず)」는 『개조(改造)』 1938년 10월호의 394~413쪽에 실렸으며, 축역의 가능성이 있다.

식민지 조선의 경성에서 『개조』에 실려 일본어로 번역된 「지구전을 논하다(持久戰を論ず)」를 읽었다. 제국 일본과 식민지 조선의 '내부'에 있던 독자들은 동아협동체론과 마오쩌둥의 실천을 '하나의 논의의 장'으로 이해하였으며, 그것에 근거하여 '외부'를 상상하고 동아협동체론의 '내부'에서 정치적, 문화적 실천을 수행하였다.[42] 그리고 그로부터 6년이 지난 1944년, 태평양전쟁의 한 가운데서 김태준은 중국 해방구의 초입에서 좌절된 동아협동체론의 지적 유산을 다시 만나게 된다. 그리고 그는 동아시아의 전통 서기언어인 한문으로 마오쩌둥의 논설을 다시 썼다. 마오쩌둥의 논설은 지리적으로는 '중국 → 일본 → 조선 → 중국'의 경로로 이동하였으며, 언어로는 '중국어 → 일본어 → 한문'의 경로를 횡단하였다. 그런데 이 과정에서 조선인 김태준은 논설에 대한 독자이자 그것을 다시 쓰는 비평가의 위치에 있지만, 정작 그의 모어인 조선어는 지식과 언어의 연쇄로부터 소외되어 있었다. 동아시아의 사상 연쇄에서 조선의 위치가 누락되었다는 사실은, 조선의 식민지성과 조선 지식인의 말하기 / 쓰기가 위치한 곤경을 드러내는 명징한 사례이다.[43]

네 번째 단계는 팔로군과 함께 '종군'하던 시기의 언어 상황이다. 김태준과 박진홍을 비롯한 조선의용군은 팔로군으로부터 "뜨거운 국제적 동지애"를 느낄 수 있었다. 팔로군은 조선의용군이 후일 "조선에 돌

---

42 홍종욱 외, 「역사문제연구소 제41회 토론마당 — 전시기 조선 지식인의 전향」, 『역사문제연구』 28, 역사문제연구소, 2012, 372~373쪽.
43 근대 이후 일본에서, 혹은 중국에서 발신한 (동)아시아론에서도 발견할 수 있는 문제이다. (동)아시아론에서 식민지 조선 혹은 한국의 경험이나 위치는 누락되어 있었다. 이 점에 대한 문제의식은 윤대석, 「가라시마 다케시[辛島驍]의 중국 현대문학 연구와 조선」, 『구보학보』 13, 구보학회, 2015 참조.

아가서 중대한 역할을 할 사람들이니 스사로 몸을 아꼈고 공부만하라, 전투가 있을 때엔 잘 피신해서 희생이 없게 하고 확실히 정세가 유리할 때엔 참가해서 전투의 견학을 해도 좋다"(③ : 107)라고 제안하였다. 팔로군의 국제주의적 연대 아래서, 김태준과 박진홍은 '꿰이즈[鬼子]', '부패[不恥]' 등 비로소 일상적인 중국어로 중국인들과 소통하고 연대하였으며, 팔로군이 중국어 도서 "스타린(斯大林) 전집, 모택동전집을 열독"(③ : 99)하는 것을 관찰하였다. 흥미로운 점은 이러한 국제주의적 연대 아래서, 애초에 통 / 번역 불가능성을 염두에 둔 언어적 실천이 몇 번 등장한다는 점이다.

> 학생들은 이국의 진객(珍客)을 위해서 중국의 고무(古舞) 유희(遊戲) 등을 출연하고 최후에 장종쉐이[張中水]가 나더러 조선말로 조선사정(朝鮮事情)을 보고해 달라는 것이다.
>
> 나는 간단하게 조선사정 ― 왜놈이 어떻게 조선을 압박하고 있는가 ― 에 대해서 말했다. 그야말로 소귀에 경읽기 같으나 영문 몰으는 중국사람들은 이 진객의 입놀리는 것을 이상스럽게 보고 껄々 대소(大笑)하였다. 장종쉐이는 나의 승낙을 맡은 후 전날 밤에 심사 때에 써준『조선사정』일문(一文)을 풀어 서 설명해주니 청중들은 광희(狂喜)하였다.
>
> 농민들은 최후에 우리들의 노래를 요청하니 P가 적기가, 애국가를 불렀다.
>
> 동해물과 백두산이 말으고 달토록
>
> 수천년의 오랜 역사 골육에 흘은다(② : 194~195)

해방구에서 김태준과 박진홍을 맞아준 중국인들은 그들에게 '조선말'로 '조선사정'을 보고해 달라고 요청하였다. 김태준의 조선어 보고는 중국인들로서는 전혀 알아들을 수 없는 것이었고, 뜻 없는 음성으로만 전달되는 것이었지만, 그럼에도 이들은 그 소리를 들으며 즐거워하였다. 통역을 통해 최소한의 의미 전달을 제외한다면, 김태준의 조선어 수행은 음성 그 자체로서만 존재하는 언어였다. 그리고 이들은 중국인의 요청으로 노래를 불렀다. 박진홍이 부른 〈적기가〉는 독일 민요가 아일랜드 노동당의 당가를 거쳐, 1930년대 동아시아에 전래된 노래였다. 만약 그가 이 노래를 불렀다면 팔로군은 익숙한 음률과 번역 불가능한 가사를 함께 들었을 것이다. 또한 박진홍이 올드랭사인(Auld Lang Syne)에 맞추어 불렀을 〈애국가〉 역시 같은 효과를 나타냈을 것이다. 이후 팔로군의 이동에 조선의용군이 함께 움직이는 형식을 취하게 됨으로써, 김태준과 박진홍은 비로소 조선어로 대화할 조선인들을 만나게 되며, 조선어로 쓰인 벽보를 발견하게 된다.

1944년 11월에 출발한 김태준의 '연안행'은 동아시아의 여러 언어를 횡단하는 과정으로 읽을 수 있다. 조선어학회 사건이 발발한지 2년이 지난 후에 그 여정이 시작되었다는 점에서, 김태준이 마주한 태평양전쟁기 담론공간에서 조선어는 괄호 안에 있었다. 김태준은 조선 안에서 공동전선의 토대였던 조선어로부터 거리를 두고, 일본어로 간행된 사회주의 지식에 의지하고 있었다. 조선을 탈출하면서 김태준과 박진홍은 일본어와 중국어가 병존하는 지역을 통과하는데, 이때 그들은 거짓과 기만의 언어로서 일본어와 진실과 연대의 언어로서 중국어라는 대립적이고 이분법적인 언어 수행을 보여주었다. 후에 중국어 지역으로 들어가는 과정에서, 그는 한문이라는 중세 동아시아의 공동어문을 활용하기도 하나, 이때 한문은 일본어라는 매개를 통과하여 조선인의 손에서 다시 한문으로 옮겨진 중역(重譯)을 거듭한 것이었다. 이후 팔로군에 합류하면서 김태준과 박진홍은 다시금 조선어를 회복하지만 그것은 중국어라는 다수언어 안에서 병존하는 언어로서 조선어였다. 이때 회복한 조선어는 번역불가능성을 전제로 한 소리로서만 존재하거나, 익숙한 음률에 실린 낯선 음성으로서의 조선어였다. 그리고 이것은 통역을 통해 최소한의 소통 가능성을 확보할 수 있었다.

'연안행'의 과정을 통해 김태준은 소리 없이 의미만 전달되는 서기(書記)의 묵어(默語)로부터 의미 없이 소리만 전달되는 음향(音響)에 이르기까지 다양한 층위의 언어를 경험하고 수행하였다. 그런데 그의 '연안행'에서 조선어는 중국어와 일본어의 '망령'으로 존재하고 있었다.[44] 제국 일본의 담론공간에서 조선어는 금지되어 발화될 수 없거나 혹은 지식의 연쇄로부터 소외되어 있었다. 김태준은 중국어, 일본어, 한문을 횡단하면서 의사소통을 하였으나, 조선어는 그의 마음속에서 항상 사회주의를 재현하는 진리언어인 일본어와 중국어의 '음화(陰畵)'로서만 존재하였다. 그리고 파시즘에 대항하는 공동전선과 국제주의의 따뜻한 동지애 속에서 비로소 조선어는 최소한의 소통 가능성을 얻게 된다.

그런데 김태준이 돌아온 해방공간의 조선은 정확한 언어의 번역이 요청되는 시기, 혹은 그렇기 때문에 역설적으로 번역이 가장 의심을 받던 시기였다.[45] 가령 김태준이 박헌영을 수행하여 평양을 다녀온 직후 박헌영은 자칭 『뉴욕타임즈』 특파원인 존스톤과의 인터뷰에서의 '조선

---

44 사카이 나오키·니시타니 오사무, 차승기·홍종욱 역, 『세계사의 해체』, 역사비평사, 2009, 133쪽. 니시타니 오사무가 언급한 식민지의 크레올어가 가지는 '망령'이라는 개념을 참고하였다.
45 냉전과 통역 체제의 성격에 관해서는 조은애, 「통역 / 번역되는 냉전의 언어와 영문학자의 위치 ─ 1945~1953년, 설정식의 경우를 중심으로」, 『한국문학연구』 45, 동국대 한국문학연구소, 2015 참조.

의 소련편입' 발언으로 인해 1946년 1월 내내 곤혹을 치러야 했다. 당대 신탁통치에 대한 조선 민중의 반감 속에서 박헌영은 곤란을 겪었는데, 이때 존스톤은 자신의 주장을 옹호하기 위해 "박씨와 나와는 영어로 말하였으니 당신네들은 몰랐을 것이오"[46]라고 언급하기도 하였다. 해방공간은 동아시아의 여러 언어가 영어와 소련어라는 양극의 권력 속에서 그 위치가 재편되는 시기였고, 또한 그것의 정확한 통/번역이 요청되는 시기였다. 또한 1946년 4월 17일 조선공산당 창립 21주년 기념식에서 애국가를 제창하는데, 이것은 조선어를 알아듣지 못한 중국인들 앞에서 박진홍이 불렀던 애국가와는 전혀 다른 발화의 맥락에 놓여 있었다.[47] 앞서 보았듯, 김태준을 비롯한 이들은 '파시즘'과 '민주주의'의 대결이라는 인식틀로 해방전후의 연속성을 가늠하고 있었으나, 언어경험이라는 측면에서는 해방전후의 불연속성이 있었다. 그리고 「연안행」은 해방공간 당대에 이미 망각되기 시작한 전시기 동아시아 언어의 복합적인 상황과 연대 및 소통의 가능성을 증언하고 재현하였다.

4. 문학의 위치와 아포리아 — 이성과 감성, 지식(인)과 민중

연안행을 준비하면서 김태준은 자신이 10년 동안 수집한 역사 및 문학의 자료와 고서를 '양심적인 부호' 홍 씨에게 넘기고, 그 대금인 2만원으로 자신의 탈출경비를 마련하였다. 김태준과 박진홍은 탈출 과정

---

46 임경석, 앞의 책, 274쪽.
47 위의 책, 317쪽.

에서 책을 소지할 수 없었고, 이 점에서 그들은 기존의 지식과 문학과 단절된 상태에서 이동을 실천하였다. 연안행을 통해 그들은 자신의 지식의 위치와 그 아포리아를 점검할 두 가지 경험을 만나게 된다. 하나는 지식과 감정의 관계에 대한 재발견이었고, 또 한 가지는 지식인과 민중의 관계에 대한 재발견이었다.

지식과 감정의 관계는 김태준과 박진홍, 두 사람의 대화로부터 발견할 수 있다. 아무 책을 휴대하지 못한 채 국경을 건넜기에 김태준과 박진홍은 이전의 독서에 대한 기억에 의지하여 그 지식을 거듭 저작(咀嚼)하였다. 이때 그들의 독서경험은 동서고금의 것을 포괄하였다. 가령 김태준은 산해관을 통과하자 "오자서(伍子胥)가 소관(韶關) 통과하노라고 하로밤에 백발(白髮)이 되었다는 열국지 고사"를 떠올려 그것을 박진홍에게 들려주기도 하였다(②: 186).

> 봉천역을 떠날 때는 홍C가 전송해주었다. 홍C는 맑은 맵시에 순수한 도령님이다. 그는 우리 부부의 밀월여행을 여행형태로서는 최대의 「로만티시즘」이라고 희롱하였다. 그는 가장 문학을 조화하였다. 나의 안해 P와는 문학작품 속에 나타난 애국자 망명객 이야기를 장시간 계속하고 있었다. P는 틀게네프의 「전날밤」에 나오는 여주인공이 망명청년을 사랑하다가 그 청년의 조국 불가리아에 몸을 바치든 이야기며 큐리 부인 이야기를 자미스럽게 전개하는 것이다.(②: 182~183)

봉천을 떠날 무렵 박진홍은 전혀 다른 맥락에서 생산되고 읽힌 두 가지 이야기를 동시에 언급하는데, 하나는 퀴리부인에 관한 이야기이며 또 하나는 투르게네프의 『그 전날 밤』였다. 당시 총독부의 문화정

책에 따라 식민지 조선의 학교에서는 전쟁담, 위인전, 영웅전 등이 권장되었으며, 퀴리부인의 전기 또한 그 중의 한 권이었다. 일본에서 출간된 『퀴리부인전(キュリ婦人傳)』은 연전 출신 의사인 김명선으로부터, 기생 출신 인기 가수 왕수복을 거쳐 여학교 학생에 이르기까지 식민지 조선의 여성 독자들에게 큰 반향을 불러 일으켰으며, 또한 춘성 노자영은 펄 벅의 『대지』와 에바 퀴리의 『퀴리 부인』 등을 한데 묶어 『금색의 태양』이라는 제목으로 번역하여 출간하기도 하였다. 퀴리부인의 전기는 '직분충실 → 고난극복 → 조국봉사'의 서사로 구성되는데, 퀴리 부인은 러시아 통치 하의 폴란드에서 연구를 위해 프랑스로 이주한 인물이었다. 따라서 프랑스에서는 그를 이민자로, 일본에서는 직분에 충실한 '국민'으로, 조선에서는 '식민지인'으로 각기 다른 방식으로 이해하였다.[48] 전시기 식민지 조선의 독자들은 퀴리부인에 약소민족의 설움을 겹쳐 읽으며, 그가 프랑스로 옮겨가 과학이라는 보편의 이념을 현실화하는 과정에 주목하였다. 박진홍 또한 퀴리부인의 '월경'에 주목하였다.

투르게네프의 『그 전날 밤』의 등장하는 러시아 여성 엘레나는 터키의 지배 하에 있던 불가리아의 청년 인사로프를 사랑하여, 결국 그가 유명을 달리하자 인사로프의 조국인 불가리아 해방을 위해 일생의 노력을 다할 것을 다짐한다. 서로의 마음을 확인하는 순간에 인사로프는 자신이 조만간 러시아를 떠나 "머나먼 타역(他域)"에 갈 것을 말했고 엘레나는 "당신의 하시자는일이면 죽는데까지라도" 따르겠다고 고백하

---

48 김성연, 「'새로운 신' 과학에 올라탄 제국과 식민의 동상이몽 — 퀴리부인 전기의 소설화를 중심으로」, 『현대문학의 연구』 44, 한국문학연구학회, 2011; 박진영, 「한국 최초의 세계 문학 전집 기획 (2) — 세계 문학 전집을 광고하다」, http://bookgram.pe.kr/1201 69211286(검색일 : 2016.4.29)

였다.[49] 특히 이 소설은 1924년 포석 조명희가 번역하여 신문에 연재하였고, 1925년 박문서관에서 단행본으로 출간되어 당대 독자와 문학자들에게 큰 반향을 일으켰으며, 조명희가 『낙동강』을 창작하는데도 큰 영감을 주었다.[50] 『그 전날 밤』은 사랑과 식민지의 해방을 위해 국경을 넘는 이야기였고, 그 소설의 번역자인 조명희 역시 해방을 위해 국경을 넘은 인물이었다는 점에서, 문학이라는 지식의 현장성과 낭만성은 더욱 강조되었다.[51] 박진홍은 자신들의 월경에 퀴리부인의 이야기와 투르게네프, 그리고 조명희를 겹침으로써, 식민지의 경계 넘기와 사랑을 겹쳐 읽었고 그것으로 위로를 삼고 힘을 얻고 있었다.

이날 또 한가지 불행은 나와 P사이에 일대논쟁이 일어난 것이다. 논쟁의 경과는 이렇다. P가 영국황제의 심푸신 부인 사랑한 것을 극도로 예찬한 남아지, 그것을 마치 P는 내가 너머도 이지적이여서 애정의 세계를 이해못한다고 야유하는 것같이 들렸기 때문에 나는 P의 연애지상주의에 일격을 가하자 P는 나에게 적당한 비례로 이지와 감정이 그리고 도덕과 애정이 계급적으로 통일된 부부생활이 아니면 참다운 부부생활이라고 할 수 없는 것이고, 적어도 P의 요구하는 나는 좀 더 풍부한 정서가 없으면 안 된다는 것이다. 그러면서 나의 봉건적 이념에 사로잡힌 생활과 표정의 결핍이 P에게 접수되지 않는다는 것을 말했다. (③ : 99)

---

49 조명희, 『그 전날 밤』, 박문서관, 1925, 155쪽.
50 손성준, 「조명희 소설의 외래적 원천과 그 변용」, 『국제어문』 62, 국제어문학회, 2014.
51 조명희는 1938년 일본 스파이의 누명을 쓰고 처형되지만, 1946년 당시 조선에는 그 소식이 알려지지 않았다. 『문학』 2호의 권두 광고 중에는 건설출판사의 『낙동강』 광고가 있다. "18년 전에 조선을 떠날 적에 남기고 간— 그 당시에도 찬양을 많이 받은 걸작들로 나오자 바로 발금되었던 걸작이다"라고 소개되어 있다. 조명희는 식민지 해방을 위해 조국을 떠난 작가의 대표적인 사례로 기억되었다.

김태준이 여정 곳곳에서 이지적인 태도를 견지한 것을 염두에 둔다면,[52] 「연안행」에서 김태준과 박진홍은 이지와 감정, 혹은 도덕과 애정의 대립을 분유(分有)하며, 양자의 긴장을 제시하고 있다고 이해할 수 있다. 그리고 박진홍이 주장하는 감정과 애정을 통해, 김태준이 추구하는 이념과 이지는 비로소 '생활'과 '표정'을 얻을 수 있게 된다. 물론 위의 인용에서 양자의 통일은 이상적인 부부생활이라는 맥락에서 등장하지만, 이성과 감정의 긴장과 그것을 자원으로 삼은 새로운 삶의 기획과 실천이 부부생활에 한정되는 원리는 아닐 것이다. 이들은 일상과 실천을 혁명의 자원으로 삼을 가능성에 대해 탐색하였다.[53]

'연안행'에서 발견할 수 있는 또 다른 논점은 지식(인)과 민중의 관계, 그리고 이를 통해 문학이라는 근대지식의 위치를 재조정하는 문제이다. 김태준이 만난 최초의 팔로군은 그를 심문한 장종쉐이[張中水]였다. 이방에서 온 조선인들을 무척 살뜰히 살폈던 그는 "사년간 민병으로서 실천에서 훈련된 사람으로 별로 학교 교육도 못받았"던 사람이었다. 하지만 "그 명랑한 성격, 불타는 학습열이 오늘날의 그를 일우게 한 것"이었다고 김태준은 평하였다. '홍군에 입대한 후 비로소 글을 읽고 쓰는 법을 배운 소년과의 만남'은 에드가 스노우도 인상적으로 서술하였듯, 홍군에 대한 존중에 근거한 전형적인 재현 중 하나였다.[54] 제도

---

52 이해영, 앞의 책, 99~106쪽.
53 E. P. 톰슨, 변영출 역, 『이론의 빈곤』, 책세상, 2013, 111쪽. 1930년대 중반 임화는 관조주의로부터 고차적 리얼리즘으로 발전하기 위한 일 계기로서 낭만주의론을 요청하였다. 또한 자신이 주장한 "『레알이즘』이란 결코 주관주의자의 무고처럼 사화(死化)한 객관주의가 아니라 객관적 인식에서 비롯하여 실천에 있어 자기를 증명하고 다시 객관적 현실 그것을 개변(改變)해가는 주체화(主體化)의 대규모적 방법을 완성하는 문학적 경향"이라고 역설하였다. 임화, 「사실주의의 재인식」(1937), 『문학의 논리』, 학예사, 1940, 94쪽.

적인 학교교육을 받지 않고, 앎과 삶, 곧 지식과 실천을 일치시킨 장종 쉐이로부터 김태준은 상당히 강렬한 인상을 받는다. 이것은 그와 함께 가고 있던 조선 의용대에 대한 그의 불만과도 표리를 이루는 것이었다.

> 우리 대오 가운데 두 가지 조류가 있다. 하나는 학병(學兵) 출신. 책상물 림 데리[sic-인테리]님들이 일반적으로 자고자대(自高自大)하고 농민 출신 을 깔보고 학문을 좋아하고 이론만을 내세우는 버릇이 있고 하나는 학교 교육 받지 못한 농민 출신 동무들인대 그들의 개중에는 이론을 「주동이만 까는 것」라고 비웃고 배우는 것을 시기하는 경향이 있다. 김봉(金奉)을 미 워하는 주철(朱鐵)의 심리는 이 표현인 것이다. 혁명적 이론을 떠나서 혁명 적 실천이 있을 수 없고, 혁명적 실천을 떠나서 혁명적 이론이 있을 수 없으 니 노농출신이니 테인리[sic-인테리] 출신이니 할 것 없이 이론과 실천의 통일, 사상과 생활과 행동의 통일, 지행합일이 되지 않으면 않될 것이라 하 였다.(③ : 106~107)

연안으로 탈출하기 전 김태준은 조선 역사와 조선 문학 서적을 잠 시 서랍 안에 봉하면서, 자신의 조선학 연구가 조선 민중의 아우성과 거리가 있음에 괴로워하였다. 지식과 민중의 삶이 소외된 문제는, 김 태준 홀로 발견한 문제가 아니었다. 비서구 동아시아에서 맑스주의의 수용은 지식인을 중심으로 시작되었고, 이것은 지식인과 민중의 사이 에 지식과 실천의 균열을 배태하였다. 마오쩌둥 역시 이 문제를 고민 하고 있었으며, 그가 「신민주주의론」에서 이중적인 문화정책을 기획

---

54 에드가 스노우, 신홍범 역, 『중국의 붉은 별』, 두레, 1985, 73~74쪽.

한 것은 이 때문이었다. 그는 문화인, 청년, 학생 등 도시 소부르주아의 적극적인 실천을 요청하되, 그들의 실천이 무산계급을 대표하는 당에 의해 점검되도록 하였다.[55] 또한 「연안 문예 강화」에서 마오쩌둥은 "많은 문학예술 일꾼이 대중과 유리되어 있고 생활이 공허하기 때문에 자연히 인민의 말에 익숙하지 않다. 따라서 그들의 작품은 말이 진부할 뿐만 아니라, 거기에는 종종 억지로 만들어 낸, 인민의 말과 대립되는, 영문을 알 수 없는 어구들이 섞여 있다. 많은 동지가 '대중화'에 대해 말하길 좋아하는데, 대중화란 무엇인가? 그것은 즉 우리의 문학예술 일꾼들의 사상·감정과 하나로 융합되는 것이다. 그리고 하나로 융합되려면 대중의 말을 진지하게 배워야 한다"라고 주장하였다.[56]

비서구 맑스주의 지식의 위치라는 역사적이며 규제적인 조건 앞에서 김태준은 이론과 실천, 그리고 사상과 생활의 통일이라는 문제틀을 구성하였다. 그리고 그러한 요청과 반성은 그가 최초로 만난 팔로군, 곧 무학(無學)이었으나 불타는 학습열을 가졌던 한 팔로군 병사로부터 계기를 발견한 것이었다. 김태준의 기획은 문학이라는 지식의 위치 자체의 재조정을 요청하게 된다.

김태준은 '연안행'을 통해 이성과 감성의 관계, 그리고 지식(인)과 대중의 관계라는 문학의 근본적인 질문에 도달하였다. 이 두 가지 근본적인 질문은 조선학과 관련된 서적을 상자에 봉한 김태준의 고민에 닿아있기도 하지만, 좀 더 시기를 거슬러 올라가자면, 1920~1930년대 프

---

55 丸川哲史, 『魯迅と毛澤東』, 以文社, 2010, 134~150쪽. 마오쩌둥 역시 듣는 이의 지적 배경과 문식성을 고려하여 정확한 수사와 표현을 사용하였다(같은 책, 147쪽).
56 모택동, 「연안 문예 좌담회에서의 강연」(1942.5), 김승일 역, 『모택동 선집』 3, 범우사, 2007, 81쪽.

로문학이 활발히 창작되던 와중에 제출되었던 문학사적인 자기 성찰에 닿아 있기도 하다. 식민지 조선에서 사회주의는 외래의 지식으로 수용된 이래, 송영과 임화를 비롯한 문학자들은 감성과 이성, 앎과 실천의 거리를 인식하였고, 또한 김기진과 비평가들은 문학의 대중화 문제를 고민하면서 가능한 문화적 실천을 기획하였다.[57] 카프 해소 이전 프로문학자들의 문학사적 고민은, 전형기를 넘어 김태준과 박진홍이 '연안'으로 가는 도중에서 다시금 질문되고 있었다.

5. 결론

결국 「연안행」은 완결되지 못하였고 김태준과 박진홍이 연안에서 무엇을 보았고 어떤 활동을 했는지에 대한 증언을 담지 못하였다. 따라서 「연안행」을 하나의 완결적인 작품으로 간주하기 보다는, 그 부분부분이 포함하고 있는 다양한 사유의 가능성에 주목하고 그 의미를 보다 적극적으로 읽어줄 필요가 있다. 앞에서 보았듯 「연안행」은 태평양전쟁기에 열린 동아시아의 복합적인 언어 공간에 대한 경험과 문학이라는 지식의 위치에 대한 근본적 성찰을 담고 있다.

김태준에게 해방공간은 '망령'으로 존재했던 조선어문(학)이 활성화

---

57 최병구, 「본성, 폭력, 사랑-정념의 서사로서 프로문학의 조건(들)」, 『한국어문학연구』 61, 한국어문학연구회, 2013; 손유경, 「임화의 유물론적 사유에 나타나는 주체의 위치(position)」, 『한국현대문학연구』 24, 한국현대문학회, 2008; 신두원, 「임화의 현실주의론 연구」, 서울대 석사논문, 1991; 차승기, 「프롤레타리아 문학과 대중화」, 『한국학연구』 37, 인하대 한국학연구소, 2015.

되는 공간이자, 문학이라는 근대지식의 탈구축을 기도할 수 있는 공간이었다. 「연안행」의 첫 회분이 실린 조선문학가동맹의 기관지 『문학』 1호에는 「제1회 문학자대회결정서」와 서기국이 작성한 「조선문학가동맹운동사업개황보고」가 함께 게재되어 있다. 보고서는 1945년 8월 15일 이후에 개최한 문예강연회로부터 조선전국문학자대회의 결의와 조선문학가동맹의 성립에까지 이어지는 일련의 문학운동과 조직적 실천이 '민주주의 원칙에 따라 완성성립'되었음을 힘써 강조하였으며, 민주주의 국가의 건설과정에서 조선문학의 자유스럽고 건전한 발전을 위하여 (1) 일본제국주의 잔재의 소탕, (2) 봉건주의잔재의 청산, (3) 국수주의의 배격, (4) 민족문학의 건설, (5) 조선문학의 국제문학과의 제첩(提捷)을 기본강령으로 천명하였다.[58]

조선문학가동맹의 진보적인 민족문학이 '국수주의'로부터 스스로의 거리를 두고 있음도 눈여겨볼 대목이지만, (4) 민족문학의 건설에 더해 (5) 국제문학과의 관련을 제안하고 있다는 점 또한 누락할 수 없을 것이다. 그동안 해방공간 조선문학가동맹의 민족문학론은 '나라 만들기'라는 일국적 관점에서 이해되었다. 이는 『문학』 1호의 여러 평론이 '민족문학'이라는 논제를 가지고 있다는 점에서 착안한 것이다. 하지만 민족문학과 국제문학과의 관련이라는 문제는 또 다른 문제를 제기한다. 그것은 멀리는 1930년대 중반 카프 해산 이후 사회주의 문학자들이 마주한 전형기(轉形期)의 첫 논제가 국제적인 것과 민족적인 것 사이의 관계였다는 점을 떠올릴 수도 있을 것이며,[59] 가까이는 제2차 세계

---

58 서기국, 「조선문학가동맹운동사업개황보고」, 『문학』, 1946.7, 147~148쪽.
59 1934년 임화는 언어에 주목하여, '민족적인 것'을 통해 '진정한 국제적인 것'이 실현할 조건을 탐색하였다. 김재용, 「임화의 이식문학론과 조선적 특수성의 명암」, 『문예연

대전을 반파시즘국가와 민주주의국가들의 대립으로 이해하고, 반파시즘의 전선(戰線)에 섰던 지식인들의 공통기억에 기반하고 있었다.

그리고 무엇보다 조선에서 출발하여 연안을 향해 국경을 넘어간 김태준의 '연안행'이 그러한 국제적인 인식의 가능성과 실천의 예를 보여주었다. 「연안행」이 실린 『문학』 제1호는 조선문학가동맹의 '민족문학'론이 내포하고 있는 동아시아적 계기를 포함하고 있다. 이명선이 중국 신문학 혁명에 대한 글을 기고하였으며, 김사량과 마찬가지로 태항산에서 투쟁의 경험을 가진 김학철 역시 소설을 기고하였다. 김학철의 생애사에서 그가 조선 반도 안에서 활동하였던 것은 해방공간이 유일하였다.[60] 조선문학가동맹의 '민족문학'을 동아시아적 맥락에서 재고하는 문제는 이후의 과제로 삼고자 한다. 그러한 과제를 염두에 두면서, 이 글에서는 해방공간 김태준의 문화적 실천이 그 자신이 '연안행'에서 성찰한 바와 밀접하게 연관되어 있음을 간략히 살펴보고자 한다.

카프 10년간의 성과는 컸었다. (…중략…) 그러나 당시 작품의 일반적 특징은 당시의 문예노선이 당시의 정치노선에 배합되어 있었던 만큼 좌경적 오류를 범하고 있었고 또 그 집필자들이 모두 전문대학을 졸업한 창백한 고급 인텔리들이었기 때문에 그 생각은 민중적 입장에 서지 못하고 그 표현은 대상을 파악하지 못하고 숙련되지 못했기 때문에 모처럼 민중에게 알

구』, 1999.6.

60 해방공간 김학철은 홍명희를 만나기도 하였다. 이때 김학철은 『임꺽정』이 어떻게 맺어지는지 홍명희에게 질문하였는데, 홍명희는 황천왕동이가 나중에 중국에서 황제가 된다고 대답했다고 한다(강영주, 『통일시대의 고전 『임꺽정』 연구』, 사계절, 2015, 62쪽). 홍명희가 김학철이 중국에서 왔다는 점을 감안하여 농담을 한 것일 수도 있지만, 동아시아라는 지역범주를 사유하였던 당대 문인들의 사고방식의 일단을 보여주는 사례라고 생각할 수 있다.

리기 위하여, 인민의 이익을 위하여 쓴 글도 민중은 읽어보지 못하고 말았다. 그래서 카프의 반역자들로 하여금 「얻은 것은 이데오로기요 잃은 것은 예술이다」라는 구실을 주게 되었던 것이다. 우리는 모든 문학인들에게 외친다. 대중 속으로 들어가자고, 몸소 대중의 일원이 되어 그 생활을 실천하고 그 감정과 의식을 바로 잡고 ㄱ 언어를 배우지 않고는 대중을 위한 문학자가 될 수 없다. 우리는 이 점에서 카프문학을 비판적으로 섭취해야 할 것이다. 우리는 이제 온갖 과거의 문학유산을 재검토하여 계승하여야할 엄정한 시기에 당면하고 있다. 중국 최근의 작가들이 삼국지, 수호지, 열국지, 악무목전(岳武穆傳) 같은 고대 소설 속에서 현재의 정치사정에 비치여 가장 계몽하기 적절하다고 보는 항목을 떼서 삼타주가장(三打朱家莊), 진회(秦檜), 장의(張儀), 조원(弔原) 같은 각본을 써서 「구형식에 신내용이라」는 새로운 시험을 하는 것도 한 개의 묘안이다.[61]

'제1회 조선전국문학자대회'에서 김태준은 「문학예술의 정당한 계승방법」을 보고하면서, 그가 중국 연안에서 보았던 작가들의 문학적 실험을 기록하였다. 그는 프로문학이 민중과 괴리되었다는 것에 대한 문학사적 반성을 시도하고 있다. 그리고 그가 제안하는 것은 '구형식에 신내용'이라는 그 이전 근대문학으로서 한국 근대문학이 가져보지 못한 "새로운 시험"이었다. 물론 '구형식'을 강조했다는 점에서 과거의 문학을 요청한 것은 아닌가 의심이 드는 것도 사실이다. 하지만 '서구적 / 외래적 형식(Western / Foreign Form)'과 '지역적인 원료 / 현실(local materials / reality)'의 결합이 근대 소설의 '전형적인' 발생(the 'typical' rise of the novel)

---

61 김태준, 「문학예술의 정당한 계승방법」, 조선문학가동맹 중앙집행위원회 서기국, 『건설기의 조선문학』, 백양당, 1946, 134~135쪽.

이라는 점을 감안한다면,[62] 김태준의 보고는 근대문학의 외부를 요청하는 것으로 적극적으로 이해할 수 있다. 일찍이 김태준은 한문학의 혁신과 국문문학의 발전이 교차하는 지점에 박지원의 「열하일기」를 배치하고, 그 혁신성과 문학사적 의미에 주목한 바 있다.[63] 그에게 근대문학으로서 '민족문학'의 이념은 자기동일성을 유지하고 그것에 안주하고 유지하는 것이기 보다는, 외부의 실재와 대면함으로써 자기부정의 운동성을 가진 것이었다. 1930년대 중반 김태준이 한국 근대문학을 논의하면서 중국 신문학을 하나의 참조체계로 구성하기 위해서 노력한 것은 이 때문이었다.[64] 그리고 해방공간에서 김태준이 근대문학의 외부를 요청한 계기이자 '근거지'[65]는 다름이 아니라 그가 '연안행'에서 발견한 민중이었다.

해방공간 박진홍의 실천 또한 '민중'의 현실과 조건을 적극적으로 성찰한 기반 위에서 수행되었다. 1945년 박헌영의 「8월 테제」가 제안한 계급투쟁의 일익으로서 여성 운동의 기획은 이념의 정당성을 성취

---

62 Franco Moretti, *Distant Reading*, Verso, 2013, pp.52~54.
63 류준필, 「식민지 아카데미즘의 '조선문학사' 인식과 그 지정학적 함의」, 『한국학연구』 32, 인하대 한국학연구소, 2014, 121~122쪽.
64 박성창, 「한・중 근대문학 비교의 쟁점―이육사의 문학적 모색과 루쉰」, 『비교한국학』 23-2, 국제비교한국학회, 2015, 169~171쪽.
65 근거지의 개념은 다케우치 요시미의 개념을 참조하였다. 그는 '적은 강대하며 나는 약소하다'라는 인식과 '나는 불패이다'라는 확신이 모순의 조합을 이룬 것이 마오쩌둥 사상의 근본이자 원동력으로 보았다. 그리고 그러한 사상이 현실화된 장소로서 '근거지'를 이해하였다. 그는 '근거지'를 "상대하는 힘들이 균형을 추구하며 움직이는 장(場)"으로 이해하였으며, 스스로의 에네르기로 자생하며 외부와 충돌하며 운동하는 것으로 보았다. 이때 근거지는 세계적 규모와 민족적 규모로도 존재하지만, 궁극의 장은 개인에 위치하게 된다. 다케우치 요시미, 윤여일 역, 「『평전 마오쩌둥』(초록)」 (1951), 마루카와 데쓰시 외편, 『다케우치 요시미 선집』 2, 휴머니스트, 2011, 275~286쪽.

한 것이었지만, 당시 여성의 문맹률이 높았다는 점을 충분히 고려하지 못한 한계가 있었고, 그 결과 '계몽'이라는 문제를 누락하였다.[66] 하지만 1946년 박진홍은 봉건인습에서 벗어나서 남녀평등을 이룩하기 위해서는 경제적 권리의 획득 뿐 아니라, 여성이 스스로 '민주주의적 교양'을 갖추어야 한다고 주장하였다.[67] '민중'이라는 계기를 통해 근대문학의 위치를 재조정하고자 한 김태준의 기획과 여성의 현실로부터 여성 운동의 방향을 재조정한 박진홍의 제안에는 이성과 감성, 그리고 지식과 민중의 관계를 재조정하였던 '연안행'의 경험이 관류하고 있었다.

하지만 조선문학가동맹의 '대중화'론과 몇몇 문학자들의 실천을 제외한다면 그러한 문화적 실천은 충분히 현실화되지 못하였으며,[68] 김태준은 문학이라는 지식의 탈구축은 잠시 미루어두고 남로당의 문화정책과 전술에 따라 '현실변혁'의 길로 나아갔다.[69] 김태준이 가지 않

---

66 김남식, 「박헌영과 8월 테제」, 임종국 외, 『해방전후사의 인식』 2, 한길사, 2012, 144쪽.
67 박진홍, 「민주주의와 부인」, 『민주주의십이강』, 문우인서관, 1946, 64~66쪽.
68 '민중'이라는 계기로 해방공간 조선문학가동맹의 기획과 실천을 재고할 필요가 있다. 젠더와 문식성(文識性)이라는 시각에서 엄흥섭의 소설과 언어의식을 재론한 김윤진의 앞의 글은 그러한 연구의 한 가능성을 보여주었다. 또한 해방공간 임화의 사상에서 현실을 변화시키는 원동력으로서 '인민'의 존재는 표면적으로 크게 부각되지는 않으나, 전체 사상의 숨겨진 주춧돌 역할을 수행하였다. 나아가 김태준의 「민주주의와 문화」와 걸음을 함께 하며 임화는 "민족형성의 기초인 이 인민전선에 있어 노동계급의 이념은 모든 인민이 자각적으로 결합되는 매개자"라는 논리를 제시하며, 민족문학론을 통해 근대성의 성취와 근대 극복을 동시에 요청하였다. 임화, 「민족문학의 이념과 문학운동의 사상적 통일을 위하여」(『문학』 3, 1947.4), 임화문학예술전집 편찬위원회 편, 『임화문학예술전집 5 - 비평 2』, 소명출판, 2009, 467쪽; 장용경, 「해방 전후 임화의 정치우위론과 문학의 독자성」, 『역사문제연구』 24, 역사문제연구소, 2010, 227~228쪽; 신승엽, 『민족문학을 넘어서』, 소명출판, 2000, 132~143쪽; 신승엽, 「김태준과 임화」, 『크리티카』 2, 사피엔스21, 2007, 142~144쪽; 하정일, 「마르크스로의 귀환 - 임화의 「민족문학의 이념과 문학운동의 사상적 통일을 위하여」를 중심으로」, 임화문학연구회 편, 『임화문학연구』, 소명출판, 2009, 165~168쪽.
69 남로당의 문화정책과 조선문학가동맹의 문화적 실천의 관계에 대한 비판적 검토는

은 길을 상상하기는 쉽지 않지만, 1930년대 중반 김태준과 조선 연구에서 같은 걸음을 걸었으나 해방공간의 실천에서는 다소간 결이 달랐던 백남운의 사례도 참조할 수 있을 것이다. 식민지시기부터 학계를 중심으로 한 민족통일전선을 요청한 백남운은 국제노선을 표방한 박헌영의 조선공산당을 강하게 비판하며, 연합성신민주주의를 제시하며 폭넓은 좌우합작의 필요성을 주장하였다.[70] 백남운은 박헌영이 인민전선을 포기했을 때에도 애매하나마 통일전선론을 견지하였으며, 특히 그의 '민족 = 주체'의 추구는 항상 민중과의 교감 중에 있었다.[71] 그가 결국 북을 선택한 것은 1948년 4월이었다.

에드가 스노우는 자신이 만난 홍군에 대해서 "이들이 때때로 범한 잘못이 아무리 크다 할지라도, 이들의 지나친 행위가 몰고 온 결과가 아무리 비극적이라 하더라도, 또 이들이 강조하고 역설한 내용이 아무리 과장되었다 하더라도, 이들이 진실로 통감한 선전목표는, 중국 농촌의 수백만 인민들을 흔들어 깨워서 그들의 사회적 책임을 인식시키고, 이들에게 인간이 마땅히 누려야 할 권리에 대한 신념을 일깨우며, 도교와 유교의 정적인 믿음과 이에서 연유한 소심함과 수동성을 떨쳐 버리도록 싸우게 하고, 또 교육과 설득, 때로는 분명 괴롭힘과 강제를

김윤식, 『해방공간 한국 작가의 민족문학 글쓰기』, 서울대 출판부, 2006, 22~30쪽.

70 1945년 12월에서 1946년 1월 박헌영을 수행하여 북한에 간 김태준은 연안에서의 인연으로 독립동맹의 지도자인 김두봉, 한빈 등을 만났으며, 38선 이남의 독립동맹 책임자로 백남운을 추천하였다. 또한 서울로 돌아온 이후 백남운에게 독립동맹의 창당을 권유하였다. 박병엽 구술, 앞의 책, 248~249쪽.

71 洪宗郁, 「白南雲-普遍としての〈民族＝主體〉」, 趙景達 他 編, 『講座 東アジアの知識人 4-戰爭と向き合って』, 有志舍, 2014, 120~121쪽. 해방공간 백남운의 실천과 사상에 관해서는 방기중, 『한국근현대사상사연구-1930・40년대 백남운의 학문과 정치경제사상』, 역사비평사, 1992, 제3장 참조.

통해 중국의 농촌에서는 새로운 생각인 '인민의 통치'를 위하여 투쟁하며, 아울러 정의와 평등, 자유, 인간의 존엄성이 구현되는 삶을 위해 싸우도록 하는 것이다"라고 썼다.[72] 해방 후 김태준은 "8·15 이후의 문학운동은 이 급변한 정치적, 사회적, 환경 우에 어떻게 수립하느냐하는 문제이다. 정치에 있어서 인민적, 민주주의의 방향을 차저나가고 있는 바와 같이 문학에 있어서도 어느 특수계급계층의 문학이 아니라. 문학은 대중에게 해방하며 — 아니 대중자신이 자기의 문학을 생산하도록 하여야할 것"이며, "이러한 새 시대의 새 내용과 새로운 정조를 표현한 문학은 반다시 이에 상응한 새로운 형식을 요청하는 것이다"라고 주장하였다.[73] 하지만 문학이라는 근대지식의 탈구축을 요청한 김태준의 질문에 대해서 그 이후 한국 근대문학이라는 글쓰기는 충분한 대답을 갖추지 못하였다. 김태준이 요청한 '연안행'이라는 미완의 유산이 '근대문학'이 종언한 지금에도 여전히 현재적인 것은 이 때문이다. '민중'이라는 계기를 통해서 해방공간 김태준이 제기한 질문을 탈구축하는 것은, "복합적인 집단 정체성, 민족−계급−대중 사이의 충돌과 그것으로 환언되지 않는 틈에서 개인이나 새로운 타자성"을 발견하여,[74] 지금까지와 다른 방식으로 현실과 관련을 맺은 새로운 '글쓰기'를 기획하고 실천하는 첫 걸음이라 할 수 있다.

72 에드가 스노우, 앞의 책, 150쪽.
73 김태준, 「민주주의와 문화」, 『민주주의십이강』, 문우인서관, 1946, 56쪽.
74 천정환, 『대중지성의 시대』, 푸른역사, 2008, 275쪽.

참고문헌

1. 기본 자료

김태준, 「문학의 조선적 전통(下)」, 『조선문학』, 1937.7.

_____, 『증보 조선소설사』, 학예사, 1939.

_____, 「문학예술의 정당한 계승방법」, 조선문학가동맹 중앙집행위원회 서기국, 『건설기의 조선 문학』, 백양당, 1946.

_____, 「민주주의와 문화」, 『민주주의십이강』, 문우인서관, 1946.

_____, 「연안행」, 『문학』 1~3, 1946~1947.

박진홍, 「민주주의와 부인」, 『민주주의십이강』, 문우인서관, 1946.

유진오, 『양호기』, 고려대 출판부, 1977.

이만규, 『여운형선생투쟁사』, 민주문화사, 1946.

임화, 「복고현상의 재흥(三)」, 『동아일보』, 1937.7.

_____, 「사실주의의 재인식」(1937), 『문학의 논리』, 학예사, 1940.

_____, 「조선 민족문학 건설의 기본과제에 관한 일반보고」, (『건설기의 조선문학』, 백양당, 1946), 임화문학예술전집 편찬위원회 편, 『임화문학예술전집 5-비평 2』, 소명출판, 2009.

_____, 「민족문학의 이념과 문학운동의 사상적 통일을 위하여」, (『문학』3, 1947.4), 임화문학예술전집 편찬위원회 편, 『임화문학예술전집 5-비평 2』, 소명출판, 2009.

조명희, 『그 전날 밤』, 박문서관, 1925.

조선문학가동맹, 『문학』, 1946~1947.

2. 단행본 및 논문

강영주, 『통일시대의 고전 『임꺽정』 연구』, 사계절, 2015.

김계일 편역, 『중국민족해방운동과 통일전선의 역사』 2, 사계절, 1987.

김남식, 「박헌영과 8월 테제」, 임종국 외, 『해방전후사의 인식』 2, 한길사, 2012.

김성연, 「'새로운 신' 과학에 올라탄 제국과 식민의 동상이몽-퀴리부인 전기의 소설화를 중심으로」, 『현대문학의 연구』 44, 한국문학연구학회, 2011.

김용직, 『김태준 평전』, 일지사, 2007.

김윤식, 『일제 말기 한국 작가의 이중어 글쓰기론』, 서울대 출판부, 2003.

_____, 『해방공간 한국 작가의 민족문학 글쓰기론』, 서울대 출판부, 2006.

김윤진, 「해방기 엄흥섭의 언어의식과 공동체의 구상」, 『민족문학사연구』 60, 민족문학사학회, 2016.

김재용, 「김태준과 민족문학론」, 염무웅 외, 『해방 전후, 우리 문학의 길찾기』, 민음사, 2005.

류준필, 「식민지 아카데미즘의 '조선문학사' 인식과 그 지정학적 함의」, 『한국학연구』 32, 인하대 한국학연구소, 2014.

박병엽 구술, 유영구·정창현 편, 『김일성과 박헌영 그리고 여운형』, 선인, 2010.

박성창, 「한·중 근대문학 비교의 쟁점-이육사의 문학적 모색과 루쉰」, 『비교한국학』 23-2, 국제 비교한국학회, 2015.

박진영, 「한국 최초의 세계 문학 전집 기획 (2)-세계 문학 진집을 광고히디」, http://bookgram. pe.kr/120169211286(검색일 : 2016.4.29)

방기중, 『한국근현대사상사연구-1930·40년대 백남운의 학문과 정치경제사상』, 역사비평사, 1992.

서중석, 『한국현대민족운동연구』, 역사비평사, 1991.

손성준, 「조명희 소설의 외래적 원천과 그 변용」, 『국제어문』 62, 국제어문학회, 2014.

손유경, 「임화의 유물론적 사유에 나타나는 주체의 위치(position)」, 『한국현대문학연구』 24, 한 국현대문학회, 2008.

_____, 『슬픈 사회주의자』, 소명출판, 2016.

신두원, 「임화의 현실주의론 연구」, 서울대 석사논문, 1991.

신승엽, 『민족문학을 넘어서』, 소명출판, 2000.

_____, 「김태준과 임화」, 『크리티카』 2, 사피엔스21, 2007.

윤대석, 「가라시마 다케시[辛島驍]의 중국 현대문학 연구와 조선」, 『구보학보』 13, 구보학회, 2015.

이구영, 『역사는 남북을 묻지 않는다』, 개마고원, 2001.

이애숙, 「일제 말기 반파시즘 인민전선론」, 『한국사연구』 126, 한국사연구회, 2004.

이용범, 「김태준과 궈모뤄」, 『민족문학사연구』 56, 민족문학사학회, 2014.

_____, 「김태준 초기이력의 재구성과 '조선학'의 새로운 맥락들」, 『민족문학사연구』 59, 민족문학사학회, 2015.

이해영, 『청년 김학철과 그의 시대』, 역락, 2006.

임경석, 「국내 공산주의운동의 전개과정과 그 전술(1937~45년)」, 한국역사연구회 1930년대 연구반, 『일제하 사회주의운동사』, 한길사, 1991.

_____, 『이정 박헌영 일대기』, 역사비평사, 2003.

장용경, 「해방 전후 임화의 정치우위론과 문학의 독자성」, 『역사문제연구』 24, 역사문제연구소, 2010.

조은애, 「통역 / 번역되는 냉전의 언어와 영문학자의 위치-1945~1953년, 설정식의 경우를 중심으로」, 『한국문학연구』 45, 동국대 한국문학연구소, 2015.

차승기, 「프롤레타리아 문학과 대중화」, 『한국학연구』 37, 인하대 한국학연구소, 2015.

천정환, 『대중지성의 시대』, 푸른역사, 2008.

최병구, 「본성, 폭력, 사랑－정념의 서사로서 프로문학의 조건(들)」, 『한국어문학연구』 61, 한국 어문학연구회, 2013.

하정일, 「마르크스로의 귀환－임화의 「민족문학의 이념과 문학운동의 사상적 통일을 위하여」를 중심으로」, 임화문학연구회 편, 『임화문학연구』, 소명출판, 2009.

홍종욱, 「'식민지 아카데미즘'의 그늘, 지식인의 전향」, 『사이間SAI』 11, 국제한국문학문화학회, 2011.

_____ · 후지이 다케시 · 임성모 외, 「역사문제연구소 제41회 토론마당－전시기 조선 지식인의 전향」, 『역사문제연구』 28, 역사문제연구소, 2012.

E. P. 톰슨, 변영출 역, 『이론의 빈곤』, 책세상, 2013.

다케우치 요시미, 윤여일 역, 「『평전 마오쩌둥』(초록)」(1951), 마루카와 데쓰시 외편, 『다케우치 요시미 선집』 2, 휴머니스트, 2011.

모택동, 김승일 역, 『모택동 선집』 2~3, 범우사, 2002~2007.

사카이 나오키 · 니시타니 오사무, 차승기 · 홍종욱 역, 『세계사의 해체』, 역사비평사, 2009.

에드가 스노우, 신홍범 역, 『중국의 붉은 별』, 두레, 1985.

요네타니 마사후미, 조은미 역, 『아시아 / 일본』, 그린비, 2010.

小林英三郎 他 編, 『雜誌『改造』の四十年』, 光和堂, 1977.

洪宗郁, 『戰時期朝鮮の轉向者たち』, 有志舍, 2011.

洪宗郁, 「白南雲－普遍としての〈民族＝主體〉」, 趙景達 他 編, 『講座 東アジアの知識人 4－戰爭と 向き合って』, 有志舍, 2014.

丸川哲史, 『魯迅と毛澤東』, 以文社, 2010.

橫渠書院, 「『論持久戰』在日本的傳播和巨大影响」, http://www.coowx.com/p/gfezfd.html (검색일 : 2016.4.29)

Franco Moretti, *Distant Reading*, Verso, 2013.

Walter Benjamin, "On the Concept of History"(1940), https://www.marxists.org/refer-ence/archive/benjamin/1940/history.htm(검색일 : 2016.4.29)

2부
한국 근대문학, 중국 그리고 동아시아

번역된 토착주의 1930년대 동아시아 지평에서의 펄 벅

김종욱

1. 들어가는 말

19세기 말부터 선교사였던 아버지를 따라 중국에서 생활하던 펄 벅 (Pearl Sydenstricker Buck, 1892.6.26~1973.3.6)은 1930년 동양과 서양 사이의 문화 충돌을 다룬 첫 소설 『동풍 서풍(East Wind West Wind)』을 발표한다. 이 소설이 미국에서 큰 성공을 거두자 이듬해 빈농에서 시작하여 대지주로 성공하는 왕룽과 그 아내 오란의 삶을 그린 장편 『대지(The Good Earth)』를 출간한다. 이 작품은 '이달의 북클럽' 도서로 선정되고 퓰리처상(Pulitzer Prize for the Novel, 1932)까지 수상함으로써 작가 펄 벅에게 부와 명예를 함께 안겨준다. 이후 아버지 왕룽이 죽은 후 지주, 상인, 공산주의자로 살아가는 세 아들을 그린 『아들들(Sons)』(1933), 『분열된 일가(A House Divided)』(1935)를 발표하여 3부작 '대지의 집(The House of Earth)'을 완성하면서 펄 벅은 미국에서 가장 인기 있는 작가의 반열에 오르게 된다.

미국에서 『대지』에 대한 평가는 크게 엇갈렸다. 『대지』가 그린 중국 현실에 주목한 경우에는 찬사를 보내기도 했지만, 전통적이고 진부한 스타일로 씌어졌다고 부정적인 평가를 내리기도 했다. 하지만, 1930년대 초부터 중국을 둘러싼 국제상황이 복잡하게 전개되면서 '중국전문가'로서의 펄 벅의 위상은 높아졌고, 이에 따라 동아시아에서도 그에 대한 관심이 커졌다. 1930년대를 거치면서 중국과 일본, 그리고 식민지 조선에서도 펄 벅의 여러 작품이 번역되었고, 소설 『대지』를 원작으로 한 MGM 사의 영화 또한 큰 성공을 거두게 되었던 것이다.[1]

동아시아에서 펄 벅에 대해 가장 먼저, 그리고 가장 많은 관심을 가졌던 것은 중국이었다. 펄 벅의 소설이 처음 중국어로 번역된 것은 1932년이었다. 후중쯔(胡仲持, 1900~1968)가 '의한(宜閑)'이라는 필명으로 1932년 1월부터 『동방잡지(東方雜志)』에 『大地』를 번역하고, 이듬해 9월 상하이 개명서점(開明書店)에서 단행본으로 출간하였던 것이다. 이후 중국에서는 1945년까지 『동풍 서풍』을 비롯하여 삼부작 '대지의 집'을 이루는 연작 장편 『대지』, 『아들들』, 『분열된 일가』뿐만 아니라 『첫번째 부인』, 『오래된 것과 새로운 것』, 『어머니』, 『애국자』와 같은 펄 벅의 작품 대부분이 번역되었다.[2]

일본의 경우 중국보다 늦게 번역되긴 했지만, 그 관심의 정도에 있어서는 중국에 못지않았다. 펄 벅의 소설에 가장 큰 관심을 보인 이는

---

1 "영화는 미국과 유럽 양쪽에서 대단히 많은 관객을 끌어 모았다. 영화가들은 관객 수가 2,500만을 넘었다고 추정한다. 〈대지〉는 몇 개 분야에서 아카데미상을 받았고, 오란을 연기한 루이스 레이너는 오스카상을 받았다." 피터 콘, 이한음 역, 『펄 벅 평전』, 은행나무, 2004, 317~318쪽.

2 茹靜, 「社會文化語境變遷与賽珍珠在中國的譯介和接受」, 上海夏旦大學 博士論文, 2014.6, 「부록 1」에 제시된 펄 벅 작품의 중국어 번역본 목록도 이 논문의 140~142쪽을 재구성한 것이다.

니이 이타루(新居格, 1888~1951)였다. 그는 제일서방(第一書房)에서 '대지의 집' 삼부작에 해당하는 『대지』(1935), 『아들들』(1936), 『분열된 일가』(1936)를 번역한다. 그리고 『있는 그대로의 그녀(ありのまゝの貴女)』(1940)와 『용의 씨(龍子)』(1950)를 번역함으로써 일본에서 펄 벅을 수용하는데 중요한 역할을 수행했다.

이처럼 중국과 일본에서 펄 벅의 작품들이 널리 수용되었던 것은 무슨 까닭이었을까? 가장 먼저 떠오르는 것은 중국에 대한 대중적인 관심이었다. 1920년대 말 찾아온 대공황과 함께 불안정해진 국제정세 속에서 1931년 9월 18일 동북사변이 일어나자 세계의 이목은 중국으로 집중되었던 것이다. 이에 따라 자신의 체험을 바탕으로 근대 중국의 농촌 현실을 그린 펄 벅의 작품은 주목을 받을 수밖에 없었다. 후중쯔가 『대지』를 번역하면서 "올해 3월에 뉴욕에서 출판되자마자 매달 미국출판계에서 조직하는 신서적추천회에서 걸작으로 당선"되었으며 "몇 개월 안으로 10판을 거듭하면서 지금까지도 매우 유행하고 있는 소설"이라고 소개한 것은 이러한 현실을 지적한 것이다.[3] 실제로 『대지』는 출판된 지 얼마 지나지 않아 독일어 · 프랑스어 · 네덜란드어 · 스웨덴어 · 덴마크어 · 노르웨이어 등으로 번역되었고, MGM영화사는 영화 판권을 사기 위해 당시 최고액인 5만 달러를 지불해야만 했다.[4]

하지만 동아시아에서 펄 벅의 수용을 미국에서의 대중적 관심만으로 한정지을 필요는 없다. 중국에서나 일본에서나 번역자들은 한결같이 '새로운 농민소설'의 필요성을 강조하고 있기 때문이다. 『동방잡지』의 편집자는 『대지』 번역본을 싣기에 앞서 중국이 삼억 명의 농민으로

---

3   布克夫人, 宜閑 譯, 「大地」, 『東方雜志』 29권 1호, 1932.1, 75쪽.
4   피터 콘, 앞의 책, 244쪽.

이루어진 국가임에도 불구하고 "농민들의 생활 실상과 그들을 대변하는 근본적인 사상을 훌륭하게 보여줄 수 있는 수준의 장편은 아직까지 국내에서는 찾기 어렵다"고 말하면서 "이 장편의 게재를 계기로 하여 중국인만의 독특한 시선과 해석으로써 중국 농촌의 쇠락이라는 실정과 토지 관념에 대한 농민의식의 전변을 읽어낼 수가 있"기를 기대한다고 말한다.[5] 이러한 편집 의도는 번역자의 언급에서도 확인할 수 있다.

　　본편이 묘사한 바는 우리나라 대도시에서 현대 물질문명을 누리고 있는 상류계층이나 중등계층이 아닌, 내지 농촌 사회의 곤궁하고 우매한 '하늘의 도움에 의지하여 살아가는' 남녀들이다. 우리의 이 동포들은 비록 우리나라 인구의 다수를 차지하고 있지만 권력자들은 그들을 까맣게 잊어버리고 있었다. 현재 皮爾 S 布克 부인이 일부러 이런 가련한 농민들을 제재로 선택함으로써 오랫동안 부르주아 의식에 심취되어 있는 대도시 독자들의 반감을 살 수도 있으나, 나는 중국의 운명은 바로 괴로움을 호소할 곳이 없는 이러한 농민들과 긴밀한 연관이 있다고 본다. 중국을 구하려면 우리는 반드시 먼저 그들을 철저하게 인식하여야 할 것이다. 布克 부인이 본편을 창작함에 있어서 자주 상상에 치우친 고로 중국 농민들의 형상을 표현할 때 다소 기이하고 인정에 맞지 않는 부분들이 존재하지만 대체적으로 명료하게 쓴 편이다. 우리는 그의 우아하고 아름다운 문체를 감상하는 동시에 적어도 외국문학자들이 중국 농민 사회에 대한 소감을 엿볼 수 있다. 또 본편에서 중국 구식예교의 단점에 대한 강렬한 묘사는 어쩌면 일부 독자들로 하여금 불쾌함을 느끼게 할 수도 있으나 나는 생각하기를, 만약 우리가 진실에 대면하기를 두려워하지 않는다

5　布克夫人, 앞의 글.

면 이러한 것들은 또한 우리로 하여금 깊이 반성케도 하리라.[6]

일본어판에서도 이와 유사한 번역 동기를 확인할 수 있다. 니이 이타루는 번역본 서문에서 1934년 펄 벅을 만나기 위해 난징을 방문했던 일을 언급하면서 소설 『대지』를 번역하게 된 이유를 세 가지로 들고 있다. 첫째는 난징정부와의 불화 때문에 영화 제작이 순조롭지 못했던 사실을 언급하면서 펄 벅이 염려했던 것처럼 영화 〈대지〉가 원작과 어떠한 차이가 있는지 살펴보기 위함이고, 둘째는 "이 농민소설은 어떤 의미에서 우리나라의 농민작가가 한 번 돌아볼 만한 종류의 것이 아닌가 하는 생각" 때문이며, 셋째는 "지나에 대해 일개 외국인으로서, 다른 외국인이 어느 정도까지 지나의 생활을 묘사하는 데 성공하고 있는지 어떤지, 연구할 가치가 있다고 믿기 때문"이라는 것이다.[7]

이처럼 동아시아에 펄 벅이 널리 수용되었던 것은 국제정세의 변화에 따른 미국에서의 관심이라는 요인 이외에도 '새로운 농민소설'을 활성화시키고자 했던 번역자들의 의도와 관련되어 있다. 근대화에 대한 강박 때문에 농민들을 외면해 왔던 동아시아 문학에 새로운 변화를 초래했던 것이다.

---

6 위의 글.
7 パール・S・バック, 『大地』, 第一書房, 1935, 3~5쪽.

2.『대지』한국어 번역의 세 가지 양상

1) 심훈 역,『대지』(『사해공론』, 1936.4~9)

펄 벅의『대지』를 처음 한국어로 번역한 이는 심훈이었다. 그는 1936년 4월부터 잡지『사해공론』에『대지』를 번역하기 시작한다.

> 1935년의 최고 레벨을 걷는 작품은 펄 벅의『대지』이라고 세계의 비판가로서 누구든지 말했다. 이에 세계의 명저는 오직『사해공론』에서! 라는 주장으로 단연『대지』를 받아들였다. 그러나 이를 능숙히 우리말로 고쳐줄 작가가 누구냐? 그렇다, 역시 1935년도의 조선문단 최고 수준의 임자 심훈밖에 없음을 편집회의는 만장일치로 가결하였다.
>
> 그 심훈은 여기에 구태여 말 안 해도 독자가 더 잘 알 것이다. 동아의『상록수』를 비롯하여『영원의 미소』랄지『불사조』랄지『동방의 애인』이랄지 모두가 주옥같은 대작만 생산한 괴재작가(塊才作家)가 아닌가! 우리 사(社)의 자랑이요 독자의 행운이다.[8]

이 사고(社告)에 따르면『사해공론』에서는 편집회의를 통해 번역자로 심훈을 선정한 뒤 번역을 의뢰한 것으로 보인다. 심훈이 선택된 것은 번역자로서의 능력보다는 대중적인 관심 때문이었을 것이다. 당시 심훈은『동아일보』창간 15주년 기념 장편소설 공모에 당선된 소설『상록수』를 연재(『동아일보』, 1935.9.10~1936.2.15)하면서 문명을 떨치고 있

---

8   사고,「신역소설 예고」,『사해공론』, 1936.2.

었다. 뿐만 아니라 『상록수』를 쓰기 전에 이미 영화소설 『탈춤』을 발표하고 영화 〈먼동이 틀 때〉를 제작하고 여러 편의 영화비평을 발표하여 소설가이자 영화인으로 널리 알려져 있었다. "남경정부는 이 책의 출판과 또는 촬영까지 저지하고자 하였다"[9]라고 언급한 데에서 알 수 있듯이 막대한 제작비를 들여 제작되고 있던 영화 〈대지〉에 대한 관심까지 아우를 수 있는 적임자가 심훈이었던 것이다.

심훈은 『대지』를 "최근 역자가 읽은 독서범위에서 가장 깊은 감명을 받"은 작품으로 "원(遠)한 이상과 인도적 정열을 가진 농민소설의 최대걸작"이라고 평가하면서 "조선에서도 이러한 농민소설이 나오기를 간절히 바라는 바"[10]이라고 번역 동기를 밝힌다. 이러한 번역 동기는 심훈 자신이 번역 대본을 삼았다고 밝힌 니이 이타루의 일본어판과 다를 바 없다. 번역 또한 일본어판을 그대로 직역한 수준이어서 그리 힘든 일은 아니었을 것이다. 이러한 사실로 미루어 볼 때 『사해공론』에서 『대지』를 번역한 주목적은 판매부수를 늘리기 위한 방편이었으리라 짐작된다.[11] 일본어를 구사할 수 있었던 대부분의 지식인들이 일본어판을 읽는 상황이어서 심훈의 번역은 일본어를 모르는 독자들을 대상으로 삼은 셈이다. 심훈이 "독자는 통속소설과 같은 '재미'를 이 작품에서 구하지 말고 꾸준히 읽어주면 소득이 많을 줄 믿는다"라고 당부한

---

9   심훈 역, 『대지』, 『사해공론』, 1936.4, 174~175쪽.
10   위의 글, 같은 쪽.
11   연재 말미에 달려 있는 다음과 같은 주석들은 『사해공론』에서 『대지』를 번역했던 의도를 잘 보여준다. "독자 여러분! 천하에 이렇게 우리의 골육에 사무치도록 손과 머리에 땀을 배이게 하는 소설을 한 번이나 읽어보신 적이 있습니까? 물론 없을 것입니다. 이 앞으로는 그야말로 더한층 이 소설은 재미의 맛보다 흥분의 맛으로 여러분을 대할 것입니다."(연재 2회, 1936.5) 이와 유사한 편집자의 주석은 3회(1936.6)와 5회(1936.8)에도 실려 있다.

것은 이 때문이다.

그런데 심훈은 『대지』 번역을 끝맺지 못한다. 6회를 연재하는 동안 제6장 '새로 산 밭'의 일부를 발표한 뒤 심훈이 갑자기 장티푸스에 걸려 세상을 떠나고 말았던 것이다. 그렇지만, 일본 제일서방(第一書房)에서 번역본이 출간(1935.9.10)된 지 4개월도 채 지나지 않아 대중잡지 『사해공론』에서 번역을 결정하고 서둘러 번역자를 물색할 만큼 펄 벅에 대한 관심이 높았다는 사실만큼은 분명해 보인다.

2) 노자영 편, 『대지』(명성출판사, 1940.3.28)

1930년대 말 일본에서 『대지』는 오륙십만 부가 팔릴 정도로 대표적인 베스트셀러로 자리 잡았다. 특히 MGM에서 제작한 영화 〈대지〉가 개봉되면서 일본과 조선에서 펄 벅 열풍이 다시 한 번 거세게 불었다. 헐리우드에서 영화를 제작하기로 한 것은 작품이 출간된 지 1년이 채 지나지 않은 1932년이었다. 그렇지만 영화 제작은 난징정부와의 갈등 때문에 지연되기만 했다. 결국 조지 힐, 빅터 플레밍을 거쳐 시드니 프랭클린이 메가폰을 잡은 〈대지〉는 1937년 1월 말에야 미국에서 개봉되었고, 이로부터 1년 뒤인 1938년 2월 4일 경성 명치좌(明治座)에서 개봉되었다.[12]

흥미로운 것은 영화가 개봉된 후 신극단체인 낭만좌와 동양극장에서 각각 『대지』의 연극 상연을 기획했다는 점이다. 당시 일본에서는

---

12 「근래의 대작으로 과장되는 〈대지〉 시사를 보고」, 『동아일보』, 1938.2.2; 夢駒生(이병각), 「신영화 〈대지〉 시사평. 시내 명치좌에서」, 『조선일보』, 1938.2.1.

송죽(松竹)과 동보(東寶)에서 각각 연극화에 성공하였는데, "낭만좌에서는 송죽의 시천원지조 일파가 상연한 금자양문 씨의 각본을 상연"코자 하였으나 "너무도 비참한 농민의 생활은 일반 교화에 미치는 영향이 좋지 못하다"는 이유로 경기도보안과의 각본 검열을 통과하지 못하고 만다.[13] 대중극단이었던 동양극장에서도 대지 공연을 준비했지만 실제로 공연된 기록을 찾을 수 없는 것으로 미루어 검열을 통과하지 못했던 것으로 보인다.

이처럼 영화 개봉과 함께 촉발된 『대지』에 대한 관심은 노벨문학상 수상과 함께 절정에 이른다. 1938년 11월 11일 노벨문학상이 발표되자 정래동의 「펄 벅 여사의 작품과 생애」(『동아일보』, 1938.11.15~16)와 임화의 「『대지』의 세계성」(『조선일보』, 1938.11.17~20)이 발표되었던 것이다. 이렇듯 펄 벅에 대한 관심이 높은 상황에서 명성출판사는 '세계문학전집'을 기획하고 제1권으로 펄 벅의 『대지』와 「어머니」, 에바 퀴리의 「퀴리 부인」을 묶어 『금색의 태양』이라는 제목으로 출간한다.

이 책을 누가 번역했는지를 속단하기는 어렵다. 노자영이 편자로 이름을 올렸지만, 정작 판권지에는 정래동이 저작겸발행자로 올라 있기 때문이다. 그리고 당시 『동아일보』에 실린 광고(1940.4.23)에서는 노춘성(노자영)이 번역했다고 밝히고 있다.

조선에 문화 운동이 일어난 후 삼십여 년에 세계 명작을 조선말로 소개한 것은 한 권도 없다. 이제 본사에서 비록 **초역**이나마 전 12권의 '세계문학전집'을 발행하는 것은 그 의의가 적지 않다 하겠다. 더구나 이번 제일회 배본

---

13 「〈대지〉 조선에선 연극 상연 금지」, 『동아일보』, 1938.4.7.

은 전 세계 인류의 최대의 상찬을 받고 수백만 부수를 매진한 명작 중 명작인 펄 벅 여사의 『대지』와 「어머니」와 또는 에바 퀴리의 「퀴리부인전」을 노춘성 씨의 유려한 필치로 번역한 것은 실로 크나큰 자랑이 아닐 수 없다. 『대지』는 지나 대중을 제재로 한 세기적 대작으로 전 세계 문자를 아는 사람은 모두 환호와 상찬을 보내었고 더구나 영화까지 되어 세계 방방곡곡을 휘돌게 되었다. 그리고 「퀴리부인전」은 일본서도 문부성 추천 명서로 수십만 부가 팔리고 영화까지 되어 지금 동경에서 상영 중인 초명작이다.

하지만 노자영이 일본어판을 바탕으로 발췌번역 내지는 다시쓰기를 했을 가능성과 함께 정래동이 중국어 초역본을 번역했을 가능성 또한 없지 않다. 당시 명성출판사는 정래동의 집에 사무실을 두고 있었고, 세계문학전집 제2권으로 『지나현대소설집』을 기획하고 있다는 점에서 정래동의 영향력이 매우 컸다.[14] 그리고 중국에는 초역된 『대지』[15]가 출판되어 있었기 때문에 중국문학 전공자였던 정래동이 이를 번역했을 수 있는 것이다. 이 점은 중국어 초역본과의 면밀한 비교를 통해서 밝혀져야 할 것이다(참고로 해방 후에 발간된 『정래동전집』에는 수록되어 있지 않다).

그런데 번역의 관점에서 볼 때, 『금색의 태양』에 수록된 『대지』는 높은 평가를 받기 어려운 듯하다. 작품은 줄거리 중심으로 축약되어 있으며, 몇몇 장들은 특별한 이유 없이 다른 장과 합쳐져 있기도 하고 장 제목들이 바뀌기도 한다. 예컨대 제3장 '첫아들'은 제2장 '아란' 속에 포

---

14 http://bookgram.pe.kr. 홍효민이 서평을 쓰면서 "외우 정래동 형으로부터 노자영 씨 편술 「금색의 태양」을 좀 읽어보라는 부탁"을 받았다고 언급한 것도 명성출판사와 정래동의 관계를 보여준다. 홍효민, 「금색의 태양을 읽고」, 『동아일보』, 1940.4.13.
15 「부록 1」에 제시된 중국어 번역본 목록 중에서 Ⓐ, Ⓕ, Ⓚ가 이에 해당한다.

함되어 있다. 이미 많은 사람들이 일본어판 『대지』를 접한 상황에서 이렇듯 발췌번역한 것은, 홍효민의 말마따나 종이기근 상황을 염두에 두더라도, 대중적인 관심에 편승한 졸속 출판이라는 의심을 피하기 어려운 것이다. 더구나 신문 광고에 함께 실린 방인근의 추천사는 그런 의심을 확신으로 바꾸기에 충분하다.

> 조선말로 세계 문학 전집이 발행된다는 것만 해도 참말 경축할 일이다. 더구나 전 세계 독서층을 풍미하여 수백만 부수를 돌파한 펄 벅 여사의 『대지』와 에바 퀴리의 『퀴리 부인전』이 조선말로 발행된 것은 실로 우리 출판 계에 일대 광명이 아닐 수 없다. 다소 전역이 아니요 초역이라고 하나 그 정수를 잃지 않고 그 역문이 유려한 것은 실로 금상첨화이다. 『대지』는 일본 서도 오륙십만 부가 팔리고 『퀴리 부인』은 문부성 추천 도서로 역시 절대의 부수를 돌파하였다. 이런 책은 누구나 절대로 아니 볼 수 없는 책이며 동시에 자녀나 자매에게 안심하고 읽힐 수 있는 책이다. 운운.

3) 김성칠 역, 『대지』(인문사, 1940.○○.○○)[16]

노자영의 『금색의 태양』이 출간된 지 1년도 채 지나지 않아 새로운 번역본이 발간된다. 역사학자로 알려진 김성칠이 『대지』를 완역하여

---

16 필자는 인문사에서 간행된 『대지』를 직접 확인하지 못했다. 그런데 1940년 10월호 『인문평론』에 『대지』 광고가 처음 실린 것으로 미루어 9월경에 출간된 것이 아닌가 생각된다. 한편 1953년 태극사에서 출간된 것을 보면 '머리말'이나 '후기' 등이 없이 한 페이지 분량의 간단한 '원저자 소개'만이 실려 있다. 인문사 판도 이와 크게 다르지 않았으리라 짐작된다.

인문사에서 '세계명작총서' 제1권으로 출판한 것이다. 인문사는 자신들이 발행하던 『인문평론』에 이헌구의 신간평(1940.11)을 싣기도 하고, 박종홍·임화·배호·인정식·박기채 등의 추천사를 담아 여러 차례 광고를 게재하기도 하였다.

김성칠의 번역은 1936년 존데이출판사에서 발행한 *The Good Earth*를 저본으로 삼아 완역한 것이다. 역사학자가 소설을 번역한 것을 두고 이례적인 일로 치부할 수도 있겠지만, 그의 이력을 살펴보면 『대지』 번역이 우연이 아니라는 사실을 알 수 있다. 사실 김성칠은 오랫동안 농민들의 삶에 관심을 가지고 있었다. 1935년 『동아일보』 창간 기념 현상문예에 심훈이 장편 『상록수』로 당선되었을 때, 함께 진행된 특별 논문 공모에 「도시와 농촌의 관계」라는 제목으로 당선된 이가 바로 김성칠이었다.[17] 그는 이미 삼년 전에 같은 신문사에서 개최한 '농촌구제책'과 관련한 현상모집에 당선된 적도 있었다. "유위한 청년 인텔리층에게 요망하노니 그대들은 첨단적 국제이론에 고답적 추수를 일삼지 말고 하루바삐 농촌에 돌아와 조선의 현실을 응시하고 독자의 진로를 개척하라"고 웅변했던 것이다.[18] 이러한 귀농자로서의 관점은 대구고등보통학교 2학년 때 독서회 사건으로 검거되어 1년간 미결수로 복역한 뒤 집에서 5년간 농사를 지었던 경험에서 형성된 것이었다. 그 후 큐슈 토요쿠니중학[豊國中學]에 유학하고 돌아와 경성법학전문학교에 다니던 중 농촌 문제에 관한 논문으로 현상 공모에 당선되었으니 김성칠의 『대지』 번역은 결코 일시적인 관심은 아니었던 셈이다.

이처럼 김성칠은 오래 전부터 농민 문제에 관심을 가지고 있었다.

---

17 『동아일보』, 1935.5.25 · 6.13.
18 『동아일보』, 1932.9.27.

만약 광고에서 언급된 것처럼 삼년 여 동안 『대지』를 번역했다면, 그가 경성법학전문학교를 졸업하고 1938년부터 1941년까지 전남 담양의 대치, 경북 영일의 장기 등지에서 금융조합 이사로 재직하던 시절과 대체로 일치한다. 이렇듯 노자영의 『금색의 태양』과 달리 오랫동안 공을 들여 『대지』를 완역한 김성칠은 「펄 벅과 동양적 성격」이라는 글을 통해 작품의 의의와 함께 번역 동기를 밝히고 있다.

김성칠에 따르면 "지나의 농촌과 사회문제에 대해서도 여사는 그 방면의 전문가를 놀래일만큼 정곡(正鵠)한 식견을 엿보"이고 있어서 『대지』는 "지나 정세를 알고 지나인의 성격을 이해할 수 있는 가장 첩경(捷徑)"[19]을 이룬다. 하지만, 이러한 상투적인 평가보다 특이한 것은 "펄 벅 여사의 작품에 남다른 매혹을 느낀 것은 그가 그린 여주인공의 성격이 내 심금에 터치한 것이 그 시초"[20]라는 언급이다. 보통의 경우 남주인공 왕룽의 토지에 대한 맹목적인 애착에 주목하는 반면, 김성칠은 "우리의 주위에 신교육을 받지 못하고 신풍조에 물들지 않은 오란과 같은 타입의 어머님과 누이"[21]로 인한 감정적 동일시를 더 중요하게 여겼던 것이다.

---

19 김성칠, 「펄 벅과 동양적 성격」, 『인문평론』, 1940.6, 70쪽.
20 위의 글, 67쪽.
21 위의 글, 68쪽.

3. 농민소설 혹은 번역된 토착주의

1937년 7월 루거우차오 사건으로 중일전쟁이 발발하면서 중국은 다시 한 번 세계사의 현장으로 떠올랐다. 한국 근대문학사에서 그 유례를 찾아보기 힘든 『대지』의 중복 번역은 당시 '중국전문가'로서의 펄 벅의 인기가 어떠했는지를 보여준다. 일본에서만 오륙십만 부가 팔리면서 『대지』는 "일본 내지와 조선에 있어서 베스트셀러의 최고봉"에 올랐던 것이다.[22] 명성출판사나 인문사 모두 시리즈 제1권으로 펄 벅을 선정한 것도 마찬가지 이유였을 것이다. 1930년대 후반 출판과 영화를 중심으로 펄 벅 열풍은 거세게 불고 있었다.

펄 벅에 대한 대중적인 열광과는 달리 지식인사회의 평가는 냉정했다. "현재의 긴장한 세계사의 국면 가운데 황당한 걸음을 달리고 있는 지나를 취재로 한 소설의 작가가 아니었다면, 펄 벅의 인기쯤으로는 노벨상이 차지되지 않았으리라"[23]는 임화의 언급이라든가 "황망한 역사의 전변기에 제회하여 공교로이 그의 취한 무대가 세계의 네거리에 서게 된 까닭"[24]일지도 모른다는 김성칠의 언급은 모두 펄 벅의 예술적 성과를 높이 평가하지 않는 태도를 보여준다. 그렇지만 일본 문단에서는 펄 벅에 대한 대중적 관심에 편승하여 새로운 문학적 변화가 나타난다. 『대지』와 마찬가지로 "흙에 대한 농민의 애착을 강조"하는 농민문학간화회(農民文學懇話會)가 발족한 것이다. 1938년 11월 6일 발회식을

---

22 「〈대지〉 조선에선 연극 상연 금지」, 『동아일보』, 1938.4.7.

23 임화, 「『대지』의 세계성」, 임화문학예술전집 편찬위원회 편, 『임화문학예술전집 3— 문학의 논리』, 소명출판, 2009, 621쪽.

24 김성칠, 앞의 글, 66쪽.

개최하고 정식으로 출범한 이 단체에는 시마키 겐샤쿠[島木健作], 와다 젠[和田傳], 모리야마 게이[森山啓], 마미야 모스케[間宮茂輔], 나카무라 세이코[中村星湖] 등 농민작가 22명이 참가했다. 하지만 발회식에 참석했던 인물 중에서 단연 이채로웠던 이는 제1차 고노에 내각에서 농상의 자리에 있던 아리마 요리야스(有馬賴寧, 1884~1957)[25]였다. 그는 발회식에 참가하여 농민문학상(農民文學賞)을 제정하는데 필요한 자금을 지원하기로 약속했던 것이다.[26] 이러한 정부의 지원을 바탕으로 농민문학간화회에서는 『흙의 문학 작품연감(土の文學作品年鑑)』(敎材社, 1939. 2)을 간행하고 『농민문학대표작집(農民文學代表作集)』(상·하권, 敎材社, 1941)을 편찬하는 등 문단에서 농민문학의 고취를 위해 적극적으로 활동한다. 펄 벅의 일본어 번역을 맡았던 니이 이타루는 이 단체의 상담역이자 제1회 유마상(有馬賞) 선고위원[27]으로 활동할 만큼 핵심 인물 중의 한 사람이었다. 『대지』를 번역하면서 일본문단에 농민문학이 없다는 사실을 안타까워하던 그의 소망이 불과 몇 년 사이에 이루어진 셈이다.

이렇듯 일본문단에서 새롭게 등장한 '새로운 농민문학'의 흐름은 식민지 조선의 문단에도 적지 않은 영향을 미치게 된다. 『인문평론』 창간

---

25 농민문학간화회의 후견인 역할을 자임했던 아리마 요리야스는 도쿄제대를 졸업하고 농상무성에서 근무하다가 1917년부터 모교에서 교수로 재직하였다. 이후 중의원 의원, 귀족원 의원 등을 거쳐 1937년 6월 4일 제1차 고노에[近衛] 내각에서 농상에 취임하였다. 그는 고노에의 최측근으로 신체제운동에 참여하여 1940년 대정익찬회(大政翼贊會)의 초대 사무총장으로 활동하기도 했다. 제2차 세계대전이 끝난 후 A급 전범으로 수용되었다가 불기소 처리되어 은퇴하였다.

26 출자자인 아리마 요리야스의 이름을 따 有馬賞으로 이름 붙여진 이 상은 1939년부터 1942년까지 農民文學懇話會에서, 1943년부터 1944년까지 日本文學報國會 農民文學委員會에서 주관하였다.

27 제1회 農民文學有馬賞의 선고위원으로는 有馬賴寧뿐만 아니라 加藤武雄, 吉江喬松, 藤森成吉, 新居格, 島木健作, 和田傳, 森山啓 등 농민문학간화회의 핵심 멤버들이 모두 참여하였다.

호(1939.10)에서 의욕적으로 기획한 '모던문예사전'의 첫 항목으로 선정
된 것은 다름 아닌 '농민문학'이었다.

널리 농촌을 배경삼아 농민의 생활을 그리는 문학이면 무엇이나 농민문
학이겠지만, 요새 쓰이는 이 말은 특히 有馬 농상을 고문으로 소화 13년
(1938년) 10월 4일에 성립된 농민문학간화회원들의 작품을 지칭한다. 이
회는 新居格, 藤森成吉 씨 외 8씨를 상담역으로 추대하고 회원은 伊藤永之
介, 橋木永吉 橋本永吉, 德永直, 和田傳, 間宮茂輔, 島木健作, 森山啓 씨 외
34 씨이다. 이 회는 有馬 농상의 적극적인 지원과 작가들의 협조 하에 탄생
된 국책적 문학단체인데, 발회사 가운데 有馬 농상은 다음과 같은 말을 하
였다.

"島木健作 군은 '국책의 선에 따라 적극적으로 활동하겠다'고 말한 것은
대단히 고마운 일이지만 농민문학은 기성의 국책에 따르는 것이 아니다.
차라리 앞으로 농촌을 구제할 만한 국책을 세울 그 원동력이 되어주기 바
란다" 운운,

이 그룹에서 가장 중요시되는 점은 흙에 대한 농민의 애착을 강조하는 동시에 명랑
한 농촌을 그리자는 것이다. "태고의 신들과 같이 과묵하고 손이 굵은 농경인
의 깊은 예지와 정서와 생활의 탐구에 있어 실체를 파악하는 동시에 그것
을 시국 내지 시대와의 관련 하에 처리하여 나가는 것이 금일 농민문학의
중요한 과제라"고 鎚田研一 씨는 말하였다.

현재에 있어 島木健作의 「生活의 探究」, 和田傳의 「沃土」, 久保榮太郎의
「火田灰地」 등이 농민문학의 대표작으로 주목되고 있다.[28]

---

28 최재서, 「농민문학」, 『인문평론』 1, 1939.10, 106~107쪽.

최재서가 언급한 것처럼 농민문학간화회 계열의 '새로운 농민문학'은 '흙에 대한 농민의 애착을 강조하는 동시에 명랑한 농촌을 그리자'라는 목표를 공유하고 있다는 점에서 과거의 농민문학과 확연히 구분된다. 이전 시대의 농민문학들, 예컨대 이광수의 『흙』이나 이기영의 『고향』 그리고 심훈의 『상록수』에서 흔히 발견되는 이념성을 완전히 거세하고 '흙에 대한 본능적 애착'을 지닌 농민상을 창조하고자 했던 것이다.

이러한 변화를 식민지 조선에서 가장 먼저, 그리고 적극적으로 실행했던 작가로 이무영을 꼽을 수 있다. 그는 1939년 7월 『동아일보』 학예부 기자를 그만두고 경기도 군포 근처의 궁촌으로 이주한 뒤 『인문평론』 창간호에 「제일과 제일장」을 발표한 뒤 이듬해 속편인 「흙의 노예」(『인문평론』, 7, 1940.4)를 발표한다. 이 연작소설에서 주인공 수택은 도시생활을 버리고 농촌으로 돌아온 인물이다. 이같은 귀농지식인은 불과 5~6년 전에 이광수의 『흙』, 심훈의 『상록수』, 이기영의 『고향』을 통해서 문학사의 전면에 등장한 적이 있다. 하지만 이무영의 작품에 등장하는 귀농지식인은 이러한 농민소설과는 달리 이념인으로서의 면모를 전혀 보여주지 않는다. 따라서 농민들 역시 계몽의 대상이 아니었다. 수택의 귀향은 흙을 삶의 근본으로 생각하는 아버지 김영감의 세계로 편입되는 것을 의미했다. 따라서 소설의 진정한 주인공은 수택이 아니라 아버지 김영감이다.

김영감은 입지전적인 인물이라고 할 수 있다. 일곱 살 때 고아가 되었지만, 자수성가하여 서른 마지기 정도의 논을 가진 자작농이 되었고, 아들 수택을 대학공부까지 시킨 것이다. 그래서 그는 농사짓는 것에 대해 커다란 긍지를 가지고 있다. 대학공부까지 한 아들 수택이 다시 시골로 와서 농사짓기를 바랄 정도였다. 하지만 신문화의 영향과 자녀교육 등으로 지출이 많아짐에 따라 하나 둘 땅을 팔지 않을 수 없었고, 마침내 모든 땅을 잃어버린다. 자수성가로 힘들여 장만했던 땅을 잃어버렸다는 것은 김영감의 가장 큰 괴로움이었다. 아버지의 괴로움을 잘 알고 있는 수택이 도회에서의 생활을 포기하고 농사를 짓겠다고 낙향했을 때 김영감이 무척 반가워했음은 물론이다. 결국 김영감은 병든 자기 몸 때문에 약값으로 땅 살 돈이 축날 것을 염려하고 양잿물을 마시고 목숨을 끊는다. 마지막으로 그가 남긴 유언은 "찾어 땅"이었다.

이처럼 이무영은 흙에 대한 본능적인 애착을 지닌 인물들을 창조했다는 점에서 한국 농민소설의 역사에서 매우 주목할 만한 성취를 이룬 작가로 평가받아왔다. 하지만 이무영 소설은 제목에 대한 명명법이나 주인공의 형상에서 농민문학간화회가 추구했던 '새로운' 농민문학과 상통하는 부분이 적지 않다. 윤규섭은 월평에서 이무영의 소설이 일본에서의 새로운 농민문학의 경향을 대표하는 시마키 겐샤쿠의 「생활의 탐구」와 유사하다고 지적하고 있는 것이다.

수많은 이달 창작 가운데에서 가장 읽은 보람 있는 작품은 무영의 「제일과 제일장」(인문평론)이다. 씨의 「도전」(문장)도 역시 그 의기에 있어서 취할 점이 없는 바 아니나 「제일과 제일장」에 나타난 작가의 기백은 흡사 島木健作의 「생활의 탐구」를 연상시킬 만큼 진지한 것이 있어 좋았다. 사실 기백뿐만 아니라 취재에 있어서도 공통된 점이 없지 않았다. 작가 부기에도 있는 바와 같이 이 작품은 농촌을 주제로 한 어떤 장편의 서곡이라고 하니 주인공이라든가 사건의 진전이 장편으로서 여하히 전개될 것인가 지금 문제 삼을 것도 없는 것이며 또한 필요치도 않으나 **도시에 있어서 창백한 인텔리 생활을**

하직하고 농촌으로 돌아가서 첫살림을 베푸는 수택의 의기는 「생활의 탐구」에 나오는 杉野에 조금도 양두(讓頭)할 것이 없다고 본다.[29]

그런데, 이무영은 20여 년이 지난 후에 자신이 농촌으로 들어간 이유를 폴란드 작가 레이몬트(Władysław Stanisław Reymont, 1867~1925)의 『농민』과 같은 작품을 써서 문명을 얻고자 함이었다고 회고한 바 있다.

해방 전 일이니까 벌써 20년 가까이 된다. 그때 나는 서울에서 한 시간 남짓해서 닿을 수 있는 K역에서도 한 십리 동 쪽으로 들어간 '궁말'이란 산기슭 두 집 뜸에 살고 있었다. 아내 말을 빌리면 객기였지만 내 딴에는 농민문학을 하자면 농촌에 들어가서 농민들과 생활을 같이해야겠다는 생각이 있었다. 물론 지금 와서 보니 그것이 '객기'요 '패기'가 되어버렸지만 그때만 해도 젊었었다. 레이몬드의 『농민』과 같은 4부작을 써서 일약 문단을 한 번 뒤집어놓을 계획이었던 것이다.[30]

여기에서 이무영이 언급하고 있는 『농민』은 1924년 노벨문학상 수상 직후 가토 아사토리[加藤朝鳥]에 의해 처음 번역(春秋社, 1925~1926)되었다가, 이 무렵에 재번역(第一書房, 1939~1941)된 작품이다. 1939년 니이 이타루가 첫째 권 '가을'을 번역한 뒤 아베 토모지[阿部知二]가 '겨울'을, 이토 세이[伊藤整]가 '봄'을, 그리고 니이 이타루가 '여름'을 각각 번역했던 것이다. 따라서 이무영이 언급한 『농민』은 니이 이타루가 관여한 번역본이었을 것이다. 이무영은 니이 이타루가 주창하고 있던 '새로운

29 윤규섭, 「현실과 작가적 세계-10월 창작평」, 『인문평론』 2, 1939.11, 128쪽.
30 이무영, 「기차와 박노인」, 『이무영문학전집』 제4권, 국학자료원, 2000, 591쪽.

농민문학'의 자장 속에 놓여 있었던 것이다.

뿐만 아니라 이무영은 농민문학간화회의 또 다른 핵심멤버였던 가토 다케오(加藤武雄, 1888~1956)의 문하에서 문학을 공부했던 인물이기도 하다. 가토 다케오는 농촌에서 취재한 작품으로 향토예술가로 불리던 인물이었지만, 1922년 무렵부터 대중작가로 전향했다가 농민문학간화회가 만들어졌을 때 상담역을 맡으면서 국책에 적극적으로 협력한 인물이다. 실제로 농민문학간화회는 일본 내에서의 '새로운 농민문학'을 고취하는 활동에만 머무르지 않고, 아리마 농상을 매개로 국책에 적극적으로 협력하면서 대륙 개척의 문화적 첨병 역할을 자임했다. 1939년에 농민문학간화회와 비슷한 성격을 지닌 대륙개척문예간화회(大陸開拓文藝懇話會)를 결성하고 작품집 『개척지대-대륙개척소설집』(1939)을 간행했던 것이다. 가토 다케오 역시 이러한 목적을 위해 여러 차례 조선과 만주를 방문했는데, 이때 이무영과 자주 만나 문학적 입장을 조율했던 것으로 알려져 있다.[31]

이처럼 1930년대 중반에 펄 벅의 『대지』에서 촉발된 일본문단에서의 '새로운 농민문학'은 불과 몇 년 사이에 예기치 못했던 국면으로 진입하게 된다.[32] 그들은 프롤레타리아문학운동을 포함하여 전통적인 의

---

31 임기현, 「이무영의 친일문학과 그 내적 논리」, 『한국 현대소설의 현실인식』, 글누림, 2007.

32 루이스 영에 따르면 1932년의 만주 식민 논쟁에서는 정부 지원이 그다지 많지 않았지만, 1936년쯤으로부터 상황이 경이적으로 바뀌어서 정부 지원을 얻을 수 있게 되면서 피폐한 일본의 농촌을 구하는 해결책으로서 만주 식민이 추진되게 되었다고 한다(와타나베 나오키, 「식민지 조선의 프롤레타리아 농민문학과 '만주'-'협화'의 서사와 '재발명된 농본주의'」, 『한국문학연구』 33, 2007, 15쪽). 이러한 '경이적'인 상황 변화는 펄 벅의 『대지』 번역에 따른 중국 농촌에 대한 인식의 변화라든가 1937년 6월 4일 제1차 고노에(近衛) 내각에서 아리마 요리아스의 농상 취임 등이 복합적으로 작용한 결과라고 생각된다.

미의 농민소설이 전혀 포착하지 못했던 '흙에 대한 본능적인 애착'이라는 새로운 농민상을 창조하고자 했다. 임화가 펄 벅의 노벨상 수상 직후에 발표한 「『대지』의 세계성」에서 언급하고 있듯이 "서양적 문화를 추급하는 나머지 채 돌아보지 못하고, 또한 아직 소청되지 않은 자기 자신의 자태의 일부분을 재발견"[33]했던 것이다. 이에 따라 '새로운 농민문학'은 서구화를 근대화와 동일시했던 뿌리 깊은 오리엔탈리즘을 전도시킨 듯한 착각을 불러일으킨다. 한국에서 이무영의 농민소설들이 높이 평가받았던 이유이기도 할 것이다. 이를 두고 와타나베 나오키는 루이스 영의 개념을 빌어 '재발명된 농본주의(reinventing agrarianism)'라 명명한 바 있다.[34]

'새로운 농민문학'은 이처럼 농민이라는 대상을 새롭게 발견한 것, 달리 말해서 농민을 새로운 시선에서 바라보는 것이긴 했지만, 실제로는 펄 벅이 '중국농민'을 바라보았던 시선을 모방한 것에서 촉발되었다. 토착적인 것으로 이름붙인 것들조차 기실 서양인의 눈으로 포착된 것에 지나지 않았다. 그것이 설령 동양인에 의해서 명명된다 하더라도 문제는 달라지지 않는다. 서양화된 동양인의 눈에 의해서 감지된 것에 불과하기 때문이다. 흙에 대한 애착을 지닌 농민을 '새로운' 대상으로 호명하는 행위나, 그것을 바라보는 주체의 '새로운' 시선 역시 발명된 것이 아니라 모방된 것에 불과했다.

그런 점에서 1930년대 후반에 일본과 조선에 등장한 '새로운' 농민소설은 '번역된 토착주의(translated Primitivism)'에 가깝다. 펄 벅이 동양적인 토착성을 발견했다고 할 때, 펄 벅의 위치를 대신 차지하고 그가 바

---

33 임화, 「『대지』의 세계성」, 임화문학예술전집 편찬위원회 편, 앞의 책, 624쪽.
34 와타나베 나오키, 앞의 글, 15쪽.

라보는 시선까지 모방함으로써 성립되었던 것이다. 그런데 펄 벅의 경우 서양의 눈으로 동양을 바라본다는 '홑눈'의 시선이었지만 일본과 조선의 경우에는 한편으로는 펄 벅과 마찬가지로 동양이라는 대상을 바라보는 동시에 다른 한편으로는 동양을 바라보는 서양의 눈까지 바라보아야 하는 '겹눈'의 시선에 가까웠다. 따라서 자국문학으로의 번역 과정에서 균열과 착종은 나타날 수밖에 없었다.

이제 펄 벅에서 촉발된 '중국농민'에 대한 서사적 관심은 '중국'과 '농민'이라는 이중적인 방향으로 분할된다. 펄 벅의 경우 대상으로서의 '중국농민'은 근대적인 서구인에 대립하는 존재로서 단일하게 포착할 수 있었다. 반면, 제국 일본의 경우에는 펄 벅이 '중국농민'들을 바라보았던 것처럼 자국의 농민들을 여전히 퇴행적인 상태에 놓여 있는 상태로 발견하면서도, '중국농민'을 다른 세계에 존재하는 것으로 그렸던 펄 벅과는 달리 자신과 하나를 이루고 있는 존재로 받아들여야만 했다. 결국 전통성과 토착성이라는 긍정적인 가치를 자신의 내부인 '농민'에 부여하는 대신 퇴행성이라는 부정적인 가치를 자신의 외부인 '중국'으로 떠넘기게 된다.

펄 벅에서 촉발된 '중국농민'에 대한 서사적 관심이 이처럼 '중국'과 '농민'이라는 이중적인 방향으로 분할되고 통합되는 과정은 순전히 제국 일본의 담론적 질서 속에서 이해될 수 있다. "농촌갱생운동의 정신주의적 고양"[35]을 내세웠던 농촌문학간화회는 자연스럽게 중국 침략과 더나아가 대동아공영권이라는 국책에 포획되어간다. 이렇듯 '번역된 토착주의'가 번역 자체의 논리에 따라 제국 일본의 담론 질서 속에

---

[35]　小田切進 編, 『昭和文學論考』, 八木書店, 1990, 457쪽.

서 변용되고 왜곡되는 것은 자연스러운 일이다. 펄 벅이 동양적인 것으로 그려낸 중국 농민들의 금욕적인 성실성은 대내적으로는 도회의 천박한 소비성에 맞서 농촌의 건강한 생명성을 예찬함으로써 제국 신민으로서의 의무를 강조하는 한편, 대외적으로는 낙후된 중국 농촌 사회에 대한 문명국가로서의 의무를 내세우는 침략주의로 변질되었던 것이다.

식민지 조선의 경우도 이와 크게 다르지 않다. '새로운' 농민문학에 편승했던 이무영뿐만 아니라 만주개척민 소설 『대지의 아들』을 발표했던 이기영의 경우도 이에 해당할 것이다. 물론 이러한 제국주의적 침략 정책에의 순응 내지 참여는 펄 벅과는 무관한 것이었다. 펄 벅은 제국주의적 침략을 옹호한 적이 없었기 때문이다.

4. 맺는 말

1930년대 후반 전 세계에 불어닥친 펄 벅 열풍은 매우 흥미로운 현상이다. 동양인이 미처 보지 못했던 동양적인 것을 서양인이 발견한 이 놀라운 사건은 세계 여러 나라의 언어로 번역되면서 고유한 방식으로 수용되고 전유되었다. 하지만 중국에 대한 관심으로 이름 붙여진 '펄 벅 현상'의 바탕에는 『대지』의 주인공 왕룽이 보여주었던 흙에 대한 애착과는 다른 의미에서 영토에 대한 욕망이 감추어져 있었다. 그런 점에서 에드워드 사이드의 다음 언급은 다시 한 번 되새겨볼 만하다.

제국주의의 주요 전투는 물론 땅을 놓고 일어난다. 그러나 누가 그 땅을 소유하고, 누가 그것을 정착해서 경작할 수 있는가 그리고 누가 그것을 지속시키며 탈환하며 미래를 계획할 수 있는가 하는 문제가 되면 그것들이 반영되고 논의되며 일시나마 결정되는 곳은 바로 내러티브 속에서이다.[36]

펄 벅의 소설과 영화가 일본과 조선에서 열광적으로 소비될 수 있었던 만주와 중국을 향한 제국 일본의 욕망과 무관할 수 없다. 실제로 일본 문단에 등장했던 새로운 농민문학은 국책과 결탁하면서 대륙 침략의 논리로 변질되었고, 식민지 조선의 경우에도 많은 문학인들이 이와 같은 전철을 그대로 밟았다.

그런데 이러한 토착성과 식민화의 결합은 토착성의 옹호라는 논리가 내재한 국수주의적 성격 때문이라기보다 토착적인 것으로 이름붙이는 것조차 기실 타자의 눈을 빌렸다는 사실에서 기인할 것이다. 설령 동양인에 의해서 명명되었다 하더라도 문제는 달라지지 않는다. 서구화된 동양인의 눈에 의해서 감지된 것에 불과하기 때문이다. 지금까지 살펴본 것처럼 번역을 통해 발견된 토착적인 것은 내부와 외부를 동시에 발견하는 행위였고, 자신이 억압하거나 은폐했던 내부를 발견하는 인식론적 불편함이 외부에 대한 식민주의적 폭력으로 발현되었던 것이다. 인식론적 발견이란 언제나 식민과 다를 바 없지만, 일본의 경우 그것이 훨씬 폭력적으로 나타났던 것은 그 때문일 것이다.

---

36 에드워드 사이드, 김성곤·정정호 역, 『문화와 제국주의』, 창, 1995, 23쪽.

참고문헌

1. 기본 자료

「펄 벅 수상의 공식 이유 발표」, 『동아일보』, 1939.3.3.

「〈대지〉 조선에선 상연금지」, 『동아일보』, 1938.4.7.

김광섭, 「공동체 창조의식을 발현－작년도 미국문단에 나타난 신경향」, 『동아일보』, 1939.1.17.

김성칠, 「펄 벅과 동양적 성격」, 『인문평론』 2-6, 1940.6.

라욱스, 월파 역, 「1938년도 노벨문학상 수상자 펄 벅 여사」, 『문장』 1, 1939.2.

모윤숙, 「구미현대작가군상－여성작품과 그 생명성」, 『동아일보』, 1938.2.10~11.

이준숙, 「펄 벅 작 〈어머니〉의 여주인공 이야기」, 『여성』 4-3, 1939.3.

이헌구, 「김성칠 역 '대지'」(신간평), 『인문평론』 2-11, 1940.11.

인정식, 「〈대지〉에 반영된 아세아적 사회」, 『문장』 1-8, 1939.8.

임화, 「〈대지〉의 세계성－노벨상 작가 펄 벅에 대하여」, 『조선일보』, 1938.11.17·18·20.

자니누 델펙크, 「세계적 인기작가－펄 벅 회견기」, 『여성』 4-2, 1939.2.

최재서, 「여성 노벨상 작가 소묘－펄 벅」, 『여성』 5-10, 1940.11.

한흑구, 「미국문단종횡관」, 『신인문학』 2-2, 1935.2.

2. 단행본 및 논문

김윤경, 「1950~60년대 펄 벅 수용과 미국」, 『한국문학이론과 비평』 58, 2013.

김종호, 「1940년대 초기 만주 유민소설에 나타난 '정착'의 의미－〈대지의 아들〉과 〈북향보〉를 중심으로」, 『국어교육연구』 25, 1993.

김효원, 「펄 벅의 문학작품에 나타난 세계정신」, 『영어영문학』 19, 한국강원영어영문학회 2000.

류진희, 「해방기 펄 벅 수용과 남한여성의 입지」, 『여성문학연구』 28, 2012.

박필현, 「『인문평론』에 나타난 '지나'－자기화된 만주와 제국의 '안과 밖' 지나」, 『한국문예비평연구』 45, 2014.

송홍한, 「펄 벅의 소설에 나타난 국제주의」, 『동아영어영문학』, 1996.

심상욱, 「동-서 양쪽에서 재조명되는 펄 벅」, 『신영어영문학』, 2007.

와타나베 나오키, 「식민지조선의 프롤레타리아 농민문학과 '만주'－'협화'의 서사와 '재발명된 농본주의'」, 『한국문학연구』 33, 2007.

_____, 「식민지조선에서 '만주' 담론과 정치적 무의식」, 『진단학보』 107, 2009.6.

이경재, 「이기영 소설에 나타난 만주 로컬리티」, 『한국근대문학연구』 25, 2012.4.

부록 1 | 1945년 이전 펄 벅(賽珍珠) 작품의 중국어 번역본

Ⓐ 伍蠡甫 譯, 『福地述評』, 上海黎明書局, 1932.7.

Ⓑ 伍蠡甫 譯, 『兒子們』(福地之續篇), 上海啓明書局, 1932.12.

Ⓒ 郭冰岩 譯, 『東風西風』, 南京線路社, 1933.3.

Ⓓ 張萬里·張鐵笙 譯, 『大地』, 北京志遠書店, 1933.6.

Ⓔ 胡仲持 譯, 『大地』, 上海開明書店, 1933.9.

Ⓕ 馬仲殊 譯, 『大地』, 上海開華書局, 1934.3.

Ⓖ 馬仲殊 譯, 『兒子們』, 上海開華書局, 1934.4.

Ⓗ 邵宗漢 譯, 『母親』, 上海四社出版部, 1934.11.

Ⓘ 常吟秋 譯, 『結髮妻』, 商務印書館, 1934.11.

Ⓙ 常吟秋 譯, 『舊與新』, 商務印書館, 1935.2.

Ⓚ 由稚吾 譯, 『大地』, 上海啓明書局, 1936.5.

Ⓛ 萬綺年 譯, 『母親』, 上海仿古書店, 1936.5.

Ⓜ 常吟秋 譯, 『分裂了的家庭』, 商務印書館, 1936.11.

Ⓝ 常吟秋 譯, 『花邊』, 上海中央書店, 1939.4.

Ⓞ 戴平萬·葉舟·舒湮·茜園·黃峯 譯, 『愛國者』, 香港光社, 1939.6.1.

Ⓟ 朱雯·唐齊·馮煌 譯, 『愛國者』, 上海美商華盛頓印刷出版公司, 1939.6.5.

Ⓠ 哲非·何之·步溪·任霖·梅藹·蔚廷·呂錫·滿紅 譯, 『愛國者』, 上海羣社, 1939.6.6.

Ⓡ 朱雯·唐齊·馮煌 譯, 『黎明的古國』, 上海ABC書店, 1939.11.25.

Ⓢ 唐長孺 譯, 『元配夫人』, 上海啓明書局, 1940.4.

Ⓣ 唐長孺 譯, 『東風西風』, 上海啓明書局, 1940.8.

Ⓤ 唐長孺 譯, 『分家』, 上海啓明書局, 1941.1.

Ⓥ 唐允魁 譯, 『兒子們』, 上海啓明書局, 1941.2.

Ⓦ 蔣旂·安仁 譯, 『永生』, 上海國華編譯社, 1941.4.

Ⓧ 以正 譯, 『滇緬公路的故事』, 贛州新贛南出版社, 1942.4.

Ⓨ 王家棫 譯, 『龍種』, 重慶正中書局, 1943.10.

Ⓩ 柳無垢 譯, 『敵人』, 桂林現代外國語出版社, 1944.1.

ⓐ 新居格 역, 『大地』, 第一書房, 1935.

ⓑ 深沢正策 역, 『母』, 第一書房, 1936.

ⓒ 新居格 역, 『分裂せる家』, 第一書房, 1936.

ⓓ 新居格 역, 『息子達』, 第一書房, 1936.

ⓔ 深沢正策 역, 『戦へる使徒』, 第一書房, 1937.

ⓕ 深沢正策 역, 『母の肖像』, 第一書房, 1938.

ⓖ 深沢正策 역, 『東の風西の風』, 第一書房, 1938.

ⓗ 松本正雄・片岡鉄兵 역, 『新らしきもの古きもの』, 六芸社, 1938.

ⓘ 本間立也 역, 『第一夫人』, 改造社, 1938.

ⓙ 宮崎玉江 역, 『若き支那の子』, 新潮文庫 317, 1938.

ⓚ 松本正雄 역, 『王竜(わんるん)』, 興亜書房, 1939.

ⓛ 鶴見和子 역, 『この心の誇り』, 実業之日本社, 1940.

ⓜ 新居格 역, 『ありのまゝの貴女』, 今日の問題社 / ノーベル賞文学叢書05, 1940.

ⓝ 村岡花子 역, 『母の生活』, 第一書房, 1940.

ⓞ 葦田坦 역, 『山の英雄』, 改造社, 1940.

ⓟ 内山敏 역, 『天使』, 改造社, 1941.

ⓠ 中里廉 역, 『支那の空』, 青磁社, 1941.

ⓡ 深沢正策 역, 『霊と肉』(전2권), 河出書房, 1941.

ⓢ 深沢正策 역, 『新しきもの古きもの』, 河北書房, 1942.

20세기 전반기 중국에서의
장혁주 작품 번역 수용

김장선

1. 들어가는 말

주지하다시피 장혁주(張赫宙, 1905~1997)는 광복 전에는 식민지 조선을 '대표하는' 일본어작가로, 1950년대에는 일본작가로 그리고 친일작가로 현재까지 논란이 많은 문인이다. 따라서 한국문학사에서의 위상도 명확하게 밝혀지지 못한 상황이다.

한편 근년에 한국학계에서는 장혁주를 보다 객관적으로, 전면적으로 그리고 정당하게 평가하고자 하는 노력이 지속되고 있다. 『장혁주 소설선집』(호테이 토시히로 편, 시라카와 유타카 해설, 태학사, 2002.11), 「장혁주 소설 연구 – '타자의 주체화'로의 과정을 중심으로」(申妮三, 영남대 석사논문, 2005), 「장혁주와 김사량의 일본어 소설 비교 연구」(김도윤, 국민대 석사논문, 2006), 「한・중 작가의 만주체험 문학 연구 – 만주국 건국 이후의 작품을 중심으로」(全華, 영남대 석사논문, 2010.12), 「장혁주 일본어소설

연구-인왕동시대, 우수인생, 노지, 개간을 중심으로」(김지영, 국민대 석사논문, 2011), 「장혁주 문학 연구-'조선'을 소재로 한 작품을 중심으로」(윤미란, 인하대 박사논문, 2012) 등 연구 성과들이 그 대표적 사례가 된다. 이 연구 성과들에서는 대체로 장혁주는 광복 전 식민지 조선을 '대표하는' 일본어 작가라는 데 공통점을 보여주고 있다. 윤미란[1]은 "일본문단에서 일본어로 조선을 그리는 작가이면서 동시에 조선문학의 소개자이며 기획, 편집자 그리고 번역, 번안가로서 활동한" 작가로 장혁주 문학의 양상을 규명하고 있다.

장혁주와 그의 문학은 광복 전 한국, 일본 문단뿐만 아니라 중국의 한국문학번역사에서도 독보적인 양상을 보여주고 있다.

중국의 한국문학번역사는 1920년대 중반부터 시작되었으며 1940년대까지 초창기라고 할 수 있다. 이 시기 제반 양상을 살펴보면 대체로 한국 설화, 동화, 희곡, 현대시, 현대소설, 현대 수필 등 여러 장르의 작품들이 번역 소개되었는데 설화와 동화가 절대부분이고 현대시 4수, 현대소설 16편, 희곡 1편, 수필과 논평 21편(모두 장혁주의 수필집에 수록됨)으로 추정된다. 단행본으로는 설화 및 동화집 6권, 소설집 2권, 수필집 1권 번역 출판되었다. 양적으로나 질적으로나 많이 미흡하지만 중국독자들에게 한국문학의 존재 및 그 기본 양상과 당시 한국사회의 이모저모를 보여주었다는 점은 높이 평가하지 않을 수 없다.

위와 같은 양상 속에서 장혁주의 작품은 단편소설 6편, 희곡 1편, 수필과 논평 21편 차지하며 단행본으로 수필집 1권, 동화집 1권 출간되어 이 시기 작품이 제일 많이 번역 소개된 작가이자 유일하게 개인 수필집

---

1   윤미란, 「장혁주 문학 연구-'조선'을 소재로 한 작품을 중심으로」, 인하대 박사논문, 2012, 6쪽.

과 동화집이 번역 출간된 작가이다. 하지만 한국학계든 중국학계든 중국에서의 장혁주 문학 양상에 대한 구체적이고 체계적인 연구가 이뤄지지 못하고 있는 상황이다.

이 글은 기존 연구 성과와 1차 자료에 대한 수집 정리를 바탕으로 20세기 전반기 중국에서의 장혁주 문학작품에 대한 번역 수용 양상을 구체적으로, 전면적으로 밝혀봄과 아울러 중국 한국문학번역사상의 장혁주 문학 위상을 규명해보고자 한다.

2. 1920~1940년대 중국의 한국문학 번역 양상

1920~1940년대는 중국의 한국문학번역 초창기라고 할 수 있다.

1925년 5월 25일, 중국 현대문학사상 중요한 문학단체의 하나인 "어사사(語絲社, 노신과 주작인을 핵심으로 결성됨)"에서 발간한 주간지 『어사(語絲)』(第28期, 1면)에 개명(開明)이 "조선전설"이라는 명제 하에 「최치원」, 「투법(鬪法)」, 「도문(掉文)」 등 조선전설 3편을 번역 게재하였다. 이는 중국 현대어(白話文)로 번역된 최초의 한국고전문학작품인 동시에 중국 한국문학번역사의 첫 작품으로 추정된다. 이어 1926년 5월 3일 『어사(語絲)』(第77期, 4면)에 류복(劉復)이 "국외 민가 2수(國外民歌2首)"라는 명제 하에 영어로 된 어느 외국민요집에서 「고려가요(高麗民歌)」와 「달단가요(韃靼民歌)」를 선정하여 번역 게재하였다. 1930년 1월 15일 문학지 『현대소설』(제3권 제4호)에 김영팔(金永八)의 단편소설 「검은 손(黑手)」이 번역 게재되었다. 역자는 신음고뇌(深吟枯腦)이고 원문은 『조선지광(朝

鮮之光)』제63호에 게재되었다고 밝히고 있다. 이 작품은 최초로 중국에 번역 소개된 한국 현대소설로 추정된다.

같은 해 즉 1930년 5월, 중국 현대문학의 대표적 작가의 한 사람인 욱달부가 편집을 맡은 진보적 간행물 『대중문예』[2]에 임화(1908~1953)의 시 「病監에서 죽은 녀석(獄里病死的伙計)」(白斌 역)과 권환(權煥)의 시 「이 꼴이 되다니!(咳, 成這樣了!)」(白斌 역)가 번역 발표되었는데 이는 최초로 중국에 번역 소개된 한국현대시로 추정된다.

이어 선후로 단행본 『조선전설(朝鮮傳說)』(淸野 編譯, 上海兒童書局, 1930. 6), 『조선민간고사(朝鮮民間故事)』(劉小惠 譯, 上海女子書局, 1932.6), 『조선동화(朝鮮童話)』(吳藻溪 編譯, 北平世界科學社, 1934.2), 『조선현대아동고사집(朝鮮現代兒童故事集)』(邵霖生 編譯, 南京正中書局, 1936), 『조선현대동화집(朝鮮現代童話集)』(邵霖生 編譯, 上海中華書局, 1936.11) 등 설화집과 동화집들이 번역 출판되었다.

이외 일부 잡지들에 한국문학작품들이 번역 발표되었다. 1933년에 중국에서 가장 일찍 창간되고 역사가 가장 오래된 신문인 『신보(申報)』의 잡문 전란 "자유담(自由談)"에 한국 동요 「까마귀(烏鴉)」(全用 작, 穆木天 譯)와 「목사와 제비(牧師和燕子)」(朴牙枝 작, 穆木天 譯)가 번역 게재되고 1934년에 문예지 『모순(矛盾)』(제3권 제3~4호 합간)의 "약소민족문학특집(弱小民族文學專号)"에 조벽운(趙碧巖)의 단편소설 「고양이(猫)」(李劍靑 역)가 번역 발표되고 종합간행물 『중화월보(中華月報)』에 장혁주의 단편소설 「쫓기는 사람들(被驅逐的人們)」(叶君健 역)이, 1934년 7월 문예지 『문학』(제3권 제1호)에 장혁주의 단편소설 「권이라는 사람」(黃源 역)이 번역

2 『大衆文藝』(現代書局發行), 1935年 5月, 第2卷 第4期.

발표되었다. 그리고 1939년에 장혁주의 단편소설 「방랑(流蕩)」(翠生 역), 박목월(朴懷月)의 단편소설 「전투(戰斗)」(馬耳, 卽叫君健 역)가 번역 발표되었다고 하는데 이 두 작품은 아직 필자의 확인을 거치지 못한 상황이다.

1936년 4월, 단행본『산령(山靈) ─ 조선대만단편소설집(朝鮮臺灣短篇小說集)』(胡風 譯, 上海文化生活出版社)이라는 조선대만단편집이 번역 출판되었다. 이 소설집에는 장혁주의 단편소설 「산령」과 「권이라는 사람」, 이북명의 「질소비료공장」, 정우상의 「소리」 등 한국 현대소설 4편과 대만 현대소설 3편(그 중 1편은 부록)이 수록되어 있다. 이듬해 즉 1937년 5월 재출판 되면서 부록으로 수록되었던 대만소설 1편이 삭제되었다.

1939년 6월 "만주국"의 중국인 작가 외문(外文)이 신경에서 장혁주의 희극 〈춘향전〉을 중국어로 번역하여『예문지』창간호에 게재한다. 이는 최초로 중국에 번역 소개된 한국 현대희극 작품으로 추정된다.

1940년 11월, "만주국" 봉천(奉天, 지금의 센양시)에서 활약한 진보문학 동인인 작풍간행회(作風刊行會)에서 간행한『작풍(作風)』(제1집, 金田兵 編著, 作風刊行會 發行)에 이광수의 단편소설 「가실(嘉實)」(王覺 譯), 이효석의 「豚(猪)」(古辛 譯), 김동인의 「붉은 산(赭色的山)」(古辛 譯)이 번역 수록되었다.

1941년 7월,『조선단편소설선(朝鮮短篇小說選)』(王赫 편집, 王覺 발행)이 신경 신시대사(新京 新時代社)에서 번역 출판된다.『조선단편소설선』에는 김동인의 「붉은 산(赭色的山)」(古辛 譯), 장혁주의 「이치삼(李致三)」(遲夫 譯)과 「늑대(山狗)」(夷夫 譯), 이효석의 「豚(猪)」(古辛 譯), 이태준의 「가마귀(烏鴉)」(羅懋 譯), 김사량의 「월녀(月女)」(鄒毅 譯), 유진오의 「복남이(福男伊)」(羊朔 譯), 이광수의 「가실(嘉實)」(王覺 譯) 등 8편이 수록되었다.

1941년 11월 "만주국" 신경에서 중국어 문학지『신만주(新滿洲)』에 안수길의 단편소설 「부엌녀」가 번역 게재되었다.

1943년 1월 장혁주의 수필집 『나의 풍토기(我が風土記)』가 『조선의 봄(朝鮮春)』(范泉 譯, 上海 文星出版社)으로 번역 출판되었는데 선후로 1946년 7월과 1948년 1월 『조선 풍경(朝鮮風景)』(上海 永祥印書館刊)이라는 제목으로 재출판되었다.

1946년 4월 장혁주의 『흥보와 놀보』가 『흑백기(黑白記)』(范泉 譯, 陳烟橋挿圖, 上海 永祥印書館)라는 제목으로 번역 출판되었다.

1920~30년대는 대체로 한국 전설과 동화가 여러 단행본으로 다량 번역 소개면서 주류를 이루고 한국 현대문학 작품은 대체로 여러 문예지를 통하여 소량 번역 소개되었다고 할 수 있다. 1940년대는 단행본으로 한국 현대문학 작품들이 번역 소개되고 대체로 장혁주 작품이 주류를 이루었다고 할 수 있다.

3. 장혁주 작품의 번역 양상과 문학위상

현재까지 필자가 확인한 바로는 1930년대에 한국 현대단편소설이 총 8편이 번역 소개되었는데 그 중 「쫓기는 사람들(被驅逐的人們)」, 「권이라는 사람」, 「산령」, 「방랑」 등 4편이 장혁주의 작품이며 「권이라는 사람」는 문예지와 단행본에 게재 수록되고 「산령」은 조선대만단편소설집의 표제로 되었다. 이 8편 작품은 모두 당시 식민지 한국 사회의 암흑상을 사실주의적으로 보여준 프로문학 성격의 작품들이라고 할 수 있다.

소설집 『산령』의 역자 호풍은 이 단편집의 「서(序)」에서 이렇게 쓰고 있다.

　이 작품들은 거의 모두 한밤중에 번역되었다. 주변은 모두 고요해지고 시가지의 번잡한 소리는 멀리 사라졌다. 다만 야식을 파는 상인의 쇠약하고 처량한 사구려 소리가 가끔 들릴 뿐이었다. 나는 번역을 하면서 점차 작품의 인물들 속으로 빠져들어갔다. 작품 인물들을 압박하는 그 크나큰 마귀의 손아귀에서 그들과 함께 고통받고 몸부림쳤으며 때론 지어 전 세계가 나의 주변에서부터 함락되는 것 같았다. 이런 상황에서 「질소비료공장」, 「우편배달부」와 같은 작품 주인들의 각성, 투쟁 그리고 불굴의 의지로 전진하는 것을 보고 나는 형용할 바 없는 감격을 느꼈다.[3]

　「쫓기는 사람들」은 식민지 조선에 일본 자본주의의 침입으로 고향을 쫓겨난 경북 지방 한국농민의 모습과 동척의 수탈방법이 묘사되어 있어 한국 농촌의 궁핍화 양상이 잘 드러나 있다. 그리하여 이 작품이 게재된 『개조』지 1932년 10월호는 조선 내에 있어 발매가 금지되었다.[4]

　「권이라는 사나이」는 1933년 12월 『개조』지에 발표되었다. 이 소설은 '권'이라는 인물의 권력욕과 조선의 밀조술이라는 풍속물을 그리고 있지만 여전히 프로문학 색채를 보여주고 있다.
　「산령」은 1936년 이전에 발표된 작품으로 역시 민족적, 계급적 경

3　胡風 譯, 朝鮮台湾短篇集『山灵』, 文化生活出版社刊行, 1936年4月初版, 2쪽.
4　申媚三, 「張赫宙 小說 研究—'타자의 주체화'로의 과정을 중심으로」, 영남대 석사논문, 2005, 6쪽.

향을 띤 작품이다.

이 작품들은 모두 장혁주의 초기 작품들로 식민지 문제의식으로 민족의 비참한 현실을 반영하고 그에 저항하는 인물들에 공감하는 의식을 보여주었다.

역자 호풍은 이 소설집의 영향력에 대하여 이렇게 말한 바 있다.

현재 나의 손에 있는 것은 1951년 제5차 인쇄본이다. 여기서 항일전쟁과 해방전쟁기간에 이 작품들이 독자들에게 상당한 수로 전파되었음을 알 수 있으며 공동한 적 일본침략자에 대한 적개심을 불태우는 작용을 하였음을 알 수 있다.[5]

「산령」은 중국 프로문학과 항일민족문학에 적극적인 영향을 끼친 한반도 프로문학 내지 프로동반문학이라고 할 수 있다.

1940년대에는 한국 현대소설 8편(『조선단편소설선(朝鮮短篇小說選)』에 수록됨)이 번역된 것으로 추정되는데 그 중 장혁주 작품 「늑대」와 「이치삼」이 있다.

「늑대」는 1934년 5월호 『문예수도』지에 발표되었고 「이치삼」은 1938년 2월 7일 자 『제국대학신문』 제706호에 발표되었다. 「늑대」는 장혁주의 초기 작품이고 「이치삼」은 친일협력으로 작풍 전환이 이뤄진 시기에 창작된 작품이지만 일본 문단에 그에게 주문한 이국적 풍물 그리기에 맞춰 쓴 작품으로 조선적 풍물이 반영되어 있다고 하겠다.

당시 진인(陳因)이라는 "만주국" 중국인 문학평론가는 「조선문학 약

---

5 『胡風譯文集』, 人民文學出版社, 1986年 3月, 2쪽.

평-조선단편소설선」이라는 글에서 이 두 작품을 아래와 같이 평가하고 있다.

「이치삼」은 글자가 2천여 자되는 짧은 단편소설이다. 하지만 이렇게 짧은 편폭에 이야기를 아주 충분히 잘 쓰고 있다. 총체적 서술은 아주 긴밀하여 전혀 낭비하지 않았다. 이 소설은 눈물을 흘리게 하는 작품이다. 서두는 아지 긴장하여 독자들의 흥미를 자아내고 아주 극적인 색채가 짙다. (…중략…)

그러나 그 어떠한 어려움에 처한다 하더라도 시대는 이런 인간을 가엽게 여기지 않는다. 시대는 다만 건장하고 발전하는 시대를 이끌어갈 뿐 낙후한 자의 변화한 꿈이 이뤄지게 하지 않는다. 현재의 이병우는 언젠가는 꼭 쓰러지겠지만 이치삼은 영원히 복흥(夏興)하지 못할 것이다.

이런 망하지 않을 수 없는 인간의 뒤에 한 떼의 아이들을 배치하는 것은 작가가 인생에 대하여 여전히 희망을 주고 있기 때문이다. 비록 이 소설의 주제는 아주 별로이지만.

「늑대」는 (…중략…) 묘사가 너무 많고 경중이 실조되었으며 주제의 제재도 진부하다. 한 여인의 미친 사랑을 위해 연적을 살해한다. 농촌의 여인을 유혹하며 멋만 부리는 건달을 살해하는 것은 과거에는 용감한 행동이었겠지만 현재로서는 결코 사람들의 칭찬을 받는 영웅적인 일이 아니다.

(…중략…)

현재 아직도 이런 순애보(비록 이 소설에서는 살인하지만 그 사람이 옥살이를 하는 것은 순애보가 아닌가?)와 같은 이야기를 쓰고 있다는 것은 작가의 세계관이 협소하다는 말해 준다. 필자는 이 소설이 아주 오래전의 작품일 것이라고 생각한다.[6]

이 인용문에서 보다시피 소설 「이치삼」은 예술성이 높지만 주제는 평범한 작품이며 「늑대」는 예술성도 주제도 식상한 작품으로 평가되고 있다. 그러나 이 두 작품의 주제에 대해서는 부정적으로 평가하지 않고 있다. 『조선단편소설선』이 출간된 1940년대 초반에 장혁주가 이미 프로문학에서 방향전환을 한 작품들을 창작하였다는 사실을 감안할 때 친일경향이 없는 이 두 작품의 주제는 그나마 진보적이라고 하지 않을 수 없다. 실제로 당시 진인(陳因)도 『조선단편소설선』에 수록된 작품에 대해 긍정적으로 평가하였다. "조선에 결코 문학이 없는 것이 아니다. 또한 그들의 문학이 국제 수준급이 전혀 없어서가 아니다. (…중략…) 조선문학의 지표는 다만 이 역본에 근거하여도 그 수준이 절대 낮지 않다고 평가할 수 있다."[7]

1940년대 유일한 한국 현대소설 번역집 『조선단편소설선』에 수록된 작가 7명의 8편 작품 가운데 장혁주의 작품이 유일하게 2편을 차지한다. 이 작품선에서 「이치삼」은 2순위, 「늑대」는 5순위로 수록되어 있지만 위 논평에서는 두 작품을 1순위와 2순위로 평가하고 있다. 장혁주와 그 작품이 남달리 주목 받고 있었음을 잘 말해준다.

1939년 6월 "만주국"의 핵심 문예지의 하나인 『예문지』 창간호에 장혁주의 희극 〈춘향전〉이 중국어로 번역 게재되었는데 이는 20세기 전반기 중국에서 최초로 그리고 유일하게 중국에 번역 소개된 한국 현대 희극작품으로 추정된다.

주지하다시피 장혁주의 희극 〈춘향전〉은 1938년에 일본어로 창작 발표됨과 더불어 같은 해 3월 23일 일본 도쿄 축지(築地)소극장에서의

---

6   陳因, 「朝鮮文學略評－朝鮮短篇小說選」, 『盛京時報』, 康德8年(1941年)10月 1日자.
7   위의 글.

첫 공연을 이어 일본과 조선에서 순회 공연되면서 흥행을 이룬 당대 성공적인 희곡작품이다. 장혁주는 이 희곡을 창작할 때 "자연발생적인 민족문학으로서의 특성, 조선의 민정풍속을 가장 리얼하게 표현하고자"[8] 하였고 이를 통하여 "권세 혹은 관직 때문에 악정이 이루어지는 조선의 현실을 '조선의 민정풍속'으로 표현하면서 그 도덕적 비판을 가하고 있다"[9]고 할 수 있다.

중국어 번역자 외문(원명 單廣生, 1910년~?)은 당시 "만주국" 중국인 문단의 양대 유파의 하나인 예문지파(藝文志派) 동인으로, 향토시 시인으로 특징지어진다. 외문은 외국의 희곡작품을 중국어로 번역하겠다고 예문지파 동인과 약속한다. 우연한 기회에 장혁주의 일어체 희곡 〈춘향전〉을 접하게 되고 군이(君頤)이라 극작가와 이 작품에 대해 논의한다. 희곡가 군이로부터 "만주국" 중국인 희곡문단 상황과 희곡으로서의 〈춘향전〉의 문학적 가치나 특징에 대한 평가 해설을 들으며 이 극본에 대한 이해를 깊이 한다. 외문은 〈'춘향전' 역후지〉의 절대부분 편폭을 장혁주의 〈춘향전〉 후기로 할애하였다. 이를 통해 당시 중국 독자들에게 전혀 알지 못했던 한국 고전 〈춘향전〉을 보다 전면적으로 소개해주고 또 장혁주 일어체 희곡〈춘향전〉의 창작 경위와 특징에 대해서도 일정한 이해를 갖도록 하였다. 이는 처음으로 한국 고전 명작으로의 〈춘향전〉과 근대극으로서의 〈춘향전〉을 동시에 접하게 되는 중국 독자들에 대한 배려일 뿐만 아니라 〈춘향전〉 번역문의 사회 문학적 가치를 보다 충분히 각인시키는 역할을 하고 있다.

---

8   장혁주, 「후기-〈춘향전〉」, 『新潮』 5-3, 1938.3.
9   민병욱, 「장혁주의 일어체 희곡 '춘향전' 연구」, 『한국문학논총』 제48집, 2008.4, 361 ~362쪽.

외문은 「'춘향전' 역후지」에서 이렇게 부언하고 있다.

번역에서 나는 신선순후(信先順後)원칙을 주장하였지만 이 작품을 번역
할 때 곤란에 부딪치게 되었다. 원문에만 충실하면 문장이 자연스럽지 못
하여 많은 부분에서 구두어로 표현하면서 의역하게 되었다.

이 극본은 일본에서 여러 차례 공연되었는데 극본이 부족한 우리 극단에
서 고정(古丁)의 주장대로 즉 "만약 공연할 수 있는 극본을 일시 찾을 수 없
다면 아예 외국 극본 예하면 일본, 유럽, 미국의 극본을, 그것이 고전 극본
이라도 공연하는 것이 좋지 않을가 싶다"(《一知牛解集》第三十頁)"라는 주
장대로 하면 이 극본은 공연할 기회가 있다고 하겠다.[10]

여기서 외문은 〈춘향전〉을 외국 극본을 번역하겠다는 언약을 위한
단순 대본 번역이 아니라 공연까지 사려한 공연대본으로 번역하였다
는 점을 알 수 있다. 많은 부분에서 구두어로 표현하면서 의역하게 되
었다는 것은 관람자까지 염두에 둔 번역이라고 해도 과언이 아닐 것이
다. 이 번역문은 20세기 전반기에 최초로 중국에 번역 이입된 〈춘향
전〉이자 최초로 단순 문자대본 번역이 아닌 공연까지 사려한 공연대본
으로 중국에 번역 소개된 한국 근대극이라고 할 수 있다.

1943년 1월, 20세기 전반기 중국 한국문학번역사상 최초의 개인작품
집 『조선의 봄(朝鮮春)』(范泉 譯, 上海 文星出版社)이 출간된다. 이 수필집에
는 「나의 작품들이 창작된 원인(我底作品的成因)」, 「봄이 오면(春來時節)」,
「조선의 봄(朝鮮的春)」, 「봄날의 향수(春愁)」, 「여름날의 조선풍경(夏的朝

---

10 張赫宙, 外文 역, 〈春香傳〉, 『藝文志』(月刊滿洲社, 滿洲文藝家協會 編輯) 창간호, 1939.6,
    215쪽.

鮮風景)」,「조선의 겨울(朝鮮的冬)」,「아름다운 조선(美麗的朝鮮)」,「어린 시절의 서천(幼時的西川)」,「낙동강(洛東江)」,「자연과 인간(自然与人)」,「독사(毒蛇)」,「다시 만나보고 싶은 사람(希望再見的人)」,「여정(旅情)」,「해인사 기행(海印寺紀行)」,「북선 여행(北鮮之旅)」,「춘향과 몽룡(春香与夢龍)」,「비극의 청춘(悲劇的青春)」,「조선문학계의 현황(朝鮮文界的現狀)」,「조선문단의 대표작가(朝鮮文壇的代表作家)」,「오늘의 조선문단(今日的朝鮮文學)」,「내일의 조선문단(明日的朝鮮文學)」 등 21편 문장이 수록되어 있다.

주지하다시피『조선의 봄』의 원문 텍스트는 장혁주의 일본어 수필집『나의 풍토기(我が風土記)』(赤塚書房, 1942)이다.『나의 풍토기』는 대체로 한국, 일본, '만주국' 등 지역 풍토에 대한 느낌을 쓴 풍토기행문과 조선 예술의 풍토 즉 조선문학을 논한 글로 나눌 수 있다. 장혁주는 조선인라는 조건하에 일본문단에 호명되면서 조선민족의 기호를 반영한 작품들을 주문받고 창작하였다. 실제로『나의 풍토기』에는 장혁주 시각에서 보고 느낀 조선적 상황을 보여주고 있다. 비록 장혁주의 정체성이 문제시되고 그 작품이 특정적인 한계를 지니고 있지만『나의 풍토기』는 당시 조선의 자연풍토와 문학풍토를 보여주려고 한 것만 인정하지 않을 수 없다. 따라서 중국어 번역자 범천은 이 수필집을『조선의 봄』이라는 제목으로 번역 출간하게 된다.

수필집『조선의 봄』에 수록된 첫 문장「나의 작품들이 창착된 원인」에서는 한반도가 지리적으로 북부, 중부, 남부로 나뉠 뿐만 아니라 각 지역 사람들의 성격 및 생활환경도 각이함을 밝힘과 동시에 소설「성묘하러 가는 사람」,「무지개」,「아귀도」,「분기한 자」,「산령」,「권이라는 사나이」 등은 모두 조선의 이런 사회 역사 풍토기를 그린 것이며 또한 이런 작품들이 창작되게 된 원인도 대체로 나의 이런 풍토에 대한 취미에서 기인한 것임을 피력하고 있다.

「봄이 오면」, 「아름다운 조선」, 「낙동강」 등 문장들은 제목에서도 알 수 있다시피 한반도의 자연풍토를 사생으로 보여주고 있고 「자연과 인간」, 「다시 만나고 싶은 사람」 등은 조선자연풍토 속 조선인들의 의식 및 생활 양상을 작가의 느낌으로 보여주고 있다.

「조선문학계의 현황」, 「오늘의 조선문단」, 「내일의 조선문학」 등 문장은 당시 조선문단풍토를 보여주고 있다. 이런 글들에는 이광수, 김동인, 염상섭, 이효석, 유진오, 이무영, 김남천, 한설야, 이기영 등 작가와 그 작품들을 몇 글자씩 나마 소개되어있고 신문학이 후의 조선문단 사조에 대해서도 나름대로 간단히 평가하고 있다.

당시 조선의 자연풍토뿐만 아니라 문학풍토에 대해서 전혀 모른다고 해도 과언이 아닐 정도의 중국 독자들에게 있어서『조선의 봄』은 희귀한 창구가 아닐 수 없었다. 거의 유일한 창구였다고도 할 수 있다.

이 책은 1946년 7월,『조선풍경(朝鮮風景)』이라는 제목으로 상해영상인서관(上海 永祥印書館)에 의해 개명 출판되었고 1948년 1월 제2판이 출간 되었을 뿐만 아니라 중화인민공화국이 탄생된 후 1950년 1월 제3판이 출간되었다. 1943년 1월에 출간된『조선의 봄』의 책표지에 일본의 후지산을 방불케 하는 풍경이 그려져 있다면 1950년 1월에 출간된『조선풍경』의 책표지에는 멋진 농촌 풍경이 그려져 있다. 주목하지 않을 수 없는 것은 이 책의 앞표지 뒷면에『조선풍경』에 대한 안내문이 첨부되었다는 것이다.

향토문학의 수려한 필치로 조선의 인물성격과 산해경색(山海景色)을 상세하고 생동하게 묘사한 것은 다름 아닌 조선 좌익작가 장혁주의 이 시대의식이 충만된 "조선풍경"이다. 작가는 간결하고 예리한 문장으로 조선인민의 해방직전의 고난을 지면에 리얼하게 보여주었다. 이는 하나의 처절한 독백이고 진실한 고소이며 참혹한 선언이다.[11]

위 안내문에서 보다시피 1950년에 출간된 『조선풍경』은 작가가 좌익작가라는 타일틀로 단순히 조선의 인문 자연풍경을 묘사한 글이 아닌, 광복 전 조선의 고난을 폭로하고 고소한 글로 수용하고 있다. 『조선풍경』을 이렇게 소개 평가하게 된 것은 무엇보다 초판인 『조선의 봄』에 수록된 역자의 「전기(前記)」에서 비롯된 것이 아닌가 싶다.

봄이 도래할 때면 땅속에 칩거하던 일체 숨겨진 힘들은 모두 대지위에서 생동한 변천을 보여줄 것이다. 생의 숨결은 암흑과 기와와 죽음을 몰아내고 정적을 깨뜨려 활기차게 하며 시든 것을 생기가 넘치게 할 것이다. "인간 세상의 봄"은 얼마나 사랑스러운가!
하지만 조선의 봄은 어떠한가? (…중략…)

문예작품은 마치 한 방울의 미세한 황산과 같이 두툼한 헝겁 층을 침투할 수 있다. 문예작품은 더욱이 미세한 바늘처럼 사람들의 피부를 가볍게 찌르면서도 그 아픔이 사람들의 마음속까지 파고들 수 있다. 이 책의 작가는 바로 이런 방법으로 사람들을 감동시킨다. 그는 솔직함과 정열과 사랑을 독자들에게 선물하고 정열적인 필치로 조선의 미래의 봄날을 강력하게 암시하였다![12]

---

11 張赫宙 著, 范泉 譯, 『朝鮮風景』, 上海 : 永祥印書館刊, 1950年 1月 三版.
12 張赫宙 著, 范泉 譯, 「前記」, 『朝鮮春』, 上海 : 文星出版社, 1943年 1月 出版, 2쪽.

「전기」에서 조선은 지금 칩거하는 생명체와 같지만 나중엔 생기 넘치는 봄날을 맞이할 것임을 확신하고 있다. 이 「전기」는 상해영상인서관에서 『조선풍경』으로 개명 출간할 때 삭제되었는데 1950년에 출간할 때 상기한 안내문을 첨부하여 그 의미를 보다 크게 부여하고 있다. 초판 『조선의 봄』이든 제3판 『조선풍경』이든 모두 이 수필집을 진보적 경향의 작품으로 광복 전 조선시대 상황을 이해할 수 있는 창구로 수용하고 있다. 또한 작가 장혁주는 프로작가 또는 그 경향을 지닌 작가로 긍정적인 시선으로 평가하고 있다. 주지하는바 원문 『나의 풍토기』는 일본어로 창작하고 일본에서 출간된, 피식민자 작가의 능동성과 피동성이 혼합된 숙명적인 한계를 안고 있는 작품이다. 할진대 중국에서의 이와 같은 수용 양상은 작가 장혁주는 상상도 하지 못하였을 것이고 실제로 원작품의 의미보다 파생된 의미와 영향력이 더 커졌다고 할 수 있다. 이는 장혁주와 그 문학을 전면적으로 평가함에서 있어서 유의하지 않을 수 없음을 말해 준다.

초판 『조선풍경』이 출간되기 바로 직전인 1946년 4월, 당시 중국의 유명한 출판사의 하나인 상해 영상인서관에서 장혁주의 단행본 『흑백기(黑白記)』[13]를 번역 출간하였는데 이 출판사는 『흑백기』 출간 3개월 만에 『조선의 봄』을 『조선풍경』으로 개명하여 출간하였다. 이는 당시 중국에서의 장혁주의 문학위상을 잘 방증해준다.

『흑백기』는 장혁주가 고전소설 『흥부전』을 『フンブとノルブ』이라는 제목으로 동화로 개작하여 일본어로 발표한 것을 다시 중국어로 번역한 것이다. 역자 범천(본명은 徐煒)은 서문 「제기(題記)」에서 번역 동기를 이렇게 밝히고 있다.

---

13 張赫宙 著, 范泉 譯, 陳烟橋 揷圖, 『黑白記』, 上海 : 永祥印書館, 1946年 4月 出版.

아래의 이야기에는 이름이 흑보라는 사람과 백보라는 사람이 등장한다. 그들은 형제 사이이지만 개성은 흑과 백으로 완전히 다르다. 이런 부동한 성격으로 하여 많은 감동적인 이야기가 벌어지게 된다. 우리는 이 이야기를 읽으면서 무엇이 가증스러운 미움이고 무엇이 위대한 사랑인가 하는 것을 알게 된다.

이 이야기는 제일 먼저 칭기즈 칸의 고향 우리 중국의 북부 몽고에서 생겨났다. 몽고시대에 전해질 때의 제목은 '바가지 타는 처녀'(주1, 바가지는 덩굴식물의 일종인데, 열매가 마치 조롱박 같지만 하나의 단독적인 원형열매이다. 아직 알맞은 역명이 없기에 이 책에서는 모두 음역하였다.)이었는데 조선의 고려시대에 조선에 전파되면서 이야기 내용이 보충되어 복잡하고 아름다운 작품 『흥부전』으로 변하였다.

(…중략…)

현재 일본어로부터 다시 중국어로 번역하였는데 이는 우리 조국의 원래 유산을 오랜 세월 이후, 장기간의 보존과 몇 차례의 수정을 거친 후, 다시 외국으로부터 되돌아오게 된 셈이다. 이 이야기는 우리의 것이고 우리 몽골인 조상들이 피로써 창조해 낸 것이다.

중국독자들로 하여금 이해하기 쉽게 하기 위해 역자는 일본어의 제목을 이야기에 나오는 인물들의 성격에 근거하여 중국의 습관적인 인명 즉 백보와 흑보로 개칭하였다. '기'자의 뜻은 『흥부전』의 '전'와 같은 뜻이다. 이렇게 『흑백기』가 중국독자들 앞에 나타나게 되었다.[14]

역자는 무엇보다 『흥부전』의 주제가 권선징악을 선양한 것이기에

14 　原作: 朝鮮 張赫宙 翻譯者 范泉, 『黑白記』, 上海: 永祥印書館, 1946年 4月 初版, 2~5쪽.

선정하게 되었고 그 다음 『흥부전』이야기의 원형은 칭기즈 칸 시대에 몽골족들에 의해 창작된 것으로 이는 중국의 문화유산이기에 중국에 도로 찾아와야 한다는 데서 선정 번역하게 되었음을 명확히 밝히고 있다. 뿐만 아니라 번역할 때 중국의 인명습관과 표기습관에 맞추어 주인공의 이름과 작품 제목을 개칭한다는 번역자세도 명확히 보여주었다. 여기서 역자가 우연이 아닌 목적의식적으로 이 작품을 선정 번역하였음을 쉽게 알 수 있다.

실제로 『흑백기』는 책 앞표지에 장편동화집라고 작품의 장르를 명확히 밝혀 놓고 그 내용을 16장으로 나눠 매 장 마다 소제목을 달아놓음과 동시에 진인교의 삽화를 한 폭씩 삽입하였다. 중국에서는 『흑백기』를 단순히 고전소설 『흥부전』의 개작이 아닌 내용부터 형식에 이르기까지 온전하게 전래동화로 수용하였음을 잘 보여준다.

『흑백기』는 1948년에 중판할 때 제목을 다시 『복보와 놀보(福寶和諾羅寶)』로 개명하였다고 하는데 필자는 아직 확인하지 못한 상황이다. 여하튼 『흑백기』는 1930년대 중국의 조선 설화, 동화집의 출간 바통을 1940년대까지 이어놓은 유일무이한 동화집일 뿐만 아니라 중한 양국 간의 유구한 문화교류를 실증해주는 역할도 하였다고 본다.

4. 나오며

20세기 전반기 중국에서의 장혁주 작품 번역 양상은 제일 활발하였을 뿐만 아니라 작가 장혁주에 대한 평가와 그 문학이 끼친 영향 또한 제일 독보적이었다.

호풍은 일찍 1930년대에 장혁주를 통해 "조선신문학운동은 중국보다 10년 일찍 시작되고 허다한 신구작가들을 배출하였을 뿐만 아니라 몇 가지 부동한 유파를 형성하였다"[15]는 것을 알게 되었음을 밝혔고 1990년대에 출간한 자서전에서도 장혁주에 대해 필묵을 아끼지 아니하였다.

> 그때 나는 장혁주가 혁명작가가 아니라는 것을 확실히 몰랐다. 그가 어떤 작가든 지를 막론하고 나는 다만 그의 작품만 보았다. 작품이 빈궁한 인민들을 동정하고 압박 착취자를 반대한 것이면 나는 곧 투쟁에 유리하다고 인정하고 응당 그 작품을 얻기 힘든 교재로 삼아야 한다고 생각하였다. 그때 그런 상황 하에서 이런 작품을 얻을 수 있었다는 것은 너무나 쉽지 않은 일이었다.[16]

20세기 전반기에 장혁주가 친일작가였음을 알지 못한 상황에서, 당시 일본어로 번역된 한반도 프로문학작품이 극히 적었던 상황에서 장혁주의 「산영」을 비롯한 소설을 선택 번역한 것이다. 역자 호풍이 단순히 개인의 취미나 애호에서가 아닌 당시 중국프로문학관에 입각하여 한국 프로문학 내지 프로문학동반 작품을 주목하고 공감하여 이를 중국프로문학에 수용 이입하고자 하였다고 할 수 있다. 당시 중국에서는 장혁주를 프로작가로 평가 수용하였다는 것은 분명한 사실이라고 하겠다.

---

15 胡風譯, 「서」, 『山靈―朝鮮臺灣短篇小說集』, 上海文化生活出版社, 1936年 4月, 1쪽.
16 『胡風自傳』, 江蘇文藝出版社, 1996年 6月, 46~47쪽.

1940년대 "만주국"의 평론가 극명(克名)은 「조선단편소설선」이라는 논평에서 이렇게 쓰고 있다.

만주에서 〈춘향전〉을 소개한 후부터 장혁주라는 이름은 많은 사람들의 마음속에 자리 잡게 되었고 조선문학의 수준은 놀라울 정도로 높다고 할 수 있다. 예전에 우리가 관찰한 조선 문화계는 다만 칠흑같이 캄캄한 상황으로 이런 민족에게는 시인이나 작가가 한 명도 나타날 수 없을 것 같았다. 마치 러시아 문학의 위대한 빛을 발견하기 전에 사람들이 러시아에 그처럼 찬란한 문화가 있는 것을 생각지 못한 것과 같다. 조선, 더욱이 조선의 문화는 일찍 사람들로부터 홀시되어 있었다.[17]

이 소설들을 본 후에는 그 누구도 예전의 안광으로 백의(白衣)의 사람들을 보지 않을 것이다. 백의의 사람들, 그들의 영혼, 그들의 피는 그 어느 것도 백색인들 보다 못한 것이 없다. (…중략…) 만약 우리의 "고뇌의 상징"이 조선의 문화와 어깨 나란히 하는 정도로 승화한다면 우리의 구호는 비로소 헛되게 외치지지 않은 것으로 되고 우리나라는 비로소 문화가 있다고 할 수 있다.[18]

1940년대 전반기, 한국문학에 대해 전혀 모르고 있던 '만주국' 독자들은 희곡 〈춘향전〉 중국어 번역문을 통하여 작가 장혁주 뿐만 아니라 한국문학의 높은 수준도 알게 되었으며 이런 조선의 문화를 적극 수용해야 함을 밝히고 있다.

---

17 克名, 「朝鮮短篇小說(上)」, 『大同報』, 1941年 8月 5日자.
18 克名, 「朝鮮短篇小說(下)」, 『大同報』, 1941年 8月 8日자.

같은 시기 "만주국"의 유명한 평론가 진인(陳因)도 "우리가 조선작가를 읽을 때 그의 작품을 많이 알아야 한다"[19]고 하면서 장혁주를 한국 대표작가로 소개하고 있다.

『조선단편소설선』의 편집인도 「후기」에서 장혁주의 말을 빌려 중국독자들에게 당시 조선문단 상황을 소개하여 주었다.

> 조선 작가 장혁주는 그들의 30년간의 신문학 추이와 금일의 작가에 대해 이렇게 불만을 토로한 적 있다. "조선의 신문학은 이광수의 장편소설 무정』을 출발점이라고 하더라도 중화민국 신문학의 창시에 비하면 수 년 앞섰다. 하지만 중국의 문학은 노신 등 작가들로 인하여 세계적 작품으로 인정받고 조선문학은 여전히 저조의 영역에서 배회하고 있다." 그는 또 이렇게 말하였다. "경성문단의 작가들로부터 비난을 받게 될 것임을 알고 있지만 당시 조선문학에 불만스러운 나는 부득이 이렇게 말하지 않을 없다."
>
> 이 말에서, 아니 우리는 실제적인 연구에 의하면 이는 결코 졸렬한 기교 또는 저조한 의식이 그들의 진로를 방해한 것이 아니라 다른 원인이 있지 않은가 싶다.[20]

중국 독자들은 장혁주를 통하여 한국 현대문학은 중국 현대문학 보다 일찍 시작되었지만 그 발전이 중국에 비하여 너무나 낙오되어있음을 알게 되고 또한 그 원인은 단순히 작가의 기교나 의식수준의 미달 때문이 아니라는 것을 암시 받고 있다.

『조선의 봄』의 번역자 범천도 '장혁주 씨는 조선의 현대 소설가이며

---

19 陳因, 「朝鮮文學署評－朝鮮短篇小說選」, 『盛京時報』, 康德8年(1941年) 10月1日자.
20 編者, 「后記」, 王赫 編, 『朝鮮短篇小說選』, 新時代社, 1941年 7月, 117～118쪽.

그의 작품은 이미 중국에 소개되어' '중국 독자들에게 있어서는 결코 낯설지 않을 것이다'[21]라고 평가하고 있다. 중국에서는 장혁주가 조선 현대문학 작가로 널리 알려졌음을 말해준다.

범천은 『흑백기』의 머리말 「제기(題記)」에서는 이렇게 쓰고 있다.

> 『흥부전』은 조선의 사람들을 위하여 씌어졌기에 조선 고대의 풍속과 인정이 짙게 배어있다. 이는 기타 나라의 독자들로서는 이해하기 어려운 것이다. 하여 이 책의 작가 장혁주 씨는 『흥부전』에 근거하여 진지하게 다시 개작한 것이 일본어 『복보와 놀보(福宝和諾羅宝)』(주해 2, 놀보는 형 이름이고 복보는 동생 이름임)로 되었다. 『복보와 놀보』는 조선 고대의 풍속과 인정을 삭거하여 조선을 제외한 각국의 독자 모두가 이 이야기 내용을 감상할 수 있도록 하고 이야기 주제를 이해할 수 있게 하였다.[22]

장혁주는 한국 고전문학 작품을 개작하여 세계 각국에 적극 소개하는 한국문학 해외전파자로도 평가하고 있음을 알 수 있다.

요컨대 20세기 전반기 중국에서 장혁주의 소설은 한국 프로문학 대표작으로, 희곡작품은 한국 근대극의 양상을 보여준 작품으로, 수필작품은 한국의 자연 인문 풍토 및 문예풍토를 보여준 풍토기행작품으로, 동화작품은 세계문학과의 교류 양상을 보여준 장편동화로 번역 수용되었다. 1950년까지 중국에서는 장혁주의 작품을 통해 한국문학과 한국 자연 인문 풍토를 알게 되었다고 해도 과언이 아닐 것이다. 따라서 작가로서의 장혁주는 한국 프로문학 내지 현대문학 대표작가로, 한국

---

21 張赫宙 著, 范泉 譯, 「前記」, 『朝鮮春』, 上海 : 文星出版社, 1943年 1月 出版, 1쪽.
22 張赫宙 著, 范泉 譯, 「題記」, 『黑白記』, 上海 : 永祥印書館, 1946年 4月 出版, 4쪽.

문학과 자연 인문 풍토 전파자로 평가되며 20세기 전반기 중국의 한국 문학번역사상 양 질 양면으로 가장 뛰어난 독보적, 진보적 작가로 자리 매김하였다. 이는 같은 시기 한국문단과 일본문단에서의 장혁주의 문학 위상과는 전혀 다른 양상이었다.

마지막으로 1949년 중화인민공화국의 탄생, 1950년대 초 한반도 정세의 급변과 세계 냉전체제의 형성 그리고 중국의 한국어 번역 인재의 육성과 배출 등 제 원인으로 인하여 장혁주와 그의 작품은 1950년대 중반부터 한국문학번역 시야에서 가뭇없이 사라졌음을 부언한다.

참고문헌

1. 단행본 및 논문

김지영, 「장혁주 일본어소설 연구」, 국민대 박사논문, 2011.

민병욱, 「장혁주의 일어체 희곡 '춘향전' 연구」, 『한국문학논총』 제48집, 2008.

申媚三, 「张赫宙 小说 研究-'타자의 주체화'로의 과정을 중심으로」, 영남대 석사논문, 2005.

윤미란, 「장혁주 문학 연구-'조선'을 소재로 한 작품을 중심으로」, 인하대 박사논문, 2012.

진영, 「'흑백기'와 '흥부전'의 비교연구」, 『판소리연구』 제34집, 2012.

胡風 譯, 『山靈-朝鮮臺灣短篇小說集』, 上海文化生活出版社, 1936年 4月.

王赫 编, 『朝鮮短篇小说选』, 新时代社, 1941年 7月.

张赫宙 著, 范泉 译, 『朝鮮春』, 上海 文星出版社, 1943年 1月 出版.

_____, 陈烟桥 插图, 『黑白记』, 上海 永祥印书馆, 1946年 4月.

_____, 『朝鮮风景』, 上海 永祥印书馆刊, 1950年 1月 三版.

『胡風譯文集』, 人民文學出版社, 1986年 3月.

『胡风自传』, 江苏文艺出版社, 1996年 6月.

『大众文艺』, 1935年5月, 第2卷 第4期.

『藝文志』(月刊滿洲社, 滿洲文藝家協會 編輯) 창간호, 1939.6.

『新潮』 5-3, 1938년 3월.

克名, 「朝鮮短篇小說(上, 下)」, 『大同報』, 1941年 8月 5日, 8日.

陳因, 「朝鮮文學署評-朝鮮短篇小說選-」, 『盛京時報』, 康德8年(1941年)10月 1日.

김산, 동아시아의 혁명적 실천, 그리고 '문제지향적 증언서사'

고명철

1. 문제제기

김산(본명 張志樂, 1905~1938)과 님 웨일즈(본명 Helen Foster Snow, 1907~1997)가 함께 작업하여 출간한 『아리랑』[1]이 우리에게 준 충격은 일반

---

[1] 김산·님 웨일즈 공저 『아리랑』은 1941년 미국에서 *Song of Arian*으로 첫 출간되었고, 한국에서는 『신천지』 잡지에 1946년 10월호부터 1948년 1월호까지 총 13회 동안 신재돈 역으로 연재되다가 중단되었다. 일본에서는 1953년 7월 안도지로(安藤次郎)의 일본어 번역으로 님 웨일즈 단독저서로 출간되었고, 1965년에는 개정판이 그리고 1973년에 일본어로 새로 번역돼 이와나미 서점에서 출간되면서 비로소 님 웨일즈와 김산이 공저한 온전한 모양새를 갖추었다. 그 후 『아리랑』은 이와나미 선정 '세계명작 100선'에 선정된 스테디셀러로 대중성을 확보하게 된다. 홍콩에서는 1977년 중국어로 번역 출간되었고, 중국에서는 1986년 연변역사연구소가 『백의동포의 영상』이란 이름으로 조선어 번역으로 출간되었으며, 1993년에 이르러 중국어 번역본이 출간되었다. 미국에서는 1973년에 재출간되면서 동양학 관련 필독서로 자리하고 있다. 한편 한국에서는 1984년에 이르러 조우화가 님 웨일즈 단독 『아리랑』을 번역 출간하였는데, 이후 1993년 개정 2판에서 님 웨일즈와 김산의 공저로 출간되었고, 2005년 개정 3판에서 비로소 번역자의 본명인 송영인 이름으로 출간된다.

대중뿐만 아니라 지식인에게 그동안 사각지대에 있었던 피식민지 조선인 혁명가가 중국 혁명의 현장에서 어떠한 활동을 했는지, 그 격동의 시대를 온몸으로 살아간 삶의 숭고성에 전율하도록 한다. 그리하여 『아리랑』에 대한 주류적 논의가 정치역사학적 측면에서[2] 시작된 이래 최근 문학적 측면에서도[3] 논의의 영역을 확장시키고 있다.

그런데 이러한 논의를 지켜보면서 매우 기초적이면서 쉽게 간과해서는 안 될 사안이 있다. 우리가 이 글에서 논의 대상으로 삼는 『아리랑』은 "님 웨일즈가 말한 대로 『아리랑』은 김산의 '암호 일기'를 바탕으로 쓰여졌다. 이 '일기'를 기초로 해서 두 사람은 공동 작업을 했다. 즉 김산은 말하고 님 웨일즈는 끈질기게 질문을 계속해 그 내용을 노트 7권 분량으로 정리한 뒤, 일체의 픽션을 포함하지 않는 자신의 문체로 완성한 것이다."[4] 이와 관련하여, 님 웨일즈는 "김산의 구술을 받아쓰는 동안에 김산에게 들은 것들"[5]인데, "그 경험을 뛰어난 설화의 정신과 형식으로 이야기할 수 있다는 것"(47쪽)이고, "그의 이야기를 읽기 쉬

---

2   로버트 스칼라피노・이정식, 한홍구 역, 『한국공산주의 운동사』, 돌베개, 2015; 안승일, 『비운의 혁명가들』, 연암서가, 2014; 김학준, 『혁명가들』, 문학과지성사, 2013; 윤무한, 「역사 속으로 생환된 『아리랑』의 김산, 그 불꽃의 삶」, 『내일을 여는 역사』, 2007 가을; 조철행, 「김산, 자신에게 승리한 혁명가」, 『내일을 여는 역사』, 2002 겨울; 박종성, 「김산의 혁명사상 연구―유산된 혁명의 정당성은 옹호될 수 있는가?」, 『사회과학연구』 8집, 1995.

3   박재우・김영명, 「김산의 작품과 그 사상의식 변주 고찰」, 『중국문학』 78집, 2014; 이해영, 「근대 초기 한 조선인 혁명가의 동아시아 인식」, 『한중인문학연구』 27집, 2009; 이원규, 『김산 평전』, 실천문학사, 2006. 이것과 별도로 김산의 부분적 생애를 소설 창작으로 접근한 정찬주, 『조선에서 온 붉은 승려』, 김영사, 2013 및 한홍구, 「김산, 못다 부른 아리랑」, 『황해문화』, 2013 여름호 등이 있다.

4   이회성・미즈노 나오끼 편, 윤해동 역, 『아리랑 그 후』, 동녘, 1993, 26~27쪽.

5   김산・님 웨일즈, 송영인 역, 『아리랑』(개정 3판), 동녘, 2015, 49쪽. 이후 이 글의 본문에서 『아리랑』의 부분을 인용할 때는 별도의 각주 없이 본문에서 (쪽수)를 표기한다.

운 영어로 고칠 필요가 있을 때를 제외하고는 필자의 해석을 가하지 않고 김산 자신이 말한 대로 썼다"(50쪽)는 사실을 뚜렷이 밝힌다. 여기서 중요한 것은『아리랑』이 님 웨일즈에 의해 기록된 것은 분명하되 그 과정에서 김산의 기억에 바탕을 둔 구술이 핵심 역할을 하고 있다는 점이다. 그래서『아리랑』을 논의할 때 기록의 측면만을 중시한 연구는『아리랑』안팎을 이루는 정치역사적·문학적 진실을 자칫 평면화·균질화·도식화할 수 있다. 여기에는 래디컬하게 성찰해야 할 문제의식이 있다.『아리랑』을 주목하면서 도출해낸 연구 성과의 대부분이,『아리랑』을 김산이 활동하는 시대의 역사 — 중국 혁명에 대한 중국인 바깥의 입장, 중국에서 치열히 활동한 조선인 항일투쟁가의 현실 등 — 를 해석하는 보조자료의 일환이든지, 기록문학 혹은 르뽀문학의 차원으로 접근하여 김산이라는 한 인물을 해석하는 전기(傳記)자료의 일환으로 인식하는[6] 것은『아리랑』을 '재현적 서사(the reprsentative narrative)'로만 이해하고 있기 때문이다. 이것은『아리랑』의 핵심이 김산의 기억에 기반을 둔 구술의 기록, 즉 구술사(口述史, oral history / 口述事, oral affair)의 측면을 간과한 것이다.[7]『아리랑』이 동아시아를 벗어나 세계인들의 감

---

[6]　각주 3의 김산에 대한 논의들은 그동안 문학적 측면에서 활발하지 못한 연구 동향을 고려할 때 선행 연구로서 의의를 갖는다. 그런데 선행 연구가 김산과『아리랑』을 기록문학 또는 르뽀문학의 차원에서 논의를 진행시킨 것은 아니되, 김산의 연대기를 고려하여 발표한 문학작품(시와 소설)을 대상으로 사상의식의 흐름을 살펴본 것(박재우·김영명)과,『아리랑』을 중심으로 김산이 보여준 혁명가의 인식을 동아시아의 측면에서 살펴본 것(이해영)은 결과론적으로 기록문학과 르뽀문학이 그렇듯이 김산의 일대기적 측면을 논의의 핵심으로 삼은 만큼 기존 선행 연구가 김산의 삶과 문학에 대한 '재현'에 초점을 둠으로써 보다 긴요하고 풍성한 논의거리를 평면화·단순화 시키는 문제점을 낳는다. 여기에는 정찬주와 한홍구의 소설적 접근 역시 대동소이하다.

[7]　'문제지향적 증언서사'에서 화자의 기억은 대단히 중요한 위상을 부여받는다. "기억은 그 이름으로 세워진 살아있는 사회들이 낳은 생명체다. 기억은 영위한 진화 속에

명을 얻는 데에는 기록성에 비중을 둔 '재현적 서사'의 힘이 아니라, 『아리랑』이 님 웨일즈에 의해 저절로 씌어질 수밖에 없는, 김산의 삶의 뿌리와 촉수를 건드리는, 그 세밀하고 아름다운 김산의 구술성이 작동하는 '문제지향적 증언서사(the porblematic testimony narrative)'의 힘에 기인한다.

이 '문제지향적 증언서사'는 『아리랑』처럼 구술성이 막중한 역할을 담당하는 서사물을 이해하는 데 매우 생산적 논의거리를 제공한다. 김산이 님 웨일즈에게 당부했듯이 김산의 구술은 그가 일부러 왜곡을 하지 않는 한 사실에 충실한 것이어서 자칫 그의 구술 때문에 심각한 피해를 입을 수 있는 혁명 동지들을 보호해야 한다는 것인데, 그의 이러한 당부에서도 확연히 알 수 있듯 님 웨일즈와의 인터뷰 속에서 그가 얼마나 자신의 과거와 현재 그리고 미래를 총체적으로 염두에 둔 구술인지 알 수 있다. 때문에 김산의 스물 두 차례에 걸친 구술은 매회 중국의 험난한 혁명의 현장과 마주하는 가운데 정열적이고 냉철한 혁명 안팎의 문제를 치열히 사유하려는 '문제지향적 증언서사'의 산물이다. 무엇보다 김산에게 조선과 중국은 모두 근대의 온전한 국민국가를 형성하지 못해 혁명이 완수돼야 할 처지에 있는바, 김산의 구술이 지닌 '문제지향적 증언서사'가 조선과 중국이 이뤄야 할 그러면서 지속적으로 추구해야 할 근대 국민국가의 정치체(政治體)와 혁명의 가치를 모색하게 한다는 점에서 의미심장하다. 말하자면 김산의 '문제지향적 증언서

있고, 회상과 망각의 변증법 속에 있으며, 계속적인 변형을 의식하지 못하고, 조작되고 이용되기 쉽고, 오랫동안 잠재해 있다가 주기적으로 되살아나기 쉽다. 기억은 영원히 실제적인 현상이며, 우리를 영원한 현재에 매어주는 끈인 반면, 역사는 과거의 재현이다."(피에르 노라, 「기억의 장소들」, 윤택림 편역, 『구술사, 기억으로 쓰는 역사』, 아르케, 2010, 124쪽)

사'는 20세기 전반기 동아시아 혁명의 파고(波高) 속에서 자신의 전존재를 내걸고 추구해야 할 조선과 중국의 근대, 더 나아가 동아시아의 근대를 향한 해방운동과 결부돼 있다. 때문에 이 해방운동은 구미중심주의에 기반을 둔 근대와 마땅히 구분되어야 한다. 그렇다면 기록성에 기반을 둔 '재현적 서사'가 허구든지 비허구든지 구미중심주의를 지탱하고 있는 근대의 국민서사와 밀접한 연관을 맺고 있음을 고려해볼 때,[8] 앞서 기존 연구에 대해 래디컬한 문제를 제기한 것처럼『아리랑』을 '재현적 서사'의 측면에서 논의하는 것은 김산의 혁명뿐만 아니라 김산과 직간접 관계를 맺고 있는 조선과 중국의 혁명을 외형상 구미중심주의가 정초한 근대와 공모하는 것으로 귀착될 수 있다.

따라서 우리가『아리랑』을 논의할 때 경계해야 할 것은 '재현적 서사'에 치중한 연구가 초래할 수 있는 구미중심주의와의 공모다. 이 점을 염두에 둘 때,『아리랑』의 구술성에 기반한 '문제지향적 증언서사'는『아리랑』뿐만 아니라『아리랑』에서 미처 구술하지 못한 부분을 나중에 님 웨일즈가 보완한 것을 정리해서 펴낸『아리랑』2,[9] 재일조선인 이회성과 김찬정 및 일본인 연구자 미즈노 나오끼가 님 웨일즈와 대담한 것을 공동으로 펴낸『아리랑 그 후』,[10] 재미동포 연구자 백선기가 그의 시각에서 미진한 부분을 보완하여 출간한『미완의 해방 노래』,[11] 그리고 방송의 시각에서 탐사한 김산에 대한 다큐멘터리[12] 등을 종합적

---

8   호미 바바,「디세미-네이션－시간, 내러티브, 그리고 근대국가의 가장자리」, 호미 바바 편저, 류승구 역,『국민과 서사』, 후마니타스, 2011, 453~509쪽 참조.
9   님 웨일즈, 편집실 역,『아리랑』2, 학민사, 1986.
10 이회성・미즈노 나오끼 편, 앞의 책.
11 백선기,『미완의 해방 노래』, 정우사, 1993.
12 〈나를 사로잡은 조선인 혁명가 김산〉, KBS 스페셜, 2005.7.30 방송 및 〈다시 찾은 아리랑, 비운의 혁명가 김산〉, 히스토리 채널 TV, 2002.9.5 방송.

으로 고려한 논의를 요구한다. 다시 말해 『아리랑』과 이 서사물들은 서로 개별적으로 자족성을 띠는 게 아니라 서로 중층적으로 포개지고 간섭하고 횡단하면서 미완결 상태의 도정에서 생동감 있게 전개되는 동아시아의 혁명을 실천하는 '문제지향적 증언서사'로서, 우리에게 낯익은 구미중심주의의 '재현적 서사'와 다른 근대의 과제를 수행한다.

이제 우리는 이러한 '문제지향적 증언서사'의 맥락에서 피식민지 조선인 혁명가 김산이 꿈꾸던 혁명적 실천과 그 문제의식을 살펴보기로 한다.

2. 혁명가의 '자기갱신'을 일궈내는 죽음과 사랑

혁명가들이 그렇듯이 김산 역시 혁명가로서 극심한 성장통(成長痛)을 겪는다. 그는 일본 제국주의에 국권을 빼앗긴 채 중국에서 무정부주의와 민족주의 그리고 공산주의의 이념 속에서 중국 혁명을 위한 전위로서 치열한 삶을 살았다. 물론 혁명가 김산의 삶은 중국 공산주의와 매우 밀접한 연관을 맺고 있다. 비록 연안에서 그의 최후의 삶이 그가 그토록 신뢰했고 자신의 전존재를 걸었던 중국 공산당으로부터 일본의 특무(特務)라든지 트로츠키주의자라든지 이립삼(李立三)주의의 혐의를 받더니 결국 만주로 파견 가는 도중 강생(康生, 1898~1975)에 의해 비밀 처형을 당하지만 죽기 전까지 그는 항일 반제국주의와 분리할 수 없는 중국 혁명에 대한 기대와 믿음을 저버리지 않았다. 그렇기에 중국 혁명에 동참하는 과정에서 참담한 패배와 온갖 난경을 경험하면서도 초인적 의지로 폐허가 된 자신의 영혼과 육신을 일으켜 세운 것이다.

나는 내 인생에서 오직 한 가지를 제외하고 모든 것에서 패배했다. 나는
나 자신에게만 승리했다.(20쪽)

김산의 이 간명한 구술은 피식민지 조선인 혁명가의 현존을 단적으
로 보여준다. 그리고 피상적 차원에서 '혁명가'를 감싸고 있는 영웅에
대한 낭만적 관념을 준열히 질타한다. 모든 것에 패배했지만 자신에게
만 승리했다는 이 구술 전언이 갖는 진실은 무엇일까. 리영희는 이에
대해 혁명이 실패할 가능성이 많고 험악하면서도 참혹한 현실과 미래
앞에서 조금도 굴하지 않는 한 혁명가의 순수의지와 자기희생이 보여
주는 인간의 삶의 극치를 김산에게 발견한다.[13] 그런데 이러한 인간의
삶의 극치는 저절로 이뤄지는 것이 결코 아니다. 혁명가는 세계로부터
주어진 것이 아니라 세계와 곤혹스레 대면하는 과정에서 비루할 대로
비루한 현실의 낮은 곳에서 낯익은 자기에 대한 부정과 부단한 성찰 속
에서 갱신의 고통을 극복해야 한다. 그래서 혁명가는 극심한 자기혐오
와 자기파괴를 두려워해서 안 된다. 혁명가로서 자기갱신을 위한 '승
리'의 지경에 이르기까지 철저한 자기혐오와 자기파괴를 통한 '패배'를
기꺼이 감내해야 하는 것이다. 이것이 혁명가로서 쉼없이 담금질하고
벼려야 할 혁명의 자기윤리다.

김산에게 이러한 혁명가로서 자기윤리를 획득하는 계기는 죽음의
세계를 대면하는 데서 여실히 알 수 있다. 이와 관련하여 우선, 김산의
구술사에서 주목해야 할 대목이 있다. 김산이 참여한 '광저우 무장봉
기'(1927)[14]가 장개석의 국민당 백군에 의해 진압되고 하이루펑 소비에

---

13 〈나를 사로잡은 조선인 혁명가 김산〉, KBS 스페셜(2005.7.30)에서 리영희가 언급한
    내용을 필자가 핵심적으로 정리했다.

트로 혁명의 거점을 옮긴 김산은 하이루펑 혁명재판소의 위원 활동을 하는 동안 농민들이 지주계급을 반혁명적인 적대세력으로 간주하여 무참히 죽이는 행위를 보고 극심히 고뇌하며 혁명가로서 죽음에 대한 자기결단의 윤리의식을 갖는다. 김산은 소비에트 지역에서 혁명의 주체인 농민이 반혁명 지주계급과 국민당에 기생하는 기생분자를 대상으로 한 가혹한 죽음을 처벌로 하는 것에 대해 고뇌하지 않는다. 대신 농민의 처벌 방식이 지주계급 못지 않게 무참한 지옥도(地獄圖)[15]가 눈 앞에 펼쳐지는 것과 다를 바 없는 "오직 인간적인 복수일 뿐" "패자는 죽어야만 하고 승자는 살아남을 수가 있는"(265쪽) 정글의 논리로 비쳐지기 때문에 고뇌한다. 하지만 이러한 김산의 고뇌는 동료 혁명가와 농민들의 만남 속에서 혁명의 기율인 '계급적 정의'의 가치를 재발견함으로써 혁명의 "내전에 참가하여 싸우는 사람은 이런 일들을 견뎌낼 수 있도록 각자 자기의 철학을 만들어내야 한다. (…중략…) 지배계급은 학살을 시작하였다. 그들은 수세대에 걸쳐서 살육을 해왔던 것이다. 우

---

14 "광주봉기는 대혁명 실패 뒤 중국공산당이 광주의 혁명적 인민을 지도해 일으킨 도시 무장 폭동이다. 무장 봉기에서 조선 동지는 중국의 노동자, 혁명 병사와 생사를 같이 해 영웅적으로 싸우다 피를 흘리며 죽어가며 감동적인 국제주의의 찬가를 불렀다. (…중략…) 김산(전 교도단 번역관)은 엽정의 군사 참모를 맡았다. (…중략…) 광주봉기에서 보여진 조선 동지의 혁명적 영웅주의와 국제주의 정신은 중국 인민의 마음에 영원히 새겨져 있다."(「광주봉기에 참가한 조선 동지」, 『양성만보』, 1982.12.8; 이회성·미즈노 나오끼 편, 앞의 책, 99~102쪽 재인용)

15 김산이 구술한 이 부분에 기반하여 이원규의 『김산 평전』에서는 농민이 처형하는 장면이 그려지는데 그 한 대목은 다음과 같다 : "농민들은 그들(반혁명 지주계급-인용자)을 관처럼 생긴 나무상자에 넣고 뚜껑에 못을 박았다. 그리고는 두 사람씩 매달려 양쪽에서 밀고 당기는 커다란 톱으로 각각 두 군데를 썰기 시작했다. 허벅지와 가슴 부분이었다. 상자가 요동을 치고 비명이 울려나왔다. 상자 밑으로 피가 뚝뚝 떨어졌다. 그러나 농민들은 톱질을 그치지 않았고 토막 낸 시체들을 나무 위에 걸었다."(이원규, 앞의 책, 290쪽)

리는 그들 자신의 무기를 가지고 싸울 뿐이다"(267쪽)는, 혁명 과정에서 마주해야 할 반혁명분자의 죽음에 대한 결연한 자기결단의 윤리의식을 갈무리한다.

다음으로 주목해야 할 죽음의 대목이 있다. 혁명의 숱한 패배와 죽음의 공포를 견뎌낸 혁명가 김산은 조선인 혁명가 한위건의 불신과 모함으로 중국 공산당 당적을 박탈당한 채 동료들의 배신의 시선 속에서 절망과 분노로 그를 죽이려고 찾아간다.[16] 그를 죽이려고 독대한 자리에서 김산은 그의 눈에 고인 눈물을 보고, "그 눈물은 두려움에서 나온 눈물이 아니라 부끄러움과 후회의 눈물"(392쪽)로, 한위건을 향한 분노의 자리 대신 '지독한 슬픔'(392쪽)만이 남은 채 "나에게는 육체적으로도 그렇고 정신적으로도 나 자신을 죽일 힘밖에 남아 있지 않았다"(392~393쪽)고 고백한다. 그리고 김산은 자신의 숙소로 들어와 제 목숨의 불길이 사그라드는 것을 속수무책으로 기다린다. 자신을 모함하여 자신의 삶을 나락으로 빠지게 한 타자를 향한 살욕(殺慾)의 분노를 타자의 연민으로 전도시킨 김산의 '지독한 슬픔'은 타자뿐만 아니라 김산 자신의 삶을 향한 자기연민으로 순식간에 번졌다 해도 과언이 아니다. 그것은 극도의 궁핍한 환경에서 제 목숨의 기운이 꺼져가는 것을 실감하

---

16 김산과 한위건의 악연은 김산이 한위건을 중국 공산당원 자격을 심사하는 데 문제를 제기하면서부터 비롯되었다. 1928년 2월 일본 경찰에 의해 조선공산당 당원이 대량 검거되는 사건이 있었는데, 한위건은 이 검거를 피했다가 4차 조선공산당 중앙집행위원회의 검사위원장으로 임명된 후 곧 중국으로 망명하였다. 그 후 중국 공산당에 가입하려고 하였는데 김산이 이러한 한위건의 행적에 대해 석연찮은 문제를 제기하면서 공산당 가입이 보류되었다. 이러한 그들의 악연은 입장이 역전된다. 한위건이 1930년에 중국 공산당에 가입하여 이립삼 노선을 비판하고 당의 볼셰비키화를 주장하면서 이철부(李鐵夫)라는 가명으로 활발히 활동하는데, 김산이 중국 공산당 당적을 회복하는 것에 대해 두 차례에 걸친 일본 경찰의 체포와 고문 속에서도 무혐의로 석방된 것에 문제를 제기한다.

는, 즉 죽음의 기운이 스멀스멀 엄습해오는 것을 기꺼이 받아들이는 가운데 떠오른 조국의 아름다운 환영과 겹쳐지는 중국 혁명에 헌신한 김산의 삶을 향한 자기연민의 구술에서 헤아릴 수 있다. 한위건과 김산처럼 조국에서 혁명운동을 실천하지 못한 채 중국의 공산당원으로서 중국의 혁명에 혼신의 힘을 쏟을 수밖에 없어 중국 내에서 함께 혁명투쟁을 하면서도 불가피하게 생기는 혁명 노선과 혁명의 헤게모니에 따라 경쟁을 하고 그 과정에서 서로에게 상처를 줄 수밖에 없는 피식민지 조선인 혁명가의 서글픈 자화상을 김산은 한위건의 눈물로부터 마주한 것이다. 그래서 우리는 한위건을 향한 김산의 살욕이 이 같은 서글픈 자화상을 지닌 '지독한 슬픔'을 지닌 김산 자신을 향한 살욕으로 전도되는 대목에서 자기환멸과 자기파괴의 극단을 거쳐 갱신되어야 할 피식민지 조선인 혁명가의 숭고하면서도 엄숙한 자기위의(自己威儀)의 '문제지향적 증언서사'의 진실을 발견한다.[17]

이렇듯이 김산의 삶은 죽음을 대면하면서 자신에게 낯익은 세계를 주저없이 패배시키지만 그것에 두려워하지 않고 패배의 그 자리에서 또 다른 값진 승리, 곧 혁명가로서 자기갱신을 향한 '자기위의'의 윤리

---

17 이처럼 김산 자신을 향한 살욕을 극복한 이후 그는 보다 완숙한 혁명가의 자기세계에 이른다. : "이제 나는 학생이 아니었고 더는 혁명적 낭만주의자도 아니었으며, 당의 관료도 아니었다. 다년간에 걸친 힘든 혁명적 경험으로 무장되고 장차 올바른 지도자가 될 자격을 갖춘 하나의 성숙한 인간이었다. 나 자신의 문제들을 통하여 다른 사람들의 문제를 이해하게 되었다. 내 판단은 균형이 잡히고 건전하게 되었다. 감정에 흐르거나 이론에 치우치지 않고 정신적으로나 육체적으로나 투쟁의 확고한 배경을 갖는 실제적이고 현명한 인간이 되었던 것이다. 다른 사람들의 경우와 내 앞에 있는 문제들의 경우를 비교하면서 나 자신의 삶과 오류와 지혜를 음미하는 동안 나는 자신에 대하여 강력하고 흔들리지 않는 신뢰를 느꼈다. 그때 이후 나는 한 번도 이 신념을 잃어본 적이 없다. 나는 어떤 경우에도 결코 꺾인 일이 없는 용기와 힘을 지녔다. 그 어떤 것도 두렵지 않았다."(402쪽)

의식을 정립한다.

이와 함께 우리는 김산에게 간과하기 쉬운 혁명적 사랑을 주목해야 한다. 김산은 한때 남녀 간의 세속적 사랑을 혁명운동에 방해가 된다고 하여 일부러 거리를 두었다. 그가 존경하는 마르크시즘 이론가 김성숙이 중국 여인과 사랑에 도취되었을 때 노골적으로 김성숙을 비판한 것은 그 한 사례다.[18] 그러던 김산은 중국인 여성을 만나게 되는데 그녀와의 격정적 사랑 속에서 지금까지와 또 다른 차원의 혁명의 진실을 체험한다. 이것은 앞서 살펴본 죽음의 지옥도를 곤혹스레 통과하며 얻는 혁명의 진실과 전혀 다르다. 김산이 그토록 혁명에 장애물이 된다고 서슴없이 비판했던 부르조아적 취향의 사랑과도 전혀 다르다. 김산은 그녀에게서 "혁명은 하나의 추상물이 아닙니다. 살아 움직이는 인간으로 만들어지는 것이지요. 인간적인 요소가 대단히 중요합니다. 인간적 요소가 혁명에 유기적인 단결인 동지간의 충성과 더욱 커다란 책임을 부여해주는 것입니다."(320쪽) "당신의 속 좁은 이기심이 당신을 더욱 훌륭한 혁명가로 만들어주지는 않을 것입니다. 정말이에요. 그것은 당신의 개인생활 문제에 있어서 좌익소아병이 한 형태에 불과할 따름입니다. 그것은 자연스럽다기보다는 낭만에 더욱 가까워요"(321쪽)라는 비판을 들으면서 사랑이 함의한 혁명의 진실을 숙고하게 된다. 이렇게 김산의 첫사랑은 김산으로 하여금 사랑의 형식을 통해 좌익소아병자로서 좁고 폐쇄적이며 경직된 모습으로 비치는 혁명가의 사랑이 아닌 살아 있는 유기체로서 인간의 생동감 있는 정감이 흐르는 가운데 둘이면서 하나이고, 하나이면서 둘인, 남편과 부인 사이의 독특한 혁

---

18 이에 대해서는 정찬주의 장편소설 『조선에서 온 붉은 승려』(김영사, 2013), 184~194 쪽에서 잘 형상화돼 있다.

명의 공동체를 이룬다. 그러던 김산은 첫 사랑과 헤어진 후 또 다른 중국 여인을 만나 결혼을 하여 애를 낳고 가장으로서 집안의 생계를 책임지면서 동시에 혁명운동을 실천한다. 김산은 그녀로부터 "충성, 관용, 정직, 선량함"(444쪽)의 미덕을 적극적으로 발견하고 예전에 실패했던 가정을 다시 꾸리며 새 가족의 삶을 시작한다. 일본의 스파이 혐의를 받는 김산과 예전의 사회적 관계를 복원시키려고 하지 않는 현실에서 김산의 아내는 그를 향한 헌신적 사랑을 통해 김산으로 하여금 혁명운동에 정진할 수 있도록 한다. 비록 김산이 고백하듯이, "나에게는 나를 변화시키고 내게 영향을 줄 사람, 내 의지를 꺾고 내 의견을 비판해 줄 사람, 내가 옳을 때에는 지혜롭게 축하해주고 틀렸을 때에는 그 오류를 깨닫게 도와주는 사람이 필요했다. 내게는 강하고 뛰어난 사람이 필요했다"(455쪽)고 하는 인물이 김산과 가정의 인연을 맺은 이 여인이 아니지만, 김산이 자신의 혁명운동에서 중요한 결절점인 연안행[19]을 결심하여 알리는데 언제까지라도 김산을 향한 정절을 지키겠다고 하여 그의 엄숙한 자기결단을 보증한다는 점에서 그녀 또한 혁명가의 아내로서 혁명을 실천하는 셈이다.

이처럼 김산에게 사랑은 죽음과 다른 차원에서 피식민지 조선인 혁명가가 갱신의 과정에서 '문제지향적 증언서사'로 구술한 혁명의 아름다운 진실이다.

---

19 주지하다시피 김산은 1936년 상해에서 김성숙, 박건웅 등과 함께 20여 명이 '조선민족해방동맹'을 결성하여 '조선민족연합전선' 형성을 도모하였다. 김산은 '조선민족해방동맹'의 중앙위원으로서 선출돼 이 조직의 활동에 대한 승인을 얻기 위해 아직 중국 공산당 당적도 회복되지 않은 채 중국 공산당의 거점인 연안으로 떠난다.

3. 세계의 난경(難境)을 넘어서는 '아리랑'의 구연적(口演的) 상상력

　재일조선인 작가 이회성은 1987년에 미국에서 살고 있는 님 웨일즈를 처음 만났을 때 몹시 당황했다고 한다. 님 웨일즈는 갑자기 민요 '아리랑'을 불렀고, 이회성도 님 웨일즈와 함께 어깨춤을 추면서 서툴게 리듬을 맞춰 '아리랑'을 함께 불렀다.[20] 김산에 대한 인터뷰도 본격적으로 하기 전에 님 웨일즈는 마치 오랫동안 이 날을 기다린 것처럼 '아리랑'을 부르며 그 곡조에 맞춰 춤을 춘 것이다. 그만큼 님 웨일즈에게 김산은 민요 '아리랑'으로 표상된다고 해도 과언이 아니다. 그렇다면, 민요 '아리랑'의 무엇이 김산과 헤어진 지 반세기 시간이 흘렀음에도 불구하고 님 웨일즈를 붙잡고 있는가.

　　'아리랑'은 이 나라의 비극의 상징이 되었다. 이 노래의 내용은 끊임없이 **어려움을 뛰어넘고 또 뛰어넘더라도 결국에 가서는 죽음만이 남게 될 뿐이라는** 의미를 내포하고 있다. **이 노래는 죽음의 노래이지, 삶의 노래가 아니다. 그러나 죽음은 패배가 아니다. 수많은 죽음 가운데서 승리가 태어날 수도 있다.** 이 오래된 '아리랑'에 새로운 가사를 붙이려는 사람도 있다. 하지만 마지막 한 구절은 아직 만들어지지 않았다. 수많은 사람이 죽었으며, 더욱 많은 사람이 '압록강을 건너' 유랑하고 있다. 그렇지만 머지않은 장래에 우리는 돌아가게 될 것이다.(61쪽, 강조-인용자)

20　이회성·미즈노 나오끼 편, 앞의 책, 15쪽.

'아리랑'에 대한 김산의 빼어난 해석이다. 무엇보다 '아리랑'에 담겨 있는 정감의 세계를 서정적 민요로 국한시키지 않고 서사시적 민요의 측면에서, '아리랑'이 지향하는 바와 그 미의식을 단박에 포착하고 있다.[21] 이것을 좀 더 살펴보면, 김산에게 '아리랑'은 구연적(口演的) 상상력으로 수행되는 혁명적 실천이다.[22] 온갖 험난한 역경을 "뛰어넘고 또 뛰어넘"는 이 '뛰어넘기'에 스며든, 당장 눈앞에 노력한 성과가 이뤄지지 않아 때로는 무기력한 허무가 밀려들고 자포자기의 유혹에 붙들리지만, 그래도 결코 쉽게 포기할 수 없는 "또 뛰어넘는" 무한 동작의 리듬과 어울려 불리는 '아리랑'은 '죽음의 노래'와 '패배의 노래'가 아니다. 기실 그 '죽음과 패배'는 위대한 '승리'를 머금은 것이므로 결코 비관적이지 않다. 바꿔 말해 김산에게 '아리랑'은 중국 혁명의 대지에서 패배한 혁명가들이 좌절하고 굴복하는 게 아니라 패배의 심연에서 솟구치는 혁명의 의지를 북돋우는 승리의 노래로 전화된다.[23]

---

21 민요 '아리랑'의 이와 같은 성격에 대해 초점을 맞춘 북한 연구자의 논의는 김산이 부른 '아리랑'의 정감의 세계가 서북 지역을 중심으로 널리 불린 '아리랑'과 연관을 맺는다는 점에서 귀 기울일 만하다. 윤수동, 『조선민요 아리랑』, 국학자료원, 2012. 참고로 이 책은 평양의 문학예술출판사에서 2011년도에 출판된 것을 서울의 국학자료원에서 재출간한 것이다.

22 민요 '아리랑'을 전근대적 민속의 입장이 아닌 근대의 입장에서 다각도로 보는 논의가 활발하고 있다. 이에 대해서는 김시업 외, 『근대의 노래와 아리랑』, 소명출판, 2009 참조.

23 '아리랑'의 이러한 측면은 '아리랑'의 후렴구에 대한 다음과 같은 논의가 뒷받침해준다. "본조아리랑의 후렴은 "아리랑 고개를 넘어가"는 현재의 시간 속에, '고개 너머'라는 미래의 시간을 투사함으로써 고난과 모순에 찬 '지금 여기'를 견디고 변혁할 수 있는 행위와 의식이 가능성을 개척한 의미가 있다. 나아가 아리랑 고개를 넘는 행위는 지역과 계층, 계급, 개인의 차이를 넘어 '우리의 희망'을 확보하는 의미도 있다. '아리랑 고개'는 나의 고난을, '우리의 희망'으로 대체하는 공간이다. 즉 '아리랑 고개'는 부재하는 개인적·집단적 가치를 기억·상상하고 추구하는 시·공간으로 새롭게 발견된 것이다."(정우택, 「아리랑 노래의 정전화 과정 연구」, 위의 책, 482쪽)

그렇다면, 김산과 그의 혁명 동지들은 어떠한 '아리랑'을 불렀을까. 님 웨일즈의 『아리랑』2에는 1941년 『아리랑』을 간행하면서 님 웨일즈가 일부러 삭제한 '아리랑 연가'와 '아리랑 옥중가'와 함께 '대동강타령', '두만강 노래'와 같은 민요의 노랫말과 그에 얽힌 사연도 흥미롭게 소개되고 있다. 여기서 안타깝게도 김산은 님 웨일즈와의 구술에서 구체적으로 어떤 '아리랑'을 불렀는지에 대해 언급하고 있지는 않다. 하지만 김산이 구술한 다음의 두 대목에서 부른 '아리랑'은 중국 혁명에 헌신적으로 참가한 피식민지 조선인 혁명가의 삶을 담아낸 서사시의 역할을 맡는다 해도 과언이 아니다.

① 하이루펑 소비에트를 재탈환하는 데 실패하고 정황이 극도로 어려워져 국민당의 백군에게 쫓겨 뿔뿔이 흩어져 기진맥진 거의 초죽음 상태에 직면하였을 때 폐사(廢寺)에서 숨겨둔 쌀을 찾아 떡을 만들어 먹으면서 가까스로 굶어죽는 것을 모면한 김산과 오성륜은 그 와중에 농부가를 부른다. 그리고 김산은 중국의 혁명 동료들에게 '아리랑'을 가르쳐주고 함께 생존의 환희와 벅찬 감동이 뒤섞인 울음을 쏟아냈다.[24]

여봐라 농부들 내 말 듣소
이 논배미에 모를 심어
장잎이 훨훨 휘날린다.
어널널 상사디야

24   김산·님 웨일즈, 앞의 책, 274~276쪽의 구술의 핵심을 정리했다.

이 논배미를 얼른 심고
장고배미로 넘겨 심소
누런 질바를 제껴 쓰고
거들거들 잘도 심네.

— 북간도의 「농부가」 부분[25]

아리랑 아리랑 아라리요
아리랑 고개를 넘어간다
아리랑 고개는 열두구비
마지막 고개를 넘어간다

떠나는 님은 잡지를 마라
못보다 다시 보면 달콤하거늘
아리랑 아리랑 아라리요
아리랑 고개에 물새는 못 사네

나를 버리고 가시는 님은
십리도 못가서 발병난다
아리랑 아리랑 아라리요
아리랑 고개를 넘어간다

25　김태갑·조성일 편주, 『민요집성』, 연변인민출판사, 1981, 11쪽. 김산과 오성륜은 모
두 평안북도 태생으로 압록강 너머 북간도 지역에서 널리 불린 민요〈농부가〉의 부분
을 필자가 임의대로 인용한 것이다.

청천하늘에 별들도 많은데

구름 뒤에 날보고 웃는 이 누구요

아리랑 아리랑 아라리요

아리랑 고개를 넘어간다

— 「아리랑 연가」 전문[26]

②김산이 북경에서 국민당 경찰에 잡혀 일본 경찰로 신병이 인도돼 조선으로 이송되는 기차 안에서 후송 책임을 맡은 일본인 사복형사는 김산에게 '인터내셔널가'를 불러달라고 부탁을 한다. 그러나 김산은 '인터내셔널가'는 승리의 노래이지 패배의 노래가 아니기 때문에 부를 수 없다고 하면서, 대신 민요 '아리랑'과 관련한 의미를 들려주고 낮은 목소리로 이 노래를 부른다. 노래를 들은 일본 형사는 결코 잊을 수 없는 아름다운 노래라고 칭송한다.[27]

아리랑 아리랑 아라리요

아리랑 고개를 넘어간다.

아리랑 고개는 열두 구비

마지막 고개를 넘어간다.

청천 하늘에 별도 많고

---

26 님 웨일즈, 편집실 역, 『아리랑』 2, 학민사, 1986, 132~133쪽. 님 웨일즈는 김산으로부터 전해들은 민요 '아리랑' 계열 노래 3편(〈아리랑 연가〉, 〈아리랑 옥중가〉, 〈아리랑〉)을 『아리랑』 2에 채록하였다. 그 중 (가)의 구연 상황을 고려할 때 극한 현실에서도 민중 특유의 낙천성을 갖고 난관을 극복하고 있는 데 도움을 주는 것은 두 편(〈아리랑 옥중가〉, 〈아리랑〉)보다 상대적으로 〈아리랑 연가〉가 더 적합한 것으로 필자는 생각한다.
27 김산·님 웨일즈, 앞의 책, 365~367쪽의 구술의 핵심을 정리했다.

우리네 가슴엔 수심도 많다.
아리랑 아리랑 아라리요
아리랑 고개를 넘어간다.

아리랑 고개는 탄식의 고개
한번 가면 다시는 못 오는 고개.
아리랑 아리랑 아라리요
아리랑 고개를 넘어간다.

이천만 동포야 어데 있느냐
삼천리 강산만 살아 있네.
아리랑 아리랑 아라리요
아리랑 고개를 넘어간다.

지금은 압록강 건너는 유랑객이요
삼천리 강산도 잃었구나.
아리랑 아리랑 아라리요
아리랑 고개를 넘어간다.

— 「아리랑」 전문[28]

김산에게 '아리랑'은 이처럼 낭만적 서정과 관념적 유랑의식이 깃든
노래가 아니다. ①에서 살펴볼 수 있듯이, 하이루펑 소비에트 재탈환

---

28 위의 책, 5쪽 및 님 웨일즈, 편집실 역, 『아리랑』 2, 학민사, 1986, 111쪽.

전투에 패배하여 백군의 추격 속에서 극한의 죽음의 공포와 굶주림에 내몰린 가운데 초인적 생존의 욕망과 의지를 한층 북돋우는 민중의 담대한 낙천성의 미의식을 지닌 '농부가'를 구성지게 부르는가 하면, 아무리 암담하게 출구가 막힌 상황에서도 "남녀가 번갈아 부르는"[29] '아리랑 연가'를 통해 한계 상황을 인정하되 그것에 속수무책으로 좌절하고 체념하는 게 아니라 그 한계 상황을 민중 특유의 역설적 골계 미의식으로 넘어가고 있다. 그런가 하면 ②에서는, 조선에 있는 일본 경찰로 후송되는 기차 안에서 머지않아 일제에 의해 혹독한 고문과 심문의 곤욕을 치르는 과정에서 죽을 수도 있는 폐색적(閉塞的) 상황에 직면한 김산이 낮고 음울하게 '아리랑'을 부른다. 물론, 이때 김산이 부른 '아리랑'이 어떤 곡조의 어떤 노랫말을 지닌 '아리랑'인지 뚜렷이 알 수는 없다. 하지만 님 웨일즈의 공저 『아리랑』과 님 웨일즈의 『아리랑』2에 구술 증언된 '아리랑'과 연관된 맥락을 유추해볼 때 그 '아리랑'은 ②에서 소개된 노래일 것이다. 이 '아리랑'은 다른 '아리랑'과 달리 "일제 침략 시기 압록강 너머 만주로 시베리아로 탈출한 동포들이 즐겨 부른 노래이다. 여기에 소위 '나그네 의식' 따위는 없다. 쓰라린 투쟁의 길에 오른 민중들의, 거룩한 해방과 혁명을 기약하는 역사의식이 들어차 있을 뿐이다."[30]

우리는 ①과 ②에서 단적으로 알 수 있듯이, 피식민지 조선인 혁명가 김산의 혁명적 실천을 웅숭깊게 이해하기 위해서는, 그의 삶의 패배의 순간 보통 사람들이었으면 극한에 직면하여 좌절하거나 생존의 본능 때문에 목숨을 구걸하는 비굴함과 자기기만에 둔감해지기 십상인

---

29 님 웨일즈, 위의 책, 133쪽.
30 김시업, 「근대민요 아리랑의 성격형성」, 김시업 외, 앞의 책, 370쪽.

데, 그것을 민중 특유의 낙천성과 역설적 골계미를 통해 세계의 난경을 넘어서는 민요 '아리랑'이 수반하는 구연적 상상력의 힘을 발견한다. 김산의 '아리랑'과 연관된 구연적 상상력의 힘은 『아리랑』의 '문제지향적 증언서사'의 안팎을 넘나드는 '혁명적 아우라'로 손색이 없다. 연안에서 님 웨일즈에게 혁명가로서 전 생애를 구술로 증언하고 있는 『아리랑』의 맨 앞 '회상' 부분에서 '아리랑'에 대한 빼어난 해석을 님 웨일즈가 배치하고 있는 것은 그래서 의미심장하다. 김산의 전 생애를 압축적으로 '회상'하는 대목에서 민요 '아리랑'과 그 연관된 구연적 상상력의 힘은 나래를 펼치고 있는 것이다. 이것은 "기억의 재생, 기억하기, 자신의 변화를 위한 행위예술"[31]의 일환인바, 민요 '아리랑'의 구연적 상상력은 김산과 연관된 개별 사실성에 비중을 둔 기록성에 초점을 맞추는 게 아니라 분절된 사실들 사이의 혁명적 실천의 맥락을 민요 '아리랑'의 구연적 상상력의 힘을 매개로 한 '문제지향적 증언서사'의 구술적 연행(口述的 演行, oral performance)을 수행한다.

4. 모택동의 '신민주주의 공화국'이 역투영(逆投影)된 김산의 혁명적 실천

혁명가 김산의 삶을 수식하는 언어 중 '비운(悲運)'이란 수식어가 의미하듯이 김산은 그의 짧은 생애를 중국 공산당의 모기지(母基地)이자

---

31 권오경, 「문화기억과 기억융합으로서의 아리랑」, 『한국민요학』 39집, 2013, 12쪽.

성지(聖地)인 연안에서 마감하게 된다. 그가 그토록 꿈에 그리던 중국 혁명의 승리와 그 파장 속에서 학수고대하던 조선의 해방을 지켜보지 못한 채 일본 특무의 혐의와 중국 공산당의 분파를 획책하는 트로츠키주의자와 이립삼주의자의 혐의를 끝내 벗지 못하고 중국 공산당에게 비밀 처형을 당한다.[32]

김산의 이 비운의 죽음에 대해 주류적 논의는 그에게 공산주의는 궁극적으로 조선민족의 해방을 실현하기 위한 방법적 차원일 뿐 그의 전 생애를 관통하는 문제의식이 아니므로 그의 죽음은 중국 공산당의 국외자로서 비애를 지닌다는 것으로 수렴된다.[33] 물론 기존 주류적 논의는 설득력을 지닌다. 김산의 유명한 이른바 '물 속의 소금'의 구술에서 뚜렷이 드러나듯, 그는 상해에서 김성숙, 박건웅과 함께 공산주의자와 민족주의자, 무정부주의자 등 구분하지 않고 민족해방을 달성하기 위해 '조선민족해방동맹'을 1936년에 결성함으로써 이제 더 이상 중국 혁명만을 위한 조선인의 희생을 방관할 수 없다는 데 결연한 뜻을 모은다. 아울러 '조선민족연합전선'을 구축하기로 한다.

그런데 김산의 죽음과 결부된 '조선민족해방동맹'과 '조선민족연합전선'에 대한 정치(精緻)한 이해는 기존 김산의 죽음과 관련한 주류적 논의를 재점검하도록 한다. 엄밀히 말해, 김산과 같은 피식민지 조선

---

32 김산의 억울한 죽음은 그로부터 45년만인 1983년 1월 27일에 중국공산당 중앙위원회의 이름으로 공식적으로 해명되면서 당적 역시 복권된다. "당의 조직과 기밀은 누설하지 않았다. 트로츠키파 참여와 일본 특무 문제는 증거가 없으므로 마땅히 부정되어야 한다. 장명(김산의 異名─인용) 동지의 피살은 특정한 역사 조건에서 발생한 억울한 사건으로 마땅히 정정되어야 한다. 장명 동지의 당에 대한 충성은 우리나라 인민의 혁명사업에 공헌이 있으므로 그가 장기간 받았던 억울한 누명을 마땅히 깨끗이 씻어주고 명예를 회복해주며 그의 당적을 회복시키는 바이다." 이원규, 앞의 책, 602쪽.

33 이해영의 「근대 초기 한 조선인 혁명가의 동아시아 인식」은 그 대표적 논의다.

인 혁명가가 "정통공산주의와는 다른 길"[34]을 걸었던 것은 그리 새로운 사실이 아니다. 김산의 험난한 구술사에서도 알 수 있듯이, 그는 민족주의자로서 무정부주의자로서 공산주의자로서 혁명적 실천에 혼신의 힘을 쏟았다. 그 혁명의 우선적 대상이 중국일 뿐이다. 하지만 그렇다고 결코 가볍게 인식해서 안 될 것은 그의 혁명적 실천의 무게중심은 공산주의에 기반하고 있다는 점이다. 김산에게 공산주의는 혁명의 패배를 안겨주더라도 미완의 혁명으로 죽음을 각오하고 패배를 넘어 추구해야 할, 그리하여 '계급적 정의'가 실현되고 인간을 억압하는 모든 부정을 일소하는 해방의 정념으로 가득한 세계를 실현하는 이념이자 목적 그 자체라 해도 과언이 아니다. 말하자면 김산에게 공산주의는 세계혁명의 이념으로 이것은 김산과 같은 피식민지 혁명가가 함께 추구해야 할 민족해방과도 무 관한 게 결코 아니다. 따라서 김산에게 공산주의는 민족해방을 위한 방법적 차원이지 이념적 차원이 아니라는 것은 김산의 혁명적 실천을 떠받치고 있는 혁명사상에 대한 단편적 이해로 흐르기 십상이다.

여기서, 김산이 기초한 '조국민족연합전선 행동강령' 및 '조선민족해방동맹 행동강령'에 대한 세밀한 검토가 필요하다.[35] 우선, '조국민족연합전선 행동강령'은 모두 15개의 대항목으로 이뤄져 있고, 15번 항목은 5개의 하위 항목으로 이뤄져 있다. 이 15개의 항목을 혁명의 실천

---

34 백선기, 앞의 책, 111쪽.
35 '조선민족연합전선 행동강령'의 전모는 1941년도 『아리랑』에서는 수록돼 있으나, 대중에게 널리 읽히는 현재 『아리랑』(송영인 역)에는 극히 일부분만 본문에서 서술되고 있을 뿐이다. 이 행동강령 전모는 위의 책, 99~104쪽에 수록돼 있다. 이것의 전모는 이 글의 별첨을 참조. 한편, '조선민족해방동맹 행동강령'의 전모는 님 웨일즈, 편집실 역, 『아리랑』 2, 학민사, 1986, 113~114쪽에 '조선해방운동의 기본 계획'(연안에서 1937년 8월 9일 인터뷰)이란 제목으로 수록돼 있다.

방향을 염두에 두어 분류해보면, 다음과 같이 크게 세 부분으로 범주화할 수 있다.

① 조선민족해방운동에 직결된 강령 : 1, 2, 3, 4, 5, 7, 8, 9
② 국제주의적 연대 모색 : 11, 12, 13, 14, 15
③ 민주주의를 향한 투쟁 : 6, 10

위 범주화에서 알 수 있듯, 순전히 조선민족해방운동에만 직결된 강령은 8개의 항목에 불과할 뿐, 다른 8개의 항목은 공산주의 세계혁명의 실천과 관련한 내용이다. 그 중 ②에 범주화된 대항목을 예시해보자.[36]

11. 日本의 對蘇聯邦 진출과 중국 침략에 반대하며 中國人의 抗日民族戰線과 蘇聯邦의 反侵略戰線과 동맹을 체결하라.

12. 일본의 반파쇼 人民戰線을 단호히 지지하며 그들과 긴밀히 제휴하라.

13. 일본 제국주의의 직접적 억압을 받고 있는 동양 전 민족의 중심세력이 되어 동양의 광대한 反侵略平和戰線을 조직하기 위하여 中國, 蘇聯邦, 日本 및 朝鮮의 인민간에 일대 공동 전선을 형성하라.

14. 일본, 독일, 이태리 기타 파시스트 침략자에 대항하고 있는 世界의 平和戰線을 긴밀히 제휴하라.

---

36 아래의 행동강령 원문은 백선기, 위의 책, 102쪽.

15. 타국에 거주하는 모든 朝鮮人은 아래 사항에 찬성하여야 한다.

위 11~15 대항목 중 어느 하나 구분 없이 모두 반파쇼 제국주의에 대한 세계혁명의 반침략평화전선을 조직하기 위해 민중 연대를 구축해야 한다는, 즉 국제주의에 기반한 혁명적 실천을 강령화하고 있다.

다음으로, '조선민족해방동맹'의 행동 계획의 전문을 살펴보자.

조항 1 조선의 자유와 해방을 위해 일본 제국주의의 정복률(律)을 타도한다.

조항 2 민주주의와 자유를 위해 전체 민족의 진정한 공화국을 건설하고 틀린 것을 바로 잡는다. 교육과 노동에 대한 국민의 자유를 보호한다. 언론·출판·집회·조직과 시위의 자유, 투쟁과 종교적 신앙의 권리를 보호한다.

조항 3 일본 제국주의와 반혁명주의자들의 재산을 몰수하여 혁명 군사, 노동자, 가난한 농민에게 분배한다. 또한 그 자금을 공공사업에 이용하기로 한다.

조항 4 노동자, 소작인, 군인, 그리고 봉급 생활자의 임금을 전체적으로 인상하고, 국민생활을 개선한다.

조항 5 모든 종류의 강제세를 폐지하고, 간단한 누진세법을 입안한다.

조항 6 은행, 산업, 산림, 수력 산업, 광산을 포함한 모든 대형 공공 이용물과 독점기업을 국유화하며(현재는 정부가 통제한다), 사유재산 소유권은 몰수하지 않는다.

조항 7 보편적 자유교육과 직업교육을 확립한다.

조항 8 생명, 재산, 주거의 권리, 영토내의 외국인 취업과 해외에서의 조선인 취업의 권리를 보호한다.

조항 9 국가는 노인, 어린이, 대중건강 그리고 사회·문화 사업을 후원해
야 한다.

조항 10 우리나라의 해방운동에 동조하거나 동정을 보이는 다른 국가나
정부와의 우호관계를 위한 연맹을 결성한다.[37]

조항 1과 3을 제외하고는 특별히 이 행동 계획이 조선민족해방투쟁
에 막중한 비중을 두고 있지 않다. 다시 말해 이 행동 계획 역시 '조선민
족연합전선'의 행동강령과 크게 다르지 않는, 즉 공산주의 세계혁명을
수행하는 혁명적 실천에서 문제의식을 함께 하고 있다. 그래서 김산이
죽기 전에 가진 혁명운동의 초점을 중국 혁명은 물론 세계혁명으로부
터 조선민족의 해방으로 방향을 급선회하였다고 보는 입장은 김산의
혁명적 실천에 대한 부분의 진실에 주목한 것으로, 자칫하면 혁명가로
서 김산의 삶의 핵심인 공산주의를 격하거나 휘발시킬 수 있다.

따라서 쟁점은 바로 여기에 있다. 연안으로 가기 전 김산이 숙고하
고 정리를 해온 민족해방운동은 그동안 김산이 따랐던 코민테른의 일
국일당주의에 의한 중국 공산당원으로서 혁명운동과, 공산당 당적을
잃었으나 소홀히 간주해본 적이 없는 혁명운동과 결코 무관하지 않은
것이다. 위의 행동강령과 행동 계획에서 살펴본 것처럼 민족해방운동
의 과제를 중국에서 가열차게 실천하기 위해 중국 공산당의 핵심 거점
인 연안을 찾아간 것은 연안 이전에도 그렇듯이 중국 혁명전선과의 지
속적 연대를 구축하고 중국 혁명의 도정에서 새롭게 발견하고 만들어
가는 새로운 중국의 문화혁명[38]과 만나는 모험을 두려워하지 않기 때

---

37   님 웨일즈, 편집실 역, 『아리랑』 2, 학민사, 1986, 113~114쪽.
38   모택동은 "문화혁명은 관념적 형태로 정치혁명과 경제혁명을 반영하고 있는 것이며

문이다.

　이와 관련하여 흥미로운 것을 생각해볼 수 있다. 김산이 기초한 '조선민족연합전선 행동강령'과 '조선민족해방동맹'의 행동 계획은 모택동(1893~1976)이 연안에서 집필하여 발표한 『신민주주의 정치와 신민주주의 경제』(『중국문화』 창간호, 1940.2.25)에서 논의하고 있는 이른바 '신민주주의론'에서 기획·모색·실천하고 있는 '신삼민주의(新三民主義) 공화국'과 부분적으로 포개진다. 이것은 모택동의 '신민주주의론'이 중국의 5·4운동(1919) 이후 중국의 역사를 문화혁명 통일전선의 전개에 따라 "마르크스·레닌주의의 보편적 원리가 중국혁명과 구체적으로 실천되고 서로 결합하는 과정"[39]을 천착하는바, 중국 혁명의 리더로서 혁명의 승리 과정에서 실현되는 혁명공화국의 청사진이 김산이 실천하고자 하는 조선의 민족해방운동으로 실현될 독립공화국의 그것에 역투영(逆投影)된다. 그것은 구미식 자본주의 공화국(구민주주의 공화국)도 아니고 소련식 사회주의 공화국도 아닌 반제·반봉건 인민의 연합전선을 이루는 신민주주의 공화국이다.[40] 여기에는 '중국혁명은 세계혁명의 일부분이다'는 테제를 간과해서 곤란하다. 말하자면, 모택동의 '신민주주의 공화국'은 세계혁명의 지속이란 측면에서 중국의 구체적 현실에 대한 합법칙적 혁명운동의 도정에서 실현되는 구미식 근대 및 소련식 근대와 또 다른 근대의 공화국을 실현하고자 한다. 이것은 김

이 두 혁명을 위해 복무한다. 중국의 경우 문화혁명은 정치혁명과 마찬가지로 하나의 통일전선이다"(「네 개의 시기」, 이등연 역, 『지구전론·신민주주의론』, 두레, 1989, 223쪽)라고 하여, 1919년부터 '신민주주의론'을 집필하는 1940년까지의 시기를 모두 네 시기로 구분하여 각 시기의 혁명의 과제와 주요 내용을 언급한다.

39　고군, 「해설 2-'신민주주의론'에 대하여」, 위의 책, 266쪽.

40　모택동, 「신민주주의와 정치」, 위의 책, 179~186쪽 참조.

산이 연안으로 가기 전 숙고하던 항일 조선 민족해방운동의 과정에서 쟁취할 독립공화국의 근대와 그 골격 면에서 크게 다르지 않다. 다시 강조하건대, 김산이 기초한 '조선민족연합전선'의 행동강령과 '조선민족해방동맹'의 행동 계획에서 추구되는 혁명의 현실은 구미식 근대를 지탱하고 있는 내셔널리즘에 기반한 근대의 국민국가도 아니고, 마르크스·레닌주의 또는 스탈린주의에 맹목화된 소련식 근대의 국민국가도 아닌 반전세계평화를 위해 조선과 세계의 인민들이 연대하고 민족 구성원 모두가 자유와 해방의 가치를 만끽하는 그런 근대의 공화국을 추구하는 것이다. 하지만 안타깝게도 김산의 이러한 혁명적 실천은 연안에서 좀 더 완숙시키지 못한 채 조변석개(朝變夕改)하는 연안의 정황 속에서 비운의 죽음을 맞고 명멸해간 것이다. 따라서 김산의 비운의 죽음이 더욱 쟁점적이며 문제로 다가오는 것은 바로 이러한 조선의 독립공화국에 대한 청사진을 행간에 그리는 김산의 '문제지향적 증언서사'가 생산적 논의거리를 제공하기 때문이다.

5. 맺음말 – 새로운 아시아를 상상하는 김산'들'의 혁명적 실천

이 글은 김산과 님 웨일즈가 함께 작업한 『아리랑』을 '문제지향적 증언서사'의 측면에 초점을 맞춰 중국의 대지에서 피식민지 조선인 혁명가 김산의 전 생애를 통해 실현하고자 한 혁명적 실천을 살펴보았다. 1983년에 중국 공산당 당적이 복권되고, 1992년에 북한에서도 항일투쟁사의 한 인물로 기록되는가 하면,[41] 2005년에 김산이 태어난 지 100

주년과 조국해방 60주년을 기념하면서 사회주의계열 독립운동가 47명에게 한국 정부는 서훈을 내린 것과 함께 건국훈장 애국장이 수여된 김산은 이제 중국과 조국에서 모두 역사적 복권을 하였다.

우리는 글을 맺으면서, 김산의 구술사를 통해 세계의 크고 작은 혁명에 동참한 혁명가들 중 특히 20세기 반문명적 서구 폭력의 근대에 맞서 투쟁해온 아프리카·아시아·라틴아메리카 민중 계급의 혁명가들이 김산처럼 외롭고 높은 혁명의 가치를 위해 혼신의 힘을 쏟은 그 혁명적 위의(威儀)를 상기해본다. 여기에는 "낮은 사회적 신분이 오히려 정신적 지위의 높이를 보장하고 세속세계의 변경에 있다는 사실이 한층 더 김산으로 하여금 성스러움의 중심에 접근케"[42]함으로써 그 성스러움이 바로 혁명적 실천으로 일궈내고자 하는 세계혁명의 부분으로서 민족해방이고 그것은 구미중심주의에 기반을 두는 근대 — 옛 소련식 근대 또한 엄밀히 말해 유럽중심주의에 기반을 둔 사회적 근대라는 점에서 광의의 구미중심주의에 수렴된다 — 와 또 다른 근대를 모색하는 일이다. 이것은 바꿔 말해, 비록 김산이 추구하는 혁명적 실천이 그에게 미완이었지만, 기실 구미중심주의의 근대와 다른 근대를 모색하는 혁명을 기획하고 실천하려 한 점에서 그가 꿈꾸는 조국의 독립공화국은 중국 혁명이 성취하고자 하는 '신민주주의 공화국'이 함의한 새로운 아시아를 상상하는 것과 무관하지 않다. 여기서, 우리는 "새로운 아시아 상상은 20세기의 민족해방운동과 사회주의운동의 목표와 과제를 뛰어넘어야 하며, 동시에 반드시 새로운 조건에서 이들 운동이 해결할

41   조철행, 「김산, 자신에게 승리한 혁명가」, 『내일을 여는 역사』, 2002 겨울, 205쪽.
42   후지따 쇼오조오, 이순애 편저, 이홍락 역, 『전체주의의 시대경험』, 창작과비평사, 1998, 335쪽.

수 없었던 역사적 과제를 탐색하고 반성해야 한다"[43]는 전언을 진중히 성찰해야 할 것이다.

분명, 김산은 피식민지 조선인 혁명가로서 한 개인이다. 하지만 김산의 '문제지향적 증언서사'가 웅변하듯, 이미 주어졌고 정해진 세계에 적응하며 안정적으로 사는 게 아니라 유동적이고 가변적인 세계와 대결하면서 인간해방의 참다운 경지에 이르는 혁명적 실천에 목숨을 건 숱한 혁명가들'의 존재를 김산은 상기시킨다. 따라서 새로운 아시아를 상상하는 역사적 과제는 지난 격동의 시대에 함께 한 그 숱한 김산'들'의 혁명적 실천이 지닌 혁명의 진실에 귀를 기울이면서 현재의 역사와 부단히 대화하며 미래를 향한 또 다른 진보의 길을 만드는 모험을 두려워하지 않는 것이다.

---

43   왕후이, 이욱연 외역, 『새로운 아시아를 상상한다』, 창비, 2003, 224쪽.

참고문헌

1. 기본 자료

김산·님 웨일즈, 송영인 역, 『아리랑』(개정 3판), 동녘, 2015.

님 웨일즈, 편집실 역, 『아리랑』 2, 학민사, 1986.

백선기, 『미완의 해방 노래』, 정우사, 1993.

이원규, 『김산 평전』, 실천문학사, 2006.

이회성·미즈노 나오끼 편, 윤해동 역, 『아리랑 그 후』, 동녘, 1993.

〈나를 사로잡은 조선인 혁명가 김산〉, KBS 스페셜, 2005.7.30.

〈다시 찾은 아리랑, 비운의 혁명가 김산〉, 히스토리 채널 TV, 2002.9.5.

2. 단행본 및 논문

권오경, 「문화기억과 기억융합으로서의 아리랑」, 『한국민요학』 39집, 2013.

김시업 외, 『근대의 노래와 아리랑』, 소명출판, 2009.

김태갑·조성일 편주, 『민요집성』, 연변인민출판사, 1981.

김학준, 『혁명가들』, 문학과지성사, 2013.

박재우·김영명, 「김산의 작품과 그 사상의식 변주 고찰」, 『중국문학』 78집, 2014.

박종성, 「김산의 혁명사상 연구-유산된 혁명의 정당성은 옹호될 수 있는가?」, 『사회과학연구』
    8집, 서원대 사회과학연구소, 1995.

안승일, 『비운의 혁명가들』, 연암서가, 2014.

윤무한, 「역사 속으로 생환된 『아리랑』의 김산, 그 불꽃의 삶」, 『내일을 여는 역사』, 2007 가을.

윤수동, 『조선민요 아리랑』, 국학자료원, 2012.

이해영, 「근대 초기 한 조선인 혁명가의 동아시아 인식」, 『한중인문학연구』 27집, 2009.

정우택, 「아리랑 노래의 정전화 과정 연구」, 김시업 외, 『근대의 노래와 아리랑』, 소명출판, 2009.

정찬주, 『조선에서 온 붉은 승려』, 김영사, 2013.

조철행, 「김산, 자신에게 승리한 혁명가」, 『내일을 여는 역사』, 2002 겨울.

한홍구, 「김산, 못 다 부른 아리랑」, 『황해문화』, 2003 여름.

로버트 스칼라피노·이정식, 한홍구 역, 『한국공산주의 운동사』, 돌베개, 2015.

모택동, 이등연 역, 『지구전론·신민주주의론』, 두레, 1989.

왕후이, 이욱연 외역, 『새로운 아시아를 상상한다』, 창비, 2003.

피에르 노라, 「기억의 장소들」, 윤택림 편역, 『구술사, 기억으로 쓰는 역사』, 아르케, 2010.

호미 바바 편저, 류승구 역, 『국민과 서사』, 후마니타스, 2011.

후지따 쇼오조오, 이순애 편저, 이홍락 역, 『전체주의의 시대경험』, 창작과비평사, 1998.

朝鮮民族聯合戰線 行動綱領

(1936년 7월 기초)

1. 全民族解放을 위한 투쟁을 성공시키기 위하여 朝鮮獨立의 원칙에 찬동하는 모든 朝鮮人은 사회·계급·당파·정치적 또는 종교적 신조에 관계없이, 또 여하한 조직이나 개인의 구별 없이 남녀노소를 막론하고 다 함께 뭉쳐야 한다.

2. 우리 民族의 모든 공업과 상업을 보호하며 농업을 육성시키고, 동시에 朝鮮內에 있는 일본의 자본·공업·상업 및 그와 같은 日本 帝國主義者의 기업에 온갖 방법으로 반대하라.

3. 민족상공업에 있어서는 經營者와 勞動者간에, 농업에서는 地主와 小作農간에 공정한 조정을 이루어서, 노동자에게는 최저 임금과 최장 노동 시간을, 소작농에게는 소작료의 최고 한도액을 결정하고, 이 기간중에는 계급 투쟁을 정지하며 階級間의 협력을 獎勵하라.

4. 모든 노동자·농민·자유 직업자·봉급 생활자, 그리고 공영기업·민영기업·관청이나 기관 등 日本 帝國主義의 被雇傭者가 된 모든 자를 아무런 제약이나 지위의 구별 없이 다 함께 조직하라.

5. 國民經濟生活의 향상을 도모하고 경제적 제 권리를 위해서 투쟁

하는 民族意識을 각성시키기 위하여 광범한 개혁운동을 장려하며, 그와 동시에 日本人의 朝鮮入住 및 朝鮮人의 滿洲移送 정책에 절대 반대하라.

6. 民主主義를 위한 투쟁에 전 국민을 각성시키기 위해 시민이 권리와 인권의 보호를 요구하는 광범한 운동을 장려하고, 동시에 布告令 第七號(조선인이 민족운동 탄압을 위해서 일본인이 공포한 '社會體制保護法'이며, '文化警察'을 증설함) 및 인민의 자유를 박탈하는 잔혹한 정책에 반대하라.

7. 전통 있는 민족 문화를 육성하고 신문화를 흡수하기 위해서 民族文化와 教育振興運動을 창조하고 발전시켜, 민중을 기만하고 그들을 '文化警察'의 감시하에 두려는 일본 정책에 반대하라.

8. 國民이 선택한 民族의 宗教(기독교, 불교, 천도교, 유교, 단군교)를 보호하고 그 자유로운 발전을 허용하며 종교간의 논쟁을 중지하고 신앙의 자유라는 공동과제를 위해서 단결하여 투쟁하도록 장려하라. 동시에 그들 각 종파가 帝國主義의 수단으로써 日本人으로부터 강요당하고 있는 종교(神道, 天理教 등)에 대해 결집해서 반대하고, 미신적이고 후진적인 경향(太乙教, 普天教, 弓乙教 등)에 반대하라.

9. 解放思想과 民族文化를 고취하기 위해 교육의 전조직, 그리고 교사와 청년, 학생들을 한 단위로 단결시키고 모든 종류의 교육적·문화적 조직을 넓게 결성시켜야 한다. 이와 동시에 國民精神을 노예화시키

려는 의도하에 교육제도에 주입시키고 있는 日本 帝國主義者의 思想에 抗拒하기 위해서 學生과 敎師의 스트라이크 또는 기타 수단을 사용하라.

10. 결혼 및 이혼의 자유를 보장하고, 재산의 상속 및 소유에 관한 부인의 권리를 분리하게 하는 법률에 반대하며 부인의 평등한 권리를 위한 운동을 적극적으로 지원하라. 모든 직업·교육·공직에 대한 평등의 권리와 社會運動에 참가할 自由를 부인들에게 부여토록 하며, 부인들을 억압하는 日本人의 법률, 소위 '社會道德'을 반대하라.

11. 日本의 對蘇聯邦 진출과 중국 침략에 반대하며 中國人의 抗日民族戰線과 蘇聯邦의 反侵略戰線과 동맹을 체결하라.

12. 일본의 반파쇼 人民戰線을 단호히 지지하며 그들과 긴밀히 제휴하라.

13. 일본 제국주의의 직접적 억압을 받고 있는 동양 전 민족의 중심 세력이 되어 동양의 광대한 反侵略平和戰線을 조직하기 위하여 中國, 蘇聯邦, 日本 및 朝鮮의 인민간에 일대 공동 전선을 형성하라.

14. 일본, 독일, 이태리 기타 파시스트 침략자에 대항하고 있는 世界의 平和戰線을 긴밀히 제휴하라.

15. 타국에 거주하는 모든 朝鮮人은 아래 사항에 찬성하여야 한다.

1) 外國에 있는 모든 집단, 당파, 개인은 정치적 또는 종교적 신조나 직업의 구별 없이 抗日原則 아래 단결하여 그가 거주하는 國家와 地域의 상이한 상황에 맞추어 全 民族統一戰線의 일부로서 특별하고 중요한 의무를 수행할 책임을 진다.

2) 日本에 거주하는 모든 조선인 노동자, 학생, 상인은 일치 단결하여 日本 반파쇼 人民戰線에 적극적으로 참가하고, 동시에 民族戰線과 긴밀한 단결을 유지한다.

3) 中國에 있는 전 조선인 혁명가, 모든 집단, 무단 병력 및 개인은 일치 단결하여 中國人의 抗日統一戰線을 적극적으로 원조하는 동시에 아래의 특수한 임무를 수해하여야 한다.

㉠ 中國人의 統一戰線 내부에서 朝鮮獨立을 위한 노력을 조직하고 혁명교육을 시행할 것.

㉡ 滿洲에서는 朝鮮革命軍, 朝鮮共産黨, 赤色遊擊隊 및 中國人 義勇軍 내부의 全 朝鮮人部隊는 협조적인 中國의 抗日聯合軍 내에서 독자적 민족성을 보존하고 공통 강령 아래 한 단위로 단결시켜야 하며, 동시에 이러한 朝鮮人武力勢力의 확대 강화에 노력할 것.

㉢ 日本帝國主義의 앞잡이가 되어 中國 各地에 온 고용자(생활비를 벌기 위하여 아편 상인이나 매춘 또는 밀무역을 강요당하는 자들을 포함)도 일본인의 억압하에 있음에는 다를 바 없으므로 시기가 오면 그들도 帝國主義的 雇用主인 日本人에 항거할 수 있도록 특수한 방법으로 인도할 것.

4) 蘇聯邦에 있는 모든 朝鮮人은 전 統一戰線의 일부로서 단결하는 동시에 아래와 같은 여러 임무를 수행하여야 한다.

㉠ 모든 朝鮮人은 군사적 및 정치적 훈련을 받아야 하며, 동시에 장

래의 행동에 대비하여 朝鮮人義勇軍運動을 조직하여야 한다.

ⓛ 中國에서 활동하고 있는 朝鮮革命軍에 파견할 고급 군사지도자를 적극적으로 육성해야 한다.

ⓒ 그들은 투옥된 자, 부상한 자, 희생된 자, 기타 구호가 필요한 동지들을 원조하기 위하여 朝鮮革命運動에 물자적 원조를 제공해야 한다.

5) 미국, 구라파, 기타 외국에 있는 모든 朝鮮人은 단결하여 朝鮮民族統一戰線을 지원하기 위해서 송금, 선전 등을 통하여 국제적 원조와 동정을 유도하여 조국을 도와야 한다.

최남선의 만주 체험과 「천산유기」

최일

1. 서론

'재만조선인문학'의 정의는 아직 그 내연과 외연에 대한 정확한 규명이 되어있지 않지만 대체로 1900년대 초를 시작으로 하여 광복 전까지 만주(滿洲) 즉 오늘날 중국의 '동북삼성(東北三省)' 지역에서 전개되었던 조선인이주민들의 문학이라고 범주화 시킬 수 있다.

1900년대 초 조선인의 만주 이주가 시작이 되어 1945년 광복까지 최대 200만 명 좌우의 조선인들이 만주에 이주하였다. 하지만 민담, 전설, 민요와 같은 구비문학이 아닌 작가, 작품, 독자, 발표 공간 등을 두루 갖춘 '재만조선인문학(在滿朝鮮人文學)'은 1920년대 말에야 시작되었다. 이 시기를 즈음하여 만주지역에 이주한 조선의 지식계층에 의하여 조선의 근대문학이 전파되었는바 한때 『만선일보』 학예부장을 맡았던 언론인 신영철(申瑩澈)은 이들을 두고 만주에 조선의 문화를 전파하고 개

척한 '문화부대(文化部隊)'라 부르기도 했다.[1]

만주를 다녀가거나 만주에서 장기간 체류했던 한국문인들의 수는 어림잡아도 150명[2]은 되지만 '재만조선인문학'의 규모는 정작 얼마 되지 않았다. 지금까지 찾아볼 수 있는 '재만조선인문학'의 텍스트로는 『만선일보(滿鮮日報)』와 그 전신 『만몽일보(滿蒙日報)』 등 소수의 신문과 사회·인문 종합도서 『반도사화(半島史話)와 낙토만주(樂土滿洲)』,[3] 종합문예선집 『만주조선문예선(滿洲朝鮮文藝選)』[4] 등 두 권, 『싹트는 대지』, 안수길의 『북원(北原)』 등 소설집 두 권, 『만주시인집(滿洲詩人集)』, 『재만조선시인집(滿洲朝鮮詩人集)』 등 시집 두 권 밖에 없다.

만주의 조선인작가들이 만주와 만주문단을 대하는 태도, 만주에서의 체험과 글쓰기와의 내재적 관련 등이 서로 다르다고 할 수 있는데 크게 두 가지 유형으로 나누어 볼 수 있을 것 같다.

하나는 만주를 조선의 연장으로, 만주에서의 조선인 문학을 조선문학의 연장으로 보는 것이다. 일종 "몸은 만주, 마음은 조선"인 경우라고 할 수 있겠다. 강경애의 경우가 대표적인데 만주에서 살면서 만주 체험을 소재로 글쓰기를 했지만 만주가 작품에서 가지는 의미는 작품의 배경이라는 의미 빼고는 그렇게 특별하지 않았고 문학을 통하여 만주의 의미를 규명하려고 하는 노력도 별로 보이지 않는다.

다음은 '재만조선인문학'의 로컬리티를 긍정하는 경우이다. 이들은

---

1 신영철(申瑩澈), 「『싹트는 대지』 뒤에」, 『싹트는 대지』, 만선일보출판부, 1941.
2 중국 연변대학교 교수를 지냈던 고 권철(權哲) 교수의 통계에 의하면 '만주'지역에 생활했던 한국문인들의 수는 137명이다. 여기에 상해, 북경 등 '만주' 이외의 지역에서 생활했던 한국문인들을 더하면 그 수는 150명을 웃돌 것으로 판단된다.
3 『반도사화와 낙토만주(半島史話와 樂土滿洲)』, 만주학해사(滿洲學海社), 1942.
4 신영철(申瑩澈) 편, 『만주조선문예선(滿洲朝鮮文藝選)』, 신경 조선문예사(新京 朝鮮文藝社), 1941.

'재만조선인문학'과 조선문학의 관련을 부정하지는 않지만 극력 그 독자적 의미를 강조했다. 안수길의 경우가 대표적인데 '북향정신'을 필두로 하여 만주와 조선인의 관계 그리고 만주의 의미 등을 문학적으로 규명하려는 노력을 많이 해왔다.

최남선의 만주체험은 위에서 말한 작가들과 많이 다른 특수한 경우라고 할 수 있다. 최남선은 작가인 동시에 학자, 사회운동가이기도 했다. 최남선 역시 『만선일보』와의 인연으로 1938년 만주로 이주하였지만 이듬해 '만주국' 건국대학(建國大學)의 교수로 초빙되어 1942년 11월까지 4년 넘게 체류했다. 건국대학에서 강의와 연구를 병행하면서 「만몽문화론(滿蒙文化論)」을 비롯한 논문을 건국대학의 논문집에 발표를 했고 이 외 일부 글이 만주에서 출간한 단행본에 실렸다.

최남선은 만주에 4년 정도 체류하고 있었고 이미 문학가로도 명망이 높았지만 '재만조선인문학'에 남긴 작품은 별로 없다. 현재 확인할 수 있는 자료에 근거하면 '만주국' 체류 시기 최남선의 문학작품은 수필 5편이 전부인바 '만주국'의 유일한 조선어 일간지인 『만선일보』에 「청궁예화(淸宮藝華)」,[5]와 「사년(四年)만의 북경(北京)」,[6] 등 두 편의 수필이 실렸고 『만주조선문예선』에 「사변과 교육」, 「백작재반일(百爵齋半日)」, 「독서」, 「천산유기(千山遊記)」 등 4편의 글이 실렸을 뿐이다.

특히 「천산유기」는 만주 체류 시기 최남선의 몇 편 되지 않는 문학작품 중 돋보이는 글이지만 6,800자 남짓한 짧은 편폭이고 그의 전집에도 수록되지 않아 2007년에야 발굴된 글이기 때문에 그간에 연구자들의 주목을 별로 받지 못하고 있었다. 문성환의 「최남선의 〈천산유기〉

5　『만선일보』, 1940.1.1일 부록과 1.4일 조간에 2회 연재.
6　『만선일보』, 1941.1.1.

에 나타난 타자화의 논리」[7]가 지금까지 나온 거의 유일한 연구 논문이다. 문성환은 이 논문에서 최남선의 「천산유기」는 그의 「백두산근참기(白頭山近參記)」나 『송막연운록(松漠燕雲錄)』에 비해 차분한 어조로 일관되어 있다고 하면서 천산에서 최남선은 조선의 현재를 발견·생성하지 않기 때문이라고 지적하고 있다. 이러한 선행연구를 염두에 두면서 이 글은 『송막연운록』 등 관련 작품을 곁들여서 「천산유기」 등 기행문에서 보이는 최남선의 만주형상을 고찰해 보고자 한다.

명성으로만 따지면 만주에 장기체류한 조선 문인 중에 제일 거물이 단연 최남선이 아닐 수 없다. 계몽기문학에 끼친 영향을 보아도 그렇고 만주에 이주한 뒤 가지고 있었던 '만주국' 건국대학 교수라는 신분을 보아도 그렇다. 또한 만주 체류 시기의 최남선은 이미 뚜렷한 친일경향을 나타낸 뒤였는바 건국대학의 교수로 있는 동안 「만몽문화론」등 일련의 연구논문을 통해 만주의 역사와 문화에 대하여 일제의 식민사관(植民史觀)과 일맥상통하는 견해를 발표했었다. 하지만 현재 확인할 수 있는 최남선의 문학작품에는 그의 역사 연구, 문화 연구에서 보이는 것과 같은 뚜렷한 친일적 입장은 보이지 않고 있다. 이는 물론 문학이라는 글쓰기가 갖고 있는 은회성(隱晦性)에 기인한 것이겠지만 만주를 대하는 최남선의 인식과 담론은 충분히 해석해 볼 가치가 있다.

---

7 문성환, 「최남선의 「천산유기」에 나타난 타자화의 논리」, 『한국문학이론과 비평』 제42집, 2009.

2. 만주 체류 시기 최남선의 글쓰기

'재만조선인문학'에 남긴 최남선의 글쓰기 흔적은 현재까지 발견된 자료에 의하면 『낙토만주와 반도사화』에 실린 논문 6편과 『만선일보』에 실린 수필 2편 그리고 『재만조선문예선』에 실린 정론 1편과 수필 3편해서 모두 10편이다.

『낙토만주와 반도사화』는 1942년 '만주국' 건국 10주년을 기념하여 신경 만주학해사(滿洲學海社)에서 출간한 대형 앤솔로지로 '만주국' 국무총리 장경혜(張景惠)가 표지글씨를 써주고 이동치호(伊東致昊, 즉 尹致昊), 청원범익(清原範益, 즉 李範益, '만주국' 간도성 초대 성장), 유진오(兪鎭午), 청목일부(青木一夫, 즉 朴八陽) 등이 서문을 썼고 전임 조선총독 미나미 지로(南次郎), 일본제국 총리대신 도조 히데키(東條英機), 일본 관동군 사령관 우메즈 요시지로(梅津美治郎), '만주국' 국무총리 장경혜(張景惠), 괴뢰 남경정부 주석 왕정위(汪精衛) 등이 쓴 5편의 기념사 및 이병희(李丙熹), 이병기(李炳岐), 이광수, 최남선, 안확(安廓), 현상윤(玄相允) 등의 글 126편이 실렸다.

『낙토만주와 반도사화』에 실린 최남선의 글로는 「기자(箕子)는 지나의 기자가 아니다」, 「만주약사(滿洲略史)」, 「간도(間島)와 조선인」, 「조선과 세계의 공통어」, 「만주의 명칭」, 「몽고(蒙古)의 명의(名義)」 등 6편이 있는데 모두 논문에 가까운 글들이다.

『만주조선문예선』은 필사 등사본으로 된 소형 앤솔로지로 현경준, 최남선, 신영철, 안수길, 염상섭, 김조규, 박팔양 등 15명의 저자가 쓴 20편의 작품과 14편의 고시조가 실렸다. 최남선의 글 4편 중 「사변과 교육」은 정론(政論)이고 나머지 세 편은 수필이다. 또한 이 세 편의 글은 최남선이 만주 시절 창작한 글로 후일 그의 전집에도 실리지 않고 있다.

「사변과 교육」은 1939년 『삼천리』에 발표했던 「전쟁과 교육」이란 글을 제목만 바꿔 다시 실은 것이다. 이 글에서 최남선은 '지나사변'이 중국인들에게 있어서의 교육적 가치를 논하고 있다. "支那는 世界에서도 比類가 업는 老大國인 同時에 四億이 넘는다는 그 國民은 그 歷史와 文化를 자랑하기에 頑冥執拗하야 尋常한 方法으로는 그네를 近代生活의 此岸으로 濟度해 낸다는 수가 업게 생긴 群衆이다"[8]라고 주장하면서 '지나사변'은 우매하고 완고한 중국인들을 깨우치는 채찍으로 "눈물에 축인 사람의 채쭉 살에 쓰라리기는 하겟지마는 그 長夜의 昏夢을 깨침에는 이것이 도리혀 親切이오 至情임이 毋論이다. 매란 것은 따리기에도 힘드지만는 귀여운 子弟를 가르치려 하매 수고를 도라보지 안는 것이다"[9]라고 주장하고 있다. 이 글은 최남선이 만주로 이주한 뒤 첫 번째 글로 그 기본적인 논지는 1930년대 이후 점차 노골화 된 최남선의 친일논지와 궤를 같이 한다고 할 수 있다.

「독서」는 최남선이 자신의 독서철학을 밝힌 글로 "讀書는 아모것이든지 方便이 아니다. 그냥 讀書 그것으로가 우리의 一大生活事實인 것이다. 이러하니까 할 것이오 그러치 못하면 말 것이 아니라 이러튼 저러튼 讀書해야 하기를 着衣喫飯과 가치 할 것이다. 讀書가 업시는 내가 배곱흐며 내가 몸 으스스함을 어찌 하지 못하나니 讀書는 곳 내 生活에서 빼지 못할 一大要素임을 앙탈할 수 잇스랴"[10]라고 하면서 자신

8　최남선, 「사변과 교육」, 『만주조선문예선』, 신경 조선문예사, 1941, 78쪽.
9　위의 글.
10　최남선, 「독서」, 『만주조선문예선』, 신경 조선문예사, 1941, 20쪽.

만의 독서철학을 밝힌 짤막한 소품문이다.

「백작재반일」은 최남선이 '만주국'의 명사(名士) 나진옥(羅振玉)의 사택인 '백작재(百爵齋)' 방문기이다. 나진옥(1866~1940)은 청조 말기~'만주국' 시기 상당한 활약을 했던 문신인 동시에 중국근대농학(農學)의 개척자이고 돈황(敦煌) 연구와 금석문 연구에서도 상당한 조예를 가졌던 고고학자였지만 지극히 보수적인 인물로 끝까지 청조의 말대(末代) 황제인 부의(溥儀)를 추종하였다. 그는 '만주국'의 성립되어 부의가 '집정(執政)'에 오르는 의식에서 부의를 대신하여 답사를 하였고 그 뒤 '만주국' 감찰원장, 참의부 참의, '만일문화협회(滿日文化協會)'의 회장 등 요직을 역임했다. 최남선은 이 글에서 대련(大連)에 있는 나진옥의 사택 '백작재'를 방문하여 주인이 자랑하는 고서화, 고문화재 등을 관람하고 마침 그곳에 와있던 청조의 예부시랑(禮部侍郎)과 '만주국' 내무처장 등을 역임했던 문신 애신각라·보희(愛新覺羅·寶熙, 1871~1942)와 함께 나진옥이 소장하고 있던 이제현(李齊賢)의 글, 김수온(金守溫)의 이력 등을 담론한 이야기를 적고 있다. 나진옥과 보희는 청조 말엽의 대표적인 보수파 문인으로 중화민국이 성립되고 청조가 멸망하여 말대 황제 부의가 황궁에서 쫓겨날 때 황실의 위임을 받아 사후문제를 처리한 5인 대표에 포함되어있었다. 이들은 최남선의 말을 빌면 "天下의 兩士요 滿洲의 一双國老"[11]로 '만주국'의 요직에 있었던 명사들로 이 글은 만주체류 시기 최남선의 교우관계를 엿볼 수 있다.

「천산유기」는 최남선이 신경에서 기차로 안산까지, 다시 버스로 천산 입구까지 이동하여 요동(遼東)의 명산인 천산의 자연경관과 인문경

---

11 최남선, 「백작재반일」, 『만주조선문예선』, 신경 조선문예사, 1941, 35~36쪽.

관을 유람하고 적은 기행문이다. 대부분 짤막한 소품문인 『만주조선문예선』에서 「천산유기」는 7,000자 가까운 편폭이고 문인기행문의 정석대로 경관에 대한 상세한 묘사와 관련된 풍성한 역사, 지리학적인 지식을 결합한 문체이다. 따라서 이 글은 만주 체류 시기 최남선의 글쓰기에서 돋보이는 작품인 동시에 함석창(咸錫彰)의 「길림영춘기(吉林迎春記)」와 더불어 『만주조선문예선』에서 가장 뛰어난 문학성을 갖춘 글이라고 할 수 있다.

3. 「천산유기」의 만주담론

일제의 식민지 치하에 있었던 조선에서 단순한 이국 혹은 이역이 아닌 만주로의 여행은 타자의 발견보다는 자아의 발견이라는 의미가 강했고 나아가 자아의 정체성을 확인하는 과정으로 일종의 '세속적인 성지순례'[12]라고 할 수 있다. 따라서 조선인들의 만주기행문은 만주라는 보편적이고 지리적인 공간(space)에 자기의 가치관과 인식에 근거한 의미를 부여하여 자기만의 장소(place)로 재구성하는 일종 '장소서사'라고 할 수 있다.

인문지리학자 에드워드·렐프(Edward·Relph)는 장소, 장소의 정체성, 장소감을 구분하여 ① 장소는 반드시 그 장소를 경험하는 인간을 내포

---

12 Benedict Anderson, 吳叡人 역, 『상상된 공동체─민족주의의 기원과 유포(*Imagined Communities Reflections on the Origin and Spread of Nationalism*)』, 上海世紀出版集團, 2005, 53쪽.

하고 있고 ② 장소의 정체성은 장소와 인간의 관계 속에서 형성되는 장소의 고유한 특성을 의미하며 장소를 중심에 둔 표현이고 ③ 장소감 역시 인간과 장소의 관계 속에서 인간이 장소를 어떻게 자각하고 경험하고 의미화 하는가를 말한다고 보고 있다.[13] 렐프에 의하면 "공동체와 장소 사이의 관계는 사실 매우 밀접해서 공동체가 장소의 정체성을, 장소가 공동체의 정체성을 강화시키며, 이 관계 속에서 경관은 공통된 믿음과 가치의 표출이자, 개인 상호간의 관계맺음의 표현이다."[14]

최남선이 문화 연구의 방편 삼아 금강산, 지리산, 백두산 등 조선의 명산을 돌아보고 「풍악유기(楓岳遊記)」, 「심춘순례(尋春巡禮)」, 『백두산근참기(白頭山覲參記)』 등을 남겼다. 기존의 연구[15]에서 밝힌 바와 같이 최남선의 국내기행문은 거개 국토(혹은 그 연장)의 심상을 찾아 잃어버린 국토를 상상적으로 복원하기 위한 작업의 일환이었다.

최남선의 만주기행문은 식민지조선과 복잡한 역사적, 지리적, 정치적 관련을 갖고 있는 만주에 최남선만의 의미를 부여하여 완성된 일종 '장소서사'인 것이다. 최남선의 첫 해외기행문인 『송막연운록(松漠烟雲錄)』은 바로 만주를 대상으로 하고 있는바 만주라는 장소에서 고구려, 발해와 같은 잃어버린 역사와 수전, 조선 이주민 등 '조선적인 것'들을 찾아내는 데 열중하고 있다.

「천산유기」 역시 이와 궤를 같이한다.

---

13   에드워드 렐프, 김덕현 외역, 『장소와 장소상실(*Place and placelessness*)』, 논형, 2005.
14   위의 책, 86쪽.
15   대표적인 연구로 서영채의 「최남선과 이광수의 금강산 기행에 대하여」(『민족문학사연구』 24호, 2004), 「기원의 신화를 향해 가는 길 – 최남선의 『백두산근참기』」(『한국근대문학연구』 12호, 2005) 등이 있다.

遼東의 景勝을 말하는 이가 먼저 千山을 들믄 누구나 그 實을 가리지 못
함이다. 曆日의 봄이 느저가되 등허리가 그냥 으스스함을 견듸다 못하야
南枝를 그리워하는 마음이 四月 二十七日 夜의 南行列車에 내몸을 실허노
핫다. 新京 떠날 때의 찬비가 어듸서부텀 개엿는지 아츰 六時 奉天에서 잠
을 깨엿슬 제는 다만 朝陽에 驕慢한 槐柳의 新綠이 자는 눈에 새 정신을 씌
워 줄 쑨이엇다. 그리하고 南으로 나러가는 一步는 그대로 春意增上의 一
段이오 쏘 그냥 綠陰深濃의 一夜이랄가. 밋 白塔이 가음아는 遼陽으로부터
서는 大地가 暖陽의 미테 네 활개를 편 分明한 初夏의 氣分임에 놀라지 안
치 못하얏다.[16]

'만주국' 건국대학의 유일한 조선인 교수였던 최남선이 천산을 보기
위해 쌀쌀한 4월의 신경(新京)에서 기차를 타고 남하했을 때의 심경은
「백작재반일」에서 초겨울의 신경에서 남쪽의 대련(大連)에 도착했을
때의 그것과 비슷하게 따뜻하고 만족스럽다.

최남선이 천산 기행은 1941년 4월 27일 이뤄졌다. 『송막연운록』을
지었던 1937년 가을, 최남선은 만주지역을 돌아보면서 요양(遼陽), 안산
(鞍山)에 들렀지만 지척에 있는 천산을 그냥 지나쳤다. 당시 최남선은
안산에서 바라본 천산의 모습을 두고 "기이하고 수려한 모습이 우쩍
기세를 더하여, 줄줄이 늘어선 산악이 톱니처럼 솟아있다. 그 중 한 봉
우리가 흡사 말안장 같은 모습을 띠고 있으니, 물을 것도 없이 안산(鞍
山)임을 알겠다. 산모양이 마치 안양(安養) 쯤에서 보는 관악산 연봉(連
峰)과 비슷하다"[17]라고 쓰고 있다. 만주에서 조선적인 것들을 찾아내려

16　최남선, 「천산유기」, 『만주조선문예선』, 신경 조선문예사, 1941, 41쪽. 이하 이 글의
　　「천산유기」의 원문 인용은 쪽수만 밝히기로 한다.

했던 최남선의 일관적인 시각이 보이고 있다.

「천산유기」 또한 천산의 초입부터 '조선적'인 것을 보고 느끼는 감동에서 시작하고 있다.

> 싸호면서 沙河村 魏家屯等部落을 지내고 七嶺子에 다다라서는 山도 가참고 松林도 드믄드믄 잇고 花崗石 부스러진 모래바닥으로 흐르는 개울이 滿洲에서는 희한하달 만큼 맑기도 하야 滿目風物이 죄다 朝鮮的임에 말할 수 업는 반가운 情이 난다.(42쪽)

만주의 산야라면 도처에서 볼 수 있는 소나무 숲, 맑은 개울만 보고도 "만목풍월이 조선적"이라는 감개무량했던 최남선은 천산을 보는 내내 조선을 떠올리고 있다. '팔보긴(八步緊)'이란 경물을 보면서 "鉅高한 巖壁이 긔운차게 하늘을 치바치고 발거리 될 만한 一線을 차저서 登七八을 타고 鐵欄을 베푸러 올려서 억지로 向上의 一路를 通하기를 맛치 北漢山의 白雲臺"(44쪽)와 같다고 했고 '협편석(夾扁石)'이라는 경물을 보면서 "登이 다하면 몸을 뒤처서 岩石의 갈라진 틈으로 드러가서 一便을 지고 一便을 안고 미죽미죽 橫行하야 한참만에 간신히 싸저나가서 말하자면 北漢의 '안돌이', '지돌이'를 한데 가저다가 부첫다 할 곳"(44쪽)이라고 쓰고 있으며 천산의 거치형(鋸齒形) 산세를 두고 "거긔 花崗巖의 風化를 말미암는 怪石美가 잇고 鬱蒼한 松林風籟音이 잇고 長谷과 淸溪가 잇고 蘭若와 塔姿가 잇서 風景構成의 要素가 꼭 우리의 故土와 틀림이 업다. 그래서 生面이 아니라 旧識과 갓기로 웨 그런고하고 삷혀

---

17 최남선, 『송막연운록』, 경인문화사, 2013, 329쪽.

보니 여긔까지의 洞壑은 마치 逍遙山의 入口와 비슷하고 이우에서 나려다보는 谿谷은 흡사히 小藏山의 碧蓮菴前面과 갓다. 滿洲에서 朝鮮山川의 風韻을 맛보기를 吉林의 松花江에서 한번하고 東寧의 萬鹿溝에서 두번 하얏섯지마는 이제 千山에서 가치 錦繡江山 그대로를 對해 보기는 일즉이 經驗도 업고 쏘 이뒤에 거듭하기를 긔필치 못한 뜻하다"(45~46쪽)고 쓰고 있다.

최남선이 천산에서 조선을 소환하는 방식은 자연경관의 유사성에서 유발된 상상에만 기대고 있는 것은 아니다.

> 위선 山 全体가 長白山의 未脈이 바다를 건너서 泰山을 만들랴가는 過野임이다. 遼東半島란 원래 朝鮮半島와 매한가지로 역시 白頭山의 한 기슭인 것이다.(46쪽)

천산이 백두산의 지맥이라는 지리담론은 요동반도가 조선반도의 한 기슭이라는 인문지리학적인 담론으로 확장이 된다. 그러면서 "歷史를 말할 것 가트면 千山의 左右가 古朝鮮의 主要한 地域으로서 高句麗, 渤海의 歷代에 언제든지 根本部的 意味를 가젓든 郡縣地이얏으니 이들에는 先民의 어루만진 자리가 잇고 이 흙에는 先民의 흘린 쌈이 심여 잇슬 것이"(46쪽)고 "無量觀境 內에 康熙十四年 建立 〈重修觀音閣羅漢洞姓名碑記〉가 잇서 그 中에 '千山天地之鍾秀 三韓之巨觀'이란 句가 잇고 客堂의 扁額에도 '三韓丁鶴年書'를 署한 것이 잇스니 이러케 千山을 三韓地 視함이 진실로 偶然한 일이라 할 수 업다"(46~47쪽)고 하면서 최남선은 천산일대에 "잃어버린 고토"라는 '장소의 정체성'을 부여하고 있다.

나아가 최남선은 근대 이후 천산일대의 개발 또한 조선인들이 시작한 것이라고 강조하고 있다.

> 　　아득한 녯일 쑨일가. 近代의 滿洲封禁期에 千山을 踏遍하야 그 拳石撮土로 하야금 항상 現實界와 因緣을 가지게 한 者는 鴨綠江 方面으로부터 山蔘을 케러 다니는 우리의 '심뫼선'들이얏다 하니 말하자면 千山의 開發은 朝鮮人으로 더부러 서로 終始하얏다 할 것이다.(46~47쪽)

　　결론적으로 최남선의 만주담론은 만주와 조선의 밀접한 지정학적 연관성에 대한 강조에 지나지 않는바 이른바 '북방문화'의 개념을 상정하여 만주문화를 중국문화에서 박리(剝離)하려고 했던 그의 문화연구의 시각와 일맥상통한다고 할 수 있다.

　　「천산유기」를 쓸 때 쯤 최남선은 이미 일제의 식민주의담론에 경도되어 있었고 「만몽문화론」 등을 통해 '만주국' 건국의 문화적 당위성을 설파하는 데 주력하고 있었는데 그 근저에는 '만선일여(滿鮮一如)', '오족협화(五族協和)', '팔굉일우(八紘一隅)' 등 만주에서 일제의 식민담론이 자리 잡고 있었다. "내 이제 千山의 一峰頂에 서서 흠뻑 滿洲를 이러버리고 슬며시 故土의 생각을 품음을 누가 구태 탓할 者이냐"(47쪽)라고 하면서 만주에서 조선을 상상하는 자신에 대한 자책감은 최남선의 진실한 고백이라고 하겠다.

4. 결론 – 최남선의 상상적인 '탈 경계'

만주를 대할 때 고조선, 고구려 등 역사담론을 통한 상상적인 영토
확장은 만주기행문에서 쉽게 찾아 볼 수 있다.

> 高麗門이라는 것은 옛날 使臣들이 通關하든 곳입니다. 高句麗以前으로
> 말하면 滿洲一幅이 다 우리 民族의 版圖니까 말할 것도 없지마는 高麗以後
> 로 漸漸 졸아들기를 一千年을 해 오는 동안은 이 땅은 마츰내 漢族의 것이
> 되어버렷습니다.

> 瀋陽이라면 丙子胡亂에 三學士가 淸太宗에게 갖은 勸誘와 惡刑을 받고도
> 끝끝내 降服하지아니하다가 칼끝에 忠義의 熱血을 뿌리고 죽은 곳입니다.
> 만일 吾族이 다시 이곳을 차지할 날이 온다고 하면 맨 처음 할 일은 三學士
> 의 忠魂碑, 忠魂塔을 세우는 것이겠습니다.

상기 두 단락의 인용문은 이광수가 「만주에서」[18]라는 제목의 기행
문에서 따온 글귀이다. 민족지도자에서 친일로의 전향이라는 정신적
궤적을 같이 하는 이광수와 최남선 두 사람의 만주담론 또한 비슷한 모
습을 보이고 있다. 만주 경내에 진입하는 순간 이광수는 조선의 민족
적 절개의 화신이라고 할 수 있는 '삼학사'를 떠올리고 고구려를 떠올
려 만주는 잃어버린 고토임을 상기시키고 있다.

일제 식민지배 하의 조선인이라는 정체성을 고려한다면 이러한 만

---

18 이광수, 「만주에서」, 『동아일보』, 1933.8.9~8.23.

주담론은 가히 일종 환유(metonymy)라고 할 수 있는바 역사를 빌어 현재를 언술하거나 역사담론으로 현실담론을 치환하는 일종 글쓰기 전략으로 볼 수도 있다. 문제는 이러한 역사담론이 때론 '향수(鄕愁)'와도 같아 옛날에 대한 무기력하고 감상적인 기억이 되어 현실에 대한 회피 내지는 퇴행이 될 수도 있기 때문이다.

최남선의 경우가 가히 대표적이라 할 수 있다. 최남선은 일찍 1920년대 『불함문화론』에서 조선, 일본, 중국 지어는 유럽까지 아우르는 문화적 영토인 '불함문화'를 주창함으로써 보다 포괄적인 상상적인 경계로 현실적 경계를 지우는 '탈 경계'를 시도하였다. 이때까지는 적어도 일제의 식민지라는 조선의 현실에 대한 '탈 영토화' 내지는 '재 영토화'라는 보다 적극적인 의미를 갖고 있었다면 만주 체류 시기 최남선의 만주담론은 철저하게 일제의 식민주의담론에 포섭되어버렸던 것이다. 「간도와 조선인」이란 글에서 최남선은 간도 이주의 역사, 청과 조선의 간도국경문제 등을 거론하면서 조선인의 간도진출의 당위성을 설파하는 듯 하다 결국에는 "滿洲는 五族協和의 王道樂土의 새 出發을 하여 慈○(판독불가－인용자)과 恩露가 무른 朝鮮民族의 쉬이 普及均等하고 있나니 이 新天地에 今後 朝鮮人의 發展은 진실로 測量하지 못할 것이 있게 되었다"[19]라는 허무한 결론에 이르게 된다.

최남선과 같은 상상적인 '탈 경계'는 한국 근대문학의 만주담론에서 적지 않게 보이는 것들이다. 안수길의 '북향(北鄕)'의식 역시 "만주는 일찍 우리의 고토(故土)였다"라는 인식을 전제로 한다. 다만 최남선에 비해 안수길은 "어떻게 살 것이냐"라는 실존적인 문제에 입각하여 떠나

---

19 최남선, 「간도와 조선인」, 『반도사화와 낙토만주』, 만주학해사(滿洲學海社), 1942, 145쪽.

온 고국을 돌아보지 않고 만주에서 새로운 기원이 되고자 하는 의식을 강조함으로써 일제의 식민주의담론을 비껴갈 수 있는 논리적 근거를 희박하게나마 확보하려고 애를 쓰고 있다.

최남선의 만주담론은 마찬가지로 역사담론을 주요한 언술수단으로 삼았던 신채호와 비교된다. 주지하는 바와 같이 망국멸족의 위기 앞에 신채호는 역사담론을 통한 애국·독립의식의 고양에 주력하였는바 일제의 만주침략의 본질을 밝히면서 일본이 조선을 점령하고 나서 만주를 침탈하고 "남으로 중국을 도모하고 북으로 시베리아를 침범해서 하루에 만리를 개척하는 칭키스칸의 패도를 이루려"[20]하고 있음을 지적하였고 만주로 이주하는 조선인들이 "국수를 보존"하고 "정치능력을 양성"해야 한다고 호소하고 있다.[21]

신채호의 만주담론은 자아와 타자의 경계를 확정하여 상상적인 '탈경계'가 아닌 주체성의 확립을 도모하고 있는 것으로 여기에 비추어 볼 때 최남선의 만주담론이 갖고 있는 허구성이 보다 자명해 진다고 할 수 있다.

---

20 신채호, 「조선의 독립과 동양평화」, 『천고』 제1권, 1921.
21 신채호, 「만주문제에 취(就)하여 재론함」, 『대한매일신보』, 1910. 1. 19~1. 22.

참고문헌

1. 단행본 및 논문

문성환, 「최남선의 「천산유기」에 나타난 타자화의 논리」, 『한국문학이론과 비평』 제42집, 2009.

서영채, 「최남선과 이광수의 금강산 기행에 대하여」, 『민족문학사연구』 24호, 2004.

_____, 「기원의 신화를 향해 가는 길-최남선의 『백두산근참기』」, 『한국근대문학연구』 12호, 2005.

신영철(申瑩澈) 편, 『만주조선문예선(滿洲朝鮮文藝選)』, 신경 조선문예사(新京 朝鮮文藝社), 1941.

최남선, 『송막연운록』, 경인문화사, 2013.

에드워드 렐프, 김덕현 외역, 『장소와 장소상실(Place and placelessness)』, 논형, 2005.

『반도사화와 낙토만주(半島史話와 樂土滿洲)』, 만주학해사(滿洲學海社), 1942.

Benedict Anderson, 吳叡人 역, 『상상된 공동체-민족주의의 기원과 유포(Imagined Communities Reflections on the Origin and Spread of Nationalism)』, 上海世紀出版集團, 2005.

『문총文叢』 동인들의 조선인 재현

매낭(梅娘), 유용광(柳龍光)과 오랑(吳郞), 오영(吳瑛)을 중심으로

박려화

1. 들어가는 말

매낭(梅娘)[1]과 오영(吳瑛)[2]은 만주국에서 영향력 있는 작가이자 만주국을 대표하는 여류작가이다. 또한 만주국에서 다작한 작가들에 속한다. 이밖에 두 사람은 모두 『문총(文叢)』[3] 동인이다. 둘의 인연은 '문총(文叢)간행회' 성립 전 『대동보(大同報)』 시절부터 이어진 것으로 보인

---

1 梅娘, 본명은 孫嘉瑞이고 필명에는 梅娘, 孫敏子, 敏子, 芳子, 蓮紅, 柳靑娘 등이 있다. 주요작품으로는 작품집 『小姐集』, 『第二代』 등이 있다.

2 吳瑛, 본명은 吳玉瑛이고 필명에는 英娘, 小英, 瑛子 등이 있다. 주요 작품으로는 작품집 『兩極』, 중편소설 「虛園」, 「淸街」 등 다수가 있다.

3 1939년 10월 신경 『大同報』의 부간 "文學專業"의 작가들을 중심으로 "문총간행회"가 구성되는데 이들은 대형문예잡지 『文叢』을 구상한다. 따라서 이들을 『文叢』 동인이라고 부른다. 이들 동인으로는 만주국에서 저항적인 작가 山丁을 비롯하여 梅娘, 吳瑛, 吳郞 외에도 金音, 冷歌 등이 포함된다. 이들 동인들 중 많은 동인들의 작품은 만주국의 현실을 보여주고 있다.

다.[4] 두 사람의 전반적인 문학관을 살펴보면 모두 폐미니즘적 시각에 입각하여 만주국이라는 특수한 시공간을 살아가는 여성들의 삶을 폭넓게 그려냈다.

또한 두 작가 모두 조선인을 작품에서 재현한 적이 있는데 이로 보아 조선인에 대하여 관심을 품고 있었던 것으로 보인다. 비슷한 경력을 지니고 있는 두 작가이지만 그들이 조선인에 대한 인식은 분명 차이를 보인다. 따라서 이들의 작품에서의 조선인 재현을 살펴보는 것은 작가의 보다 정확한 문학관을 알아보는 데 도움이 될 뿐더러 조선인들의 보다 정확한 위상 그리고 조선인에 대한 만주국 작가들의 서로 다른 시선을 알아보는 데 도움이 된다.

매낭과 오영의 조선인에 대한 보다 정확한 인식을 알아보려면 우선 유용광(柳龍光)[5]과 오랑(吳郎)[6]에 대하여 알아보아야 한다. 유용광의 『대동보』 시절(1936~1938) 오랑 역시 『대동보』에서 기자로 재직했다. 그리고 고정(古丁)과 산정(山丁)을 중심으로 하는 두 작가군 사이에 1937년 '향토주의(鄕土主義)'와 '사인주의(寫印主義)'의 논쟁이 일었을 때 두 사람은 모두 산정의 편에 서서 힘을 실어주었다.

---

4 梅娘은 수필 「一代故人」에서 吳瑛에 대하여 다음과 같이 회고한다. "나는 고중을 졸업하고 『大同報』에서 잠깐 일한 적이 있었다. 당시 여작가인 吳瑛과 동료였다. 우리 둘은 여자 중학교의 선후배였고 그녀는 나보다 몇 살 많았다. 당시 이미 퍽 이름 있는 여기자였다." 매낭(梅娘), 장천(張泉) 편, 『매낭근작과 서간(梅娘近作与書簡)』(동심출판사, 2005)에 수록된 「一代故人」의 147쪽 참고.

5 柳龍光, 본명은 柳瑞辰이고 필명에는 紅筆, 系己가 있다. 만주국 시기 그의 작가적 역량보다는 편집자로서의 역량이 더욱 빛났던 것으로 보인다. 1938년 『大同報』의 편집을 맡으면서부터 1949년 초 "태평륜"에서 조난당할 때까지 잡지 편집이라는 직무를 내려놓지 않았다. 梅娘의 남편이다.

6 吳郎, 본명은 李守仁이고 필명은 吳郎이다. 주요 작품으로는 시집 『苦吟集』이 있다. 吳瑛의 남편이다.

그러다가 1939년에 들어서면서 유용광은 일본으로 가서『화문대판매일(華文大阪每日)』의 편집으로 취임한다. 반면 오랑은 같은 해부터『신만주(新滿洲)』의 실질적인 편집을 맡게 된다. 이때로부터 두 사람은 편집자로써의 역량이 특히 돋보였다. 유용광과 오랑도 매낭과 오영처럼 조선인에 대하여 관심이 있었던 것으로 보이며 두 사람이 조선인에 대한 관심은 매낭과 오영이 조선인에 대한 태도에 크게 영향을 준 것으로 보인다. 따라서 유용광과 오랑의 조선인관에(觀) 대하여 알아보는 것도 아주 중요한 작업이라고 할 수 있다.

2. 유용광(柳龍光)과 잡지『화문대판매일(華文大阪每日)』

1938년 말,『대동보』를 사직한 유용광은 그 이듬해인 1939년 2월 일본『화문대판매일』의 편집장을 맡게 되면서 일본으로 떠난다. 그 후 1941년 말『화문대판매일』을 사직하고 아내인 매낭과 선후로 다시 일본을 떠나 북경으로 향한다.

『화문대판매일』의 편집 시절 유용광은 조선문학에 많은 관심을 가지고 있었던 것으로 사료된다. 유용광이『화문대판매일』로 옮겨 편집장을 맡은 해인 1939년에 출간된 잡지 제3권 제4호(1939.8.15)에는 '동아문예소식(東亞文藝消息)' 란이 새로 개설된다. 주로 일본, 중국, 만주 세 지역의 문예 관련 소식들을 전하는 문예란인데 여기에서는 조선문학에 대한 소개를 어렵지 않게 찾아볼 수 있다.[7] 이는 잡지의 편집자가 조선문학에 관심을 가져야만 가능한 일이다.

특히 흥미로운 것은『화문대판매일』제3권 제4호에는 '동아문예소식'란 외에도 '번역소설(翻譯小說)'란이 새로 개설된다. '번역소설'란은 불규칙적으로 이어지다가 제4권 제2호(1940.1.15)부터는 '번역문예(翻譯文藝)'라는 이름으로 자리를 잡아 거의 매회 이어진다. 그 중 일부는 '해외문학선집(海外文學選輯)'[8]의 이름으로 6회 동안 대체된다. '번역문예'란에 처음으로 선보인 작품은 히노 아시헤이[火野葦平]의 작품「광동의 맹매(盲妹)」와 나카무라 료헤이[中村亮平]의 작품「조선의 동화」[9]이다. 제5권 제5호(1940.9.1)와 제5권 제7호(1940.10.1) '번역문예'란에는 두 회에 걸쳐 나무(羅懋) 역으로 된 이태준의 작품「까마귀」를 번역하여 수록하기도 한다.

'해외문학선집'을 포함한 '번역문예'란은 미국, 영국, 일본, 조선 등 다양한 지역의 소설, 수필, 산문, 평론 등 다양한 장르의 작품을 번역하여 수록한다. 이후 1941년 하반기 유용광은 '화문대판매일신문사(華文大阪每日新聞社)'를 사직하고 귀국한다. 공교롭게도『화문대판매일』의 '번역문예'란과 '동아문예소식'란도 이 시기를 즈음하여 뜸해진다.[10] 이는 두 문예란 모두 편집장인 유용광의 재량으로 개설된 문예란임을 증명

---

7   제4권 제6호, 제7호, 제9호, 제10호, 제11호, 제5권 제1호의 "東亞文藝消息"에는 모두 조선문학관련 내용이 소개되고 있다.

8   '海外文學選輯'은 제5권 제2호(1940.7)의 첫 회를 시작으로 제5권 제12호(1940.12)까지 "翻譯文藝"와 번갈아 가면서 6회가 실린다.

9   「조선의 동화」는 단군신화의 간략적인 내용을 쓰고 있다.

10 "東亞文藝消息"란의 경우 제6권 제6호(1941.6.15)를 마지막으로 자취를 감춘다. "翻譯文藝"란은 제6권 제4호(1941.2.15)를 기점으로 하여 그 후로부터는 잡지에 간헐적으로 등장한다. 필자가 확인한 바로는 제6권 제4호 이후 세 차례만 등장하는데 제7권 제3호(1941.8.1)에는 "翻譯文藝之卷", 제9권 제6호(1942.9.15)에는 "翻譯文藝", 제10권 제6호(1943.3.15)에는 "翻譯文藝特輯"의 이름으로 잡지에 번역 작품을 소개한다. 제10권 제6호의 경우 기존의 성격과 다르게 일본인 작가의 소설만 번역하여 수록한다.

하는 대목으로 유용광이 보다 넓은 시야와 문제의식을 지니고 있었음을 알 수 있다.

'번역문예'란에는 유용광이 홍필(紅筆)이라는 필명으로 번역한 여러 편의 평론과 소설이 수록된다. 그 중 제일 문제적인 것은 제4권 제7호(1940. 4.1)부터 시리즈의 형식으로 여러 지역 문학에 대한 평론을 번역하여 연재한 것이다. 여기에는 대만, 조선, 홋카이도, 규슈, 간사이 모두 다섯 지역의 문학을 소개한 평론이 포함되어 있다. 정리해보면 아래와 같다.

제목	원작가	발표지면
대만문학계의 현상	中村地平	제4권 제7호(1940.4.1)
조선문학계	장혁주	제4권 제8호(1940.4.15)
홋카이도문학계	伊藤整	제4권 제10호(1940.5.15)
규슈문학계 현상	刘塞吉	제4권 제11호(1940.6.1)
간사이문학계 현상	藤沢桓夫	제4권 제12기(1940.6.15)

평론 「대만문학계의 현상」을 번역하여 수록하면서 유용광은 같은 지면에 역자주를 싣게 되는데 거기에는 아래와 같은 내용이 포함되어 있다.

> 이밖에(대만 외에도 - 인용자) **조선, 홋카이도, 규슈, 간사이 등 일본 각 지역** 문단의 현상에 대하여 번역하여 본 잡지에 소개하려고 한다. 소재는 2월 하순 동경신문에 실린 것에서 취한다.[11]

식민지 대만과 조선을 일제의 한 로컬로 보고 있는 듯한 유용광이 이 시점에 이런 시리즈 형식의 문학평론을 번역하게 된 이유가 궁금해

---

11 中村地平, 「대만문학계의 현상」, 『華文大阪毎日』 제4권 제7호, 1940.4.1, 30쪽.

진다. 사실 다섯 지역에 대한 문학 소개 평론을 번역하기에 앞서 유용광은 野中修의 평론 「북경의 문학잡지」[12]를 번역하여 '번역문예'란에 싣는다. 「북경의 문학잡지」와 다섯 지역의 시리즈 형식의 평론을 결부하여 보면 그 이유를 어느 정도 유추할 수 있다. 대만, 조선, 북경은 동아시아에서의 일제의 식민통치를 받고 있는 지역이다.

1940년 3월 왕정위(汪精衛)의 남경정부가 수립되고 전쟁국면이 장기화되면서 일제는 '일・만・지'를 중심으로 하는 '동아신질서'의 건설을 한층 강화하고 나섰고,[13] 따라서 일제와 식민지역 간의 연결도 자연 한층 긴밀을 요하게 되었다. 특히 일제의 오랜 식민지인 조선과 대만은 일제와의 더욱 밀접한 연결을 강요받았다. 이 시기 일본에서 조선문학이 예전에 비해 상대적으로 활발하게 소개된 배경 역시 '동아신질서' 건설의 강화라고 할 수 있다. 유용광은 바로 당시 일제가 강조하는 이른바 '동아신질서' 속에서 일제의 식민지역에 큰 관심을 두고 이해하고 있었던 것으로 보인다. 그렇기 때문에 일제가 '동아신질서' 건설을 강조하던 시기와 같은 시기에 식민지역인 조선과 대만 그리고 북경을 선택하여 이 지역의 문학을 소개할 수 있었던 것이다.

그런데 유용광의 일제가 내세운 '동아신질서' 속에서 식민지역을 바라보는 시각은 결코 일제의 식민통치정책과 완전 맞물리는 것은 아니다. 당시 일제는 식민지 조선과 대만에서 강도 높은 민족언어 말살정책을 펼쳤다. 본토 언어 말살, 일본어 보급을 주요내용으로 하는 민족언어 말살정책은 식민지인을 황민화하여 전쟁수행에 최대한 동원하기

---

12 野中修, 紅筆 역, 「북경의 문학잡지」, 『華文大阪每日』 제4권 제5기, 1940.3.1.

13 「新秩序建設에相互賣進日支共隆共興希求―汪宣言에呼應中外에發表」, 『만선일보』, 1940.3.31.

위한 것이다. 1940년을 전후한 시기가 바로 언어적 민족말살 정책이 최고조에 달하던 시기이다. 평론 「대만문학의 현상」에서도 이와 관련하여 다음과 같이 쓰고 있다.

수년전 台中市를 비롯한 지역에서 楊逵, 楊遠 등이 『대만문예』, 『대만신문예』 등 잡지를 중심으로 활발히 활동했으나 정치적 이유에서인지 경제적 이유에서인지 이들의 흔적은 찾아볼 수 없다. 현재 本島人 중 소설로 문학활동을 이어가는 자는 「木瓜之街」의 작가 龍瑛宗 한 사람에 불과하다. 두말할 것 없이 이 작가들의 작품은 일본어로 쓴 것이다. 조선과 달리 대만에는 자고로 전해오는 향토적 고유문학이 없다.[14]

그런데 평론과 같은 지면에 수록한 유용광의 역자주에서는 평론과는 다른, 일제의 식민지 언어정책과는 어울리지 않는 뉘앙스를 풍기는 주장을 한다.

우리가 알고 있는 대만에 관한 문예는 1936년 호풍이 소개한 소설 楊逵의 「送報夫」, 呂赫若의 「牛車」, 楊華의 「薄命」에 불과할 뿐이다. (모두 일본어에서 번역되어 온 것이다). 예기치 못했던 것은 작년 본 잡지에서 장편소설 모집에 대한 광고를 게재하자 대만에서 보내온 응모원고를 받은 것이다. 그중 한 편은 가작에 입선되었는데 바로 吳漫沙의 「和平之歌」이다. 이밖에 ○○○(해독불가―인용자)의 필명을 가진 한 사람이 더 있었는데 그 역시 타이베이시에서 보내온 것으로 기억된다. 이 두 작품은 비록 발표되지는

---

14 中村地平, 앞의 글, 30쪽.

못했으나 모두 12만자 이상의 漢文으로 된 저작이었다. 하지만 이것만으로는 대만문예 현실의 단편적 인상만 보아낼 수 있을 뿐이다. 따라서 中村씨의 이 평론은 귀중한 것이라고 할 수 있다.

—3월 상순 오사카에서 역자가

또한 작년 7월 1일 본 잡지에 실렸던 吳漫沙의 단편창작 한 편이 떠오른다. 바로 「風沙之夜」(원본에는 風雨之夜로 되어있다—필자)이다. 편후수필에서는 특히 이 작품에 대하여 소개했었다.[15]

위의 인용문에 의하면 유용광은 분명 일제의 식민지 언어정책과는 다르게 대만작가들의 중국어로 창작한 작품을 크게 홍보하면서 이들의 중국어 창작을 높이 사고 있다. 이와 비슷한 내용으로 제4권 제10호의 '동아문예소식'란에서는 조선문단의 조선어 창작 문제에 대하여 거론하고 있다.

만주문학, 조선문학이 일본에 소개된 데에 대하여서는 지난 호에서 이미 간략하게 언급하였다. 일본의 여러 잡지 5월호에서는 조선문학에 대한 관심을 엿볼 수 있다. 『新潮』의 권두 평론에서는 조선문학과 조선어의 문제에 대하여 논하여 씨족 단일, 융합의 입장에서 볼 때 복잡한 의문을 보여준다고 하였다. 『文學界』에서 무라야마 토모요시[村山知義]는 일본어로 충분

---

15 『華文大阪每日』 제4권 제7호, 1940.4.1, 30쪽. 吳漫沙의 「風雨之夜」에 관한 소개는 제3권 제1호(1939.7.1)에서 확인하였다. 짧은 편폭의 소개를 그대로 옮겨 적으면 다음과 같다. "본 호의 단편소설 창작 중 「風雨之夜」는 한 대만작가의 원작이다. 이에 특히 소개하는 바이다."

히 뜻을 표현할 수 없는 조선작가의 現狀을 말했다. 독자의 확대를 위해서는 반드시 번역으로 주석을 달아야 한다.[16]

위의 인용문에서는 조선문학의 조선어 창작 문제에 관심을 두고 조선인 작가들의 일본어 창작 시의 문제점을 지적하고 있다. 이 역시 일제의 식민지 언어정책과는 위배되는 주장이다.

잡지에서 식민지 대만과 조선 문단의 창작언어에 대한 사고 및 문제의식을 가질 수 있었던 것은 『화문대판매일』이 만주국에서 발행된 잡지라는 점에서 비롯된 것으로 보인다. 일·만·한·선·몽 다섯 민족의 평화공존을 표방한 이른바 '오족협화(五族協和)' 하 만주국에서는 '내선일체', '내대일체'를 각각 표방하고 있는 조선, 대만과 달리 개인의 민족정체성이 일정하게 허용되었다. 바로 이런 민족정체성이 대만작가들에 대한 동족의식, 조선작가들에 대한 동질성을 불러일으켰고 이런 식민지역 민족에 대한 동족의식과 동질성이 만주국의 중국인 편집자인 유용광으로 하여금 일제의 식민지 언어정책과 어긋나는 주장을 하게 하도록 한 것이다.

위의 내용을 종합해 볼 때 유용광은 당시 일제가 강조하던 '동아신질서' 속에서 식민지 조선과 대만을 바라보고 있었음을 알 수 있다. 하지만 만주국 중국인 작가로써 그가 자연적으로 지니고 있었을 민족정체성은 일제가 식민지역에서 실시하던 민족말살정책에 불만을 품고 이와 어긋나는 주장을 하게 하였다.

---

16 「東亞文藝消息」, 『華文大阪每日』 제4권 제10호, 1940.5.15.

3. 매낭(梅娘)의 조선인 재현

매낭이 조선 또는 조선인에 대하여 재현한 작품으로는 「교민(僑民)」,[17] 「이른 저녁의 희극(傍晚的喜劇)」[18] 그리고 「방(一個蚌)」[19] 세 작품이 있다.

그 중 제일 문제적인 작품은 「교민」이다. 작품은 비록 발표지면이 만주국의 잡지 『문선(文選)』으로 되어 있으나, 시기적으로 볼 때 매낭이 일본 유학시기[20]에 창작한 소설이다. 소설은 기차라는 한정된 공간에서 조선인 남녀, 일본인 여성들, 작가 자신-만주국 중국인으로 예측되는 '나' 이 세 부류의 인간들의 서로에 대한 태도를 보여줌으로써 일제와 식민지 사이의 복잡미묘한 관계를 그려내고 있다.

일본에서 공사현장 책임자로 추측되는 조선인 남성은 신분상승을 꿈꾸는 인물로 설정되어 있다. 그는 겉보기에는 깨끗하지는 못해도 근대화에 어울릴 법한 외투를 차려입었고 특히 일본에서도 구하기 어려운 비교적 새 것인 가죽구두를 신고 있었다. 하지만 근대적인 차림 속에 감춰진 것들은 겉차림과는 사뭇 다른 것들이었다. 구두 속에 감춰진 양말은 아주 거친 것이었고 외투 속에 감춰진 셔츠 역시 풀을 심할 정도로 발라 꿋꿋해진데다가 옷깃에는 누런 때가 끼었고 단추는 흉한

---

17 여류작가특집, 『新滿洲』, 滿洲圖書株式會社, 1941.6.
18 『文選』 제1호, 沈陽文潮書局, 1939.
19 「一個蚌」은 1945년 新民印書館에서 발행한 梅娘의 작품집 『魚』에 수록되어 있다. 비록 작품집은 1945년에 발행되었지만 「一個蚌」의 경우 작품 말미를 볼 때 1939년에 창작된 것으로 보인다.
20 사실 梅娘이 만주국에서의 생활은 길지 않다. 1938년 말 남편 柳龍光을 따라 일본으로 유학을 떠났고, 1942년 만주국으로 돌아오고 얼마 지나지 않아 바로 북평에 거처를 잡고 생활했다.

붉은 색으로 되어 있어 조화롭지도 신사적이지도 못한 모습이었다. 남자가 하는 행동 역시 조화롭지 못하다. "고귀한 사람들의 표정"도 흉내 내보고 그들을 따라 손을 가지런히 무릎에 얹어도 보지만 '나'의 눈에는 이런 행동들이 "예절을 중시하는 일본인 여성들"이나 하는 행동으로 남자와는 절대 어울리는 것들이 아니다. 이렇게 남자는 옷차림부터 행동까지 근대 일본 사회에 편입하려고 애쓰지만 타인의 눈에 비춰진 모습은 그가 바라는 사회와 조화를 이루지 못할 뿐만 아니라 이질적이기까지 하다. 남자의 아내로 추측되는 조선인 여성은 남자와 다르게 흰 옷에 조선에서나 볼 수 있는 신발을 신고 있었다. 그는 남자의 말에 무조건 순종하는 전통적인 여성이다.

'나'는 겉보기에는 낡고 해진 외투에 남자에게나 어울릴 법한 큰 손목시계를 하고 있는 인물로 외관상으로 보면 남자보다 별반 나은 모습이 아니다. 그럼에도 남자는 아내로 보이는 조선인 여자에게 명령하여 그녀의 자리를 '나'에게 내줬다. '나'에게 자리를 내준 시간은 '내'가 전차를 타자마자 바로 내준 것이 아니라 오 분이 지나고 난 후였다. 아마 남자한테는 '나'의 신분을 판단할 시간이 필요했을 것이다. 겉모습만으로는 '나'의 이국인 신분이 드러나지 않았기 때문이다. '나' 역시 남자가 조선인의 전형적 차림을 한 여자와 '내'가 알지 못하는 언어로 대화하는 것을 보고서야 남자의 조선인 신분을 알게 되었다. '나'의 신분을 예측할 수 없을 때 일본사회에서 신분상승을 꿈꾸며 그 사회에 조화롭게 녹아들기를 원하는 남자는 '나'에게 자리를 양보할 수 밖에는 없는 것이다. 모든 일본인은 남자에게 있어서 자신보다 높은 위치에 있는, 아부해야 하는 존재인 것이다. 여기에서 남자가 생각하고 있는 세 사람의 위계관계가 적나라하게 드러난다.

'나'(남자의 눈에는 내가 일본인으로 비쳤을 수도 있음)

↓

본인(신분상승을 꿈꾸며 일본 사회에 녹아들기를 원하는 조선인 남자)

↓

아내(전형적 조선인 차림을 한 조선인 여자)

　　남자가 '나'에게 자리를 권하는 행동을 보고, 또 남자의 조선인 신분을 알게 되면서 그의 모습은 점점 이질적으로 느껴졌고, 이런 이질적인 모습은 점점 그에 대한 반감으로 변했다. 또 이런 반감은 조선인 여자에 대한 동정과 연민의 감정을 동반하였고 반감이 강해질수록 동정과 연민의 감정은 깊어졌다. '나'는 조선인 여성을 함부로 대하는 남자에게 그녀를 대신해 복수하기로 했다. 기차에서 내려 자동차로 갈아탈 돈이 없어 빗속을 걸어가는 조선인 남자의 옆을 지나 자동차를 타는 곳으로 향하는 것으로 말이다. 남자한테 일본인으로 여겨졌을 수도 있는 '나'는 남자가 동경하는 일본인 신분과의 좁혀질 수 없는 거리를 그에게 각인시켜주는 것으로 조선인 남자의 허황된 꿈을 비판하였다. 동시에 '나'는 여자의 소중한 흰 옷이 비에 젖을까 우려하는 것으로 여자에 대한 동정을 표하였다.

　　'나'는 비록 조선인 남자에게서 왜곡된 정체성을 발견하고 이를 비판하지만 사실 '나'의 처지 역시 남자와 별반 다를 바가 없다. 금방 차를 탔을 때 '나'의 옆에는 화려한 옷차림을 한 일본인 아가씨 두 명이 있었다. 하지만 그녀들은 '내'가 있는 쪽에서 냄새라도 난다는 듯이 손수건으로 입을 가린 채 다른 한쪽에 있는 같은 차림의 무리한테로 가버렸다. '나' 역시 화려한 옷차림의 무리와는 어울릴 수 없는, 그들에게 본능적으로 거부당하는 존재인 것이다. 또한 조선인 남자에게 복수하려고 자동차를 타는 곳으로 향하였지만 '나'한테도 자동차를 탈만한 돈이 없었고, 남들이 주의하지 않는 틈을 타 자동차역을 조용히 빠져나올 수밖에 없었다. '나'와 조선인 남자가 겹쳐지는 순간들이다. '나'는 조선인 남자를 증오하지만 남자와 같은 부류로 분류되는 "교민"인 것이다.

다만 '나'와 조선인 남자의 차이점이라면 나는 일본 근대의 착취의 본질을 알고 있다는 부분이다. 이 점은 '내'가 하고 있는 손목시계에 대한 서술을 통해 보아낼 수 있다. 시계의 유일한 작용은 바로 '나'에게 시시각각 시간을 각인시켜 일터로 내모는 것이다. 시계의 근대화 사회 착취도구로서의 본질을 알지만 '나'는 결코 이 시계를 처분하지 못한다. '나'한테는 시계를 새로 살만한 여유가 없기 때문이다. 반면 남자는 근대화 산물이라는 이유만으로 '나'의 시계를 부러워하고 소유하지 못한 것에 대해 부끄러움을 느낀다.

'나'와 조선인 간의 관계에서 '나'는 착취의 본질과 식민지인으로써의 신분도 인식하지 못하는 식민지근성을 지닌 남자를 비판하는 반면 근대 사회에 물젖지 않은 여자를 동정하고 연민한다. 이는 매낭이 조선인에 한 인식에는 편견과 연민이 공존함을 말해준다.

이밖에 근대화 문물의 상징이자 작품의 공간배경으로 되고 있는 기차는 매낭에게 있어서 특별한 의미가 있다. 매낭은 1944년『국민잡지(國民雜誌)』에 「아(啞)」라는 아주 짧은 편폭의 단편소설을 발표하는데 이 역시 기차안에서 벌어진 일을 쓰고 있다. 다만 이 기차는 일본이 아닌 북경에서 천진으로 향하는 기차이다. 작품에서 밖의 처량한 풍경과 대비되는 호화로운 객차 안에서 사치스런 양장을 하고 여유롭게 앉아 밖의 현실에는 관심이 없고 소일거리 책 따위만을 쳐다보는 손님들에게 화자는 경멸의 시선을 보낸다. 매낭은 기차와 그 속에 앉아 있는 손님들을 통하여 근대화의 화려한 껍데기에 매료되어 본질을 망각한 현실 속 지배계층을 신랄하게 비판하고 있는 것이다.

「아」와 마찬가지로 매낭은 「교민」에서 근대로 표상되는 기차를 공간배경으로 하여 그 속에 편승한 서로 다른 인간들의 신분차이와 그로 인해 발생되는 행동의 차이를 통해 일제와 식민지 간의 관계를 적나라하게 폭로하였다. 즉 조선인을 일제와의 관계 속에서 식민지 조선인으로 이해하고 있는 것이다.

「이른 저녁의 희극」은 암흑한 현실 속에서의 여성의 억척과 욕망, 지배계층의 무자비한 폭력, 하위주체의 수난 등을 중심으로 전개된다. 작품을 살펴보면 만주국을 배경으로 하고 있으면서도 만주국이라는 특수한 시공간이 체현되지 않는다. 조선인 인물 또는 조선에 관련된 것도 직접적으로 드러나지 않는다. 다만 문제가 되는 것은 매낭이 작품을 해방 후 개작[21]하면서 작품 중 인물의 신분에 생긴 변화이다. 『문선(文選)』에 실린 원작에는 '토자(兎子)'[22] '소로당(小老唐)'이라는 인물이 등장한다. 작품에서 '소로당'은 '당'이라는 성씨만 가지고 있을 뿐 이름도 출신도 드러나지 않는다. 이 인물은 심성은 착하나 만주 여자에게 기생하여 생존한다. 해방 후 개작된 작품에는 '소로당'이라는 인물을 대신하여 만주 여자가 경영하는 세탁소의 조선인 사형(師哥)이 등장한다. '소로당'과 사형은 모두 만주 여자에 기생하여 살아가는 '토자'라든지 작품의 화자인 가난한 아이를 도와주는 설정이라든지 등 인물설정에서

---

21 개작 후의 「이른 저녁의 희극」은 梅娘, 張泉 편, 『梅娘小說散文集』(北京出版社, 1997) 참고.
22 '兎子'는 남자기생을 은유하여 가리키는 어휘이다.

볼 때 분명 같은 인물임이 틀림없다. 이는 매낭이 원본에서 '소로당'이라는 인물을 형상화할 때 조선인을 염두에 두고 형상화했을 가능성이 크다는 것을 의미한다. 두 인물은 모두 '토자'의 신분으로 만주 여자한테 기생하여 살아가며 사람들의 손가락질을 당하지만 자신과 같은 처지의 착취당하는 존재를 적극 도와준다. 특히 해방 후 개작된 「이른 저녁의 희극」의 사형은 고용주인 만주 여자에게 노동력을 착취당할 뿐만 아니라 만주 여자와 '태군(太君)'으로 불리는 일본군인에게 이중적인 성적 노리개 취급을 당한다. 만주에서의 최하층 조선인의 고달픈 삶과 태도를 잘 보여주는 대목이다.

그런데 해방 후에 개작된 「이른 저녁의 희극」에서는 조선인을 "이태군(二太君)"이라고 하는 대목이 등장한다.

소금 살 돈마저도 없으니 사형한테 도움을 청할 수 밖에. 내가 안주인을 찾아서 돈을 가불해달라고 하는 것은 안된단 말이야. 사형은 조선인이고, 조선인은 二太君이야. 사형이 비록 부모가 없는 고아지만 조선인이니 조선인의 말은 먹힐거야.[23]

당시 만주국의 중국인들이 조선인에 대한 보편적 편견을 보아낼 수 있는 대목이다. 만주를 배경으로 1939년에 창작된 중편소설 「일개방(一個蚌)」[24]에서는 조선인 경찰청 관리가 등장한다.

---

23 매낭(梅娘), 장천(張泉) 편, 『매낭소설산문집(梅娘小說散文集)』, 북경출판사, 1997 참고.
24 「一個蚌」 역시 해방 후 개작을 거친다. 하지만 확인한 바에 의하면 「이른 저녁의 희극」처럼 개작의 폭이 넓지 않다. 1939년 원작 「방」에서는 주인공 여성의 의붓 남동생 친구로 안 씨 성을 가진 인물이 짧은 편폭으로 등장하는데 안 씨의 부친은 경찰청의 관리로 되어있다. 개작 후 「방」의 이 부분에서는 안 씨 성을 가진 조선인으로 변경된

"동생이 돈이 왜 필요한데?"

"친구 몇이서 기생집에 가야 한단다. 그 중에는 안 씨 성의 조선인도 있어. 부친이 경찰청의 무슨 장이라 그랬나?"

"어머니는 동생을 가만 놔두기만 하지. 너무 닦달하면 아들이 숨막혀할까봐, 그리고 나중에라도 안 씨의 도움을 받을 일이라도 생길까봐 그러는 거 아니야."[25]

조선인을 만주국 경찰청의 관료로 설정하여 작품에서 부정적으로 그린 것은 매낭이 일제에 기생하여 살아가면서 앞잡이 노릇을 자처하는 "이귀자(二鬼子)" 조선인에 대하여 인식하고 있어 이를 작품에서 형상화 하고 있는 것으로 보인다.

이렇게 매낭이 작품에서 재현한 조선인의 형상에서 애증(愛憎)의 이분법적 태도를 보아낼 수 있다. 일제의 본질을 망각한 채 그에 기생하여 살아가려는 조선인에 대하여서는 부정적으로 보는 반면 어렵게 생존을 이어가는 최하층 조선인에 대하여서는 동정의 시선을 보내는 것이다.

특히 주목할 점은 매낭이 조선인을 형상화한 작품에서는 만주를 공간배경으로 했을지라도 만주에서의 조선인의 특수성이 드러나지 않고 다만 일제와의 관계 속에서 식민지 조선인으로 인식하고 있다는 점이다.

다. 이는 작가가 원작 창작 시부터 안 씨 성의 인물이 조선인을 염두에 두고 있음을 알 수 있다.

25 梅娘, 張泉 편, 앞의 책, 21쪽.

4. 오랑(吳郞)과 잡지 『신만주(新滿洲)』

1939년 1월 만주국 신경에서 창간된 중국어 종합잡지 『신만주』는 1945년 4월 폐간되기까지 모두 74호를 펴냈다. 비록 "건국정신"의 홍보와 "새로운 만주"건설을 슬로건으로 하여 창간된 기관지이지만 전체 지면의 절반 이상이 문예와 관련된 내용이었다. 비록 창간 당시 편집자는 왕광열(王光烈)이었고 제4권 제11호(1942.11)부터 오랑으로 변경되었지만 왕광열이 편집을 맡았던 기간에도 잡지에 관련된 실질적인 사무는 오랑이 도맡아 처리했던 것으로 보인다.[26] 오랑의 편집자 시절이 『신만주』 잡지의 7년 기간을 관통하고 있다고 해도 과언이 아니다. 따라서 오랑이 조선인에 대한 태도를 알아보려면 『신만주』 잡지에 수록된 조선 또는 조선인에 관련된 내용들을 살펴볼 때 어느 정도 짐작이 가능하다.

『신만주』에 실린 조선 또는 조선인에 관련된 내용을 정리해보면 다음과 같다.

제3권 8월호(1941년 8월)

「명무도가 최승희 좌담회」 수록

제3권 11월호(1941년 11월)

"재만 일·만·선·아 각계 작가전 특집"

---

26 유효려(劉曉麗), 『만주국 문학과 문학잡지(僞滿洲國文學與文學雜誌)』, 중경출판사, 2012, 53쪽. 책에서는 이 부분에 대하여 다음과 같이 밝히고 있다. "당시 吳郞의 친구인 李正中에 따르면 비록 王光烈이 4년 간 『신만주』 잡지의 편집을 맡았지만 잡지에 대하여 관여하지 않았다는 것이다. 잡지에 관련된 일상에서의 사무적인 것은 모두 젊은 吳郞이 도맡아 하였다."

안수길의 「부엌녀」 수록

제4권 1월호(1942년 1월)

"신년제2특집 : 동아민요연구"

신영철의 「조선의 민요」 수록

제4권 6월호(1942년 6월)

"재만 일·선계 문학소개 특집"

고재기의 「재만선계의 문학」 수록

위의 내용을 참고해 볼 때 『신만주』 잡지는 만주국 내의 조선인에 관심을 두고 있었던 것으로 보인다. 무용가 최승희에 대한 인터뷰를 제외하면 모두 만주국 조선인 또는 조선인 사회에 관련된 것들이다. 세 특집에 실린 작품의 작가인 안수길, 신영철, 고재기는 모두 만주국 조선인 작가로써 『만선일보』에서 재직했던 적이 있다. 또한 이들의 작품이 수록되어 있는 특집의 성격으로 볼 때 모두 만주국 내의 여러 민족을 단위로 구성된 것들이다.[27] 즉 『신만주』 잡지에게 조선인은 식민지 조선보다는 '오족협화' 하 만주국의 구성원인 '선계(鮮系)'로써 가지는 의미가 더 컸던 것이다. 만주국에서 조선인에 대한 『신만주』 잡지와 같은 이해는 다시 찾아볼 수 없다. 『신만주』 잡지의 이런 태도는 편집자인 오랑의 태도와 직접적인 연관이 있는 것으로 보인다. 혹자는 당국의 기관지로써의 역할을 수행하기 위한 '국책홍보'의 일환일 뿐 오랑과 실질적인 관계가 없다고 할 수도 있지만 오랑의 다른 문장을 볼

---

27 「일본의 민요」, 「만주의 민요」, 「조선의 민요」, 「몽고의 민요」로 구성되어 있는 "신년제2특집 : 동아민요연구"는 비록 지역을 단위로 구성되어 있으나 이 네 지역의 민족은 만주국의 구성원이기도 하기에 만주국의 각 민족을 단위로 하였다고도 할 수 있다.

때 잡지의 태도는 분명 오랑이 조선인에 대한 태도와 밀접한 연관이 있음을 알 수 있다.

오랑은 1942년 6월 24일자 『성경시보(盛京時報)』에 「나와 선계의 만남을 논함(論我與鮮系的觸顔)」이라는 문장을 발표한다. 이 문장에서 보여준 오랑의 조선인관은 크게 세 가지로 나눌 수 있다.

첫째는 만주에서의 조선인과 중국인의 관계이다. 문장의 시작부분에서 오랑은 "만주국에서 진정한 '만선일여' 정신을 보여주고 있는 이는 간도성 지역의 토주민과 원주민의 활동"[28]이라고 했다. 이어 한만(漢滿)민족과 조선민족의 관계는 간도 일대에서 복잡하면서도 긴밀한 관계를 이어왔다고 했다. 하지만 문장의 끝부분에서는 이와 다르게 "대부분의 선계(鮮系)인은 만주에서 일여의 정신을 발휘하지 못한다"고 서두와는 엇갈린 주장을 한다.

만주에는 滿鮮 혼거의 사실이 오래 이어져 왔다. 하지만 왜 이상적인 경지에 이르지 못했을까? 이는 앞에서 서술한 조건이 결여되었기 때문인 것으로 안다. 솔직하게 말하면 대부분의 鮮系인은 만주에서 일여의 정신을 발휘하지 못한다. 그들은 심지어 만주에서의 좋은 조건을 이용하여 滿系인들이 그들과 절연하게 만든다. 나는 이 점이 그들이 제일 수정해야 할 부분인 줄로 안다. 鮮系는 그들의 지위와 협화의 좋은 조건으로 滿·日系간의 중개적 역할을 하여 협화의 실적을 쌓아야 한다. 이것 것이야말로 鮮系인들이 가야하는 유일한 길이다.[29]

---

28   吳郎, 「나와 선계의 만남을 논함(論我與鮮系的觸顔)」, 『盛京時報』, 1942.6.24. 강조-필자.
29   위의 글.

오랑이 한 문장에서 조선인에 대한 이런 엇갈린 주장을 하게 된 이유는 만주국 건국을 기점으로 하여 조선인을 바라보고 있기 때문이다. 즉 만주국 건국을 기준으로 건국 이전에 만주 지역으로 이주한 조선인을 토주민, 원주민 또는 조선민족으로 부르는 것이다. 오랑은 바로 이런 조선인들에게 호감을 보여주고 있는 것이다. 사실 만주지역의 역사를 거슬러 올라가 보면 원주민이라고 할 수 있는 중국인도 "틈관동(闖關東)"[30]하여 온 이주민이다. 청나라 말기 그들은 정책적 또는 생존적 견지에서 고향을 등지고 만주지역으로 이주하여 황무지인 만주지역을 힘겹게 개척하여 삶의 터전으로 가꿨다. 작가는 중국인과 같은 이유로 만주에 이주한 조선인의 개척의 공을 인정하여 이들에게 호감을 표하고 있는 것이다. 반면 만주국 건국 이후의 조선인은 '선계(鮮系)'로 부르

---

30 청나라 시기 만주지역은 통치계급인 滿人의 발상지로 불가침한 성스러운 지역이라고 여겨져 封禁되었다. 청나라의 順治시기(1651)부터는 인구의 증가로 인한 토지의 부족, 전쟁, 자연재해 등으로 인하여 만주의 부분지역에 대한 해금과 봉금을 번갈아 하였다. 빈번한 전란과 지속되는 빈궁은 중국 관내의 백성들로 하여금 더는 고향에서 살길을 도모하기 어려워 가솔을 이끌고 부득이하게 사람이 희소하고 토지가 비옥한 만주지역으로 이주를 하게 하였다. 1896년 러시아는 청나라가 중일전쟁에서 패배한 것을 기회로 삼아 '中俄密約'의 체결을 강요하였다. 이것을 빌미로 러시아는 중국 만주지역으로 세력 확장을 하였고 대량의 러시아인을 러시아와 만주의 변경지역으로 이주시켰다. 비옥하고 광활한 만주지역이 온전히 러시아인들의 손에 넘어갈까봐 경계한 청나라의 통치계급은 그 이듬해인 1897년 만주지역에 대하여 완전히 개방하였다. 그 결과 1910년까지 불과 십여 년 사이에 만주지역의 인구는 1,800만 명으로 급증하였다. 중국 관내 인구의 대량적인 만주유입은 만주사변이 일어나기 전까지 끊임없이 이어졌다. 통계를 보면 '민국 16년 중국 관내에서 동북으로 이주한 인구는 약 120만 명, 민국 17년에는 약 110만 명, 민국 18년에는 약 130만 명'으로 나와 있다. 한 해에 만주로 이주한 인구수가 이 정도이니 전체 이주 인구수는 가늠조차 안 되는 것이다. 1949년에 이르면 만주 지역의 인구는 4,000만 명으로까지 증가한 것으로 확인된다. 만주지역으로 이주한 이들은 대부분 중국 관내의 산동성, 산서성, 하남성, 하북성 등 지역의 백성들이었다. 그들 중에서도 다수를 차지하는 것은 산동성의 백성이었다. 중국은 역사 상 이들의 만주이주를 "闖關東"이라고 부른다.

며 이들에게 불만을 표하고 있다. 즉 만주국 건국 이후 "이태군(二太君)", "이귀자(二鬼子)"로 불리며 일제의 앞잡이 노릇을 하여 중국인들을 억압하는 조선인을 견제하며 이들에게 불만을 품은 것이다.

둘째는 조선인과의 직접적인 교류이다. 문장에서 오랑은 안수길이 용정에서 보낸 편지를 받아보았다고 밝혔다.

> 月前, 안수길 씨가 용정에서 나에게 편지를 보내온 일이 있었다. 그는 滿鮮이 문학에서의 교류가 박약한 데에 대하여 痛感하였다. 나도 그렇게 느낀다.[31]

훗날 안수길 역시 오랑과 편지로 교류하였다고 밝히고 있다.

> 한번은 신경의 고 재기씨로부터 吳郎씨가 주간인 중국어 잡지 〈신천지(新天地)〉에서 재만 각계 민족의 작품 특집을 하게 됐는데, 조선인 작가로 나더러 작품 한 편 출품해 달라는 부탁을 받았다고 펴지가 왔다.
>
> 그래서 『북원』 수록작 중에서 「부엌녀」를 내놓기로 했다. 마침 신경에 갈 일이 있어 그 작품을 가지고 갔는데, 고씨가 吳郎씨를 만나는 것이 좋겠다고 해서 그의 편집실에 고씨 인도로 찾아갔다.
>
> 吳郎씨는 시인이고 그의 부인 吳瑛이 소설가였다. 吳郎을 만난 자리에서 나는 '당신네나 우리나 다 같은 처지니 협조해서 문학 활동을 하자'고 말했더니 '시시(是是)'하고 대뜸 호응해 주었다. 吳瑛을 못 만난 것이 유감이었다.
>
> (…중략…)

---

31 吳郎, 앞의 글.

吳郎씨와는 그후 문통(文通)도 있었으나 일인 작가와 노인작가는 만난 일이 없었다.[32]

현재까지 밝혀진 만주국 조선인 작가와 중국인 작가 간의 직접적인 교류는 오랑과 안수길의 교류, 그리고 『만선일보』에 실린 「내・선・만 문화좌담회」만 있는 줄로 안다. 「내・선・만문화좌담회」의 국책적 요소와 좌담회에 참가한 각계 대표들 간의 별다른 지속적 교류가 없었던 점을 감안할 때 오랑과 안수길의 교류는 더욱 의미가 있다. 두 사람이 교류를 이어갈 수 있었던 이유는 앞에서 밝힌 바와 같이 오랑이 조선인을 만주국 '오족협화'의 '오족' 중 한 구성원인 '선계'로 여겨 관심을 두었기 때문에 가능했던 것이다.

세 번째는 조선인의 민족정체성에 대한 인식이다.

1941년 순회공연차 만주국을 방문한 최승희를 인터뷰 한 적이 있는 오랑은 문장에서 최승희에 대하여 고평한다.

맞은 편에 앉아 그녀의 이야기를 들으면서 나는 말못할 감상을 느꼈다. 세계적인 무용가지만 고향의 예술을 어떤 것도 포기하지 않았을 뿐더러 한층 연구하고 발전시켜 널리 알렸다. 이런 점이야말로 나는 반도인들의 진정한 정신이 아닌가 한다.[33]

오랑은 민족적인 것을 계승하고 널리 알리는 것을 조선인들이 견지해야 할 정신으로 보고 있는 것이다. 「내・선・만문화좌담회」에서 日

---

32 안수길, 「용정・신경시대」, 『한국문단이면사』, 깊은샘, 1999, 247쪽.
33 吳郎, 앞의 글.

系 대표가 鮮系 즉 조선인 대표에게 "일본어 창작을 게을리 한다" 하여 불만을 드러낸 것과는 크게 비교되는 대목이다. 또한 식민지 조선이나 만주국이나를 막론하고 조선인에게는 똑같이 강요되는 황민화정책과도 어긋나는 주장이다. 이 점에서는 앞에서 살펴본 바 있는 유용광과 맥락을 같이 한다. 즉 민족정체성이 일정하게 허용되는 만주국에서 중국인으로써의 민족정체성으로 말미암은 것이다. 오랑이 당시 만주국 조선인 문학을 주장하여 조선인 문단의 건설과 발전에 앞장섰던 안수길, 신영철, 고재기 등 만주국 조선인 작가들과 직·간접적으로 관계를 맺었던 것도 이런 이유에서라고 볼 수 있다.

이로써 오랑이 조선인에 대한 태도는 명백해진다. 그는 만주국의 '오족협화' 속에서 조선인을 한 구성원으로써의 '선계'로 이해함과 동시에 만주국 건국을 기점으로 이분법의 관점에서 조선인을 바라보고 있다. 이런 이분법의 관점에는 조선인의 생존적 견지에서의 만주 개척을 긍정적으로 바라보는 시선이 깔려 있는 것이다. 또한 일제의 식민지 민족말살정책의 이면에 서서 조선인의 민족정체성을 긍정하였다.

5. 오영(吳瑛)의 조선인 재현

오영은 1940년 12월 17일자 『성경시보(盛京時報)』에 「시골이야기(鄕下的故事)」라는 짧은 편폭의 소설을 싣는다. 작품은 화자인 '나'가 시골에 가기 전 시골경험이 있는 아이한테서 들은 이야기 부분과 시골에 간 후 직접 겪은 시골에 대한 인상 두 부분으로 나뉜다. 아이한테서 전해들은 시골은 야만적인 타지인이 많은 곳이다. 그들은 아주 나쁜 사람으로 묘사된다. 도둑질과 싸움질을 일삼을 뿐만 아니라 여자들을 만나기만 하면 노리개로 삶아 잡아두는 미친사람들이다. 하지만 상대가 강하게 대처하면 이들은 바로 꼬리를 내린다. 즉 약자에게는 강하고 강자에게는 약한 비겁한 사람들로 묘사된다.

작품 말미에 '나'는 시골로 내려갔고 '나'의 눈에는 논에서 힘겹게 일하는 "선인(鮮人)" 남녀-조선인의 모습이 들어왔다. 아이의 입에서 전해들은 타지인과 조선인의 모습이 겹쳐지는 부분이다.

> 결국 나는 시골로 갔다. 나는 논에서 일하는 많은 鮮人 남녀를 보았다. 남자들은 흉악하고도 일그러진 얼굴을 하고 여자들은 극도로 궁지에 몰린 모습을 하고 힘든 일을 하고 있었다. 나는 그들의 생활을 생각해 보았다. 또한 나와 같은 언어를 사용하는 사람들을 떠올렸다. 왜일까? 나는 알 수 없었다.[34]

흉악해 보이는 남자들과 궁지에 몰린 듯한 여성들의 모습은 아이가 전한 타지인들의 여성을 함부로 대하는 모습과 겹쳐지는 것 같지만 전체적으로 볼 때 남녀 모두 힘들게 논을 일궈가는 모습일 뿐이다. 아이의 말과는 차이가 있다. 다시 말해 전해들은 정보와 직접 겪은 사실 사이에는 큰 차이가 있다. 시골에 가기 전 시골경험이 없는 '나'는 경험이 있는 아이를 통해 정보를 전달해 듣는다. 사실 아이가 전달해 준 정보는 자신이 겪은 것에 대한 지극히 주관적인 느낌에서 나온 것이다. 아이는 이 주관적인 정보를 보편적, 객관적인 정보인 것처럼 '나'에게 전

---

34 吳瑛, 「鄕下的故事(시골이야기)」, 『盛京時報』, 1940.12.17.

달했고 '나'는 아이가 전달해준 정보를 그대로 받아들인다. 만약 '내'가 시골로 가지 않았다면 아마 이 정보를 믿고 있었을 것이다.

아이의 입에서 전해지는 타지인은 비굴하면서도 미친 듯한 야만적 모습이다. 당시 만주국의 많은 중국인들은 조선인을 "이귀자", "이태군"으로 여겨 편견을 가지고 있었다. 일제의 앞잡이, 토지 약탈자로, 일제에 기생하면서 일제를 등에 업고 자신들을 억압하는 존재로 여겼음은 앞에서도 서술한 바가 있다. 아이가 '나'한테 전해준 정보는 조선인에 대한 중국인의 이런 부정적 인식과 많이 닮아있다.

앞에서도 말했듯이 시골에서 '나'는 아이가 전달해준 정보와 완전히 일치하는 상황에 맞닥뜨리지 못한다. 이런 상황에 대해 '나와 같은 언어를 쓰는 사람' ― 아이를 비롯한 중국인들의 인식에 대하여 의혹을 품는 것으로 결말을 맺는다. 즉 조선인에 대한 중국인의 보편적 편견은 결코 보편적이지 않다는 것을 의미한다.

오영은 작품에서 들은 정보와 현실의 차이를 보여주어 만주국의 조선인을 변호하고 있는 것이다. 즉 시골에서 논을 일구는 조선인 ― "이귀자"가 아닌, 만주국을 삶의 터전으로 삶아 개척하면서 살아가는 조선인을 변호하는 것이다. 이는 만주의 개척자로써의 조선인에 호의를 보여주고 있어야만 가능한 것이다. 또한 그 이면에는 만주의 개척자로써의 조선인과 일제 앞잡이로써의 조선인을 이분법하여 이해하는 시선이 깔려 있는 것이다. 이점은 오랑이 조선인에 대한 태도와 같은 맥락에서 이해할 수 있다.

6. 맺음말

이 글에서는 매낭, 유용광 부부와 오영, 오랑 부부의 조선인관에 대하여 알아보았다. 그 결과 매낭과 유용광의 경우 조선인을 일제와의 관계 속에서 식민지 조선인으로 인식하고 있었다. 반면 오영과 오랑의 경우 만주국 '오족협화'의 '오족' 중 한 구성원인 '선계'로 조선인을 인식하고 있었다.

1939년 이전 비슷한 경력과 입장을 지니고 있던 이들이 조선인에 대한 인식에 이런 차이가 생기게 된 데에는 문학활동을 한 공간의 환경과 관계가 있다. 1939년 유용광은 『화문대판매일』의 편집자로 임명되어 아내인 매낭과 함께 일본으로 향한다. 특히 매낭의 경우 그 이전 이미 일본유학경험이 있었다. 이들이 조선인에 대한 태도를 알아볼 수 있는 작품들은 대부분 일본에서 거주할 당시 발표한 것들이다. 일본과의 밀접한 관계는 이들이 조선인을 일제와의 관계 속에서 이해하는 데 일조한 것으로 보인다. 오랑의 경우 1939년 『신만주』 잡지의 실질적인 편집을 맡게 되고 오영과 오랑은 일본 패전 바로 직전까지 만주국에서 거주하면서 문학 활동을 이어갔다. 또한 만주국에서 당국과 밀접한 관계를 맺으며 살아간 이들은 식민지 조선인보다는 만주국의 "선계"에 더 주목할 수밖에 없는 것이다. 그렇기 때문에 오영과 오랑이 조선인의 개척을 인정하고 고평하였던 것이다.

이들이 조선인에 대한 인식은 근본적인 차이를 보이는 반면 조선인을 이분법적으로 인식하는 데에서는 같은 태도를 보인다. 즉 일제의 침략 본질을 망각하고 일제에 기생하여 살아가려는 조선인에 대하여서는 부정적으로 바라보고 있는 반면 수난의 대상인 최하층 조선인에 대하여서는 동정과 연민의 감정을 가지고 있는 것이다.

참고문헌

1. 기본 자료

『성경시보(盛京時報)』, 『만선일보』, 『화문대판매일(華文大阪每日)』, 『신만주(新滿洲)』, 『문선 (文選)』 등 중국 신문, 잡지.

중국국가디지털도서관(http://www.nlc.gov.cn/)

2. 단행본 및 논문

안수길, 「용정·신경시대」, 강진호 편 『한국문단이면사』, 깊은샘, 1999.

유효려(劉曉麗), 「만주국 문학과 문학잡지(僞滿洲國文學與文學雜誌)」, 중국 : 중경출판사, 2012.

장천(張泉) 편, 『매낭소설산문집(梅娘小說散文集)』, 중국 : 북경출판사, 1997.

_____, 『매낭근작과 서간(梅娘近作与书简)』, 중국 : 동심출판사, 2005.

진언(陳言), 『강산의 격변을 맞아 – 전시 문화격변과 이질문화 중재자의 증인서사(忽值山河改 –戰時下的文化觸變與異質文化中間人的見證敍事)』, 중국 : 중앙편역출판사, 2016.